I0575486

www.ingramcontent.com/pod-product-compliance
Lightning Source LLC
Chambersburg PA
CBHW020643110726
47901CB00001B/28
9789186131296

مجموعه آثار صادق هدایت

مجموعه آثار صادق هدایت
جلد اوّل

تحت نظر

بنیاد صادق هدایت و بنیاد کتابهای سوختهٔ ایران

SADEGH HEDAYAT FOUNDATION

The Iranian Burnt Books Foundation بنیاد کتابهای سوختهٔ ایران

طرح روی جلد از لیلا میری

مجموعه‌آثار صادق هدیت ـ Sadegh Hedayat - L'Oeuvre Complèt

جلد اوّل ـ Volume I

ISBN 978-91-86131-29-6

تحت نظر

بنیاد صادق هدایت و بنیاد کتابهای سوختهٔ ایران

ویرایش اوّل ـ چاپ اوّل

آذر ۱۳۸۷ –December 2008

نشر بنیاد کتابهای سوختهٔ ایران

گروه انتشارات آزاد ایران

www.entesharate-iran.com

فهرست

پیشگفتار جلد اول

آثار شادروان صادق هدایت پس ازمرگ او در سال ۱۳۳۰ بیشتر ازقبل مورد توجه عده زیادی از خوانندگان قرار گرفت و به همین مناسبت به صورت انبوه چاپ شده منتشر شد . این روند که هم زمان با ترجمه و انتشار آثار این نویسنده مخصوصاً« بوف کور» در بسیاری از کشورهای جهان بود درواقع موجب شد بیشتر و بازهم بیشتر نظرها به صادق هدایت جلب شوند و به خاطر دارم درسال ۱۳۵۵ که انتشارات جاویدان آثار صادق هدایت را منتشر می کرد و ازمن برای هرچاپ اجازه می گرفت طی نامه ای درخواست کرده بود « حاجی آقا » در چهل هزار نسخه چاپ شود . پس از انقلاب اسلامی در ۱۴ سال اول چاپ کلیه آثار صادق هدایت ممنوع شد . بعد این محدودیت آرام تعدیل شد و تعدادی از آثار او را که مجاز تشخیص دادند اجازه دادند چاپ و منتشر شود که به همین جهت عده زیادی از ناشران به این سود بدون مولف هجوم کردند ولی نتیجه کار فوق العاده مبتذل بود چون آثار صادق هدایت را با تغییرات و تحریفات و حذفیات بسیار چاپ کردند . عکس پرزرق و برق صادق خان را گذاشتند روی جلد ولی محتویات کتاب نوشته مسخ شده ای از اثر او را درخود داشت .
البته با عده ای از این ناشران ما برخورد قانونی کردیم و با مشکلات زیاد این نوع سودجوئی های غیرمتعهد و بازاری اغلب مهار شدند . ازسال ۱۳۸۴ یک باردیگر سخت گیری مسئولین فرهنگی حکومت درایران شروع شده و به طور بی سابقه ای ابعاد وسیع تری پیدا کرد . به طوری که نه تنها چاپ و انتشار هرکتاب جدید ازآثار صادق هدایت ممنوع شد بلکه کتبی که قبلاً مجوز کسب کرده و بارها چاپ شده بودند هم شامل این ممنوعیت شدند.

این نوعی فرهنگ ستیزی بود که می خواست صادق هدایت ازخاطره ها برود ،کسی او را نشناسد ، کسی کتب او را نخواند و ....
ولی حقیقت چیز دیگری است . فرهنگ و تمدن هر ملتی متعلق به آحاد ملت است و این حق ملت است به فرهنگ و تمدن و ادبیات خود اندیشیده ،به آن دسترسی داشته ،از آن لذت برده ، به آن افتخار کند . صادق هدایت طبق حکم هیچ مقامی به «صادق هدایتی » منصوب نشده که حالا یکی بیاید حکم او را لغو کند و کس دیگری را به جای او بنشاند . صادق هدایت را مردم ایران و دیگر خارجی زبانان جهان و بعد از طریق ترجمه آثارش بسیاری از مردم اکثرنقاط دنیا به مقامی که دارد منصوب کرده اند و ابطال حکم او و مستلزم تصمیم گیری همین میلیون هاست ! هرملتی این حق را دارد که مطالبات خود را از حکومتی که به آن مسلط است بخواهد که ازجمله آثار شعرا و نویسندگان و اساتید و بزرگان آن ملت است . آنچه درایران تحمیل شده تجاوز به حقوق یک ملت و حرکت درجهت تخریب فرهنگ و تمدن ایرانی است .
دراین جلد داستان های کوتاه صادق هدایت اعم از این که درمجموعه ها یا به صورت انفرادی چاپ شده آمده اند . درواقع مجموعه حاضر کتاب جامعی است از داستان های کوتاه صادق هدایت .
علی رغم همه مشکلاتی که ازجانب متصدیان فرهنگی درایران درمقابل فرهنگ و ادبیات اصیل ایرانی به وجود آمده است ولی چه درایران و چه درخارج ازایران کوشش های بسیار می شود .
وما برای روشن نگه داشتن آتش فروزان تمدن و فرهنگ مخصوصاً ادبیات ایران زمین تمام آثار صادق هدایت را به زبان فارسی چاپ و منتشر می کنیم و مطمئن هستیم این آثار علی رغم همه حرکت های تخریبی ضد ایرانی

برجای مانده و خواهند ماند . زمستان تمام می شود و روسیاهی به زغال می
ماند .

شاید بی مناسبت نباشد ازهنرمندانی که افتخاری با ما همکاری کردند لـیلا
میری برای طرح روی جلد و مژگان پارسا مقام به خاطر طراحی لوگوی بنیاد
صادق هدایت سپاسگذاری کنم . ضمناً لازم می دانـم از بنیـاد کتـاب هـای
سوخته ایران و گروه انتشارات آزاد ایران به خصوص آقای دکترسام واثقـی
که همه زحمات و هزینه های این مهم را به عهده گرفتنـد صـمیمانه تـشکر
کنم .

جهانگیر هدایت

ادبیات «ممنوع» ادبیاتی‌است که حضور محض‌اش، عدم احضار روان‌گذشت فرهنگی یک جامعه را در تبادل ارزش‌های مابین نسل‌ها «منع» می‌کند. داستانی که امروز هنوز «باید ممنوع شود» داستانی‌است، که از نقطه نظر اندیشه‌ی فردا، «باید به‌روز» شود. داستانی که امروز «باید بسوزد» داستانی است که در ابعاد فردا، «باید ابدی» شود.

داستان‌های صادق هدایت، طیف فرهنگی وسیعی را بازتاب می‌کنند، که در گستره‌ای ادبی «خودِ امروزین‌مان» را همواره آزموده و مورد پرسش قرار می‌دهند: از خود می‌پرسیم، در گذر از دیروز به آینده هنوز تا چه حد خود را «ممنوع» کرده‌ایم؟ چه کسی به ما اجازه‌ی پیشرفت می‌دهد؟...

«ما» داستان‌های صادق هدایت را هنوز بر خود «ممنوع» می‌کند، در حیاط‌خلوت خانه‌اش می‌سوزاند، جمله‌هایش را به «هرگزنبوده‌گی» لعنت... می‌کند: این «ما»ئیم که عروجِ فرهنگی خود را از ساختارهای رفتاری و «بی»-ارزش‌های گذشته‌ی «پدرسالاری‌فئودالی» به اوج فرهنگی نوین و طرازِ جهانی‌شدن، «ممنوع» می‌کنیم، یا به عبارتی روانکاوانه «منع می‌کنیم».

و هم از این روست که: صادق هدایت «باید» حضور داشته باشد و داستان‌های صادق هدایت، که در این مجموعه در ویرایشی نو عرضه می‌شوند، باید در رسانه‌های نوین قرن بیست‌ویکم نیز هم‌چنان چون مظهر و نماد مبارزه برای آزادی بیان در سطح جهانی در دسترس باشند و این صدای اعتراض به جمود و ارتجاع را تمامیِ ایرانی‌زاده‌های بعد از انقلاب نیز بشنوند و این قلم را بشناسند و زبان مقاومت را بیآموزند که ذهن و زندگی و رنج صادق هدایت همواره برای «ممنوع‌ناپذیر»ی بود.

سام واثقی

(بنیاد کتاب‌های سوخته‌ی ایران)

مجموعه‌ی

زنده بگور

زنده بگور

نفسم پس می‌رود، از چشم‌هایم اشک می‌ریزد، دهانم بدمزه است، سرم گیج می‌خورد، قلبم گرفته، تنم خسته، کوفته، شل، بدون اراده در رخت‌خواب افتاده‌ام. بازوهایم از سوزن انژکسیون سوراخ است. رخت‌خواب بوی عرق و بوی تب می‌دهد، به ساعتی که روی میز کوچک بغل رخت‌خواب گذاشته شده نگاه می‌کنم؛ ساعت ده روز یک‌شنبه است. سقف اطاق را می‌نگرم که چراغ برق میان آن آویخته، دور اطاق را نگاه می‌کنم، کاغذ دیوار گل و بته‌ی سرخ و پشت گلی دارد. فاصله به فاصله آن دو مرغ سیاه که جلوی یکدیگر روی شاخه نشسته‌اند، یکی از آن‌ها تکش را باز کرده مثل این است که با دیگری گفتگو می‌کند. این نقش مرا از جا در می‌کند، نمی‌دانم چرا از هر طرف که غلت می‌زنم جلو چشمم است. روی میز میان اطاق پر از شیشه و فتیله و جعبه دوا می‌باشد. بوی الکل سوخته، بوی اطاق ناخوش در هوا پراکنده است. می‌خواهم بلند بشوم و پنجره را باز بکنم ولی یک تنبلی سرشاری مرا روی تخت میخکوب کرده، می‌خواهم سیگار بکشم میل ندارم. ده دقیقه نمی‌گذرد ریشم را که بلند شده بود تراشیدم. آمدم در رخت‌خواب افتادم، در آینه که نگاه کردم دیدم خیلی تکیده و لاغر شده‌ام؛ به دشواری راه می‌رفتم، اطاق درهم و برهم است. من تنها هستم.

هزار جور فکرهای شگفت انگیز در مغزم می‌چرخد، می‌گردد.

همه‌ی آن‌ها را می‌بینم، اما برای نوشتن کوچکترین احساسات یا کوچکترین خیال گذرنده ای، باید سرتاسر زندگانی خودم را شرح بدهم و آن ممکن نیست. این اندیشه‌ها، این احساسات نتیجه‌ی یک دوره زندگانی من است، نتیجه‌ی طرز زندگی، افکار موروثی، آن چه که دیده، شنیده، خوانده، حس کرده یا سنجیده‌ام. همه‌ی آن‌ها وجود موهوم و مزخرف مرا ساخته.

در رخت‌خوابم می‌غلتم، یادداشت‌های خاطره‌ام را به هم می‌زنم، اندیشه‌های پریشان و دیوانه مغزم را فشار می‌دهد، پشت سرم درد می‌گیرد، تیر می‌کشد، شقیقه‌هایم داغ شده، به خودم می‌پیچم. لحاف را جلو چشمم نگه می‌دارم، فکر می‌کنم - خسته شدم، خوب بود می‌توانستم کاسه‌ی سر خودم را باز بکنم. همه‌ی این توده‌ی نرم خاکستری پیچ پیچ کله‌ی خودم را در آورده بیندازم دور، بیندازم جلو سگ.

هیچ کس نمی‌تواند پی ببرد، هیچ کس باور نخواهد کرد، به کسی که دستش ازهمه جا کوتاه بشود می‌گویند: برو سرت را بگذار بمیر. اما وقتی که مرگ هم آدم را نمی‌خواهد، وقتی که مرگ هم پشتش را به آدم می‌کند، مرگی که نمی‌آید و نمی‌خواهد بیاید...!

همه از مرگ می‌ترسند من از زندگی سمج خودم!

چقدر هولناک است وقتی که مرگ آدم را نمی‌خواهد و پس می‌زند! تنها یک چیز به من دلداری می‌دهد، دو هفته پیش بود؛ در روزنامه خواندم که در اتریش کسی سیزده بار به انواع گوناگون قصد خودکشی کرده وهمه‌ی مراحل آن را پیموده: خودش را دار زده ریسمان پاره شده، خودش را در رودخانه‌انداخته، او را از آب بیرون کشیده‌اند و غیره... بالاخره برای آخرین بار خانه را که خلوت دیده با کارد آشپزخانه همه‌ی رگ و پی خودش را بریده و این دفعه‌ی سیزدهمین می‌میرد!

این به من دلداری می‌دهد!

نه، کسی تصمیم خودکشی را نمی‌گیرد، خودکشی با بعضی‌ها هست. در خمیره و در سرشت آن‌هاست، نمی‌توانند از دستش بگریزند. این سرنوشت است که فرمانروائی دارد ولی در همین حال این من هستم که سرنوشت خودم را درست کرده‌ام، حالا دیگر نمی‌توانم از دستش بگریزم، نمی‌توانم از خودم فرار بکنم.

باری چه می‌شود کرد؟ سرنوشت پرزورتر از من است.

چه هوس‌هائی به سرم می‌زند! همین‌طور که خوابیده بودم دلم می‌خواست بچه‌ی کوچک بودم، همان گلین باجی که برایم قصه می‌گفت و آب دهن خودش را فرو می‌داد این‌جا بالای سرم نشسته بود، همان جور من خسته در رخت‌خواب افتاده بودم، او با آب و تاب برایم قصه می‌گفت و آهسته چشم‌هایم به هم می‌رفت. فکر می‌کنم می‌بینم، برخی از تیکه‌های بچگی به خوبی یادم می‌آید. مثل این است که دیروز بوده، می‌بینم با بچگیم آن قدرها فاصله ندارم. حالا سرتاسر زندگانی سیاه، پست و بیهوده‌ی خودم را می‌بینم. آیا آن وقت خوشبخت بودم؟ نه چه اشتباه بزرگی! همه گمان می‌کنند بچه خوشبخت است. نه خوب یادم است، آن وقت بیشتر حساس بودم، آن وقت هم مقلد و آب زیرکاه بودم. شاید ظاهراً می‌خندیدم یا بازی می‌کردم، ولی در باطن کمترین زخم زبان یا کوچکترین پیش‌آمد ناگوار و بیهوده ساعت‌های دراز فکر مرا به خود مشغول می‌داشت و خودم، خودم را می‌خوردم. اصلا مرده شور این طبیعت مرا ببرد، حق به جانب آن‌هائی است که می‌گویند بهشت و دوزخ در خود اشخاص است، بعضی‌ها خوش به دنیا می‌آیند و بعضی‌ها ناخوش.

۵

به نیمچه مداد سرخی که در دستم است و با آن در رخت‌خواب یادداشت می‌کنم نگاه می‌کنم؛ با همین مداد بود که جای ملاقات خودم را نوشتم دادم به آن دختری که تازه با او آشنا شده بودم. دوسه بار با هم رفتیم به سینما. دفعه‌ی آخر فیلم آوازه‌خوان و سخنگو بود، در جزو پروگرام آوازه‌خوان سرشناس شیکاگو می‌خواند: Where is my Silvia? از بس که خوشم آمده بود چشم‌هایم را به هم گذاشتم، گوش می‌دادم. آواز نیرومند و گیرنده‌ی او هنوز در گوشم صدا می‌دهد. تالار سینما به لـرزه د رمی‌آمد، بـه نظرم می‌آمد که او هرگز نباید بمیرد، نمی‌توانستم باور بکنم که ایـن صـدا ممکـن است یک روزی خاموش بشود. از لحن سوزناک او غمگین شـده بـودم، در همان حال که کیف می‌کردم، ساز می‌زدند زیر و بم، غلت‌ها و ناله‌ای کـه از روی سیم ویلن در می‌آمد، مانند این بود که آرشه‌ی ویلون را روی رگ و پی من می‌لغزانیدند و همه تاروپود تنم را آغشته به ساز می‌کرد، می‌لرزانیـد و مرا در سیرهای خیالی می‌برد. در تاریکی دستم را روی پستان‌های آن دخـتر می‌مالیدم، چشم‌های او خمار می‌شد. من هم حال غریبی می‌شدم. بـه یـادم می‌آید یک حالـت غمنـاک و گـوارائی بـود کـه نمی‌شـود گفـت. از روی لب‌های‌ترو تازه‌ی او بوسه می‌زدم، گونه‌های او گل انداخته بـود. یکـدیگر را فشار می‌دادیم، موضوع فیلم را نفهمیدم. با دست‌های او بازی می‌کـردم، او هم خودش را چسبانیده بود به من. حالا مثل این است که خواب دیده باشم؛ روز آخری که از همدیگر جدا شدیم تا کنون نه روز می‌شود. قرار گذاشـت فردای آن روز بروم او را بیاورم این‌جا در اطاقم. خانه‌ی او نزدیک قبرستان منپارناس بود، همان روز رفتم که او را با خودم بیاورم. آن‌جـا کـنج کوچـه از واگن زیرزمینی پیاده شدم، باد سرد مـی‌وزیـد، هـوا ابـری و گرفتـه بـود، نمی‌دانم چه شد که پشیمان شدم. نه این که او زشت بـود یـا از او خوشـم نمی‌آمد، اما یک قـوه‌ای مـرا بازداشـت. نـه، نخواسـتم دیگـر او را ببینـم،

می‌خواستم همه‌ی دلبستگی‌های خودم را از زندگی ببرم، بی‌اختیار رفتم در قبرستان؛ دم در پاسبان آنجا خودش را در شنل سورمه‌ای پیچیده بود.

خاموشی شگرفی در آنجا فرمانروائی داشت؛ من آهسته قدم می‌زدم. به سنگ قبرها، صلیب‌هائی که بالای آن‌ها گذاشته بودند، گل‌های مصنوعی، گلدان‌ها و سبزه‌ها که کنار یا روی گورها بود خیره نگاه می‌کردم، اسم برخی از مرده‌ها را می‌خواندم. افسوس می‌خوردم، که چرا به جای آن‌ها نیستم. با خودم فکر می‌کردم: این‌ها چقدر خوشبخت بوده‌اند!... به مرده‌هائی که تن آن‌ها زیر خاک از هم پاشیده شده بود رشک می‌بردم. هیچ وقت یک احساس حسادتی به این اندازه در من پیدا نشده بود. به نظرم می‌آمد که مرگ یک خوشبختی و یک نعمتی است که به آسانی به کسی نمی‌دهند. درست نمی‌دانم چقدر گذشت. مات نگاه می‌کردم. دختره به کلی از یادم رفته بود، سرمای هوا را حس نمی‌کردم، مثل این بود که مرده‌ها به من نزدیک‌تراز زندگان هستند. زبان آن‌ها را بهتر می‌فهمیدم؛ برگشتم، نه، دیگر نمی‌خواستم آن دختره را ببینم، می‌خواستم از همه چیز و از همه کار کناره بگیرم، می‌خواستم نا امید بشوم و بمیرم. چه فکرهای مزخرفی برایم می‌آید! شاید پرت می‌گویم.

چند روز بود که با ورق فال می‌گرفتم، نمی‌دانم چطور شده بود که به خرافات اعتقاد پیدا کرده بودم، جدا فال می‌گرفتم، یعنی کار دیگری نداشتم، کار دیگری نمی‌توانستم بکنم، می‌خواستم با آینده‌ی خودم قمار بزنم. نیت کردم که کلک خودم را بکنم، خوب آمد؛ یک روز حساب کردم دیدم سه ساعت و نیم پشت سر هم با ورق فال می‌گرفتم. اول بر می‌زدم، بعد روی میز یک ورق از رو و پنج ورق دیگر از پشت می‌چیدم، آن وقت روی ورق دومی که از پشت بود یک ورق از رو و چهار ورق دیگر از پشت می‌گذاشتم؛

به همین ترتیب تا این که روی ورق ششمی‌هم ورق از رو می‌آمد. بعد طوری می‌چیدم که یک خال سیاه و یک خال سرخ فاصله به فاصله روی هم قرار بگیرد، به ترتیب: شاه، بی‌بی، سرباز، ده، نه و غیره. هر خانه که باز می‌شد ورق زیر آن را از رو می‌گذاشتم، و اگر پنج خانه یا کم‌ترمی‌شد، بهتر بود. بعد از آن باقی ورق‌ها که در دستم بود سه تا سه تا روی هم می‌گذاشتم و اگر ورق مناسبی می‌آمد روی خانه‌ها می‌چیدم، ولی از شش خانه نباید بیشتر بشود، تک خال‌ها را جداگانه بالای خانه‌ها می‌گذاشتم به‌طوری که اگر فال خوب می‌آمد همه‌ی ورق‌های خانه‌های پائین مرتب روی یک‌های هم رنگ خودشان گذاشته می‌شد. این فال را در بچگی یاد گرفته بودم و با آن وقت را می‌گذرانیدم!

هفت - هشت روز پیش در قهوه‌خانه نشسته بودم، دو نفر روبرویم تخته نرد بازی می‌کردند. یکی از آن‌ها به رفیقش که با صورت سرخ، سر کچل، سیگار را زیر سبیل آویزان خودش گذاشته بود و با قیافه‌ی احمقانه‌ای به او گوش می‌داد گفت: «هرگز، هرگز نشده که من سر قمار ببرم، از ده مرتبه، نه دفعه‌ی آن را می‌بازم.» من به آن‌ها مات نگاه می‌کردم، چه می‌خواستم بگویم؟ نمی‌دانم. باری، بعد آمدم در کوچه‌ها، بدون اراده راه می‌رفتم. چندین بار به فکرم رسید که چشم‌هایم را ببندم بروم جلو اتومبیل، چرخ‌های آن از رویم بگذرد؛ اما مردن سختی بود. بعد هم از کجا آسوده می‌شدم؟ شاید باز هم زنده می‌ماندم. این فکر است که مرا دیوانه می‌کند. بعد همین‌طور از چهارراه‌ها و جاهای شلوغ رد می‌شدم. در میان این گروهی که در آمد و شد بودند، صدای نعل اسب گاری‌ها، ارابه‌ها، بوق اتومبیل، همهمه و جنجال، تک و تنها بودم. مابین چندین میلیون آدم مثل این بود که در قایق شکسته‌ای نشسته‌ام و در میان دریا گم شده‌ام. حس می‌کردم که مرا با

افتضاح از جامعه‌ی آدم‌ها بیرون کرده‌اند. می‌دیدم که برای زندگی درست نشده بودم، با خودم دلیل و برهان مـی‌آوردم و گـام‌هـای یکنواخـت بـر می‌داشتم، پشت شیشه مغازه‌هـائی کـه پـرده‌ی نقاشـی گذاشـته بودنـد می‌ایستادم، مدتی خیره نگاه می‌کردم، افسوس می‌خوردم کـه چـرا نقاش نشدم. تنها کاری بود که دوست داشتم و خوشم می‌آمد بکنم. با خودم فکر می‌کردم می‌دیدم،تنها می‌توانستم در نقاشی یک دلداری کوچک برای خودم پیدا کنم.

یک نفر فراش پست از پهلویم می‌گذشت و از پشت شیشه‌ی عینک خودش عنوان کاغذی را نگاه می‌کرد، چه فکرهائی برایم آمد؟ نمـی‌دانـم گویـا یـاد پستچی ایران، یادفراش پست منزلمان افتادم.

دیشب بود، چشم‌هایم را به هـم فـشار مـی‌دادم، خـوابم نمـی‌بـرد، افکار بریده‌بریده، پرده‌های شورانگیز جلو چشمم پدیدار می‌شد. خواب نبود چون هنوز خوابم نبرده بود، کابوس بود، نه خواب بودم و نه بیـدار، امـا آن‌هـا را می‌دیدم؛ تنم سست، خرد شده، ناخوش و سنگین، سرم درد می‌کـرد. ایـن کابوس‌های ترسناک از جلو چشمم رد می‌شد، عـرق از تـنم سـرازیر بـود. می‌دیدم: بسته‌ای کاغذ در هوا باز می‌شد و ورق ورق پائین می‌ریخت. یـک دسته سرباز می‌گذشت، صورت آن‌ها پیدا نبود. شب تاریک و جگر خـراش پر شده بود از هیکل‌هـای ترسـناک و خـشمگین، وقتـی کـه مـی‌خواسـتم چشم‌هایم را ببندم و خودم را تسلیم مرگ بکنم، این تصویرهای شگفت انگیز پدیدار می‌شد: دایره‌ی آتشفشان که به دور خودش می‌چرخید، مرده‌ای کـه روی آب رودخانه شناور بود، چشم‌هـائی کـه از هـر طـرف بـه مـن نگـاه می‌کردند. حالا خوب به یادم می‌آید شکل‌های دیوانه و خـشمناک بـه مـن هجوم آور شده بودند. پیرمردی با چهره ای خون آلـود بـه سـتونی بـسته

۹

شده بود. به من نگاه می‌کرد، می‌خندید، دندان‌هایش برق می‌زد. خفاشی با بال‌های سرد خودش می‌زد به صورتم. روی ریسمان باریکی راه می‌رفتم، زیر آن گرداب بود، می‌لغزیدم، می‌خواستم فریاد بزنم، دستی روی شانه‌ی من گذاشته می‌شد، یک دست یخ زده گلویم را فشار می‌داد، به نظرم می‌آمد که قلبم می‌ایستاد. ناله‌ها، ناله‌های مشئومی که از ته تاریکی شب‌ها می‌آمد، صورت‌هائی که سایه‌ی یک طرف آن‌ها پاک شده بود.آن‌ها خود به خود پدیدار می‌شدند و ناپدید می‌گشتند. در جلو آن‌ها چه می‌توانستم بکنم؟ در عین حال آن‌ها خیلی نزدیک و خیلی دور بودند، آن‌ها را در خواب نمی‌دیدم چون هنوز خوابم نبرده بود.

٭

نمی‌دانم همه را منتر کرده‌ام، خودم منتر شده‌ام ولی یک فکر است که دارد مرا دیوانه می‌کند، نمی‌توانم جلو لبخند خودم را بگیرم. گاهی خنده بیخ گلویم را می‌گیرد. آخرش هیچ کس نفهمید ناخوشی من چیست، همه گول خوردند! یک هفته است خودم را به ناخوشی زده‌ام یا ناخوشی غریبی گرفته‌ام – خواهی نخواهی سیگار را برداشتم آتش زدم، چرا سیگار می‌کشم؟ خودم هم نمی‌دانم. دو انگشت دست چپ را که لای آن سیگار است به لب می‌گذارم. دود آن را د رهوا فوت می‌کنم. این هم یک ناخوشی است!

حالا که به آن فکر می‌کنم تنم می‌لرزد، یک هفته بود، شوخی نیست که خودم را به اقسام گوناگون شکنجه می‌دادم، می‌خواستم ناخوش بشوم. چند روز بود هوا سرد شده بود، اول رفتم شیر آب سرد را روی خودم باز کردم، پنجره‌ی حمام را باز گذاشتم، حالا که به یادم می‌افتد چندشم می‌شود؛ نفسم پس رفت، پشت و سینه‌ام درد گرفت، با خودم گفتم دیگر کار تمام است. فردا سینه درد سختی خواهم گرفت و بستری می‌شوم، بر شدت آن

۱۰

می‌افزایم بعد هم کلک خود را می‌کنم؛ فردا صبحش کـه بیـدار شـدم، کـم ترین احساس سرماخوردگی در خودم نکردم. دوباره رخت‌های خودم را کم کردم، هوا که تاریک شد در را از پـشت بـستم، چـراغ را خـاموش کـردم، پنجره‌ی اطاق را باز کردم و جلو سوز سرما نشستم، باد سرد می‌وزید؛ بـه شدت می‌لرزیدم، صدای دندان‌هایم را که به هم می‌خورد می‌شنیدم، بـه بیرون نگاه می‌کردم، مردمی که در آمد و شد بودند، سایه‌های سیاه آن‌ها، اتومبیل‌ها که می‌گذشتند، از بالای طبقـه‌ی شـشم عمـارت کوچـک شـده بودند. تن لختم را تسلیم سرما کرده بودم و به خودم مـی‌پیچیدم، همـان وقت این فکر برایم آمد که دیوانـه شـده‌ام، بـه خـودم مـی‌خندیـدم، بـه زندگانی می‌خندیدم، می‌دانستم کـه در ایـن بـازیگر خانـه‌ی بـزرگ دنیـا هرکسی یک جور بازی می‌کند تا هنگام مرگش برسد. من هم ایـن بـازی را پیش گرفته بودم چون گمان می‌کردم مرا زودتر از میـدان بیـرون خواهـد برد. لب‌هایم خشک شده بود، سرما تنم را می‌سوزانید، باز هم فایده نکرد. خودم را گرم کردم، عرق می‌ریختم، یک مرتبه لخت می‌شدم، شب تا صبح روی رخت‌خواب افتادم، می‌لرزیدم، هیچ خوابم نبرد. کمی سرماخوردگی پیدا کردم، ولی به محض این که یک چرت می‌خوابیدم ناخوشی به کلـی از بـین می‌رفت. دیدم این هم سودی نکرد؛ سه روز بود که چیـزی نمـی‌خـوردم و شب‌ها مرتبا لخت می‌شدم جلو پنجره می‌نشستم، خودم را خسته می‌کردم، یک شب تا صبح با شکم تهی در کوچه‌های پاریس دویدم، خسته شدم رفتم روی پله‌ی سرد و نمناک در کوچه‌ی باریکی نشستم. نصف شب گذشته بود. یک نفر کارگر مست که پیل پیلی می‌خورد از جلوم رد شـد. جلـو روشـنائی محو ومرموز چراغ گاز دو نفر زن و مرد را دیدم که با هم حرف مـی‌زدنـد و می‌گذشتند. بعد بلند شدم و به راه افتادم، روی نیمکت خیابان‌ها بیچاره‌های بیخانمان خوابیده بودند.

آخرش از زور ناتوانی بستری شدم، ولی ناخوش نبودم. در ضمن دوستانم به دیدنم می‌آمدند. جلو آن‌ها خودم را می‌لرزانیدم. چنان سیمای ناخوش به خودم می‌گرفتم که آن‌ها دلشان به حال من می‌سوخت. گمان می‌کردند که دیگر فردا خواهم مرد. می‌گفتم قلبم می‌گیرد. وقتی کـه از اطـاقم بیـرون می‌رفتند به ریش آن‌ها می‌خندیدم. با خودم می‌گفتم شاید در دنیا تنها یک کار از من برمی آید: می‌بایستی بازیگر تئاتر شده باشم!...

چطور بازی ناخوشی را جلو دوستانم که به دیدنم می‌آمدند، جلو دکترها در آوردم! همه باور کرده بودند که راستی ناخوشم. هـر چـه مـی‌پرسیدند می‌گفتم: قلبم می‌گیرد چون فقط مرگ ناگهانی را می‌شد بـه خفقـان قلـب نسبت داد وگرنه سینه درد جزئی یک مرتبه نمی‌کشت.

این یک معجزه بود. وقتی که فکر مـی‌کنم حالـت غریبـی بـه مـن دسـت می‌دهد. هفت روز بود کـه خـودم را شکنجه مـی‌دادم، اگر بـه اصرار و پافشاری رفقا چائی از صاحب خانه می‌خواسـتم و مـی‌خـوردم حـالم سـرجا می‌آمد. ترسناک بود، ناخوشی به کلی رفع می‌شد. چقدر میل داشتم نـانی که پای چائی گذاشته بودند بخورم اما نمی‌خـوردم. هـر شـب بـا خـودم می‌گفتم دیگر بستری شدم، فردا دیگر نخواهم توانست از جا بلنـد بـشوم؛ می‌رفتم کاشه‌هائی که در آن گرد تریاک پر کرده بودم می‌آوردم، در کشو میز کوچک پهلوی تختخوابم می‌گذاشتم تـا وقتـی کـه خـوب ناخوشـی مـرا انداخت و نتوانستم از جا تکان بخورم آن‌ها را دربیاورم و بخـورم. بدبختانـه ناخوشی نمی‌آمد و نمی‌خواست بیاید، یک بار که جلو یک نفـر از دوستانم ناگزیر شدم یک تکه نان کوچک را با چائی بخورم حس کردم که حالم خـوب شد، به کلی خوب شد، از خودم ترسیدم، از جـان‌سختی خـودم ترسیدم،

هولناک بود، باور کردنی نیست، این‌ها را که می‌نویسم حواسم سر جایش است، پرت نمی‌گویم خوب یادم است.

این چه قوه‌ای بوده که در من پیدا شده بود؟ دیدم هیچ کدام از این کارها سودی نکرد، باید جدی ناخوش بشوم. آری، زهر کشنده آن‌جا در کیفم است، زهر فوری. یادم می‌آید آن روز که به دروغ و دونگ و هزار زحمت آن را به اسم عکاسی خریدم، اسم و آدرس دروغی داده بودم؛ «سیانور دوپتاسیوم» که در کتاب طبی خوانده بودم و نشانی‌های آن را می‌دانستم: تشنج، تنگی نفس، جان کندن درصورتی که شکم ناشتا باشد، ۲۰ گرم آن فورا یا در دو دقیقه می‌کشد. برای این که در نزدیکی هوا خراب نشود آن را در قلع شکلات پیچیده بودم و رویش را یک قشر از موم گرفته بودم و در شیشه‌ی در بست بلوری گذاشته بودم. مقدار آن صد گرم بود و آن را مانند جواهر گرانبهائی با خودم داشتم. اما خوشبختانه چیز بهتر از آن گیر آوردم: تریاک قاچاق، آن هم در پاریس! تریاک که مدت‌ها بود در جستجویش بودم، به طور اتفاق به چنگ آوردم. خوانده بودم که طرز مردن با تریاک به مراتب گواراتر و بهتر از زهر اولی است؛ حالا می‌خواستم خودم را جدا ناخوش بکنم و بعد تریاک بخورم.

سیانور دوپتاسیوم را باز کردم، از کنار گلوله‌ی تخم مرغی آن به اندازه دو گرم تراشیدم، در کاشه‌ی خالی گذاشتم، با چسب لبه‌ی آن را چسبانیدم و خوردم، نیم ساعتی گذشت، هیچ حس نکردم، روی کاشه که به آن آلوده شده بود شورمزه بود. دوباره آن را برداشتم. این دفعه به اندازه‌ی پنج گرم تراشیدم و کاشه را فرو دادم، رفتم در رخت‌خوابم خوابیدم، هم‌چنین خوابیدم که شاید دیگر بیدار نشوم!

این فکر هر آدم عاقلی را دیوانه می‌کند، نه، هیچ حس نکردم، زهر کـشـنده به من کارگر نشد! حالا هم زنده هستم، زهر هم آن‌جا در کیفم افتاده. مـن توی رخت‌خواب نفسم پس می‌رود، اما این در اثر آن دوا نیست. من روئـیـن تن شده‌ام، روئین تن که در افسانه‌ها نوشته‌اند. باور کردنی نیست اما باید بروم. بیهوده است، زندگانیم وازده شده، بی‌خود، بی‌مصرف، باید هـر چـه زودتر کلک را کند و رفت. این دفعه شوخی نیست، هر چه فکر می‌کنم هیچ چیز مرا به زندگی وابستگی نمی‌دهد، هیچ چیز و هیچ کس...

یادم می‌آید پس پریروز بود، دیوانه وار در اطاق خودم قدم می‌زدم، از این سو به آن سو می‌رفتم. رخت‌هائی که به دیوار آویخته، ظرف روشوئی، آینه در گنجه، عکسی که به دیوار است، تختخواب، میز میان اطاق، کتاب‌هائی که روی آن افتاده، صندلی‌ها، کفشی که زیر گنجه گذاشته شده، چمدان‌هـای گوشه‌ی اطاق پی در پی از جلو چشمم می‌گذشتند. اما من آن‌ها را نمی‌دیدم، یا دقت نمی‌کردم، به چه فکر می‌کردم؟ نمی‌دانم. بی‌خود گام برمی‌داشتم. یکباره به خودم آمدم، این راه رفتن وحشیانه را یک جائی دیده بودم و فکـر مرا به سوی خود کشیده بود. نمی‌دانستم کجا، به یادم افتاد، در باغ وحـش برلین اولین بار بود که جانوران درنده را دیدم. آن‌هائی کـه در قفـس خودشان بیدار بودند، همین‌طور راه می‌رفتند، درست همیـن‌طـور. در آن موقع من هم مانند این جانوران شـده بـودم؛ شاید مثل آن‌هـا هـم فکـر می‌کردم، در خودم حس کردم که مانند آن‌ها هستم، این راه رفتن بـدون اراده، چرخیدن به دور خودم، به دیوار که برمی‌خوردم طبیعتا حس می‌کردم که مانع است، بر می‌گشتم. آن جانوران هم همین کار را می‌کنند...

۱٤

نمی‌دانم چه می‌نویسم. تیک تاک ساعت همین‌طور بغل گوشم صدا می‌دهد. می‌خواهم آن را بردارم و از پنجره پرت کنم بیرون، این صدای هولناک که گذشتن زمان را در کله‌ام با چکش می‌کوبد!

یک هفته بود که خودم را آماده‌ی مرگ می‌کردم، هر چه نوشته و کاغذ داشتم، همه را نابود کردم. رخت‌های چرکم را دور انداختم تا بعد از من که به چیزهایم وارسی می‌کنند چیز چرک نیابند. رخت زیر نو که خریده بودم پوشیدم، تا وقتی که مرا از رخت‌خواب بیرون می‌کشند و دکتر می‌آید معاینه بکند شیک بوده باشم. شیشه‌ی «اودوکلنی» را برداشتم. در رخت‌خوابم پاشیدم که خوش بو بشود. ولی از آن‌جائی که هیچ یک از کارهایم مانند دیگران نبود این دفعه هم باز مطمئن نبودم. از جان سختی خودم می‌ترسیدم، مثل این بود که این امتیاز و برتری را به آسانی به کسی نمی‌دهند، می‌دانستم که به این مفتی کسی نمی‌میرد...

عکس خویشان خودم را در آوردم نگاه کردم، هر کدام از آن‌ها مطابق مشاهدات خودم پیش چشمم مجسم شدند. آن‌ها را دوست داشتم و دوست نداشتم، می‌خواستم ببینم و نمی‌خواستم. نه، یادگارهای آن‌جا زیاد جلو چشمم روشن بود، عکس‌ها را پاره کردم. نه، دلبستگی نداشتم. خودم را قضاوت کردم دیدم، یک آدم مهربانی نبوده‌ام؛ من سخت، خشن و بیزار درست شده‌ام، شاید این طور نبورم، تا اندازه‌ای هم زندگانی و روزگار مرا این طور کرد؛ از مرگ هم هیچ نمی‌ترسیدم. برعکس یک ناخوشی، یک دیوانگی مخصوصی در من پیدا شده بود که به سوی مغناطیس مرگ کشیده می‌شدم. این هم تازگی ندارد، یک حکایتی به یادم افتاد. مال پنج شش سال پیش است: در تهران یک روز صبح زود رفتم در خیابان شاه آباد از عطاری تریاک بخرم، اسکناس سه تومانی را جلو او گذاشتم گفتم: دو قران

تریاک. او با ریش حنا بسته و عرقچینی که روی سرش بود صلوات می‌فرستاد، زیرچشمی به من نگاه کرد، مثل چیزی که قیافه‌شناس بود یا فکر مرا خواند گفت: پول خرد نداریم. دو قرانی در آوردم دادم. گفت: نه، اصلا نمی‌فروشیم. علت آن را پرسیدم جواب داد: شما جوان و جاهل هستید، خدای نکرده یک وقت به سرتان بزند تریاک را می‌خورید. من هم اصرار نکردم.

نه، کسی تصمیم خودکشی را نمی‌گیرد، خودکشی با بعضی‌ها هست. در خمیره و در نهاد آن‌هاست. آری، سرنوشت هر کسی روی پیشانیش نوشته شده، خودکشی هم با بعضی‌ها زائیده شده، من همیشه زندگانی را به مسخره گرفتم. دنیا، مردم، همه‌اش به چشمم یک بازیچه، یک ننگ، یک چیز پوچ و بی‌معنی است. می‌خواستم بخوابم و دیگر بیدار نشوم و خواب هم نبینم، ولی چون در نزد همه‌ی مردم خودکشی یک کار عجیب و غریبی است می‌خواستم خودم را ناخوش سخت بکنم، مردنی و ناتوان بشوم و بعد از آن که چشم و گوش همه پر شد تریاک بخورم تا بگویند: ناخوش شد و مرد.

*

در رخت‌خوابم یادداشت می‌کنم، سه بعد از ظهر است. دو نفر به دیدنم آمدند، حالا رفتند، تنها ماندم. سرم گیج می‌رود، تنم راحت و آسوده است. در معده‌ام یک فنجان شیر و چائی می‌باشد، تنم شل، سست و گرمای ناخوشی دارد. یک ساز قشنگی در صحفه‌ی گرامافون شنیده بودم. یادم آمد، می‌خواهم آن را به سوت بزنم نمی‌توانم، کاش آن صفحه را دوباره می‌شنیدم. الان نه از زندگی خوشم می‌آید و نه بدم می‌آید. زنده‌ام بدون اراده، بدون میل، یک نیروی فوق العاده‌ای مرا نگه داشته. در زندان زندگانی زیر زنجیرهای فولادین بسته شده‌ام. اگر مرده بودم مرا می‌بردند

در مسجد پاریس به دست عرب‌های بی‌پیر می‌افتادم؛ دوباره می‌مـردم؛ از ریخت آن‌ها بیزارم. در هر صورت به حال من فرقی نمی‌کرد. پس از آن که مرده بودم اگر مرا در مبال هم انداخته بودند برایم یکـسان بـود. آسـوده شده بودم. تنها در منزلمان گریه و شیون می‌کردند، عکس مرا می‌آوردند، برایم زبان می‌گرفتند، از این کثافت‌کاری‌ها که معمول است. همه‌ی این‌ها به نظرم احمقانه و پوچ می‌آید. لابد چند نفر از من تعریف زیادی می‌کردند، چند نفر تکذیب می‌کردند، اما بالاخره فراموش می‌شدم؛ من اصلا خودخواه و نچسب هستم.

هر چه فکر می‌کنم، ادامه دادن بـه ایـن زنـدگی بیهـوده اسـت. مـن یـک میکروب جامعه شده‌ام، یک وجود زیان آور، سرباز دیگران. گاهی دیـوانگیم گل می‌کند، می‌خواهم بروم دور، خیلی دور، یک جائی که خودم را فرامـوش بکنم. فراموش بشوم، گم بشوم، نابود بشوم، مـی‌خـواهم از خـودم بگریـزم بروم خیلی دور، مثلا بروم در سیبریه، در خانه‌ها ی چوبین زیر درخت‌هـای کاج، آسمان خاکستری، برف، برف انبوه میان موجیـک‌هـا؛ بـروم زنـدگانی خودم را از سر بگیرم. یا، مثلا بـروم بـه هندوستان، زیـر خورشیـد تابـان، جنگل‌های سر به هم کشیده، مابین مردمان عجیب و غریب، یک جائی بروم که کسی مرا نشناسد، کسی زبان مرا نداند، می‌خواهم همه چیز را در خودم حس بکنم، اما می‌بینم برای این کار درست نشده‌ام؛ نـه، مـن لـش و تنبـل هستم. اشتباهی به دنیا آمده‌ام، مثل چوب دوسر گهی، از این‌جـا مانـده و از آن‌جا رانده. از همه‌ی نقشه‌های خودم چشم پوشیدم، از عـشق، از شـوق، از همه چیز کناره گرفتم. دیگر در جرگه‌ی مرده‌ها به شمار می‌آیم.

گاهی با خودم نقشه‌های بزرگ می‌کشم، خودم را شایسته‌ی همه کار و همه چیز می‌دانم، با خودم می‌گویم: آری، کسانی که دست از جان شسته‌انـد و از

همه چیز سرخورده‌اند تنها می‌توانند کارهای بزرگ انجام بدهند. بعد با خودم می‌گویم: به چه درد می‌خورد؟ چه سودی دارد؟... دیوانگی، همه‌اش دیوانگی است! نه، بزن خودت را بکش، بگذار لاشه‌ات بیفتد آن میان، برو، تو برای زندگی درست نشده‌ای، کم‌ترفلسفه بباف، وجود تو هیچ ارزشی ندارد، از تو هیچ کاری ساخته نیست! ولی نمی‌دانم چرا مرگ ناز کرد؟ چرا نیامد؟ چرا نتوانستم بروم پی کارم آسوده بشوم؟ یک هفته بود که خودم را شکنجه می‌کردم. این هم مزد دستم بود! زهر به من کارگر نشد، باور کردنی نیست، نمی‌توانم باور بکنم. غذا نخوردم، خودم را سرما دادم، سرکه خوردم، هر شب گمان می‌کردم سل سواره گرفته‌ام، صبح که برمی‌خاستم از روز پیش حالم بهتر بود. این را به کی می‌شود گفت؟ یک تب نکردم. اما خواب هم ندیده‌ام، چرس هم نکشیده‌ام. همه‌اش خوب به یادم است نه، باور کردنی نیست.

این‌ها را که نوشتم کمی آسوده شدم، از من دلجوئی کرد، مثل این است که بار سنگینی را از روی دوشم برداشتند. چه خوب بود اگر همه چیز را می‌شد نوشت، اگر می‌توانستم افکار خودم را به دیگری بفهمانم، می‌توانستم بگویم، نه، یک احساساتی هست، یک چیزهائی هست که نمی‌شود به دیگران فهماند، نمی‌شود گفت، آدم را مسخره می‌کنند. هر کس مطابق افکار خودش دیگری را قضاوت می‌کند. زبان آدمیزاد مثل خود او ناقص و ناتوان است.

من روئین تن هستم. زهر به من کارگر نشد، تریاک خوردم فایده نکرد. آری، من روئین تن شده‌ام، هیچ زهری دیگر به من کارگر نمی‌شود. بالاخره دیدم همه‌ی زحمت‌هایم به باد رفت. پریشب بود، تصمیم گرفتم تا گندش بالا نیامده مسخره‌بازی را تمام بکنم. رفتم کاشه‌های تریاک را از کشو میز

۱۸

کوچک در آوردم. سه تا بود، تقریبا به‌اندازه‌ی یـک لولـه تریـاک معمـولی می‌شد، آن‌ها را برداشتم. ساعت هفت بود، چائی از پائین خواستم آوردنـد آن را سر کشیدم. تا ساعت هشت کسی به سراغ من نیامد، در را از پـشت بستم، رفتم جلو عکسی که به دیوار بود ایستادم، نگاه کردم. نمی‌دانـم چـه فکرهائی برایم آمد، ولی او به چشمم یک آدم بیگانه بود. با خودم می‌گفتم: این آدم چه وابستگی با من دارد؟ ولی این صورت را می‌شـناختم، او را خیلـی دیده بودم. بعد برگشتم، احساس شورش، ترس یا خوشی نداشتم، همـه‌ی کارهائی که کرده بودم و کاری که می‌خواستم بکنم و همـه چیـز بـه نظـرم بیهوده و پوچ بود. سرتاسر زندگی به نظرم مسخره می‌آمد، نگاهی بـه دور اطاق انداختم. همه‌ی چیزها سر جای خودشان بودند، رفتـم جلـو آیـنه‌ی در گنجه به چهره‌ی برافروخته‌ی خودم نگاه کردم. چشم‌ها را نیمـه بـستم، لای دهنم را کمی‌باز کردم و سرم را به حالت مرده کج گرفتم. بـا خـودم گفتـم فردا صبح به این صورت درخواهم آمد. اول هر چه در می‌زنند کسی جواب نمی‌دهد، تا ظهر گمان می‌کنند که خوابیده‌ام، بعد چفت در را مـی‌شـکنند، وارد اطاق می‌شوند و مرا به این حال می‌بینند. همه‌ی این فکرها مانند بـرق از جلو چشمم گذشت.

لیوان آب را برداشتم، با خونسردی پیش خودم گفتم کـه کاشـه‌ی آسـپرین است و کاشه‌ی اولی را فرو دادم، دومی‌و سومی‌را هم دستپاچه پشت سرش فرو دادم. لرزش کمی‌در خودم حس کردم، دهنم بوی تریاک گرفت، قلبم کمی‌تند زد، سیگار نصفه کشیده را انداختم در خاکستر دان، رفتم حـب خوشبو از جیبم در آوردم مکیدم. دوباره خودم را جلوی آینه دیدم، بـه دور اطاق نگاهی انداختم، همه‌ی چیزها سر جای خودشان بودند. با خـودم گفتـم دیگر کار تمام است، فردا افلاطون هم نمی‌تواند مرا زنده بکند! رخت‌هـایم

را روی صندلی پهلوی تخت مرتب کردم، لحاف را روی خودم کشیدم، بـوی «اودکلن» گرفته بود. دگمه‌ی چراغ را پیچاندم اطاق خاموش شد، یک تکه از بدنه‌ی دیوار و پائین تخت با روشنائی تیره و ضعیفی که از پـشت شیـشه‌ی پنجره می‌آمد کمی‌روشن بود، دیگر کاری نداشتم، خوب یا بد کارهـا را بـه این‌جا رسانیده بودم. خوابیدم، غلت زدم، همه‌ی خیالم متوجه این بـود کـه مبادا کسی به احوالپرسی من بیاید و سماجت بکند. اگر چـه بـه همـه گفتـه بودم که چند شب است خوابم نبرده تا این که مرا آسوده بگذارند. در این موقع کنجکاوی زیادی داشتم. مانند این که پیش آمد فوق العاده‌ای برایم رخ داده، یا مسافرت گوارائی در پیش داشتم، می‌خواستم خوب مردن را حـس بکنم. حواسم را جمع کرده بودم، ولی گوشم به بیرون بود، به محض این کـه صدای پا می‌آمد دلم تو می‌ریخت. پلک‌هایم را به هم فشار دادم. ده دقیقه یا کمی‌بیشتر گذشت هیچ خبری نشد، با فکرهای گوناگون سر خودم را گرم کرده بودم ولی نه از این کار خودم پشیمان بودم و نه می‌ترسیدم تا این که حس کردم گردها دست به کار شدند. اول سنگین شدم، احساس خـستگی کردم، این حس در حوالی شکم بیشتر بود، مثل وقتی که غـذا خـوب هـضم نشود، پس از آن این خـستگی بـه سـینه و سـپس بـه سـر سـرایت کـرد. دست‌هایم را تکان دادم، چشم‌هایم را باز کردم، دیدم حواسم سـر جـایش است. تشنه‌ام شد، دهانم خشک شده بود، به دشواری آب دهـانم را فـرو می‌دادم، تپش قلبم کند می‌شد. کمی‌گذشت، حس می‌کردم هـوای گـرم و گوارائی از همه‌ی تنم بیرون می‌رفت، بیشتر از جاهای برجسته‌ی بـدن بـود؛ مثل سر انگشت‌ها، تک بینی و غیره... در همان حال می‌دانستم که می‌خواهم خودم را بکشم، یادم افتاد که این خبر برای دسته‌ای ناگوار است، پیش خودم در شگفت بودم. همه‌ی این‌ها به چشمم بچگانه، پـوچ و خنـده‌آور بـود. بـا خودم فکر می‌کردم که الان آسوده هستم و به آسودگی خواهم مـرد. چـه

اهمیتی دارد که دیگران غمگین بشوند یا نشوند، گریه بکنند یا نکنند؟ خیلی مایل بودم که این کار بشود و می‌ترسیدم. مبادا تکان بخورم یا فکری بکنم که جلو اثر تریاک را بگیرم. همه‌ی ترسم این بود که مبادا پس از این همه زحمت زنده بمانم. می‌ترسیدم که جان کندن سخت بوده باشد و در ناامیدی فریاد بزنم یا کسی را به کمک بخواهم. اما گفتم هر چه سخت بوده باشد، تریاک می‌خواباند و هیچ حس نخواهم کرد. خواب به خواب می‌روم و نمی‌توانم از جایم تکان بخورم یا چیزی بگویم، در هم از پشت بسته است!...

آری، درست به یادم هست. این فکرها برایم پیدا شد. صدای یکنواخت ساعت را می‌شنیدم، صدای پای مردم را که در مهمانخانه راه می‌رفتند می‌شنیدم. گویا حس شنوائی من تندتر شده بود. حس می‌کردم که تنم می‌پرید، دهنم خشک شده بود، سردرد کمی داشتم، تقریبا به حالت اغما افتاده بودم، چشم‌هایم نیمه باز بود. نفسم گاهی تند و گاهی کند می‌شد، از همه‌ی سوراخ‌های پوست تنم این گرمای گوارا به بیرون تراوش می‌کرد. مانند این بود که من هم دنبال آن بیرون می‌رفتم. خیلی میل داشتم که بر شدت آن بیفزاید، در وجد ناگفتنی فرو رفته بودم. هر فکری که می‌خواستم می‌کردم. اگر تکان می‌خوردم حس می‌کردم که مانع از بیرون رفتن این گرما می‌شد. هرچه راحت‌تر خوابیده بودم بهتر بود. دست راستم را از زیر تنه‌ام بیرون کشیدم، غلتیدم، به پشت خوابیدم، کمی ناگوار بود، دوباره به همان حالت افتادم و اثر تریاک تندتر شده بود. می‌دانستم و می‌خواستم که مردان را درست حس بکنم، احساسم تند و بزرگ شده بود، در شگفت بودم که چرا خوابم نبرده؟ مثل این بود که همه‌ی هستی من از تنم به طرز خوش و گوارائی بیرون می‌رفت. قلبم آهسته می‌زد، نفس آهسته می‌کشیدم، گمان می‌کنم دو-سه ساعت گذشته بود. در این بین کسی در

زد، فهمیدم همسایه‌ام است ولی جواب او را ندادم و نخواستم از جـای خـود تکان بخورم. چشم‌هایم را باز کردم و دوباره بستم، صدای باز شدن در اطاق او را شنیدم، او دستش را شست، بـا خـودش سـوت زد، همـه را شـنیدم؛ کوشش می‌کردم اندیشه‌های خوش و گوارا بکـنم، بـه سـال گذشـته فکـر می‌کردم. آن روزی که در کشتی نشسته بودم سازدهنی مـی‌زدنـد، مـوج دریا، تکان کشتی، دختر خوشگلی که روبرویم نشـسته بـود، در فکـر خـودم غوطه ور شده بودم، دنبال آن می‌دویدم، مانند این که بال در آورده بودم و در فضا جولان می‌دادم، سبک و چالاک شده بودم به‌طوری که نمـی‌شـود بیان کرد. تفاوت آن همان قدر است که پرتو روشنائی را که به طور طبیعی می‌بینیم در کیف تریاک مثل این است که همین روشنائی را از پـشت آویـز چلچراغ یا منشور بلوری ببینند و به رنگ‌های گوناگون تجزیه مـی‌شـود. در این حالت خیال‌های ساده و پوچ که برای آدم می‌آید همان‌طـور افـسونگر و خیره کننده می‌شود، هر خیال گذرنده و بی‌خود یک صـورت دلفریـب و بـا شکوهی به خودش می‌گیرد، اگر دورنما یا چشم اندازی از فکـر آدم بگـذرد بی‌اندازه بزرگ می‌شود، فضا باد می‌کند، گذشتن زمان محسوس نیست.

در این هنگام خیلی سنگین شده بودم، حواسم بالای تنم موج می‌زد، اما حس می‌کردم که خوابم نبرده. آخرین احساسی که از کیف و نشئه‌ی تریـاک بـه یادم است این بود: که پاهایم سرد و بی‌حس شده بود، تنم بـدون حرکـت، حس می‌کردم که می‌روم و دور می‌شوم. ولی به مجرد این که تاثیر آن تمام شد یک غم و اندوه بی‌پایانی مرا فرا گرفت، حس کردم که حواسم دارد سر جایش می‌آید. خیلی دشوار و ناگوار بود. سردم شد، بیـشتر از نـیم سـاعت خیلی سخت لرزیدم، صدای دندان‌هایم که به هم می‌خورد می‌شنیدم. بعـد تب آمد، تب سوزان و عرق از تنم سرازیر شد، قلبم می‌گرفت، نفسم تنـگ

شده بود. اولین فکری که برایم آمد این بود که هر چه رشته بودم پنبه شد و نشد آن طوری که باید شده باشد. از جان سختی خودم بیشتر تعجب کرده بودم، پی بردم که یک قوه‌ی تاریک و یک بدبختی ناگفتنی با من در نبرد است.

به دشواری نیمه تنه در رخت‌خوابم بلند شدم، دگمه‌ی چراغ برق را پیچاندم، روشن شد. نمی‌دانم چرا دستم رفت به سوی آینه‌ی کوچکی که روی میز پهلوی تخت بود، دیدم صورتم آماس کرده بود، رنگم خاکی شده بود، از چشم‌هایم اشک می‌ریخت، قلبم به شدت می‌گرفت، با خودم گفتم که اقلا قلبم خراب شد! چراغ را خاموش کردم و در رخت‌خواب افتادم.

نه، قلبم خراب نشد، امروز بهتر است، نه، بادمجان بم آفت ندارد! برایم دکتر آمد، قلبم را گوش داد، نبضم را گرفت، زبانم را دید، درجه (گرما سنج) گذاشت، از همین کارهای معمولی که همه‌ی دکترها به محض ورود می‌کنند و همه جای دنیا یک جور هستند. به من نمک میوه و گنه گنه داد، هیچ نفهمید درد من چه است! هیچ کس به درد من نمی‌تواند پی ببرد! این دواها خنده‌آور است، آن‌جا روی میز هفت - هشت جور دوا برایم قطار کرده‌اند، من پیش خودم می‌خندم، چه بازیگر خانه‌ای است!

تیک تاک ساعت همین‌طور بغل گوشم صدا می‌دهد، صدای بوق اتومبیل و دوچرخه‌و غریو ماشین‌دودی از بیرون می‌آید. به کاغذ دیوار نگاه می‌کنم، برگ‌های باریک ارغوانی سیر و خوشه‌ی گل سفید دارد، روی شاخه‌ی آن فاصله به فاصله دو مرغ سیاه روبروی یکدیگر نشسته‌اند. سرم تهی، معده‌ام مالش می‌رود، تنم خرد شده. روزنامه‌هائی که بالای گنجه‌انداخته‌ام به حالت مخصوصی مانده، نگاه که می‌کنم یک مرتبه مثل این است که همه‌ی آن‌ها به چشمم غریبه می‌آید، خودم به چشم خودم بیگانه‌ام، در شگفت هستم که

چرا زنده‌ام؟ چرا نفس می‌کشم؟ چرا گرسنه‌ام می‌شود؟ چرا می‌خورم؟ چرا راه می‌روم؟ چرا این‌جا هستم؟ این مردمی‌را که می‌بینم کی هستند و از من چه می‌خواهند؟...

حالا خوب خودم را می‌شناسم، همان طوری که هستم بدون کم و زیاد؛ هیچ کاری نمی‌توانم بکنم، روی تخت خسته و کوفته افتاده‌ام، ساعت به ساعت افکارم می‌گردند، در همان دایره‌های نا امیدی حوصله‌ام به سر رفته، هستی خودم مرا به شگفت انداخته، چقدر تلخ و ترسناک است هنگامی‌که آدم هستی خودش را حس می‌کند! در آینه که نگاه می‌کنم به خودم می‌خندم، صورتم به چشم خودم آن قدر ناشناس، بیگانه و خنده‌آور آمده...

این فکر چندین بار برایم آمده: روئین تن شده‌ام، روئین تن که در افسانه‌ها نوشته‌اند حکایت من است. معجزه بود. اکنون همه جور خرافات و مزخرفات را باور می‌کنم، افکار شگفت انگیز از جلو چشمم می‌گذرد. معجزه بود! حالا می‌دانم که خدا یا یک زهرماری دیگری در ستمگری بی‌پایان خودش دو دسته مخلوق آفریده: خوشبخت و بدبخت. از اولی‌ها پشتیبانی می‌کند و بر آزار و شکنجه‌ی دسته‌دوم به‌دست خودشان می‌افزاید. حالا باور می‌کنم که یک قوای درنده و پستی، یک فرشته‌ی بدبختی با بعضی‌ها هست...

بالاخره تنها ماندم، الان دکتر رفت، کاغذ و مداد را برداشتم، می‌خواهم بنویسم، نمی‌دانم چه؟ یا این که مطلبی ندارم و یا از بس که زیاد است نمی‌توانم بنویسم. این هم خودش بدبختی است. نمی‌دانم، نمی‌توانم گریه بکنم. شاید اگر گریه می‌کردم اندکی به من دلداری می‌داد! نمی‌توانم. شکل دیوانه‌ها شده‌ام. در آینه دیدم موهای سرم وز کرده، چشم‌هایم باز و بی‌حالت است، فکر می‌کنم اصلا صورت من نباید این شکل بوده باشد،

صورت خیلی‌ها با فکرشان توفیر دارد؛ این بیشتر مرا از جا در می‌کند. همین‌قدر می‌دانم که از خودم بدم می‌آید، می‌خورم از خودم بدم می‌آید، راه می‌روم از خودم بدم می‌آید، فکر می‌کنم از خودم بدم می‌آید. چه سمج! چه ترسناک! نه، این یک قوه‌ی مافوق بشر بود. یک کوفت بود. حالا این جور چیزها را باور می‌کنم! دیگر هیچ چیز به من کارگر نیست. سیانور خوردم در من اثر نکرد، تریاک خوردم باز هم زنده‌ام! اگر اژدها هم مرا بزند، اژدها می‌میرد! نه، کسی باور نخواهد کرد. آیا این زهرها خراب شده بود؟ آیا به قدر کافی نبود؟ آیا زیادتر از اندازه‌ی معمولی بود؟ آیا مقدار آن را عوضی در کتاب طبی پیدا کرده بودم؟ آیا دست من زهر را نوش دارو می‌کند؟ نمی‌دانم. این فکرها صدبار برایم آمده، تازگی ندارد. به یادم می‌آید شنیده‌ام وقتی که دور کژدم آتش بگذارند خودش را نیش می‌زند؛ آیا دور من یک حلقه‌ی آتشین نیست؟

جلو پنجره‌ی اطاقم روی لبه‌ی سیاه شیروانی که آب باران در گودالی آن جمع شده دو گنجشک نشسته‌اند. یکی از آن‌ها تک خود را در آب فرو می‌برد، سرش را بالا می‌گیرد، دیگری، پهلوی او کز کرده خودش را می‌جورد. من تکان خوردم، هر دو آن‌ها جیرجیر کردند و با هم پریدند. هوا ابرست، گاهی از پشت لکه‌های ابر آفتاب رنگ پریده در می‌آید، ساختمان‌های بلند روبرو همه دود زده، سیاه و غم‌انگیز زیر فشار این هوای سنگین و بارانی مانده است، صدای دور و خفه‌ی شهر شنیده می‌شود.

این ورق‌های بدجنس که با آنها فال گرفتم، این ورق‌های دروغ گو که مرا گول زدند، آن‌جا در کشو میزم است، خنده دارتراز همه آن است که هنوز هم با آن‌ها فال می‌گیرم!

چه می‌شود کرد؟ سرنوشت پرزورتر از من است.

خوب بود که آدم با همین آزمایش‌هائی که از زنـدگی دارد مـی‌توانـست دوباره به دنیا بیاید و زنـدگانی خودش را از سر نـو اداره بکنـد! امـا کـدام زنـدگی؟ آیا در دست من اسـت؟ چـه فایـده‌ای دارد؟ یـک قـوای کـور و ترسناکی بر سر ما سوارند، کسانی هستند که یک ستاره‌ی شومی‌سرنوشت آن‌ها را اداره می‌کند، زیر بار آن خرد مـی‌شـوند و مـی‌خواهنـد کـه خـرد بشوند....

دیگر نه آرزوئی دارم و نه کینه ای. آن چه که در من انسانی بـود از دسـت دادم، گذاشتم گم بشود، در زندگانی آدم باید یا فرشته باشد یا انسان و یـا حیوان، من هیچ کدام از آن‌ها نشدم، زندگانیم برای همیشه گـم شـد؛ مـن خود پسند، ناشی و بیچاره به دنیا آمده بودم، حالا دیگر غیرممکن است کـه برگردم و راه دیگری در پیش بگیرم؛ دیگر نمی‌توانم دنبال این سـایه‌هـای بیهوده بروم، با زندگانی گلاویز بشوم، کشتی بگیـرم. شماهائی کـه گمان می‌کنید در حقیقت زندگی می‌کنید، کدام دلیل و منطق محکمـی‌در دسـت دارید؟ من دیگر نمی‌خواهم نه ببخشم و نه بخشیده بشوم، نه به چپ بروم و نه به راست، می‌خواهم چشم‌هایم را به آینده ببندم و گذشته را فرامـوش بکنم.

نه، نمی‌توانم از سرنوشت خودم بگریزم، این فکرهای دیوانه، این احساسات، این خیال‌ها ی گذرنده که برایم می‌آید آیا حقیقی نیست؟ در هـر صـورت خیلی طبیعی‌تر و کم‌تر ساختگی به نظر می‌آید تا افکـار منطقـی مـن. گمان می‌کنم آزادم ولی جلو سرنوشت خودم نمی‌توانم کم ترین ایستادگی بکنم. افسار من به دست اوست، اوست که مرا به این سو و آن سو مـی کـشاند. پستی، پستی زندگی که نه‌می‌توانند از دستش بگریزند، نه‌می‌توانند فریـاد بکشند، نه‌می‌توانند نبرد بکنند، زندگی احمق!

حالا دیگر نه زندگانی می‌کنم و نه خواب هستم، نه از چیزی خوشم می‌آید نه بدم می‌آید. من با مرگ آشنا و مأنوس شده‌ام. یگانه دوست من است؛ تنها چیزی است که از من دلجوئی می‌کند. قبرستان منپارناس به یادم می‌آید، دیگر به مرده‌ها حسادت نمی‌ورزم، من هم از دنیای آن‌ها به شمار می‌آیم. من هم با آن‌ها هستم، یک زنده به گور هستم...

خسته شدم، چه مزخرفاتی نوشتم! با خودم می‌گویم: برو دیوانه، کاغذ و مداد را دور بینداز، بینداز دور، پرت گوئی بس است. خفه بشو، پاره بکن، مبادا این مزخرفات به دست کسی بیفتد، چگونه مرا قضاوت خواهند کرد؟ اما من از کسی رودربایستی ندارم، به چیزی اهمیت نمی‌گذارم، به دنیا و مافی‌هایش می‌خندم. هر چه قضاوت آن‌ها درباره من سخت بوده باشد، نمی‌دانند که من پیشتر خودم را سخت‌تر قضاوت کرده‌ام. آن‌ها به من می‌خندند، نمی‌دانند که من بیشتر به آن‌ها می‌خندم. من از خودم و از همه و از خواننده‌ی این مزخرف‌ها بیزارم.

این یادداشت‌ها با یک دسته ورق در کشو او بود. ولیکن خود او در تخت خواب افتاده نفس کشیدن از یادش رفته بود.

پاریس ۱۱ اسفند ماه ۱۳۰۸

حاجی مراد

حاجی مراد به چابکی از سکوی دکان پائین جست، کمر چین قبای بخور خود را
تکان داد، کمربند نقره‌اش را سفت کرد، دستی به ریش حنا بسته خود
کشید، حسن شاگردش را صدا زد، با هم دکان را تخته کردند، بعد از جیب
فراخ خود چهار قران در آورد داد به حسن که اظهار تشکر کرد و با گام‌های
بلند سوت زنان مابین مردمی که در آمد و شد بودند ناپدید گردید. حاجی
عبای زردی که زیر بغلش زده بود انداخت روی دوشش، به اطراف نگاه
کرد، و سلانه سلانه به راه افتاد. هر قدمی که بر می‌داشت کفش‌های نو او
غژ غژ صدا می‌کرد. در میان راه بیشتر دکان دارها به او سلام و تعارف
می‌کردند و می‌گفتند: «حاجی سلام، حاجی احوالت چطور است؟ حاجی
خدمت نمی‌رسیم؟»... از این حرف‌ها گوش حاجی پر شده بود، و یک اهمیت
مخصوصی به لغت حاجی می‌گذاشت، به خودش می‌بالید و با لبخند بزرگ
منشی جواب سلام می‌گرفت.

این لغت برای او حکم یک لقب را داشت در صورتی که خودش می‌دانست
که به مکه نرفته بود، تنها وقتی که بچه بود و پدرش مرد، مادر او مطابق
وصیت پدرش خانه و همه‌ی دارائی آن‌ها را فروخت، پول طلا کرد و بنه کن
رفتند به کربلا. بعد از یکی دو سال پول‌ها خرج شد و به گدائی افتادند، تنها
حاجی خودش را به هزار زحمت رسانیده بود به عمویش در همدان، اتفاقا

زود روی عموی او مرد و چون وارث دیگری نداشت همه‌ی دارائی او رسیده بود به حاجی و چون عمویش در بازار معروف به حاجی بود این لقب هم با دکان به او ارث رسیده بود، او در این شهر هیچ خویش و قومی‌نداشت، دو سه بار هم جویای حال مادر و خواهرش که در کربلا به گدائی افتاده بودند شده بود، اما از آن‌ها هیچ خبر و اثری پیدا نکرده بود.

دو سال می‌گذشت که حاجی زن گرفته بود، ولی از طرف زن خوشبخت نبود. چندی بود که میان او و زنش پیوسته جنگ و جدال می‌شد، حاجی همه چیز را می‌توانست تحمل کند مگر زخم زبان و نیش‌هائی که زنش به او می‌زد، و او هم برای این که از زنش چشم زهره بگیرد عادت کرده بود او را اغلب می‌زد. گاهی هم از این کار خود پشیمان می‌شد، ولی در هر صورت زود روی یک دیگر را می‌بوسیدند و آشتی می‌کردند. چیزی که بیشتر حاجی را بدخلق کرده بود این بود که هنوز بچه پیدا نکرده بود. چندین بار هم دوستانش به او نصیحت کرده بودند که یک زن دیگر بگیرد، اما حاجی گول‌خور نبود و می‌دانست که گرفتن زن دیگر بر بدختی او خواهد افزود، از این رو نصیحت‌ها را از یک گوش می‌شنید و ازگوش دیگر به در می‌کرد. وانگهی زنش هنوز جوان و خوشگل بود و بعد از چند سال با هم انس گرفته بودند و خوب یا بد زندگانی را یک جور به سر می‌بردند، خود حاجی هم که هنوز جوان بود. اگر خدا می‌خواست به آن‌ها بچه می‌داد. از این جهت حاجی مایل نبود زنش را طلاق بدهد. ولی، این عادت هم از سر او نمی‌افتاد: زنش را می‌زد، و زن او هم بدتر لجبازی می‌کرد. به خصوص از دیشب میانه‌ی آن‌ها سخت شکر آب شده بود.

حاجی همین‌طور که تخمه‌ی هندوانه می‌انداخت در دهنش و پوست دولپه کرده‌ی آن را جلو خودش تف می‌کرد، از دهنه‌ی بازار بیرون آمد. هوای

تازه‌ی بهاری را تنفس کرد، به یادش افتاد حالا باید برود بـه خانـه، بـاز اول کشمکش، یکی او بگوید و دو تا زنش جواب بدهد و آخرش به کتـک کـاری منجر بشود. بعد شام بخورند و به هم چـشم غـره برونـد، بعـد از آن هـم بخوابند. شب جمعه هم بود، می‌دانست که امشب زنش سبزی پلو درسـت کرده، این فکرها از خاطر او می‌گذشت، به این سو و آن سو نگاه مـی‌کـرد، حرف‌های زنش را به یاد آورد: «برو برو، حاجی دروغی! تو حاجی هستی؟ پس چرا خواهر و مادرت در کربلا از گدائی هرزه شدند؟ من را بگـو کـه وقتـی مشهدی حسین صراف از من خواستگاری کرد زنش نشدم و آمـدم زن تـو بی‌قابلیت شدم! حاجی دروغی!» چند بار لب خودش را گزید و بـه نظـرش آمد اگر در این موقع زنش را می‌دید می‌خواست شکم او را پاره بکند.

در این وقت رسیده بود به خیابان بین‌النهرین، نگاهی کرد به درخت‌هـای بید که سبز و خرم در کنار رودخانه در آمده بودند. به فکرش آمـد خـوب است فردا را که جمعه است از صبح با چند نفر از دوستان خودمانی با ساز و دم و دستگاه بروند به دره مرادبک، و تمام روز را در آن‌جا بگذراننـد. اقـلا در خانه نمی‌ماند که هم به او و هم بـه زنـش بـد بگـذرد. رسیـد نزدیـک کوچه‌ای که می‌رفت به طرف خانه شان. یک مرتبه به نظرش آمد که زنش از پهلوی او گذشت، رد شد و به او هیچ اعتنائی نکرد. آری این زن او بود، نه این که حاجی مانند اغلب مردها زن را از پشت چادر می‌شناخت ولی زنـش یک نشان مخصوصی داشت که در میان هزار تا زن، حـاجی بـه آسـانی زن خودش را پیدا می‌کرد. این زن او بود، از حاشیه‌ی سفید چادرش شـناخت، جای تردید نبود. اما چه طور شده بود که باز بدون اجازه حـاجی ایـن وقـت روز از خانه بیرون آمده بود؟ در دکان هم نیامـده بـود کـه کـاری داشـته باشد، آیا به کجا رفته بود؟ حاجی تند کرد دید بلی زن او است حالا به طرف

خانه هم نمی‌رود، ناگهان از جا در رفت. نمی‌توانست جلو خودش را بگیرد، می‌خواست او را گرفته خفه بکند. بی‌اختیار داد زد:

- شهربانو!

آن زن رویش را برگردانید و مثل چیزی که ترسیده باشد تندتر کرد. حاجی را می‌گوئی سر از پا نمی‌شناخت. آتش گرفته بود، حالا زنش بدون اجازه‌ی او از خانه بیرون آمده، هیچ، آن وقت صدایش هم که می‌زند به او محل نمی‌گذارد! به رگ غیرتش برخورده دوباره فریاد زد:

- آهای به تو هستم! این وقت روز کجا بودی؟ بایست تا بهت بگویم!

آن زن ایستاد و بلند می‌گفت:

- مگر فضولی؟ به تو چه؟ مردکه‌ی جلنبری حرف دهنت را بفهم، با زن مردم چه کار داری؟ الآن حقت را به دستت می‌دهم. آهای مردم به دادم برسید ببینید این مردکه مست کرده از جان من چه می‌خواهد؟ به خیالت شهر بی‌قانون است؟ الآن تو رامی‌دهم دست آژان... آقای آژان...

در خانه‌ها تک تک باز می‌شد، مردم از اطراف به دور آن‌ها گرد آمدند و پیوسته به گروه آن‌ها افزوده می‌شد. حاجی رنگ و رویش سرخ شده رگ‌های پیشانی و گردنش بلند شده بود. حالا در بازار سرشناس است مردم هم دوپشته ایستاده‌اند و آن زن رویش را سخت گرفته فریاد می‌زند:

- آقای آژان!...

حاجی جلو چشمش تیره و تار شد، پس رفت، پیش آمد و از روی چادر یک سیلی محکم زد به آن زن و می‌گفت:

- بیخود... بیخود صدای خودت را عوض نکن، من از همان اول تو را شناختم. فردا... همین فردا طلاقت می‌دهم. حالا برای من پایت به کوچه باز شده؟ می‌خواهی آبروی چندین و چند ساله‌ی مرا به باد بدهی؟ زنیکه‌ی بی‌شرم، حالا نگذار روبروی مردم بگویم. مردم شاهد باشید این زنیکه را فردا طلاق می‌دهم، چند وقت بود که شک داشتم، هی خودداری می‌کردم، دندان روی جگر می‌گذاشتم اما حالا دیگر کارد به استخوان رسیده، آهای مردم شاهد باشید زن من نانجیب شده. فردا... آهای مردم فردا...

آن زن رو به مردم کرده:

- بی‌غیرت‌ها، شماها هیچ نمی‌گوئید؟ می‌گذارید این مرتیکه‌ی بی‌سر و بی‌پا میان کوچه به عورت مردم دست اندازی بکند؟ اگر مشدی حسین صراف این‌جا بود، به همه‌تان می‌فهماند. یک روز هم از عمرم باقی باشد، تلافی بکنم که روی نان بکنی سگ نخورد! یکی نیست از این مرتیکه بپرسد ابولی خرت به چند است؟ کی هست که خودش را داخل آدمیزاد می‌کند! برو... برو... آدم خودت را بشناس. حالا پدری ازت دربیاورم که حظ بکنی! آقای آژان...

دوسه نفر میانجی پیدا شدند حاجی را به کنار کشیدند. در این بین سر و کله‌ی آژانی نمایان شد، مردم پس رفته حاجی آقا و زن چادر حاشیه سفید با دو سه نفر شاهد و میانجی به نظمیه روانه شدند. در میان راه هر کدام حرف‌های خودشان را برای آژان تکرار کردند، مردم هم ریسه شده به دنبال آن‌ها راه افتاده بودند تا ببینند آخرش کار به کجا می‌انجامد. حاجی خیس عرق هم دوش آژان از جلو مردم می‌گذشت و حالا مشکوک هم شده بود. درست نگاه کرد دید کفش سگک‌دار آن زن و جوراب‌هایش با مال زن او فرق داشت. نشانی‌هائی هم که آن زن به آژان می‌داد همه درست بود،

او زن مشهدی حسین صراف بود که می‌شناخت. پی برد که اشتباه کرده است. اما دیر فهمیده بود. حالا نمی‌دانست چه خواهد شد؟ تا این‌که رسیدند به نظمیه، مردم بیرون ماندند. حاجی و آن زن را آژان در اطاقی وارد کرد که دو نفر صاحب منصب آژان پشت میز نشسته بودند. آژان دست را به پیشانی گذاشته شرح گزارش را حکایت کرد. بعد خودش را به کنار کشید رفت در پائین اطاق ایستاد. رئیس رو کرد به حاجی:

- اسم شما چیست؟

- آقا ما خانه زادیم، کوچیکیم، اسم بنده حاجی مراد، همه‌ی بازار مرا می‌شناسند.

- چه کاره هستی؟

- رزاز، در بازار دکان دارم، هر فرمایشی که داشته باشید اطاعت می‌کنم.

- آیا راست است که شما نسبت به این خانم بی‌احترامی‌کرده اید و ایشان را در کوچه زده اید؟

- چه عرض بکنم؟ بنده گمان می‌کردم که زن خودم است.

- به کدام دلیل؟

- حاشیه‌ی چادرش سفید است.

- خیلی غریب است! مگر صدای زن خودتان را نمی‌شناسید؟

حاجی آهی کشید: - آخر شما که نمی‌دانید زن من چه آفتی است؟ زنم نوای همه‌ی جانوران را در می‌آورد، وقتی که از حمام می‌آید به صدای همه‌ی زن‌ها حرف می‌زند. ادای همه را در می‌آورد. من گمان کردم می‌خواهد مرا گول بزند صدای خودش را عوض کرده.

آن زن: – چه فضولی‌ها، آقای آژان شما که شاهد هستید توی کوچه، روبروی صدکرور نفوس به من چک زد. حالا یک مرتبه موش مرده شد! چه فضولی‌ها، به خیالش شهر هرت است، اگر مشدی حسین بداند حقت را می‌گذارد کف دستت. با زن او؟ آقای رئیس.

رئیس: – خوب خانم با شما دیگر کاری نداریم، بفرمائید بیرون تا حساب حاجی آقا را برسیم.

حاجی: – والله غلط کردم، من نمی‌دانستم، اشتباهی گرفتم. آخر من روبروی مردم آبرو دارم.

رئیس چیزی نوشته داد به دست آژان، حاجی را بردند جلو میز دیگر. اسکناس‌ها را با دست لرزان شمرد، به عنوان جریمه روی میز گذاشت، بعد به همراهی آژان او را بردند جلو در نظمیه. مردم ردیف ایستاده بودند و در گوشی باهم پچ پچ می‌کردند. عبای زرد حاجی را از روی کولش برداشتند و یک نفر تازیانه به دست آمد کنار او ایستاد. حاجی از زور خجالت سرش را پائین انداخت، و پنجاه تازیانه جلو مردم به او زدند، ولی او خم به ابرویش نیامد. وقتی که تمام شد دستمال ابریشمی‌بزرگی از جیبش در آورد عرق روی پیشانی خودش را پاک کرد، عبای زرد را برداشته روی دوش انداخت، گوشه‌ی آن به زمین کشیده می‌شد. سربه زیر روانه‌ی خانه شد و کوشش می‌کرد پایش را آهسته‌تر روی زمین بگذارد تا صدای غژغژ کفش خودش را خفه بکند.

دو روز بعد حاجی زنش را طلاق داد!

پاریس ٤ تیر ماه ۱۳۰۹

اسیر فرانسوی

در «بزانسن» بودم. یک روز وارد اطاقم شدم، دیدم پیش خدمت آن‌جا پیش‌بند چرک آبی رنگ خودش رابسته و مشغول گردگیری است. مرا که دید رفت کتابی را که به تازگی راجع به جنگ از آلمانی ترجمه شده بود از روی میز برداشت و گفت: ـ ممکن است این کتاب را به من عاریه بدهید بخوانم؟

با تعجب از او پرسیدم: ـ به چه درد شما می‌خورد؟ این کتاب رمان نیست.

جواب داد: ـ خودم می‌دانم، اما آخر من هم در جنگ بودم، اسیر «بـشها» شدم.

من چون خیلی چیزهای راست و دروغ راجع به بدرفتاری آلمانی‌ها شنیده بودم کنجکاو شدم، خواستم از او زیرپاکشی بکنم ولی گمان می‌کردم مثل همه‌ی فرانسوی‌ها حالا می‌رود صد کرور فحش به آلمانی‌ها بدهد. باری از او پرسیدم:

ـ آیا بشها (به زبان تحقیرآمیز فرانسه به جای آلمانی‌ها) با شما خیلی بدرفتاری کردند؟ ممکن است شرح اسارت خودتان را بگویید؟

این پرسش من درد دل او را باز کرد و برایم این طور حکایت کرد:

«من دو سال در آلمان اسیر بودم، خیلی وقت نبود که سرباز شده بـودم، نزدیک شهر «نانسی» جنگ در گرفت. عده‌ی ما تقریبا سیصد نفر می‌شـد، آلمانی‌ها دور ما را گرفتند، سر هوائی شلیک کردند. ما هم چاره نداشـتیم، نمی‌توانستیم ایستادگی بکنیم، همه‌مان تفنگ‌ها را انداختیم و دست‌هایمان را بالا کردیم. چند نفر از آلمانی‌ها جلو آمدند، یکی از آن‌ها بـه زبـان فرانسـه گفت: «شما خوشبخت بودید که جنگ برایتان تمام شد، ما هم خیلی دلمـان می‌خواست که به جای شما بوده باشیم.» بعد جیب‌های مارا گشتند هـر چـه اسلحه داشتیم گرفتند و ما را دسته دسته کرده با پاسبان روانه کردند. چند نفر زخمی‌میان ما بود که به مریض خانه فرستادند، بعد از دو روز مسافرت من و یک نفر فرانسوی دیگر را نگهبان اطاق اسیرهای ناخوش روسی کردند. اما از بس که این کار کثیف بود و ناخوش‌ها روی زمین اخ و تف می‌انداختند، من چند روز بیشتر در آن‌جا نماندم. خواهش کردم کار مـرا تغییـر بدهنـد، آن‌ها هم پذیرفتند. بعد مرا فرستادند نزدیک شهر «کلنی» در یک دهکده برای کارهای فلاحتی، رفیقم هم با من بود. از صبح زود سـاعت شـش بلنـد می‌شدیم، به طویله سر می‌زدیم، اسب‌ها را قشو مـی‌کـردیم، بـه کـشتزار سیب زمینی سر کشی می‌کردیم، کارمان رسیدگی به کارهای فلاحتی بـود. در همان‌جا من و رفیقم به خیال فرار افتادیم، دو شب و دو روز پای پیـاده از بیراهه از این سو به آن سو می‌رفتیم، می‌خواسـتیم از راه هلنـد بـرویم بـه فرانسه. بیشتر شب‌ها راه می‌افتادیم، بدبختانه آلمانی هم بلد نبودیم. مـن چون گوشم سنگین بود چند کلمه بیشتر آلمانی یاد نگرفتم، اما رفیقم بهتر از من یاد گرفته بود، تا این که بالاخره گیر افتادیم. جای ما را عوض کردند و ما را فرستادند به جنوب آلمان.

– از شما گوشمالی نکردند؟

« - هیچ. تنها ما را ترسانیدند که اگر دوباره این کار را تکرار بکنیم، آزادیمان را خواهند گرفت و کارهای سخت‌تری را به ما خواهند داد. ولی کارمان مثل پیش فلاحت بود، جایمان هم بهتر شد. با دخترها عشق‌بازی می‌کردیم، یعنی روزها که در جنگل کار می‌کردیم فاصله به فاصله دیده‌بان بود که مبادا از اسیرها کسی بگریزد، ولی شب‌ها دزدکی بیرون می‌رفتیم، رفیقم یک زن را آبستن کرد. چون به پیش سینه‌ی ما نمره دوخته بودند، شب که می‌شد روی آن را یک دستمال سفید بخیه می‌زدیم و هر شب ساعت هشت از مزرعه می‌آمدیم بیرون، نزدیک ایستگاه راه آهن جای دید و بازدید ما با دخترها بود. چیزی که خنده داشت، ما زبان آن‌ها را نمی‌دانستیم. دختر من موهای بور داشت، من او را خیلی دوست داشتم، هیچ وقت فراموشم نمی‌شود. بالاخره رندان فهمیدند از ما شکایت کردند ما هم یکی دو شب نرفتیم، بعد جای ملاقات خودمان را عوض کردیم...

- بد رفتاری آلمانی‌ها نسبت به شما چه بود؟

« - هیچ. چون ما به کار خودمان رسیدگی می‌کردیم. آن‌ها هم از ما راضی بودند و کاری به کارمان نداشتند. فقط دو سه بار کاغذهای ما را نرسانیدند.

- کدام کاغذها؟

« - برای اسیری‌ها مبادله‌ی کاغذ برقرار بود به این ترتیب کاغذ خویشان اسیری‌های آلمانی را فرانسوی‌ها می‌گرفتند، و آلمانی‌ها هم کاغذ اسیری‌های فرانسه را مابین آن‌ها تقسیم می‌کردند.

- علتش چه بود؟

« – می‌گفتند که صاحب منصب‌های آلمانی که در فرانسه اسیر شده بودند، فرانسوی‌ها آن‌ها را به الجزایر فرستاده‌اند و آن‌ها را به کارهای سخت وادار کرده‌اند و با اسیری‌های آلمانی بدرفتاری می‌کنند. از این جهت آلمانی‌ها هم کاغذ ما را نرسانیدند، اما وقتی که شنیدیم که آلمانی‌ها شکست خورده‌اند، و قرار شد برگردیم به فرانسه، با رفقا آن قدر لش گیری کردیم! کی جرئت می‌کرد با ما حرف بزند؟ در همان راه آهنی که ما را به فرانسه می‌آورد، عکس ویلهلم را با تنه‌ی خوک روی بدنه‌ی اطاق کشیده بودیم و زیرش نوشته بودیم: پست باد آلمان. راه آهن را نگاه داشتند، نزدیک بود دعوا بشود...»

بعد از آن که نیم ساعتی شرح اسارت خودش را داد، آهی کشید و گفت: «بهترین دوره‌ی زندگانیم همان ایام اسارت من در آلمان بود» و جاروب را برداشته از در بیرون رفت.

پاریس ۲۱ فروردین ماه ۱۳۰۹

داود گوژپشت

«نه، نه، هرگز من دنبال این کار نخواهم رفت. باید به کلـی چـشم پوشـید. برای دیگران خوشی می‌آورد در صورتی که برای من پر از درد و زجر است. هرگز هرگز...» داود زیرلب با خودش می‌گفت و عصای کوتاه زردرنگی کـه در دست داشت به زمین می‌زد و به دشواری راه می‌رفت، مانند ایـن کـه تعادل خودش را به زحمت نگه می‌داشت. صـورت بـزرگ او روی قفـسه‌ی سینه‌ی برآمده‌اش میان شانه‌های لاغر او فرو رفته بود، از جلو یـک حالـت خشک، سخت و زننده داشت: لب‌های نازک به هم کشیده، ابروهای کمانی باریک، مژه‌های پائین افتاده، رنگ زرد، گونه‌های برجسته استخوانی. ولی از دور که به او نگاه می‌کردند نیم تنه‌ی چوچونچـه‌ی او بـا پـشت بـالا آمـده، دست‌های دراز بی‌تناسب، کلاه گشادی که روی سـرش فـرو کـرده بـود، به‌خصوص حالت جدی که به خودش گرفته بود و عصایش را به سـختی بـه زمین می‌زد بیشتر او را مضحک کرده بود.

او از سر پیچ خیابان پهلوی انداخته بود در خیابـان بیـرون شـهر و بـه سـوی دروازه دولت می‌رفت، نزدیک غروب بود، هوا کمی گرم بود. دسـت چـپ جلوی روشنائی محو این پایان غروب، دیوارهای کاه‌گلی و جرزهای آجری در خاموشی سر به سوی آسمان کشیده بودند. دست راست خندق را که تازه پر کرده بودند کنار آن فاصله به فاصله خانه‌های نیمه کاره‌ی آجری دیـده

می‌شد. این‌جا نسبتا خلوت و گاهی اتومبیل یا درشکه‌ای می‌گذشت کـه بـا وجود آب پاشی کمی گرد و غبار به هوا بلند می‌کرد، دو طرف خیابان کنـار جوی آب درخت‌های تازه و نوچه کاشته بودند.

او فکر می‌کرد، می‌دید از آغاز بچگی خودش تاکنون همیشه اسباب تمـسخر یا ترحم دیگران بوده. یادش افتاد اولین بار که معلم سر درس تاریخ گفت که اهالی «اسپارت» بچه‌های هیولا یا ناقص را می‌کشتند همـه‌ی شـاگردان برگشتند و به او نگاه کردند، و حالت غریبی به او دست داد. اما حالا او آرزو می‌کرد که این قانون در همه جای دنیا اجرا می‌شد و یا اقلا مثل اغلب جاهـا قدغن می‌کردند تا اشخاص ناخوش و معیوب از زناشوئی خـودداری بکننـد، چون او می‌دانست که همه‌ی این‌ها تقـصیر پـدرش اسـت. صـورت رنـگ پریده، گونه‌های استخوانی، پای چشم‌های گود و کبود، دهان نیمه باز و حالت مرگ پدرش را همان طوری که دیده بود از جلـو چـشمش گذشـت. پـدر کوفت کشیده‌ی پیر که زن جوان گرفته بود و همه‌ی بچه‌های او کور و افلیج به دنیا آمده بودند. یکی از برادرهایش که زنـده مانـده بـود او هـم لال و احمق بود تا این که دو سال پیش مرد. با خودش مـی‌گفت: «شـاید آن‌هـا خوشبخت بوده‌اند!»

ولی او زنده مانده بود، از خودش و از دیگـران بیـزار و همـه از او گریـزان بودند. اما او تا اندازه‌ای عادت کرده بود که همیشه یک زندگانی جداگانـه بکند. از بچگی در مدرسه از ورزش، شـوخی، دویـدن، تـوپ بـازی، جفتـک چهارکش، گرگم به هوا و همه چیزهائی که اسباب خوشبختی همسال‌هـای او را فراهم می‌آورد بی‌بهره مانده بود. در هنگام بازی کز مـی‌کـرد، گوشـه‌ی حیاط مدرسه کتاب را می‌گرفت جلو صورتش و از پشت آن دزدکی بچه‌هـا را تماشا می‌کرد ولی یک وقت هم جدا کار می‌کرد و می‌خواست اقـلا از راه

٤٠

تحصیل بر دیگران برتری پیدا بکند. روز و شب کار می‌کرد به همین جهت یکی دو نفر از شاگردان تنبل با او گرم گرفتند آن هم برای این که از روی حل مسئله‌ی ریاضی و تکلیف‌های او رونویسی بکنند. اما خودش می‌دانست که دوستی آن‌ها ساختگی و برای استفاده بوده در صورتی که می‌دید حسن‌خان که زیبا، خوش اندام و لباس‌های خوب می‌پوشید بیشتر شاگردها کوشش می‌کردند با او دوست بشوند. تنها دو سه نفر از معلم‌ها نسبت به او ملاحظه و توجه ظاهر می‌ساختند، آن هم نه از برای کار او بود بلکه بیشتر از راه ترحم بود، چنان که بعد هم با همه‌ی جان کندن‌ها و سختی‌ها نتوانست کارش را به انجام برساند.

اکنون دست تهی مانده بود، همه از او گریزان بودند، رفقا عارشان می‌آمد با او راه بروند، زن‌ها به او می‌گفتند:«قوزی را ببین!» این بیشتر او را از جا در می‌کرد. چند سال پیش دوبار خواستگاری کرده بود، هر دو دفعه زن‌ها او را مسخره کرده بودند. اتفاقا یکی از آن‌ها زیبنده در همین نزدیکی در فیشرآباد منزل داشت، چندین بار یک دیگر را دیده بودند، با او حرف هم زده بود. عصرها که از مدرسه بر می‌گشت می‌آمد این‌جا تا او را ببیند، فقط به یادش می‌آمد که کنار لب او یک خال سیاه داشت. بعد هم که خاله‌اش را به خواستگاری او فرستاد همان دختر او را مسخره کرده و گفته بود: «مگر آدم قحط است که من زن قوزی بشوم؟»هر چه پدر و مادرش او را زده بودند قبول نکرده بود، می‌گفته: «مگر آدم قحط است؟» اما داود هنوز او را دوست می‌داشت و این بهترین یادبود دوره‌ی جوانی او به شمار می‌آمد. حالا هم دانسته یا ندانسته بیشتر گذارش به این‌جا می‌افتاد و یادگارهای گذشته دوباره پیش چشم او تازه می‌شد. او از همه چیز سرخورده بود. بیشتر تنها به گردش می‌رفت و از جمعیت دوری می‌جست. چون هر کسی

می‌خندید یا با رفیقش آهسته گفتگو می‌نمود گمان می‌کرد راجع به اوست، دارند او را دست می‌اندازند. با چشم‌های میشی رک زده و حالت سختی که داشت گردن خود را با نصف تنه‌اش به دشواری بر می‌گردانید، زیرچشمی نگاه تحقیر آمیز می‌کرد رد می‌شد. در راه همه‌ی حواس او متوجه دیگران بود، همه‌ی عضلات صورت او کشیده می‌شد می‌خواست عقیده‌ی دیگران را درباره‌ی خودش بداند.

از کنار جوی آهسته می‌گذشت و گاهی با ته عصایش روی آب را می‌شکافت، افکار او شوریده و پریشان بود. دید سگ سفیدی با موهای بلند از صدای عصای او که به سنگ خورد، سرش را بلند کرد و به او نگاه کرد، مثل چیزی که ناخوش یا در شرف مرگ بود، نتوانست از جایش تکان بخورد و دوباره سرش افتاد به زمین. او به زحمت خم شد، در روشنائی مهتاب نگاه آن‌ها به هم تلاقی کرد، یک فکرهای غریبی برایش پیدا شد، حس کرد که این نخستین نگاه ساده و راست بود که او دیده، که هر دو آن‌ها بدبخت و مانند یک چیز نخاله، وازده و بی‌خود از جامعه‌ی آدم‌ها رانده شده بودند. می‌خواست پهلوی این سگ که بدبختی‌های خودش را به بیرون شهر کشانیده و از چشم مردم پنهان کرده بود بنشیند و او را در آغوش بکشد، سر او را به سینه‌ی پیش‌آمده‌ی خودش بفشارد. اما این فکر برایش آمد که اگر کسی از این‌جا بگذرد و ببیند بیشتر او را ریشخند خواهند کرد. تنگ غروب بود از دم دروازه‌ی یوسف‌آباد رد شد، به دایره‌ی پرتو افشان ماه که در آرامش این اول شب غمناک و دلچسب از کرانه‌ی آسمان بالا آمده بود نگاه کرد. خانه‌های نیمه کاره، توده‌ی آجرهائی که روی هم ریخته بودند، دورنمای خواب آلود شهر، درخت‌ها، شیروانی خانه‌ها، کوه کبود رنگ را تماشا کرد. از جلو چشم او پرده‌های درهم و خاکستری می‌گذشت.

از دور و نزدیک کسی دیده نمی‌شد، صدای دور و خفه آواز ابوعطا از آن طرف خندق می‌آمد. سر خود را به دشواری بلند کرد، او خسته بود، با غم و اندوه سرشار و چشم‌های سوزان، مثل این بود که سر او به تنش سنگینی می‌کرد. داود عصای خودش را گذاشت به کنار جوی و از روی آن گذشت، بدون اراده رفت روی سنگ‌ها، کنار جاده نشست، ناگهان ملتفت شد دید یک زن چادری در نزدیکی او کنار جوی نشسته، تپش قلب او تند شد. آن زن بدون مقدمه رویش را برگردانید و با لبخند گفت: هوشنگ! تا حالا کجا بودی؟

داود از لحن ساده‌ی این زن تعجب کرد که چه طور او را دیده و رم نکرده؟ مثل این بود که دنیا را به او داده باشند. از پرسش او پیدا بود که می‌خواهد با او صحبت بکند، اما این وقت شب در این‌جا چه می‌کند؟ آیا نجیب است؟ بلکه عاشق باشد! به هر حال دلش را به دریا زد با خودش گفت: «هر چه بادا باد اقلا یک هم صحبت گیر آوردم، شاید به من دلداری بدهد! » مانند این که اختیار زبان خودش را نداشت گفت: «خانم شما تنها هستید؟ من هم تنها هستم. همیشه تنها هستم! همه‌ی عمرم تنها بوده‌ام.»

هنوز حرفش را تمام نکرده بود که آن زن با عینک دودی که به چشمش زده بود دوباره رویش را برگردانید و گفت: - پس شما کی هستید؟ من به خیالم هوشنگ است. او هر وقت می‌آید می‌خواهد با من شوخی بکند.

داود از این جمله‌ی آخر چیز زیادی دستگیرش نشد و مقصود آن زن را نفهمید. اما چنین انتظاری را هم نداشت. مدت‌ها بود که هیچ زنی با او حرف نزده بود، دید این زن خوشگل است. عرق سرد از تنش سرازیر شده بود، به زحمت گفت: نه خانم من هوشنگ نیستم. اسم من داود است.

آن زن با لبخند جواب داد: - من که شما را نمی‌بینم - چشم‌هایم درد می‌کند! آهان داود!... داود قوز... (لبش را گزید) می‌دیدم که صدا به گوشم آشنا می‌آید. من هم زیبنده هستم مرا می‌شناسید؟

زلف ترنا کرده‌ی او که روی نیم رخش را پوشانیده بود تکان خورده، داود خال سیاه گوشه‌ی لب او را دید، از سینه تا گلوی او تیر کشید، دانه‌های عرق روی پیشانی او سرازیر شد، دور خودش را نگاه کرد کسی نبود. صدای آواز ابوعطا نزدیک شده بود، قلبش می‌زد، به‌اندازه‌ای تند می‌زد که نفسش پس می‌رفت، بدون این‌که چیزی بگوید سر تا پا لرزان از جا بلند شد، بغض بیخ گلوی او را گرفته بود، عصای خودش را برداشت با گام‌های سنگین افتان و خیزان از همان راهی که آمده بود برگشت و با صدای خراشیده زیر لب با خودش می‌گفت؟ «این زیبنده بود! مرا نمی‌دید... شاید هوشنگ نامزدش یا شوهرش بوده... کی می‌داند؟ نه... هرگز... باید به کلی چشم پوشید!... نه، نه من دیگر نمی‌توانم...»

خودش را کشانید تا پهلوی همان سگی که در راه دیده بود نشست و سر او را روی سینه‌ی پیش آمده‌ی خودش فشار داد. اما آن سگ مرده بود!

تهران ۱۶ شهریور ماه ۱۳۰۹

مادلن

پریشب آن‌جا بودم، در آن اطاق پـذیرایی کوچـک. مـادر و خـواهرش هـم بودند، مادرش لباس خاکستری و دخترانش لباس سـرخ پوشـیده بودنـد. نیمکت‌های آن‌جا هم از مخمل سرخ بود، من آرنجم را روی پیانو گذاشته به آن‌ها نگاه می‌کردم. همه خاموش بودنـد مگـر سـوزن گرامـافون کـه آواز شورانگیز و اندوهگین «کشتیبانان ولگا» را از روی صفحه‌ی سیاه در می‌آورد. صدای غرش باد می‌آمد، چکه‌های باران به پشت شیشه پنجـره مـی‌خـورد، کش می‌آمد و با صدای یک‌نواختی با آهنگ‌ساز می‌آمیخت. مادلن جلو مـن نشسته با حالت اندیش‌نـاک و پکـر، سـر را به دست تکیه داده بـود و گـوش می‌کرد. من دزدکی به موهای تاب دار خرمائی، بازوهای لخت، گردن و نیم رخ بچگانه و سرزنده‌ی او نگاه می‌کردم. این حالتی که او به خـودش گرفتـه بود به نظرم ساختگی می‌آمد، فکر می‌کردم که او همیشه باید بدود، بازی و شوخی بکند، نمی‌توانـستم تـصور کـنم کـه در مغـز او هـم فکـر مـی‌آیـد، نمی‌توانستم باور کنم که ممکن است او هم غمناک بشود، من هـم از حالـت بچگانه و لاابالی او خوشم می‌آمد.

این سومین بار بود که از او ملاقات کرده بودم. اولین بار کنار دریا به آن‌هـا معرفی شدم ولی با آن روز خیلـی فـرق کـرده. او و خـواهرش لبـاس شـنا پوشیده بودند، یک حالت آزاد و چهره‌های گشاده داشتند. او حالت بچگانه،

شیطان و چشم‌های درخشان داشت. نزدیک غروب بود. موج دریا، ساز کازینو[1] همه به یادم می‌آید. حالا صورت آن‌ها پژمرده، اندیش ناک و سربه گریبان زندگی می‌نماید، با لباس‌های سرخ ارغوانی مد امسال که دامن بلند دارد و تا مچ پای آن‌ها را پوشانیده!

صفحه با آواز دور و خفه که بی‌شباهت به موج دریا نبود ایستاد. مادرشان برای مجلس گرمی‌از مدرسه و کار دخترانش صحبت می‌کرد، می‌گفت: «مادلن در نقاشی شاگرد اول شده.» خواهرش به من چشمک زد. من هم ظاهرا لبخند زده و به پرسش‌های آن‌ها جواب‌های کوتاه و سرسری می‌دادم. ولی حواسم جای دیگر بود. فکر می‌کردم از اول آشنائی خودم را با آن‌ها. تقریبا دوماه پیش از تعطیلات تابستان گذشته رفته بودم به کنار دریا. یادم است با یک نفر از رفقا ساعت چهار بعدازظهر بود، هوا گرم و شلوغ، رفتیم به «تروویل» جلو ایستگاه راه آهن اتوبوس گرفتیم، از کنار دریا میان جنگل اتوبوس مابین صدها اتومبیل، صدای بوق، بوی روغن و بنزین که در هوا پراکنده شده بود می‌لغزید، تکان می‌خورد، گاهی دورنمای دریا از پشت درخت‌ها پدیدار می‌شد.

بالاخره در یکی از ایستگاه‌ها پیاده شدیم، اینجا «ویلرویل» بود. از چند کوچه‌ی پست و بلند که دیوارهای سنگی و گلی دو طرف آن‌ها کشیده شده بود رد شدیم، رسیدیم روی پلاژ[2] کوچکی که به شکل نان تافتون در بلندی کنار دریا ساخته بودند. در میدان گاهی آن جلو دریا کازینوی کوچکی دیده می‌شد، اطراف آن روی کمرکش تپه، خانه و کوشک‌های کوچکی بنا شده بود. پائین آن کنار دریا گل ماسه بود. که آب دریا کمی‌دورتر از آن موج

[1] ساختمان‌های بازی، رقص، نمایش و غیره که در شهرهای گردشگاه می‌سازند.

[2] گرمابه‌ی دریائی که جای شنا، استحمام و تفریح است.

می‌زد، بچه‌های کوچک در آن پائین تنها یا با مادرشان مشغول توپ بازی و گل بازی بودند، دسته‌ای زن و مرد با تنکه و پیراهن چسب تن شنا می‌کردند، یا کمی در آب می‌دویدند و بیرون می‌آمدند، دسته‌ای روی ماسه جلو آفتاب نشسته یا دراز کشیده بودند. پیرمردها زیر چترهای رنگین راه راه لمیده روزنامه می‌خواندند و زیرچشمی زن‌ها را تماشا می‌کردند. ما هم رفتیم جلو کازینو پشت به دریا روی لبه‌ی بلند و پهن سدی که جلو آب کشیده شده بود نشستیم. آفتاب نزدیک غروب بود، آب دریا بالا می‌آمد، موج آن می‌خورد به کنار ساحل، نور خورشید روی موج‌ها به شکل مثلث کنگره دار می‌درخشید، کشتی بزرگ و سیاهی که از میان مه و بخار دریا به بندر «لوهاور» می‌رفت پیدا بود. هوا کمی خنک شد، مردمی که آن پائین بودند کم کم بالا می‌آمدند، در این بین دیدم رفیقم بلند شد و به دو نفر دختر که به ما نزدیک شدند دست داد و مرا معرفی کرد. آن‌ها هم آمده پهلوی ما روی لبه‌ی بلند سد نشستند. مادلن با توپ بزرگی که در دست داشت آمد پهلوی من نشست و شروع به صحبت کرد، مثل این بود که چندین سال است مرا می‌شناسد. گاهی بلند می‌شد و با توپی که در دستش بود بازی می‌کرد، دوباره می‌آمد پهلوی من می‌نشست. من توپ را به شوخی از دست او می‌کشیدم، او هم پس می‌کشید، دستمان به هم مالیده می‌شد، کم کم دست یک دیگر را فشار دادیم، دست او گرمای لطیفی داشت. زیرچشمی نگاه می‌کردم، به سینه، به پاهای لخت و سر و گردن او. با خودم فکر می‌کردم چقدر خوب است که سرم را بگذارم روی سینه‌ی او و همین جا جلو دریا بخوابم. خورشید غروب کرد، ماه رنگ باخته‌ای به این پلاژ کوچک و از همه جا دور و پرت افتاده یک حالت خانوادگی و خودمانی داده بود. ناگهان صدای ساز رقص در کازینو بلند شد، مادلن که دستش در دستم بود شروع کرد به خواندن یک آهنگ رقص

آمریکائی: «میسی سیپی». دست او را فشار می‌دادم، روشنائی چراغ دریا از دور نیم دایره‌ای روشن روی آب می‌کشید. صدای غرش آب که به کنار ساحل می‌خورد شنیده می‌شد، سایه آدم‌ها از جلومان می‌گذشتند.

در این بین که این تصویرها از جلو چشمم می‌گذشت، مادرش آمد جلو پیانو نشست. من خودم را کنار کشیدم. یک مرتبه دیدم مادلن مثل این‌هائی که در خواب راه می‌افتند از جا بلند شد، رفت ورقه‌های نت موسیقی را که روی میز ریخته بود به هم زد، یکی از آن‌ها را جدا کرده برد گذاشت روبروی مادرش و آمد نزدیک من با لبخند ایستاد. مادرش شروع کرد به پیانو زدن. مادلن هم آهسته می‌خواند، این همان آهنگ رقصی بود که در «ویلرویل» شنیده بودم - همان میسی سیپی است....

پاریس ۱۵ دی ماه ۱۳۰۸

آتش پرست

در اطاق یکی از مهمانخانه‌های پاریس طبقه‌ی سوم، جلو پنجره، فلاندن[1] که به تازگی از ایران برگشته بود جلو میز کوچکی که رویش یک بطری شراب و دو گیلاس گذاشته بودند، روبروی یکی از دوستان قدیم خودش نشسته بود. در قهوه‌خانه‌ی پائین ساز میزدند، هوا گرفته و تیره بود، باران نم نم می‌آمد. فلاندن سر را از مابین دو دستش بلند کرد، گیلاس شراب را برداشت و تا ته سر کشید و رو کرد به رفیقش:

- هیچ می‌دانی؟ یک وقت بود که من خودم را میان این خرابه‌ها، کوه‌ها، بیابان‌ها گم شده گمان می‌کردم. با خودم می‌گفتم: - «آیا ممکن است یک روزی به وطنم برگردم؟ ممکن است همین ساز را بشنوم؟» آرزو می‌کردم یک روزی برگردم. آرزوی یک چنین ساعتی را می‌کردم که با تو در اطاق تنها درد دل بکنم. اما حالا می‌خواهم یک چیز تازه برایت بگویم. می‌دانم که باور نخواهی کرد: حالا که برگشته‌ام پشیمانم، می‌دانی باز دلم هوای ایران را می‌کند. مثل اینست که چیزی را گم کرده باشم!

دوستش که صورت او سرخ شده و چشم‌هایش بی‌حالت باز بود از شنیدن این حرف دستش را به شوخی زد روی میز و قه قه خندید: - اوژن، شوخی

[1] فلاندَن و کُست‌دو نفر ایران شناس نامدار بوده اند که در نود سال پیش تحقیقات مهمی‌راجع به ایران باستان کرده اند، این قسمت از یادداشت های فلاندن گرفته شده.

نکن. من می‌دانم که تو نقاشی اما نمی‌دانستم که شاعر هم هستی، خوب از دیدن ما بیزار شده‌ای؟ بگو ببینم باید دل بستگی در آن‌جا پیدا کرده باشی. من شنیده‌ام که زن‌های مشرق زمین خوشگل هستند؟

- نه هیچ کدام از این‌ها نیست شوخی نمی‌کنم.

- راستی یک روز پیش برادرت بودم، حرف از تو شد، چندتا عکس تازه‌ای که از ایران فرستاده بودی آوردند تماشا کردیم. یادم است همه‌اش عکس خرابه بود... آهان یکی از آن‌ها را گفتند پرستشگاه آتش است. مگر در آن‌جا آتش می‌پرستند؟ من از این مملکتی که تو بودی فقط می‌دانم که قالی‌های خوبی دارد! چیز دیگری نمی‌دانم. حالا تو هر چه دیده‌ای برایمان تعریف بکن. می‌دانی همه چیز آن‌جا برای ما پاریسی‌ها تازگی دارد.

فلاندن کمی‌سکوت کرد بعد گفت:

- یک چیزی به یادم انداختی؛ یک روز در ایران برایم پیش آمد غریبی روی داد. تا کنون به هیچ کس، حتی به رفیقم «کُست» هم که با من بود نگفتم، ترسیدم به من بخندد. می‌دانی که من به هیچ چیز اعتقاد ندارم ولی من در مدت زندگانی خودم تنها یک بار خدا را بدون ریا در نهایت راستی و درستی پرستیدم. آن هم در ایران نزدیک همان پرستشگاه آتش بود که عکسش را دیده‌ای. وقتی که در جنوب ایران بودم و در پرسپولیس کاوش می‌کردم یک شب رفیقم کُست ناخوش بود. من تنها رفته بودم در نقش رستم. آن‌جا قبر پادشاهان قدیم ایران را در کوه کندهانـد، بـه نظرم عکس را دیده باشی؟ یک چیزی است صلیب مانند در کوه کنده‌اند، بالای آن عکسش شاه است که جلو آتشکده ایستاده دست راست را به سوی آتش بلند کرده. بالای آتشکده اهورامزدا خدای آن‌ها می‌باشد. پائین آن به شکل ایوان دو سنگ تراشیده شده و قبر پادشاه میان دخمه‌ی سنگی قرار گرفته. از این

دخمه‌ها چندتا در آن‌جا دیده می‌شود، روبروی آن‌ها آتشکده‌ی بزرگ است که کعبه‌ی زردشت می‌نامند.

باری خوب یادم است نزدیک غروب بود. من مشغول اندازه گیری همین پرستشگاه بودم، از خستگی و گرمای آفتاب جانم به لبم رسیده بود. ناگهان به نظرم آمد دو نفر که لباس آن‌ها ورای لباس معمولی ایرانیان بود به سوی من می‌آمدند. نزدیک که رسیدند دیدم دو نفر پیرمرد سال خورده هستند، اما دو نفر پیرمرد تنومند، سرزنده با چشم‌های درخشان و یک سیمای مخصوصی داشتند. از آن‌ها پرسش‌هائی کردم. معلوم شد تاجر یزدی هستند و از شمال ایران می‌آیند. دین آن‌ها مانند مذهب بیشتر مردم یزد زردشتی است. یعنی مثل پادشاهان قدیم ایران آتش‌پرست بودند و مخصوصا راه خودشان را کج کرده و به این‌جا آمده بودند تا از آتشکده‌ی باستانی زیارت کرده باشند. هنوز حرف آن‌ها تمام نشده بود که شروع کردند به گردآوردن خرده چوب و چلیکه و برگ خشک؛ آن‌ها را روی هم کپه کردند و تشکیل کانون کوچکی دادند. من همین‌طور مات آن‌ها را تماشا می‌کردم. چوب‌های خشک را آتش زدند و شروع کردند به خواندن دعاها و زمزمه کردن به یک زبان مخصوصی که من هنوز نشنیده بودم. گویا همان زبان زردشت و اوستا بود، شاید همان زبانی بود که به خط میخی روی سنگ‌ها کنده بودند!

در این بین که دو نفر گبر جلوی آتش مشغول دعا بودند من سرم رابلند کردم، دیدم روی تخته سنگ بالای دخمه روبرویم مجلسی که در سنگ کنده شده بود درست شبیه و مانند مجلس زنده‌ای بود که من جلو آن ایستاده بودم و با چشم خود می‌دیدم. من به جای خودم خشک شدم. مانند این بود که این آدم‌ها از روی سنگ بالای قبر داریوش زنده شده بودند و

پس از چندین هزار سال آمده بودند روبروی من مظهر خدای خودشـان را می‌پرستیدند! من در شگفت بودم که چگونه پس از این طول زمان با وجـود کوششی که مسلمانان در نابود کردن و برانداختن این کیش به خـرج داده بودند باز هم پیروانی این کیش باستانی داشت که پنهانی ولی در هوای آزاد جلو آتش به خاک می‌افتند!

دو نفر گبر رفتند و ناپدید گشتند، من تنها ماندم اما کـانون کوچـک آتـش هنوز می‌سوخت، نمی‌دانم چه طور شد من خودم را در زیر فشار یک تکان و هیجان مذهبی حس کردم. خاموشی سنگینی در این‌جا فرمـانروائی داشـت، ماه به شکل گوی گوگرد آتش گرفته از کنار کوه در آمده بود و با روشنائی رنگ پریده‌ای بدنه‌ی آتشکده‌ی بزرگ را روشن کرده بود. حس کردم کـه دو سه هزار سال است که به قهقرا رفته، ملیت، شخصیت و محیط خودم را فراموش کرده بودم. خاکستر پهلوی خودم را نگـاه کـردم کـه آن دو نفـر پیرمرد مرموز جلو آن به خـاک افتـاده و آن را پرسـتش و سـتایش کـرده بودند، از روی آن به آهستگی دود آبی رنگی به شکل ستون بلند می‌شـد و در هوا موج می‌زد، سـایه‌ی سـنگ‌هـای شکـسته، کرانـه‌ی محـو آسـمان، ستاره‌هائی که بالای سرم می‌درخشیدند و به هم چشمک می‌زدنـد، جلـوه خاموشی با شکوه جلگه، میان این ویرانه‌هـای اسـرار آمیـز و آتـشکده‌هـای دیرینه، مثل این بود که محیط، روان همه‌ی گذشتگان و نیروی فکر آن‌ها که بالای این دخمه‌ها و سنگ‌های شکسته پرواز می‌کرد، مرا وادار کرد، یا به من الهام شد، چون به دست خودم نبود، من که به هـیچ چیـز اعتقـاد نداشـتم بی‌اختیار جلو این خاکستری که دود آبی فام از روی آن بلند می‌شد زانو بـه زمین زدم و آن را پرستیدم! نمی‌دانستم چه بگویم، ولی احتیـاج بـه زمزمـه کردن هم نداشتم، شاید یک دقیقه نگذشت که دوباره به خودم آمدم امـا

مظهر اهورا مزدا را پرستیدم - همان طوری که شاید پادشاهان قدیم ایران آتش را می‌پرستیدند، در همان دقیقه من آتش پرست بودم. حـالا هرچـه می‌خواهی درباره‌ی من فکر بکن، شاید هم سستی و ناتوانی آدمیزاد است!...

تهران ۱۵ مرداد ماه ۱۳۰۹

آبجی‌خانم

آبجی‌خانم خواهر بزرگ ماهرخ بود، ولی هرکس که سابقه نداشت و آن‌ها را می‌دید ممکن نبود باور بکند که با هم خواهر هستند. آبجی‌خانم بلندبالا، لاغر، گندمگون، لب‌های کلفت، موهای مشکی داشت و روی هم رفته زشت بود. در صورتی که ماهرخ کوتاه، سفید، بینی کوچک، موهای خرمائی و چشم‌هایش گیرنده بود و هر وقت می‌خندید روی لپ‌های او چال می‌افتاد. از حیث رفتار و روش هم آن‌ها خیلی با هم فرق داشتند. آبجی‌خانم از بچگی ایرادی، جنگره و با مردم نمی‌ساخت. حتی با مادرش دو ماه سه ماه قهر می‌کرد. برعکس خواهرش که مردم دار، تو دل برو، خوشخو و خنده رو بود، ننه حسن همسایه‌شان اسم او را «خانم سوگلی» گذاشته بود. مادر و پدرش هم بیشتر ماهرخ را دوست داشتند که ته تغاری و عزیز نازنین بود. از همان بچگی آبجی‌خانم را مادرش می‌زد و با او می‌پیچید ولی ظاهرا روبروی مردم، روبروی همسایه‌ها، برای او غصه خوری می‌کرد، دست روی دستش می‌زد و می‌گفت: «این بدبختی را چه بکنم هان؟ دختر به این زشتی را کی می‌گیرد؟ می‌ترسم آخرش بیخ گیسم بماند! یک دختری که نه مال دارد، نه جمال دارد و نه کمال. کدام بیچاره است که او را بگیرد؟» از بس که از این جور حرف‌ها جلو آبجی زده بودند او هم به کلی نا امید شده بود و از شوهر کردن چشم پوشیده بود، بیشتر اوقات خودش را به نماز و طاعت می‌پرداخت. اصلا قید شوهر کردن را زده بود، یعنی شوهر هم برایش پیدا

نشده بود. یک دفعه هم خواستند او را بدهند به کلب حسین شاگرد نجـار، کلب حسین او را نخواست. ولی آبجی‌خانم هر جا مـی‌نشست مـی‌گفت: «شوهر برایم پیدا شد ولی خودم نخواستم. پوه، شـوهرهـای امـروزه همـه عرق‌خور و هرزه برای لای جرز خوبند! من هیچ وقت شوهر نخواهم کرد.»

ظاهرا از این حرف‌ها می‌زد، ولی پیدا بـود کـه در تـه دل کلـب حسـین را دوست داشت و خیلی مایل بود شوهر بکند. اما چون از پنج سالگی شـنیده بود که زشت است و کسی او را نمی‌گیرد، از آن‌جائی که از خوشی‌های ایـن دنیا خودش را بی‌بهره می‌دانست، می‌خواست به زور نماز و طاعت اقلا مال دنیای دیگر را دریابد. از این رو برای خودش دلداری پیدا کـرده بـود. آری این دنیای دو روزه چه افسوسی دارد اگر از خوشی‌های آن برخوردار نشود؟ دنیای جاودانی و همیشگی مـال او خواهـد بـود. همـه‌ی مردمـان خوشـگل، هم‌چنین خواهرش و همه آرزوی او را خواهند کرد. وقتی ماه محـرم و صفر می‌آمد هنگام جولان و خودنمائی آبجی‌خانم می‌رسید. در هیچ روضه خـوانی نبود که او در بالای مجلس نباشد و در تعزیه‌ها از یک ساعت پیش از ظهـر برای خودش جا می‌گرفت، همه‌ی روضه‌خوان‌ها او را مـی‌شـناختند و خیلـی مایل بودند که آبجی‌خانم پای منبر آن‌ها بوده باشد تـا مجلـس را از گریـه، ناله وشیون خودش گرم بکند. بیشتر روضه‌رضوان‌ها را از بر شده بود، حتی از بس که پای وعظ نشسته بود و مسئله مـی‌دانسـت اغلـب همسـایه‌هـا می‌آمدند از او سهویات خودشان را می‌پرسیدند. سفیده‌ی صبح او بود کـه اهل خانه را بیدار می‌کرد، اول می‌رفت سر رخت‌خواب خواهرش، به او یـک لگد می‌زد می‌گفت: «لنگه ظهر است، پس کی پا مـی‌شـوی نمـازت را بـه کمرت بزنی؟» آن بیچاره هم بلند می‌شد، خواب آلـود وضـو مـی‌گرفـت و می‌ایستاد به نماز کردن. از اذان صبح، بانگ خروس، نسیم سـحر، زمزمـه‌ی

نماز، یک حالت مخصوصی، یک حالت روحانی به آبجی‌خانم دست مـی‌داد و پیش وجدان خودش سرافراز بود. با خودش می‌گفت: «اگر خدا من را نبـرد به بهشت پس کی را خواهد برد؟» باقی روز را هم پس از رسیدگی جزئی به کارهای خانه و ایراد گرفتن به این و آن یک تسبیح دراز که رنگ سیاه آن از بس که گردانیده بودند زرد شده بود در دسـتش مـی‌گرفـت و صـلوات می‌فرستاد. حالا همه‌ی آرزویش این بود که هر طوری شده یـک سـفر بـه کربلا برود و در آن‌جا مجاور بشود.

ولی خواهرش در این قسمت هیچ توجـه مخصوصی ظـاهر نمی‌سـاخت و همه‌اش کار خانه را می‌کرد. بعد هم که به سن ۱۵ سالگی رسید رفـت بـه خدمتگاری. آبجی‌خانم ۲۲ سالش بود ولی در خانه مانده بود و در بـاطن بـا خواهرش حسادت می‌ورزید. در مدت یک سال و نیم که ماهرخ رفته بـود به خدمتگاری یک بار نشد که آبجی‌خانم بـه سـراغ او بـرود یـا احـوالش را بپرسد، پانزده روز یک مرتبه هم که ماهرخ برای دیدن خویشانش به خانـه می‌آمد، آبجی‌خانم یا با یک نفر دعوایش می‌شد، یا می‌رفت سر نماز دو سه ساعت طول می‌داد. بعد هم که دور هم می‌نشستند به خـواهرش گوشـه و کنایه می‌زد و شروع می‌کـرد بـه موعظـه در بـاب نمـاز، روزه، طهـارت و شکیات. مثلا می‌گفت: «از وقتی که این زن‌ها ی قری و فری پیدا شدند نـان گران شد. هر کس روی نگیرد در آن دنیا با موهای سرش دردوزخ آویـزان می‌شود. هر که غیبت بکند سرش قد کوه می‌شود و گردنش قـد مـو. در جهنم مارهائی هست که آدم پناه به اژدها می‌برد...» و از این قبیـل چیزهـا می‌گفت. ماهرخ این حسادت را حـس کـرده بـود. ولـی بـه روی خـودش نمی‌آورد.

یکی از روزها طرف عصر ماهرخ به خانه آمد و مدتی با مادرش آهسته حرف زد و بعد رفت. آبجی‌خانم هم رفته بود در درگاه اطاق روبرو نشسته بود و پک به قلیان می‌زد ولی از آن حسادتی که داشت از مادرش نپرسید که موضوع صحبت خواهرش چه بوده و مادر او هم چیزی نگفت.

سر شب که شد پدرش با کلاه تخم مرغی که دوغ آب گچ رویش شتک زده بود از بنائی برگشت، رختش را در آورد، کیسه‌ی توتون و چپقش را برداشت رفت بالای پشت بام. آبجی‌خانم هم کارهایش را کرده و نکرده گذاشت، با مادرش، سماور حلبی، دیزی، بادیه‌ی مسی، ترشی و پیاز را برداشتند و رفتند روی گلیم دور هم نشستند. مادرش پیش درآمد کرد که عباس نوکر همان خانه که ماهرخ در آن‌جا خدمتکار است، خیال دارد او را به زنی بگیرد. امروز صبح هم که خانه خلوت بود ننه عباس آمده بود خواستگاری. می‌خواهند هفته‌ی دیگر او را عقد بکنند، ۲۵ تومان شیربها می‌دهند، ۳۰ تومان مهر می‌کنند با آینه، لاله، کلام الله، یک جفت ارسی، شیرینی، کیسه‌ی حنا، چارقد تافته، تنبان چیت زری... پدر او همین‌طور که با بادبزن دور شله دوخته شده خودش را باد می‌زد، و قند گوشه دهانش گذاشته چائی دیشلمه را سر می‌کشید، سرش را جنبانید و سر زبانی گفت: «خیلی خوب، مبارک باشد عیبی ندارد.» بدون این که تعجب بکند، خوشحال بشود یا اظهار عقیده بکند. مانند این که از زنش می‌ترسید. آبجی‌خانم خون خونش را می‌خورد. همین که مطلب را دانست، دیگر نتوانست باقی بله بریهائی که شده گوش بدهد، به بهانه نماز بی‌اختیار بلند شد رفت پائین در اطاق پنج دری، خودش را در آینه‌ی کوچکی که داشت نگاه کرد، به نظر خودش پیر و شکسته آمد، مثل این که این چند دقیقه او را چندین سال پیر کرده بود. چین میان ابروهای خودش را برانداز کرد. در میان زلف‌هایش

یک موی سفید پیدا کرد، با دو انگشت آن را کند، مدتی جلو چراغ به آن خیره نگاه کرد، جایش که سوخت هیچ حس نکرد.

چند روز از این میان گذشت، همه‌ی اهل خانه به هم ریخته بودند، می‌رفتند بازار می‌آمدند، دو دست رخت زری خریدند، تنگ، گیلاس، سوزنی، گلاب‌پاش، مشربه، شبکلاه، جعبه‌ی بزک، و سمه جوش، سماور برنجی، پرده‌ی قلمکار و همه چیز خریدند و چون مادرش خیلی حسرت داشت، هر چه خرده ریز و ته خانه به دستش می‌آمد برای جهاز ماهرخ کنار می‌گذاشت. حتی جانماز ترمه‌ای که آبجی‌خانم چند بار از مادرش خواسته بود و به او نداده بود، برای ماهرخ گذاشت. آبجی‌خانم در این چند روزه خاموش و اندیش‌ناک زیر چشمی‌همه‌ی کارها و همه‌ی چیزها را می‌پائید، دو روز بود که خودش را به سر درد زده بود و خوابیده بود، مادرش هم پی‌درپی به او سرزنش می‌داد و می‌گفت:

« - پس خواهری برای چه روزی خوبست هان؟ می‌دانم از حسودی است، حسود به مقصود نمی‌رسد، دیگر زشتی و خوشگلی که به دست من نیست، کار خداست. دیدی که خواستم تورا بدهم به کلب حسین اما تو را نپسندیدند. حالا دروغکی خودت را به ناخوشی زده‌ای تا دست به سیاه و سفید نزنی؟ از صبح تا شام برایم جانماز آب می‌کشد! من بیچاره هستم که با این چشم‌های لت خورده‌ام باید نخ و سوزن بزنم!»

آبجی خان هم با این حسادتی که در دل او لبریز شده بود خودش، خودش را می‌خورد و از زیر لحاف جواب می‌داد:

« - خوب، خوب، سر عمر، داغ به دل یخ می‌گذارد! با آن دامادی که پیدا کردی! چوب به سر سگ بزنند لنگه عباس توی این شهر ریخته. چه سرکوفتی به من می‌زند، خوبست همه می‌دانند عباس چه کاره است. حالا

نگذار بگویم که ماهرخ دوماهه آبستن است، من دیدم که شکمش بالا آمده اما به روی خودم نیاوردم. من او را خواهر خود نمی‌دانم...»

مادرش از جا در می‌رفت: «الهی لال بشوی، مرده شور ترکیبت را ببرد، داغت به دلم بماند. دختره‌ی بی‌شرم، برو گم بشو، می‌خواهی لک روی دخترم بگذاری؟ می‌دانم این‌ها از دلسوزه است. تو بمیری که با این ریخت و هیکل کسی تو را نمی‌گیرد. حالا از غصه‌ات به خواهرت بهتان می‌زنی؟ مگر خودت نگفتی خدا توی قرآن خودش نوشته که دروغگو کذاب است‌هان؟ خدا رحم کرده که تو خوشگل نیستی وگرنه دم ساعت که به بهانه‌ی وعظ از خانه بیرون می‌روی، بیشتر می‌شود بالای توحرف درآورد. برو، برو، همه‌ی این نماز و روزه‌هایت به لعنت شیطان نمی‌ارزد، مردم گول زنی بوده‌»!

از این حرف‌ها در این چند روزه مابین آن‌ها رد و بدل می‌شد. ماهرخ هم مات به این کشمکش‌ها نگاه می‌کرد و هیچ نمی‌گفت تا این که شب عقد رسید. همه‌ی همسایه‌ها و زنکه شلخته‌ها با ابروهای وسمه کشیده، سرخاب سفیداب مالیده، چارقدهای نقده، چتر زلف، تنبان پنبه‌دار، جمع شده بودند. در آن میان ننه حسن دو به دستش افتاده بود، خیلی لوس، با لبخند گردنش را کج گرفته نشسته بود دنبک می‌زد و هرچه در چنته‌اش بود می‌خواند:

«ای یار مبارک بادا، انشاالله مبارک بادا»!

«آمدیم، باز آمدیم از خونه داماد آمدیم – همه ماه و همه شاه و همه چشم‌ها بادومی.»

– «ای یار مبارک بادا، انشاالله مبارک بادا»!

- «آمدیم، باز آمدیم از خونه عروس آمدیم – همه کور و همه شـل و همـه چشم‌ها نم نمی»

- «یار مبارک بادا، آمدیم حور و پری را ببریم، انشاالله مبارک بادا!...»

همین را پی‌درپی تکرار می‌کرد، می‌آمدند، می‌رفتند دم حوض سینی خاکستر مال می‌کردند، بوی قرمه سبزی در هوا پراکنده شده بـود، یکی گربـه را از آشپزخانه پیشت می‌کرد، یکی تخم مرغ برای شش انداز می‌خواست، چنـد تا بچه‌ی کوچک دست‌های یک دیگر را گرفته بودند، مـی‌نشـستند و بلنـد می‌شدند و می‌گفتند: «حمومک مورچه داره، بـشین و پاشـو». سـماورهای مسوار را کرایه کرده بودند آتش انداختند، اتفاقا خبر دادند که خانم ماهرخ هم با دخترهایش سر عقد خواهند آمد. دو تا میز را هم رویـش شـیرینی و میوه چیدند و پای هر کدام دو صندلی گذاشتند. پدر مـاهرخ متفکـر قـدم می‌زد که خرجش زیاد شده، اما مادر او پایش را در یک کفش کرده بود که برای سرشب خیمه شب بازی لازم است. ولی در میان این هیـاهو حرفـی از آبجی‌خانم نبود، از دو بعد از ظهر او رفته بود بیـرون، کـسی نمـی‌دانـست کجاست، لابد او رفته بود پای وعظ!

وقتی که لاله‌ها روشن بود و عقد برگزار شده بود همه رفته بودند مگر ننه حسن. عروس و داماد را دست به دست داده بودند و در اطاق پـنج دری پهلوی یک دیگر نشسته بودند. درها هم بسته بود، آبجـی‌خـانم وارد خانـه شد، یک سر رفت در اطاق بغل پنج دری تا چادرش را باز بکند، وارد که شد دید که پرده اطاق پنج دری را جلو کشیده بودند. از کنجکاوی کـه داشـت گوشه پرده را پس زد، از پشت شیشه دید خواهرش ماهرخ بـزک کـرده، وسمه کشیده، جلو روشنائی چراغ خوشگل‌تراز همیشه پهلوی داماد که جوان بیست ساله به نظر می‌آمد، جلو میز که رویش شیرینی بود نشسته بودنـد.

داماد دست انداخته بود به کمر ماهرخ چیزی در گوش او گفت، مثل چیزی که متوجه او شده باشند، شاید هم که او خواهرش را شناخت، اما برای این که دل او را بسوزاند با هم خندیدند و صورت یک دیگر را بوسیدند. از تـه حیاط صدای دنبک ننه حسن می‌آمد که می‌خواند: «ای یـار مبـارک بـادا!...» یک احساس مخلوط از تنفر وحسادت به آبجی‌خانم دست داد. پـرده را انداخت، رفت روی رخت‌خواب بسته که کنار دیوار گذاشته بودند نشست بدون این که چادر سیاه خودش را باز بکند و دست‌ها را زیر چانه زده بـه زمین نگاه می‌کرد، به گل و بته‌های قالی خیره شده بود. آن‌ها را می‌شـمرد و به نظرش چیز تازه می‌آمد، به رنگ آمیزی آن‌ها دقت مـی‌کـرد. هرکـی می‌آمد، می‌رفت او نمی‌دید، یا سرش را بلند نمی‌کرد کـه ببینـد کیـست. مادرش آمد دم در اطاق به او گفت: «چرا شام نمـی‌خوری؟ چرا گوشـت تلخی می‌کنی‌هان؟ چرا این‌جا نشسته ای؟ چادر سیاهت را بـازکن، چـرا بدشگونی می‌کنی؟ بیا روی خواهرت را ببوس، بیا از پشت شیشه تماشا بکن عروس و داماد مثل قرص ماه مگر تو حسرت نداری؟ بیا آخر تـو هـم یـک چیزی بگو، آخر همه می‌پرسند خواهرش کجاست؟ مـن نمـی‌دانسـتم چـه جواب بدهم.»

آبجی‌خانم فقط سرش را بلند کرد و گفت: ـ «من شام خورده‌ام.»

*

نصف شب بود، همه بـه یـاد شـب عروسـی خودشـان خوابیـده بودنـد و خواب‌های خوش می‌دیدند. ناگهان مثل این کـه کسـی در آب دسـت و پـا می‌زد صدای شلپ شلپ همه‌ی اهل خانه را سراسیمه از خواب بیدار کـرد. اول به خیالشان گربه یا بچه در حوض افتاده سر و پا برهنه چـراغ را روشـن کردند، هر جا را گشتند چیز فوق العاده‌ای رخ نداده بود. وقتی که برگشتند

بروند بخوابند ننه حسن دید کفش دم‌پائی آبجی‌خانم نزدیک دریچه‌ی آب انبار افتاده. چراغ را جلو بردند دیدند نعش آبجی‌خانم آمده بود روی آب، موهای بافته‌ی سیاه او مانند مار به دور گردنش پیچیده شده بود، رخت زنگاری او به تنش چسبیده بود، صورت او یک حالت باشکوه و نورانی داشت، مانند این بود که او رفته بود به یک جائی که نه زشتی و نه خوشگلی، نه عروسی و نه عزا، نه خنده و نه گریه، نه شادی و نه‌اندوه در آن‌جا وجود نداشت. او رفته بود به بهشت!

تهران ۳۰ شهریور ماه ۱۳۰۹

مرده خورها

چراغ نفتی که سر طاقچه بود دود می‌زد، ولی دو نفر زنی کـه روی مخـده نشسته بودند ملتفت نمی‌شدند. یکی از آن‌ها کـه بـا چـادر سـیاه آن بـالا نشسته بود به نظر می‌آمد که مهمان اسـت، دسـتمال بزرگـی در دسـت داشت که پی در پی با آن دماغ می‌گرفت و سرش را می‌جنبانید. آن دیگری با چادر نماز تیره رنگ که روی صورتش کـشیده بـود ظـاهرا گریـه و نالـه می‌کرد – در باز شد هووی او با چشم‌های پف آلود قلیان آورد جلو مهمـان گذاشت و خودش رفت پائین اطاق نشست. زنی که پهلوی مهمـان نشـسته بود ناگهان مثل چیزی که حالت عصبانی به او دست بدهد، شروع کـرد بـه گیس کندن و سر و سینه زدن:

– بی‌بی‌خانم جونم: این شوهر نبود، یک پارچه جواهر بود؛ خاک بر سرم بکنند که قدرش را ندانستم! خانم این مرد یک تو به من نگفت... شوهر بیچاره‌ام. ورپرید، او نمرد، او را کشتند.

چادر از سرش افتاد، موهای حنا بسته روی صورتش پریشان شد، خودش را انداخت روی تشک و غش کرد.

بی‌بی‌خانم همین‌طور که قلیان زیر لبش بود رو کرد به هوو:

– نرگس خانم کاه گل و گلاب این‌جا به هم نمی‌رسد؟

نرگس با خونسردی بلند شد از سر رف شیشه‌ی گلاب را برداشت داد بـه دست مهمان و آهسته گفت:

- این غش‌ها دروغی است. همان ساعتی که مشدی چانه می‌انداخت دست کرد ساعت جیبش را در آورد.

بی‌بی‌خانم بازوهای ناخوش را مالش داد، گلاب نزدیک بینی او بـرد، حـالش سر جا آمد نشست و می‌گفت:

- دیدی چه به روزم آمد؟ بی‌بی‌خانم، همین امروز صبح بود، مـشدی تـوی رخت‌خوابش نشسته بود به من گفت: یک سیگار چاق کن بده من. سیگار را دادم به دستش کشید. خانم انگار که به دلش اثر کرده بود، بعد گفت کـه من دیگر می‌میرم، اما چه بکنم با این خجالت‌های تو؟ گفـتم الهـی تـو زنـده باشی. گفت از بابت حسن دلم غرس است، می‌دانـم کـه گلـیمش را از آب بیرون می‌کشد ولی دلم برای تو می‌سوزد، اگر برای خانه یک بخشش نامـه بنویسی من پایش را مهر می‌کنم.

بی‌بی‌خانم سینه‌اش را صاف کرد: منیجه خانم حالا بنیه‌ات را از دسـت نـده. انشاالله پسرت تن درست باشد.

قلیان را بی‌بی‌خانم داد به منیژه که گرفت و النگوهای طلا بـه مـچ دسـتش برق زد.

منیژه خانم: - نه، بعد از مشدی رجب من دیگر نمی‌توانم زنده باشم، یک زن بیچاره، بی‌دست و پا. تا گلویم قرض، پسرم هم در این شهر نیست نمی‌توانم در این خانه بمانم، جل زیر پایم هم مال بچه‌ی صغیر است. بی‌بی‌خـانم: - آن خدا بیامرز همان وقتی که رو به قبله بود به من گفت کلیدم را دریاب تا به دست کسی نیفتد.

نرگس پائین اطاق هق هق گریه می‌کند.

بی‌بی‌خانم: - خانم بند از پیش خدا نبرد! همین هفته‌ی پیش بود رفتم در دکان مشدی برای بچه‌ی رقیه سرنج بخرم. خدا بیامرزدش هر چه کردم پولش را از من نگرفت، گفت سید خانم شما حق آب و گل دارید. خانم مشدی چه ناخوشی گرفت که این طور نفله شد؟

منیژه: - سه شب و سه روز بود که من خواب به چشمم نیامد. خانم، من به پای بالین این مرد جان‌فشانی کردم، رفتم از مسجد جمعه برایش دعای بی‌وقتی گرفتم، حکیم موسی را برایش آوردم، گفت ثقل سرد کرده من هم تا توانستم گرمی به نافش بستم، برایش گل‌گاوزبان دم کردم، زنیان و بادیان، سنبله تیپ، گل خارخاسک، تاج ریزی، برگ نارنج به خوردش دادم. دو روز بود که حالش بهتر بود، امروز صبح من پهلوی رخت‌خواب او چرت می‌زدم دیدم مشدی دست کشید روی زلف‌هایم گفت:

- منیجه تو به پای من خیلی زحمت کشیدی حالا دیگر هر بدی هر خطائی کردم ما را ببخش، حلالمان بکن، اگر من سر تو زن گرفتم برای کنیزی تو بود. دوبار گفت ما را حلال بکن! من واسه رنگ رفتم تو دلش: - پاشو سر پا، چرا مثل خاله‌زنیکه‌ها حرف می‌زنی؟ برو در دکانت سر کار و کاسبی. خانم من رفتم یک چرت بخوابم، نرگس را فرستادم پیش مشدی تا اگر لازم شد دست زیر بالش بکند. اما بی‌بی‌خانم، به جان یک دانه فرزندم اگر بخواهم دروغ بگویم، نزدیک ظهر که بیدار شدم دیدم حالش بدتر شده، همین یک ساعتی که از او منفک شدم!...

بی‌بی‌خانم با دستمالی که در دستش بود دماغ گرفت و سرش را با حالت پر معنی تکان داد.

نرگس: - حالا دست پیش گرفته تا پس نیفتد! همچین تنها تنها به قاضی نرو. تا آن خدابیامرز زنده بود به خونش تشنه بودی، حالا یکهو عزیز شد؟ برایش پستان به تنور می‌چسبانی! خوب کم‌ترنته من غریبم در بیار. بی‌بی‌خانم، خیر از جوانیم نبینم اگر بخواهم درغ بگویم، من همه‌اش پرستاری مشدی را می‌کردم، او همه‌اش می‌خورد و می‌خوابید. حالا دارد تو چشمم به من نارو می‌زند، یعنی من او را کشتم؟ چرا آن کسی اورا نکشد که کلید و همه در و بند زیر دستش بود و در اطاق را به روی من بست.

منیژه: - چه فضولی‌ها، کسی با تو حرف نمی‌زد مثل نخود هراش خودت را قاطی هر حرفی می‌کنی، می‌دانی چیست؟ آن ممه را لولو برد. من دیگر مجیزت را نمی‌گویم.

بی‌بی‌خانم: صلوات بفرستید، بر شیطان لعنت بکنید، نرگس خانم شما بروید بیرون.

نرگس گریه‌کنان از در بیرون رفت.

منیژه: - ای، اگر بخت ما بخت بود دست خر برای خودش درخت بود. تو دانی و خدا روزگار مرا تماشا بکنید، من چه‌طور می‌توانم با این زنیکه‌ی کولی قرشمال توی این خانه به سر ببرم؟

بی‌بی‌خانم: - کم محلی از صد تا چوب بدتر است.

منیژه: - به هر حال خانم چه برایتان بگویم؟ من دم حوض بودم. یک مرتبه دیدم نرگس تو سرش می‌زد و می‌گفت: بیائید که مشدی از دست رفت. خانم روز بد نبینید، دویدم وارد اطاق شدم دیدم مشدی مثل مار به خودش می‌پیچد. نفس نفس می‌زد، یکهو پس افتاد، دندان‌هایش کلید شد، رنگش مثل ماست پرید، دماغش تیغ کشید، سیاهی چشم‌هایش رفت، تنش

مثل چوب خشک شد، نفسش بند آمد، من کاری که کردم دویدم آینه آوردم، جلو دهنش گرفتم، انگاری که یک سال بود نفس نمی‌کشید. خانم تو سرم زدم، موهایم را چنگه چنگه کندم. خدا نصیب هیچ تنابنده‌ای نکند، بعد رفتم از همان تربتی که شما از کربلا سوغات آورده بودید در استکان گردانیدم ریختم به حلقش. دندان‌هایش کلید شده بود، آب تربت از دور دهنش می‌ریخت، بعد چشم‌هایش را بستم، چک و چونه‌اش را بستم، فرستادم پی آشیخ علی، او را وکیل دفن و کفن کردم، بیست تومان به او دادم، خانم نعش دو ساعت به زمین نماند! حالا لابد او را به خاک سپرده‌اند.

منیژه قلیان را داد به دست بی‌بی‌خانم.

بی‌بی‌خانم سرش را تکان داد: - خوشا به سعادتش، خانم از بسکه ثواب کار بوده؛ روحش را زود خلاص کردند، خدا غرق رحمتش بکند. نعش ما را بگو که چند روز به زمین می‌ماند! خانم، مشدی چه سن و سالی داشت؟

منیژه: بمیرم الهی، باز هم جوان بود، اس و قسش درست بود. خودش همیشه می‌گفت: شاه شهید را که تیر زدند ۴۰ سالش بود، تا حالا هم ۲۰ سال می‌شود. خانم ۵۰ سال برای مردچیزی نیست. تازه جا افتاده و عاقل مرد بود. نرگس او را چیزخور کرد. کاشکی خدا به جای او مرا می‌کشت. از این زندگی سیر شده‌ام.

بی‌بی‌خانم: - دور از جانتان باشد. اما خوشا به سعادتش که مرده‌اش به زمین نماند! خانم خدا پاک می‌کند و خاک می‌کند. ما گناه کارها را بگو که زنده مانده‌ایم. خدا همه‌ی بنده‌های خودش را بیامرزد.

نرگس وارد اطاق می‌شود: - شیخ علی آمده پنج تومان از بابت کفن و دفن می‌خواهد.

منیژه: - در دیزی باز است، حیای گربه کجاست؟ هان، مرده خورها بو می‌کشند. حالا میان هیر و ویر قلم‌تراش بیار زیر ابرویم را بگیر! همه‌ی بدبختی‌ها به کنار، دو به دست آشیخ افتاده می‌خواهد گوش من زن بیچاره را ببرد. این پول مال بچه صغیر است. یکی از دوستان جون‌جونیش، از هم‌پیاله‌ها نیامد اقلا هفت قدم دنبال تابوت او راه برود، همه مگس دور شیرینی بودند! یوزباشی دیروز آمده بود احوال پرسی. سوز و بریز می‌کرد. می‌گفت: همه‌ی این‌ها فرع پرستاری است. چرا شله‌اش نپخته است؟ چرا حکیم خوب نیاوردید؟ امروز فرستادم خبرش کردم تا ما که مرد نداریم به کارهایمان رسیدگی بکند. بهانه آورده بود که در عدلیه مرافعه دارد. (به نرگس) خوب بگو بیاید به‌بینم چه می‌گوید؟

نرگس قلیان را برداشته از در بیرون می‌رود.

منیژه دوباره شروع می‌کند به زنجموره: - شوهر بیچاره‌ام! مرا بی‌کس و بانی گذاشت! چه خاکی به سرم بریزم؟ سر سیاه زمستان یک مشت بچه به سرم ریخته، نه بار نه بنشن، نه زغال، نه زندگی!

شیخ علی واردمی‌شود. با عمامه‌ی بزرگ ولهجه‌ی غلیظ: سلام علیکم! خدا شما را زنده بگذارد، پسرتان سلامت بوده باشد، سایه‌تان از سر ما کم نشود، خدا آن مرحوم را بیامرزد. چه قدر نسبت به بنده التفات داشت، حالا باید یکی به من تسلیت بدهد، خانم مرگ به دست خداست، بی‌اراده‌ی خدا برگ از درخت نمی‌افتد. ما هم به نوبه‌ی خودمان می‌رویم، مصلحتش این طور قرار گرفته بود، از دست ما بنده‌های عاجز کاری ساخته نیست، اگر بدانید خانم تابوت چه جور صاف می‌رفت!

بی‌بی‌خانم: - خوشا به سعادتش - خانم، تابوت او صاف می‌رفته!

منیژه: - خوب بگوئید به بینم مرده را به خاک سپردید؟ کارتان تمام شد؟

آشیخ: - خانم ببخشید اگر این قضیه‌ی مولمه را به شما یادآوری می‌کنم، ولی پنج تومان از مخارج کم آمده، صورت حسابش حاضر است. مزد گورکن به زمین مانده.

منیژه: - حالا مرده را در سر قبر آقا به امان خدا گذاشتید؟

آشیخ: - نه گورکن آن‌جاست.

بی‌بی‌خانم: - پدر بی‌کسی بسوزد!

منیژه: - من بیچاره از کجا پول آورده‌ام؟ اگر سراغ کرده اید که مشدی صد دینار پول داشته دروغ است، این جلی که زیر پایم افتاده مال توله تفلیسی‌های نرگس است، مگر نشنیدی: «که زن جوان و مرد پیر سبد بیار جوجه بگیر.» پناه بر خدا توی آن اطاق یک جوال خالی کرده! چرا نمی‌روید از او بگیرید؟ من که گنج قارون زیر سرم نیست، من یک زن لچک به سر از همه جا بی‌خبر آه ندارم که با ناله سودا بکنم، از کجا آورده‌ام؟ پای کی حساب می‌شود؟ جلد باشیدها، یک قبض بنویسید تا بعد یک نفر مرد پیدا بشود رسیدگی بکند.

آشیخ: - خدا سایه‌تان را از سر ما کم نکند، البته خدمات من را هم در نظر دارید، چشم چشم همین الآن.

چمپاته نشسته روی یک تکه کاغذ چیزی نوشته می‌دهد به دست منیژه، او هم دست کرده از کیسه‌ای که به گردنش آویخته چند اسکناس بیرون می‌آورد شمرده می‌دهد به آشیخ و قبض رسید را در کیسه می‌گذارد.

منیژه باز شروع می‌کند به زنجموره: - من بیوه زن با خون جگر صـد دینـار اندوخته بودم، این هم مال زیارت بود، کی دیگر به من پس می‌دهد؟ ختم را کی ورگذار می‌کند؟ مخارج شب هفت را کی می‌دهد؟

آشیخ: - دستتان درد نکند، خانم تا مرا دارید از چه می‌ترسید؟ همه‌اش بـه گردن خودم، مشدی آن قدرها به گردن من حـق دارد. بنـده را فرامـوش نکنید (از در بیرون می‌رود).

بی‌بی‌خانم: - شب مرگ کسی در خانه‌اش نمی‌خوابد! خوشا به سعادتش که مرده‌اش به زمین نماند!

منیژه: - کاشکی مرا هم برده بود، این هم زندگی شد؟ فکرش را بکنید کـه تا حالا پنجاه تومان خرج کرده‌ام، همه‌اش را از جیب خودم دادم. از فردا من چه طور می‌توانم توی این خانه با نرگس به جوال بروم؟ نمی‌دانید چه آفتـی است! (نگا ه می‌کند) واه پناه بر خدا؟ مویش را آتش زدند، کـم بـود جـن و پری، یکی هم از دریچه بپری! ننه تـاپویش را هـم بـا خـودش آورده! (نالـه می‌کند)

در باز شد نرگس و مادرش وارد می‌شوند.

مادر نرگس: - سلام چه بوی نفتی می‌آید! مگر شما آدم نیـستید تـوی ایـن اطاق نشسته‌اید؟

نرگس می‌رود فتیله‌ی چراغ را پائین می‌کشد، بی‌بی‌خانم نیمه خیز جلو مـادر نرگس بلند شده می‌نشیند. نرگس سرش را پائین انداخته گریه مـی‌کنـد، مادرش چاق و موهای خاکستری دارد.

(به دخترش): - ننه این جور گریه نکن! خدا را خوش نمی‌آید، توی این خانـه تو و بچه‌هایت بی‌کس هستید، همه خاله‌انـد و خـواهرزاده، شـما بیجیـد و

حرام‌زاده! آخر تو یک صورت ظاهر هم می‌خواهی. اگر قرار بود کسی بیوه‌زن نشود قربانش بروم‌ام النبی بیوه‌زن نمی‌شد. چهار طرف خودت را بپا، نگذار آت و آشغال‌ها را زیر و رو بکنند.

نرگس گریه‌کنان از در بیرون می‌رود.

مادر نرگس: - می‌دانید چی است؟ من از آن بیدها نیستم که از این بادها بلرزم. خوب مرگ یک بار شیون هم یک بار. حالا که آن خدابیامرز رفت، اما من آمده‌ام تکلیف دخترم را معین بکنم. از فردا دخترم با سه تا بچه قد و نیم قد روی دستش باید زندگی بکند. من می‌خواستم همین امشب در و پیکر را بدهید مهر و موم بکنند، اگر چه خدا دهان باز را بی‌روزی نمی‌گذارد، اما تا این بچه‌های صغیر از آب و گل دربیایند دم شتر به زمین می‌رسد. باید هر چه زودتر وکیل و وصی را معین بکنید.

منیژه: - مگر همه‌ی کارها را من باید بکنم؟ مگر من گفته‌ام که نباید مهر و موم بشود؟ بد کردم جمع و جور کردم؟ کور از خدا چه می‌خواهد: دو چشم بینا. خودتان بروید آخوند و ملا بیاورید مهر و موم کند.

در این موقع نرگس وارد شده یک فنجان چائی روبروی مادرش می‌گذارد و لوچه‌اش را آویزان می‌کند: حالا خیلی دیر است خوب بود زودتر به این خیال می‌افتادند.

منیژه به بی‌بی‌خانم: - قباحت هم خوب چیزی است، راستش به ستوه آمده‌ام. خدا به دور نرگس خودش کم بود رفته ننه جونش را هم خبر کرده، تا سه ساعت پیش هنوز شوهرش زنده بود. تف، تف، شرم و حیا هم خوب چیزی است، مشدی خودش به من وصیت کرد، کلید را بردارم تا به دست هر شلخته‌ای نیفتد. همین الآن بروید وکیل و وصی بیاورید، هرچه

داروندار است مهر و موم بکنید. من حاضرم، کلید را می‌دهم به دست وکیل. یک دقیقه پیش بود، شیخ علی آمد به ضرب دگنگ پنج تومان از من گرفت رفت، من زن بیچاره‌ی داغ دیده که در هفت آسمان یک ستاره ندارم! توی این خانه پوست انداختم. دو روز دیگر سر سیاه زمستان اگر برای خاطر آن خدابیامرز نبود الآن سر برهنه از خانه بیرون می‌رفتم. بعد از مشدی در و دیوار این خانه به من فحش می‌دهد. سه شب و سه روز آزگار شب‌زنده‌داری کردم، بعد از آن که همه‌ی آب‌ها از آسیاب افتاد و مشدی روی دستم چانه‌انداخت آن وقت دیدم نرگس خانم، زن سوگلی مثل طاووس مست خرامان وارد اطاق شد، دروغکی آب غوره می‌گرفت، من هم از لجم در را به رویش بستم.

نرگس: - خوب، خوب، در اطاق را بستی تا چیزها را تو در تو بکنی. دروغ‌گو اصلا کم‌حافظه می‌شود، تا حالا صد جور حرف زده‌ای، این من بودم که زیر مشدی را ترو خشک می‌کردم. تو شب‌ها می‌رفتی تخت می‌خوابیدی. وانگهی، مشدی تا آن دمی‌که مرد ناخوش زمین گیر نشد، نشانی به آن نشانی که مشدی هنوز نفس می‌کشید، برای این که پول‌هایش را بلند بکنی چک و چونه‌اش را بستی، جلد دادی او را به خاک بسپارند، به خیالت من خرم؟ بعد هم در اطاق را به رویم بستی تا چیزها را زیر و رو بکنی، حالا همه‌ی کاسه کوزه‌ها را سر من می‌شکنی؟

منیژه: - زنکه رویش را با آب مرده شورخانه شسته؟ تو چشم من دروغ می‌گویی؟ از من که گذشته، من آردم را بیختم و الکم را آویختم. اما تو برو فکر خودت را بکن، تا مشدی سر و مر و گنده بود هر وقت گم می‌شد در اطاق نرگس خانم پیدایش می‌کردند. عصرها که از کار بر می‌گشت غرق بزک برای خود شیرینی می‌دوید جلو، در خانه را به رویش باز می‌کرد.

شوهری که موهایم را در خانه‌اش سفید کردم، یک پسر مثل دسته‌ی گل برایش بزرگ کردم، تو او را از من دزدیدی، مهر گیاه به خوردش دادی، من که پول کار نکرده نداشتم که خرج سرخاب سفیداب بکنم. رفتی در محله‌ی جهودها برایم جادو جنبل کردی، مرا از چشم شوهرم انداختی، اگر الآن توی پاشنه‌ی در اطاقت را بگردند پر از طلسم و دعای سفید بختی است. آن وقت می‌خواستی وقتی مشدی ناخوش شد پیزیش را هم من جا بگذارم؟ اگر برای...

ننه‌ی نرگس: - خوب بس است. از دهن سگ دریا نجس نمی‌شود، می‌دانی چیست؟ حرف دهنت را بفهم وگرنه سنگ یک من دو منه، سر و کارت با منه. حالا می‌خواهی کنج این خانه دخترم را زجرکش بکنی؟ تب لازمی‌بکنی؟ البته دخترم جوان است، هر یک سر مویش یک طلسم است. مشدی پیر بود. البته زن جوان را همه دوست دارند.

بی‌بی‌خانم: - صلوات بفرستید، لعنت بر شیطان بکنید.

نرگس - عوضش سرکار خانم و همه کاره بودید. همه در و بند و کلیدش دست تو بود. من مثل دده بمباسی کار می‌کردم و تنگه‌ی تو را خرد می‌کردم. برای خاطر مشدی بود که هر چه می‌گفتی گل می‌کردم می‌زدم به سرم، تو هر شب می‌پریدی به جان مشدی، یک شکم با او دعوا می‌کردی، او هم به من پناهنده می‌شد. یعنی توقع داشتی او را از اطاقم بیرون بکنم؟ اصلا خودت مشدی را دق‌مرگ کردی. ماه به ماه با اوقهر بودی، حالا یک مرتبه شوهر جون جونی شد!

منیژه: - چشمش کور می‌شد می‌خواست سر زنش هوو نیاورد. همان طور که مرد حاضر نیست بگویند بالای چشم زنت ابروست، زن هم وقتی که دید

شوهرش سر او زن می‌آورد، به او بی‌محبت می‌شود. آن گوربه‌گور شده تا زنده بود سوهان روحم بود، بعد هم که رفت تو را جلو چشمم گذاشت.

نرگس: - تو از بی‌لیاقتی خودت بود، زنی هم که خانـه داری و شـوهر داری بلد نیست، باید پیه هوو را به تنش بمالد. حالا گذشته‌ها گذشـته، امـا مـال صغیر نباید زیر پا بشود، درستش باشد این النگوها که به دسـتت کـرده‌ای مال صغیر است، تا امروز صبح یکی از آن‌ها بیشتر مال خودت نبـود. دو تـای دیگرش را از کجا آوردی؟

منیژه: - حالا میان دعوا نرخ مشخص می‌کنـد! مـن بیـست و پـنج سـال در خانه‌ی این مرد استخوان خورد کردم - لب بود که به دندان آمد. زنیکـه‌ی دیروزه چیز خودم را به خودم نمی‌تواند به‌بیند. حـالا هـر چـه از دهـنم در می‌آید به آن گور به گور...

بی‌بی‌خانم: - خانم صلوات بفرستید. زبانتان را گاز بگیرید. این به جای حمد و سوره است؟ روح او الآن همه‌ی حرف‌های شما را می‌شنود. به قولی شما سه ساعت نیست که او مرده. فکر بچه‌هایش را بکنید.

منیژه - زنگوله‌های پای تابوت!

مادر نرگس فریاد می‌زند: - خاک به گورم، مرده را به بین! (غش می‌کند)

بی‌بی‌خانم جیغ می‌کشد: - وای ننه پشت شیشه را نگاه بکن، مشدی مـشدی آمده (زبانش بند می‌آید).

زن‌ها یک مرتبه با هم فریاد می‌کشند، در باز می‌شود. مشدی با کفن سفید خاک آلود، صورت رنگ پریده، موهای ژولیده، وارد اطاق می‌شود و بـه در تکیه داده در درگاه می‌ایستد.

منیژه دستپاچه کیسه را از گردن خودش در می‌آورد. با دسته کلید و النگوها جلو مشدی پرت می‌کند - نه، نه، نزدیک من نیا! بردار و برو، مرده، مرده... دسته کلید را بردار، صد تومانی که از توی صندوقت برداشتم توی کیسه است. با یک قبض پنج تومانی، بردار و برو، به من رحم بکن، برو، برو، (بلند می‌شود خودش را پشت بی‌بی‌خانم پنهان می‌کند.)

نرگس از گوشه‌ی چارقدش چیزی در آورده می‌اندازد جلو او - این هم دندان‌های عاریه‌ات با پنج تومانی که از آشیخ علی گرفتم. بردار برو، زود باش، برو (با دست‌هایش صورت خودش را پنهان می‌کند و می‌افتد در دامن مادرش.)

منیژه: - همان دندان‌هائی که پنجاه تومان برای مشدی تمام شد!...

مشدی رجب مات با لبخند: - نه نترسید... من نمرده‌ام، سکته‌ی ناقص بود، در قبر به هوش آمدم!

منیژه: - نه نه، تو مرده‌ای برو. دست از جانمان بردار، مرا که دوست نداشتی، زن عزیزه آن‌جاست (اشاره به نرگس می‌کند.)

مشدی رجب: - نه من نمرده‌ام. هنوز رویم خاک نریخته بودند... که به هوش آمدم... گورکن غش کرد، بلند شدم... دویدم! خودم را رسانیدم به خانه یوزباشی... عبای او را گرفتم، با درشکه مرا به خانه آورد. خودش هم در حیاط است.

منیژه: - این هم... این هم ماشاالله از کار کردن آشیخ علی! سه ساعت مرده را به زمین گذاشت! قلیان... یکی به من قلیان برساند... اوه زنده به گور... زنده به گور!

تهران ۱۲ آبان ماه ۱۳۰۹

آب زندگی

یکی بود یکی نبود غیر از خدا هیشکی نبود. یک پینه‌دوزی بود سه تا پسر داشت: حسنی قوزی و حسینی کچل و احمدک. پسر بزرگش حسنی دعانویس و معرکه‌گیر بود، پسر دومی حسینی همه کاره و هیچ کاره بود، گاهی آب حوض می‌کشید یا برف پارو می‌کرد و اغلب ول می‌گشت. احمدک از همه کوچک‌تر، سری به راه و پایی به راه و عزیز دردانه باباش بود. توی دکان عطاری شاگردی می‌کرد و سر ماه مزدش را می‌آورد به باباش می‌داد. پسر بزرگ‌ها که کار پا به جایی نداشتند و دستشان پیش پدرشان دراز بود، چشم نداشتند که احمدک را ببینند.

دست بر قضا زد و توی شهرشان قحطی افتاد. یک روز پینه‌دوز پسرهایش را صدا زد و بهشان گفت:«میدونین چیه راس پوس کندش اینه که کار و کاسبی من نمی‌گرده، تو شهر هم گرونی افتاده، شماهام دیگه از آب و گل در اومدین و احمدک که از همه‌تون کوچکتره ماشاءالله پونزده سالشه. دس خدا به همراتون، برین روزیتونو در بیارین و هر کدوم یه کار و کاسبی‌یم یاد بگیرین. من این گوشه واسه خودم یه کر و کری می‌کنم. اگه روزی روزگاری کار و بارتون گرفت و دماغتون چاق شد که چه بهتر، به منم خبر بدین وگرنه برگردین همین جا پیش خودم یه قلمه نون داریم با هم می‌خوریم.»

بچه‌ها گفتند: «چشم باباجون!»

پینه‌دوز هم به هر نفری یک گرده نان و یک کوزه آب داد و رویشان را بوسید و روانه‌شان کرد.

سه برادر راه افتادند، تا سو به چشمشان بود و قوت به زانوانشان همین‌طور رفتند و رفتند تا این که خسته و مانده سر یک چهارراه رسیدند. رفتند زیر یک درخت نارون نشستند که خستگی در بکنند، احمدک از زور خستگی خوابش برد و بی‌هوش و بی‌گوش زیر درخت افتاد. برادر بزرگ‌ها که با احمدک هم چشمی‌داشتند و به خونش تشنه بودند، ترسیدند که چون از آن‌ها با کفایت‌تر بود سنگ جلو پایشان بشود و به کارشان گراته بیندازد. با خودشان گفتند: «چطوره که شر اینو از سر خودمان واکنیم؟»

کت‌های او را از پشت محکم بستند و کشان‌کشان بردند توی یک غار دراز تاریک انداختند.

احمدک هرچه عز و چز کرد به خرجشان نرفت و یک تخته سنگ بزرگ هم آوردند و در دهنه غار انداختند. بعد به پیرهن احمدک خون کفتر زدند دادند به یک کاروان که از آن‌جا می‌گذشت و نشانی دادند که آن را به پینه‌دوز بدهد و بگوید که احمدک را گرگ پاره کرده و راهشان را کشیدند و رفتند سر سه راهه پشک انداختند، یکی از آن‌ها به طرف مشرق رفت و یکی هم به طرف مغرب.

✳

از آن‌جا بشنو که حسنی با قوز روی کولش رفت و رفت تا همه آب و نانش تمام شد، تنگ غروب از توی یک جنگل سر درآورد، از دور یک شعله آبی به نظرش آمد رفت جلو دید یک آلونک جادوگر است. به پیرزنی که آن‌جا نشسته بود سلام کرد و گفت: «ننه جون! محض رضای خدا به من رحم کنین.

من غریب و بی‌کسم، امشب این‌جا یه جا و منزل به من بدین که از گشنگی و تشنگی دارم از پا در میام.»

ننه پیروک جواب داد: «کییه که یه نفر بی‌کار و بیعار مثه تو قوزی رو مهمون بکنه؟ اما دلم برات سوخت، اگه یه کاری بهت می‌گم برام بکنی تورو نگه می‌دارم.»

حسنی هولکی گفت: «به چشم، هر کاری که بگین حاضرم.»

«- از ته چاه خشکی که پشت خونمه یه شمع اون تو افتاده بیرون بیار، این شمع شعله آبی داره و خاموش نمی‌شه.»

پیرزن به او آب و نان داد و بعد با هم رفتند، پشت آلونک حسنی را توی یک زنبیل گذاشت و تو چاه کرد. حسنی شمع را برداشت و به پیرزن اشاره کرد که بالاش بکشد. پیرزن ریسمان را کشید، همین که دم چاه رسید دستش را دراز کرد که شمع را بگیرد. حسنی را می‌گویی شکش ورداشت و گفت:

«نه حالا نه. بگذار پام رو زمین برسه آن وقت شمع رو می‌دم.»

پیرزن که اوقاتش تلخ شد، سر ریسمان را ول کرد، حسنی تلپی افتاد آن پایین. اما صدمه‌ای ندید و شمع هم می‌سوخت ولی به چه درد حسنی می‌خورد؟ چون می‌دید که باید توی این چاه بمیرد. تو فکر فرو رفت و بعد از جیبش یک چپق درآورد و گفت: «آخرین چیزیس که واسم مانده!» چپقش را با شعله آبی شمع چاق کرد و چند تا پک زد. توی چاه پر از دود شد. یک مرتبه دید یک دییک سیاه و کوتوله دست به سینه جلوش حاضر شد و گفت:

«- چه فرمایشیه؟»

حسنی جواب داد: «تو کی هسی؟ جنی، پری هسی یا آدمیزادی؟»

«– من کوچیک و غلام شما هسم.»

«– اول کمک کن من برم بالا بعد هم پول و زال و زندگی می‌خوام.»

دیبه حسنی را کول کرد و بیرون چاه گذاشت، بعد بهش گفت:

«– اگه پول و زال و زندگی می‌خواهی این راهشه، برو به شهری می‌رسی و کارت بالا می‌گیرد. اما تا می‌تونی از آب زندگی پرهیز بکن!» و با دستش به طرفی اشاره کرد. حسنی دستپاچه شد، شمع از دستش ول شد و دوباره افتاد توی چاه. نگاه کرد دید دیبکه غیبش زده، مثل این که آب شد و به زمین فرو رفت.

حسنی توی تاریکی از همان راهی که دیبکه بهش نشان داده بود همین‌طور رفت. کله سحر رسید به یک شهری که کنار رودخانه بود. دید همه مردم آن‌جا کورند. پای رودخانه گرفت نشست، یک مشت آب به صورتش زد و یک مشت آب هم خورد. از یک نفر کور که نزدیکش بود پرسید:

«– عموجان! این‌جا کجاس؟»

او جواب داد: «– مگه نمی‌دونی این‌جا کشور زرافشونه؟»

حسنی گفت: «محض رضای خدا من غریبم، از شهر دوردسی می‌یام، راه به جایی ندارم. یه چیز خوراکی به من بده؟»

آن مرد جواب داد: «– این‌جا به کسی چیز مفت نمی‌دن. یه مشت از ریگ این رودخونه بده تا نونت بدم.»

حسنی دست کرد زیر ماسه رودخانه، دید همه خاک طلاست. ذوق کرد، یک مشت به آن مرد داد و نان گرفت و خورد و توی جیب‌هایش را هم پر

از خاک طلا کرد و راهش را کشید و رفت طرف شهر. همین که رسید، دید شهر بزرگی است، اما همه شهر مثل آغل گوسفند گنبد گنبد روی هم ساخته شده بود و مردمش چون کور بودند یا در شکاف غارها و یا زیر این گنبدها زندگی می‌کردند و شب و روز برایشان یکسان بود و حتی یک دانه چراغ در تمام شهر روشن نمی‌شد. اعلان‌های دولتی و رساله‌ها با حروف برجسته روی مقوا چاپ می‌شد و همه مردم با قیافه‌های اخم‌آلود گرفته و لباس‌های کثیف بدقواره و چشم‌های ورم کرده مثل کرم درهم می‌لولیدند. از یک نفر پرسید: «- عموجان چرا مردم این‌جا کورن؟»

آن مرد جواب داد: «- این سرزمین خاکش مخلوط با طلاس و خاصیتش اینه که چشمو کور می‌کنه – ما چشم به راه پیغمبری هستیم که می‌باس بیاد و چشم‌های مارو شفا بده. اگر چه همه‌مون پرمال و مکنت هستیم. اما چون چش نداریم آرزو می‌کنیم که گدا بودیم و می‌تونستیم دنیارو ببینیم. به این جهت خجالت زده گوشه شهر خودمون مونده‌ایم.»

حسنی را می‌گویی چشده خور شد. با خودش گفت: «اینارو خوب می‌شه گولشون زد و دوشید، خوب چه عیب داره که من پیغمبرشون بشم؟» رفت بالای منبری که کنج میدان بود و فریاد کشید: «- آهای مردمون! بدونین که من همون پیغمبر موعودم و از طرف خدا آمدم تا به شما بشارتی بدم. چون خدا خواسه که شمارو به محک امتحون در بیاره، شمارو از دیدن این دنیای دون محروم کرده تا بتونین بیشتر جستجوی حقایقو بکنین و چشم حقیقت‌بین شما واز بشه. چون خودشناسی خداشناسیس. دنیا سرتاسر پر از وسوسه شیطونی و موهوماته، همونطور که گفتن: دیدن چشم و خواستن دل. پس شما که نمی‌بینین از وسوسه شیطونی فارغ هسین و خوش و راضی زندگی می‌کنین و با هر بدی می‌سازین. پس بردبار باشین و شکر خدا رو به جا

بیارین که این موهبـت عظمـارو بـه شـما داده! چـون ایـن دنیا مـوقتی و گذرندس. اما اون دنیا همیشگی و ابـدیس و مـن بـرای راهنمائیـه شمـاها اومدم.»

مردم دسته دسته به او گرویدند و سرسپردند و حسنی هم برای پیشرفت کار خودش هر روز نطق‌های مفصلی در باب جن و پـری و روز پنجاه هـزار سال و بهشت و دوزخ و قضا و قدر و فشار قبر و از این جور چیزها برایشان می‌کرد و نطق‌های او را با حروف برجسته روی کاغذ مقوایی مـی‌انداختنـد و بین مردم منتشر می‌کردند. دیری نکشید که همـه اهـالی زرافشان بـه او ایمان آوردند و چون سابقاً اهالی چندین بار شورش کرده بودنـد و تـن بـه طلاشویی نمی‌دادنـد و مـی‌خواسـتند کـه معالجـه بـشوند، حـسنی قـوزی همه‌آن‌ها را به این وسیله رام و مطیع کرد و از این راه منافع هنگفتـی عایـد پول‌دارها و گردن کلفت‌های آن‌جا شد. کوس شـهرت حـسنی در شـرق و غرب پیچید و به زودی یکی از مقربان و حاشـیه‌نـشین‌هـای دربـار پادشـاه کوران شد.

در ضمن قرار گذاشت همه‌مردم مجبور به جمع کردن طـلا بـشوند و هـر نفری از در خانه تا کنار رودخانه زنجیری به کمرش بسته بود. صبح آفتـاب نزده ناقوس می‌زدند و آن‌هـا گـروه‌گـروه و دسـته‌دسـته بـه طلاشویی می‌رفتند و غروب آفتاب کار خودشان را تحویل می‌دادند و کورمال کورمال سر زنجیر را می‌گرفتند و به خانه‌شان برمی‌گشتند. تنها تفریح آن‌ها خوردن عرق و کشیدن بافور شده بود و چون کسی نبود که زمـین را کـشت و درو بکنـد بـا طـلا غلـه و تریـاک و عـرق خودشـان را از کـشورهای همـسایه می‌خریدند. از این جهت زمین بایر و بیکار افتاده بود و کثافت و ناخوشـی از سر مردم بالا می‌رفت.

گرچه در اثر خاک طلا چشم‌های حسنی اول زخم شده و بعد هم نابینا شد، اما از حرص جمع کردن طلا خسته نمی‌شد. روز به روز پیازش بیشتر کونه می‌کرد و مال و مکنتش در کشور کوران زیادتر می‌شد و در همه خانه‌ها عکس برجسته حسنی را به دیوارها آویزان کرده بودند. بالاخره حسنی مجبور شد که یک جفت چشم مصنوعی بسیار قشنگ به چشمش بزند! اما در عوض روی تخت طلا می‌خوابید و روی قوزش را داده بود یک ورقه طلا گرفته بودند و توی غرابه‌های طلا شراب می‌خورد و با دستگاه بافور طلا وافور می‌کشید و با لوله‌هنگ طلا هم طهارت می‌گرفت و شبی یک صیغه برایش می‌آوردند و شکر خدا را می‌کرد که بعد از آن همه نکبت و ذلت به آرزویش رسیده است.

پدر و برادرها و زندگی سابق خودش و حتی خواهشی که پدرش از او کرده بود همه به کلی از یادش رفت و مشغول عیش و عشرت و خودنمایی شد.

٭

حسنی را این‌جا داشته باشیم ببینیم چه به سر برادر کچلش حسینی آمد. حسینی هم افتان و خیزان از جاده مشرق راه افتاد، رفت و رفت تا به یک بیشه رسید، از زور خستگی و ماندگی پای یک درخت دراز کشید و خوابش برد. دمدمه‌های سحر شنید که سه تا کلاغ بالای درخت با هم گفتگو می‌کردند. یکی از آن‌ها گفت: «- خواهر خوابیدی؟»

کلاغ دومی: «- نه، بیدارم.»

کلاغ سومی: «- خواهر چه خبر تازه‌ای داری؟»

کلاغ اولی جواب داد: «- اوه! اگه چیزایی که ما می‌دونیم آدمـا مـی‌دونـسن! شاه کشور ماه تابون مرده، چون جانشین نداره فردا باز هوا می‌کنن. این باز رو سر هرکی نشس اون شاه می‌شه.»

کلاغ دومی: «- تو گمون می‌کنی کی شاه می‌شه؟»

کلاغ اولی: «- مردی که پای این درخت خوابیده شاه می‌شه. اما به شرط این که یه شیکنبه گوسپند به سرش بکشه و وارد شهر بشه. اون وقت باز می‌یاد رو سرش می‌شینه. اول چون می‌بینن که خارجیس قبولش ندارن و تو یه اتاق حبسش می‌کنن. می‌باس که پنجره رو واز بکنه، آن وقت دوباره باز از پنجره می‌یاد رو سرش می‌شینه.»

کلاغ سومی: «- پوه! شاه کشور کرها!»

کلاغ دومی: «- می‌دونی دوای کری اونا چیه؟»

کلاغ سومی: «- آب زندگیس. اما اگه آب زندگی به مردم بدن و گوششون واز بشه دیگه زیربار ارباباشـون نمـی‌رن، اینـایی رو کـه مـی‌بینی بـه ایـن درخت‌دار زدن می‌خواسن گوش مردمو معالجه بکنن!» بعد غار و غار کردند و پریدند.

حسینی که چشمش را باز کرد دید بـه درخـت دو نفـر آدم‌دار زده‌انـد. از ترسش پا شد و پا گذاشت به فرار. سر راه یک بزغاله گیر آورد، که از گلـه عقب مانده بود. گرفت سرش را برید و شکنبه‌اش را در آورد، بـه سـرش کشید، و راهش را گز کرد و رفت. تنگ غروب به شهر بزرگی رسـید. دیـد آن‌جا هیاهو و غوغای غریبی است. تو دلش ذوق کرد و رفت کنار شهر توی یک خرابه ایستاد. یک مرتبه دید یک باز شکاری که روی آسمان اوج گرفته بود پائین آمد و روی سر او نشست و کله‌اش را توی چنگال گرفت.

مردم به طرفش هجـوم آوردنـد و هـورا کـشیدند و سردسـت بلندش کردند. اما همین که فهمیدند خارجی است، او را بردند در اتاقی انداختند و درش را چفت کردند. حسینی رفت پنجره را واکرد و دوبار دیگر هم باز اوج گرفت و از پنجره‌امد روی سر او نشست. مردم هم این سفر ریختند و او را بردند توی یک کالسکه طلای چهار اسبه نشاندند و با دم و دستگاه او را بـه قصر باشکوهی بردنـد و در حمـام بـسیار عـالی سـر و تـنش را شـستند، لباس‌های فاخر و جبه‌های سنگین قیمت به او پوشاندند، بعد بردندش روی تخت جواهر نگاری نشاندند، و تاج هم به سرش گذاشتند.

حسینی از ذوق توی پوست خود نمی‌گنجید و هـاج و واج دور خـودش نگـاه می‌کرد. تا یک نفر کور با لباس مجللی آمد و روی زمین را بوسید و گفت:

«ـ خداوندگارا، قبله عالم سلامت باشد! بنده از طرف همـه حـضار تبریـک عرض می‌کنم!»

حسینی سینه‌اش را صاف کرد و باد توی آستینش انداخت و با صدای آمرانه گفت: «ـ تو کی هستی؟»

«ـ قبله عالم سلامت باشد! مردمان این کشور همه کر و لال هـستند و مـن یک نفر خارجی از تجار کشور زرافشانم و مأمورم تا مراسم شـادباش را بـه حضورتان ابلاغ بکنم.»

«ـ این‌جا کجاس؟»

دیلماج: «این‌جا را کشور ماه تابان می‌نامند.»

حسینی گفت: «ـ برو از قول من به مردم بفهمون و بهشون اطمینون بده که ما همیشه به فکر اونا بودیم و امیدواریم که زیرسایه ما وسایل آسایشـشون فراهم بشه.»

دیلماج گفت: «قربان از حسن نیات ... »

حسینی حرفش را برید: «– بگو برن پی کارشون، پرچونگی هم موقوف. شنیدی؟ شوم مارو حاضر بکنن!»

تاجر کور اشاره به طرف خوانسالارباشی کرد و همه کرنش کردند و از در بیرون رفتند. خوانسالارباشی هم آمد جلو تعظیم کرد و اشاره به اتاق دیگری کرد. بعد پس پسکی بیرون رفت. حسینی پا شد، خمیازه کشید و لبخندی زد و با خودش گفت: «عجب کچلک بازیی این احمق‌ها در آوردن! گمون می‌کنن که من عروسکشونم! پدری از شون در بیارم که حظ بکنن! ...» بعد در اتاق دنگالی وارد شد که یک سفره بلند به درازی اتاق انداخته بودند و خوراک‌های رنگارنگ در آن چیده بودند. حسینی از ذوقش دور سفره رقصید و هولکی چند جور خوراک روی هم خورد و یک بوقلمون را برداشت به نیش کشید و چند تا قدح دوغ و افشره را هم بالایش سرکشید و به خوابگاهش رفت.

فردا صبح حسینی نزدیک ظهر بیدار شد و بار داد. همه وزراء و امراء و دلقک‌های درباری و اعیان و اشراف و ایلچی‌ها و تجار دنبال هم ریسه شدند، دسته‌دسته می‌آمدند و کرنش می‌کردند و کنار دیوار ردیف صف می‌کشیدند و با حرکات دست و چشم و دهن اظهار فروتنی و بندگی می‌کردند. اگر مطلب مهم یا فرمان فوری بود که می‌خواستند به صحه همایونی برسد، روی دفترچه یادداشت که با خودشان داشتند می‌نوشتند و از لحاظ حسینی می‌گذرانیدند. اما از آنجایی که حسینی بی‌سواد بود، وزیر دست راست و وزیر دست چپش را از تجار کور زرافشان انتخاب کرد تا جواب را زبانی به او بفهمانند و بعد موضوع را با خودشان کنار بیایند.

چه دردسرتان بدهم، آن‌قدر پیزر لای‌پالان حسینی گذاشتند و در چاپلوسی و خاکساری نسبت به او زیاده‌روی کردند و متملق‌ها و شعرا و فضلا و دلقک‌ها و حاشیه‌نشین‌ها دمش را توی بشقاب گذاشتند و او را سایه خدا و خدای روی زمین وانمود کردند که کم‌کم از روی حسینی بالا رفت. شکمش گوشت نو بالا آورد و خودش را باخت و گمان کرد علی‌آباد هم شهریست، به‌طوری که کسی جرئت نمی‌کرد به او بگوید: که بالای چشمت ابروست. بعد هم بگیر و ببند راه‌انداخت و به زور دوستاق و گزمه و قراول چنان چشم‌زهره‌ای از مردم گرفت که همه‌آن‌ها به ستوه آمدند. تمام اهالی کشور ماه تابان به کشت و زرع تریاک و کشیدن عرق دو آتشه وادار شدند تا به این وسیله از کشور زرافشان طلا وارد کنند و به جایش عرق و تریاک بفروشند و پولش را حسینی و اطرافیانش بالا بکشند. مخلص کلوم، مردم با فقر و بدبختی زندگی می‌کردند و کم‌کم مرض کوری از زرافشان به ماه تابان سرایت کرد و کری هم از ماه تابان به کشور زرافشان سوغات رفت. حسینی هم گوشش سنگین و بعد کر شد. اما با چند نفر دلقک درباری و متملق و تجار کور که همدستش بودند به لفت و لیس و عیش و نوش مشغول شدند و پدر و برادرها به کلی از یادش رفتند و خواهش پدرش را هم فراموش کرد.

*

حسینی را این‌جا داشته باشیم ببینیم چه به سر احمدک آمد. جونم برایتان بگوید: احمدک باکت‌های بسته بی‌هوش و بی‌گوش توی غار افتاده بود. طرف صبح که نور ضعیفی از لای تخته سنگ توی غار افتاد یک مرتبه ملتفت شد که کسی بازویش را گرفته تکان می‌دهد. چشم‌هایش را که باز کرد دید یک درویش لندهور سبیل از بناگوش در رفته بالای سرش است. درویش

گفت: «- تو کجا اینجا کجا؟» احمدک سرگذشت خـودش را بـرایش نقـل کرد که چطور پدرش آنها را پی روزی فرستاد و برادرهایش این بلا را به سر او آوردند. درویش بازوهایش را باز کرد و برایش غـذا آورد. احمـدک خورد و به درویش گفت: «- خوب حالا میخوام برم پیش برادرام کمکشون بکنم!»

درویش جواب داد: «هنوز موقعش نرسیده چون بیخود خودت رو لو میدی و گیر میاندازی. اگه راس میگی برو به کشور همیشه باهار. آب زندگی رو پیدا کن تا همه بدبختها رو نجات بدی.»

«- راهش کجاس؟»

«- نشونت میدم، آب زندگی پشت کوه قافه.»

از گوشه غار یک نیلبک برداشت بـه او داد و گفت: «اینـو از مـن یادگـار داشته باش!» احمدک نیلبک را گرفت، در بغلش گذاشت و با هـم از غـار بیرون آمدند. درویش او را برد سـر سـه راهـه و راه سـومیرا کـه خیلـی سنگلاخ و پست و بلند بود بهش نشان داد. احمدک خـداحافظی کـرد و راه افتاد. رفت و رفت، در راه نیلبک میزد، پرندهها و جـانوران دورش جمـع میشدند. تا نزدیک ظهر رسید پای یک درخت چنار کهن و با خودش گفت: «اینجا یه چرت میزنم و بعد راه میافتم!» فوراً به خواب رفت. مـدتی کـه گذشت از صدای فش و فشی بیدار شد. نگاه کرد بالای سـرش دیـد یـک اژدها به چه گندگی از درخت بالا میرفت و لانه مرغی هم به درخت بود.

اژدها که نزدیک میشد بچه مرغها بنای داد و بیداد را گذاشتند و دید که اژدها میخواست آنها را بخورد. بلند شد یک تخته سنگ برداشـت و بـه

طرف اژدها پرتاب کرد. سنگ گرفت به سر اژدها زمین خـورد و جابـه‌جـا مُرد.

هر سال کار اژدها این بود که وقتی سیمرغ بچه می‌گذاشت و موقـع پـرواز بچه‌هایش می‌رسید، می‌آمد و همه آن‌ها را می‌خورد. امسال هم سر موقـع آمده بود، اما احمدک نگذاشت که کار خودش را بکند.

همین که اژدها را کُشت رفت دوباره دراز کشید و خوابش برد. بعد سیمرغ از بالای کوه بلند شد و چیزی برای بچه‌هایش آورد که بخورند، دید یک نفر پائین درخت گرفته خوابیده، دوباره به طرف کوه پرواز کـرد و یـک تخته سنگ بزرگ روی بالش گذاشت و آورد کـه تـوی سـر آن مـرد بزنـد. بـا خودش خیال کرد: «این همون کسییه که هر سال مـی‌یـاد و بچـه‌هـای مـنو می‌بره، بی‌شک امسالم واسیه همـین کـار اومـده. مـن الآن پـدرش رو در می‌یارم!»

سیمرغ نزدیک لانه که رسید درست میزان گرفت تـا سـنگ را روی سـر احمدک بزند، فوراً بچه‌ها فهمیدند که مادرشان چه خیالی دارد. داد و بیداد راه‌انداختند و بال زدند و فریاد کشیدند: «ننه جون! دس نگهـدار، اگـه ایـن مردک نبود اژدها ما رو خورده بود!» سیمرغ هم رفـت و سـنگ را دورتـر انداخت.

وقتی که برگشت اول به بچه‌هایش خوراک داد، بعد بالش را مثل چتـر بـاز کرد و روی سر احمدک سایه ا نداخت تا به آسودگی بخوابد. خیلی از ظهـر گذشته بود که احمدک از خواب بیدار شد و سیمرغ بهش گفت:

«ـ ای جوون، هر چی از من بخواهی بهت می‌دم. حالا بگو ببینم قـصد کجـا رو داری؟»

«- می‌خواهم به کشور همیشه بهار برم.»

«- خیلی دوره، چرا اونجا می‌ری؟»

«- آب زندگی رو پیدا کنم تا بتونم برادرامو نجات بدم.»

«- ها، این کار خیلی سخته. اول یه پر از من بکن و همیشه با خـودت داشتـه باش، اگه روزی روزگاری به کمک من محتاج شدی به یک بهونه‌ای، چیـزی، می‌ری روی پشت بام و پر منو آتیش می‌زنی، من فورن حاضر می‌شم و تو رو نجات می‌دم، حالا بیا رو بالام بشین.»

سیمرغ روی زمین نشست، احمدک یک پر از بالش کند و قـایم کـرد. بعد روی بال‌های سیمرغ گرفت نشست و او هم در هوا بلند شد.

وقتی که سیمرغ احمدک را روی زمین گذاشت، آفتاب پشت قله کوه قاف می‌رفت. در جلگه جلو او شهر بزرگی بـا دروازه‌هـای باشکوه نمایـان بـود. سیمرغ با او خدا نگه‌داری کرد و رفت.

تا چشم کار می‌کرد باغ و بوستان و سبزه و آبادی بود و مردمان سرزنده‌ای که مشغول کشت و درو بودند دیده می‌شدند، ساز می‌زدنـد و یـا تفریح می‌کردند. جانوران آن‌جا از آدم‌ها نمی‌ترسیدند. آهو به آرامی‌چرا می‌کرد و خرگوش در دست آدم‌ها علف می‌خورد، پرنده‌ها روی شاخه درخت‌ها آواز می‌خواندند. درخت‌های میوه از هر سو سر درهم کشیده بودند.

احمدک چند تا از آن میوه‌های آبدار کَند و خورد. بعد رفت سرچشمه‌ای که از زمین آب می‌جوشید، یک مشت آب بـه صـورتـش زد. چـشمش طـوری روشن شد که باد را از یک فرسخی می‌دیـد. یـک مـشت آب هـم خـورد، گوشش چنان شنوا شد که صدای عطسه پشه‌ها را می‌شـنید. بـه‌طـوری از زندگی مست و سرشار شد که نی‌لبکش را در آورد و شروع به زدن کـرد.

دید یک گله گوسفند که در دامنه کوه پخش و پلا بود دورش جمع شد و دختر چوپانی مثل پنجه آفتاب که به ماه می‌گفت تو درنیا که من درآمدم. با گیس گلابتونی و دندان مرواری دنبال گوسفندها آمد. احمدک به یک نگاه یک دل نه، صد دل عاشق دختر چوپان شد و از او پرسید:

«– این‌جا کجاس؟»

دختر جواب داد: «– این‌جا کشور همیشه بهاره.»

«– من به سراغ آب زندگی آمده‌ام، چشمه‌اش کجاس؟»

دختر خندید و جواب داد: «– همه آب‌ها آب زندگیس، این آب چشمه مخصوصی نداره.»

احمدک به فکر فرورفت و گفت: «حس می‌کنم ... مثه چیزی که عوض شدم. همه چیز این‌جا مثه این که در عالم خوابه ... چیزایی که به چشم می‌بینم هیشوقت نمی‌تونستم باور بکنم.»

دختر پرسید: «– مگه از کجا آمدی؟»

احمدک سرگذشت خودش را از سیر تا پیاز نقل کرد و گفت که آمده تا آب زندگی واسه پدر و برادرهاش ببرد. دختر دلش به حال او سوخت و گفت:

«– این‌جا آب زندگی چشمه مخصوصی نداره. فقط در کشور کرها و کورها این لقبو به آب این‌جا دادن، اما اگه برادرات حس آزادی ندارن بیخود وخت خودتو تلف نکن، چون آب زندگی به دردشون نمی‌خوره.»

احمدک جواب داد: «– شاید هم که اشتباه کرده باشم. از حرفـای شمـا کـه چیز زیادی سرم نمی‌شه. همه چیز این‌جا مثه خواب می‌مونه ... وانگهی خسته و مونده هسم باید برم شهر.»

دختر گفت: «– تو جوون خوش قلبی هسی. اگه مایل باشی منزل ما مثه منزل خودته.»

احمدک را با خودش به منزل برد و به مادرش سفارش او را کرد.

مادر دختر جواب داد: «– قدم شما روی چشم! بفرمایین مهمون ما باشـین و خستگی در بکنین.»

روز به روز عشق احمدک برای دختر چوپان زیادتر می‌شد و چند روزی را به گشت و گذار در شهر ورگزار کرد بعد بیکاری دلش را زد، بـالاخره‌امـد بـه مادر دختر گفت:

«– من خیال دارم یه کاری پیدا بکنم.»

«– چه کاره هسی؟»

«– هیچی! دو تا بازو دارم، هر کاری که شما بگین.»

«– نه، هر کاری که خودت دلت بخواد و بتونی از عهده‌اش بربیایی.»

احمدک فکری کرد و گفت: «–تو شهر پدرم شاگرد عطار بـودم و دواهـارو می‌شناسم.»

مادر دختر جواب داد: «– پس دوافـروش سـرگذرمون دنبـال یـه شـاگرد می‌گشت، اگه می‌خوایی پیشش کار کن.»

احمدک گفت: «- البته چه از این بهتر؟» مادر دختر جواب داد: «- حالا که تو جوون تنبلی نیسی و تن به کار می‌دی، ازین به بعد اگه می‌خوایی بیا همین‌جا با ما زندگی بکن.»

احمدک روزها می‌رفت پیش دوافروش کار می‌کرد و شب‌ها به خانه دختر چوپان برمی‌گشت. کم‌کم باسواد شد و کار مشتری‌های دوافروش را راه می‌انداخت و کارش هم بهتر شد و حتی چلینگری و نجاری را هم یاد گرفت، چون پدرش بهش نصیحت کرده بود که یک کار و کاسبی هم بلد بشود. بعد سور بزرگی داد و دختر چوپان را به زنی گرفت و زندگی آزاد و خوشی با زن و رفقایی که تازه با آن‌ها آشناشده بود می‌کرد. اما تنها دلخوری که داشت این بود که نمی‌دانست چه به سر پدر و برادرهایش آمده و همیشه گوش به زنگ بود و از هر مسافر خارجی که وارد کشور همیشه بهار می‌شد پرسش‌هایی می‌کرد و می‌خواست از پدر و برادرهایش باخبر بشود، اما همیشه تیرش به سنگ می‌خورد. تا این که یک روز با یکی از مشتری‌های کور دوافروش که از کشور زرافشان آمده بود گرم گرفت و زیرپاکشی کرد. کوره به او گفت:

«- کفر نگو. زبونتو گاز بگیر، این که تو سراغشو می‌گیری حسنی قوزی نیس، پیغمبر ماس. سال پیش بود به کشور زرافشون اومد و معجز کرد، یعنی همه ما را که گمراه بودیم و از درد کوری رنج می‌کشیدیم، نجاتمون داد و بهمون دلداری داد، وعده‌بهشت داد و مارو از این خجالت بیرون آورد و همیه مردم از جون و دل براش طلاشوری می‌کنن. اونم واسمون وعظ می‌کنه و مارو راهنمایی می‌کنه. حالام واسه این نیومدم که چشممو معالجه بکنم و از آب زندگی این‌جا احتیاط می‌کنم. چون با خودم به‌اندازه کافی آب از کشور

زرافشون آوردم، فقط اومدم یک جفت چش مصنوعی بگذارم.» اشاره کـرد به خیک‌چه‌ای که به کمرش آویزان بود.

شست احمد خبردار شد و فهمید که حرف درویش راسـت بـوده، دیگـر صدایش را در نیاورد و از کسان دیگر هم جویا شد و فهمید حسینی کچل هم در کشور ماه تابان مشغول چاپیـدن و قتـل و غـارت مردمـان آن‌جاست و حرص طلا و مال دنیا همه این بدبخت‌هـا را کـور و اسیر کـرده. بـه حـال برادرهایش دلش سوخت و با خودش گفت: «بایـد بـرم اونـارو نجاتـشون بدم!» استاد دوافروش که آمد بهش گفت:

«- رفیق بیشتر از یک ساله که زیر دس شما کار می‌کنم و از وختیکه در ایـن کشور اومدم معنی زندگی و آزادی رو فهمیدم. بی‌سواد بودم باسواد شدم، بی‌هنر بودم، چند جور هنر یاد گرفتم. کور و کـر بـودم، چـشم و گوشـم در این‌جا واز شد، لذت تنفس در هوای آزاد و کار با تفریح رو این‌جا شناختم. اما قول دادم، یعنی پدرم از من خواهش کرده، میباس به عهد خودم وفـا کـنم، اینه که اجازه مرخصی می‌خوام.»

استاد گفت: «- حیف که از پیش من می‌ری! اما چون تو جوون زبـر و زرنگـی بودی یه چیزی از من بخواه.»

احمدک جواب داد: «دوا درمون کوری و کری رو می‌خوام.»

استادش گفت: «- این که چیزی نیس، مگه نمی‌دونی که آب این‌جـا رو تـو کشور زرافشون و ماه تابون آب زندگی می‌گند و علاج کوری و کری اوناس؟ یه قمقمه از این آب با خودت ببر همه شـونو شـفا مـی‌دی. امـا کـاری کـه می‌خوایی بکنی خیلی خطرناکه، چون کورها و کرها دشمن سرزمین همیـشه بهارند و به خون مردمش تشنه هسن. اونم واسیه این که ما طـلا و نقـره رو

نمی‌پرستیم و آزادونه زندگی می‌کنیم. اما اونا به خیال خودشون اربابی و آقایی نمی‌کنن مگه از دولت سر کوری و کری مردمونشون!»

احمدک جواب داد: «- من اینا سرم نمی‌شه، می‌باس برم و نجاتشون بدم.»

«- تو جوون باهوشی هسی. شاید که بتونی. به هر حال من سد راه تو نمی‌شم.» رویش را بوسید و او هم از استادش خدانگه‌داری کرد. بعد رفت روی زن و بچه‌اش را هم بوسید و به طرف کشور زرافشان روانه شد.

آنقدر رفت و رفت تا رسید به سرحد کشور زرافشان. دید چند نفر قراول کور با زره و کلاه خود و تیر و کمان طلا آن‌جا دور هم نشسته بودند و وافور می‌کشیدند. از دور فریاد کردند: «- اوهوی ناشناس تو کی هستی و برای چی اومدی؟»

احمدک جواب داد: «- من یک نفر بنده خدا و تاجر طلا هسم و اومدم تا به مذهب جدید ایمان بیاورم.»

یکی از قراولان گفت: «- آفرین به شیر پاکی که خورده‌ای، قدمت رو چش!»

احمدک به اولین شهری که رسید دید مردم همه کور کثیف و ناخوش و فقیر کنار رودخانه‌ای که از بس که خاکش را کنده بودند گود شده بود نشسته بودند و با زنجیرهای طلا به خانه‌شان که کلبه‌هایی بیشتر شبیه لانه جانوران بود بسته شده بودند، با دست‌های پینه‌بسته و بازوان گل‌آلود از صبح تا شام زیرشلاق کشیک‌چی‌هایی که دائماً پاسبانی می‌کردند طلا می‌شستند. زمین بایر افتاده بود، پرندگان گریخته بودند، درخت‌ها خشکیده بود. تنها تفریح آن‌ها کشیدن وافور و خوردن عرق بود. دلش به این حال مردم سوخت. نی‌لبکش را درآورد و یک آهنگی که در کشور همیشه بهار یادگرفته بود زد. گروه زیادی دورش جمع شدند و برایش

کیسه‌های پر از خاک طلا آوردند و به خاک افتادند و سجده کردند. احمدک به آن‌ها گفت: «من احتیاجی به طلای شما ندارم، بگذارین شما رو از زجر کوری نجات بدم، من از کشور همیشه بهار اومدم و آب زندگی با خودم دارم.»

در میان آن‌ها ولوله افتاد، بالاخره دسته‌ای از آن‌ها حاضر شدند. احمدک هم قمقمه‌اش را در آورد و آب زندگانی به چشم‌شان مالید، همه بینا شدند. همین که چشم‌شان روشن شد،از وضع فلاکت بار زندگی خودشان وحشت کردند و بنای مخالفت را با پول‌دارها و گردن کلفت‌های خودشان گذاشتند. زنجیرها را پاره کردند، داد و قال بلند شد و نطق‌های حسنی را که با حروف برجسته منتشر شده بود سوزاندند. خبر به پایتخت رسید. حسنی و شاه دست پاچه شدند. حسنی یاد حرف دیبک توی چاه افتاد که به او گفته بود: «از آب زندگی پرهیز بکن!» فوراً فرمان دادند همه کسانی که بینا شده‌اند و مخصوصاً آن کافر ملحدی که از کشور همیشه بهار آمده تا مردم را از راه دنیا و دین گم راه کند بگیرند و شمع آجین بکنند و دور شهر بگردانند تا مایه عبرت دیگران بشود.

در کوچه و بازار جارچی افتاد که هر حلال‌زاده‌ای شیرپاک خورده‌ای احمدک را بگیرد و به دست گزمه بدهد پنج اشرفی گرفتنی باشد!

از قضا کسی که احمدک را گرفت یک تاجر کر برده‌فروش از اهل کشور ماه تابان بود. همین که دید احمدک جوان قلچماقی است به جوانی او رحم آورد و بعد هم طمعش غالب شد، چون دید ممکن است خیلی بیشتر از پنج اشرفی برایش مشتری پیدا بکند. این شد که صدایش را در نیاورد و فردای آن روز احمدک را برای فروش با غلام‌ها و کنیزها و کاکاسیاها و دده‌سیاه‌ها به بازار برده‌فروشان برد. اتفاقاً یک تاجر کر دیگر از اهالی ماه تابان که تنه

توشه احمدک را پسندید به قیمت بیست اشرفی او را خرید و فردایش با قافله روانه کشور ماه تابان شد.

سر راه احمدک می‌دید که بارهای شتر مملو از بغلی عرق و لوله‌های تریاک و زنجیرهای طلا بود که از کشور ماه تابان به زرافشان می‌رفت و از آن طرف هم خاک طلا به کشور ماه تابان می‌برند تا این که بالاخره وارد کشور ماه تابان شدند. به اولین شهری که رسیدند احمدک دید اهالی آن‌جا هم بدبخت و فقیر بودند و شهر سوت و کور بود و همه مردم به درد کری و لالی گرفتار بودند، زجر می‌کشیدند، و یک دسته کر و کور و احمق پول‌دار و ارباب، دست‌رنج آن‌ها را می‌خوردند. همه جا کشتزار خشخاش بود و از تنوره کارخانه‌های عرق‌کشی شب و روز دود در می‌آمد. در آن‌جا نه کتاب بود، نه روزنامه، و نه ساز و نه آزادی. پرنده‌ها از این سرزمین گریخته بودند و یک مشت مردم کر و لال در هم می‌لولیدند و زیرشلاق و چکمه جلادان خودشان‌جان می‌کَندند. احمدک دلش گرفت، نی‌لبکش را درآورد و یک آواز غم‌انگیز زد. دید همه با تعجب به او نگاه می‌کنند، فقط یک شتر لاغر و مردنی آمد به سازش گوش داد.

احمدک واسه این مردم دلش سوخت و آب زندگی به خورد چند نفرشان داد. گوششان شنوا شد و زبانشان باز شد و سر و گوششان جنبید. بارهای طلا را در رودخانه ریختند و در همان شب چندین کارخانه عرق‌کشی را آتش زدند و کشتزارهای تریاک را لگدمال کردند.

خبر که به پایتخت رسید حسینی کچل غضب نشست و فرمان دستگیر کردن احمدک را داد، و قراول و گزمه توی شهر ریخت و طولی نکشید که احمدک را گرفتند و کند و زنجیر زدند و قرار شد که او را شمع آجین کنند و در کوچه و بازار بگردانند تا عبرت دیگران بشود.

احمدک گوشه سیاه‌چال غمناک گرفت نشست و به حال خودش حیران بود، ناگهان در باز شد و دوساقچی با پیه‌سوز روشن برایش غذا آورد. احمدک یادش افتاد که پر سیمرغ را با خودش دارد. به دوساقچی گفت: «عموجون می‌دونم که‌امشب منو می‌کُشن، پس اقلاً بگذار بِرَم بالای بوم نماز بگذارم و توبه بکنم.» زندان‌بان که کر بود ملتفت نشد. بالاخره به او فهماند و زندان‌بان جلو افتاده و او را برد روی پشت‌بام. احمدک هم پر سیمرغ را در آورد و با پیه‌سوز آتش زد. یک مرتبه آسمان غرید و زمین لرزید و میان ابر و دود یک مرغ بزرگ آمد و احمدک را گذاشت روی بالش و دبرو که رفتی و به طرف کوه قاف پرواز کرد.

مردم کشور ماه تابان را می‌گویی‌هاج و واج ماندند. فوراً چاپار راه افتاد، این خبر را به پایتخت رسانید. حسینی که این خبر را شنید اوقاتش تلخ شد، به‌طوری که اگر کاردش می‌زدند خونش در نمی‌آمد و فهمید که همه این آل و آشوب‌ها از کشور همیشه بهار آمده است و این کشور علاوه بر این که داد و ستد طلا را منسوخ کرده بود برای همسایه‌هایش هم کارشکنی می‌کرد و بدتر از همه می‌خواست چشم و گوش رعیت‌های او را هم باز بکند! یاد حرف سه کلاغ افتاد که گفتند اگر بخواهد حکمرانی کند باید از آب زندگی بپرهیزد و حالا از کشور همیشه بهار آب زندگی برای رعیت‌هایش سوغات می‌آوردند. از این جهت برضد کشور همیشه بهار علم طغیان بلند کرد و زیر جلی با کشور زرافشان ساخت و پاخت و بند و بست کرد و مشغول ساختن نیزه و گرز و خنجر و شمشیر و تیر و کمان طلا شدند و قشون را سان می‌دیدند.

حسنی قوزی هم در کشور زرافشان نطق‌های آتشین برضد کشور همیشه بهار می‌کرد و مردم را به جنگ با آن‌ها دعوت می‌کرد. بالاخره اعلان جهاد

داد. حسینی کچل هم همان روز مثل برج زهرمار غضب نشست و لباس سرخ پوشید و اعلان جنگی به این مضمون صادر کرد: «ما همیشه خواهان صلح و سلامت مردم بودیم، اما مدتهاس که کشور همیشه بهار انگش تو شیر می‌زنه و مردم ما رو انگلک می‌کنه. مثلاً پارسال بود که یک سنگ آب زندگی از سرحدشون تو کشور ما انداختند، پیارسال بود که یه تیکه ابر از قله کوه قاف آمد آب زندگی بارید و یه دسته مردم چشم و گوششون واز شد و زبون درازی کردن اما به تقاصشون رسیدن. موش به هنبونه کار نداره هنبونه با موش کار داره! امسالم احمدک رو برایمون فرستادن. پس دود از کُنده پا می‌شه! کشور همیشه بهار همیشه دشمن پول بوده، ظاهراً با ما دوس جون جونیه‌اما زیر زیرکی موشک می‌دوونه می‌خواد چشم و گوش رعیتو واز بکنه و صلح و صفای دنیارو به هم بزنه. ما و کشور زرافشون که همسایه و دوس قدیمی ماس و می‌باس تخم این آل و آشوب‌راه‌بندازها رو ور بیندازیم و دشمنای طلارو نیس و نابود کنیم. زنده باد کوری و کری که راه بهشت و زندگی ابدی رو برای مردم و عیش و عشر تو برای ما واز می‌کنه، و به عهده ماس که دشمنای طلارو از بین ببریم!» حسینی با سرانگشتش پای این فرمان را مهر زده بود.

مطابق این فرمان و اعلان جهاد حسنی، کشور ماه تابان و کشور زرافشان به کشور همیشه بهار شبیخون زدند و لشکر کور و کر از هر طرف شروع به تاخت و تاز کردند.

اما این دو کشور برای این که قشونشان مبادا از آب زندگی بخورند و یا به صورتشان بزنند و چشم و گوششان باز بشود پیش‌بینی کردند و قرار گذاشتند در شهرهایی که قشون‌کشی می‌کردند فوراً آب انبارهایی بسازند و از آب گندیده پساب طلاشویی این آب‌انبارها را پر بکنند و به خورد

قشونشان بدهند و هر سرباز یک مشک از آن آب با خودش داشته باشد و مثل شیشه عمرش آن را حفظ بکند و اگر مشک آبش را از دست می‌داد به جرم این که از آب زندگی خورده فوراً کشته شود.

کشور همیشه بهار که از همه جا بی‌خبر نشسته بود و ایلچی‌های همسایه‌هایش تا دیروز لاف دوستی و رفاقت با این‌ها می‌زدند، یکه خورد و دستپاچه قشونی آماده کرد و جلو آن‌ها فرستاد. قشون کور و کر مثل مور و ملخ در شهرهای همیشه بهار ریختند و کُشتند و چاپیدند و تاراج کردند و خاک شهرها را توبره می‌کردند و زورکی تریاک و عرق و طلا به مردم می‌دادند و اسیرها را به بندگی به شهر خودشان می‌بردند.

احمدک هم تیر و کمانش را برداشت و به جنگ رفت و کمین نشست. سرداران کور و کر جفت به جفت بغل هم می‌نشستند تا کرها برای کورها ببینند و کورها برای کرها بشنوند. احمدک نشانه می‌گرفت و تیر به مشک آب آن‌ها می‌زد و بعد با چند نفر از رفقایش شبانه آب‌انبارهای آن‌ها را با وجودی که پاسبان‌های کور و کر بالای برج و بارو آن‌ها را می‌پاییدند درب و داغون کرد و تمام آبی که برای قشونشان آورده بودند هرز رفت.

جنگ طول کشید و چنان مغلوبه شد که خون می‌آمد و لش می‌برد. اما از آن‌جایی که اسلحه‌های کشور زرافشان و ماه تابان تاب اسلحه فولادین کشور همیشه بهار را نیاورد، قشونشان از هم پاشید و مخصوصاً چون آب‌انبارهای آن‌ها خراب شد و آبش هرز رفت این شد که قشون آن‌ها مجبور شدند که از آب زندگی کشور همیشه بهار بخورند و چشم و گوششان باز شد و به زندگی نکبت‌بار خودشان هوشیار شدند و یک مرتبه ملتفت شدند که تا حالا دست نشانده یک مشت کور و کر و پول‌دوست احمق شده بودند و از زندگی و آزادی بویی نبرده بودند. زنجیرهای خود را

پاره کردند، سران سپاه خود را کُشتند و با اهالی کشور همیشه بهار دست یگانگی دادند. بعد به شهرهای خودشان برگشتند و حسنی قوزی و حسینی کچل و همه میرغضب‌های خودشان را که این زندگی ننگین را برای آن‌ها درست کرده بودند به تقاص رسانیدند و از نکبت و اسارت طلا آزاد شدند.

احمدک هم این سفر با زن و بچه‌اش رفت پیش پدرش و به چشم‌های او که در فراقش از زور گریه کور شده بود آب زندگی زد، روشن شد و به خوبی و خوشی مشغول زندگی شدند.

همانطوری که آن‌ها به مرادشان رسیدند شما هم به مرادتان برسید!

قصه ما به سر رسید   کلاغه به خونه‌اش نرسید!

پایان

مجموعه‌ی

سه قطره خون

سه قطره خون

«دیروز بود که اطاقم را جدا کردند، آیا همان طوری که ناظم وعده داد من حالا بکلی معالجه شده‌ام و هفته دیگر آزا د خواهم شد؟ آیا ناخوش بوده‌ام؟ یکسال است، در تمام این مدت هر چه التماس می‌کردم کاغذ و قلم می‌خواستم به من نمی‌دادند. همیشه پیش خودم گمان می‌کردم هر ساعتی که قلم و کاغذ به دستم بیفتد چقدر چیزها که خواهم نوشت... ولی دیروز بدون این که خواسته باشم کاغذ و قلم را برایم آوردند. چیزی که آن قدر آرزو می‌کردم، چیزی که آن قدر انتظارش را داشتم...! اما چه فایده – از دیروز تا حالا هر چه فکر می‌کنم چیزی ندارم که بنویسم. مثل این است که کسی دست مرا می‌گیرد یا بازویم بی‌حس می‌شود. حالا که دقت می‌کنم مابین خط‌های درهم و برهمی‌که روی کاغذ کشیده‌ام تنها چیزی که خوانده می‌شود این است «سه قطره خون»

*

«آسمان لاجوردی، باغچه سبز و گل‌های روی تپه باز شده، نسیم آرامی‌بوی گل‌ها را تا این‌جا می‌آورد. ولی چه فائده؟ من دیگر از چیزی نمی‌توانم کیف بکنم، همه این‌ها برای شاعرها و بچه‌ها و کسانی که تا آخر عمرشان بچه می‌مانند خوبست – یک سال است که این‌جا هستم، شب‌ها تا صبح از صدای گربه بیدارم، این ناله‌های ترسناک، این حنجره خراشیده که جانم را به لب

رسانیده، صبح هم هنوز چشممان باز نشده که انژکسیون بی‌کردار ...! چه روزهای دراز و ساعت‌های ترس ناکی که این‌جا گذرانیده‌ام، با پیراهن و شلوار زرد روزهای تابستان در زیر زمین دور هم جمع می‌شویم و در زمستان کنار باغچه جلو آفتاب می‌نشینیم، یک سال است که میان این مردمان عجیب و غریب زندگی می‌کنم. هیچ و جه اشتراکی بین ما نیست، من از زمین تا آسمان با آن‌ها فرق دارم – ولی ناله‌ها، سکوت، فحش‌ها، گریه‌ها و خنده‌های این آدم‌ها همیشه خواب مرا پر از کابوس خواهد کرد.

*

«هنوز یک ساعت دیگر مانده تا شاممان را بخوریم، از همان خوراک‌های چاپی:اش ماست، شیر برنج، چلو، نان و پنیر، آن هم به قدر بخور و نمیر، – حسن همه آرزویش این است یک دیگ اشکنه را با چهار تا نان سنگک بخورد، وقت مرخصی او که برسد عوض کاغذ و قلم باید برایش دیگ اشکنه بیاورند. او هم یکی از آدم‌های خوشبخت این‌جاست. با آن قد کوتاه، خنده احمقانه، گردن کلفت، سر طاس و دست‌های کمخته بسته برای ناوه کشی آفریده شده، همه‌ذرات تنش گواهی می‌دهند و آن نگاه احمقانه او هم جار می‌زند که برای ناوه‌کشی آفریده شده. اگر محمد علی آن‌جا سر ناهار و شام نمی‌ایستاد حسن همه ماها را به خدا رسانیده بود. ولی خود محمد علی هم مثل مردمان این دنیاست، چون این‌جا را هر چه می‌خواهند بگویند ولی یک دنیای دیگر است ورای دنیای مردمان معمولی. یک دکتر داریم که قدرتی خدا چیزی سرش نمی‌شود. من اگربه جای او بودم یک شب توی شام همه زهر می‌ریختم می‌دادم بخورند، آن وقت صبح توی باغ می‌ایستادم دستم را به کمر می‌زدم، مرده‌ها را که می‌بردند تماشا می‌کردم – اول که مرا این‌جا آوردند همین وسواس را داشتم که مبادا به

من زهر بخورانند. دست به شام و ناهار نمی‌زدم تا این که محمد علی از آن می‌چشید، آن وقت می‌خوردم. شب‌ها هراسان از خواب می‌پریدم، به خیالم که آمده‌اند مرا بکشند. همه‌این‌ها چقدر دور و محو شده...! همیشه همان آدم‌ها، همان خوراک‌ها، همان اطاق آبی که تا کمرکش آن کبود است.

«دو ماه پیش بود یک دیوانه را در آن زندان پائین حیاط انداخته بودند، با تیله شکسته شکم خودش را پاره کرد، روده‌هایش را بیرون کشیده بود با آن‌ها بازی می‌کرد. می‌گفتند او قصاب بوده، به شکم پاره کردن عادت داشته. اما آن یکی دیگر که با ناخن چشم خودش را ترکانیده بود، دستهایش را از پشت بسته بودند. فریاد می‌کشید و خون به چشمش خشک شده بود. من می‌دانم همه‌این‌ها زیر سر ناظم است.»

«مردمان این‌جا همه هم این طور نیستند. خیلی از آن‌ها اگرمعالجه بشوند و مرخص بشوند بدبخت خواهند شد. مثلا این صغرا سلطان که در زنانه است، دو سه بار می‌خواست بگریزد، او را گرفتند.پیرزن است اما صورتش را گچ دیوار می‌مالد و گل شمعدانی هم سر خابش است. خودش را دختر چهارده ساله می‌داند، اگر معالجه بشود و در آینه نگاه بکند سکته خواهد کرد. بدتر از همه تقی خودمان است که می‌خواست دنیا را زیرو رو بکند و با آن که عقیده‌اش این است که زن باعث بدبختی مردم شده و برای اصلاح دنیا هر چه زن است باید کشت، عاشق همین صغرا سلطان شده بود.

«همه‌این‌ها زیر سر ناظم خودمان است. او دست تمام دیوانه‌ها را از پشت بسته، همیشه با آن دماغ بزرگ و چشم‌های کوچک به شکل وافوری‌ها ته باغ زیر درخت کاج قدم می‌زند. گاهی خم می‌شود پائین درخت را نگاه می‌کند، هر که او را به بیند می‌گوید چه آدم بی‌آزار بیچاره ای که گیر یک دسته دیوانه افتاده. اما من او را می‌شناسم. من می‌دانم آن‌جا زیر درخت سه

قطره خون روی زمین چکیده. یک قفس جلو پنجره‌اش آویزان است، قفس خالی است، چون گربه قناریش را گرفت، ولی او قفس را گذاشته تا گربه‌ها به هوای قفس بیایند و آن‌ها را بکشد.

«دیروز بود دنبال یک گربه‌گل باقالی کرد، همین که حیوان از درخت کاج جلو پنجره‌اش بالا رفت، به قراول دم در گفت حیوان را با تیر بزنند. این سه قطره خون مال گربه است، ولی از خودش که بپرسند می‌گوید مال مرغ حق است.

«از همه‌این‌ها غریب‌تررفیق و همسایه‌ام عباس است، دو هفته نیست که او را آورده‌اند، با من خیلی گرم گرفته، خودش را پیغمبر و شاعر می‌داند. می‌گوید که هر کاری، بخصوص پیغمبری، بسته به بخت و طالع است. هر کسی پیشانیش بلند باشد، اگر چیزی هم بارش نباشد، کارش می‌گیرد و اگر علامه‌دهر باشد و پیشانی نداشته باشد به روز او می‌افتد. عباس خودش را تارزن ماهری هم می‌داند. روی یک تخته سیم کشیده به خیال خودش تار درست کرده و یک شعر هم گفته که روزی هشت بار برایم می‌خواند. گویا برای همین شعر او را به این‌جا آورده‌اند، شعر یا تصنیف غریبی گفته:

«دریغا که که بار دگر شام شد،
«سراپای گیتی سیه فام شد،
«همه خلق را گاه آرام شد،
«مگر من، که رنج و غمم شد فزون.
«جهان را نباشد خوشی در مزاج،
«بجز مرگ نبود غمم را علاج،
«ولیکن در آن گوشه در پای کاج،
«چکیده است بر خاک سه قطره خون»

دیروز بود در باغ قدم می‌زدیم. عباس همین شعر را می‌خواند، یک زن و یک مرد و یک دختر جوان به دیدن او آمدند. تا حالا پنج مرتبه است که می‌آیند. من آن‌ها را دیده بودم و می‌شناختم، دختر جوان یک دسته گل آورده بود. آن دختر به من می‌خندید، پیدا بود که مرا دوست دارد، اصلا به هوای مـن آمده بود، صورت آبله روی عباس که قشنگ نیست، اما آن زن که با دکتـر حرف می‌زد من دیدم عباس دختر جوان را کنار کشید و ماچ کرد.

٭

«تا کنون نه کسی بدیدن من آمده و نه برایم گل آورده‌اند، یک سال است. آخرین بار سیاوش بود که به دیدنم آمد، سیاوش بهترین رفیق من بود. مـا با هم همسایه بودیم، هر روز با هم بـه دارالفنـون مـی‌رفتـیم و بـا هـم بـر می‌گشتیم و درس‌هایمان را با هم مذاکره می‌کردیم و در موقع تفریح مـن به سیاوش تار مشق می‌دادم. رخساره دختر عموی سیاوش هم کـه نـامزد من بود اغلب در مجلس ما می‌آمد. سیاوش خیال داشت خواهر رخساره را بگیرد. اتفاقاً یک ماه پیش از عقد کنانش زد و سیاوش ناخوش شد. مـن دو سه بار به احوال پرسیش رفتم ولی گفتند که حکیم قـدغن کـرده کـه بـا او حرف بزنند. هرچه اصرار کردم همین جواب را دادند. من هم پاپی نشدم.

«خوب یادم است، نزدیک امتحان بود، یک روز غروب که به خانه برگشتم، کتاب‌هایم را با چند تا جزوه‌مدرسه روی میز ریختم. همین که آمدم لباسـم را عوض بکنم صدای خالی شدن تیر آمد. صدای آن بقدری نزدیک بود کـه مرا متوحش کرد، چون خانه‌ما پـشت خنـدق بـود و شـنیده بـودم کـه در نزدیکی ما دزد زده است. ششلول را از توی کشو میز برداشتم و آمـدم در حیاط، گوش به زنگ ایستادم، بعد از پلکان روی بام رفتم ولی چیزی به نظرم

نرسید. وقتی که بر می‌گشتم از آن بالا در خانه‌سیاوش نگاه کردم، دیدم سیاوش با پیراهن و زیر شلواری میان حیاط ایستاده. من با تعجب گفتم:

«سیاوش تو هستی؟»

او مرا شناخت و گفت:

«بیا تو کسی خانه مان نیست.»

«صدای تیر را شنیدی؟»

انگشت به لبش گذاشت و با سرش اشاره کرد که بیا، و من هم با شتاب پائین رفتم و در خانه‌شان را زدم. خودش آمد در را روی من باز کرد. همین‌طور که سرش پائین بود و به زمین نگاه می‌کرد پرسید:

«تو چرا به دیدن من نیامدی؟»

«من دو سه بار به احوال پرسیت آمدم ولی گفتند که دکتر اجازه نمی‌دهد.»

«گمان می‌کنند که من ناخوشم، ولی اشتباه می‌کنند.»

دوباره پرسیدم:

«این صدای تیر را شنیدی؟»

«بدون این که جواب بدهد، دست مرا گرفت و برد پای درخت کاج و چیزی را نشان داد. من از نزدیک نگاه کردم، سه چکه خون تازه روی زمین چکیده بود.

«بعد مرا برد در اطاق خودش، همه درها را بست، روی صندلی نشستم، چراغ را روشن کرد و آمد روی صندلی مقابل من کنار میز نشست. اطاق او ساده، آبی رنگ و تا کمرکش دیوار کبود بود. کنار اطاق یک تار گذاشته بود.

چند جلد کتاب و جزوه مدرسه هم روی میز ریخته بود. بعد سیاوش دست کرد از کشو میز یک ششلول در آورد به من نشان داد. از آن ششلول‌های قدیمی‌دسته صدفی بود، آن را در جیب شلوارش گذاشت و گفت:

«من یک گربه ماده داشتم، اسمش نازی بود. شاید آن را دیده بودی، ازاین گربه‌های معمولی گل باقالی بود. با دوتا چشم درشت مثل چشم‌های سرمه کشیده. روی پشتش نقش و نگارهای مرتـب بـود، مثـل اینکـه روی کاغـذ آب‌خشک‌کن فولادی جوهر ریخته باشند و بعد آن را از میان تاکرده باشند. روزها که از مدرسه برمی‌گشتم نازی جلو می‌دوید، میو میو می‌کرد، خودش را به من می‌مالید. وقتی که می‌نشستم از سر و کولم بالا می‌رفت، پوزه‌اش را به صورتم می‌زد، با زبان زبرش پیشانیم را می‌لیسید و اصرار داشت که او را ببوسم. گویا گربه ماده مکارتر و مهربان‌ترو حساس‌تراز گربه نر است. نازی از من گذشته با آشپز میانه‌اش از همه بهتر بود، چون خوراک‌هـا از پیـش او در می‌آمد، ولی از گیس سفید خانه، که کیابیا بود و نماز می‌خواند و از مـوی گربه پرهیز می‌کرد، دوری می‌جست. لابد نازی پیش خودش خیال می‌کـرد که آدم‌ها زرنگ‌تراز گربه‌ها هستند و همه خوراکی‌های خوشـمزه و جاهـای گرم ونرم را برای خودشان احتکار کرده‌اند و گربه‌ها باید آن قدر چاپلوسی بکنند و تملق بگویند تا بتوانند با آن‌ها شرکت بکنند.

«تنها وقتی احساسات طبیعی نازی بیدار می‌شد و به جوش می‌آمد کـه سـر خروس خون آلودی به چنگش می‌افتاد و او را به یک جـانور درنـده تبـدیل می‌کرد. چشم‌های او درشت‌تر می‌شد و برق می‌زد، چنگـال‌هـایش از تـوی غلاف در می‌آمد و هر کس را که به او نزدیک می‌شد با خرخرهای طـولانی تهدید می‌کرد. بعد مثل چیزی که خودش را فریب بدهد، بازی در می‌آورد. چون با همه قوه تصور خودش کله خروس را جانور زنده گمان مـی‌کـرد،

دست زیر آن میزد، براق می‌شد، خودش را پنهان می‌کرد، در کمین می‌نشست، دوباره حمله می‌کرد و تمام زبردستی و چالاکی نژاد خودش را با جست و خیز و جنگ و گریزهای پی در پی آشکار می‌نمود. بعد از آن که از نمایش خسته می‌شد، کله خونالود را با اشتهای هر چه تمام‌ترمی‌خورد و تا چند دقیقه بعد دنبال باقی آن می‌گشت و تا یکی دو ساعت تمدن مصنوعی خود را فراموش می‌کرد، نه نزدیک کسی می‌آمد، نه ناز می‌کرد و نه تملق می‌گفت.

«در همان حالی که نازی اظهار دوستی می‌کرد، وحشی و تودار بود و اسرار زندگی خودش را فاش نمی‌کرد. خانه ما را مال خودش می‌دانست، و اگر گربه غریبه گذارش به آنجا می افتاد، به خصوص اگر ماده بود مدت‌ها صدای فیف، تغیر و ناله‌های دنباله دار شنیده می‌شد. «صدائی که نازی برای خبر کردن ناهار می‌داد با صدای موقع لوس شدنش فرق داشت. نعره‌ای که از گرسنگی می‌کشید با فریادهایی که در کشمکش‌ها می‌زد و مرنو مرنوئی که موقع مستیش راه می‌انداخت همه با هم توفیر داشت و آهنگ آن‌ها تغییر می‌کرد: اولی فریاد جگر خراش، دومی فریاد از روی بغض و کینه، سومی یک ناله دردناک بود که از روی احتیاج طبیعت می‌کشید، تا بسوی جفت خودش برود. ولی نگاه‌های نازی از همه چیز پرمعنی‌تر بود و گاهی احساسات آدمی‌را نشان می‌داد،به‌طوری که انسان بی‌اختیار از خودش می‌پرسید: در پس این کله پشم آلود، پشت این چشم‌های سبز مرموز چه فکرهائی و چه احساساتی موج می‌زد!

«پارسال بهار بود که آن پیش آمد هولناک رخ داد. می‌دانی در این موسم همه جانوران مست می‌شوند و به تک و دو می‌افتند، مثل این است که باد بهاری یک شور دیوانگی در همه جنبندگان می‌دمد. نازی ما هم برای اولین

بار شور عشق به کله‌اش زد و با لرزه‌ای که همه تن او را به تکان می‌انداخت، ناله‌های غم‌انگیز می‌کشید. گربه‌های نر ناله‌هایش را شنیدند و از اطـراف او را استقبال کردند. پس از جنگ‌ها و کشمکش‌ها نازی یکی از آن‌هـا را کـه از همه پر زورتر و صدایش رساتر بود به همسری خـودش انتخـاب کـرد. در عشق ورزی جانوران بوی مخصوص آن‌ها خیلـی اهمیـت دارد بـرای همـین است که گربه‌های لوس خانگی و پـاکیزه در نـزد مـاده خودشـان جلـوه‌ای ندارند. برعکس گربه‌های روی تیغه دیوارها، گربه‌های دزد لاغـر ولگـرد و گرسنه که پوست آن‌ها بوی اصلی نژادشان را می‌دهد طـرف توجـه مـاده خودشان هستند. روزها و به خصوص تمـام شـب را نـازی و جفـتش عـشق خودشان را به آواز بلند می‌خواندند. تن نرم و نـازک نـازی کـش و واکـش می‌آمد، در صورتی که تن دیگری مانند کمان خمیده مـی‌شـد و نالـه‌هـای شادی می‌کردند. تا سفیده صبح این کار مداومت داشت. آن وقت نازی بـا موهای ژولیده، خسته و کوفته‌اما خوشبخت وارد اطاق می‌شد.

«شب‌ها از دست عشق بازی نازی خوابم نمی‌برد. آخرش از جا در رفتم، یک روز جلو همین پنجره کار می‌کردم، عاشق و معشوق را دیدم کـه در باغچـه می‌خرامیدند. من با همین ششلول که دیدی، در سـه قـدمی‌نـشان رفـتم. ششلول خالی شد و گلوله به جفت نازی گرفت. گویا کمرش شکـست، یـک جست بلند برداشت و بدون این کـه صـدا بدهـد یـا نالـه بکـشد از دالان گریخت و جلو چینه دیوار باغ افتاد و مرد.

«تمام خط سیر او چکه‌های خون چکیده بود. نازی مدتی دنبال او گشت تا رد پایش را پیدا کرد، خونش را بوئیده و راست سر کشته او رفـت. دو شـب و دو روز پای مرده او کشیک داد. گاهی با دستش او را لمس می‌کرد، مثل این که به او می‌گفت: «بیدار شو، اول بهار است. چرا هنگام عشق بازی خوابیدی،

چرا تکان نمی‌خوری؟ پاشو، پاشو!» چون نازی مردن سرش نمی‌شد و نمی‌دانست که عاشقش مرده است.

«فردای آن روز نازی با نعش جفتش گم شد. هر جا را گشتم، از هر کس سراغ او را گرفتم بیهوده بود. آیا نازی از من قهر کرد، آیا مرد، آیا پی عشق بازی خودش رفت، پس مرده آن دیگری چه شد؟

«یک شب صدای مرنو مرنو همان گربه نر را شنیدم، تا صبح ونگ زد، شب بعد هم به هم‌چنین، ولی صبح صدایش می‌برید. شب سوم باز شـشلول را برداشتم و سر هوائی به همین درخت کاج جلو پنجره‌ام خالی کـردم. چـون برق چشم‌هایش در تاریکی پیدا بود. ناله طـویلی کـشید و صـدایش بـرید. صبح پائین درخت سه قطره خون چکیده بود. از آن شب تا حالا هر شب می‌آید و با همان صدا ناله می‌کشد. آن‌های دیگر خوابشان سـنگین اسـت نمی‌شنوند. هر چه به آن‌ها می‌گویم به من می‌خندند ولـی مـن می‌دانم، مطمئنم که این صدای همان گربه است که کشته‌ام. از آن شـب تـا کنون خواب به چشمم نیامده، هر جا می‌روم، هر اطاقی می‌خوابم، تمام شـب ایـن گربه بی‌انصاف با حنجره ترس‌ناکش ناله می‌کشد و جفت خـودش را صـدا می‌زند.

امروز که خانه خلوت بود آمدم همان‌جائی که گربه هر شـب مـی‌نـشیند و فریاد می‌زند نشانه رفتم، چون از برق چشم‌هایش در تاریکی می‌دانستم که کجا می‌نشیند. تیر که خالی شد صدای ناله گربه را شنیدم و سه قطره خون از آن بالا چکید. تو که به چشم خودت دیدی، تو که شاهد من هستی؟

«در این وقت در اطاق باز شد رخساره و مادرش وارد شدند. رخساره یـک دسته گل در دست داشت. من بلند شدم سلام کردم ولی سیاوش با لبخند گفت:

«البته آقا میرزا احمد خان را شما بهتر از من می‌شناسید، لازم به معرفی نیست، ایشان شهادت می‌دهند که سه قطره خون را بچشم خودشان در پای درخت کاج دیده‌اند.

«بله من دیده‌ام.»

«ولی سیاوش جلو آمد قه قه خندید، دست کرد از جیبم ششلول مرا در آورد روی میز گذاشت و گفت:

«می‌دانید میرزا احمدخان نه فقط خوب تار می‌زند و خوب شعر می‌گوید، بلکه شکارچی قابلی هم هست، خیلی خوب نشان می‌زند.

«بعد به من اشاره کرد، من هم بلند شدم و گفتم:

«بله‌امروز عصر آمدم که جزوه مدرسه از سیاوش بگیرم، برای تفریح مدتی به درخت کاج نشانه زدیم، ولی آن سه قطره خون مال گربه نیست مال مرغ حق است. می‌دانید که مرغ حق سه گندم از مال صغیر خورده و هر شب آن قدر ناله می‌کشد تا سه قطره خون از گلویش بچکد، و یا این که گربه‌ای قناری همسایه را گرفته بوده و او را با تیر زده‌اند و از این‌جا گذشته است. حالا صبر کنید تصنیف تازه‌ای که در آورده‌ام بخوانم، تار را برداشتم و آواز را با ساز جور کرده این اشعار را خواندم:

«دریغا که بار دگر شام شد،

«سراپای گیتی سیه‌فام شد،

«همه خلق را گاه آرام شد،

«مگر من، که رنج و غمم شد فزون.

«جهان را نباشد خوشی در مزاج،

«بجز مرگ نبود غمم را علاج،

«ولیکن در آن گوشه در پای کاج،

«چکیده‌است بر خاک سه قطره خون.»

«به این‌جا که رسید مادر رخساره با تغیر از اطاق بیرون رفت، رخساره ابروهایش را بالا کشید و گفت: «این دیوانه است.» بعد دست سیاوش را گرفت و هر دو قه قه خندیدند و از در بیرون رفتند و در را به رویم بستند.

«در حیاط که رسیدند زیر فانوس من از پشت شیشه پنجره آن‌ها را دیدم که یک دیگر را در آغوش کشیدند و بوسیدند.»

گرداب

همایون با خودش زیر لب می‌گفت:

«آیا راست است؟ ... آیا ممکـن اسـت؟ آن قـدر جـوان، آن‌جـا در شـاه
عبدالعظیم ما بین هزاران مرده دیگر، میان خاک سرد نمنـاک خوابیـده ...
کفن به تنش چسبیده! دیگر نه اول بهار را می‌بیند و نـه آخـر پـائیز را و نـه
روزهای خفهٔ غمگین مانند امروز را ... آیا روشنائی چشم او و آهنگ صدایش
بکلی خاموش شد ... او که آن قدر خندان بود و حرف‌های بامزه می‌زد ...»

هوا ابر بود، بخار کم رنگی روی شیشه‌های پنجـره را گرفتـه و از پـشت آن
شیروانی خانه همسایه دیده می‌شد که یک ورقه برف رویش نشسته بـود.
برف‌پاره‌ها آهسته و مرتب در هوا می‌چرخیدند و روی لبـه شـیروانی فـرود
می‌آمدند. از دودکش روی شیروانی دود سیاه‌رنگی بیرون می‌آمد که جلـو
آسمان خاکستری پیچ و خم می‌خورد و کم کم ناپدید می‌گردید.

همایون با زن جوان و دختر کوچکش هما در اطاق سردستی خودشـان جلـو
بخاری نشسته بودند. ولی بر خلاف معمول که روز جمعه در این اطاق خنـده
و شادی فرمانروائی داشت، امروز همه آن‌ها افسرده و خاموش بودند. حتی
دختر کوچک‌شان که آنقدر مجلس گرمی می‌کرد، امروز عروسک گچی خود
را با صورت شکسته پهلویش گذاشته، مات و پکر به بیرون نگاه می‌کرد. مثل
این که او هم پی برده بود که نقصی در بین است و آن نقص عمو جان بهرام

بود که به عادت همیشه نیامده بود. و نیز حس می‌کرد که افسردگی پدر و مادرش برای خاطر اوست: لباس سیاه، چشم‌های سرخ بی‌خوابی کشیده و دود سیگار که در هوا موج می‌زد همه این‌ها فکر او را تایید می‌کرد.

همایون خیره به آتش بخاری نگاه می‌کرد، ولی فکرش جای دیگر بود. بدون اراده یاد روزهای زمستان مدرسه افتاده بود، وقتی که مثل امروز یک وجب برف روی زمین می‌نشست، زنگ تنفس را که می‌زدند او و بهرام به دیگران فرصت نمی‌دادند - بازی آن‌ها در این وقت همیشه یک جور بود: یک گلوله برف را روی زمین می‌غلتانیدند تا این که توده بزرگی می‌شد، بعد بچه‌ها دو دسته می‌شدند، آن را سنگر می‌کردند و گلوله برف بازی شروع می‌شد. بدون این که احساس سرما بکنند با دست‌های سرخ شده که از شدت سرما می‌سوخت به یکدیگر گلوله پرتاب می‌کردند. یک روز که مشغول همین بازی بودند، او یک چنگه برف آبدار را بهم فشرد و به بهرام پرت کرد که پیشانی او را زخم کرد، خان ناظم آمد و چند تا ترکه محکم به کف دست او زد و شاید مقدمه دوستی او با بهرام از همان‌جا شروع شد و تا همین اواخر هر وقت داغ زخم پیشانی او را می‌دید یاد کف دستی‌ها می‌افتاد. در این مدت هژده سال به‌اندازه‌ای روح و فکر آن‌ها بهم نزدیک شده بود که نه تنها افکار و احساسات خیلی محرمانه خودشان را به یکدیگر می‌گفتند، بلکه خیلی از افکار نهانی یک دیگر را نگفته درک می‌کردند.

تقریبا هر دو آن‌ها یک فکر، یک سلیقه و یک اخلاق داشتند. تا کنون کم‌ترین اختلاف نظر یا کوچک ترین کدورت ما بین آن‌ها رخ نداده بود. تا این‌که پریروز صبح بود در اداره به همایون تلفن زدند که بهرام میرزاخودش را کشته. همایون همان ساعت درشکه گرفت و به تاخت سر بالین او رفت، پارچه سفیدی که روی صورتش انداخته بودند و خون از پشت آن نشد

کرده بود آهسته پس زد. مژه‌های خون آلود، مغز سر او که روی بالش ریخته بود، لکه‌های خون روی قالیچه، ناله و بیتابی خویشانش مانند صاعقه در او تاثیر کرد، بعد تا نزدیک غروب که او را به خاک سپردند پا به پای تابوت همراهی کرد. یک دسته گل فرستاد آوردند، روی قبر او گذاشت و پس از آخرین خدا نگه داری با دل پری به خانه برگشت – ولی از آن روز تا کنون دقیقه‌ای آرام نداشت، خواب به چشمش نیامده بود و روی شقیقه‌هایش موی سفید پیدا شده بود، یک بسته سیگار روبرویش بود و پی‌درپی از آن می‌کشید.

اولین بار بود که همایون در مسئله مرگ غور و تفکر می‌کرد، ولی فکرش به جائی نمی‌رسید. هیچ عقیده و فرضی نمی‌توانست او را قانع بکند.

بکلی مبهوت مانده بود و هیچ تکلیف خودش را نمی‌دانست و گاهی حالت دیوانگی به او دست می‌داد، هر چه کوشش می‌کرد نمی‌توانست فراموش بکند، دوستی آن‌ها در توی مدرسه شروع شده بود و زندگی آن‌ها تقریبا بهم آمیخته بود. در غم و شادی یکدیگر شریک بودند و هر لحظه که بر می‌گشت و عکس بهرام را نگاه می‌کرد تمام یادگارهای گذشته او جلویش زنده می‌شد و او را می‌دید: با سبیل‌های بور، چشم‌های زاغ که از هم فاصله داشت، دهن کوچک، چانه باریک، خنده بلند و سینه صاف کردن او، همه جلو چشمش بود. نمی‌توانست باور بکند که او مرده، آن هم آن قدر ناگهانی ... ! چه جان‌فشانی‌ها که بهرام درباره او نکرد، در مدت سه سال که به ماموریت رفته بود و بهرام سرپرستی خانه او را می‌کرد بقول بدری زنش «نگذاشت آب توی دل اهل خانه تکان بخورد.»

اکنون همایون بار زندگی را حس می‌کرد و افسوس روزهای گذشته را می‌خورد که آن قدر خودمانی در همین اطاق دور هم گرد می‌آمدند، تخته

نرد بازی می‌کردند و ساعت‌ها می‌گذشت بدون آن که گذشتن آن را حس بکنند. ولی چیزی که بیشتر از همه او را شکنجه می‌نمود این فکر بود: «با این‌که آن‌ها آن قدر یک دل و یک رنگ بودند و هیچ چیز را از یک دیگر پنهان نمی‌کردند، چطور شد که بهرام ازین تصمیم خودکشی با او مشورت نکرد؟ چه علتی داشته؟ دیوانه شده یا سر خانوادگی در میان بوده؟» همین را پی‌درپی از خودش می‌پرسید. آخر مثل این که فکری به نظرش رسید. به زنش بدری پناهنده شد و از او پرسید:

«تو چه حدسی می‌زنی، هیچ می‌دانی چرا بهرام این کار را کرد؟»

بدری که ظاهرا سرگرم خامه دوزی بود سرش را بلند کرد و مثل این که منتظر این پرسش نبود با بی‌میلی گفت:

«من چرا بدانم، مگر به تو نگفته بود؟»

«نه ... آخر پرسیدم ... من هم از همین متعجبم ...

از سفر که برگشتم حس کردم تغییر کرده. ولی چیزی به من نگفت، گمان کردم این گرفتگی او برای کارهای اداری است ... چون کار اداره روح او را پژمرده می‌کرد، بارها به من گفته بود ...

اما او هیچ مطلبی را از من نمی‌پوشید.»

«خدا بیامرزدش! چقدر سرزنده و دل به نشاط بود، از او این کار بعید بود.»

«نه، ظاهرا این طور می‌نمود: گاهی خیلی عوض می‌شد. خیلی ... وقتی که تنها بود ... یک روز وارد اطاقش که شدم او را نشناختم، سرش را میان دست‌هایش گرفته بود فکر می‌کرد. همین که دید من یکه خوردم، برای این‌که مغلطه بکند خندید و از همان شوخی‌ها کرد. بازیگر خوبی بود!»

«شاید چیزی داشته که اگر به تو می‌گفت می‌ترسید غمگین بشوی، ملاحظه‌ات را کرده. آخر هر چه باشد تو زن و بچه داری، باید به فکر زندگی باشی. اما او ...»

سرش را با حالت پر معنی تکان داد، مثل این که خودکشی او اهمیتی نداشته. دوباره خاموشی آن‌ها را به فکر وادار کرد. ولی همایون حس کرد که حرف‌های زنش ساختگی و محض مصلحت روزگار است. همین زن که هشت سال پیش او را می‌پرستید، که آن قدر افکار لطیف راجع به عشق داشت! درین ساعت مانند این که پرده‌ای از جلو چشمش افتاد، این دلداری زنش در مقابل یادگارهای بهرام او را متنفر کرد. از زنش بیزار شد که حالا مادی، عقل رس، جا افتاده و به فکر مال و زندگی دنیا بود و نمی‌خواست غم و غصه به خودش راه بدهد. و دلیلی که می‌آورد این بود که بهرام زن و بچه نداشته! چه فکر پستی، چون او خودش را از این لذت عمومی‌محروم کرده مردنش افسوسی ندارد. آیا ارزش بچه او در دنیا بیش از رفیقش است؟ هرگز! ایا بهرام قابل افسوس نبوده؟ ایا در دنیا کسی را مانند او پیدا خواهد کرد؟ ...

او باید بمیرد و این سید خانم هفهفوی نود ساله باید زنده باشد، که‌امروز توی برف و سرما از پاچنار عصا زنان آمده بود سراغ خانه بهرام را می‌گرفت تا برود از حلوای مرده بخورد. این مصلحت خداست، به نظر زنش طبیعی است و زن او بدری هم یک روز به شکل همین سید خانم درمی‌آید. از حالا هم بدون بزک ریختش خیلی عوض شده، حالت چشم‌ها و صدایش تغییر کرده. صبح زود که به اداره میرود، هنوز او خواب است. پای چشم‌هایش چین خورده و تازگی خودش را از دست داده. لابد زنش هم همین احساس را نسبت به او می‌کند، که می‌داند؟ آیا خود او هم تغییری نکرده، آیا همان

همایون مهربان فرمان‌بردار و خوشگل ســابق اســت؟ آیـا زنـش را فریـب نداده؟ اما چرا این افکار برای او پیدا شده بود؟ آیا در اثر بی‌خوابی بود و یا از یادبود دردناک دوستش؟

درین وقت در باز شد و خدمت‌کاری که گوشه چادر را به دندانش گرفتـه بود کاغذ بزرگ لاک زده‌ای آورد به دست همایون داد و رفت.

همایون خط کوتاه و بریده بریده بهرام را روی پاکت شناخت، با شتاب ســر آن را باز کرد، کاغذی از میان آن بیرون آورد و خواند:

«الان که یک ساعت و نیم از شب گذشته به تاریخ ۱۳ مهـر ۱۳۱۱ ایـن‌جانـب بهرام میرزای ارژن پور از روی رضا و رغبت همه دارائی خودم را به هما خانم ماه آفرید بخشیدم - بهرام ارژن پور.»

«همایون با تعجب دوباره آن را خواند و به حالت بهت زده کاغذ از دسـتش افتاد.

بدری که زیر چشمی‌متوجه او بود پرسید:

«کاغذ کی بود؟»

«بهرام.»

«چه نوشته؟»

«می‌دانی همه دارائی خودش را به هما بخشیده ...»

«چه مرد نازنینی!»

این اظهار تعجب مخلوط با ملاطفت همایون را بیشتر از زنـش متنفـر کـرد. ولی نگاه او بدون اراده روی عکس بهرام قرار گرفت. سپس برگشته به هما نگاه کرد. ناگهان چیزی به نظرش رسید که بی‌اختیار لرزید. ماننـد ایـن کـه

پرده دیگری از جلو چشمش افتاد: دخترش هما بدون کم و زیاد شبیه بهرام بود، نه به او رفته بود و نه به مادش. چشم هـیچ کـدام از آن‌هـا زاغ نبـود، دهن کوچک، چانه باریک، درست همه اسباب صورت او مانند بهرام بـود. اکنون همایون پی برد که چرا بهرام آن قدر هما را دوست داشت و حالا هم بعد از مرگش دارائی خود را به او بخشیده! آیا ایـن بچـه‌ای کـه آن قـدر دوست داشت نتیجه روابط محرمانه بهرام با زنش بود؟ آن هم رفیقی کـه با او جان در یک قالب بود و آن قدر به هم اطمینان داشتند؟ زنش سال‌ها با او راه داشته بی‌آن که او بداند و در تمام این مدت او را گول زده، مـسخره کرده و حالا هم این وصیت‌نامه، این دشنام پس از مرگ را برایش فرستاده. نه، او نمی‌توانست همه این‌ها را به خودش هموار بکند. این افکار مانند برق از جلوش گذشت، سرش درد گرفت، گونه‌هایش سرخ شد، نگاه شرر باری به بدری انداخت و گفت:

«تو چه می‌گوئی، هان، چرا بهـرام ایـن کـار را کـرده، مگـر خـواهر و بـرادر نداشت؟».

«از بس که دور از حالا این بچه را دو ست داشت. بندر گز کـه بـودی همـا سرخک گرفت، ده شبانه روز این مرد پای بالین این بچه پرستاری می‌کـرد. خدا بیامرزدش!».

همایون خشمناک گفت:

«نه به‌این سادگی هم نیست ...»

«چطور به این سادگی نیست؟ همه که مثل تو بی‌علاقه نیستند که سه سال زن و بچه ات را بیندازی بروی. وقتی هم که بر می‌گردی دست از پا درازتر، یک جوراب هم برایم نیاوردی. خواستن دل دادن است. خواستن بچه تو یعنی

خواستن تو و گرنه عاشق هما که نشده بود. وانگهی مگر نمی‌دیدی این بچـه را از تخم چشمش بیشتر دوست داشت ...

«نه، به من راستش را نمی‌گوئی.»

«می‌خواهی که چه بگویم؟ من نمی‌فهمم ...»

«خودت را به نفهمی می‌زنی.»

«یعنی که چه؟ ... یکی دیگر خـودش را کـشته، یکـی دیگـر مـال خـودش را بخشیده، من باید حساب کتاب پس بدهم؟»

«همین‌قدر می‌دانم که تو هم باید بدانی!»

«می‌دانی چیست، من گوشه کنایه سرم نمی‌شود. برو خودت را معالجه کن، حواست پرت است، از جان من چه می‌خواهی؟»

«به خیالت من نمی‌دانم؟»

«پس چرا از من می‌پرسی؟»

همایون با بی‌صبری فریاد زد:

«بس است. بس است مرا مسخره کرده‌ای!»

سپس وصیت‌نامه بهرام را برداشته گنجله کرد و در بخاری انداخت که گـر زد و خاکستر شد.

بدری پارچه بنفشی که در دست داشت پرت کرد، بلند شد و گفت:

«مثلا به من لجبازی کردی؟ به بچه خودت هم روا نداری؟»

همایون هم بلند شد، به میز تکیه داد و با لحن تمسخر آمیز گفت:

«بچه من ... بچه من ... پس چرا شکل بهرام است؟»

با آرنجش زد به قاب خاتم که عکس بهرام در آن بود و به زمین افتاد.

بچه که تاکنون بغض کرده بود، به گریه افتاد. بدری با رنگ پریده و آهنگ تهدید آمیز گفت:

«مقصود تو چیست؟ چه می‌خواهی بگوئی؟»

می‌خواهم بگویم که هشت سال است مرا گول زدی، مسخره کردی. هشت سال است که تف سر بالا بودی نه زن ...؟»

«به من ...؟ به دخترم؟»

همایون با خنده عصبانی قاب عکس را نشان داد و نفس زنان گفت:

«آره: دختر تو ... دختر تو ... بردار ببین. می‌خواهم بگویم که حالا چشمم باز شد، فهمیدم چرا بخشش کرده، پدر مهربانی بوده. امـا تـو بقـولی خـودت هشت سال است که ...»

«که توی خانه تو بودم، که همه جور ذلت کشیدم، که با فلاکت تـو سـاختم، که سه سال نبودی خانه‌ات را نگه‌داشتم، بعد هم خبرش را برایم آوردند که در بندر گز عاشق یک زنیکه شلخته روسی شده بودی. حالا هـم ایـن مـزد دستم است، نمی‌توانی بهانه‌ای بگیری، می‌گوئی بچه‌ام شکل بهرام است. ولی من دیگر حاضر نیستم ... دیگر یک دقیقه توی این خانه بند نمی‌شـوم. بیـا جانم ... بیا برویم.»

هما به حالت وحشت زده و رنگ پریده می‌لرزید. و این کشمکش عجیب و بی‌سابقه میان پدر و مادرش را نگاه می‌کرد. گریه کنان دامـن مـادرش را

گرفت و هر دو به طرف در رفتند. بدری دم در دسته کلیدی را از جیبش در آورد و به سختی پرتاب کرد که جلو پای همایون غلطید.

بعد صدای گریه هما و صدای پا در دالان دور شد، ده دقیقه بعد چرخ درشکه شنیده شد که در میان برف و سرما آن‌ها را برد. همایون مات و منگ به سر جای خودش ایستاده بود. می‌ترسید که سرش را بلند بکند، نمی‌خواست باور بکند که این پیش آمدها راست است. از خودش می‌پرسید، شاید دیوانه شده و یا خواب ترسناکی می‌بیند، ولی چیزی که آشکار بود از این به بعد این خانه و زندگی برایش تحمل‌ناپذیر بود و دیگر نمی‌توانست دخترش هما را که آن قدر دوست داشت ببیند. نمی‌توانست او را ببوسد و نوازش بکند. یادگار گذشته رفیقش چرکین شده بود. از همه بدتر زنش هشت سال پنهانی او با یگانه دوستش راه داشته و کانون خانوادگی او را آلوده کرده بود. همه این‌ها در خفای او. بدون این که بداند! همه بازیگرهای زبردستی بوده‌اند. تنها او گول خورده و به ریشش خندیده‌اند. از سرتاسر زندگیش بیزار شد، از همه چیز و همه کس سر خورده بود. خودش را بی‌اندازه تنها و بیگانه حس کرد. راه دیگری نداشت مگر این که در یکی از شهرهای دور یا یکی از بندرهای جنوب به ماموریت برود و باقی زندگیش را در آن‌جا بسر ببرد و یا این که خودش را سر به نیست بکند. برود جائی که هیچ کس را نبیند. صدای کسی را نشنود، در یک گودال بخوابد و دیگر بیدار نشود. چون برای نخستین بار حس کرد که میان او و همه کسانی که دور او بودند گرداب ترسناکی وجود داشته که تاکنون به آن پی نبرده بود.

سیگاری آتش زد، چند قدم به درازای اطاق راه رفت، دوباره به میز تکیه داد. از پشت شیشه پنجره تکه‌های برف مرتب آهسته و بی‌اعتنا مانند این

بود که به آهنگ موسیقی مرموزی در هوا می‌رقصیدند و روی لبه شیروانی فرود می‌آمدند. بی‌اختیار یاد روزهای خوش و گوارائی افتاد که با پـدر و مادرش به ده خودشان در عراق می‌رفتند. روزها را تنها لای سبزه‌ها زیر سایه درخت می‌خوابید، همان‌جا که شیر علی چپقش را چاق می‌کرد، و روی چرخ خرمن می‌نشست و دخترش که چادر سرخ داشت ساعت‌هـای دراز آن‌جا انتظار پدرش را می‌کشید. چرخ خرمن با صدای سوزناکش خوشه‌های طلائی گندم را خرد می‌کرد. گاوها که در اثر سیخک پشتشان زخم شده بود با شاخ‌های بلند و پیشانی گشاده تا غروب دور خودشان می‌گشتند. وضـع او اکنون مثل همان گاوها بود. حالا می‌دانست این جانوران چه حس می‌کردنـد. او هم تمام زندگی چشم بسته به دور خودش چرخیـده بـود، مانند یـابوی عصاری، مانند آن گاوها که خرمن را می‌کوبیدند، ساعت‌های یک نواختی که در اطاق کوچک گمرک پشت میز نشسته بود و پیوسته همان کاغـذها را سیاه می‌کرد بیاد آورد، گاهی همکارش ساعت را نگاه مـی‌کـرد و خمیازه می‌کشید، دوباره قلم را بر می‌داشت و همان نمرات را روی ستون خـودش می‌نوشت، مطابقه می‌کرد، جمع می‌زد، دفترها را زیرو رو می‌کرد - ولی آن وقت یک دل‌خوشی داشت، می‌دانسـت کـه هـر چنـد چشمش، فکـرش، جوانیش و نیرویش خرده خرده به تحلیل می‌رود، اما شب که بهرام، دختر و زنش را با لبخند می‌بیند خستگی او را بیرون می‌آورد. ولـی حالا از هـر سـه آن‌ها بیزار شده بود. هر سه آن‌ها بودند که او را به این روز انداخته بودند.

مثل این که تصمیم ناگهانی گرفت، رفت پشت میـز تحریـرش نشسـت. کشوی آن را بیرون کشید، هفت تیر کوچکی کـه همیشه در سـفر همـراه داشت در آورد. امتحان کرد، فشنگ‌ها سر جایش بود، تـوی لولـه سـرد و سیاه آن را نگاه کرد و آن را آهسته بـرد روی شقیقه‌اش گذاشت، ولی

صورت خون‌آلود بهرام به یادش افتاد ... بالاخره آن را در جیب شلوارش جای داد.

دوباره بلند شد. در دالان پالتو و گالش خود را پوشید. چتر را هم برداشت و از در خانه بیرون رفت. کوچه خلوت بود. تکه‌هـای بـرف آهسته در هـوا می‌چرخید. او بی‌درنگ راه افتاد، در صورتی که نمی‌دانست کجـا مـی‌رود. همین‌قدر می‌خواست که از خانه اش، از این همه پیش آمدهای ترس نـاک بگریزد و دور بشود.

از خیابانی سر در آورد که سرد و سفید و غم‌انگیز بود. جـای چـرخ درشـکه میان آن تشکیل شیارهای پست و بلند داده بود. او آهسته گام‌های بلند بـر می‌داشت. اتومبیلی از پهلوی او گذشت و برف‌های آب دار و گـل خیابـان را به سر و روی او پاشید. ایستاد لباسش را نگاه کرد، غرق گل شده بود و مثل این بود که او را تسلی داد. در بین راه برخورد به یـک پـسر بچـه کبریـت فروش. او را صدا زد. یک کبریت خرید. ولی به صورت او که نگاه کرد دیـد چشم‌های زاغ، لب کوچک و موی بور داشت. یاد بهرام افتاد، تـنش لرزیـد و راه خود را پیش گرفت. ناگهان جلـوی شیـشه دکـانی ایـستاد. جلـو رفت، پیشانیش را به شیشه سرد چسبانید، نزدیـک بـود کلاهـش بیفتـد. پـشت شیشه اسباب بازی چیده بودند. آستینش را روی شیشه می‌مالیـد تـا بخار آب روی آن را پاک بکند ولی این کار بیهوده بود. یـک عروسـک بـزرگ بـا صورت سرخ و چشم‌های آبی جلو او بود، لبخند می‌زد، مـدتی مـات بـه آن نگریست. یادش افتاد اگر این عروسک مال هما بـود چقـدر او را خوشـحال می‌کرد. صاحب مغازه در را باز کرد. او دوباره به راه افتاد، از دو کوچه دیگر گذشت. سر راه او مرغ فروشی پهلوی سبد خودش نشسته بود، روی سبد سه مرغ و یک خروس که پاهایشان بهم بسته شده بود، گذاشته بود. پاهای

سرخ آن‌ها از سرما می‌لرزید. پهلوی او روی برف چکه‌های خون سرخ ریخته بود. کمی‌دورتر جلو هشتی خانه‌ای پسر بچه کچلی نشسته بود که بازوهایش از پیراهن پاره بیرون آمده بود.

همه این‌ها را متوجه شد، بدون این که محله و راهش را بشناسد، برفی کـه می‌آمد حس نمی‌کرد و چتر بسته‌ای که برداشته بود همین‌طور در دست داشت. در کوچه خلوت دیگری رفت، روی سکوی خانـه‌ای نشـست، بـرف تندتر شده بود، چترش را باز کرد. خـستگی زیـادی او را فـرا گرفتــه بـود. سرش سنگینی می‌کرد، چشم‌هایش آهسته بسته شد.

صدای حرف گذرنده‌ای او را به خود آورد، بلند شد، هوا تاریک شـده بـود. همه گزارش روزانه را به یاد آورد. هم‌چنین بچه کچلـی کـه در هـشتی آن خانه دیده بود و بازویش از پیراهن پاره پیدا بود و پاهای سرخ خیس شـده مرغ‌ها روی سبد از سرما می‌لرزید، و خونی که روی بـرف‌هـا ریختـه بـود. کمی‌احساس گرسنگی نمود. از دکان شیرینی فروشی نان شیرینی خرید، در راه می‌خورد و مانند سایه در کوچه‌ها بدون اراده پرسه می‌زد.

وقتی که وارد خانه شد دو از نصف شب گذشته بـود. روی صـندلی راحتـی افتاد. یک ساعت بعد از زور سرما بیدار شـد، بـا لبـاس رفـت روی تخت خواب، لحاف را به سرش کشید. خواب دید که در اطاقی همان بچه کبریت فروش لباس سیاه پوشیده بود و پشت میزی نشسته بود کـه رویـش یـک عروسک بزرگ بود، با چشم‌های آبی که لبخند می‌زد و جلو او سه نفر دست به سینه ایستاده بودند. دختر او هما وارد شد. شـمعی در دسـت داشـت. پشت سر او مردی وارد شد که روی صورتش نقاب سفید خون آلـود بـود. جلو رفت. دست آن پسر کبریت فروش و هما را گرفت. همین که خواست

از در بیرون برود دو تا دست که هفت تیر به طرف او گرفته بودند از پشت پرده در آمد. همایون هراسان با سردرد از خواب پرید.

دوهفته زندگی او به همین ترتیب گذشت. روزها را به اداره می‌رفت و فقط شب‌ها خیلی دیر برای خواب به خانه بر می‌گشت. گاهی عصرها نمی‌دانست چطور گذارش از نزدیک مدرسه دخترانه‌ای می‌افتاد که هما در آن‌جا بود. وقت مرخصی آن‌ها سر پیچ پشت دیوار پنهان می‌شد، می‌ترسید مبادا مشهدی علی نوکر خانه پدرزنش او را به بیند. یکی یکی بچه‌ها را برانداز می‌کرد ولی دخترش هما را ما بین آن‌ها نمی‌دید، تا این‌که درخواست ماموریت او قبول شد و به او پیشنهاد کردند که برود در گمرک کرمانشاه.

روز پیش از حرکت همایون همه کارهایش را روبراه کرد، حتی در گاراژ اتومبیل را دید و قطع کرد و بلیت خرید، با وجود اصرار صاحب گاراژ چون چمدان‌هایش را نبسته بود عوض این که غروب همان روز برود قرار گذاشت فردا صبح به کرمانشاه حرکت بکند.

وارد خانه‌اش که شد یک سر رفت به اطاق سردستی خودش که میز تحریرش آن‌جا بود. اطاق شوریده ریخته بود. پارچه بنفش خامه دوزی و پاکت بهرام را که وصیت نامچه در آن بود روی میز گذاشته بودند، پاکت را برداشت از میان پاره کرد، ولی تکه کاغذ نوشته‌ای در میان آن دید که آن روز از شدت تعجیل ملتفت آن نشده بود. بعد از آن که تکه‌ها را روی میز بغل هم گذاشت اینطور خواند:

«لابد این کاغذ بعد از مرگم به تو خواهد رسید. می‌دانم که ازین تصمیم ناگهانی من تعجب خواهی کرد، چون هیچ کاری را بدون مشورت با تو نمی‌کردم، ولی برای این که سری در میان ما نباشد اقرار می‌کنم که من

بدری زنت را دوست داشتم. چهار سال بود که با خودم می‌جنگیدم، آخرش غلبه کردم و دیوی که در من بیدار شده بود کشتم، برای این کـه بـه تـو خیانت نکرده باشم. پیشکش ناقابلی به هما خانم می‌کنم که امیـدوارم قبول شود! قربان تو بهرام. -»

همایون مدتی مات دور اطاق نگاه کرد. حالا دیگر او شک نداشت کـه هما بچه خودش است. آیا می‌توانست برود بدون این که هما را ببیند؟ کاغـذ را دوباره و سه باره خواند، در جیبش فرو کرد و از خانه بیرون رفـت. سـر راه در مغازه اسباب‌بازی وارد شد و بی‌تامل عروسک بزرگی که صورت سرخ و چشم‌های آبی داشت خرید و به سوی خانه پدری زنش رفت، آن‌جـا کـه رسید در زد. مشهدی علی نوکرشان همایون را که دید با چشم‌هـای اشـک گفت:

«آقا چه خاکی بر سرم شد؟ هما خانم!»

«چه شده؟»

«آقا نمی‌دانید، هما خانم از دوری شما چه بـی‌تـابی مـی‌کـرد. هـر روز مـن می‌بردمش مدرسه، روز یکشنبه بود. تا حال پنج روز می‌شود که عصرش از مدرسه فرار کرد. گفته بود می‌روم آقاجانم را ببینم. مـا آن قـدر دسـتپاچه شدیم. مگر محمد به شما نگفت؟ به نظمیه تلفون کردیم دوبار مـن آمـدم در خانه تان.»

«چه می‌گویی؟ چه شده؟»

«هیچ آقا، سر شب بود که او را به خانه مان آوردند. راه را گم کرده بود. از سوز سرما سینه پهلو کرد. تا آن دمی که مرد همه‌اش شما را صـدا مـی‌زد.

دیروز او را بردیم شاه عبدالعظیم، همان پهلوی قبر بهرام میرزا او را به خاک سپردیم.»

همایون خیره به مشهدی علی نگاه می‌کرد، به این‌جا که رسید جعبه عروسک از زیر بغلش افتاد. بعد مانند دیوانه‌ها یخه پالتوش را بالا کشید و با گام‌های بلند به طرف گاراژ رفت. چون دیگر از بستن چمدان منصرف شد و با اتومبیل عصر میتوانست هر چه زودتر حرکت بکند.

داش آکل

همه اهل شیراز می‌دانستند که داش آکل و کاکا رستم سایه یک دیگر را با تیر می‌زدند. یک روز داش آکل روی سکوی قهوه‌خانه دو میل چنــدک زده بود، همان‌جا که پاتوغ قدیمیش بود. قفس کرکی کــه رویـش شـله سـرخ کشیده بود، پهلویش گذاشته بود و با سر انگــشتش یـخ را دور کاسـهٔ آبـی می‌گردانید. ناگاه کاکا رستم از در درآمد، نگاه تحقیرآمیزی به او انداخت و همین‌طور که دستش پر شالش بود رفت روی سکوی مقابل نشــست. بعـد رو کرد به شاگرد قهوه‌چی و گفت:

«به به بچه، یه یه چای بیار ببینم.»

داش آکل نگاه پر معنی به شاگرد قهوه‌چی انداخت، به‌طوری که او ماست‌ها را کیسه کرد و فرمان کاکا را نشنیده گرفت. استکان‌ها را از جام برنجــی در می‌آورد و در سطل آب فرو می‌برد، بعد یکی یکــی خیـلی آهــسته آن‌هـا را خشک می‌کرد. از مالش حوله دور شیشه استکان صدای غژغژ بلند شد.

کاکا رستم از این بی‌اعتنائی خشمگین شد، دوباره داد زد:

«مه مه مگه کری! به به تو هستم؟!»

شاگرد قهوه‌چی با لبخند مردد به داش آکل نگاه کرد و کاکا رستم از مـابین دندان‌هایش گفت:

«ار–وای شک کمشان، آنهائی که ق ق قپی پا میشند، اگ لولوطی هستند اا امشب میآیند، دست وپه په پنجه نرم میک کنند!»

داش‌آکل همین‌طور که یخ را دور کاسه می‌گردانید و زیر چشمی‌وضعیت را می‌پائید خندهٔ گستاخی کرد که یک رج دندان‌های سفید محکم از زیر سبیل حنا بستهٔ او برق زد و گفت:

«بی‌غیرتها رجز می‌خوانند، آن وقت معلوم می‌شود رستم صولت وافندی پیزی کیست.»

همه زدند زیر خنده، نه این که به گرفتن زبان کاکا رستم خندیدند، چون می‌دانستند که او زبانش می‌گیرد، ولی داش‌آکل در شهر مثل گاو پیشانی سفید سرشناس بود و هیچ لوطی پیدا نمی‌شد که ضرب شستش را نچشیده باشد، هر شب وقتی که توی خانهٔ ملا اسحق یهودی یک بطر عرق دو آتشه را سر می‌کشید و دم محله سر دزک می‌ایستاد، کاکا رستم که سهل بود، اگر جدش هم می‌آمد لنگ می‌انداخت. خود کاکا هم می‌دانست که مرد میدان و حریف داش‌آکل نیست، چون دو بار از دست او زخم خورده بود و سه چهار بار هم روی سینه‌اش نشسته بود. بخت برگشته چند شب پیش کاکا رستم میدان را خالی دیده بود و گردوخاک می‌کرد. داش‌آکل مثل اجل معلق سر رسید و یک مشت متلک بارش کرده، به او گفته بود:

«کاکا، مردت خانه نیست. معلوم میشه که یک بست فور بیشتر کشیدی، خوب شنگلت کرده. میدانی چیه، این بی‌غیرت بازی‌ها، این دون بازی‌ها را کنار بگذار، خودت را زده‌ای به لاتی، خجالت هم نمی‌کشی؟ این هم یک جور گدائی است که پیشه خودت کرده‌ای. هر شبهٔ خدا جلو راه مردم را

می‌گیری؟ به پوریای ولی قسم اگر دو مرتبه بدمستی کردی سبیلت را دود می‌دهم. با برگهٔ همین قمه دو نیمت می‌کنم.»

آن وقت کاکا رستم دمش را گذاشت روی کولش و رفت، اما کینه داش‌آکل را بدلش گرفته بود و پی بهانه می‌گشت تا تلافی بکند.

از طرف دیگر داش‌آکل را همهٔ اهل شیراز دوست داشتند. چه او در همان حال که محله سردزدک را قرق می‌کرد، کاری به کار زن‌ها و بچه‌ها نداشت، بلکه برعکس با مردم به مهربانی رفتار می‌کرد و اگر اجل برگشته‌ای با زنی شوخی می‌کرد یا به کسی زور می‌گفت، دیگر جان سلامت از دست داش‌آکل بدر نمی‌برد. اغلب دیده می‌شد که داش‌آکل از مردم دستگیری می‌کرد، بخشش می‌نمود و اگر دنگش می‌گرفت بار مردم را بخانه‌شان می‌رسانید.

ولی بالای دست خودش چشم نداشت کس دیگر را ببیند، آن هم کاکا رستم که روزی سه مثقال تریاک می‌کشید و هزار جور بامبول می‌زد. کاکا رستم از این تحقیری که در قهوه‌خانه نسبت به او شد مثل برج زهرمار نشسته بود، سبیلش را می‌جوید و اگر کاردش می‌زدند خونش در نمی‌آمد. بعد از چند دقیقه که شلیک خنده فروکش کرد همه آرام شدند مگر شاگرد قهوه‌چی که با رنگ تاسیده پیرهن یخه حسنی، شب کلاه و شلوار دبیت دستش را روی دلش گذاشته بود و از زور خنده پیچ و تاب می‌خورد و بیشتر سایرین به خنده او می‌خندیدند. کاکا رستم از جا در رفت، دست کرد قندان بلور تراش را برداشت برای سرشاگرد قهوه‌چی پرت کرد. ولی قندان به سماور خورد و سماور از بالای سکو باقوری به زمین غلطید و چندین فنجان را شکست. بعد کاکا رستم بلند شد با چهره بر افروخته از قهوه‌خانه بیرون رفت.

قهوه‌چی با حال پریشان سماور را وارسی کرد و گفت:

«رستم بود و یک دست اسلحه، ما بودیم و همین سماور لکنته.»

این جمله را با لحن غم‌انگیزی ادا کرد، ولی چون در آن کنایه به کا کا رستم زده بود، بدتر خنده شدت کرد. قهوه‌چی از زورپیسی به شاگردش حمله کرد، ولی داش‌آکل با لبخند دست کرد، یک کیسه پول از جیبش در آورد، آن میان انداخت.

قهوه‌چی کیسه را برداشت، وزن کرد و لبخند زد.

درین بین مردی با پستک مخمل، شلوار گشاد، کلاه نمدی کوتاه سراسیمه وارد قهوه‌خانه شد، نگاهی به اطراف انداخت، رفت جلو داش‌آکل سلام کرد و گفت:

«حاجی صمد مرحوم شد.»

داش‌آکل سرش را بلند کرد و گفت:

«خدا بیامرزدش!»

«مگر شما نمی‌دانید وصیت کرده.»

«من که مرده‌خور نیستم. برو مرده‌خورها را خبر کن.»

«آخر شما را وکیل و وصی خودش کرده ...»

مثل این که ازین حرف چرت داش‌آکل پاره شد، دوباره نگاهی به سر تا پای او کرد، دست کشید روی پیشانیش، کلاه تخم مرغی او پس رفت و پیشانی دو رنگه او بیرون آمد که نصفش از تابش آفتاب سوخته و قهوه‌ای رنگ شده بود و نصف دیگرش که زیر کلاه بود سفید مانده بود. بعد سرش را

تکان داد، چپق دسته خاتم خودش را در آورد، به آهستگی سر آن را توتـون ریخت و با شستش دور آن را جمع کرد، آتش زد و گفت:

«خدا حاجی را بیامرزد، حالا که گذشت، ولی خوب کـاری نکـرد، مـا را تـوی دغمسه‌انداخت. خوب، تو برو، من از عقب می‌آیم.»

کسی که وارد شده بود. پیشکار حاجی صمد بود و بـا گـام‌هـای بلنـد از در بیرون رفت.

داش‌آکل سه گره‌اش را در هم کشید، با تفنن به چپقش پک مـی‌زد و مثـل این بود که ناگهان روی هوای خنده و شـادی قهـوه‌خانـه از ابرهـای تاریـک پوشیده شد. بعد از آن که داش‌آکل خاکستر چپقش را خالی کرد. بلند شـد قفس کرک را به دست شاگرد قهوه‌چی سپرد و از قهوه‌خانه بیرون رفت.

هنگامی‌که داش‌آکل وارد بیرونی حاجی صمد شد، خـتم را ورچیـده بودنـد، فقط چند نفر قاری و جزوه کش سر پول کش مکش داشتند. بعد از این کـه چند دقیقـه دم حـوض معطـل شـد، او را وارد اطـاق بزرگـی کردنـد کـه ارسی‌های آن رو به بیرونی باز بود. خانم آمد پشت پرده و پـس از سـلام و تعارف معمولی داش‌آکل روی تشک نشست و گفت:

«خانم سر شما سلامت باشد، خدا بچه‌هایتان را به شما به بخشد.»

خانم با صدای گرفته گفت:

«همان شبی که حال حاجی به هم خورد، رفتنـد امـام جمعـه را سـر بـالینش آوردند و حاجی در حضور همه آقایان شما را وکیل و وصی خـودش معرفـی کرد، لابد شما حاجی را از پیش می‌شناختید؟»

«ما پنج سالی پیش در سفر کازرون با هم آشنا شدیم.»

«حاجی خدا بیامرز همیشه می‌گفت اگر یک نفر مرد هست فلانی است.»

«خانم، من آزادی خودم را از همه چیز بیشتر دوست دارم، اما حالا که زیر دین مرده رفته‌ام، به همین تیغه آفتاب قسم اگر نمردم به همه این کلم بسرها نشان می‌دهم.»

بعد همین‌طور که سرش را برگردانید، از لای پرده دیگر دختری را با چهره برافروخته و چشم‌های گیرنده سیاه دید. یک دقیقه نکشید که در چشم‌های یک دیگر نگاه کردند، ولی آن دختر مثل این که خجالت کشیده، پرده را انداخت و عقب رفت. آیا این دختر خوشگل بود؟ شاید،ولی در هر صورت چشم‌های گیرنده او کار خودش را کرد و حال داش‌آکل را دگرگون نمود، او سرش را پائین انداخت و سرخ شد.

این دختر مرجان، دختر حاجی صمد بود که از کنجکاوی آمده بود داش سرشناس شهر وقیم خودشان را به بیند.

داش‌آکل از روز بعد مشغول رسیدگی به کارهای حاجی شد، با یک نفر سمسار خبره، دو نفر داش محل و یک نفر منشی همه چیزها را با دقت ثبت و سیاهه برداشت آن چه زیادی بود در انباری گذاشت. در آن را مهروموم کرد، آن چه فروختنی بود فروخت، قباله‌های املاک را داد برایش خواندند، طلب‌هایش را وصول کرد و بدهکاری‌هایش را پرداخت. همه این کارها در دو روز و دو شب روبه راه شد. شب سوم داش‌آکل خسته و کوفته از نزدیک چهار سوی سید حاج غریب به طرف خانه‌اش می‌رفت. در راه‌امام قلی چلنگر به او برخورد و گفت:

«تا حالا دو شب است که کاکا رستم چشم به راه شما بود.دیشب می‌گفت یارو خوب ما را غال گذاشت و شیخی را دید، به نظرم قولش از یادش رفته!»

داش‌آکل دست کشید به سبیلش و گفت:

«بی خیال باش!»

داش‌آکل خوب یادش بود که سه روز پیش در قهوه‌خانه دو میل کاکا رستم برایش خط و نشان کشید، ولی از آنجائی که حریفش را می‌شناخت و می‌دانست که کاکا رستم با امام قلی ساخته تا او را از رو ببرند،اهمیتی به حرف او نداد، راه خودش را پیش گرفت و رفت.در میان راه همه هوش و حواسش متوجه مرجان بود،هرچه می‌خواست صورت او را از جلو چشمش دور بکند بیشتر و سخت‌تردر نظرش مجسم می‌شد.

داش‌آکل مردی سی و پنج ساله، تنومند ولی بد سیما بود. هر کس دفعه اول او را می‌دید قیافه‌اش توی ذوق می‌زد، اما اگر یک مجلس پای صحبت او می‌نشستند یا حکایت‌هائی که از دوره زندگی او ورد زبان‌ها بود می‌شنیدند، آدم را شیفته او می‌کرد،هرگاه زخم‌های چپ اندر راست قمه که به صورت او خورده بود ندیده می‌گرفتند، داش‌آکل قیافه نجیب و گیرنده‌ای داشت: چشم‌های میشی، ابروهای سیاه پرپشت، گونه‌های فراخ، بینی باریک با ریش و سبیل سیاه. ولی زخم‌ها کار او را خراب کرده بود،روی گونه‌ها و پیشانی او جای زخم قداره بود که بدجوش خورده بود و گوشت سرخ از لای شیارهای صورتش برق می‌زد و از همه بدتر یکی از آن‌ها کنار چشم چپش را پائین کشیده بود.

پدر او یکی از ملاکین بزرگ فارس بود. زمانی که مرد همه دارائی او به پسر یکی یکدانه‌اش رسید. ولی داش‌آکل پشت گوش فراخ و گشاد باز بـود، بـه پول و مال دنیا ارزشی نمی‌گذاشـت، زنـدگیش را بـه مردانگـی و آزادی و بخشش و بزرگ منشی می‌گذرانید. هیچ دلبستگی دیگـری در زنـدگانیش نداشت و همه دارائی خودش را به مردم ندار و تنگدست بـذل و بخشـش می‌کرد، یا عرق دو آتشه می‌نوشید و سر چهار راه‌ها نعره می‌کشید و یا در مجالس بزم با یک دسته از دوستان که انگل او شده بودند صرف می‌کرد.

همه معایب و محاسن او تا همین اندازه محدود مـی‌شـد، ولـی چیـزی کـه شگفت‌آور به نظر می‌آمد این که تا کنون موضوع عشق و عاشقی در زندگی او رخنه نکرده بود. چند بار هم که رفقا زیر پایش نشسته و مجالس محرمانه فراهم آورده بودند او همیشه کناره گرفته بود. اما از روزی که وکیل و وصی حاجی صمد شد و مرجان را دید، در زنـدگیش تغییـر کلـی رخ داد، از یـک طرف خودش را زیر دین مرده می‌دانست و زیر بار مسئولیت رفته بود، از طرف دیگر دل باخته مرجان شده بود. ولی این مسئولیت بیش از هر چیـز او را در فشار گذاشته بود ـ کسی که توی مال خـودش تـوپ بـسته بـود و از لاابالی‌گری مقداری از دارائی خودش را آتش زده بود، هر روز از صـبح زود که بلند می‌شد به فکر این بود که در آمد املاک حاجی را زیادتر بکند. زن و بچه‌های او را در خانه کوچک‌تربرد، خانه شخصی آن‌ها را کرایـه داد، بـرای بچه‌هایش معلم سرخانه آورد، دارائی او را به جریان انـداخت و از صـبح تـا شام مشغول دوندگی و سرکشی به علاقه و املاک حاجی بود.

ازین به بعد داش‌آکل از شبگردی و قرق کردن چهارسو کناره گرفت. دیگر با دوستانش جوششی نداشت و آن شور سابق از سرش افتـاد. ولـی همـه داش‌ها و لات‌ها که با اوهم چشمی‌داشتند به تحریف آخوندها که دستشان

از مال حاجی کوتاه شده بود، دور به دستشان افتاده بـرای داش‌آکـل لغـز می‌خواندند و حرف او نقل مجالس و قهوه‌خانه‌ها شده بـود. در قهـوه‌خانـه پاچنار اغلب توی کوک داش‌آکل می‌رفتند و گفته می‌شد:

«داش‌آکل را می‌گویی؟ دهنش میچاد،سگ کی باشد؟ یارو خوب دک شـد، در خانه حاجی موس موس می‌کند، گویا چیزی مـی‌ماسـد، دیگـر دم محلـه سردزدک که می‌رسد دمش را تو پاش می‌گیرد و رد می‌شود».

کاکا رستم با عقده‌ای که در دل داشت با لکنت زبانش می‌گفت:

«سر پیری و معرکه‌گیری! یارو عاشق دختر حاجی صـمد شـده! گـزلیکش را غلاف کرد! خاک تو چشم مردم پاشید، کتره‌ای چو انداخت تـا وکیـل حـاجی شد و همه املاکش را بالا کشید. خدا بخت بدهد.»

دیگر حنای داش‌آکل پیش کسی رنگ نداشـت و بـرایش تـره هـم خـورد نمی‌کردند. هرجا که وارد می‌شد در گوشی باهم پچ و پچ می‌کردنـد و او را دست می‌انداختند. داش‌آکل از گوشه و کنار این حرف‌ها را می‌شنید ولی به روی خودش نمی‌آورد و اهمیتی هم نمی‌داد، چون عشق مرجان به‌طوری در رگ و پی او ریشه دوانیده بود که فکر و ذکری جز او نداشت.

شب‌ها از زور پریشانی عرق می‌نوشید و برای سرگرمی خودش یک طوطی خریده بود. جلو قفس می‌نشست و با طوطی درد دل می‌کرد. اگر داش‌آکل خواستگاری مرجان را می‌کرد البتـه مـادرش مرجـان را روی دسـت بـه او مـی‌داد. ولـی از طـرف دیگـر نمـی‌خواسـت کـه پـای‌بنـد زن و بچـه بشود،می‌خواست آزاد باشد، همان‌طوری که بار آمده بود. به‌عـلاوه پـیش خودش گمان می‌کرد هرگاه دختری که به او سپرده شده بـه زنـی بگیـرد، نمک‌به‌حرامی خواهد بود، از همه بدتر هر شب صورت خودش را در آینـه

نگاه می‌کرد، جای جوش خورده زخم‌های قمه، گوشه چشم پائین کشیده خودش را بر انداز می‌کرد، و با آهنگ خراشیده‌ای بلند بلند می‌گفت:

«شاید مرا دوست نداشته باشد! بلکه شوهر خوشگل و جوان پیدا بکند ... نه، از مردانگی دور است ... او چهارده سال دارد و من چهل سالم است ... اما چه بکنم؟ این عشق مرا می‌کشد ... مرجان تو مرا کشتی ... به که بگویم؟ مرجان ... عشق تو مرا کشت ...!»

اشک در چشم‌هایش جمع و گیلاس روی گیلاس عرق می‌نوشید. آن وقت با سر درد همین‌طور که نشسته بود خوابش می‌برد.

ولی نصف‌شب، آن وقتی که شهر شیراز با کوچه‌های پر پیچ و خم، باغ‌های دلگشا و شراب‌های ارغوانیش به خواب می‌رفت، آن وقتی که ستاره‌ها آرام و مرموز بالای آسمان قیر گون به هم چشمک می‌زدند. آن وقتی که مرجان با گونه‌های گلگونش در رختخواب آهسته نفس می‌کشید و گذارش روزانه از جلوی چشمش می‌گذشت، همان وقت بود که داش‌آکل حقیقی، داش‌آکل طبیعی با تمام احساسات و هوا و هوس، بدون رودربایستی از توی قشری که آداب و رسوم جامعه به دور او بسته بود، از توی افکاری که از بچگی به او تلقین شده بود، بیرون می‌آمد و آزادانه مرجان را تنگ در آغوش می‌کشید، تپش آهسته قلب، لب‌های آتشین و تن نرمش را حس می‌کرد و از روی گونه‌هایش بوسه می‌زد. ولی هنگامی‌که از خواب می‌پرید، به خودش دشنام می‌داد، به زندگی نفرین می‌فرستاد و مانند دیوانه‌ها در اطاق به دور خودش می‌گشت، زیر لب با خودش حرف می‌زد و باقی روز را هم برای این که فکر عشق را در خودش بکشد به دوندگی و رسیدگی به کارهای حاجی می‌گذرانید.

هفت سال به همین منـوال گذشـت، داش‌آکـل از پرسـتاری و جانفـشانی درباره زن و بچه حاجی ذره‌ای فرو گذار نکرد. اگر یکی از بچـه‌های حـاجی ناخوش می‌شد شب و روز مانند یک مادر دلسوز به پای او شب‌زنـده‌داری می‌کرد، و به آن‌ها دل‌بستگی پیدا کرده بود، ولی علاقه او بـه مرجان چیـز دیگری بود و شاید همان عشق مرجان بـود کـه او را تـا ایـن انـدازه آرام و دست‌آموز کرده بود. درین مدت همه بچه‌های حاجی صمد از آب و گل در آمده بودند.

ولی، آنچه که نباید بشود شد و پیش آمد مهمی‌روی داد:

برای مرجان شوهر پیدا شد، آن هم چه شوهری که هم پیرتر و هم بدگل‌تر از داش‌آکل بود. ازین واقعه خم به ابروی داش‌آکل نیامد، بلکه بـرعکس بـا نهایت خونسردی مشغول تهیه جهاز شد و برای شب عقدکنان جشن شایانی آماده کرد. زن و بچه حاجی را دوباره به خانه شخصی خودشان برد و اطـاق بزرگ ارسی دار را برای پذیرائی مهمان‌های مردانه معین کـرد. همـه کلـه گنده‌ها، تاجرها و بزرگان شهر شیراز درین جشن دعوت داشتند.

ساعت پنج بعداز ظهر آن روز، وقتی که مهمان‌ها گوش تا گـوش دور اطـاق روی قالی‌ها و قالیچه‌های گرانبها نشسته بودند و خوانچه‌های شیرینی و میوه جلو آن‌ها چیده شده بود، داش‌آکل با همان سرو وضـع داشـی قـدیمیش، باموهای پاشنه نخواب شانه کرده، آرخلق راه راه، شـب بنـد قـداره، شـال جوزه گره، شلوار دبیت مشکی، ملکی کار آباده و کلاه طاسوله نو نـوار وارد شد. سه نفر هم با دفتر و دستک دنبال او وارد شدند. همه مهمان‌ها بسر تا پای او خیره شدند. داش‌آکل با قدم‌های بلند جلو امام جمعه رفت، ایستاد و گفت:

«آقای امام، حاجی خدا بیامرز وصیت کرد و هفت سال آزگار ما را توی هچل انداخت. پسر از همه کوچکترش که پنج ساله بود حالا دوازده سال دارد. این هم حساب و کتاب دارائی حاجی است. (اشاره کرد به سه نفری که دنبال او بودند.) تا به‌امروز هم هرچه خرج شده با مخارج امشب همه را از جیب خودم داده‌ام حالا دیگر ما به سی خودمان آن‌ها هم به سی خودشان!»

تا این‌جا که رسید بغض بیخ گلویش را گرفت. سپس بدون این که دیگر چیزی بیفزاید یا منتظر جواب بشود، سرش را زیر انداخت و با چشم‌های اشک‌آلود از در بیرون رفت. در کوچه نفس راحتی کشید، حس کرد که آزاد شده و بار مسئولیت از روی دوشش برداشته شده، ولی دل او شکسته و مجروح بود. گام‌های بلند و لاابالی بر می‌داشت، همین‌طور که می‌گذشت خانه ملا اسحق عرق کش جهود را شناخت، بی‌درنگ از پله‌های نم کشیده آجری آن داخل حیاط کهنه و دود زده‌ای شد که دور تا دورش اطاق‌های کوچک کثیف با پنجره‌های سوراخ سوراخ مثل لانه زنبور داشت و روی آب حوض خزه سبز بسته بود. بوی ترشیده، بوی پرک و سردابه‌های کهنه در هوا پراکنده بود. ملا اسحق لاغر با شبکلاه چرک وریش بزی و چشم‌های طماع جلو آمد، خنده ساختگی کرد.

داش‌آکل به حالت پکر گفت:

«جون جفت سبیل‌هایت یک بتر خوبش را بده گلویمان را تازه بکنیم.»

ملا اسحق سرش را تکان داد، از پلکان زیر زمین پائین رفت و پس از چند دقیقه با یک بتری بالا آمد. داش‌آکل بتری را از دست او گرفت، گردن آن را به جرز دیوار زد سرش پرید، آن وقت تا نصف آن را سر کشید، اشک در چشم‌هایش جمع شد، جلو سرفه‌اش را گرفت و با پشت دست دهن خود را پاک کرد. پسر ملا اسحق که بچه زردنبوی کثیفی بود، با شکم بالا آمده و

دهان باز و مفی که روی لبش آویزان بود، به داش‌آکل نگاه می‌کرد، داش‌آکل انگشتش را زد زیر در نمکدانی که در طاقچه حیاط بود و در دهنش گذاشت.

ملا اسحق جلو آمد، روی دوش داش‌آکل زد و سرزبانی گفت:

«مزه لوطی خاک است!»

بعد دست کرد زیر پارچه لباس او و گفت:

«این چیه که پوشیدی؟ این ارخلق حالا ور افتاده. هر وقت نخواستی من خوب می‌خرم.»

داش‌آکل لبخند افسرده‌ای زد، از جیبش پولی در آورد، کف دست او گذاشت و از خانه بیرون آمد. تنگ غروب بود. تنش گرم و فکرش پریشان بود و سرش درد می‌کرد. کوچه‌ها هنوز در اثر باران بعداز ظهر نمناک و بوی کاه‌گل و بهارنارنج در هوا پیچیده بود، صورت مرجان، گونه‌های سرخ، چشم‌های سیاه و مژه‌های بلند با چتر زلف که روی پیشانی او ریخته بود محو و مرموز جلو چشم داش‌آکل مجسم شده بود. زندگی گذشته خود را به یاد آورد، یادگارهای پیشین از جلو او یک بیک رد می‌شدند. گردش‌هائی که با دوستانش سرقبر سعدی و باباکوهی کرده بود به یاد آورد، گاهی لبخند می‌زد، زمانی اخم می‌کرد. ولی چیزی که برایش مسلم بود این که از خانه خودش می‌ترسید، آن وضعیت برایش تحمل‌ناپذیر بود، مثل این بود که دلش کنده شده بود، می‌خواست برود دور بشود. فکر کرد بازهم امشب عرق بخورد و با طوطی درد دل بکند! سرتاسر زندگی برایش کوچک و پوچ و بی‌معنی شده بود. در این ضمن شعری بیادش افتاد، از روی بی‌حوصلگی زمزمه کرد:

«به شب نشینی زندانیان برم حسرت،
که نقل مجلسشان دانه‌های زنجیر است»
آهنگ دیگری بیاد آورد، کمی‌بلندتر خواند:

«دلم دیوانه شد، أی عاقلان، آرید زنجیری!»
این شعر را با لحن ناامیدی و غم و غصه خواند، اما مثل این که حوصله‌اش سر رفت، یا فکرش جای دیگر بود خاموش شد.

هوا تاریک شده بود که داش‌آکل دم محله سردزک رسید.

این‌جا همان میدان‌گاهی بود که پیشتر وقتی دل و دماغ داشت آن‌جا را قرق می‌کرد و هیچ کس جرات نمی‌کرد جلو بیاید. بدون اراده رفت روی سکوی سنگی جلو در خانه‌ای نشست، چپقش را در آورد چاق کرد، آهسته می‌کشید. به نظرش آمده که این‌جا نسبت به پیش خراب ترشده، مردم به چشم او عوض شده بودند همان طوری که خود او شکسته و عوض شده بود چشمش سیاهی می‌رفت، سرش درد می‌کرد، ناگهان سایه تاریکی نمایان شد که از دور به سوی او می‌آمد و همین که نزدیک شد گفت:

«لولولوطی را شه شب تار می‌شناسه.»

داش‌آکل کاکا رستم را شناخت، بلند شد، دستش را به کمرش زد، تف به زمین انداخت و گفت:

«ارواي باباي بی‌غیرتت، تو گمان کردی خیلی لوطی هستی، اما تو بمیری روی زمین سفت نشاشیدی!»

کاکا رستم خنده تمسخرآمیزی کرد، جلو آمد و گفت:

«خ خ خیلی وقته دیگ دیگه ای این طرف‌ها په په پیدات نیست ... ام شب خاخانه ... حاجی ع ع عقد کنان است، مگ توتو را راه نه نه ...»

داش‌آکل حرفش را برید:

«خدا ترا شناخت که نصف زبانت داد، آن نصف دیگرش راهم من امشب می‌گیرم.»

دست برد قمه خود را از غلاف بیرون کشیده کاکا رستم هم مثل رستم در حمام قمه‌اش را بدست گرفت. داش‌آکل سرقمه‌اش را به زمین کوبید، دست به سینه ایستاد و گفت:

«حالا یک لوطی می‌خوام که این قمه را از زمین بیرون بیاورد!»

کاکا رستم ناگهان به او حمله کرد، ولی داش‌آکل چنان به مچ دست او زد که قمه از دستش پرید. از صدای آن‌ها دسته‌ای گذرنده به تماشا ایستادند، ولی کسی جرات پیش آمدن یا میانجیگری را نداشت.

داش‌آکل با لبخند گفت:

«برو، برو بردار، اما به شرط این که این دفعه غرس‌تر نگه داری، چون امشب می‌خواهم خرده حساب‌هایمان را پاک بکنم!»

کاکا رستم با مشت‌های گره کرده جلو آمد، و هر دو به هم گلاویز شدند. تا نیم ساعت روی زمین می‌غلطیدند، عرق از سر و رویشان می‌ریخت، ولی پیروزی نصیب هیچ کدام نمی‌شد. در میان کش مکش سر داش‌آکل به سختی روی سنگفرش خورد، نزدیک بود که از حال برود. کاکا رستم هم اگر چه به قصد جان می‌زد ولی تاب مقاومتش تمام شده بود، اما در همین وقت چشمش به قمه داش‌آکل افتاد که در دسترس او واقع شده بود، با همه

زور و توانائی خودش آن را از زمین بیرون کشید و به پهلوی داش‌آکل فـرو بـرد.

چنان فرو کرد که دست‌های هردوشان از کار افتاد.

تماشاچیان جلو دویدند و داش‌آکل را به دشـواری از زمین بلنـد کردنـد، چکه‌های خون از پهلویش به زمین می‌ریخت. دستش را روی زخم گذاشت، چند قدم خودش را کنار دیوار کشانید، دوبـاره بـه زمـین خـورد بعـد او را برداشته روی دست بخانه‌اش بردند.

فردا صبح همین که خبر زخم خوردن داش‌آکل به خانه حاجی صـمد رسـید، ولی خان پسر بزرگش به احوال پرسی او رفت. سربالین داش‌آکل که رسید دید او با رنگ پریده در رخت خواب افتاده، کف خـونین از دهـنش بیـرون آمده و چشمانش تار شده، به دشواری نفس می‌کشید. داش‌آکل مثل ایـن که در حالت اغما او را شناخت، با صدای نیم گرفته لرزان گفت:

«در دنیا ... همین طوطی ... داشتم... جـان شـما ... جـان طـوطی ... او را بسپرید ... به ...»

دوباره خاموش شد، ولی خان دستمال ابریشمی‌را در آورد، اشک چشمش را پاک کرد. داش‌آکل از حال رفت و یک ساعت بعد مرد.

همه اهل شیراز برایش گریه کردند.

ولی خان قفس طوطی را برداشت و به خانه برد.

عصر همان روز بود، مرجان قفـس طـوطی را جلویش گذاشـته بـود و بـه رنگ‌آمیزی پروبال، نوک برگشته و چشم‌های گرد بی‌حالت طـوطی خیـره شده بود. ناگاه طوطی با لحن داشی – با لحن خراشیده‌ای گفت:

«مرجان ... مرجان ... تو مرا کشتی ... به که بگویم ... عشق تو مرا کشت.»

اشک از چشم‌های مرجان سرازیر شد.

آئینه شکسته

به م. مینوی.

اودت مثل گل‌های اول بهارترو تازه بود، با یک جفت چشم خمار بـه رنـگ آسمان و زلف‌های بوری که همیشه یک دسته از آن روی گونـه‌اش آویـزان بود. ساعت‌های دراز با نیم رخ ظریف رنـگ پریده جلـو پنجـره اطـاقش می‌نشست. پا روی پایش می‌انداخت، رمان مـی‌خوانـد، جـورابش را وصـله می‌زد و یا خامه دوزی می‌کرد، مخصوصا وقتی کـه والـس «گریـزری» را در ویلن می‌زد، قلب من از جا کنده می‌شد.

پنجره اطاق من روبروی پنجره اطاق اودت بود، چقدر دقیقه‌ها، ساعت‌ها، و شاید روزهای یکـشنبه را مـن از پـشت شیـشه پنجـره اطـاقم بـه او نگـاه می‌کردم. به خصوص شب‌ها وقتی که جـوراب‌هـایش را در مـی‌آورد و در رخت خوابش می‌رفت!

به این ترتیب رابطه مرموزی میان من و او تولیـد شـد. اگـر یـک روز او را نمی‌دیدیم، مثل این بود که چیزی گم کرده باشم. گاهی روزها از بس که به او نگاه می‌کردم، بلند می‌شد و لنگه در پنجره‌اش را می‌بست. دو هفته بـود که هر روز هم دیگر را می‌دیدیم، ولی نگاه اودت سرد و بی‌اعتنا بود، بـدون

این که لبخند بزند و یا حرکتی از او ناشی بشود که تمایلش را نسبت به من آشکار بکند. اصلا صورت او جدی و تودار بود.

اول باری که با او روبرو شدم، یک روز صبح بود که رفته بودم در قهوه‌خانه سرکوچه‌مان صبحانه بخورم. از آن‌جا که بیرون آمدم، اودت را دیدم، کیف ویلن دستش بود و به طرف مترو می‌رفت. من سلام کردم، او لبخند زد، بعد اجازه خواستم که آن کیف را همراهش ببرم. او در جواب سرش را تکان داد و گفت «مرسی»، از همین یک کلمه آشنائی ما شروع شد.

از آن روز به بعد پنجره اطاق‌مان را که باز می‌کردم، از دور با حرکت دست و به علم اشاره با هم حرف می‌زدیم. ولی همیشه منجر می‌شد به این که برویم پائین در باغ لوگزامبورگ با هم ملاقات بکنیم و بعد به سینما یا تآتر و یا کافه برویم، یا به طور دیگر چند ساعت وقت را بگذرانیم. اودت تنها در خانه بود، چون ناپدری و مادرش به مسافرت رفته بودند و او به مناسبت کارش در پاریس مانده بود.

او خیلی کم حرف بود. ولی اخلاق بچه‌ها را داشت، سمج و لجباز بود، گاهی مرا از جا در می‌کرد. دو ماه بود که با هم رفیق شده بودیم. یک روز قرار گذاشتیم که شب را برویم به تماشای جشن جمعه بازار «نوییی». در این شب اودت لباس آبی نویش را پوشیده بود و خوشحال‌تراز همیشه به نظر می‌آمد. از رستوران که در آمدیم، تمام راه را در مترو برایم از زندگی خودش صحبت کرد. تا این که جلو " لونا پارک "از مترو در آمدیم.

گروه انبوهی درآمد و شد بودند. دو طرف خیابان اسباب سرگرمی‌و تفریح چیده شده بود. بعضی‌ها معرکه گرفته بودند، تیراندازی، بخت آزمائی، شیرینی فروشی، سیرک، اتومبیل‌های کوچکی که با قوه برق به دور یک محور می‌گردیدند، بالن‌هائی که دور خود می‌چرخیدند، نشیمن‌های

متحرک و نمایش‌های گوناگون وجود داشت. صدای جیغ دخترهـا، صحبت، خنده، همهمه، صدای موتور و موزیک‌های مختلف درهم پیچیده بود.

ما تصمیم گرفتیم سوار واگن زره پوش بشویم و آن نشیمن متحرکی بود که به دور خودش می‌گشت و در موقع گردش یک روپوش از پارچه روی آن را می‌گرفت و به شکل کرم سبزی در می‌آمد. وقتی که خواستیم سوار بشویم، اودت دستکش‌ها و کیفش را بـه مـن داد، تـا در موقـع تکـان و حرکـت از دستش نیفتد. ما تنگ پهلوی هم نشستیم، واگن به راه افتاد و روپوش سـبز آهسته بلند شد و پنج دقیقه ما را از چشم تماشا کنند‌گان پنهان کرد.

روپوش واگن که عقب رفت، هنوز لب‌های ما به هـم چـسبیده بـود و مـن اودت را می‌بوسیدم و او هم دفاعی نمی‌کرد – بعـد پیـاده شـدیم و در راه برایم نقل می‌کرد که این دفعه سوم است که به جشن جمعه بازار می‌آیـد. چون مادرش او را قدغن کرده بود. چندین جـای دیگـر بـه تماشـا رفتیم، بالاخره نصف شب بود که خسته و مانده برگشتیم. ولی اودت از این‌جـا دل نمی‌کند، پای هر معرکه‌ای می‌ایستاد و من ناچار بودم که بایستم. دو سه بار بازوی او را به زور کشیدم، او هم خواهی نخواهی با من راه می‌افتاد تا این که پای معرکه کسی ایستاد که تیغ ژیلت می‌فروخت. نطق می‌کرد و خوبی آن را عملا نشان می‌داد و مردم را دعوت به خریدن می‌کرد. این دفعـه از جـا در رفتم، بازوی او را سخت کشیدم و گفتم:

«این که دیگر مربوط به زن‌ها نیست.»

ولی او بازویش را کشید و گفت:

«خودم می‌دانم. می‌خواهم تماشا بکنم.»

من هم بدون این که جوابش را بدهم، به طرف مترو رفتم. به خانه که برگشتم، کوچه خلوت و پنجره اطاق اودت خاموش بود. وارد اطاقم شدم، چراغ را روشن کردم، پنجره را باز کردم و چون خوابم نمی‌آمد مدتی کتاب خواندم. یک بعد از نصف شب بود، رفتم پنجره را به بندم و به خوابم. دیدم اودت آمده پائین پنجره اطاقش پهلوی چراغ گاز در کوچه ایستاده. من از این حرکت او تعجب کردم، پنجره را به تغیر بستم. همین که آمدم لباسم را در بیاورم، ملتفت شدم که کیف منجق دوزی و دستکش‌های اودت در جیبم است و می‌دانستم که پول و کلید در خانه‌اش در کیفش است. آن‌ها را به هم بستم و از پنجره پائین انداختم.

سه هفته گذشت و در تمام این مدت من به او بی‌اعتنائی می‌کردم. پنجره اطاق اوکه باز می‌شد من پنجره اطاقم را می‌بستم.در ضمن برایم مسافرت به لندن پیش آمد. روز پیش از حرکتم به انگلیس سر پیچ کوچه به اودت برخوردم که کیف ویلن دستش بود و به طرف مترو می‌رفت. بعد از سلام و تعارف من خبر مسافرتم را به او گفتم و از حرکت آن شب خودم نسبت به او عذرخواهی کردم. اودت با خونسردی کیف منجق دوزی خود را باز کرد و آینه کوچکی که از میان شکسته بود به دستم داد و گفت:

«آن شب که کیفم را از پنجره پرت کردی این طور شد. می‌دانی این بدبختی می‌آورد.»

من در جواب خندیدم و او را خرافات‌پرست خواندم و به او وعده دادم که پیش از حرکت دوباره او را ببینم، ولی بدبختانه موفق نشدم.

تقریبا یک ماه بود که در لندن بودم، این کاغذ از اودت به من رسید:

«پاریس ۲۱ سپتامبر ۱۹۳۰»

جمشید جانم

«نمی‌دانی چقدر تنها هستم، این تنهائی مرا اذیت می‌کند، می‌خواهم امشب با تو چند کلمه صحبت بکنم. چون وقتی که به تو کاغذ می‌نویسم، مثل این است که با تو حرف می‌زنم. اگر در این کاغذ «تو» می‌نویسم مرا ببخش. اگر می‌دانستی درد روحی من تا چه‌اندازه زیاد است!»

«روزها چقدر دراز است – عقربک ساعت آن قدر آهسته و کند حرکت می‌کند که نمی‌دانم چه بکنم. آیا زمان به نظر تو هم این قدر طولانی است؟ شاید در آن‌جا با دختری آشنائی پیدا کرده باشی، اگر چه مطمئنم که همیشه سرت توی کتاب است، همان طوری که در پاریس بودی، در آن اطاق محقر که هر دقیقه جلو چشم من است. حالا یک محصل چینی آن را کرایه کرده، ولی من پشت شیشه‌هایم را پارچه کلفت کشیده‌ام تا بیرون را نبینم، چون کسی را که دوست داشتم آن‌جا نیست، همان طوری که برگردان تصنیف می‌گوید:

«پرنده‌ای که به دیار دیگر رفت برنمی‌گردد.»

«دیروز با هلن در باغ لوگزامبورک قدم می‌زدیم، نزدیک آن نیمکت سنگی که رسیدیم یاد آن روز افتادم که روی همان نیمکت نشسته بودیم و تو از مملکت خودت صحبت می‌کردی، و آن همه وعده می‌دادی و من هم آن وعده‌ها را باور کردم و امروز اسباب دست و مسخره دوستانم شده‌ام و حرفم سر زبان‌ها افتاده! من همیشه به یاد تو والس «گریزری» را می‌زنم، عکسی که در بیشه «ونسن» برداشتیم روی میزم است، وقتی عکست را نگاه می‌کنم، همان به من دل‌گرمی می‌دهد: با خودم می‌گویم «نه، این عکس آدم را گول نمی‌زند!» ولی افسوس! نمی‌دانم تو هم معتقدی یا نه. اما از آن شبی که آینه‌ام شکست، همان آینه‌ای که تو خودت به من داده بودی، قلبم

گواهی پیش‌آمد ناگواری را می‌داد. روز آخری که یک دیگر را دیدیم و گفتی که به انگلیس می‌روی، قلبم به من گفت که تو خیلی دور می‌روی و هرگز یک‌دیگر را نخواهیم دید – و از آن چه که می‌ترسیدم به سرم آمد. مادام بورل به من گفت: چرا آن قدر غم‌ناکی؟ و می‌خواست مرا به «برتانی» ببرد ولی با او نرفتم، چون می‌دانستم که بیشتر کسل خواهم شد.

«باری بگذریم – گذشته‌ها، گذشته. اگر به تو کاغذ تند نوشتم، از خلق‌تنگی نبوده. مرا ببخش و اگر اسباب زحمت ترا فراهم آوردم، امیدوارم که فراموشم خواهی کرد. کاغذهایم را پاره و نابود خواهی کرد، هم‌چنین نیست، ژیمی؟

«اگر می‌دانستی درین ساعت چقدر درد و اندوهم زیاد است، از همه چیز بیزار شده‌ام، از کار روزانه خودم سرخورده‌ام، در صورتی که پیش ازین این طور نبود. می‌دانی من دیگر نمی‌توانم بیش ازین بی‌تکلیف باشم، اگرچه اسباب نگرانی خیلی‌ها می‌شود. اما غصه همه آن‌ها به پای مال من نمی‌رسد – همان طوری که تصمیم گرفته‌ام روز یکشنبه از پاریس خارج خواهم شد. ترن ساعت شش و سی و پنج دقیقه را می‌گیرم و به کاله می‌روم، آخرین شهری که تو از آنجا گذشتی، آن وقت آب آبی رنگ دریا را می‌بینم، این آب همه بدبختی‌ها را می‌شوید و هر لحظه رنگش عوض می‌شود و با زمزمه‌های غم‌ناک و افسونگر خودش روی ساحل شنی می‌خورد، کف می‌کند، آن کف‌ها را شن‌ها مزه‌مزه می‌کنند و فرومی‌دهند، و بعد همین موج‌های دریا آخرین افکار مرا با خودش خواهد برد. چون به کسی که مرگ لبخند بزند با این لبخند او را به سوی خودش می‌کشاند. لابد می‌گوئی. که او چنین کاری را نمی‌کند ولی خواهی دید که من دروغ نمی‌گویم.

بوسه‌های مرا از دور بپذیر
اودت لاسور.»

دو کاغذ در جواب اودت نوشتم، ولی یکی از آن‌ها بدون جواب ماند و دومی به آدرس خودم برگشت که رویش مهر زده بودند «برگشت به فرستنده.»

سال بعد که به پاریس برگشتم با شتاب هرچه تمام‌تر به کوچه سن ژاک رفتم، همان‌جا که منزل قدیمی‌ام بود. از اطاق من یک محصل چینی والس «گریزری» را به سوت می‌زد. ولی پنجره اطاق اودت بسته بود و به در خانه‌اش ورقه‌ای آویزان کرده بودند که روی آن نوشته بود، «خانه اجاره‌ای»

طلب آمرزش

باد سوزانی که می‌وزید، خاک و شن داغ را مخلوط مـی‌کـرد و بـه صـورت مسافران می‌پاشید. آفتاب مـی‌سـوزاند و مـی‌گـداخت. آهنـگ یکنواخت زنگ‌های آهنین و برنجی شنیده می‌شد که گام‌های شتران با آن‌ها مرتـب شده بود. گردن شترها لنگر بر می‌داشت، از پوزه اخم آلود و لوچه آویـزان آن‌ها پیدا بود که از سرنوشت خودشان ناراضی هستند.

کاروان خیلی آهسته در میان گردو غبار از میان راه خـاک آلـود خاکـستری رنگ می‌گذشت و دور می‌شد.

چشم انداز اطراف بیابان خاکستری رنگ و شن زار بی‌آب و علف بود که تـا چشم کار می‌کرد روی هم موج می‌زد و بعضی جاهـا بـه شـکل پـشته‌هـای کوچک دو طرف جاده ممتد می‌شد. فرسنگ‌ها می‌گذشت بدون ایـن کـه یک درخت خرما این منظره را تغییر بدهد، هر جا در چاله‌ای یک مشت آب گندیده بود، دور آن خانواده‌ای تشکیل شده بود. هوا می‌سوزاند، نفس آدم پس می‌رفت، مثل این که وارد دالان جهنم شده باشند.

سی و شش روز بود که کاروان راه می‌پیمود، دهان‌ها همـه خـشک، تـن‌هـا رنجور، جیب‌ها تهی، پول مسافران مانند برف جلو تـابش آفتـاب عربـستان بخار می‌شد.

ولی امروز وقتی که سردسته مکاری‌ها روی «تپه سلام» رفت و از زوار انعـام گرفت، گلدسته‌هـای طلائـی نمایـان گردیـد و همـه مـسافران صـلوات فرستادند، مثل این بود که جان تازه‌ای به کالبد رنجورشان دمیده شد.

خانم گلین و عزیزآقا با چادرهای عبائی بور خاک آلود از قزوین تا این‌جـا در کجاوه تکان می‌خوردند. هر روزی به نظرشان یک سال می‌آمـد. عزیزآقـا خورد و خمیر شده بود، اما با خودش می‌گفت: « خیلی خوبست، چـون بـرای زیارت می‌روم.»

عرب پابرهنه‌ای با صورت سیاه و چشم‌های دریـده و ریـش کوسـه زنجیـر کلفـت آهنـین در دسـت داشـت و بـه ران زخـم قـاطر مـی‌زد و گـاهی برمی‌گشت و صورت زن‌ها را یکی یکی برانداز می‌کرد.

مشدی رمضان علی که مرد آن‌ها بود، با حسین آقـا ناپـسری عزیزآقـا در دولنگه کجاوه نشسته بودند و با دقت پول‌هایش را می‌شمرد.

خانم گلین رنگ پریده، پرده میان کجاوه خودشان را پس زد، سرش را تکان داد و به عزیزآقا که در لنگه دیگر نشسته بود گفت:

«از دور که گلدسته را دیدم روحم پرواز کـرد. بیچـاره شابـاجی قـسمتش نبود.»

عزیزآقا که با دست خال کوبیده، بادزن در دست، خـودش را بـاد مـی‌زد جواب داد:

«خدا بیامرزدش، هرچه باشد ثواب کار بود. اما چطور شد که افلیج شد؟»

با شوهرش دعوا کرد، طلاق و طلاق‌کشی شد. بعد هم ترشی پیـاز خـورد، صبح از نصف تنه‌اش افلیج شد. هر چه دوا درمان کردیم، خوب نشد. من با خودم آوردمش تا حضرت شفایش بدهد.»

«لابد تکان راه برایش خوب نبوده.»

«اما روحش رفت به بهشت. آخر زوار همان وقت کـه نیـت مـی‌کنـد و راه می‌افتد اگر بمیرد آمرزیده شده.»

«هر وقت این تابوت‌ها را می‌بینم تنم می‌لرزد. نه، من می‌خـواهم کـه تـوی حرم بروم، درد دلم را با حضرت بکنم، بعد هم یک کفن برای خـودم بخـرم، آن وقت بمیرم.»

«دیشب شاه‌باجی را خواب دیدم. دور از حالا، شما هم بودید. در بـاغ سـبز بزرگی گردش می‌کردیم. یک سید نورانی با شال سبز، عبـای سـبز، عمامـه سبز، قبای سبز، نعلین سبز جلو ما آمد. گفت: خوش آمدیـد صفا آوردیـد. بعد با انگـشتش یـک عمـارت سـبز بـزرگ را نـشان داد و گفـت: بروید خستگی‌تان را در بکنید.

آن وقت از خواب پریدم.»

«خوشا به سعادتش!»

«قافله با جنجال می‌رفت و چاووش آن جلو می‌خواند:

«هر که دارد هوس کرب و بلا بسم الله،»

«هر که دارد سر همراهی ما بسم الله.»

دیگری جواب می‌داد:

«هر که دارد هوس کرب و بلا خوش باشد.»

هر که دارد سر همراهی ما خوش باشد.»

باز اولی می‌خواند:

«چه کربلاست که آدم به هوش می‌آید،»

هنوز ناله زینب به گوش می‌آید.»

دوباره دومی جواب می‌داد:

«چه کربلاست، عزیزان خدا نصیب کند،

خدا مرا به فدای شه غریب کند»

چاووش اولی بیرقش را به حرکت می‌آورد و به فریاد بلند می‌خواند:

«بریده باد زبانی نگوید این کلمات!

که بر حبیب خدا ختم انبیا صلوات

به یازده پسران علی ابوطالب

به ماه عارض هر یک جدا جدا صلوات»

و در آخر هر شعر تمام زوار دسته جمعی صلوات بلند می‌فرستادند.

گنبد طلائی با شکوهی با مناره‌های قشنگش پدیدار شد و گنبد آبی دیگری قرینه آن نمایان گردید که میان خانه‌های گلی مثل وصله ناجور بود. نزدیک غروب بود که کاروان وارد خیابانی شد که دو طرفش دیوارهای خرابه و دکان‌های کوچک بود. در این‌جا ازدحام مهیبی برپا شد. عرب‌های پاچه‌ورمالیده، صورت‌های احمق فینه به سر، قیافه‌های آب زیر کاه عمامه‌ای با ریش‌ها و ناخن‌های حنا بسته و سرهای تراشیده تسبیح می‌گردانیدند و با نعلین و عبا و زیرشلواری قدم می‌زدند. زبان فارسی حرف می‌زدند، یا ترکی

۱۵۸

بلغور می‌کردند، یا عربی از بیخ گلو و از توی روده‌هایشان در می‌آمد و در هوا غلغل می‌زد. زن‌های عرب با صورت‌های خال‌کوبیده چرک، چشم‌هـای واسوخته، حلقه از پره بینی‌شان گذرانده بودند. یکی از آن‌ها پستان سیاهش را تا نصفه در دهن بچه کثیفی که در بغلش بود فرو کرده بود.

این جمعیت به انواع گوناگون جلب مشتری می‌کرد: یکی نوحه می‌خواند، یکی سینه می‌زد، یکـی مهـر و تـسبیح و کفـن متبـرک مـی‌فروخـت، یکـی جـن می‌گرفت، یکی دعا می‌نوشت، یکی هم خانه کرایه می‌داد.

جهودهای قبا دراز از مسافران طلا و جواهر می‌خریدند.

جلو قهوه‌خانه‌ای عربی نشسته بود، انگشت در بینی‌اش کرده بود و با دست دیگرش چرک لای انگشت‌های پایش را در مـی‌آورد و صـورتش از مگـس پوشیده شده بود و شپش از سرش بالا می‌رفت.

کاروان که ایستاد، مشدی رمضان و حسین‌آقا جلو دویدند، کمـک کردنـد، خانم گلین و عزیزآقا را از کجاوه پائین آوردند. جمعیت زیادی به مـسافران هجوم آورد. هر تکه از چیزهایشان به دست یک نفر بود و آن‌ها را به خانـه خودشان دعوت می‌کردند. ولی درین میان عزیزآقا گم شد. هرچه دنبالش گشتند، از هر که پرسیدند بی‌فایده بود.

بالاخره، بعد از آن که خانم گلین و حسین‌آقا و مـشدی رمـضان یـک اطـاق کثیف گلی از قرار شبی هفت روپیه کرایـه کردنـد، دوبـاره بـه جـستجوی عزیزآقـا رفتنـد. تمـام شـهر را زیـر پـا کردنـد. از کفـش‌دار و از زیارت‌نامه‌خوان‌ها یکی یکی سراغ عزیزآقا را به نام و نشانی گرفتند. اثری از او به دست نیامد. آخر وقت بود، صحن کمی‌خلوت شد. خـانم گلـین بـرای

نهمین بار داخل حرم شد و دید که دسته‌ای زن و آخوند دور زنی گرد آمده‌اند که به قفل ضریح چسبیده آن را می‌بوسد و فریاد می‌زند:

«یا امام حسین جونم، بدادم برس! سرازیری قبر، روز پنجاه هزار سال، وقتی که همه چشم‌ها می‌رود روی کاسه سرهاشان چه خاکی به سرم بریزم؟ به فریادم برس! به فریادم برس! توبه، توبه غلط کردم، مرا ببخش!»

هر چه از او می‌پرسیدند مگر چه شده، جواب نمی‌داد.

بالاخره پس از اصرار زیاد گفت:

«من یک کاری کرده‌ام، می‌ترسم سیدالشهدا مرا نبخشد.»

همین جمله را تکرار می‌کرد و سیل اشک از چشمانش سرازیر بود. خانم گلین صدای عزیزآقا را شناخت، جلو رفت. دست او را کشید برد در صحن و به کمک حسین آقا او را به خانه بردند، دورش جمع شدند. بعد از آن که دو تا چائی شیرین به او دادند و یک قلیان برایش چاق کردند، عزیزآقا شرط کرد که حسین‌آقا از اطاق بیرون برود تا سرگذشت خودش را نقل کند. حسین‌آقا که از در بیرون رفت، قلیان را جلو کشید و این جور شروع کرد:

«گلین خانم جونم، می‌دانی که وقتی من به خانه گداعلی خدا بیامرز رفتم، سه سال ما هم‌چنین زندگی کردیم که سکینه سلطان سرکوفت گداعلی را سر شوهرش می‌زد. گداعلی مرا می‌پرستید و روی سرش می‌گذاشت.

ولی درین مدت من آبستن نشدم، برای همین بود که شوهرم حاشاالله کشتیارم شد که من بچه می‌خواهم، هر شب تنگ دلم می‌نشست و می‌گفت: «این بدبختی را چه بکنم؟ اجاقم کور است.» من هرچه دوا و درمان کردم، دعا گرفتم، آخرش بچه‌ام نشد، تا این که یک شب گداعلی پیش من

گریه کرد و گفت: «اگر تو رضایت بدهی، یک صیغه می‌گیریم، برای این که خدمت خانه را بکند و بعد از آن که بچه پیدا کردم طلاقش می‌دهم و تو بچه را وجه فرزندی بزرگ می‌کنی.» من هم گول آن خدا بیامرز را خوردم و گفتم: «چه عیبی دارد! خودم این کار را به گردن می‌گیرم.»

فردای همان روز چادر کردم، رفتم خدیجه دختر حسن ماست‌بند را که زشت و سیاه و آبله‌رو بود برای شوهرم خواستگاری کردم. وقتی که خدیجه وارد خانه‌مان شد، سرتاپایش را ارزن می‌ریختی پائین نمی‌آمد. اگر دماغش را می‌گرفتی جونش در میرفت. خوب، من خانم خانه بودم، خدیجه هم کار می‌کرد، دیزی بار می‌گذاشت، خانم، یک ماه نگذشت که آبی زیر پوستش رفت، استخوان ترکانید و شکمش گوشت نو بالا آورد. آن وقت زد و آبستن شد. خوب دیگر معلوم بود خدیجه پیازش کونه کرد. شوهرم همه حواسش پیش او بود. اگر چله زمستان آلبالو ویار می‌کرد، گداعلی از زیر سنگ هم شده بود برایش می‌آورد. من شده بودم سیاه‌بخت و سیاه‌روز! هر شب که گداعلی خانه می‌آمد دستمال هل و گل را اطاق خدیجه می‌برد و من هم از صدقه سر او زندگی می‌کردم - خدیجه دختر حسن ماست‌بند که وقتی وارد خانه ما شد، یک لنگه کفشش نوحه می‌خواند و یکیش سینه می‌زد، حالا به من تکبر می‌فروخت. آن وقت پشت دستم زدم و فهمیدم که عجب غلطی کرده‌ام.

«خانم، نه ماه من دندان روی جگر گذاشتم و جلو در و همسایه با سیلی روی خودم را سرخ نگه می‌داشتم. اما روزها که شوهرم خانه نبود، خدیجه را خوب می‌چزاندم. خاک برایش خبر نبرد، پیش شوهرم به او بهتان می‌زدم، می‌گفتم: «سرپیری عاشق چشم وزغ شدی! تو اصلا بچه‌ات نمی‌شود. این تخم مول است. خدیجه از مشدی تقی قاشق‌تراش آبستن است» خدیجه

هم برای من انگشت توی شیر می‌زد و پیش گداعلی برایم مایه می‌گرفت. چه دردسرتان بدهم؟ هر روز خانه مان الم شنگه‌ای به پا بود که نگو و نشنو. همه همسایه‌ها از دست داد و بیداد ما به عذاب آمده بودند. من دلم مثل سیرو سرکه می‌جوشید که مبادا بچه پسر باشد. رفتم سرکتاب باز کردم، جادو جنبل کردم، خدا بدور، انگاری که خدیجه گوشت خوک خورده بود، جادو بهش کارگر نمی‌شد. روز به روز گنده‌ترمی‌شد، تا این که سر نه ماه و نه روز و نه ساعت و نه دقیقه خدیجه خانم زائید. آن هم چه؟ یک پسر.

«خانم، من تو خانه شوهرم شدم سکه یک پول! نمی‌دانم خدیجه مهره مار با خودش داشت یا چیز به خورد گداعلی داده بود. خانم جون، قربانتان همین زنیکه شرنده را که خودم رفتم از محله پنبه ریسه آوردم، دندانم را شمرده بود. روبروی شوهرم به من گفت: عزیزآقا بی‌زحمت من دستم نمی‌رسد، کهنه‌های بچه را بشورید.»

«این را که گفت من آتشی شدم، روبروی گداعلی هرچه از دهنم درآمد به خودش و بچه‌اش گفتم، به گداعلی گفتم مرا طلاق بده، اما آن خدا بیامرز دست‌های مرا ماچ می‌کرد، می‌گفت: «چرا این جور می‌کنی؟ می‌ترسم شیر اعراض دهن بچه بگذارد. تو همین‌قدر بگذار بچه راه بیفتد، آن وقت خدیجه را طلاق می‌دهم.»

«اما دیگر از زور خیالات خواب و خوراک نداشتم تا این که، خدایا توبه، برای این که دل خدیجه را بسوزانم، یک روز همین که رفت حمام و خانه خلوت شد، من هم رفتم سر گهواره بچه، سنجاق زیر گلویم را کشیدم، رویم را برگردانیدم و سنجاق را تا بیخ توی ملاج بچه فرو کردم. بعد هولکی از اطاق بیرون دویدم. خانم این بچه دو شب و دو روز زبان به دهن نگرفت. هر

فریادی که می‌زد بند دلم پاره می‌شد. هر چه برایش دعا گرفتنـد، و دوا و درمان کردند بیخود بود. روز دوم عصر مرد.

«خوب، پیدا بود. خدیجه و شوهرم برای بچه گریه کردند، غصه خوردند، اما من مثل این بود که روی جگرم آب خنک ریختند، با خودم گفتم اقلا حـسرت پسر به دلشان ماند! دو ماه ازین بین گذشت، دوباره خدیجه آبستن شـد. این دفعه نمی‌دانستم چه خاکی به سرم کنم. خانم، به همان شـازده حـسین قسم که از زور غصه دوماه بیهوش و بی‌گوش ناخوش بستری شدم. سر نـه ماه خدیجه یک پسر دیگر ترکمون زد و دوباره عزیز نازنین شـد. گـداعلی برای بچه جانش در می‌رفت. و خدا به قوم موسی دستغاله داده بود، بـه او هم یک پسر کاکل‌زری! دو روز خانه نشست و بچه قنـداقی را مثل دسـته هونگ جلوش گذاشته بود و تماشا می‌کرد.

«باز هم همانـاش و همان کاسه! خانم این دست خودم نبـود، نمـی‌توانـستم هوو و بچه‌اش را ببینم، یک روز خدیجه دستش بند بود، ایز گم کـردم، بـاز سنجاق زیر گلویم را کشیدم و توی ملاج بچه فرو کردم. این بچه هم بعـد از یک روز مرد. معلوم بود، باز شیون و واویلا راه افتاد. این دفعه نمی‌دانید چه حالی بودم، از یک طرف قند توی دلم آب کرده بودند که داغ پسر را به دل خدیجه گذاشتم. از طرف دیگر فکر می‌کردم که تا حالا دو تا خون کـرده‌ام، برای بچه زبان گرفته بودم، تو سرم می‌زدم، گریه می‌کردم، آن قدر گریـه کردم که خدیجه و گداعلی دلشان به حال من سوخت و تعجب کرده بودند که من چقدر بچه هوو را دوست داشته‌ام – اما این گریه‌ها برای خاطر بچـه نبود، برای خودم بود، برای روز قیامت، فشار قبر. همان شب شوهرم به من گفت: «قسمت نبوده که من بچـه‌دار بـشوم. مـی‌بینـی کـه بچـه‌هـایم پا نمی‌گیرند و می‌میرند.»

«سر چله نکشید که باز هم خدیجه آبستن شد و شوهرم برای این که بچه‌اش بماند، نذر و نیازی نبود که نکرد. نذر کرد اگر بچه دختر شد، او را به سادات بدهد و اگر پسر شد اسمش را حسین بگذارد و موهای سرش را تا هفت سال نچیند. بعد به وزن آن طلا بگیرد و با بچه برود کربلا. سر هشت ماه و ده روز خدیجه پسر سومی‌را زائید. اما این دفعه مثل چیزی که به دلش اثر کرده بود، آنی از بچه منفک نمی‌شد. من هم دو دل بودم که آیا سومی‌راهم بکشم یا این که کاری بکنم که گداعلی خدیجه را طلاق بدهد. اما همه این‌ها خیالات خام بود. خدیجه باز کیابیای خانه و کدبانو شده بود. با دمش گردو می‌شکست و هر دم توی دلم واسرنگ می‌رفت. به من فرمان می‌داد و بالای حرفش حرفی نبود. تا این که بچه چهار ماهش تمام شد.

«هر شب و هر روز استخاره می‌کردم که بچه را بکشم یا نکشم. تا این که یک شب با خدیجه دعوای سختی کردم و با خودم عهد کردم که سر حسین آقا را زیر آب بکنم. دو روز کشیک کشیدم، روز دوم بود، خدیجه رفت از عطاری سر کوچه گل بنفشه بخرد. من دویدم توی اطاق، بچه را که خواب بود از توی ننو برداشتم، سنجاق زیر گلویم را کشیدم. اما همین که آمدم سنجاق را توی پیشانیش فرو بکنم، بچه از خواب پرید و عوض این که گریه بکند تو رویم خندید. خانم نمی‌دانید چه حالی شدم. دستم بی‌اختیار پائین افتاد. دلم نیامد، خوب،هر چه باشد راست راستی دلم از سنگ که نبود. بچه را سر جایش گذاشتم و از اطاق بیرون دویدم، آن وقت با خودم گفتم: خوب، تقصیر بچه چیست؟ دود از کنده بلند می‌شود. باید مادرش را نفله بکنم تا آسوده بشوم.

«خانم، حالا که برای شما می‌گویم تنم می‌لرزد. اما چه بکنم؟ همه‌اش به گردن شوهر آتش به جان گرفته‌ام بود که مرا دست‌نشانده یک دختر ماست‌بند کرد. خدایا خاک برایش خبر نبرد!

«از کرک گیس خدیجه دزدیدم، بردم برای ملا ابراهیم جهود که تو محله راه چمان به نام بود، برایش جادو کردم. نعل توی آتش گذاشتم، ملا ابراهیم سه تومان از من گرفت که او را دنبه‌گذار بکند، به من قول داد که سر سه هفته نمی‌کشد که خدیجه می‌میرد. اما نشان به آن نشانی که یک ماه گذشت خدیجه مثل کوه احد روز به روز گنده‌ترمی‌شد! ... خانم، من اعتقادم از جادو جنبل و این جور چیزها هم سست شد.

یک ماه بعد اول زمستان بود که گداعلی سخت ناخوش شد، به‌طوری که دو مرتبه وصیت کرد و سه بار تربت حلقش کردیم. یک شب که حال گداعلی خیلی بهم خورده بود، من رفتم بازار از عطاری داراشکنه خریدم، آوردم خانه، ریختم توی دیزی آبگوشت، خوب بهم زدم و سربار گذاشتم. برای خودم حاضری خریده بودم، آن را دزدکی خوردم، سیر که شدم، رفتم اطاق گداعلی. دو مرتبه خدیجه به من گفت که دیر وقت است، برویم شام بخوریم. اما من جوابش دادم که سرم درد می‌کند. امشب میل ندارم، سر دلم خالی باشد بهتر است.

«خانم، خدیجه شام اول و آخری را خورد و خوابید. من رفتم پشت در، گوش ایستادم، صدای ناله‌اش را می‌شنیدم. اما چون هوا سرد بود و درها بسته بود، صدایش بیرون نمی‌آمد. تمام شب را من به بهانه پرستاری پیش گداعلی ماندم. نزدیک صبح بود، دوباره ترسان و لرزان رفتم از پشت در گوش دادم، صدای گریه بچه می‌آمد. اما جرات نکردم در را باز بکنم. برگشتم پیش گداعلی. خانم نمی‌دانید چه حالی بودم!

«صبح که همه بیدار شدند، رفتم در اطـاق خدیجـه را بـاز کـردم، دیـدم: خدیجه مثل زغال سیاه شده مرده، و از بس کـه تقـلا کـرده بـود لحـاف و دشک هر کدام یک طرف افتاده بود. من او را روی دشک کشانیدم، لحـاف را رویش انداختم، بچه گریه و ناله می‌کرد. از اطاق بیرون آمـدم، رفـتم دم حوض دستم را آب کشیدم. بعد گریه کنان و تو سر زنان خبرمرگ خدیجـه را برای گداعلی بردم.

«هرکه از من می‌پرسید که خدیجه از چه مرد، می‌گفتم: چند وقت بـود کـه برای آبستنی دوا و درمان می‌کرد، وانگهی زیاد چاق شده بود شـاید سـکته کرده. کسی هم به من شک نیاورد، اما من خودم را مـی‌خـوردم، بـا خـودم می‌گفتم: آیا این من هستم که سه تا خون کرده‌ام؟ از صورت خودم کـه در آینه می‌دیدم می‌ترسیدم. زندگی به من حرام شده بود روضـه مـی‌رفـتم، گریه می‌کردم، به فقیر فقرا پول می‌دادم، اما دلم آرام نمی‌گرفت.

«یاد روز قیامت، فشار قبر و نکیر و منکر که می‌افتادم خدا می‌داند چه حالی می‌شدم. آن وقت به خیالم رسید کـه بـروم کـربلا مجـاور بـشوم و چـون گداعلی نذر پسرش کرده بود که با او برویم به کربلا بی‌میل نبود که برویم، اما همیشه بهانه می‌تراشید، این دست آن دست می‌کرد، مـی‌گفـت؛ سـال بعد می‌رویم به مشهد. چون آن صفحات ناخوشی آمده است و همـین‌طـور پشت گوش می‌انداخت تا این که او هم عمرش را داد بشما.

«امسال من هم کلاهم را قاضی کردم، همه دارئی گداعلی را فـروختم، پـول نقد کردم، چون خودش وصیت کرده بود. و این بود که وقت حرکت شما و مشدی رمضان را نشانی دادند و از قزوین باهم حرکت کردیم و این جـوانی که با من است و مرا ننه خودش می‌داند، همان حـسین آقـا پـسر خدیجـه است. گفتم از اطاق بیرون برود تا حکایتم را نشنود.»

همه مات به سرگذشت عزیزآقا گوش می‌دادند. بعد اشک در چشمش پر شد و گفت:

«حالا نمی‌دانم خدا از سر تقصیرم می‌گذرد یا نـه، روز قیامـت ... حـضرت شفاعتم را می‌کند یا نه؟ خانم، چندین و چند سال است که مـن ایـن آرزو را داشتم تا درد دلم را به کسی بگویم: حالا که گفتم انگاری که آب روی آتـش ریختند. اما روز قیامت...»

مشدی رمضان علی خاکستر ته چپقش را تکان داد و گفت:

«خدا پدرت را بیامرزد، پس ما برای چه این‌جا آمده‌ایم؟ سه سال پیش مـن در راه خراسان سورچی بودم. دو نفـر مـسافر پـول دار داشـتم، میان راه کالسکه چاپاری شکست، یکی از آن‌ها مرد، آن یکی دیگر را هم خـودم خفه کردم و هزار و پانصد تومان از جیبش در آوردم. چون پا به سن گذاشته‌ام، امسال به خیال افتادم که آن پول حرام بوده، آمدم بـه کـربلا آن را تطهیـر بکنم. همین امروز آن را بخشیدم به یکی از علماء هزار تومانش را بـه مـن حلال کرد. دو ساعت بیشتر طول نکشید، حالا این پول از شیر مـادر بـه مـن حلال‌تر است.»

خانم گلین قلیان را از دست عزیزآقا گرفـت: دود غلیظـی از آن در آورد و بعد از کمی‌سکوت گفت:

«همین شاه‌باجی خانم که همراه ما بود، من می‌دانستم که تکان راه بـرایش بد است. استخاره هم کرده بودم. بد آمده بود. اما با وجود این آوردمـش. می‌دانید این ناخواهری من بود، شوهرش عاشق من شد، مرا هوو برد سر شاه‌باجی. من از بس که توی خانه به او هول و تکان دادم، افلیج شد، بعد هم در راه او را کشتم تا ارث پدرم به او نرسد!»

عزیزآقا از شادی اشک می‌ریخت و می‌خندید، بعد گفت:

« پس ... پس شما هم ... »

خانم گلین همین‌طور که پک به قلیان می‌زد گفت:

«مگر پای منبر نشنیدی. زوار همان وقت که نیت می‌کند و راه می‌افتد اگـر گناهش به‌اندازه برگ درخت هم باشد، طیب و طاهر می‌شود.»

لاله

از صبح زود ابرها جا به جا می‌شدند و باد موذی سـردی مـی‌وزیـد. پـائین درخت‌ها پر از برگ مرده بود، برگ‌های نیمه‌جانی که فاصله به فاصـله در هوا چرخ می‌زدند و به زمین می‌افتادند. یک دسته کلاغ با همهمه و جنجـال به سوی مقصد نامعلومی‌می‌رفت. خانه‌های دهاتی از دور مثل قوطی کبریت که روی هم چیده باشند با پنجره‌های سیاه و بدون در دمدمی‌و مـوقتی بـه نظر می‌آمدند.

خداداد با ریش و سبیل خاکستری، چالاک و زنده دل، گـام‌هـای محکـم بـر می‌داشت و نیروی تازه‌ای در رگ و پی پیرش حس می‌کرد، نگـاه او ظـاهرا روی جاده نمناک و دورنمای جلگه ممتد می‌شد. باد پوست تن او را نـوازش می‌کرد. درخت‌ها به نظر او می‌رقـصیدند. کـلاغ‌هـا بـرایش پیـام شـادی می‌آوردند و همه طبیعت به نظر او خرم و خوش رو می‌آمد. بغچه قلمکاری زیر بغل داشت که به خودش چسبانیده بود. چشم‌هـایش مـی‌درخـشید و هرگامی‌که بر می‌داشت، ساق پای ورزیده او از زیر شلوار گـشاد سـیاهش پیدا می‌شد. رخت او آبی آسمانی و کلاهش نمدی زرد بود.

خداداد مردی شصت ساله بود. استخوان بندی درشتی داشت. بلند انـدام بود و چشم‌هایی درخشان داشت. تقریبا بیست سال بود که اهالی دماوند او را ندیده بودند، چون گوشه نشینی اختیار کرده بود. بالای چشمه علا سر راه

جاده دماوند خداداد برای خودش یک آلونک از سنگ و گل ساخته بود. بیست سال بود که تک و تنها زندگی تارک‌دنیائی می‌کرد. با دست‌های زمخت خودش زمین را بیل می‌زد، آبیاری می‌کرد و کشت و درو می‌نمود. همان کاری که پدرش و شاید پشت در پشت او می‌کردند. هشتاد من زمین[1] به او ارث رسیده بود که در سال قحطی نصف بیشتر آن را فروخت، یعنی با آرد تاخت زد. و حالا با همان تکه‌ای که برایش مانده بود از حاصل کوچک آن زندگی خودش را می‌گذرانید.

چیزی که اسباب تعجب همه شده بود این بود که در دو سه سال اخیر خداداد در آبادی‌ها و اغلب در بازار دماوند دیده می‌شد که پارچه زنانه، قند و چای و خرده ریز می‌خرید، گاهی هم در کوه‌های اطراف در آب گرم، جابن و گیلیارد او را با یک دخترک کولی دیده بودند.

چهارسال پیش یک شب سرد، از آن سرماها که با چنگال آهنین خودش صورت انسان را می‌خراشید، خداداد همین که چراغ را فوت کرد و در رخت‌خواب رفت صدای غریبی شنید: ناله‌های بریده بریده که معلوم نبود صدای جانور است یا آدمیزاد. صدا پیوسته نزدیک می‌شد تا این که در کلبه او را زدند. خداداد که نه از غول و نه از گرگ می‌ترسید، بلند شد، نشست و حس کرد که یک چکه عرق سرد روی تیره پشتش لغزید. هر چه پرسید که هستی و چه کار داری کسی جواب نمی‌داد و هنگامی‌که می‌خوابید دوباره در می‌زدند. با دست لرزان چراغ را روشن کرد، کارد بزرگی که برای شکستن چوب و چلیکه به دیوار آویخته بود برداشت و در را یک مرتبه باز کرد.

---

[1] هشتاد من بذرافشان

تعجب او بیشتر شد وقتی که دختر کولی کوچکی را با لباس سرخ دید که دم در اشک روی گونه‌هایش یخ زده و می‌لرزید. خداداد کارد را گوشه اطاق پرت کرد. دست دختر بچه را گرفت، داخل اطاق کرد. دم آتش او را گرم کرد و بعد با رخت‌های کهنه خودش رخت‌خواب برای او درست کرد.

فردا صبح هر چه از او پرسش کرد بی‌نتیجه بود. مثل این که بچه قسم خورده بود راجع به خودش هیچ نگوید. به همین مناسبت خداداد اسم او را لال یا لالو گذاشت و کم کم لاله شد. چیزی که غریب بود حالا موسم ییلاق قشلاق کولی‌ها نبود و خداداد نمی‌دانست در میان زمین و آسمان این دختر از کجا آمده بود. از آلونکش بیرون رفت و رد پای بچه را گرفت، ولی ردپای او روی برگ‌های نم کشیده گم می‌شد. از آسیابان چشمه علا پرسید، او هم جواب منفی داد. بالاخره تصمیم گرفت بچه را نگه دارد تا صاحبش پیدا بشود.

لاله دختربچه دوازده ساله‌ای گندم‌گون بود. صورتی با نمک و چشم‌های گیرنده داشت. روی دست و میان پیشانی او را خال آبی کوبیده بودند. در مدت چهار سال که لاله در آلونک خداداد به‌سر می‌برد، هر چه خداداد جویای خویشان او شد، هیچ کس از کولی‌ها او را نمی‌شناختند. بعد هم دیگر خداداد مایل نبود که لاله را از دست بدهد! او را وجه فرزندی خودش برداشت و کم کم علاقه مخصوص به او پیدا کرد. نه دل بستگی پدر و فرزندی، اما مثل علاقه زن و مرد او را دوست می‌داشت.

همان وقت که وسوسه عشق به سرش زد، میان اطاق را بند کشید و با یک پرده آن را جدا کرد تا خوابگاه‌شان از هم مجزا باشد. چیزی که از همه بدتر بود لاله به خداداد بابا خطاب می‌کردو هر دفعه که به او بابا می‌گفت حالش دگرگون می‌شد. یک روز که خداداد وارد خانه‌اش شد دید دو تا مرغ

کاکلی در نزدیکی آلونکش راه می‌روند. هرچه خداداد به لاله نصیحت می‌کرد که دزدی بد است ،به آتش دوزخ می‌سوزی ، لبخند شیطانی روی لب‌های او نمودار می‌شد و به بهانه‌ای از این گونه مباحثات شانه خالی می‌کرد.

لاله میل زیادی به گردش داشت. اگر دو سه روز پشت هم باران می‌آمد و مجبور می‌شد در آلونک بماند خاموش و غمگین می‌گردید، ولی روزهائی که هوا خوب بود با خداداد و یا تنها به گردش می‌رفت. اغلب تنها می‌رفت و همین اسباب بدگمانی خداداد نسبت به او شد. چه دو سه بار عباس چوپان را با لاله دیده بود و او را رقیب خودش می‌دانست. حتی یک روز هم آن‌ها را دید که عباس تمشک می‌چید و به دهن لاله می‌گذاشت. همان شب به لاله توپید که نباید با مرد غریبه حرف بزنند. اشک در چشم‌های لاله جمع شد و قلب دهاتی او را متاثر کرد. ننه عباس دوبار به خواستگاری لاله برای پسرش آمده بود ولی هر دفعه خداداد بهانه آورد که لاله هنوز بچه است و پیش خودش این طور دلیل می‌آورد که این عباس تنبل وارث او خواهد شد و دارائی‌أی که در مدت پنجاه سال گرد آورده به او تعلق خواهد گرفت. آن وقت روح نیاکانش چه به او می‌گفتند که به جای وارث یک نفر بی‌سرو پا را اختیار کرده که نمی‌تواند زمین را بکارد. از این گذشته دختری که او در آلونک خودش پناه داده، غذا داده، لباس پوشانیده، به پایش زحمت کشیده و بزرگ کرده بود، برایش حکم یک درخت میوه را داشت که او پرورانیده و به عرصه رسانیده و یک نفر بی‌گانه میوه آن را بچیند، آیا سیب سرخ برای دست چلاق بد است؟ نمی‌تواند لاله را خودش بگیرد؟ چرا که نه؟ ولی او حس می‌کرد که موضوع به این سادگی نبوده و رضایت دختر هم شرط بود و بعد هم این عادت بدی که دختر داشت و او را پدر خودش

می‌نامید بیشتر او را نا امید می‌کرد. شب‌ها اغلب وقتی که دختر می‌خوابید چراغ را بالا می‌گرفت، صورت، سینه، پستان و بازوهای او را مدت‌ها تماشا می‌کرد. بعد مانند دیوانه می‌رفت بیرون در کوه و کمر و خیلی دیر به خانه برمی‌گشت. زندگی او میان بیم و امید می‌گذشت و ترس مانع می‌شد که به او عشق خودش را ابراز بکند. اگر لاله می‌گفت: «نه. تو پیری.» او دیگر چاره‌ای نداشت مگر این که خودش را بکشد.

یک تخته‌سنگ بزرگ نزدیک آلونک خداداد بود که لاله اغلب روی آن می‌نشست و ماهیچه‌های ورزیده پاهای لختش را به آن می‌چسبانید و مدت‌ها به همان حالت می‌ماند، بدون این که خسته بشود و گاهی زیر لب با خودش آواز غم‌انگیزی را زمزمه می‌کرد. ولی به محض این که کسی نزدیک او می‌آمد ناگهان خاموش می‌شد. خداداد به‌طور تصادف این آواز را شنیده بود و خیلی میل داشت که دوباره بشنود.

امروز صبح وقتی که خداداد می‌خواست برود به شهر دماوند، لاله روی همین تخته سنگ نشسته بود، ولی از هر روز خوشحال‌تر بود. برخلاف معمول نخواست که دنبال خداداد به شهر برود. خداداد به او گفت:

«برایت یک لچک سرخ می‌خرم.»

لبخند بچگانه و خوشبخت او را دید که یک دنیا برای خداداد ارزش داشت و هنگامی که وارد بازار کوچک دماوند شد، اول رفت دم دکان بزازی و یک دانه لچک سرخ با گل و بته سبز و زرد خرید. بعد قند و چائی گرفت، آن‌ها را در بغچه قلمکار پیچید و با گام‌های بلند به سوی کلبه خودش روانه شد. برای خداداد که امخته به پیاده روی بود، اگر چه شهر تا خانه‌اش دو فرسنگ فاصله داشت، بیش از یک میدان به نظرش نمی‌آمد. با وجود پیری و

شکستگی حالا زندگی او مقصد و معنی پیدا کرده بود. در بین راه با خودش فکر می‌کرد:

«این لچک برازنده روی دوش لاله است که روی شانه‌اش بیندازد و سر آن را زیرپستان‌هایش گره بزند.» بعد مثل این که احساس شرم در او پیدا می‌شد، با خودش می‌گفت: «من باید به خوشگلی او بنازم. چون به جای پدرش هستم و یک شوهر خوب برایش پیدا می‌کنم!» ولی فکر این که عباس چوپان او را دوست دارد، تمام خون را در سرش جمع می‌کرد.

از راه‌های پست و بلند، از کناره دره، کوه و جلگه می‌گذشت. در راه کسی را نمی‌دید، چیزی را حس نمی‌کرد. حتی خستگی راه در او تاثیر نداشت. پیشتر گاهی که به آبادی‌های اطراف گذارش می‌افتاد، همه‌اش آسمان را نگاه می‌کرد تا به‌بیند بارش می‌آید یا نه. به زمین نگاه می‌کرد تا حاصل مردم را دید بزند، از قیمت جو، گندم، لوبیا، قیسی، سیب، گیلاس،زردآلو و غیره استفسار می‌کرد. اما حالا فکر دیگری به جز لاله نداشت، زمین او امسال حاصلش خوب نبود و ناگزیر شد تا مقداری از پس انداز خودش خرج بکند، ولی این‌ها در نظرش به یک موی لاله نمی‌ارزید ... درین بین از کنار درخت‌ها گذشت و در جاده دیگر افتاد که در بلندی مقابل آن، آلونک او مثل دوتا قوطی کبریت شکسته که بغل هم گذاشته باشند نمایان گردید. قدم‌هایش را تند کرد، دست بغچه را به خودش فشرد و راهی را که خوب می‌شناخت پیمود، از سربالائی دیگر گذشت، یک پیچ خورد و جلو آلونک خودش سر در آورد. ولی لاله آن‌جا نبود. نه روی تخته سنگ و نه در اطاق. آمد دم در، دستش را گذاشت کنار دهنش، فریاد زد: «لاله..لاله..!» کسی جواب نداد. بیرون رفت و باز با تمام قوت ریه خودش فریاد زد: «لاله..لاله..لالو..لالو..» انعکاس صدایش به او جواب داد: «لاله..لالو..» ترس و

واهمه مهیبی به او دست داد. دوید بالای تخته سنگ، جلو آلونکش، اطـراف را نگاه کرد. اثری از لباس سرخ او ندیـد. برگـشت در اطـاق دقـت کـرد، مجری لاله را باز کرد، دید لباس‌های نوی که امسال برای او گرفتـه بـود در آن جا نبود. می‌خواست دیوانه بشود. از این قضایا سر در نمی‌آورد. دوبـاره بیرون آمد، در چشمه علا برخورد به آخوند ده که با لباده دراز و کلاه آبـی ترک ترک و شال و شلوار سیاه و قبای سه چاک پای درخت چپق می‌کـشید. چنان نگاه زهر آلودی به خداداد انداخت که جرات نکرد از او چیزی بپرسد. کمی‌دورتر زنی با چادر سرخ، شلوار سیاه و گیس بافته دید که بچه‌اش را به پشتش بسته بود. او هم نتوانست نشانی از لاله به خداداد بدهـد. خـداداد ناچار برگشت.

تاریکی شب همه جا را فرا گرفت، ولی لاله نیامد. چه خواب‌هـای بـدی کـه خداداد دید! نه، اصلا خواب به چشمش نیامد، کابوس بود، به کوچـک‌تـرین صدا بلند می‌شد، به خیالش که او آمده، بیشتر از ده مرتبه بلند شد، پـرده را پس می‌زد، کور کورانه رخـت خـواب سـرد لاله را دسـت مـی‌کـشید، می‌لرزید و سرجایش می‌افتاد. آیا کسی به زور او را برده؟ آیا گولش زده‌اند یا خودش رفته؟

فردا صبح هوا صاف و سرد بود، خداداد لچکی را که خریده بود برداشـت و به جستجوی لاله رفت. در راه همه مردم به نظر او دیو و اژدها می‌آمدنـد. کوه‌های آبی و خاکستری که تا کمر آن‌ها برف بود مثـل ایـن بـود کـه او را می‌ترسانید، بوی پونه کنار جوی او را خفه می‌کرد، در بین راه برخورد به دو نفر دهاتی. از آن‌ها هراسان پرسید:

«شماها لاله را ندیدید؟»

اول به خیالشان دیوانه شده و از هم پرسیدند:

«کی؟»

«یک دختر کولی.»

یکی از آن‌ها گفت:

«دو روز است که یک دسته از کولی‌ها آمده‌اند، مومج چادر زده‌اند. شاید آن‌ها را می‌گویی.»

خداداد جاده مومج را پیش گرفت، این دفعه با گام‌های تند و لغزنده راه می‌رفت. از چندین جاده و راه پیچید، تا این که از دور چند سیاه چادر به نظرش رسید. نزدیک که شد، دید کنار جوی مردی خوابیده بود. کمی‌دورتر یک زن کولی بلغور غربیل می‌کرد. آن زن سلام کرد و گفت:

«فال می‌گیریم. مهره مار داریم. الک، غربیل، گردو ... »

خداداد دیوانه وار گفت:

«لاله، لالو را ندیدی، نمی‌دانی کجاست؟»

«فال می‌گیرم، بهت می‌گویم.»

«بگو، پولت می‌دهم.»

«نیازش را بده تا بگویم.»

خداداد خسته بود، دست کرد از جیبش یک قران در آورد به زن کولی داد: کولی دست او را گرفت، به صورتش نگاه کرد و گفت:

«علی پشت و پناهت است: أی مرد تو الان غصه‌ای در دل داری. چون چیزی را گم کرده‌ای که چهار سال به پایش زحمت کشیدی، نه جگر پاره‌ات است و نه او را از جگر پاره‌ات کمتر دوست داری.»

خداداد با چشمان اشک آلود به کولی نگاه می‌کرد: زیر لب گفت:

«درست است. درست است.»

«اما بی‌خود غم مخور، چه آن دختر در نزدیکی تو است. زنده و تن درست است. او هم ترا دوست دارد. اما چه فایده که سرنوشت کار خودش را کرده!»

«چطور، چطور؟ ترا به هر چه می‌پرستی بگو.»

«به خودت غصه راه نده. او خوشبخت است. در اطاق را باز گذاشتی، شیطان داخل شد و او را گول زد.»

«اسمش عباس نیست؟»

«نه!»

«تو کی هستی؟ از کجا خبر داری؟ ترا به خدا راستش را بگو، هر چه به خواهی به تو می‌دهم.»

دست کرد از جیبش یک قران دیگر در آورد. گذاشت در دست کولی. ولی درین موقع دید که پرده چادر مجاور پس رفت و لاله از آن بیرون آمد. همان لباس سرخ نوی که برایش خریده بود تنش بود. یک سیب سرخ در دست داشت که آن را با آستین لباسش پاک می‌کرد و گاز می‌زد. بعد خندید، رو کرد به زن فالگیر و گفت:

«ننه‌جون، این بابا خداداد است» و به او اشاره کرد. خداداد از شدت تعجب دهنش باز مانده بود. نگاه او پی‌درپی روی لاله و مادرش قرار می‌گرفت، ولی تاکنون لاله را آن قدر خوشحال و زنده دل ندیده بود، دست کرد از لای بغچه لچک سرخ را جلو او انداخت و گفت:

«از بازار این را برای تو خریدم.»

لالو خنده بلندی کرد، لچک را روی دوشش انداخت، و زیر پستانش گره زد. بعد دوید جلو چادر، دست مرد جوانی را گرفت، بیرون کشید، به خداداد اشاره کرد و چیزی به آن مرد گفت. سپس به همان آهنگ مخصوصی که می‌خواند شروع کرد به زمزمه کردن و با ماهیچه‌های لخت ورزیده‌اش دست به گردن آن مرد از زیر درخت‌های بید گذشته و دور شدند.

خداداد از غم و خوشحالی گریه می‌کرد. افتان و خیـزان از همـان راهـی کـه آمده بود برگشت، رفت در آلونکش و در را بروی خودش بـست و دیگـر کسی او را ندید.

صورتک‌ها

منوچهر دست راست را زیر چانه‌اش زده روی نیمکت والمیده بود، سیمای او افسرده، چشم‌هایش خسته و نگاه او پی در پی به لنگر ساعت و لباسی که روی صندلی افتاده بود، قرار می‌گرفت و از خودش می‌پرسید:

«آیا خجسته‌امشب به بال خواهد رفت؟ من که هرگز نمی‌توانم.»

هوا تیره و خفه بود، باران ریز سمجی می‌بارید و روی آب لبخندهای افسرده می‌انداخت که زنجیر وار در هم می‌پیچیدند و بعد کم کم محو می‌شدند. شاخه درخت‌ها خاموش و بی‌حرکت زیر باران مانده‌بود. از آن هواهای سنگین و دل‌چسب بود که روی قلب را فشار می‌دهد و آدم آرزو می‌کند که دور از آبادی در کنج دنجی باشد و کسی آهسته پیانو بزند. این منظره به طرز غریبی با افکار منوچهر اخت و جور می‌آمد.

همه فکر منوچهر بدون اراده دور یک سالک کوچک پرواز می‌کرد. سالک کوچکی که آن قدر بجا گوشه لب خجسته واقع شده بود و بر خوشگلی او افزوده بود. چشم‌های میشی گیرنده، دندان‌های سفیدی که هر وقت می‌خندید با رشادت آن‌ها را بیرون می‌انداخت، سرکوچک، فکر کوچک و آن نگاه بی‌گناه مثل نگاه بره‌ای که به سلاخ خانه می‌بردند، برای منوچهر او یک بت یا یک عروسک چینی لطیف بود که می‌ترسید به آن دست بزند و کنفت بشود. از روزی که با خجسته آشنا شده بود، او را به طرز وحشیانه‌ای

دوست داشت. هر حرکت او برای منوچهر پر از معنی، پر از دل ربائی بـود و فکر متارکه با او به نظرش غیر ممکن می‌آمد.

ولی دیروز عصر بود که فرنگیس خواهر بزرگش با چشم‌هـای اشـک آلـود وارد اطاق او شد و بعد از یک مشت گله بـه او گفت: «اگـر تـو خجسـته را بگیری آبروی چندین‌وچند ساله ما به باد می‌رود. دیگر نمی‌توانیم بـا مـردم مراوده داشته باشیم. جلو همه خوار و سر شکسته خواهیم شـد کـه بگوینـد برادرت خجسته مترس ابوالفتح را گرفته!» و عکسی در آورد بـه او داد کـه همه نقشه‌های منوچهر را ضایع و خراب کرد.

عکس خجسته بود با چشم‌های خمار مست که در بغل ابوالفتح افتاده بود. از دیدن این عکس دود از سر منوچهر بلند شد، آیا برای خاطر او با خانواده‌اش به هم نزده؟ حالا این سرشکستگی را چه بکند؟ نه مـی‌توانسـت از خجسـته چشم بپوشد و نه این که دوباره او را به بیند. در هر صورت تمام امیـدها و افکاری که شالوده آینده خود را روی آن بنا کرده بود این عکـس نیـست و نابود کرد.

٭

آشنائی آن‌ها در سینما شروع شد. هر دفعه که چراغ‌ها روشن می‌شـد، بـه هم نگاه می‌کردند. تا این که در موقع خروج از سینما با هـم حـرف زدنـد و چیزی که از ساعت اول منوچهر را شیفته خجسته کـرد، سـادگی او بـود، در همان‌جا اقرار کرد که شب‌های دوشنبه به سینما می‌آید و سه شب دوشنبه دیگر این ملاقات تکرار شد تا شب سوم منوچهر او را بـا اتومبیـل خـود در خیابان لختی به خانه‌اش رسانید.به‌اندازه‌ای منوچهر فریفتـه خجسـته شـده بود که همه معایب و محاسن او، همه حرکـاتش، سـلیقه و حتـی غلـط‌هـای

املائی که در کاغذهایش می‌کرد برای منوچهر بهتر از آن ممکن نبود. ایـن یک ماهی که با هم آشنا بودند، بهترین دوره زندگی او به شمار می‌رفت.

اولین بار که خجسته به خانه او در همین اطاق آمد، گرامافون را کوک کرد. صفحه (سرناتا) را گذاشت و مدت‌ها در دامن او گریه کرد. چقدر در اطاق تنها یا در اطاق کوچک کافه «وکا» با یک دیگـر نقـشه آیـنده خودشـان را می‌ریختند. منوچهر همیشه پیشنهادش این بود که با او برود به‌املاکـش در مازندران، کنار رودخانه یک کوشک کوچک تمیز بـسازد و بـا هـم زنـدگی بکنند. این پیشنهاد موافق سلیقه و پسند خجسته نبود، که مایل بود در تهران باشد، به مد جدید لباس بپوشد، تابـستان‌هـا بـا اتومبیـل در زر گـنده بـه گردش برود و در مجالس رقص حاضر بشود.

با وجود مخالفت خانواده‌اش منوچهر تصمیم گرفته بود که خجسته را به زنی بگیرد و برای اتمام حجت با پدرش داخل مـذاکره شـد. ولـی پـدر او از آن شاهزاده کهنه‌ها بود با افکار پوسیده که موضوع صحبتش همیشه از معجزه انبیاء و حکایت‌های معجزه آسا که از مسافرت‌های خودش نقل می‌کرد بود و دور اطاق در قفسه‌ها شیرینی چیده بود، پیوسته چشم‌هایش مـی‌دویـد و آرواره‌هایش می‌جنبید و شکر خدا را می‌کرد که این همه نعمـت آفریـده و معده قوی به او داده. ازین تصمیم منوچهر بی‌اندازه خشمناک شد و پس از مشاجره سختی منوچهر خانه پدرش را ترک کرد چون تصمیم او قطعی بود.

درین یک ماه اخیر چیزی که طرف توجه و موضوع صحبت خجسته و منوچهر بود بال کلوب ایران بود. منوچهر برای خودش لباس کـشتیبانی تهیـه کـرده بود، اما خجسته لباس خودش را به او نمی‌گفت، چون می‌خواست در همـان شب بال او را غافل‌گیر بکند.

ولی این عکس مشئوم، این عکسی که دیروز خواهرش فرنگیس برای او آورد نه تنها منوچهر را از رفتن به بال منصرف کرد، بلکه همه امید و آرزویش را خراب کرد و فورا به خجسته کاغذ نوشت که دیگر حاضر نیست او را به‌بیند. اما این کافی نبود، اول تصمیم گرفت برود ابوالفتح، بعد خجسته و بعد هم خودش را بکشد. بعد از کمی‌فکر این کار به نظرش بچگانه آمد و نقشه دیگری برای خودش کشید. چون او می‌دانست که بدون خجسته زندگی برایش غیرممکن است و برای این که انتقام بکشد تصمیم گرفت به هر وسیله‌ای که شده دوباره با خجسته آشتی بکند و این زندگی را که یک شب توی رخت خواب پدر و مادرش به او داده‌اند با یک شب تاخت بزند، خجسته باشد، زهر بخورند و در آغوش هم بمیرند. این فکر به نظرش خیلی قشنگ و شاعرانه بود.

٭

مثل این که حوصله‌اش تنگ شد، منوچهر سیگاری آتش زد و بلند شد، بدون اراده دور اطاق شروع کرد به راه رفتن. ناگهان جلو صندلی که لباس ملاحی او روی آن افتاده بود ایستاد، صورتکی که برای امشب خریده بود برداشت نگاه کرد، شبیه صورت خندان و چاقی بود با دهن گشاد. با خودش فکر کرد: «امشب ساعت نه و نیم همه در آن تالار بزرگ هستند. آیا خجسته هم خواهد رفت؟» از این فکر قلبش تند زد. چون هیچ استبعاد نداشت که خجسته با یک نفر دیگر، شاید با ابوالفتح برود و برقصد. بعد از آن همه شب‌های بی‌خوابی، شب‌هائی که تا نزدیک صبح پشت پنجره خانه او قدم می‌زد و روزهائی که پای صفحه گرامافون گریه می‌کرد، ساعت‌های دراز، غم‌انگیز ولی دل ربا – آیا این خجسته‌ای بود که برایش می‌مرد، همان خجسته که لب به شراب نمی‌زد، حالا مست و لایعقل در بغل این مردکه

افتاده بود؟ آیا برای پول و اتومبیل او بود که اظهار علاقه می‌کرد. به خصوص اتومبیل، چون یکی دوبار که مذاکره فروش آن را کرد خجسته جـدا متغیـر شد. در این وقت صدای زنگ تلفن بلند شد، مدتی زنگ زد، منوچهر گوشی را برداشت.

«آلو ... کجاست؟»

«آن‌جا کجاست؟»

«منوچهر شه اندوه ...»

«خودشان هستند؟»

«بله ... بفرمائید!»

«از ساعت ده الی یازده کسی می‌خواهد راجع به کار فوق العاده مهمی با شما گفتگو کندو ...»

منوچهر از بی‌حوصلگی گوشی را دوباره آویزان کرد و نگذاشت که حرفش را تمام بکند. صدای این مرد را نمی‌شناخت، آیا او را مسخره کرده بودند؟ آیا موضوع رمز با کسی دارد؟ منوچهر از آن کسانی بود که در بیـداری خـواب هستند، راه می‌روند، و هزار کار می‌کنند ولی فکرشان جـای دیگـر اسـت. از دیروز این حس در او بیشتر شده بود، از خودش می‌پرسید: «این شخص که بوده؟ کس دیگری نمی‌توانست باشد مگر خجسته که می‌خواهد بیاید، هزار جور قسم دروغ بخورد و ثابت بکند که این عکس را دشـمنانش درسـت کرده‌اند. ولی آیا جای تردید باقی بود؟ آیا یک مرتبه گـول خـوردن کـافی نبود؟ از ساعت ده تا یازده، حتما اوست، چون علاقه مرا نسبت بـه خـودش می‌داند و این را هم می‌داند که بعد از این پیش‌آمد امشب به بال نخـواهم رفت، او هم لابد نمی‌رود، می‌خواهد بیاید این‌جا، ولی آیا من می‌تـوانم در را

برویش ببندم یا بیرونش بکنم؟» برای منوچهر شکی باقی نبود که خجسته‌امشب خواهد آمد و برای این که بی‌علاقگی و بی‌اعتنائی خودش را نسبت به او نشان بدهد، تصمیم گرفت که برود به بال. اگر چه نیم ساعت هم باشد تا به گوش خجسته برسد و بداند که برای این پیش آمد از تفریح بال خودش را محروم نکرده.

منوچهر چراغ را روشن کرد و مشغول تیز کردن تیغ ژیلت شد.

ساعت ده بود که اتومبیل فیات منوچهر در باغ کلوب ایران جلو عمارت ایستاد، و او با لباس کشتیبانی سفید از آن پیاده شد.

تالار شلوغ و صدای موزیک تانگو بلند بود، همه مهمانان با لباس‌های عجیب و غریب صورتک گذاشته بودند. رنگ‌های جور به جور، لباس‌های گوناگون، بوی عطر، سفید آب و دود سیگار در هوا پراکنده بود. منوچهر تا آخر رقص دور زد، دو سه نفر از دوستانش را با لباس‌های مختلف شناخت، ولی آشنائی نداد. از شنیدن این تانگوی اسپانیولی عوض این که در او میل رقص را تهییج بکند افکار غم‌انگیزی برایش تولید کرد. یاد روزهائی افتاد که با ماگ بود و بعضی تکه‌های زندگی فرنگ او را به یادش آورد، این آهنگ همه آن‌ها را بیش از حقیقت در نظر او جلوه داد. از اطاق بیرون رفت، وارد اطاق بوفه شد، جلو نوشگاه (بار) دو گیلاس ویسکی سدا پشت هم نوشید. حالش بهتر شد، دوباره به تالار رقص برگشت.

درین بین زنی به لباس مفیستو (اهریمن) با شنل سیاه و صورتک به شکل چینی آمد کنار او ایستاد. ولی منوچهر به قدری حواسش پرت بود که متوجه او نشد. جمعیت زیادی در آمد و شد بود، ساز پشت هم می‌زد، مفیستو جلو منوچهر آمد. گفت:

«نمی‌رقصی؟»

منوچهر صدای خجسته را شناخت، ولی خودش را به نشنیدن زد، خواست رد شود، خجسته بازوی او را گرفت و با هم به طرف اطاقی که پهلوی تالار بود رفتند. در آن‌جا خلوت بود، یک زن و مرد پیر کنج اطاق نشسته بودند و یک مرد چاق هم که لباس راجه هندی پوشیده بود خودش را باد می‌زد. منوچهر بدون اراده روی صندلی راحتی نشست. خجسته هم روی دسته پهن آن قرار گرفت، بعد به پشت منوچهر زد و گفت:

«به هه اوه ... ! از دماغ شیر افتاده! هیچ می‌دانی بی‌تربیتی کردی؟ یک خانم ترا دعوت کرد و با او نرقصیدی!»

« ... »

« امروز عصر به تو تلفن کردم که ساعت ده خانه بمانی، کسی به دیدنت می‌آید. چرا نماندی؟ می‌دانستم که از لج‌بازی با من هم شده تو به بال می‌آئی ... »

از این حرف مثل این بود که سقف اطاق روی سر منوچهر فرود آمد و پی برد که تا چه‌اندازه این کله کوچک خجسته به سستی‌ها و روحیه او پی برده بود، در صورتی که او هنوز خجسته را نمی‌شناخت و چشم بسته تسلیم او شده بود. درین ساعت همه عشق و علاقه او نسبت به خجسته تبدیل به کینه شده بود. خجسته باز پرسید:

«لباس من چطور است؟»

منوچهر بعد از کمی‌تامل:

«چه لباس برازنده‌ای پوشیدی، خوب روحیه ات را مجسم می‌کند!»

«منوچ، تو راستی گمان کردی که آن عکس درست است؟»

«پس نه غلط است ... مال از ما بهتران است!»

«بتو گفته بودم که پارسال پسر خاله‌ام شیرینی مرا خورده بود.»

«اما لباست؟»

«چطور؟»

«همان لباس تافته‌ای که دو ماه پیش از لاله‌زار خریدی که رویش خال سـیاه دارد، توی عکس همان تنت است.»

«آخر یک چیزهائی هست، اگر تو می‌دانستی! من هیچ وقت جرات نکردم که برایت بگویم، ولی تصمیم گرفته بودم که پیش از عروسی‌مان بتو بگویم. آیـا می‌شود دو نفر با هم راست حرف بزنند؟»

«پس حالا اقرار می‌کنی که در تمام این مدت به من دروغ می‌گفتی؟»

«نه، می‌خواهم بگویم من همیشه فکر کرده‌ام. آیا ممکن است که دو نفر ولو دو دقیقه هم باشد صاف و پوست کنده همه احساسات و افکار خودشـان را به هم بگویند؟»

«گمان می‌کنم از پشت صورتک بهتر بشود راست گفت.»

«من از خودم می‌پرسیدم آیا حقیقتا تو مرا دوست داشتی یا نه؟»

«دوست داشتم ولی ... »

«درست است، اما در تمام این مدت آیا به من دروغ نمی‌گفتی، آیا مرا از ته دل دوست داشتی؟»

«تو برای من مظهر کس دیگری بودی، می‌دانی هیچ حقیقتی خارج از وجود خودمان نیست. در عشق این مطلب بهتر معلوم می‌شود، چون هر کسی با قوه تصور خودش کس دیگری را دوست دارد و این از قوه تصور خودش است که کیف می‌برد نه از زنی که جلو اوست و گمان می‌کند که او را دوست دارد. آن زن تصور نهانی خودمان است، یک موهوم است که با حقیقت خیلی فرق دارد.»

«من درست نفهمیدم.»

«می‌خواهم بگویم که تو برای من موهوم یک موهوم دیگر هستی، یعنی تو به کسی شباهت داری که او موهوم اول من بود. برایت گفته بودم که پیش از تو من ماگ را دوست داشتم.»

«همان دختری که توی دانسینگ با او آشنا شدی؟»

«خود اوست.»

«او را از من بیشتر دوست داشتی؟»

«ترا دوست داشتم چون شبیه او بودی. ترا می‌بوسیدم و در آغوش می‌کشیدم به خیال او. پیش خودم تصور می‌کردم که اوست و حالا هم با تو بهم زدم چون تو که نماینده موهوم من بودی یادگار آن موهوم را چرکین کردی.»

«مردها چه حسود و خودپسند هستند!»

«زن‌ها هم دروغگو و مزورند.»

«مگر من مال تو نبودم، مگر خودم را تسلیم تو نکردم؟ چرا به قول خودت به موهوم اهمیت می‌گذاری؟ دنیا دمدمی‌است، دو روز دیگر ماها خاک

می‌شویم. چرا سر حرف‌های پوچ وقت‌مان را تلف بکنیم؟ چیزی که می‌ماند همان خوشی است، وقت را باید غنیمت شمرد. با قیش پوچ است و بعد افسوس دارد.»

«افسوس ... افسوس ... که این حرف را از ته دل نمی‌زنی، شماها آن قدر هم استقلال روح ندارید، حرف‌های دیگران را مثل صفحه گرامافن تکرار می‌کنید.»

در این وقت دو نفر مرد که یکی لباس مستوفی‌های قدیم را پوشیده بود و دیگری لباس کردی در برداشت نزدیک آن‌ها شدند، همین که گذشتند خجسته گفت:

«با همه این حرف‌ها می‌دانی وقتمان تنگ است. از امشب زندگی من بکلی عوض شده، با خانواده‌ام بهم زده‌ام و دیگر هیچ چیز برایم اهمیت ندارد. می‌خواهی باور کن، می‌خواهی باور نکن، ولی برای آخرین بار اختیارم را می‌دهم به دستت. هر چه بگوئی خواهم کرد.

«یک مرتبه دوستیت را به من ثابت کردی کافی است. من توی این شهر انگشت‌نمای مردم شدم. از فردا باید با همین صورتک توی کوچه‌ها بگردم تا مرا نشناسند.»

«گفتم که حاضرم، همین الان، می‌خواهی برویم آن‌جا در ملکت، دور از شهر برای خودمان زندگی بکنیم. اصلا به شهر هم بر نمی‌گردیم!»

با حرارت مخصوصی این جمله را گفت، چون درین موقع پرده نقاشی که در خانه پدر بزرگش دیده بود جلو چشم او مجسم شد که جنگلی را نشان می‌داد با درختان انبوه، با یک تکه آسمان آبی که از لای شاخه‌ها پیدا بود. این پرده به نظر او خیلی شاعرانه بود، در خیال خودش مجسم کرد که

دست بچه‌ای را که شکل دهاتی‌هاست و گونه‌های سرخ دارد گرفته آن‌جا گردش می‌کند. و آن بچه‌ای است که بعد پیدا خواهد کرد. در صورتی که این پیشنهاد فکر انتقام منوچهر را آسان کرد، سرش را بلند کرد و گفت:

«همین الان می‌رویم.»

از جایشان بلند شدند. منوچهر جلو نوشگاه یک گیلاس ویسکی دیگر سرکشید. از پله‌ها که پائین می‌رفتند خجسته گفت:

«اگر همین‌طور با صورتک برویم بامزه است، من که صورتکم را بر نمی‌دارم.»

هر دو آن‌ها جلو اتومبیل جا گرفتند. اتومبیل بوق زد و راه افتاد. از کوچه‌های خلوت نمناک که گذشت تندتر کرد و بدون تامل از دروازه شمیران بیرون رفت. پشت آن چند بار سوت کشیدند؛ ولی اتومبیل در جاده مازندران جست می‌زد. اثر ویسکی، هوای بارانی و این پیش‌آمدها، خون را به سرعت در بدن منوچهر دوران می‌داد. مثل این بود که نیروی حیاتی او دو برابر شده و قوه مخصوصی در خودش حس می‌کرد. هوا تاریک و فقط یک نوار سفید جلو اتوموبیل روشن بود.

خجسته خودش را به منوچهر چسبانیده بود، می‌خندید و می‌گفت:

«کاشکی دفعه آخر یک تانگو با هم رقصیده بودیم!»

ولی منوچهر گوش به حرف او نمی‌داد، شانه‌هایش را بالا انداخت و به سرعت هر چه تمامتر اتوموبیل را می‌راند. خجسته خواست دوباره چیزی بگوید ، اما باد در دهن او پر شد. دره‌ها و تپه‌ها به طرز غریبی بزرگ می‌شدند و از جهت مخالف سیر اتوموبیل رد می‌شدند. ناگاه چراغ‌ها لغزیدند ، اتوموبیل دور خودش گردید و صدای غرش آهن ، فولاد و

شکستن شیشه در فضا پیچید و اتوموبیل در پرتگاه کنار جاده افتاد. بعد یک مرتبه صدا خاموش شد ، تنها شعله‌های آبی رنگ از روی شکسته آن بلند می‌شد.

صبح یک مشت گوشت سوخته و لش اتومبیل کنار جاده افتاده بود. کمی‌دورتر دو صورتک پهلوی هم بود ، یکی چاق و سرخ و دیگری زرد و لاغر به شکل چینی‌ها که به هم دهن کجی کرده بودند.

چنگال

سید احمد همین که وارد خانه شد، نگاه مظنونی به دور حیاط انداخت، بعــد با چوب دستی خودش به در قهوه‌ای رنگ اطاق روی آب انبار زد و آهـسته گفت:

«ربابه ... ربابه ...!»

در باز شد و دختر رنگ‌پریده‌ای هراسان بیرون آمد:

«داداشی تو هستی؟ بیا بالا.»

دست برادرش را گرفت و در اطاق تاریک کوچک که تا کمرکش دیوار نـم کشیده بود داخل شدند. سید احمد عصایش را کنار اطـاق گذاشـت و روی نمد کهنه گوشه اطاق نشست. ربابه هم جلو او نشست. ولی بر خلاف معمول ربابه اخم آلود و گرفته بود. سید احمد بعـد از آن کـه مـدتی خیـره بـه چشم‌های اشک آلود او نگاه کرد از روی بی‌میلی پرسید:

«ننجون کجاست؟»

ربابه با صدای نیم‌گرفته گفت:

«گور مرگش اون اطاق خوابیده.»

«خوابیده؟»

«آره ... امروز من آشپزخانه را جارو می‌زدم، چادرم گرفت به کاسه چینی، همانی که رویش گل‌های سرخ داشت، افتاد و شکست. اگر بدانی ننجون چه بسرم آورد ... گیس‌هایم رو گرفت مشت مشت کند ... هی سرم را به دیوار می‌زد، به ننم فحش می‌داد. می‌گفت آن ننه گور به گوریت، بابام هم اونجا وایساده بود می‌خندید ...

سید احمد خشمگین:«می‌خندید؟»

«هی خندید خندید ... می‌دونی حالش به هم خورده بود. همان جوری که یک ماه پیش شد، یک مرتبه دهنش کف کرد، کج شد. آن وقت پرید ننجون رو گرفت، آن قدر گلویش را فشار داد که چشم‌هایش از کاسه در آمده بود. اگر ماه سلطان نبود خفه‌اش کرده بود. حالا فهمیدم ننمون را چه جور کشت.»

چشم‌های سیداحمد با روشنایی سبزرنگی درخشید و پرسید: «کی گفته که ننجون رو این جور کشت؟»

«ماه سلطان بود که رفت سر نعش او و می‌گفت که گیس‌هایش را دور گردنش پیچیده بود. نمیدونی وقتی که دست‌هایش را انداخت بیخ گلوی ننجون ...»

سید احمد همین‌طور که به او نگاه می‌کرد، دست‌های خشک خودش را مثل برگ چنار بلند کرد، انگشت‌هایش باز شد و مانند این که بخواهد شخص خیالی را خفه بکند دست‌هایش را به هم قفل کرد.

ربابه که ملتفت او بود کمی‌خودش را کنار کشید و به او خیره نگاه کرد. سید احمد دوباره پرسید:

«مگر بابام امروز نرفت مسجد شاه؟»

«نه ... حالش خوب نبود، از همان بعد از ظهر پرت می‌گفت، از همان مسئله‌ها که تو مسجد برای مردم میگه: غسل، طهارت، از آن دنیا حرف می‌زد.»

«مبطلات روزه، حیض و نفاس.»

«آره ... از خودش می‌پرسید و به خودش جواب می‌داد. من به خیالم دیوانه شده ... یک چیزهائی می‌گفت که من خجالت می‌کشیدم ...»

بعد ربابه نزدیک تربه احمد شد، دست روی سر او کشید و گفت:

«پس کی فرار می‌کنیم؟ مگر نگفتی که عباس می‌گوید با یازده تومان و شش قران هم می‌شود یک گاو خرید؟ حالا ما یک لاغرش را می‌خریم. من هم رخت‌شوری می‌کنم، پول خودم را در می‌آورم. به بین هرچه زودتر فرار کنیم بهتره، من می‌ترسم!»

«بگذار هوا بهتر بشود. چند روز است که پام اذیتم می‌کند.»

«هوا که بهتر شد میریم. همچین نیست، داداشی؟ اقلا هر چه باشد از این‌جا بهتر است.»

بعد هر دو خاموش شدند.

احمد جوانی بود هژده ساله و بلند بالا. ابروهای پرپشت به هم پیوسته و چشم‌های براق و صورت عصبانی داشت و پشت لبش تازه سبز شده بود. ربابه پانزده ساله و گندم گون بود. ابروهای تنک، لب‌های برجسته سرخ، دست‌های کوچک و چانه باریک داشت، و بیشتر به مادرش رفته بود، در صورتی که سید احمد شبیه و نمونه پدرش بود. حتی نشان مرض خطرناک او در احمد آشکار شده بود.

سید جعفر، پدرشان، کارش معرکه گرفتن در مسجدشاه بود. مردم بی‌کار را دور خودش جمع می‌کرد و برایشان بطور سؤال و جواب مسائل فقهی و تکلیفی را بدون پرده و رودربایستی تشریح می‌کرد. به قدری در فن خودش مهارت داشت که در موقع فروش دعا یک عقرب سیاه را دست آموز و زهر او را خنثی کرده بود و با آن نمایش می‌داد. اگر چه در این اواخر کاسبیش خوب نمی‌چرخید، ولی به قدر خرج خانه‌اش در می‌آورد. پنج سال پیش یک شب که همه خوابیده بودند، مست وارد خانه شد و صبح صغرا زنش را خفه شده در اطاق او پیدا کردند. ولی هیچ کس کم‌ترین شک به سید جعفر نیاورد و همه گمان کردند که به علت ناخوشی مرده است.به غیر از ماه سلطان خواهر خوانده صغرا که سید جعفر را مسئول مرگ او می‌دانست. دو ماه بعد سید جعفر رقیه سلطان را به زنی گرفت.

رقیه سلطان بلای جان این دو بچه یتیم احمد و ربابه شد و از شکنجه و آزار آن‌ها به هیچ‌وجه کوتاهی نمی‌کرد. و چیزی که شگفت‌آور بود، به جای این که سید جعفر از بچه‌هایش میان جیگری بکند، برعکس در آزار آن‌ها با رقیه‌سلطان شرکت می‌نمود. چون سیدجعفر از آن مردهائی بود که سر جوانی این بچه‌ها را پیدا کرده بود، به‌امید این که گوینده لااله الا الله پس می‌اندازد، و دهن باز بی‌روزی نمی‌ماند و خدا بچه بدهد سرش را پوست هندوانه می‌گذاریم. اما حالا که آن‌ها را می‌دید تعجب می‌کرد چطور این بچه‌ها مال اوست و همه خیالش این بود که این دو تا نان‌خور زیادی را از سر خودش باز بکند و دل فارغ با رقیه خانه را خلوت بکند. از همان وقت سید احمد و ربابه خودشان را در خانه پدری بیگانه دیدند و زندگی برای‌شان تحمل‌ناپذیر شد، به همین جهت آن‌ها بیش از پیش به یک دیگر دلبستگی پیدا کردند. رقیه سلطان برای این که آن‌ها را از زندگی خودش جدا بکند

اطاق روی آب انبار را که نم ناک و تاریک بود برای آن‌ها اختصاص داد و از این رو دو ماه بود که احمد پا درد گرفته بود و با آن که چندین بار برایش دعا گرفتند رو به بهبودی نمی‌رفت. احمد روزها عصا زنان به دکان پینه دوزی می‌رفت و ربابه تمام روز کار خانه را می‌کرد، به عشق این که شب را با برادرش است که یگانه دل داری دهنده او به شمار می‌آمد. نزدیک غروب که احمد به خانه برمی‌گشت، اگر کاری به ربابه رجوع می‌شد او در انجام آن کار پیشی می‌گرفت. اگر ربابه گریه می‌کرد او نیز می‌گریست و هم‌چنین به عکس، و شب که می‌شد با هم کنج اطاق تاریک‌شان شام می‌خوردند و لحاف رویشان می‌کشیدند و مدتی با هم درد دل می‌کردند. ربابه از کارهای روزانه‌اش می‌گفت و احمد هم از کارهای خودش، به خصوص صحبت آن‌ها بیشتر در موضوع فرار بود. چون تصمیم گرفته بودند که از خانه پدرشان بگریزند.

کسی که فکر آن‌ها را قوت داد، عباس ارنگه‌ای رفیق احمد بود که روزها در بازار با او کار می‌کرد. و برایش شرح زندگی ارزان و فراوانی ارنگه را نقل کرده بود. به‌طوری این فکر در تصور احمد جای گرفته بود که خانه‌های دهاتی، زن‌های تنبان قرمز، کوه‌های سبز، چشمه‌های گوارا و زندگی تابستان و زمستان آن‌جا همان طوری که عباس برایش نقل کرده بود، جلو چشمش مجسم می‌شد، و به‌اندازه‌ای شیفته ارنگه شده بود که نقشه فرار خودش را به عباس گفت و عباس هم فکر او را تمجید کرد. بالاخره تصمیم گرفتند که هر سه آن‌ها به ارنگه رفته و زندگی تازه و آزادی برای خودشان تهیه کنند.

هر شب احمد نقشه فرارشان را برای ربابه تکرار می‌کرد که همیشه یک جور بود، و ربابه با چشم‌های ذوق زده فکر و هوش برادرش را تمجید می‌کرد. خیالات شگفت انگیز در مخیله ساده‌اش نقش می‌بست و چون تنها

مسافرتی که در عمرش کرده بود زیارت سید ملک خاتون بود، هر دفعه که حرف ارنگه به میان می‌آمد ربابه به یاد آن روز می‌افتاد که‌اش رشته بار گذاشته بودند، ننه‌اش زنده بود و او بس که دنبال تاجی دختر همسایه‌شان دوید زمین خورد و پیشانیش زخم شد. او گمان می‌کرد ارنگه هم شبیه سید ملک خاتون است و نیز به برادرش وعده می‌داد که از کار بازوی خودش هیچ دریغ نخواهد کرد و در مخارج کمک او خواهد شد. تاکنون احمد از مزد روزانه‌اش یازده تومان و شش هزار پس انداز کرده بود. اگر شش تومان و چهار قران بدست می‌آورد، می‌توانست یک گاو ماده و دو بز ماده بخرد. آن وقت می‌رفتند در خانه عباس، روزها آن‌ها زمین را کشت و درو می‌کردند، ربابه هم شیر می‌دوشید، ماست می‌بست. توت خشک می‌کرد و زمستان هم احمد پینه دوزی می‌نمود و سر دو سال به قول عباس می‌توانستند از دست رنج خودشان دارای زمین و خانه بشوند.

پائیز و زمستان و بهار گذشت. احمد به خیال فرار به‌اندوخته خود می‌افزود. ربابه هم هر چه خرده ریز گیرش می‌آمد به دقت می‌پیچید و در مجری کهنه‌اش می‌گذاشت، تا در موقع فرار همراه خودشان ببرند و شب‌ها وقتی که توی رخت‌خواب می‌رفتند به جز حرف ارنگه و ترتیب فرار چیز دیگر در میان نبود. ولی پیش‌آمد دیگری رخ داد و آن این بود که یک روز مشدی‌غلام علاف سرگذر که ربابه را دیده بود مادرش را به خواستگاری ربابه فرستاد. معلوم بود سید جعفر و رقیه سلطان هر دو به این امر راضی بودند. اما این پیش آمد تاثیر بدی در اخلاق احمد کرد. چون اگر برای خاطر خواهرش نبود، او دو سال پیش فرار کرده بود. ربابه که به این مطلب پی‌برده بود، برای این که به احمد نشان بدهد که مشدی‌غلام را دوست ندارد، نسبت به او بیشتر ابراز محبت می‌کرد، به‌طوری که احمد خسته

می‌شد و چیز دیگری که احمد را تهدید می‌کرد، پا درد بود کـه سـخت‌تـر شده بود و از این جهت پیوسته غمگین و خاموش بود.

یکی از روزهای زیارتی که سید جعفر و رقیه سلطان به شاه عبدالعظیم رفته بودند و قرار بود که شب را در آن‌جـا بماننـد ربابه از غیبـت زن پـدرش خوشحال‌تر از همیشه بود، حتی کمی به خودآرائی پرداختـه و از سـفیدآب تبریز زن پدرش که چندی پیش کش رفته بود به صورتش مالیده بود، ولی سید احمد درین روز دیرتر از معمول به خانه آمد. هر چند بـزک ربابـه در نظر احمد به طرز دیگری جلوه کرد، ولی این فکر دردناک برایش آمد کـه ربابه حالا خودش را آزاد و زن مشدی غلام می‌داند و تا کنون هم بـه بهانـه فرار او را گول زده، از نقشه فرار خودش را منصرف کرد و حالا کـه شـوهر برایش پیدا شده ماندگار خواهد بود. همین که ربابه برادرش را دیـد جلـو دوید و گفت:

«من دلواپس بودم، دلم مثل سیر و سرکه مـی‌جوشـید. چـرا امـشب دیـر کردی؟»

«با عباس بودم.»

«داداشی، امشب نمی‌یایند.»

«من می‌دانم.»

«چی خوردی دهنت بو می‌دهد؟ چرا چـشم‌هایـت ایـن طـور شـده؟ مگـر ناخوشی؟»

«نه، شراب خوردم ... عباس زورکی به من شراب داد.»

«دوا خوردی؟»

«چه کار بکنم با این پای علیل!»

«مگر پای معرکه بابام نشنیدی برای شراب چه چیزهائی می‌گفت؟»

«کاسبیش بوده. تو خودت گفتی، از قول ماه سلطان گفتی که همان شب که
ننمون را خفه کرد مست بوده. می‌دانی این حرف‌هائی کـه مـی‌زنـد بـرای
کاسبیش است. اگر از دکان همسایه کفش گاومیش خوب بخرند من هـزار
عیب رویش می‌گذارم تا جنس دکان خودمان را بفروشم. اما کاسبی کـردن
با راست گفتن دو تا است.»

«شاید حکیم بهش داده.»

«حکیم چرا به من نمی‌دهد؟ من که جوانم، حالم بـدتر از اوسـت، او شـصت
سال دارد. همه کیف‌ها را کرده، همه بامبول‌ها را زده، میفهمـی؟ آن وقت
ارث پادردش را به من داده. اگر شراب بـرای پـادرد خوبـست، چـرا مـن
نخورم؟ دروغ است. همه این حرف‌ها دروغ است.»

«مگر نمی‌رویم النگه؟»

«چرا شراب نخورم؟ با این حالم، من نمی‌توانم تکان بخورم، هر دفعه بـدتر
می‌شود. دو روز دیگر هم تو می‌روی خانه غلام. من تنها می‌مـانم، تـوی ایـن
خانه جانم به لبم رسید. عصرها که بر می‌گردم، مثل این است کـه بـا چمـاق
مرا می‌آورند. می‌خواهم بروم، بروم سـر بگـذارم بـه بیابـان. چـرا شـراب
نخورم؟»

بعد یک مرتبه مابین آن‌ها سکوت شد. چند دقیقه بعد شام خوردند و کنار
حوض در رخت‌خواب‌شان خوابیدند.

ربابه سر دماغ بود، تخمه می‌شکست و می‌خواند:

«میخوام برم النگه»

«یه پای خرم میلنگه»

قه قه می‌خندید، اما احمد متفکر و گرفته بود و پیش خود گمان کرد که ربابه به او طعنه می‌زند.

ربابه دوباره گفت:

«امشب ما تنها هستیم. النگه که رفتیم هر روز همین‌طور است. نَنجون نیست، ما با هم هستیم، همچین نیست احمد؟»

در جواب او احمد به زور لبخند زد، ربابه گمان کرد برای پادردش است. باز گفت:

«میدونی، فرار که کردیم، اون جا تو النگه من از تو پرستاری می‌کنم. پات خوب میشه. مگر ماه سلطان نگفت از باد است. باید چیزهای حرارتی بخوری. حالا مبادا وقت بزنگاه پات درد بگیره، نتوانیم برویم؟»

«نه، پام عیبی نداره - اما بتوچه، تو که شوهر می‌کنی!»

«به جدم که نه، هرگز من زن مشدی غلام نمیشم، باتو میام.»

مهتاب بالا آمده بود. ستاره‌های کوچک از ته آسمان سوسو می‌زدند. ربابه آزادانه صحبت می‌کرد و می‌خندید و گونه‌هایش گلگون شده بود. احمد هیچ وقت این صورت مهیج را در ربابه سراغ نداشت و با تعجب به او نگاه می‌کرد.

احمد با لحن تمسخرآمیز پرسید:

«از مشدی غلام چه خبر؟»

«مرده شور ریختش را ببرند، الهی تنه‌اش زیر گل برود!»

«نه، تو خودت او را می‌خواهی.»

«بجدم که نه، من به جز تو کسی را دوست ندارم.»

«دروغ می‌گوئی!»

«والله دروغ نمی‌گویم، هر آنی که راه بیفتی من هم با تو میایم.»

«هفته دیگر ... نه، پس فردا می‌رویم.»

«با این پا ... !»

«هان ... هان ... دیدی که من فهمیدم..؟ از همان اول فهمیده بودم، تو مـرا مسخره کردی. مسخره تو شدم.»

«تو به خیالت که من دروغ می‌گویم. بیا همین الان برویم.»

«هان ... اما تو آن‌جا هم می‌خواهی شوهر بکنی. توی النگه مردهـای پـرزور، جوان و سرخ و سفید دارد. تو می‌خواهی ...»

«راستی من عباس را ندیده‌ام.»

در این وقت احمد گونه‌هاش گل انداخته بود، به دشواری نفس می‌کـشید، انگشت‌هایش می‌لرزید و دهنش خشک شده بود. ربابه که ملتفت او نبـود دنبال حرفش را گرفت.

«به جدم قسم اگر من زن مشدی غلام بشوم. آخر مگر نبایـد بگـویم بلـه؟ نمی‌گویم ... وانگهی او پیر و زشت است. ماه سـلطان گفـت دوتـا زن دارد، من او را نمی‌خواهم. با تو می‌آیم ... حالا النگه خیلی دور است؟»

«نه، پشت کوه است. وانگهی ما با مال می‌رویم.»

«آن کوه‌های کبود که از روی پشت باممان پیداست ... می‌دونم، رویش برف است، من یخ ماست هم بلدم ... زن‌های اون جا چطورند، هان ... ایلیاتی هستند. من یادم است، ننه نادعلی گاهی می‌آمد خانه مان، یادت هست؟ وقتی که ننه‌ام زنده بودها، اون هم مال دهات بود. از توی کوه صحبت می‌کرد، داداشی، بگو به بینم گاو که خریدیم من که بلد نیستم بدوشم.»

احمد به او خیره نگاه می‌کرد. ربابه باز گفت:

«من ارسی نوهایم را با یک النگو که ننم به من داده بود، رویش سه تا نگین دارد، آن‌ها را هم پیچیده‌ام. زمستان‌ها تو ارسی می‌دوزی، همچین نیست!»

احمد با سر اشاره کرد آری.

«تو زن دهاتی هم می‌گیری؟»

احمد به طرز مخصوصی به او خیره می‌نگریست، ربابه این تغییر حالت او را حس کرده بود، ولی از روی لجاجت می‌خواست او را به حرف بیاورد، غلت زد و شروع کرد به خواندن:

«منم، منم، بلبل سرگشته،
«از کوه و کمر برگشته،
«مادر نابکار، مرا کشته،
«پدر نامرد، مرا خورده.
«خواهر دلسوز:-
«استخوآن‌های مرا باهفتا گلاب شسه،
«زیر درخت گل چال کرده،
«منم شدم یه بلبل:

«پرپر»

این همان ترانه‌ای بود که سال پیش در اطاق روی آب انبار با هم می‌خواندند، ولی امشب جور دیگر به نظر احمد آمد و او را بیشتر عصبانی کرد. مثل این بود که می‌خواست به او بفهماند که من شوهر می‌کنم و می‌روم. اما تو زمین گیر می‌شوی و نقشه فرارمان به هم می‌خورد.

ربابه دوباره در رخت‌خواب غلت زد، برگشت و گفت:

«امشب هوا خنک است دستت را بده به من.»

دست احمد را گرفت، روی گردن خود گذاشت، ولی انگشت‌های سرد احمد مثل ماری که در مجاورت گرما جان بگیرد، به لرزه افتاد. در این وقت جلو چشمش تاریک شده بود، تند نفس می‌کشید، شقیقه‌هایش داغ شده بود، دست راستش را بدون اراده بلند کرد و گردن ربابه را محکم گرفت، ربابه گفت:

«می‌ترسم، مرا این جور نگاه نکن.»

چشم‌هایش را به هم فشار داد و زیر لب دوباره گفت:

«اوه ... چشم‌ها ... شکل بابا شدی ... !»

باقی حرف در دهنش ماند، چون دست‌های احمد با تردستی و چالاکی مخصوصی دو رشته گیس بافته ربابه را گرفت و به دور گردنش پیچانید و به سختی فشار داد. ربابه فریاد کشید؛ ولی احمد گلویش را گرفت و سر او را به سنگ حوض زد. کف خون آلودی از دهنش بیرون آمد و بی‌حس روی زانوی او افتاد. بعد احمد بلند شد، چند قدم بی‌کمک عصا راه رفت، سپس مثل این که همه قوای او به کار رفته بود دوباره به زمین خورد.

صبح مرده هردو آن‌ها را در حیاط پهلوی حوض پیدا کردند.

گجسته‌دژ

قصر ماکان بزرگ و محکم دارای سه حصار و هفت بارو بود کــه از آهـک و ساروج ساخته بودند، و در کمرکش کوه نزدیک آسی ویــشه جلــو آســمان لاجوردی سر برافراشته بود.

دویست سال پیش این‌جا آباد و پر از ساختمان و خانه بود. در آن زمان هــر روز طرف عصر ماکان کاکویه با پیشانی بلند و سینه فراخ در ایوان قصر و یا در باروی چپ آن کشیک می‌کشید تا دخـتـری کــه در رودخانه خـودش را می‌شست به‌بیند، و بالاخره همان دخترک سبب جوان‌مرگی ماکان گردیــد. ولی از آن پس همه نیروهای ویران کننده طبیعت و آدم‌هـا بـرای خـراب کردن آن دست به یک دیگر داده بودنـد. سبزه‌هـای دیمی کــه از پـای دیوارهای نم‌ناک و جرزهای شکسته روئیده بود، از اطراف خرده خـرده آن را می‌خورد و فشار مـی‌داد، طـاق‌هـا شکسـت برداشـته بـود و ستون‌هـا فروریخته بود. خاموشی سنگینی روی این ملک و کشت‌زارهـای دور آن فرمان‌روائی داشت - چون پس از تسلط پسران سام همه زمین‌ها خـراب و بایر مانده بود. جلو قصر یک رودخانه کوچک مانند نوار سیمین زمزمه کنان از میان چمن زمردگون ماروار می‌گذشت و آهسته ناپدید می‌گردید.

این کوشک ویران را مــردم ده گجـسته‌دژ مـی‌نامیدنـد و آن را بدشگون می‌دانستند. اما کسی نمی‌دانست به وسیله چه افسونی بـه جـای آن همـه

۲۰۳

شکوه پیشین یک مرد لاغر پیر، دارای چشم‌های درخشان، در باروی چپ این قصر منزل گزیده بود. این مرد را خشتون می‌نامیدند و از برج خارج نمی‌شد مگر غروب آفتاب. وقتی که دهکده پائین قصر غرق در تاریکی می‌شد، آن وقت خشتون خودش را در لباده سیاهی می‌پیچید، از باروی چپ قصر بیرون می‌آمد و روی تپه‌ای که مشرف به قصر بود آهسته گردش می‌کرد و یا چوب خشک جمع می‌نمود.

آیا او دیوانه یا عاقل، توانگر و یا تنگ دست بود؟ این را کسی نمی‌دانست، تنها اهالی ده از نگاهش پرهیز می‌کردند، و چیزی که بر هراس مردم ده افزوده بود وجود یک دختربچه بود که هر روز عصر می‌آمد و جلو قصر در رودخانه آب تنی می‌کرد.

*

یک روز تنگ عصر که هوا ملایم و طبیعت آرام بود، و یک دسته کبوتر روی آسمان چرخ می‌زدند، روشنک به عادت معمول در رودخانه جلو قصر خودش را می‌شست. ناگاه دید آدمی‌شبیه رهبانان که ریش بلند خاکستری و بینی برگشته داشت و خودش را در لباده سیاهی پیچیده بود به او نزدیک شد. دختر هراسان پیراهن خود را برداشت و روی سینه‌اش را پوشانید، آن مرد آهسته جلو آمد و با لبخند گفت:

«دختر جان، این‌جا چه می‌کنی؟»

روشنک که مشغول پوشیدن لباسش بود گفت:

«خودم را می‌شویم.»

«دخترجان، بیهوده مترس! من به جای پدرت هستم.»

«پدر من خیلی وقت است که رفته، من خیلی کوچک بودم که رفت، درست یادم نیست ولی ریش سیاه داشت، مرا می‌بوسید و روی زانویش می‌نشاند.»

«افسوس، من هم دخترکی داشتم!»

«شما همان جادوگر گجسته‌دژ هستید؟»

«این اسمی‌است که مردم رویم گذاشته‌اند.»

«مردم پشت سر من و مادرم بدگوئی می‌کنند، چون می‌بینند که تنها آب‌تنی می‌کنم، می‌گویند که دختر نباید تنها...»

«این مردم ده را می‌گوئی؟ بیچاره‌ها ... از جانوران هم کم‌ترند. آن‌چه که آن‌ها را اداره می‌کند، اول شکم و بعد شهوت است. با یک مشت غضب و یک مشت باید و نباید که کور کورانه به گوش آن‌ها خوانده‌اند.»

«ولی من نمی‌توانم از آب چشم بپوشم، من برای آب می‌میرم. وقتی که شنا می‌کنم مثل این است که همه پرندگان، همه طبیعت بامن گفتگو می‌کنند؛ دلم می‌خواست همه روزهایم را جلو دریا باشم، زمزمه آب با من حرف می‌زند، مرا می‌خواند و به سوی خودش می‌کشاند، شاید من بایستی ماهی شده باشم.

«آدمیزاد جهان کمین است. ما مختصر همه جانورانیم، همه احساسات آن‌ها در ما هست و بعضی از آن‌ها در ما غلبه دارد. باید آن را کشت.»

«برای این که ماهی را بکشم، باید خودم را بکشم. چون از دریا و از آب که دور می‌شوم مثل این است که یک تکه از هستی من آن‌جا در خیز آب دریا موج می‌زند و اندوه بی‌پایان مرا می‌گیرد.»

«ولی تو آن قدر جوان و بچه هستی! گوشه نشینی برای پیران است، وقتی که از کار و جنبش می‌افتند.»

«دلم می‌خواست یک ماهی می‌شدم و شنا می‌کردم، همیشه شنا می‌کردم.»

«پدربزرگ من هم همین وسواس را داشت و آخرش غرق شد.»

«چه مرگ قشنگی! آدم بمیرد: آن هم در آب ...»

«نه، او کاملا نمرده ... چون آن‌چه که بقای روح می‌گویند حقیقــت دارد. بــه این معنی که روح و یا خاصیت‌هائی از آن در بچه اشخاص حلول مــی‌کنــد. و پدر بزرگ من بچه داشت، پس بکلی نمرده است. ولــی روح شخصــی هــر کسی با تنش می‌میرد، چون محتاج به خوراک است و بعد از تن نمــی‌توانــد زنده بماند. این دریچه‌ایست که عادات و اخلاق و وسواس و ناخوشــی‌هــای پدر و مادر را به بچه انتقال می‌دهد.»

«پس پدر شما هم طلا درست می‌کرد؟»

«نه، او جستجو می‌کرد، همه مردم معمولی آن را جستجو می‌کنند، ولی به چه درد می‌خورد؟»

«پس شما طلا را درست کرده اید؟»

«بر فرض هم که طلا را پیدا کردم، به چه دردم خواهد خورد؟ هفــت ســال است که شب‌ها روی زمین نم‌ناک بی‌خوابی می‌کشم، توی کتاب‌هــا اســرار پیشینیان را جستجو می‌کنم، رمزها را می‌خوانم و در چنگال آهنین افسوس‌ها خرد شده‌ام. عمرم آفتاب لب بام است و شب‌هایم سفید است، آن چه که اکسیر اعظم می‌گویند در تواست، در لبخند افسون‌گر تست نه در دســت جادوگر.»

«تاکنون کسی بامن این جور حرف نزده، همه مردم بـه مـن خـل و دیوانـه می‌گویند.»

«چون زبان ترا نمی‌فهمند، چون تو نزدیک‌تر به طبیعت هستی و با زبان گنگ آن آشنائی.»

«راست است که من بچه‌ام، ولی زندگیم آن قدر غم ناک است. بـه نظـرم گاهی حرف‌های شما را درست نمـی‌فهمـم، آن‌هـا لغزنـده هـستند، ولـی می‌خواستم خیلی پیش شما بمانم و به حرف‌هایتان گوش بدهم. امـا مـادرم تنهاست و همه مردم ده از او بدشان می‌آید. من هم تنها هـستم، آن قـدر تنها هستم.»

ما همه‌مان تنهائیم، نباید گول خورد، زندگی یک زندان اسـت، زندان‌هـای گوناگون. ولی بعضی‌ها به دیوار زندان صورت می‌کشند و با آن خودشـان را سرگرم می‌کنند. بعضی‌ها می‌خواهند فرار بکنند، دستشان را بیهـوده زخـم می‌کنند، و بعضی‌ها هم ماتم می‌گیرند. ولی اصل کـار ایـن اسـت کـه بایـد خودمان را گول بزنیم، همیشه باید خودمان را گول بزنیم، ولی وقتی مـی‌آیـد که آدم از گول زدن خودش هم خسته می‌شود ... به نظرم امروز زبان در اختیارم نیست، چون سال‌هاست که به‌جز با خودم با کس دیگر حرف نزده‌ام و حالا حرارت تازه‌ای در خودم حس می‌کنم.»

روشنک با تعجب گفت:

«آه، مادر جانم آمد!»

در این وقت زن بلند بالائی که چادر سفید به سر داشت، آهـسته نزدیـک شد، نگاهش را به خشتون دوخته بود. همین که جلـو آمـد چنـد دقیقـه در چشم‌های یک دیگر نگاه کردند، ولی زن روی سبزه‌ها به حالت غـش افتـاد.

دختر که امخته به این بحران بود هراسان دوید، سر مـادر را روی زانـویش گذاشت و نوازش می‌کرد.

خشتون نزدیک رفت و با انگشت پیشانی او را لمس کرد. زن به حـال آمـد، بلند شد و نشست.

خشتون دور می‌شد، در صورتی که نگاه پر از تحسین دختر دنبال او بود.

*

راجع به این زن و مرد حکایت‌های شگفت‌آوری سـر زبـان مـردم ده بـود. می‌گفتند که این مرد اسمش خشتون نیـست و ملاشـمعون یـهـودی اسـت، هفت سال پیش با یک نفر درویش وارد دیلبر شـدند و بعـد در خرابـه گجسته‌دژ جای گزیدند. رفیق ملا شمعون پس از چندی نابود شـد و کـسی نمی‌دانست چه به سرش آمده. حالت و وضع خشتون این مـسئله را تاییـد می‌کرد، بعضی می‌گفتند که او ریاضت‌کش است، روزی یک بادام می‌خورد و با ارواح و جن‌ها آمیزش دارد. برخی معتقد بودند که از کوه دماوند کبریت احمر آورده و مشغول ساختن کیمیاست، رفیقش را کـشته و از روی کتـاب جفر و طلسمات او کار می‌کند. دسته‌ای می‌گفتند که در آن بارو گـنج پیـدا کرده و دو تا دختر که در ده گم شده بودند کار او مـی‌دانستند و معتقـد بودند که هر کس در چشم‌های او نگاه بکند افسون خواهد شد. عده دیگـر می‌گفتند که تمام روز را نماز می‌خواند و طاعت مـی‌کنـد. یـک نفـر قـسم می‌خورد که به چشم خودش دیده که ملاشمعون کلـه مـرده از قبرستان دزدیده است. و هر وقت نزدیک غروب سر و کله خشتون از پـشت تپـه نمایان می‌شد مردم ده بسم الله می‌گفتند. ولی چیزی که نمی‌شد انکار کـرد این بود که چه زمستان و چه تابستان از دودکش باروی چپ قـصر پیوسـته دود آبی رنگی بیرون می‌آمد. چهارماه بود که روشنک و مادرش خورشیـد،

۲۰۸

در این ده آمده بودند و در خانه خودشان نزدیک گجسته‌دژ منـزل کـرده بودند. این خانه سال‌ها بود که خالی و مردود مانده بود. چـون یـازده سـال پیش پدر خورشید به واسطه شهرت بدی مجبور شد که خانه‌اش را تـرک بکند. زیرا می‌گفتند که این خانه را جن‌ها سنگ‌ساران کرده‌اند، در صـورتی که همسایه آن‌ها این کار را کرده بود تا خانه را به قیمـت ارزان بخـرد و بالاخره معامله‌شان نشد. ولی این خانه بدنام مانـد، و شـاید مـردم ده بـه مناسبت مجاورت با این خانه به قصر ماکان گجسته‌دژ لقب داده بودند.

هشت سال بود که شوهر خورشید به طرز مرموزی گم شده بود. چون بـه او تهمت زده بودند که جهود است. بعد هم از او کاغذی بـه ایـن مـضمون رسید که ترا ترک کردم ولی امیدوارم روزی که بر می‌گـردم خـودم را بـه همه بشناسانم. خورشید بعد از آن که چهارسال در خانه پدرش بود ناخوش سخت شد، ساعت‌های دراز درغش بود و بعد ازین ناخوشی هـر شـب در خواب بلند می‌شد و راه می‌افتاد و بعد بر می‌گـشت و دوبـاره مـی‌خوابیـد. امسال که پدرش مرد این خانه پرت را در این ده سهم ارث او دادند. او هم با ماهیانه کمی‌که داشت آمده بود در این‌جا زندگی می‌کـرد. ولـی از یـک طرف شهرت بداین خانه و از طرف دیگر حالت مرموز خورشید که شب‌هـا در خواب گردش می‌کرد همه اهل ده را بدگمان کرده بود به‌طوری که ایـن مادر و دختر را هم دست خشتون می‌دانستند.

٭

پس از ملاقات خشتون با مـادر روشـنک در همـان شـب وقتـی کـه همـه جنبندگان خاموش شدند و دهکده پائین قـصر در خـواب غوطـه‌ور شـد، خورشید به عادت هر شب از توی رخت‌خواب بلند شد، با چشم‌های بـسته آهسته سر بالین دخترش رفت، به دقت نفس کشیدن مرتـب او را گـوش

داد، سپس چادر سفیدی به سرش پیچید و با گام‌های شمـرده از خانـه‌اش بیرون آمد. ولی خط سیر او امشب عوض شد، پس از کمی تردید راه باریک و خطرناکی که به گجسته‌دژ می‌رفت در پیش گرفت.

جلو باروی چپ قصر کمی‌تامل کرد ولی بعـد در چـوبی را پـس زد و داخـل دالان تاریکی شده آن را پیمود، در دیگری را طرف دست راست باز کرد و از پنج پله نم‌ناک پائین رفت و در سردابه‌ای وارد شد که هوای آن‌جا سنگین و نم‌ناک بود. پیسوز کـوچکی میـان آن مـی‌سـوخت، خورشـید کنـار اطـاق ایستاده، دست‌هایش را روی هم گذاشت و سرش را پـائین انـداخت، ولـی صورت استخوانی و پای چشم‌های کبود او جلـوی روشـنائی کـوره ترسـناک می‌نمود.

خشتون کوچک و لاغر، با ریش بلند و لب‌های نازک و پیشانی چـین خـورده، جلو کوره نشسته بود. با وجود حرارت آن لباده چرکی بـه خـودش پیچیـده بود. و چشم‌هایش به بوته‌ای که روی آتش بـود خیـره شـده بـود، دسـت راست را با انگشتان بلند روی زانویش گذاشته بود. با وضع اسرار آمیز ایـن مرد، اطاق غار مانند او شمشیر زنگ زده‌ای که به دیوار آویزان بود، شیشه وقرع و انبیق، بوی دوائی که در هوا پراکنده بود، همه ایـن‌ها بـا فقـر او جـور می‌آمد، به‌طوری که انسان از روی ناامیدی از خودش مـی‌پرسـید آیا چـه فکری در پشت پیشانی این مرد که گردن لاغر و کله بزرگ و استخوان‌بندی برجسته دارد پرواز می‌کند؟

چند دقیقه در خاموشی گذشت بدون این که خشتون رویش را برگرداند و به میهمان تازه وارد نگاه بکند. سپس بلند شد، آهسته جلـو زن رفـت و بـا لحن آمرانه گفت:

«هان می‌دانستم ... امشب دست خالی آمدی، او را نیاوردی! اما فرداشب از چنگ من جان بدر نمی‌بری، فردا شب همین‌طور که دخترت خوابیده بغلش می‌زنی، مبادا بیدار بشود! به دقت او را در پتو می‌پیچی می‌آوری این‌جا ... گفتم که نباید بیدار بشود، خوب می‌شنوی؟ ... اگر در راه تکان خورد، می‌ایستی تا دوباره بخوابد، آن وقت او را می‌آوری توی همین اطاق می‌دهی بدست من ... خوب می‌شنوی، هان؟»

سر خورشید پائین‌تر افتاده بود، به دشواری نفس می‌کشید و چکه‌های عرق از روی شقیقه‌هایش سرازیر شده بود. خشتون کمی‌تامل کرد و دوباره گفت:

«آیا خوب می‌شنوی چه می‌گویم؟ فردا شب او را می‌آوری. حالا فهمیدی؟»

زن با صدای خراشیده گفت:

«آری ... »

«برو، از همان راهی که آمدی بر می‌گردی. اما فردا شب یادت نمی‌رود، دخترت را می‌آوری ... او را می‌آوری این‌جا به دست من می‌سپاری.»

خورشید کمی‌تامل کرد، بعد با گام‌های شمرده از در بیرون رفت.

در این ساعت چشم‌های خشتون با پرتو ناخوشی می‌درخشید.روی لب‌های نازکش لبخند تمسخرآمیزی نقش بست، نزدیک کوره رفت و مایع سبز مایل به زنگاری را که در بوته بود نگاه کرد، برگشت به میان سردابه، دست‌های استخوانیش را تکان می‌داد و دیوانه وار می‌گفت:

«فردا شب سه قطره خون به اکسیر من، به نطفه طلا روح می‌دمد. سه قطره خون دختر باکره فردا شب ...! استادانم همه خون جگر خوردند و به

مقصود نرسیدند. آخری آن‌ها به دست خودم کـشته شـد و همـه اسـرار جادوگران مصر و کلده و آشور برای من ماند ... مـن نتیجه دست رنج آن‌ها را خواهم برد ... هفت سال است که مانند مردگان بسر مـی‌بـرم، از همـه خوشی‌ها چشم پوشیدم، زن و بچه‌ام را ترک کـردم، زیرزمین مدفون شـدم ... اما فردا ... نه، پس فردا از زیر زمین بیرون می‌آیم و همه خوشـی‌هـای روی زمین از آن من خواهد بود ... همه این مردمی که از مـن بیـزارنـد بـه خاک پایم می‌افتند. آرزو می‌کنند که به آن‌ها فحش بدهم، دامـن قبـایم را می‌بوسند ... پول ... پول ... (قهقهه خنده) ... طـلا پیـشم از خاکـستر هـم پست‌تر می‌شود. همه مرا عقل کل می‌پندارند، اسمم سر زبان‌هاست ... پول، کیف، زن، زمین و آسمان و خداها همه زیر نگینم خواهنـد آمـد. فـردا شب همه این‌ها با سه چکه خون، سه قطره از آخرین خون ... تن آن دختر ... آری، چرا به دست من کشته نشود؟ چرا قربانی اکسیر اعظم نـشود؟ البتـه بهتر است از این که قربانی شهوت‌رانی این مردم معمـولی بـشود کـه بـه موشکافی روح او پی نمی‌برند ... ولی جسم او که روح ندارد در اختیـار مـن می‌ماند، مال من است ... (قهقهه خنده) طلا ... چه فلز نجیبـی اسـت، چـه رنگ دلکش و چه صدای مطبوعی دارد. چه طلسمی‌است که دنیا و آخرت و همه افسانه‌های بشر دست به سینه دور آن می‌گردند! ... طلا ... طلا ... !»

صدای او در سیاه چال پیچید، ناگهان جلو کوره ایستاده خفه شد و چشمش را به مایع سبز مایل به زنگاری دوخت و دوباره همان حالت بدبخت فلـک‌زده را به خود گرفت و کنار کوره خزید.

٭

روز بعد همهٔ وقت خشتون صرف درست کردن یک تخت چوبی دراز شـد که جلو کوره آتش پایه‌های آن را به زمـین کوبیـد و پارچـه سـفید روی آن

کشید. به اولین نگاه تغییرات زیاد در وضع غار دیده می‌شد: قرع و انبیق با شیشه‌های گوناگون دور او بود. جلو پیسوز ورق کتاب خطی باز بود که رویش خطوط هندسی کشیده شده بود و علامت‌هائی به خط قرمز رویش بود. شمشیر زنگ زده‌ای کنج اطاق در دسترس خودش گذاشته بود و روی مایع سبز مایل به زنگاری ته بوته بخار سفیدی موج می‌زد که طرف توجه خشتون بود و هر دقیقه با بی‌تابی برمی‌گشت و به در نگاه می‌کرد.

به همان ساعت شب پیش در باز شده و خورشید که چیز سفید پیچیده‌ای را در بغل گرفته بود وارد شد، خشتون همین که او را دید، بلند شد جلو رفت و با لحن آمرانه‌ای گفت:

«می‌دانستم که او را می‌آوری. بده من، حالا آزادی، اما مبادا به کسی بروز بدهی؟ تا دو روز دیگر تو نمی‌توانی حرف بزنی، حالا بده به من.»

آن سفید پیچیده را از دست زن گرفت، برد روی تخت چوبی جلو کوره گذاشت، سر خورشید روی سینه‌اش خم شده بود، عرق می‌ریخت، بعد با گام‌های شمرده از در بیرون رفت.

ولی مثل این که دقیقه‌های خشتون قیمتی بود. با شتاب سفید را پس زد و صورت روشنک با موهای ژولیده و مژه‌های بلند از زیر آن بیرون آمد که چشم‌هایش بسته بود و آهسته نفس می‌کشید. خشتون سرش را نزدیک او برد، نفس مرتب او را گوش داد. بچه عرق می‌ریخت. بعد خشتون شمشیر را از گوشه اطاق برداشت، چیزی‌زیر لب خواند و با نوک شمشیر روی زمین، دور تخت را خط کشید و خودش بالای سر دختر در خیط ایستاد. از روی ورق کتابی جلو روشنائی پیسوز شروع کرد به خواندن عزایم. بعد از آن که تمام شد دست‌ها و پاهای روشنک را محکم به نیمکت بست، شمشیر را برداشت و به یک ضربت سر آن را در گلوی روشنک فرو برد. خون از

گلویش فوران کرد و بسر و روی خشتون پاشیده شد. او با آستین لبادهاش صورت خود را پاک کرد. دوباره به زبان مرموزی شروع کرد به دعا خواندن. جلو روشنائی کوره با صورت خون آلود، چشمهائی که بیاندازه باز شده بود و ریش زیر چانهاش که تکان میخورد، به شکل مرموزی در آمده بود.درین بین روشنک تکان سختی خورد و سرش از تخت آویزان شد. خشتون از کنار تخت شیشه دهن گشادی را برداشت که مانند قیف ته آن باریک میشد و زیر گلوی او نگه داشت. دختر دوباره تکان سختتری خورد و گردنش کج شد. خشتون سر خون آلود او را گرفت برگردانید، ولی در این وقت چکههای خون به ندرت از گلویش میچکید و خشتون به دقت هر چه تمامتر آنها را در شیشههای متعدد میگرفت. شیشه دیگری برداشت، گلوی دختر را فشار داد، بعد پیسوز را بلند کرد و نزدیک برد و سه قطره از آخرین چکههای خون تن او در شیشه چکید. ولی جلو روشنائی لرزان پیسوز لکه ماه گرفته روی پیشانی روشنک را دید و دخترش را شناخت.

همین که دختر خودش را شناخت هراسان پیسوز را پرت کرد که به زمین افتاد و خاموش شد و شیشهای را که در دست داشت بلند کرد و فریاد کشید:

«کیمیا ... کیمیا ... سه قطره خون ... خون دخترم ... خون روشنک.»

بعد شیشه را چنان فشار داد که در دستش شکست و خردههای آن را به طرف بوته پرتاب کرد: بوته از روی سهپایه برگشت، مایع زنگاری آن روی زمین پخش شد و آتش شعله زد.

❋

تا صبح مردم ده هلهله کنان تماشای دود و آتش را میکردند که از گجسته دژ زبانه میکشید.

مردی که نفسش را کشت

«نفس اژدرهاست او کی مرده است.
از غـــم بی‌آلتی افسـرده است.»
مولوی

میرزا حسینعلی هر روز صبح سر ساعت معین، با سرداری سیاه، دگمه‌هـای انداخته، شلوار اتو زده و کفش مشکی براق گام‌های مرتب بر می‌داشت و از یکی از کوچه‌های طرف سرچشمه بیرون می‌آمد، از جلو مــسجد سپهــسالار می‌گذشت، از کوچه صفی علیشاه پیچ می‌خورد و به مدرسه می‌رفت.

در میان راه اطراف خودش را نگاه نمی‌کرد. مثل این که فکر او متوجـه چیـز مخصوصی بود. قیافه‌ای نجیب و باوقار، چشم‌های کوچک، لب‌های برجسته و سبیل‌های خرمائی داشت. ریش خودش را همیشه با ماشـین مـی‌زد، خیلـی متواضع و کم حرف بود.

ولی گاهی، طرف غروب از دور هیکل لاغر میرزا حسینعلی را بیـرون دروازه می‌شد تشخیص داد که دست‌هایش را از پشت به هم وصل کـرده، خیلـی آهسته قدم می‌زد،سرش پائین، پشتش خمیده، مثل این که چیزی را جستجو می‌کرد، گاهی می‌ایستاد و زمانی زیر لب با خودش حرف می‌زد.

مدیر مدرسه و سایر معلمان نه از او خوششان می‌آمد و نه بدشان می‌آمد، بلکه یک تاثیر اسرارآمیز و دشوار در آن‌ها می‌کرد. بر عکس شاگردان که از

او راضی بودند، چون ندیده شده بود که خشم ناک بشود و نه این که کسی را بزند. خیلی آرام، تودار و با شاگردان دوستانه رفتار می‌نمود. از این رو معروف بود که کلاهش پشم ندارد، ولی با وجود این شاگردان سر درس او مؤدب بودند و از او حساب می‌بردند.

تنها کسی که میانه‌اش با میرزا حسینعلی گرم بود و گاهی صحبت میانشان رد و بدل می‌شد، شیخ ابوالفضل معلم عربی بود که خیلی ادعا داشت، پیوسته از درجه ریاضت و کرامت خودش دم می‌زد که چند سال در عالم جذبه بوده، چند سال حرف نمی‌زده و خودش را فیلسوف دهر جانشین بوعلی سینا و مولوی و جالینوس می‌دانست. ولی از آن آخوندهای خودپسند ظاهر ساز بود که معلوماتش را به رخ مردم می‌کشید. هر حرفی که به میان می‌آمد فورا یک مثل یا جمله عربی آب نکشیده و یا از اشعار شعرا به استشهاد آن می‌آورد و با لبخند پیروزمندانه تاثیر حرفش را در چهره حضار جستجو می‌کرد. و این خود غریب می‌نمود که میرزا حسینعلی معلم فارسی و تاریخ و ظاهرا متجدد و بدون هیچ ادعا شیخ ابوالفضل را در دنیا به رفاقت خودش انتخاب بکند، حتی گاهی شیخ را به خانه خودش می‌برد و گاهی هم به خانه او می‌رفت.

میرزا حسینعلی از خانواده‌های قدیمی، آدمی با اطلاع و از هر حیث آراسته بود و به قول مردم از دارالفنون فارغ التحصیل شده بود. دو سه سال با پدرش در ماموریت کار کرده بود، ولی از سفر آخری که بر گشت در تهران ماندنی شد، و شغل معلمی را اختیار کرد تا نسبتا وقتش به او اجازه بدهد که به کارهای شخصی بپردازد، چه او کار غریب و امتحان مشکلی را عهده دار شده بود.

از بچگی، همان وقت که آخوند سرخانه برای او و برادرش مـی‌آمـد میـرزا حسینعلی استعداد و قابلیت مخصوصی در فـرا گـرفتن ادبیـات و اشعار متصوفین و فلسفه آن‌ها آشکار مـی‌کـرد، حتـی بـه سبک صوفیان شعر می‌ساخت. معلم آن‌ها شیخ عبدالله کـه خـودش را از جرگـه صوفیان می‌دانست توجه مخصوصی نسبت به تلمیذ خودش آشکار می‌کـرد، افکـار صوفیانه به او تلقین می‌نمود و از شرح حالات عرفا و متصوفین برای او نقـل می‌کرد. به خصوص از علوّ مقام منصور حلاج برای او حکایت کرده بـود کـه منصور از مقام ریاضت نفس به جائی رسیده بود که بالای دار «انا الحـق» می‌گفت: این حکایت در فکر جوان میرزا حسینعلی خیلی شـاعرانه بـود. و بالاخره یک روز شیخ عبدالله به او اظهار کرد کـه: «بـا آن مایـه کـه در تـو می‌بینم هر گاه پیروی اهل طریقت را بکنی به مراتب عالیه خـواهی رسیـد.» این فکر همیشه به یاد میرزا حسینعلی بود، در مغـز او نـشو و نمـا کـرده و ریشه دوانیده بود و همیشه آرزو می‌کرد که موقع مناسبی بدسـت آورده، مشغول ریاضت و کار بشود. بعد هم او و برادرش وارد مدرسـه دارالفنـون شدند، در آن‌جا هم میرزا حسینعلی در قسمت عربی و ادبی خیلی قوی شد. برادر کوچکش با افکار او همراه نبود، او را مسخره می‌کرد و می‌گفت: ایـن خیالات به جز این که در زندگی انسان را عقب بیندازد و جوانی را بی‌خـود از دست بدهد فایده دیگری نـدارد. ولی میـرزا حـسینعلی تـوی دلـش بـه حرف‌های او می‌خندید، فکر او را مادی و کوچک می‌پنداشت و بر عکـس در تصمیم خودش بیشتر لجوج می‌شد و به واسطه همین اختلاف نظـر، بعـد از مرگ پدرش از هم جدا شدند. چیزی که دوباره فکر او را قوت داد این بود که در مسافرت اخیرش به کرمان به درویشی برخورد که پس از مصاحباتی حرف میرزا عبدالله معلمشان را تاییـد کـرد و بـه او وعـده داد هرگـاه در تصوف کار بکند و به خودش ریاضت بدهد به مدارج عالیه خواهـد رسیـد.

این شد که پنج سال بود میرزا حسینعلی کنج انـزوا گزیـده و در را بـه روی خـویش و آشـنا بسـته، مجــرد زنـدگی مـی‌نمـود و پـس از فراغـت از معلمی‌قسمت عمده کار و ریاضت او در خانه‌اش شروع می‌شد.

خانه او کوچک و پاکیزه بود مثل تخم مرغ. یک نـنـه آشـپز پیـر و یـک خانـه شاگرد داشت. از در که وارد می‌شد لباسش را با احتیاط در مـی‌آورد، بـه چـوب‌رخـتـی آویـزان مـی‌کـرد، لبـاده خاکسـتری رنگـی مـی‌پوشیـد و در کتاب‌خانه‌اش می‌رفت. برای کتاب‌خانـه‌اش بـزرگ تـرین اطاق خانـه را اختصاص داده بود. گوشه آن پهلوی پنجره یک دشک سفید افتـاده بـود، رویش دو متکا، جلو آن یک میز کوتاه، روی آن چند جلد کتاب، با یک بسـته کاغذ و قلم و دوات گذاشته شده بود. کتاب‌های روی میز جلـدهایش کـار کرده بود و باقی کتاب‌ها بدون قفسه‌بندی در طاقچه‌های اطـاق روی هـم چیده شده بود.

موضوع این کتاب‌ها عرفان و فلسـفه قـدیم و تـصوف بـود، تنهـا تفریـح و سرگرمی‌او خواندن همین کتاب‌ها بود، که تا نصف شـب جلـو چـراغ نفتـی پشت میز آن‌ها را زیر و رو می‌کرد و می‌خواند. پیش خودش تفسیر می‌کرد و آن‌چه که به نظرش مشکل یا مشکوک می‌آمد خارج نویس می‌نمـود تا بعد با شیخ ابوالفضل سر هر کدام مباحثه بکند. نه ایـن کـه میـرزا حـسینعلی از دانستن معنی آن‌ها عاجز بود، بلکه او بسیاری از عوالم روحی و فلسفی را طی کرده بود و خیلی بهتر از شیخ ابوالفضل به افکار موشکاف و به نکـات خیلـی دقیق بعضی اشعار صوفیان پی می‌برد، آن‌ها را در خودش حس مـی‌کـرد و همین سبب خودپسندی او شده بود - چون او خودش را برتر از سایر مردم می‌دانست و به این برتری خود اطمینان کامل داشت.

میرزا حسینعلی می‌دانست که یـک سـر و رمـزی در دنیـا وجـود دارد کـه صوفیان بزرگ به آن پی‌برده‌اند و این مطلب هم برای او آشـکار بـود کـه برای شروع محتاج مرشد است یا کسی که او را راهنمائی بکند، همان طوری که شیخ عبدالله به او گفته بود و در کتاب‌ها خوانده بود که «چون سـالک را در بدایت حال حاضر در تفرقه است، باید صورت پیر را در نظر بگیـرد کـه جمعیت خاطر بهم رسد.» این شد که پس از جستجوی زیاد شیخ ابوالفضل را پیدا کرد، اگر چه موافق سلیقه او نبـود و بـه جـز حکـم دادن چیـز دیگـری نمی‌دانست و بهر مطلب مشکلی که بر می‌خورد مثل این که با بچـه رفتـار بکنند، می‌گفت هنوز زود است بعـد شـرح خـواهیم داد و بـالاخره شیخ ابوالفضل تنها چیزی که به او توصیه کرد کشتن نفس بود، این کار را مقدم بر همه می‌دانست. یعنی به وسیله ریاضت بر نفس اماره غلبـه کنـد، و شـرح مبسوطی خطابه مانند پر از احادیث و اشعار که در مقام کشتن نفس حاضر کرده بود برای او خواند. از آن جمله این حدیث که «اعدی عـدوک نفسـک التی بین جنبیک» یعنی «دشمن‌ترین دشمن تو خود تو است که در درون تـو است» و این حدیث دیگر که: «جهادک فی هواک» چنان که اوحـدی گویـد: «هر که او نفس کشت غازی بود.» و باز در این شعر:

«نفس اگر شوخ شد خلافش کن
تیغ جهل است در غلافش کن.»
و این شعر دیگر:

«نفس خود را بکش نبرد اینست،
منتهای کمال مرد اینست.»
از جمله چیزهائی که شیخ ابوالفضل در ضمن موعظه خودش گفته بـود ایـن بود:«که سالک مسلک عرفان باید مـال و منـال و جـاه و جـلال و قـدرت و

حشمت را خوار شمارد، که اعظم دولت‌ها و لذت‌ها همانا مطیع کردن نفس است.

چنان که مکتبی گوید:

«گر تو بر نفس خود شکست آری،

دولت جاودان بدست آری.»

«و بدان ای رفیق طریق که اگر یک بار به هوای نفس تن فریفته شوی قــدم در وادی هلاک نهاده باشی چنان که سنائی فرماید:

«نفس تا رنجور داری چاکر درگاه تست،

باز چون میریش دادی، کم کند چون تو هزار.»

و نیز شیخ سعدی گوید:

« مراد هر که بر آری مطیع امر تو شد

خلاف نفس، که فرمان دهد چو یافت مراد.»

« و مشایخ طریقت نفس را سگی خوانده‌اند درنده که بــه زنجیــر ریاضت مقید باید داشت، و مدام از رها شدن او بر حذر باید بود. ولی سالک نبایــد که به خود غره شود و راز نهان را با مردم نادان به میان آرد، بلکه لازم باشد که در هر شکلی با مرشد خود مشورت نماید. چنان که خواجه حــافظ علیــه الرحمه می‌فرماید:

«گفت آن یار کزو گشت سردار بلند

جرمش آن بود که اسرار هویدا می‌کرد.»

میرزا حسینعلی از قدیم تمایل مخصوصی به فلسفه هندی و ریاضت داشت و آرزو می‌کرد برای تکمیل معلومات خــودش بــه هندوســتان بــرود و نــزد جوکیان و ماهاتماها مشرف شده اسرار آن‌ها را فرا بگیرد. این بود که از این

پیشنهاد هیچ تعجب نکرد، بلکه برعکس آن را با ایمان کامل استقبال نمـود و همان روز که به خانه برگشت از مثنوی خطی فال گرفت اتفاقـا ایـن اشـعار آمد:

«نفس بی‌عهد است، زانرو کشتنی است
او دنی و قبله گاه او دنی است.
نفس‌ها را لایق است این انجمن،
مرده را در خور بود گور و کفن.
نفس اگر چه زیرک است و خرده دان،
قبله‌اش دنیا ست او را مرده دان.
آب وحی حق بدین مرده رسید،
شد زخاک مرده‌ای زنده پدید..!»

این تفال سبب شد که میرزا حسینعلی تصمیم قطعی گرفـت و همـه جـد و جهد خود را مصروف غلبه بر نفس بهیمـی‌کـرد و مـشغول ریاضـت شـد. و غریب‌تر از همه این که در آن روز هر چه بیشتر در کتـب متـصوفین غـور می‌کرد بیشتر فکرش را درین مبارزه تاکید می‌نمود. در رساله نور وحـدت نوشته بود:

«أی سید! چند روزی ریاضتی برخود می‌باید گرفت و انفاس را مصروف این اندیشه باید ساخت، تا خیال باطل از میان بدر رود و خیال حـق بـه جـای آن بنشیند.»

در کنزالرموز میر حسینی خواند:

«از مقام سرکشی بیرون برش،
مار اماره است، میزن بر سرش.»
در کتاب مرصاد العباد نوشته بود:

«بدانکه سالک چون در مجاهده و ریاضت نفس و تصفیه دل شروع کند، بـر ملک و ملکوت او را سلوک و عبور پیدا آید و در هر مقام به مناسبت حال او وقایع کشف افتد.»

و در اشعار ناصر خسرو خواند:

«تو داری اژدهائی بر سر گنج،
بکش این اژدها، فارغ شو از رنج،
وگر قوتش دهی بد زهره باشی
ز گنج بیکران بی‌بهره باشی!»

همه این ابیات تهدید آمیز پر از بیم و امید که برای کشتن نفس قلم‌فرسائی شده بود، جای شک و تردید برای میرزا حسینعلی باقی نگذاشت کـه اولـین قدم در راه سلوک کشتن نفس بهیمـی و اهریمنـی اسـت کـه انـسان را از رسیدن به مطلوب باز می‌دارد. میرزا حسینعلی می‌خواست در آن واحد هم به طریق اهل نظر و استدلال و هم به طریق اهل ریاضت و مجاهـده نفـس خود را تزکیه کند. تقریبا یک هفته ازین بین گذشت، ولی چیـزی کـه مایـه دلسردی و نا امیدی او می‌شد شک و ترید بود، به خـصوص پـس از دقیـق شدن در بعضی اشعار مانند این شعر حافظ:

«حدیث از مطرب و می‌گو و راز دهر کمتر جو،
که کس نگشود و نگشاید بحکمت این معما را!»

و یا:

«هر وقت خوش که دست دهد مغتنم شمار،
کس را وقوف نیست که انجام کار چیست.»

اگر چه میرزا حسینعلی می‌دانست که کلمات می، ساقی، خرابات، پیرمغان و غیره از کنایات و اصطلاح عرفا است، ولی با وجود این تعبیر بعضی از رباعیات خیام برایش خیلی دشوار بود و فکر او را مغشوش می‌کرد:

«کس خلد و جحیم را ندیدست ای دل،
گوئی که از آن جهان رسیدست ای دل؟
امید و هراس ما بچیزی است کزان:
جز نام و نشانه نه پدیدست ای دل!»

و یا رباعی:

«خیام اگر زباده مستی، خوش باش،
با لاله رخی اگر نشستی، خوش باش.
چون عاقبت کار جهان نیستی است،
انگار که نیستی، چون هستی خوش باش.»

این استادان دعوت به خوشی می‌کردند، در صورتی که او از ابتدای جوانی همه خوشی‌ها را به خودش حرام کرده بود. و همین افکار یک افسوس تلخ از زندگی گذشته‌اش در او تولید کرد - این زندگی که در آن آنقدر گذشت کرده بود، به خودش سخت گذرانیده بود، و حالا روزهای او به طرز دردناکی صرف جستجوی فکر موهوم می‌شد! دوازده سال بود که به خودش رنج و مشقت می‌داد، از کیف، از خوشی جوانی بی‌بهره مانده بود و اکنون هم دستش خالی بود. این شک و تردید همه این افکار را به شکل سایه‌های مهیبی درآورده بود که او را دنبال می‌کردند. به‌خصوص شب‌ها در رخت‌خواب سردی که همیشه یکه و تنها در آن می‌غلطید، هر چه می‌خواست فکرش را متوجه عوالم روحانی بکند به مجرد این که خوابش می‌برد و افکارش تاریک می‌شد صد گونه دیو او را وسوسه می‌کردند. چقدر

اتفاق می‌افتاد که هراسان از خواب می‌پرید و آب سرد به سر و رویش می‌زد، از روز بعد خوراک خودش را کمتر می‌کرد، شب‌ها روی کاه می‌خوابید. چه شیخ ابوالفضل همیشه این شعر را برای او خوانده بود:

«نفس چون سیر گشت بستیزد،
توسن آسا به هرسو آلیزد.»
میرزا حسینعلی می‌دانست که هر گاه بلغزد همه زحماتش به باد می‌رود، از این رو به ریاضت و شکنجه تنش می‌افزود. ولی هرچه بیشتر خودش را آزار می‌کرد، دیو شهوت بیشتر او را شکنجه می‌نمود، تا این که تصمیم گرفت برود پیش یگانه رفیق و پیر مرشدش آشیخ ابوالفضل و شرح وقایع را برای او نقل بکند و دستور کلی از او بگیرد.

همان روز که این خیال برایش آمد نزدیک غروب بود، لباسش را عوض کرد، دگمه‌های سرداریش را مرتب انداخت و با گام‌های شمرده بسوی خانه مرشد روانه شد. وقتی که رسید دید مردی به حال عصبانی در خانه او ایستاده فریاد می‌کشید و موهای سرش را می‌کند و بلند بلند می‌گفت:

«به آشیخ بگو، فردا میبرمت عدلیه، آن‌جا به من جواب بدهی، دختر مرا برای خدمتکاری بردی و هزار بلا سرش آوردی، ناخوشش کردی، پولش را هم بالا کشیدی، یا باید صیغه‌اش بکنی یا شکمت را پاره می‌کنم. آبروی چندین و چند ساله‌ام به باد رفت ... »

میرزا حسینعلی دیگر نتوانست طاقت بیاورد، جلو رفت و آهسته گفت:

«برادر، شما اشتباه کردید. این‌جا خانه شیخ ابوالفضل است.»

«همان بی‌همه‌چیز را می‌گویم، همان آشیخ خدا ناشـناس را مـی‌گـویم، مـن می‌دانم خانه هست، اما قایم شده، جرات دارد بیاید بیـرون آشـی بـرایش بپزم که رویش یک وجب روغن باشد، آخر فردا هم دیگر را می‌بینیم!»

میرزا حسینعلی چون دید قضیه جدی است خودش را کنار کشید و آهسته دور شد، ولی همین حرف‌ها کافی بود که او را بیدار بکند. آیا راسـت بـود؟ آیا اشتباه نکرده؟ شیخ ابوالفضل که به او کشتن نفس را قبـل از همـه چیـز توصیه می‌کرد، آیا خودش نتوانسته درین مجاهده فایق بشود؟ آیا خـود او لغزیده و یا او را اسباب دست خودش کرده و گول زده است؟ دانستن ایـن مطلب برای او خیلی مهم بود. اگر راست است، آیا همه صوفیان همین‌طـور بوده‌اند و چیزهائی می‌گفتند که خودشان باور نداشته‌اند و یا ایـن کـار بـه مرشد او اختصاص دارد و میان پیغمبران او جرجیس را پیدا کرده؟ آیا در این صورت می‌تواند برود و همه شکنجه‌های روحی و همه بدبختی‌های خـودش را برای شیخ ابوالفضل نقل بکند، و همین آخوند چند جمله عربی بگوید، یـک دستوری سخت‌تر بدهد و توی دلش به او بخندد؟ نه، باید همـین امـشب این سر را روشن بکند. مدتی در خیابان‌های خلوت دیوانه وار گشت زد. بعد داخل جمعیت شد، بدون این که به چیزی فکر بکند، میان همین جمعیتی کـه پست می‌شمرد و مادی می‌دانست آهسته راه می‌رفت. زنـدگی مـادی و معمولی آن‌ها را در خودش حس می‌کرد و میل داشت که مدت‌ها مـا بـین آن‌ها راه برود، ولی دوباره مثل این که تصمیم ناگهانی گرفت به طرف خانه شیخ ابوالفضل برگشت. این دفعه دیگر کسی آن‌جا نبود. در زد و به زنی که پشت در آمد، اسم خودش را گفت، مدتی طول کشید تا در را به روی او باز کردند. وارد اطاق که شد دید شیخ ابوالفضل بـا چـشم‌هـای لـوچ، صـورت آبله‌رو و ریش حنائی مثل مربای آلو روی گلیم نشسته، تسبیح می‌گردانـد و

چند جلد کتاب پهلویش باز بود. همین که او را دید نیم خیز بلند شد و گفت یا الله و سینه‌اش را صاف کرد. جلو او یک دستمال باز بود، در آن قدری نـان خشک شده و یک پیاز بود. رو کرد به او گفت:

«بفرمائید جلو، یک شب را هم با فقرا شام بخورید!»

«نه، خیلی متشکرم ... ببخشید اگـر اسـباب زحمـت شـدم. ازیـن نزدیکـی می‌گذشتم فقط آمدم ... »

«خیر، چه فرمایشاتی. خانه متعلق به خودتان است.»

میرزا حسینعلی خواست چیزی بگوید، ولی در همین وقت صدای داد و غوغا بلند شد و گربه‌ای میان اطاق پرید که یک کبک پخته به دهنش گرفته بـود و زنی دنبال آن پیشت پیشت مـی‌کـرد. میـرزا حـسینعلی دیـد کـه شـیخ ابوالفضل یک مرتبه عبایش را انداخت، با پیراهن و زیرشلواری دست کـرد چماقی را از گوشه اطاق برداشت مانند دیوانه‌ها دنبال گربه دویـد. میـرزا حسینعلی ازین پیش آمد حرفش را فراموش کرد و به جای خودش خشکش زده بود. تا این که بعد از یک ربع شیخ با صورت برافروخته نفس زنان وارد اطاق شد و گفت:

«می‌دانید، گربه از هفتصد دینار که بیشتر ضرر بزند، شرعا کشتنش واجب است.»

میرزا حسینعلی دیگر برایش شکی باقی نماند که این شخص یـک نفـر آدم خیلی معمولی است و آن‌چه که آن مرد در خانه‌اش به او نسبت می‌داد کاملا راست است. بلند شد و گفت:

«ببخشید، اگر مزاحم شدم ... با اجازه شما مرخص می‌شوم.»

شیخ ابوالفضل تا در اطاق از او مشایعت کرد. همین که در کوچه رسید، نفس راحتی کشید. حالا دیگر برایش مسلم بود، حریف خودش را می‌شناخت و فهمید که همه این دم و دستگاه و دوز و کلک‌های شیخ برای خاطر او بوده، کبک می‌خورده، آن وقت به شیوه عمر روبروی خودش در سفره نان خشک و پنیر کفک زده و یا پیاز خشکیده می‌گذاشته، تا مردم را گول بزنند. به او دستور می‌دهد که روزی یک بادام بخورد. خودش خدمتکار خانه را آبستن می‌کند و با آب وتاب این شعر عطار را برایش می‌خواند:

«از طعام بد بپرهیز أی پسر،
همچو دد کم باش خونریز أی پسر،
نفس را از روزه‌اندر بند دار،
مرد را از لقمه‌ای خرسند دار،
روزه‌ای میدار چون مردان مرد،
نفس خود را از همه میدار فرد،
نی همین از اکل او را باز دار،
بلکه نگذارش بفکر هیچ کار ...»

هوا تاریک بود. میرزا حسینعلی دوباره داخل مردم شد، مانند بچه‌ای که در جمعیت گم بشود، مدتی بدون اراده در کوچه‌های شلوغ و غبار آلود راه رفت. جلو روشنائی چراغ صورت‌ها را نگاه می‌کرد، همه این صورت‌ها گرفته و غمگین بود. سر او تهی و عقده‌ای در دل داشت که بزرگ شده بود، این مردمی‌که به نظر او پست بودند پای بند شکم و شهوت خودشان بودند و پول جمع می‌کردند حالا آن‌ها را از خودش عاقل‌تر و بزرگ‌تر می‌دانست و آرزو می‌کرد که به جای یکی از آن‌ها باشد. ولی باخودش می‌گفت: که می‌داند؟ شاید بدبخت‌تر از او هم میان آن‌ها باشد. آیا او می‌توانست به

ظاهر حکم بکند؟ آیا گدای سرگذر با یک قران خوشبخت‌تر از ثروتمندترین اشخاص نمی‌شد؟ در صورتی که تمام پول‌های دنیا نمی‌توانست از دردهای درونی میرزا حسینعلی چیزی بکاهد.

همه کابوس‌های هراسناکی که اغلب به او روی می‌آورد، این دفعه سخت‌تر و تندتر به او هجوم آور شده بود. به نظرش آمد که زندگی او بیهوده بسر رفته، یادگارهای شوریده و درهم سی سال از جلوش می‌گذشت، خودش را بدبخت‌ترین و بی‌فایده‌ترین جانوران حـس کـرد. دوره‌های زنـدگـی او از پشت ابرهای سیاه و تاریـک هویدا می‌شد، برخـی از تکـه‌های آن ناگهان می‌درخشید، بعد در پس پرده پنهان می‌گشت، همـه آن‌هـا یـک نواخت، خسته کننده و جان گداز بود. گاهی یک خوشی پوچ و کوتاه مانند برقی که از روی ابرهای تیره بگذرد، به چـشم او همـه‌اش پـست و بیهـوده بـود. چـه کشمکش‌های پوچی! چـه دونـدگی‌هـای جفنگـی! از خـودش مـی‌پرسیـد و لب‌هایش را می‌گزید. در گوشه‌نشینی و تاریکی جوانی او بیهوده گذشته بود، بدون خوشی، بدون شادی، بدون عشق، از همه کس و از خودش بیـزار. آیـا چقدر از مردمان گاهی خودشان را از پرنده‌ای که در تاریکی شـب‌هـا نالـه می‌کشد گم گشته‌تر و آواره‌تر حس مـی‌کننـد؟ او دیگـر هـیچ عقـده‌ای را نمی‌توانست باور بکند. این ملاقات او با شیخ ابوالفضل خیلی گران تمام شـد. زیرا همه افکار او را زیر و رو کرد، او خسته، تشنه و یک دیـو یـا اژدهـا در او بیدار شده بود که او را پیوسته مجروح و مسموم مـی‌کـرد. در ایـن وقـت اتومبیلی از پهلویش گذشت و جلو چراغ آن صورت عصبانی، لب‌های لـرزان، چشم‌های باز و بی‌حالت او به طرز ترسناکی روشن شد. نگاه او در فـضا گـم شده بود، دهن نیمه باز مانند این بود که به یک چیز دور دست می‌خندید،

و فشاری در ته مغز خودش حس می‌کرد کـه از آن‌جـا تـا زیـر پیـشانی و شقیقه‌هایش می‌آمد و میان ابروهای او را چین انداخته بود.

میرزا حسینعلی دردهای مافوق بشر حس کرده بود. ساعت‌هـای نومیـدی، ساعت‌های خوشی، سرگردانی و بدبختی را می‌شناخت و دردهای فلسفی را که برای توده مردم وجود خارجی ندارد می‌دانـست. ولـی حـالا خـودش را بی‌اندازه تنها و گم گشته حس می‌کرد. سرتاسر زندگی بـرایش مـسخره و دروغ شده بود. با خودش می‌گفت:

«از حاصل عمر چیست در دستم؟ هیچ!»

این شعر بیشتر او را دیوانه می‌کرد. مهتاب کم رنگی از پـشت ابرهـا بیـرون آمده بود، ولی او توی سایه رد می‌شد، این مهتاب که پیشتر برای او آن قدر افسونگر و مرموز بود و ساعت‌های دراز در بیرون دروازه با مـاه رازو نیـاز می‌کرد. حالا یک روشنائی سرد و لوس و بـی‌معنـی بـود کـه او را عـصبانی می‌کرد. یاد روزهای گرم، ساعت‌های دراز درس افتاد، یاد جـوانی خـودش افتاد که وقتی همه همسال‌های او مشغول عیش و نوش بودند او با چند نفـر طلبه روزهای تابستان را عرق می‌ریخت و کتاب صرف و نحو می‌خواند. بعـد هم می‌رفتند به مجلس مباحثه با مدرسشان شیخ محمـدتقی، کـه بـا زیـر شلواری چنباتمه می‌نشست، یک کاسه آب یخ روبرویش بود، خودش را باد می‌زد و سر یک لغت عربی که زیر و زبرش را اشتباه مـی‌کردنـد فریـاد می‌کشید، همه رگ‌های گردنش بلند می‌شد، مثل این که دنیا آخـر شـده است.

در این وقت خیابان‌ها خلوت بود و دکـان‌هـا را بـسته بودنـد، وارد خیابان علاءالدوله که شد صدای موزیک چرت او را پاره کرد. بالای در آبـی رنگـی

جلوی روشنائی چراغ برق خواند « ماکسیم» بدون تامل پرده جلو آن را پس زد. وارد شد و رفت کنار میز روی صندلی نشست.

میرزا حسینعلی چون عادت به کافه نداشت و تا کنون پایش را به این جور جاها نگذاشته بود، مات دور خود را نگاه می‌کرد. دود سیگار، بـوی کلم و گوشت سرخ کرده در هوا پیچیده بود. مرد کوتاهی با سبیل کلفت و دست بالا زده پشت میز نوشگاه ایستاده با چرتکه حساب می‌کرد. یک رج بطـری پهلوی او چیده بود. کمی‌دورتر زن چاقی پیانو می‌زد و مرد لاغـری پهلـویش ویلن می‌زد. مشتری‌ها مست از روسی و قفقازی با شکل‌های عجیب و غریب دور میزها نشسته بودند. درین بین زن نسبتا خوشگلی کـه لهجـه خـارجی داشت جلو میز او آمد و با لبخند گفت:

«عزیزم، به من یک گیلاس شراب نمی‌دهی؟»

«بفرمائید.»

آن زن بدون تامل پیشخدمت را صدا زد و اسم شرابی که او نشنیده بـود دستور داد. پیشخدمت بطری شراب را بادو گیلاس روبروی آن‌ها گذاشت، آن زن ریخت و به او تعارف کرد. میرزا حسینعلی بـا اکـراه گـیلاس اول را سرکشید، تنش گرم شد، افکارش به هم آمیخته شد. آن زن گیلاس پـشت گیلاس به او شراب می‌نوشاند. ناله سوزناکی از روی سیم ویلن در می‌آمـد، میرزا حسینعلی حالت آزادی و خوشی مخصوصی در خودش حس می‌کرد. به یاد آن همه مدح و ستایش شراب افتاد که در اشعار متصوفین خوانده بود. جلو روشنائی بی‌رحم چراغ چین‌های پای چشم زنی که پهلوی او نشـسته بـود می‌دید. بعد از این همه خودداری که کرده بود، حالا شـرابی زرد و تـرش مزه و یک زن پر از بزک کنفت شده دستمالی شده بـا موهـای زبـر سیاه قسمتش شده بود، ولی او از این‌ها بیشتر کیف می‌کرد، چون به واسطه تغییر

۲۳۰

روحیه و استحاله مخصوصی می‌خواست خودش را پست بکند و بهتر نتیجه همه دردهای خودش را خراب و پایمال بنماید. او از اوج افکار عالیه می‌خواست خودش را در تاریک‌ترین لذات پرت بکند. می‌خواست مضحکه مردم بشود، به او بخندند. می‌خواست در دیوانگی راه فراری برای خودش پیدا بکند. در این ساعت خودش را لایق و شایسته هر گونه دیوانگی می‌دید. زیر لب با خودش می‌گفت:

«هنگام تنگدستی، در عیش کوش و مستی، کاین کیمیای هستی قارون کند گدا را!»

زن گرجی که جلو بود می‌خندید، میرزا حسینعلی آن چه که در مدح میو باده در اشعار صوفیان خوانده بود جلو نظرش جلوه‌گر شد. همه آن‌ها را حس می‌کرد و همه رموز و اسرار صورت این زن را که روبرویش نشسته بود، آشکار می‌خواند. در این ساعت او خوشبخت بود، زیرا به آنچه که آرزو می‌کرد رسیده بود و از پشت بخار لطیف شراب آن چه که تصورش را نمی‌توانست بکند دید. آن چه که شیخ ابوالفضل در خواب هم نمی‌توانست ببیند و آن چه که سایر مردم هم نمی‌توانستند پی ببرند، و یک دنیای دیگری پر از اسرار به او ظاهر شد و فهمید آن‌هائی که این عالم را محکوم کرده بودند همه لغات و تشبیهات و کنایات خودشان را از آن گرفته‌اند.

وقتی که میرزا حسینعلی بلند شد حسابش را بپردازد نمی‌توانست سرپا بایستد. کیف پولش را در آورد به آن زن داد و دست به گردن از میکده ماکسیم بیرون رفتند. توی درشکه میرزا حسینعلی سرش را روی سینه آن زن گذاشته بود، بوی سفیداب او را حس می‌کرد، دنیا جلو چشمش چرخ می‌زد، روشنائی چراغ‌ها جلوش می‌رقصیدند. آن زن با لهجه گرجی آواز سوزناکی می‌خواند.

در خانه میرزا حسینعلی درشگه ایستاد، با آن زن داخل خانه شد. ولی دیگــر نرفت به سراغ تل کاهی که شب‌ها رویش می‌خوابید و او را برد روی همــان دشک سفید که در کتابخانه‌اش افتاده بود.

دو روز گذشت و میرزا حسینعلی سرکارش به مدرسه نرفت.

روز سوم در روزنامه نوشتند:

«آقای میرزا حسینعلی از معلمین جوان جدی به علت نامعلومی انتحار کــرده است.»

محلل

چهار ساعت به غروب مانده پس قلعه در میان کوه‌ها سوت و کــور مانــده بود. جلو قهوه‌خانه کوچکی تنگ‌های دوغ و شربت و لیوان‌های رنگ به رنگ روی میز چیده بودند. یک گرامافون فکسنی با صفحه‌های جگــر خراشــش آن‌جا روی سکو بود - قهوه‌چی با آستین بالا زده سماور مسوار را تکــان داد، تفاله چائی را دور ریخت، بعد پیت خالی بنزین را که دستــه مفتــولی بــه آن انداخته بودند برداشته به سمت رودخانه رفت.

آفتاب می‌تابید، از پائین صدای زمزمه یک نواخت آب که در تــه رودخانــه روی هم می‌غلطید و حالت‌ترو تازه به آن‌جا داده بود شنیده مــی‌شــد. روی یکی از نیمکت‌های جلو قهوه‌خانه مردی با لنگ نــمزده روی صــورتش دراز کشیده و آجیده‌هایش را جفت کرده پهلویش گذاشته بــود. روی نیمکت قرینه آن، زیر سایه درخت توت، دو نفر پهلوی هم نشسته و بدون مقدمــه دل داده و قلبه گرفته بودند. به‌طوری چانه‌شان گرم شده بود که به نظر می‌آمد سال‌هاست یک دیگر را می‌شناسند.

مشهدی شهباز لاغر، مافنگی با سبیل کلفت و ابروهای به هم پیوسته گوشــه نیمکت کز کرده، دست حنا بسته‌اش را تکان می‌داد و می‌گفت:

«دیروز رفته بودم مرغ محله (مغ محله؟) پیش پسردائیم، آن‌جا یک باغچــه دارد. می‌گفت پارسال سی تومان مک آلوچه زرد آلوی بــاغش را فروخت.

امسال سرما زده، همه سردرختی‌ها ریخته، به یک حال وزاریاتی بود. زنش هم بعد از ماه مبارک تا حالا ناخوش بستری افتاده، کلی مخارج روی دستش گذاشته.»

آمیرزا یدالله عینکش را جا به جا کرد، با تفنن چپق می‌کشید، ریش جوگندمیش را خاراند و گفت:

«اصلا خیر و برکت از همه چیزها رفته.»

شهباز سرش را از روی تصدیق تکان داد و گفت:

«قربان دهنت. انگار دوره آخر زمان است. رسم زمانه برگشته. خدا قسمت بکند بیست و پنج سال پیش در خراسان مجاور بودم. روغن یکمن دو عباسی بود، تخم مرغ می‌دادند ده تا صد دینار. نان سنگک می‌خریدیم به بلندی یک آدم. کسی غصه بی‌پولی داشت؟ خدا بیامرزد پدرم را، یک الاغ بندری خریده بود. با هم دو ترکه سوار می‌شدیم. من بیست سالم بود، توی کوچه با بچه‌های محل‌مان تیله‌بازی می‌کردم. حالا همه جوان‌ها از دل و دماغ می‌افتند، از غورگی مویز می‌شوند، بازهم قربان دوره خودمان، به قولی آن خدابیامرز: اگر پیرم و می‌لرزم به صد تا جوان می‌ارزم.»

یدالله پک زد به چپقش، گفت: «سال به سال دریغ از پارسال!»

شهباز گفت: «خدا همه بنده‌های خودش را عاقبت بخیر کند.»

یدالله قیافه جدی به خودش گرفت: «به جان خودت یک وقت بود در خانه‌مان سی نفر نان‌خور داشتیم، حالا فکریم روزی یک ریال پول توتون و چائی‌ام را از کجا گیر بیاورم. دو سال پیش سه جا معلمی می‌کردم، ماهی هشت تومان در می‌آوردم. همین پریروز که عیدقربان بود رفتم خانه یکی از اعیان که پیشتر معلم سرخانه بودم. به من گفتند که بروم دعا برای

گوسفند بخوانم، قصاب بی‌مروت حیوان زبان بسته را بلند کرد به زمین کوبید. داشت کاردش را تیز می‌کرد، حیوان تقلا کرد، از زیر پایش بلند شد. نمی‌دانم چه روی زمین بود، دیدم چشمش ترکیده ازش خون می‌ریخت. دلم مالش رفت، به بهانه سردرد برگشتم، همه شب هی کله خون آلود گوسفند جلو چشمم می‌آمد. آن وقت از دهنم در رفت کفر گفتم، کفر خیال کردم ... نه زبانم لال، در خوبی خدا که شکی نیست، اما این جانوران زبان بسته، گناه دارد. خدایا، پروردگارا، تو خودت بهتر می‌دانی، هر چه باشد انسان محل نسیان است.»

آمیرزا یدالله لختی به فکر فرو رفت، دوباره گفت: «آره، اگر می‌توانستم هرچه تو دلم هست بگویم ... ! آخر نمی‌شود همه چیز را گفت. استغفرالله زبانم لال.»

شهباز مثل این که حوصله‌اش سر رفت گفت: «برو فکرنان کن خربزه آب است.»

میرزا یدالله با بی‌میلی گفت: «آره، از دست ما چه بر می‌آید؟ از اول دنیا همین‌طور بوده.»

شهباز گفت: «ما دیگر ازمان گذشته، به قولی مردم پاتیلمان در رفته، از بی‌کفنی زنده مانده‌ایم. چه حقه‌هائی که در این دنیای دون نزدیم، یک وقت تهران دکان بقالی داشتم، خرج در رفته روزی شش قران پس‌انداز می‌کردم.»

میرزا یدالله حرفش را برید: «بقال بودی؟ من از بقال جماعت خوشم نمی‌آید.»

«چرا؟»

«قصه‌اش دراز است، حالا تو اول حرفت را تمام بکن.»

شهباز دنباله سخن را گرفت: «بله، دکان بقالی داشتم. امرم می‌گذشت، کم کم یک خانه و لانه‌ای برای خودمان دست و پا کردیم، چه دردسرتان بدهم، آن وقت یک پتیاره‌ای پیدا شد. الان پنج سال است که زنم مرا به خاک سیاه نشانده. این زن نبود، آتیش پاره بود. تازه با خون دل آمده بودم سروسامانی بگیرم، هر چه رشته بودم پنبه کرد، مخلص کلوم، والده احمد یک شب از پای وعظ برگشت، پاهایش را توی یک کفش کرد که: «حضرت مرا طلبیده، باید بروم استخوانم را سبک بکنم» پیسی ای به سرم در آورد که نگو و نشنو ... مرا بگو که عقلم را دادم دست این زن! هر چه باشد، آدمیزاد شیر خام خورده، من همان آدمی بودم که از سبیل‌هایم خون می‌چکید. یک زن عقلم را دزدید ... خدا نکند که زن زیر جلد آدم برود. همان شب می‌گفت «این چیزها سرم نمی‌شود، مهرم حلال، جانم آزاد. خودم یک النگو با گردن‌بند دارم آن‌ها رامی‌فروشم می‌روم ...

استخاره هم کرده‌ام خوب آمده، یا طلاقم بده یا به همین سوی چراغ بچه‌اَت را خفه می‌کنم.» آقا هرچه کردم، مگر حریفش شدم؟ دو هفته تو روی من نگاه نکرد، آن‌قدر کرد، کرد که هرچه داشتم فروختم، پول جرینگه کردم دادم به دستش، پسر دو ساله‌ام را برداشت و رفت آن‌جا که عرب نی بیندازد. تا حالا که پنج سال است رفته، نمی‌دانم چه به سرش آمده.»

میرزا یدالله گفت: «خدا کند که از شر عرب‌ها محفوظ باشد.»

«آره، میان عرب‌های لختی زبان نفهم - این عمری‌ها - بیابان برهود، آفتاب سوزان! انگار که آب شد به زمین فرو رفت. دریغ از یک انگشت کاغذ. راست می‌گویند که زن یک دنده‌اش کم است.»

میرزا یدالله گفت:«تقصیر مردها است که آن‌ها را این جور بار می‌آورند و نمی‌گذارند چشم و گوششان باز بشود.»

شهباز گرم صحبت خودش بود: «چیزی که غریب است، این زن اصلا خل و چل بود. نمی‌دانم چطور شد که یک مرتبه آتشی شد، گاهی تنهائی گریه می‌کرد، گاس برای شوهر اولش بود ... »

میرزا یدالله پرسید: «مگر تو شوهر دومیش بودی؟»

«دیگر بله، چی می‌گفتم، حرفم یادت رفت.»

« شوهر اولش گفتی.»

«بله، اول خیال می‌کردم که برای شوهر اولیش بوده ... در هر صورت هر چه به زبان خوش خواستم حالیش بکنم، انگاری که با دیوار حرف می‌زنم، مثل چیزی که اجل پس گردنش زده بود، نمی‌دانم چه به سر پسرم آورد. آیا روزی می‌آید که چشمم تو چشمش بیفتد؟ پسری که بعد از این همه نذر و نیاز خدا به من داد.»

میرزا یدالله گفت: «هر کسی را نگاه بکنی یک بدبختی دارد. لب کلام آن است که مردم باید آدم بشوند. آخر تا آن‌ها خر هستند ما هم سوارشان می‌شویم. یک وقت بود خودم بالای منبر می‌گفتم، هر کس یک سفر به عتبات برود آمرزیده می‌شود و جایش در بهشت خواهد بود.»

شهباز گفت: «شما که از علماء نیستید؟»

«این حکایت مال دوازده سال پیش است، می‌بینی که معمم نیستم. حالا همه کاره‌ام و هیچ کاره.»

«چطور، من نمی‌فهمم.»

میرزا یدالله زبان را دور دهنش گردانید و با حالت افسرده گفت:

«زندگانی مراهم یک زن خراب کرد.»

شهباز:«امان از دست زن!»

«نه، این دخلی به زن ندارد. این بدبختی دست خودم است. اگر تهران بودی، لابد اسم ابوی را شنیده‌ای ... ما از زیر بته در نیامده ایم. پدرم از آن‌هائی بود که نعلین جلو پایش جفت می‌شد. اسمش را که می‌بردند یکی می‌گفتند و صد تا از دهانشان می‌ریخت. وقتی بالای منبر می‌رفت، جا نبود که سوزن بی‌اندازی. همه کله گنده‌ها ازش حساب می‌بردند. مقصودم این نیست که بی‌خودی قمپز در بکنم. چون آن مرحوم هر چه بود برای خودش بود:

گیرم پدر تو بود فاضل — از فضل پدر ترا چه حاصل؟

«به هر حال بعد از فوت مرحوم ابوی من جانشین او شدم و در خانه را باز کردم - خوب یک خانه با یک مشت خرت و خورت هم برایمان گذاشت. خودم هنوز طلبه بودم و ماهی چهار تومان با پنج من گندم مستمری داشتم، به اضافه ماه محرم و صفر نانمان توی روغن بود. یک لفت و لیسی می‌کردیم. چون معروف بود که نفس مرحوم ابوی مجرب است. یک شب مرا سربالین ناخوشی بردند تا دعا بدهم. دیدم دختر هشت یا نه ساله‌ای در آن میان می‌پلکید - آقا به یک نظر گلویمان پیش او گیر کرد، جوانی است و هزار چم و خم ... »

«پیش او دو تا صیغه داشتم که هر دو را مطلقه کرده بودم، ولی این چیز دیگری بود - می‌گویند که لیلی را به چشم مجنون باید دید. باری دو روز بعد یک دستمال آجیل آچار و سه تومان پول نقد فرستادم، عقدش کردم.

شب که او را آوردند، آن قدر کوچک بود که بغلش کرده بودند. من از خودم خجالت کشیدم. از شما چه پنهان؟ این دختر تاسه روز مرا که می‌دید مثل جوجه می‌لرزید. حالا من که سی سالم بود، جوان و جاهل بودم. اما آن مردهای هفتاد ساله را بگو که با هزار جور ناخوشی دختر نه ساله می‌گیرند.»

«خوب بچه چه سرش می‌شود که عروسی چیست؟ به خیالش چارقد پولکی سرش می‌کنند، رخت نو می‌پوشد و در خانه پدر که کتک خورده و فحش شنیده شوهر او را ناز و نوازش می‌کند و روی سرش می‌گذارد. ولی نمی‌داند که خانه شوهر برایش دیگ حلوا بار نگذاشته‌اند.»

«به هر حال من آن قدر زحمت کشیدم تا او را رام کردم: شب اول از من می‌ترسید. گریه می‌کرد. من قربان صدقه‌اش می‌رفتم، می‌گفتم: بالای غیرتت آبروی ما را به باد نده، خوب تو آن بالای اتاق به خواب من این پائین، چون دلم برایش می‌سوخت. خیلی خودداری کردم که به جبر با او رفتار نکردم، وانگهی دیگر چشم و دلم سیر بود و کار کشته شده بودم. به هر صورت او هم نصیحت مرا به گوش گرفت.

شب اول برایش یک قصه نقل کردم، خوابش برد.

شب دوم یک قصه دیگر شروع کردم و نصفش را برای شب بعد گذاشتم.

شب سوم، هیچ نگفتم. تا این که یارو به صدا در آمد و گفت: تا آن جا که ملک جمشید رفت به شکار، پس باقیش را چرا نمی‌گوئی؟ مرا می‌گوئی از ذوق توی پوست نمی گنجیدم، گفتم:«امشب سرم درد می کند، صدام نمی‌رسد، اگر اجازه بدهید بیایم جلوتر.»به همین شیوه رفتم جلوتر، رفتم جلوتر تا این که رام شد.»

شهباز خنده‌اش گرفت. خواست چیزی بگوید، اما صورت جدی و چشم‌های اشک آلود میرزا یدالله را که از پشت شیشه عینک دید، خودداری کرد.

میرزا یدالله با حرارت مخصوصی می‌گفت: «این حکایت دوازده سال پیش است، دوازده سال! نمی‌دانی چه زنی بود، سر جور، دل جور، به همه کارهایم رسیدگی می‌کرد. آخ حالا که یادم می‌افتد ... همیشه گوشه چادر نماز به دندانش بود. رخت‌ها را با دست‌های کوچکش می‌شست، روی بند می‌انداخت. پیراهن و جورابم را وصله می‌زد. دیزی بار می‌گذاشت، دست زیر بال خواهرم می‌کرد، چقدر خوش سلوک، چقدر مهربان! همه را فریفته اخلاق خودش کرده بود. چه هوشی داشت؟ من خواندن و نوشتن را به او یاد دادم. سر دو ماه قرآن می‌خواند. اشعار شیخ را از بر می‌کرد. سه سال با هم سر کردیم، که الذ اوقات زندگی من است. دست برقضا در همین اوان بود که وکیل بیوه میوه‌ای مرده‌ای شدم که بی‌پول نبود. خودش هم آب و رنگی داشت. آقا برایش دندان تیز کردیم. تا این که به خیال افتادم او را به حباله نکاح در بیاورم. نمی‌دانم کدام خدا نشناس خبرش را برای زنم آورد. آقا روز بد نبینی، این که به ظاهرا خل وضع بنظر می‌آمد. نمی‌دانستم آن قدر حسود است. هرچه به زبان خوش خواستم سرش را شیره بمالم، مگر حریفش شدم؟ باوجود این که از بابت حق الوکاله مقدار وجهی آن ضعیفه به من بده کار بود، از این کار صرف نظر کردم و میانه مان پاک به هم خورد. ولی نمی‌دانی یک ماه این زن چه به روز من آورد!»

«شاید دیوانه شده بود یا چیز خورش کرده بودند. به کلی عوض شد. دستش را به کمرش زد و حرف‌هائی بار من کرد که تو قوطی هیچ عطاری پیدا نمی‌شد. می‌گفت: «الهی عینکت را روی نعشت بگذارند، عمامه پر مکرت را دور گردنت به پیچند. از همان روز اول فهمیدم که توتیکه من

۲۴۰

نیستی. روح آن بابای قرمساقم بسوزد که مرا بتو داد. من یک وقت چشمم را باز کردم دیدم، توی بغل تو قرمساقم. سه سال آزگار است که با گدائی تو ساخته‌ام. این هم دست مزدم بود؟ خدا سروکار آدم را با آدم‌های بی‌غیرت نیندازد - داغ پشت دستم گذاشتم، زور که نیست؟ دیگر با تو نمی‌توانم زندگی بکنم - مهرم حلال، جانم آزاد، به همین سوی چراغ می‌روم ... می‌روم بست می‌نشینم. همین الان. همین الان.»

آن قدر گفت، گفت که من از جا در رفتم. جلو چشمم تیره و تار شد. همین‌طور که سر شام نشسته بودم، ظرف‌ها را برداشتم پاشیدم میان حیاط، سر شب بود. پا شدیم باهم رفتیم به حجره آشیخ مهدی در حضور او زنم را سه طلاقه کردم.»

دست روی دستش می‌زد.«فردایش پشیمان شدم، ولی چه فایده که پشیمانی سودی نداشت و زنم به من حرام شده بود. تا چند روز مثل دیوانه‌ها در کوچه و بازار پرسه می‌زدم. اگر آشنائی به من بر می‌خورد از حواس پرتی سلامش را نمی‌گرفتم.

بعد از این دیگر من روی خوشی به خودم ندیدم. یک دقیقه صورتش از جلو چشمم رد نمی‌شد، نه خواب داشتم و نه خوراک. نمی‌توانستم در خانه مان بند شوم. درو دیوار به من فحش می‌داد. دو ماه ناخوش بستری شدم. توی هذیان همه‌اش اسم او را می‌آوردم. بعد هم که رمقی پیدا کردم، معلوم بود اگر لب‌ترمی‌کردم صدتا دختر پیش‌کشم می‌کردند. اما او چیز دیگری بود. بالاخره عزمم را جزم کردم تا به هر وسیله‌ای که شده دوباره او را بگیرم. عده او سر آمد. رفتم این در بزن آن در بزن، دیدم هیچ فایده‌ای ندارد. هرچه جل و پلاس، کتاب پاره و ته خانه برایم مانده بود فروختم. هژده تومان پول درست کردم. چاره‌ای نداشتم مگر این که یک نفر محلل پیدا

بکنم که زنم را برای خودش عقد بکند، بعد طلاقش بدهد، تا دوباره بعـد از انقضای سه ماه و ده روز بتوانم او را بگیرم.

«یک بقال الدنگ پف یوزی در محله مان بود که هفت تا سـگ صـورتش را می‌لیسید سیر می‌شد. از آن‌هائی بود که برای یک پیاز سر می‌برید. رفتم با او ساخت و پاخت کردم که ربابه را عقد بکند، بعد او را طلاق بدهـد و مـن همه مخارج را به اضافه پنج تومان به او بدهم او هم قبول کرد - گول مردم را نباید خورد همین مردکه، همین پف یوز ... »

شهباز با رنگ پریده صورتش را در دو دستش پنهان کرد و گفت:

«بقال بود؟ اسمش چه بود؟ چه بقالی بود؟ مال کدام محله؟ نه ... نه ... هیچ هم‌چنین چیزی نمی‌شود ... »

ولی میرزا یدالله به‌طوری گرم صحبت بـود و پیـش آمـدها جلـو چـشمش مجسم شده بود که دنبال حرفش را قطع نکرد:

«همان مردکه بقال زنم را عقد کرد. نمی‌دانی چه حالی شدم. زنی کـه سـه سال مال من بود، اگر کسی اسمش را بـه زبـان مـی‌آورد شـکمش را پـاره می‌کردم. درست فکر کن حالا باید به دست خـودم همـسر ایـن مردکـه گردن کلفت بشود. با خودم گفتم، شاید این انتقام صیغه‌هایم اسـت کـه بـا چشم گریان طلاق دادم - باری فردا صبـح زود رفـتم در خانـه بقـال. یـک ساعت مرا سرپا معطل کرد که یک قرن به من گذشت. وقتی که‌امد بـه او گفتم: الوعده وفا، ربابه را طلاق بده، پنج تومان پیش من داری. هنوز صورت شیطانیش جلو چشمم هست، خندید و گفت: «زنم است، یـک مـویش را نمی‌دهم هزار تومان بگیرم. چنان برق از چشمم پرید.»

شهباز می‌لرزید و گفت: «نه، هیچ همچین چیزی نمی‌شود. راستش را بگو ...
اوه ... »

میرزا یدالله گفت: «حالا دیدی حق بجانب من بود؟ حالا فهمیدی چرا از بقال
جماعت بیزارم؟ وقتی که گفت یک مویش را نمی‌دهم هزار تومان بگیرم،
فهمیدم می‌خواهد بیشتر پول بگیرد. ولی کی فرصت چانه زدن داشت؟
نمی‌دانی کجای آدم می‌سوزد. دود از کله‌ام بلند شد. به‌اندازه‌ای حالم
منقلب بود، به‌اندازه‌ای از زندگی بیزار شده بودم که دیگر جوابش را
ندادم. یک نگاه به او کردم که از هر فحشی بدتر بود. از همان راه رفتم
بازار سمسارها. عبا و ردایم را فروختم، یک قبای قدک خریدم. کلاه نمدی
سرم گذاشتم. گیوه‌هایم را ور کشیدم راه افتادم. از آن وقت تا حالا سلندر و
حیران از این شهر به آن شهر از این ده بآن ده می‌روم. دوازده سال آزگار
دیگر نمی‌توانستم در یک جا بمانم، گاهی نقالی می‌کنم، گاهی معلمی. برای
مردم کاغذ می‌نویسم، در قهوه‌خانه‌ها شاهنامه می‌خوانم، نی می‌زنم، خوشم
می‌آید که دنیا و مردم دنیا را سیاحت بکنم. می‌خواهم همین‌طور عمرم
بگذرد. خیلی چیزها آدم دستگیرش می‌شود. وانگهی دیگر پیر شدیم. برای
مرده‌ها مردار سنگ میسائیم. یک پایمان این دنیا است، یکیش آن دنیا.
افسوس که تجربه‌هایمان دیگر بدرد این دنیا نمی‌خورد. شاعر چه خوب
گفته:

مرد خردمند هنرپیشه را	عمر دوبایست در این روزگار
تا به یکی تجربه‌اموختن	با دگری تجربه بردن بکار.»

میرزا یدالله به این‌جا که رسید خسته شد، مثل این که آرواره‌هایش از کار
افتاد چون زیادتر از معمول فکر کرده بود و حرف زده بود، دست کرد

۲٤۳

چپقش را برداشت، به آب رودخانه خیره نگاه می‌کرد و به آواز دور و خفه‌ای که از پشت کوه می‌آمد گوش می‌داد.

شهباز سرش را از ما بین دو دست برداشت. آهی کشید و گفت:

«هیچ دوئی نیست که سه نشود!»

میرزا یدالله منگ و مات بود، متوجه او نشد.

شهباز بلندتر گفت:«یک مرد دیگر را هم بی‌خانمان می‌کند.»

یدالله بخودش آمد، پرسید: «کی؟»

«همان ربابه آتش به جان گرفته.»

میرزا یدالله چشم‌هایش از حدقه بیرون آمده بود. هراسان پرسید: «مقصود چیست؟»

مشهدی شهباز خنده ساختگی کـرد: «راسـتی روزگـار خیلـی آدم را عـوض می‌کند. صورت چین می‌خورد، موها سفید می‌شود، دندان‌ها می‌افتد. صـدا عوض می‌شود، نه شما مرا شناختید و نه من شما را.»

میرزا یدالله پرسید:«چطور؟»

«ربابه صورتش مهر آبله نداشت؟ چشم‌هایش را متصل به هم نمی‌زد؟»

میرزا یدالله پرخاش کرد: «کی به تو گفت؟»

مشهدی شهباز خندید: «شما آقا شیخ یدالله، پسر مرحوم آقـا شـیخ رسـول نیستید که در کوچه حمام مرمر منزل داشتید؟ هر روز صبح از جلو دکانم رد می‌شدید؟ من هم محلل هستم، همانم.»

میرزا یدالله سرش را نزدیک برد و گفت:

«تو همانی که دوازده سال مرا به این روز انداختی؟ همان شـهباز بقـال تـو هستی؟ یـک وقت بود توی همین کوه و کمر، اگر به دست من افتاده بـودی حسابمان پاک شده بود. افسوس که روزگار دسـت هردومـان را از پـشت بسته.»

بعد دیوانه‌وار با خودش می‌گفت: «بارک الله ربابه، تو انتقام مرا کـشیدی. او هم ویلان است. به روز من افتاده.» دوباره خاموش شد و لبخنـد دردنـاکی روی لب‌هایش نقش بست.

کسی که روی نیمکت روبـروی آن‌هـا خوابیـده بـود، غلـت زد. بلنـد شـد نشست، خمیازه کشید، چشم‌هایش را مالاند.

مشهدی شهباز و میـرزا یـدالله دزدکـی بـه هـم نگـاه مـی‌کردنـد، ولـی می‌ترسیدند که نگاهشان با هم تلاقی بکند - دو دشمن بیچاره از هنگـام کشمکش عشق و عاشقی‌شان گذشته بود. حالا بایـد بـه فکـر مـرگ بـوده باشند.

شهباز بعد از کمی‌سکوت رو کرد به قهوه‌چی و گفت:

«داش اکبر، دوتا قند پهلو بیار.»

مجموعه‌ی

سگ ولگرد

سگ ولگرد

چند دکان کوچک نانوائی، قصابی، عطاری، دو قهوه‌خانه و یک سلمانی کـه همه آن‌ها برای سدجوع و رفع احتیاجات خیلی ابتدائی زندگی بـود تـشکیل میدان ورامین را می‌داد. میدان و آدم‌هایش زیر خورشید قهار، نیم‌سـوخته، نیم‌بریان شده، آرزوی اولین نسیم غروب و سایه شب را می‌کردند. آدم‌ها، دکان‌ها، درخت‌ها و جانوران، از کار و جنبش افتاده بودند. هـوای گرمی روی سر آن‌ها سنگینی می‌کرد و گرد و غبار نرمی جلـو آسـمان لاجـوردی مـوج می‌زد، که به واسطه آمد و شد اتومبیل‌ها پیوسته به غلظت آن می‌افزود.

یک طرف میدان درخت چنار کهنی بود که میان تنه‌اش پوک و ریخته بـود، ولی با سماجت هر چه تمام‌تر شاخه‌های کج و کوله نقرسی خود را گـسترده بود و زیر سایه برگ‌های خاک آلودش یک سکوی پهن بـزرگ زده بودنـد، که دو پسربچه در آن‌جا به آواز رسا، شیر برنج و تخمه کدو مـی‌فروختنـد. آب گل‌آلود غلیظی از میان جـوی جلـو قهـوه‌خانـه، بـه زحمـت خـودش را می‌کشاند و رد می‌شد.

تنها بنائی که جلب نظر می‌کرد برج معـروف ورامـین بـود کـه نـصف تنـه استوانه‌ای ترک ترک آن با سر مخروطی پیدا بود. گنجـشک‌هـائی کـه لای درز آجرهای ریخته آن لانه کرده بودند نیز از شدت گرما خاموش بودند و

چرت می‌زدند – فقط صدای نالـه سگـی فاصلـه بـه فاصلـه سکوت را می‌شکست.

این یک سگ اسکاتلندی بود که پوزه کـاه‌دودی و بـه پاهـایش خـال سیـاه داشت، مثل این که در لجن زار دویده و به او شتک زده بـود. گـوش‌هـای بلبله، دم براغ، موهای تابدار چرک داشت و دو چشم باهوش آدمی در پوزه پشم‌آلود او می‌درخشید. در ته چشم‌های او یک روح انسانی دیده می‌شـد، در نیم شبی که زندگی او را فرا گرفته بود یک چیز بی‌پایان در چشم‌هـایش موج می‌زد و پیامی با خود داشت که نمی‌شـد آن را دریافـت، ولـی پـشت نی‌نی چشم او گیر کرده بود. آن نه روشنائی و نه رنگ بود، یک چیـز دیگـر باورنکردنی مثل همان چیزی که در چشمان آهوی زخمی دیده می‌شود بود، نه تنها یک تشابه بین چشم‌های او و انسان وجود داشت بلکه یک نوع تساوی دیده می‌شد.– دو چشم میشی پر از درد و زجر و انتظار که فقط در پـوزه یک سگ سرگردان ممکن است دیده شود. ولی به نظر می‌آمد نگـاه‌هـای دردناک پر از التماس او را کسی نمی‌دید و نمی‌فهمید! جلـو دکـان نـانوائی پادو او را کتک می‌زد، جلو قصابی شاگردش به او سنگ می‌پراند، اگـر زیـر سایه اتومبیل پناه می‌برد، لگد سنگین کفـش مـیخ‌دار شـوفر از او پـذیرائی می‌کرد. و زمانی که همه از آزار به او خسته می‌شدند، بچه شیربرنج‌فروش لذت مخصوصی از شکنجه او می‌برد. در مقابل هر نالـه‌ای که می‌کشید یـک پاره‌سنگ به کمرش می‌خورد و صدای قهقهه بچه پشت نالـه سـگ بلنـد می‌شد و می‌گفت: «بدمسب صاحاب!» مثل این که همه آن‌های دیگر هم بـا او هم‌دست بودند و بطور موذی و آب زیـر کـاه از او تـشویق مـی‌کردنـد می‌زدند زیر خنده. همه محض رضای خدا او را می‌زدند و به نظرشان خیلی

طبیعی بود سگ نجسی را که مذهب نفرین کرده و هفتا جان دارد برای ثواب بچزانند.

بالاخره پسر بچه شیربرنج‌فروش بقدری پاپی او شد که حیوان ناچار به کوچه‌ای که طرف برج می‌رفت فرار کرد، یعنی خودش را با شکم گرسنه، به زحمت کشید و در راه آبی پناه برد. سر را روی دو دست خود گذاشت، زبانش را بیرون آورد، در حالت نیم‌خواب و نیم‌بیداری، به کشتزار سبزی که جلوش موج می‌زد تماشا می‌کرد. تنش خسته بود و اعصابش درد می‌کرد، در هوای نمناک راه آب آسایش مخصوصی سر تا پایش را فرا گرفت. بوهای مختلف سبزه‌های نیمه‌جان، یک لنگه کفش کهنه نم‌کشیده، بوی اشیاء مرده و جان‌دار در بینی او یادگارهای درهم و دوری را زنده کرد. هر دفعه که به سبزه‌زار دقت می‌کرد، میل غریزی او بیدار می‌شد و یادبودهای گذشته را در مغزش از سر نو جان می‌داد، ولی این دفعه به قدری این احساس قوی بود، مثل این که صدائی بیخ گوشش او را وادار به جنبش و جست‌وخیز می‌کرد. میل مفرطی حس کرد که در این سبزه‌ها بدود و جست بزند.

این حس موروثی او بود، چه همه اجداد او در اسکاتلند میان سبزه آزادانه پرورش دیده بودند. اما تنش بقدری کوفته بود که اجازه کمترین حرکت را به او نمی‌داد. احساس دردناکی آمیخته با ضعف و ناتوانی به او دست داد. یک مشت احساسات فراموش شده، گم شده، همه به هیجان آمدند. پیشتر او قیود و احتیاجات گوناگون داشت. خودش را موظف می‌دانست که به صدای صاحبش حاضر شود، که شخص بیگانه و یا سگ خارجی را از خانه صاحبش بتاراند، که با بچه صاحبش بازی بکند، با اشخاص دیده شناخته چه جور تا بکند، با غریبه چه جور رفتار بکند، سر موقع غذا بخورد، به موقع معین

توقع نوازش داشته باشد. ولی حالا تمام این قیدها از گردنش برداشته شده بود.

همه توجه او منحصر به این شده بود که با ترس و لـرز از روی زبیـل، تکـه خوراکی به دست بیاورد و تمام روز را کتک بخورد و زوزه بکشد – این یگانه وسیله دفاع او شده بود – سابق او با جرأت، بی‌باک، تمیز و سر زنده بـود، ولی حالا ترسو و تو سری خور شده بود، هر صدائی که می‌شنید، و یا چیـزی نزدیک او تکان می‌خورد، به خودش می‌لرزید، حتی از صدای خودش وحشت می‌کرد – اصلا او به کثافت و زبیل خو گرفته بود.– تنش می‌خارید، حوصـله نداشت که کک‌هایش را شکار بکند و یا خودش را بلیسد. او حس مـی‌کـرد که جزو خاکروبه شده و یک چیزی در او مرده بود، خاموش شده بود.

از وقتی که در این جهنمدره افتاده بود، دو زمستان می‌گذشت که یک شکم سیر غذا نخورده بود، یک خواب راحت نکرده بود، شـهوتش و احـساساتش خفه شده بود، یک نفر پیدا نشده بود که دست نوازشی روی سر او بکشد، یک نفر توی چشم‌های او نگاه نکرده بود، گرچه آدم‌های این‌جا ظاهرا شبیه صاحبش بودند، ولی به نظر می‌آمد که احساسات و اخلاق و رفتار صـاحبش با این‌ها زمین تا آسمان فرق داشت. مثل این بود که آدم‌هائی که سابق بـا آن‌ها محشور بود، به دنیای او نزدیک‌تر بودند، دردها و احساسات او را بهتر می‌فهمیدند و از او بیشتر حمایت می‌کردند.

در میان بوهائی که به مشامش می‌رسید، بوئی که بـیش از همـه او را گـیج می‌کرد، بوی شیربرنج جلو پسر بچه بود – این مایع سفید که آن قدر شـبیه شیر مادرش بود و یادهای بچگی را در خاطرش مجسم می‌کرد – ناگهان یک حالت کرختی به او دست داد، به نظرش آمد وقتی که بچـه بـود از پـستان مادرش آن مایع گرم مغـذی را مـی‌مکید و زبـان نـرم محکـم او تـنش را

۲۵۲

می‌لیسید و پاک می‌کرد. بوی تندی که در آغوش مـادرش و در مجـاورت برادرش استشمام می‌کرد - بوی تند و سنگین مادرش و شیر او در بینیـش جان گرفت.

همین که شیرمست می‌شد، بدنش گرم و راحت می‌شد و گرمای سیالی در تمام رگ و پی او می‌دوید، سر سنگین از پستان مادرش جدا می‌شد و یـک خواب عمیق که لرزه‌های مکیفی به طول بدنش حـس مـی‌کـرد، دنبـال آن می‌آمد.- چه لذتی بیش از این ممکن بود که دست‌هایش را بـی‌اختیـار بـه پستان‌های مادرش فشار مـی‌داد، بـدون زحمـت و دونـدگی شـیر بیـرون می‌آمد. تن کرکی برادرش، صدای مادرش، همه این‌ها پر از کیف و نوازش بود. لانه چوبی سابقش را بخاطر آورد، بازی‌هائی که در آن باغچـه سـبز بـا برادرش می‌کرد.

گوش‌های بلبله او را گاز می‌گرفت، زمین مـی‌خوردنـد، بلنـد مـی‌شـدند، می‌دویدند و بعد یک همبازی دیگر پیدا کرد که پسر صاحبش بـود. در تـه باغ دنبال او می‌دوید، پارس می‌کرد، لباسش را دندان می‌گرفت. مخـصوصا نوازش‌هائی که صاحبش از او می‌کرد، قندهائی که از دست او خـورده بـود هیچ وقت فراموش نمی‌کرد، ولی پسر صاحبش را بیـشتر دوسـت داشـت، چون همبازیش بود و هیچ وقت او را نمی‌زد. بعدها یـک مرتبـه مـادر و برادرش را گم کرد، فقط صاحبش و پسر او و زنش با یک نـوکر پیـر مانـده بودند. بوی هر کدام از آن‌ها را چقدر خوب تشخیص می‌داد و صدای پایشان را از دور می‌شناخت. وقت شام و ناهار دور میز می‌گشت و خوراک‌ها را بـو می‌کشید، و گاهی زن صاحبش با وجود مخالفت شوهر خود یک لقمه مهـر و محبت برایش می‌گرفت. بعد نوکر پیر می‌آمد، او را صدا مـی‌زد: «پـات ...

پات ... » و خوراکش را در ظرف مخصوصی که کنار لانه چوبی او بود می‌ریخت.

مست شدن پات باعث بدبختی او شد، چون صاحبش نمی‌گذاشت که پات از خانه بیرون برود و به دنبال سگ‌های ماده بیفتد. از قضا یک روز پائیز صاحبش با دو نفر دیگر که پات آن‌ها را می‌شناخت و اغلب به خانه‌شان آمده بودند، در اتومبیل نشستند و پات را صدا زدند و در اتومبیل پهلوی خودشان نشاندند. پات چندین بار با صاحبش به وسیله اتومبیل مسافرت کرده بود، ولی درین روز او مست بود و شور و اضطراب مخصوصی داشت. بعد از چند ساعت راه در همین میدان پیاده شدند. صاحبش با آن دو نفر دیگر از همین کوچه کنار برج گذشتند ولی اتفاقا بوی سگ ماده‌أی، آثار بوی مخصوص هم‌جنسی که پات جستجو می‌کرد، او را یک مرتبه دیوانه کرد، به فاصله‌های مختلف بو کشید و بالاخره از راه آب باغی وارد باغ شد.

نزدیک غروب دو مرتبه صدای صاحبش که می‌گفت: «پات... پات!...» به گوشش رسید. آیا حقیقتا صدای او بود و یا انعکاس صدای او در گوشش پیچیده بود؟

گرچه صدای صاحبش تأثیر غریبی در او می‌کرد، زیرا همه تعهدات و وظایفی که خودش را نسبت به آن‌ها مدیون می‌دانست یادآوری می‌نمود، ولی قوه‌ای مافوق قوای دنیای خارجی او را وادار کرده بود که با سگ ماده باشد. به‌طوری که حس کرد گوشش نسبت به صداهای دنیای خارجی سنگین و کند شده. احساسات شدیدی در او بیدار شده بود، و بوی سگ ماده بقدری تند و قوی بود که سر او را به دوار انداخته بود.

تمام عضلاتش، تمام تن و حواسش از اطاعت او خارج شده بود، به‌طوری که اختیار از دستش در رفته بود. – ولی دیری نکشید که با چوب و دسته بیل بهوار او آمدند و از راه آب بیرونش کردند.

پات گیج و منگ و خسته، اما سبک و راحت، همین که به خودش آمد، به جستجوی صاحبش رفت. در چندین پس کوچه بوی رقیقی از او مانده بود. همه را سرکشی کرد، و به فاصله‌های معینی از خودش نشانه گذاشت، تا خرابه بیرون آبادی رفت: دوباره برگشت؛ چون پات پی برد که صاحبش به میدان برگشته ولی از آن‌جا بوی ضعیف او داخل بوهای دیگر گم می‌شد، آیا صاحبش رفته بود و او را جا گذاشته بود؟ احساس اضطراب و وحشت گوارائی کرد. چطور پات می‌توانست بی‌صاحب! بی‌خدایش زندگی بکند؟ چون صاحبش برای او حکم یک خدا را داشت، اما در عین حال مطمئن بود که صاحبش به جستجوی او خواهد آمد. هراس‌ناک در چندین جاده شروع به دویدن کرد – زحمت او بیهوده بود.

بالاخره شب، خسته و مانده به میدان برگشت، هیچ اثری از صاحبش نبود. چند دور دیگر در آبادی زد، عاقبت رفت دم راه آبی که آن‌جا سگ ماده بود، ولی جلو راه آب را سنگ چین کرده بودند. پات با حرارت مخصوصی زمین را با دستش کند که شاید بتواند داخل باغ بشود، اما غیر ممکن بود. بعد از آن که مأیوس شد، در همان‌جا مشغول چرت زدن شد.

نصف شب پات از صدای ناله خودش از خواب پرید. هراسان بلند شد، در چندین کوچه پرسه زد، دیوارها را بو کشید و مدتی ویلان و سرگردان در کوچه‌ها گشت. بالاخره گرسنگی شدیدی احساس کرد. به میدان که برگشت بوی خوراکی‌های جور بجور به مشامش رسید، بوی گوشت شب مانده، بوی نان تازه و ماست، همه آن‌ها بهم مخلوط شده بود، ولی او در

عین حال حس می‌کرد که مقصر است و وارد ملک دیگران شده، باید از این آدم‌هائی که شبیه صاحبش بودند گدائی بکند و اگــر رقیـب دیگـری پیـدا نشود که او را بتاراند، کم کم حق مالکیت این‌جا را بدست بیاورد و شاید یکی ازین موجوداتی که خوراکی‌ها در دست آن‌ها بود، از او نگه داری بکند.

با احتیاط و ترس و لرز جلو دکان نانوائی رفت که تازه باز شده بـود و بـوی تند خمیر پخته در هوا پراکنده شده بود، یک نفر که نان زیر بغلش بود به او گفت:«بیاه.. بیاه!» صدای او چقدر به گوشش غریب آمد! و یک تکه نان گرم جلو او انداخت. پات هم پس از اندکی تردید، نان را خورد و دمش را برای او جنباند. آن شخص، نان را روی سکوی دکان گذاشت، با ترس و احتیاط دستی روی سر پات کشید. بعد با هر دو دستش قلاده او را باز کرد. چـه احـساس راحتی کرد! مثل این که همه‌مسئولیت‌ها، قیدها و وظیفه‌ها را از گردن پـات برداشتند. ولی همین که دوباره دمش را تکان داد و نزدیک صاحب دکـان رفت، لگد محکمی به پهلویش خورد و ناله کنان دور شد. صاحب دکان رفت به دقت دستش را لب جوی آب کر داد. هنوز قلاده خودش را که جلو دکان آویزان بود می‌شناخت.

از آن روز، پات به جز لگد، قلبه سنگ و ضرب چماق چیز دیگری ازین مردم عایدش نشده بود. مثل این کـه همـه آن‌هـا دشـمن خـونی او بودنـد و از شکنجه او کیف می‌بردند!

پات حس می‌کرد وارد دنیـای جدیـدی شـده کـه نـه آن‌جـا را از خـودش می‌دانست و نه کسی به احساسات و عوالم او پی مـی‌بـرد. چنـد روز اول را بسختی گذرانید. ولی بعد کم کم عادت کرد. بعلاوه سر پیچ کوچـه، دسـت راست جائی را سراغ کرده بود که آشغال و زبیل در آن‌جا خالی می‌کردند و در میان زبیل بعضی تکه‌های خوش مزه مثل استخوان، چربی، پوسـت، کلـه

ماهی و خیلی خوراک‌های دیگر که او نمی‌توانست تشخیص بدهد پیدا می‌شد. و بعد هم باقی روز را جلو قصابی و نانوائی می‌گذرانید. چشمش به دست قصاب دوخته شده بود، ولی بیش از تکه‌های لذیذ کتک می‌خورد، و با زندگی جدید خودش سازش پیدا کرده بود. از زندگی گذشته فقط یک مشت حالات مبهم و محو و بعضی بوها برایش باقی مانده بود و هر وقت به او خیلی سخت می‌گذشت، درین بهشت گمشده خود یک نوع تسلیت و راه فرار پیدا می‌کرد و بی‌اختیار خاطرات آن زمان جلوش مجسم می‌شد. ولی چیزی که بیشتر از همه پات را شکنجه می‌داد، احتیاج او به نوازش بود. او مثل بچه‌ای بود که همه‌اش تو سری خورده و فحش شنیده، اما احساسات رقیقش هنوز خاموش نشده. مخصوصا با این زندگی جدید پر از درد و زجر بیش از پیش احتیاج به نوازش داشت. چشم‌های او این نوازش را گدائی می‌کردند و حاضر بود جان خودش را بدهد، در صورتی که یک نفر به او اظهار محبت بکند و یا دست روی سرش بکشد. او احتیاج داشت که مهربانی خودش را به کسی ابراز بکند، برایش فداکاری بنماید. حس پرستش و وفاداری خود را به کسی نشان بدهد اما بنظر می‌آمد هیچ‌کس احتیاجی به ابراز احساسات او نداشت؛ هیچ‌کس از او حمایت نمی‌کرد و توی هر چشمی نگاه می‌کرد بجز کینه و شرارت چیز دیگری نمی‌خواند. و هر حرکتی که برای جلب توجه این آدم‌ها می‌کرد مثل این بود که خشم و غضب آن‌ها را بیشتر بر می‌انگیخت.

در همان حال که پات توی راه آب چرت می‌زد، چند بار ناله کرد و بیدار شد، مثل این که کابوس‌هائی از جلو نظرش می‌گذشت. در این وقت احساس گرسنگی شدیدی کرد، بوی کباب می‌آمد. گرسنگی غداری تمام

درون او را شکنجه می‌داد به‌طوری که ناتوانی و دردهای دیگرش را فراموش کرد. به زحمت بلند شد و با احتیاط به طرف میدان رفت.

*

در همین وقت یکی از این اتومبیل‌ها با سر و صدا و گرد و خاک، وارد میدان ورامین شد. مردی از اتومبیل پیاده شد، بطرف پات رفت، دستی روی سر حیوان کشید. این مرد صاحب او نبود. پات گول نخورده بود، چون بوی صاحب خودش را خوب می‌شناخت. ولی چطور یک نفر پیدا شد که او را نوازش کرد؟ پات دمش را جنبانید و با تردید به آن مرد نگاه کرد. آیا گول نخورده بود؟ ولی دیگر قلاده به گردنش نبود برای این که او را نوازش بکنند. آن مرد برگشت دوباره دستی روی سر او کشید. پات دنبالش افتاد، و تعجب او بیشتر شد، چون آن مرد داخل اطاقی شد که او خوب می‌شناخت و بوی خوراک‌ها از آن‌جا بیرون می‌آمد. روی نیمکت کنار دیوار نشست. برایش نان گرم، ماست، تخم مرغ و خوراکی‌های دیگر آوردند. آن مرد تکه‌های نان را به ماست آلوده می‌کرد و جلو او می‌انداخت. پات اول به تعجیل، بعد آهسته‌تر، آن نان‌ها را می‌خورد و چشم‌های میشی خوش‌حالت و پر از عجز خودش را از روی تشکر به صورت آن مرد دوخته بود و دمش را می‌جنبانید. آیا در بیداری بود و یا خواب می‌دید؟ پات یک شکم غذا خورد بی‌آن‌که این غذا با کتک قطع بشود. آیا ممکن بود یک صاحب جدید پیدا کرده باشد؟ با وجود گرما، آن مرد بلند شد. رفت در همان کوچه برج، کمی آن‌جا مکث کرد، بعد از کوچه‌های پیچ واپیچ گذشت. پات هم بدنبالش، تا این که از آبادی خارج شد، رفت در همان خرابه‌ای که چند تا دیوار داشت و صاحبش هم تا آن‌جا رفته بود. شاید این آدم‌ها هم بوی ماده خودشان را

جستجو می‌کردند؟ پات کنار سایه دیوار انتظار او را کشید، بعد از راه دیگر به میدان برگشتند.

آن مرد باز هم دستی روی سر او کشید و بعد از گردش مختصری کــه دور میدان کرد، رفت در یکی از این اتومبیل‌ها که پات می‌شناخت نشست. پات جرأت نمی‌کرد بالا برود، کنار اتومبیل نشسته بود، به او نگاه می‌کرد.

یک مرتبه اتومبیل میان گرد و غبار به راه افتاد، پات هم بی‌درنگ، دنبـال اتومبیل شروع به دویدن کرد. نه، او این دفعه دیگر نمی‌خواست این مرد را از دست بدهد. له له می‌زد و با وجود دردی که در بدنش حس می‌کرد بـا تمام قوا دنبال اتومبیل شلنگ بر می‌داشت و به سرعت می‌دوید. اتومبیل از آبادی دور شد و از میان صحرا می‌گذشت، پات دو سه بار به اتومبیل رسید، ولی باز عقب افتاد. تمام قوای خودش را جمع کرده بود و جست و خیزهائی از روی نا امیدی بر می‌داشت. اما اتومبیل از او تندتر مــی‌رفت.ـ او اشتباه کرده بود، علاوه بر این‌که به دو اتومبیل نمی‌رسید، ناتوان و شکـسته شـده بود. دلش ضعف می‌رفت و یک مرتبه حس کـرد کـه اعضایش از اراده او خارج شده و قادر به کمترین حرکت نیست. تمام کوشش او بیهـوده بـود. اصلا نمی‌دانست چرا دویده، نمی‌دانست به کجا می‌رود، نه راه پس داشت و نه راه پیش. ایستاد، له له می‌زد، زبان از دهنش بیـرون آمـده بـود. جلو چشم‌هایش تاریک شده بود. با سر خمیده، به زحمت خودش را از کنار جاده کشید و رفت در یک جوی کنار کشتزار، شکمش را روی ماسه داغ و نمنـاک گذاشت، و با میل غریزی خودش که هیچ وقت گول نمی‌خورد، حس کرد که دیگر از این‌جا نمـی‌توانـد تکـان بخـورد. سـرش گیـج مـی‌رفت، افکـار و احساساتش محو و تیره شده بود، درد شدیدی در شکمش حس می‌کـرد و در چشم‌هایش روشنائی ناخوشی می‌درخشید. در میان تشنج و پـیـچ و تـاب،

دست‌ها و پاهایش کم کم بی‌حس مـی‌شـد، عـرق سـردی تمـام تـنش را فراگرفت، یک نوع خنکی ملایم و مکیفی بود ...

٭

نزدیک غروب سه کلاغ گرسنه بالای سر پات پرواز می‌کردنـد، چـون بـوی پات را از دور شنیده بودند. یکی از آن‌ها با احتیاط آمد نزدیـک او نشـست، به دقت نگاه کرد، همین که مطمئن شد پات هنـوز کـاملا نمـرده اسـت، دوباره پرید. این سه کلاغ برای در آوردن دو چشم میشی پات آمده بودند.

دن ژوان کرج

نمی‌دانم چطور است بعضی اشخاص به اولین برخورد، جـان در یـک قـالـب می‌شوند، - به قول عوام جور و اخت می‌آیند و یک بار معرفی کـافی اسـت برای این که یک دیگر را هیچ وقت فراموش نکنند. در صورتی که بر عکس بعضی دیگر با وجودی که مکرر به هم معرفی می‌شوند و در مراحل زنـدگی سر راه یک دیگر واقع می‌گردند، همیشه از هم گریزان هستند؛ میان آن‌هـا هرگز حس همدردی و جوشش پیدا نمی‌شود و اگر در کوچـه هـم بـه هـم بربخورند، یک دیگر را ندیده می‌گیرند. دوستی بی‌جهت، دشمنی بی‌جهت!- حالا این خاصیت را می‌خواهند اسمش را سمپاتی یا آنتی‌پاتی بگذارند و یا در اثر مغناطیس و روحیه اشخاص بدانند یا نه - آن‌هائی که معتقـد بـه حلـول ارواح هستند دورتر رفته می‌گویند کـه ایـن اشخاص در زنـدگی سـابق خودشان روی زمین، دوست و یا دشمن بوده‌اند و به این جهت نـسبت بـه هم متمایل و یا از هم متنفرند. ولی هیچ کدام ازین فرضیات نمی‌توانـنـد بـه آسانی معمای بالا را حل بکند. این کشش و جوشش ناگهانی نـه مربـوط بـه خصایل روحی است و نه ربطی با محاسن جسمانی دارد.

باری، یکی ازین برخوردهای عجیب، چند شب پیش برایم اتفاق افتـاد. شـب عید نوروز بود، تصمیم گرفته بودم برای احتراز از شر دیـد و بازدیـدهـای ساختگی و خسته کننده، سه روز تعطیل را بروم جای دنجی پیدا بکنم و بـرای خودم لم بدهم. هرچه فکر کردم دیدم مسافرت دور صلاح نیست. بعلاوه

261

وقت هم اجازه نمی‌داد. از این رو قصد مسافرت کرج را کردم.بعد از تهیـه جواز، سر شب بود، رفتم در کافه ژالـه نشستم. سـیگاری آتـش زدم و در ضمن این‌که گیلاس شیر و قهوه خودم را آهسته مزمـزه مـی‌کـردم و بـه تماشای آمد و شد مردم مشغول بودم، دیدم آدم تنومندی از دور بـه مـن اظهار خصوصیت کرد و به طرفم آمد. دقت کردم، دیـدم حـسن شـبگرد است. ده سال شاید بیشتر می‌گذشت که او را ندیـده بـودم، و غریـب‌تر آن‌که هر دومان یک دیگر را شناختیم. ـ بعضی صورت‌ها کمتر تغییر می‌کند. بعضی بیشتر عوض می‌شود، صورت حسن عوض نشده بود. همان صورت خنده‌رو و ساده بود، ولی نمی‌دانم چه در حرکات و لباسش بود که ساختگی و غیرطبیعی به نظر می‌آمد. مثل این که خودش را گرفته بود.

من تا آن شب اسم خانواده‌اش را نمی‌دانستم، او خودش بـه مـن گفـت در مدرسه فقط به او حسن‌خان می‌گفتند. ـ در حیـاط مدرسـه موقـع بـازی و تفریح حسن‌خان چهره زردنبو، استخوان‌بندی درشـت و حرکـات شـل و ول داشت و به لباس خودش هیچ اهمیت نمی‌داد، همیشه یخـه‌اش بـاز و روی کفش‌هایش خاک نشسته بود و همان حالت لاابالی به او بیـشتر مـی‌آمـد و رویش می‌افتاد. اما خیلی زود عصبانی مـی‌شـد و خیلـی زود هـم خـشمش فروکش می‌کرد. از این جهت بیشتر طرف تفریح و آزار بچه‌های موذی واقع می‌شد. و نمی‌دانم چرا اسمش را «حمال» گذاشته بودند.

من همیشه از او دوری می‌کردم، مثل این که اختلاف مبهم و نامعلومی بین ما وجود داشت. ولی حالا با حالت مخصوص خودمانی که آمـد سـر میـز مـن نشست آن اکراه دیرینه و بی‌دلیل را مرتفع کرد و با گذشتن زمان این تباین مجهول را خود بخود از بین برده بود. اما فرقی کـه کـرده بـود حـالا چـاق،

خوشحال و گردن کلفت شده بود، و از آن‌هائی بود که دور خودشان تولید شادی می‌کنند.

به محض ورود، به پیشخدمت کافه؛ دستور داد برایش عرق آوردند. گیلاس‌های عرق را پی‌درپی بالا می‌ریخت و در اثر استعمال عرق، یک جور خوشحالی موقتی به او دست داد. ولی به واسطه شهوت‌رانی زیاد، بیش از سنش شکسته به‌نظر می‌آمد و خطی که گوشه لبش می‌افتاد، ناامیدی تلخی را آشکار می‌کرد. چیزی که غریب بود، به سر و وضع خودش خیلی پرداخته بود، اما جار می‌زد که ساختگی است، همین توی ذوق می‌زد و هر دقیقه برمی‌گشت در آینه کراوات خودش را مرتب می‌کرد. ـ هرچه بیشتر کله‌اش گرم می‌شد، بیشتر صورتش بچه‌گانه و حالت لاابالی قدیم را به خود می‌گرفت.

بالاخره، بدون مقدمه بمن گفت که مدتی است عاشق زنی شده، یعنی یک نفر ارتیست شهیر، که خیلی فرنگی مآب و دولت‌مند است و تکرار می‌کرد که: «یک سال بود اونو از دور دوستش داشتم ولی جرأت نمی‌کردم عشق خودم رو بهش اظهار بکنم، تا این‌که همین اواخر یه طوری پیش‌آمد کرد که بهم رسیدیم!»

من پرسیدم:«عاشق موقتی یا خیال داری بگیریش؟»

«اگر حاضر بشه که با من زندگی بکنه البته که می‌گیرمش. چیزی که هس مخارجش زیاد میشه. هر شب که با هم به کافه میریم ده پونزده تمن رو دسم میگذاره. اما من از زیر سنگم که شده پیدا می‌کنم. اگه شده هفت در رو به یه دیگ محتاج بکنم مخارجش رو در میارم. چیزی که هس، روی اصل عاشقیش به شرط این که از همه روابط سابق خودش دس بکشه ـ میدونی بردمش منزلمون به مادرم معرفیش کردم. مادرم گفت: بیا تو خونه ما

بمون. اون گفت: دشمنت میاد این‌جا تو چاهار دیوار خودشو حبس بکنه. با این وضع ماهی دویست و پنجاه تمن خرج پانسیون، دویست و پنجاه تمن هم خرج هتل و دانسینگ رو دسم میگذاره. فردا شب بیا همین جا اونم با خودم میارم ببین چطوره.»

«فردا شب من در کرج هستم.»

«راس میگی؟ برای نوروز میری کرج؟ خودت تنها هسی؟ چطور، منم اونو ور میدارم میام. راستش نمیدونسم چه کار بکنم. ونگهی خرجشم کمتر میشه. بعلاوه تو مسافرت به اخلاق همدیگه بهتر آشنا میشیم؟»

«مانعی نداره ولیکن جواز.»

«جواز لازم نیس، من صد مرتبه بی‌جواز کرج رفته‌ام. جواز نمیخواد. حالا فردا شب حرکت میکنی.»

«صبح ساعت ۹ دم دروازه قزوین هستم، از اونجا راه میافتیم.»

«منم میام - درست سر ساعت ۹ با هم میریم. پس من میرم به ضعیفه خبر بدم که خودش رو آماده بکنه.»

من از این اظهار صمیمیت ناگهانی و دروغ و دونگ‌هائی که برایم نقل کرد تعجب کردم. بالاخره از هم جدا شدیم و قرارمان برای صبح شد.

*

فردا صبح انگ سر ساعت ۹ حسن با معشوقه‌اش آمدند. - خانم مثل نازنین‌صنم توی کتاب بود: لاغر، کوتاه، مژه‌های سیاه کرده، لب و ناخن‌های سرخ داشت. لباسش از روی آخرین مد پاریس بود و یک انگشتر برلیان به دستش می‌درخشید. مثل این که خودش را برای مهمانی شب‌نشینی آراسته بود. همین که خانم اتومبیل فورد کهنه را دید وحشت کرد و

گفت:«من به خیالم اتومبیل شخصییس. من تا حالا با اتومبیل کرایه سفر نکرده بودم.» بالاخره سوار شدیم و اتومبیل به طرف کرج روانه شد.

حق به جانب حسن بود، از او جواز نگرفتند. جلو مهمانخانه «عصر جدید» پیاده شدیم. هوا خنک بود و پالتو می‌چسبید. مهمانخانه ظاهرا عبارت بود از یک باغچه گر گرفته، با درخت‌های تبریزی دراز سفید و یک ایوان دراز که یک رج اطاق سفید کرده، متحدالشکل داشت، مثل این که از توی کارخانه فورد در آمده باشد. هر اطاقی سه تخت فنری با شمد و لحاف مشکوک داشت و یک آینه موقتی ترتیب داده بودند. پیدا بود که این اطاق‌ها را برای مسافران موقتی ترتیب داده بودند. چون اگر کسی در یکی از آن‌ها خودش را محبوس می‌کرد به زودی حوصله‌اش سر می‌رفت. چشم انداز جلوی ایوان، یک رشته کوه کبود بود و گنجشک‌های تغلی جا افتاده که از سرمای زمستان جان بسلامت برده بودند، با چشم‌های کلاپیسه شده و پرهای کز کرده، مثل این که از نسیم بهاری مست شده بودند، بی‌اراده، روی شاخه‌های تبریزی جست می‌زدند، و یا از در و دیوار بالا می‌رفتند، به‌طوری که سر و صدای آن‌ها تولید سرگیجه می‌کرد. ولی همه این‌ها رویهم رفته یک حالت سردستی و ییلاقی به مهمانخانه می‌داد که بدون لطف و دلربائی نبود.

همین که اطاق‌هایمان معین شد و گرد و غبار اتومبیل را از خودمان گرفتیم، من رفتم در ایوان قدم می‌زدم و منتظر حسن و خانمش بودم. یک مرتبه ملتفت شدم، دیدم از ته ایوان، یک نفر به من اشاره می‌کند. نزدیک که آمد او را شناختم. - این همان جوانی بود که هر شب در کافه «پروانه» پلاس بود و در آن‌جا به او معرفی شده بودم. و رندان بطعنه اسمش را «دن ژوان» گذاشته بودند.

از این جوان‌های مکش مرگ‌مای معمولی و تازه به دوران رسیده اداری بود. لباسش خاکستری، شلوار چارلستون گشاد مد شش سال قبل پوشیده بود. سرش غرق بریانتین بود و یک انگشتر الماس بدلی به دستش که ناخن‌های مانیکور شده داشت، برق می‌زد. بعد از اظهار مرحمت گفت که: «سه روز است در کرج مانده و خیال دارد امشب به تهران برگردد.» قدری یواش‌تر گفت: «برای خاطر یک دختر ارمنی این‌جا آمده بودم، امروز صبح رفت!»

در این وقت حسن و خانمش مثل طاوس مست از اطاق خارج شدند. من ناچار، دن ژوان را به آن‌ها معرفی کردم. بعد با هم رفتیم در اطاق دور میز نشستیم. حسن و خانمش ظاهرا از این مسافرت راضی و خشنود بودند. خانم روی دوش حسن می‌زد و می‌گفت: «ما اصلن یه جور سمپاتی بهم داریم. همچین نیس؟ راسی برای شما نگفتم، یه برادر دارم مثل سیبی که با حسن نصب کرده باشن. اما از وختیکه زن گرفت از چشمم افتاد! نمیدونین چه آفتی رو گرفته، من بالاخره مجبور شدم خونه‌ام رو جدا بکنم. صمیمیت و اخلاق خوب رو من خیلی دوس دارم.. قربون یک جو اخلاق خوب!»

گیلاس‌های خودمان را به سلامتی خانم بلند کردیم. دن ژوان پا شد رفت از اطاق خودش یک گرامافون با چند صفحه آورد و شروع کرد به صفحه زدن. بعد بدون مقدمه خانم را به رقص دعوت کرد، نه یک بار نه ده بار من ملتفت نگاه‌های شرربار حسن بودم که دندان قروچه می‌رفت و ظاهرا به روی مبارکش نمی‌آورد.

بعد از ناهار، تصمیم گرفتیم که برویم قدری هوا خوری بکنیم. از جاده چالوس، گردش‌کنان روانه شدیم. در راه، دن ژوان آهسته به من گفت: «امشب هم میمونم.» بعد مثل این‌که سال‌هاست خانم را می‌شناسد، با او

گرم صحبت شد! از همه چیز و از همه جا اطلاع داشت. و حکایت‌های جعلی برای خانم نقل می‌کرد، به‌طوری که فرصت نمی‌داد که ما دو نفر هم اظهار حیاتی بکنیم!

حسن مثل این که تصمیم فوری گرفت، رفت کنار خانم که چیزی بگوید. ولی خانم به او تشر زد و گفت: «سرت رو بالا بگیر، این لک روی لباست چییه؟» حسن هراسان خودش را کنار کشید. دن ژوان پالتوی خودش را در آورد روی دوش خانم انداخت. من نزدیک بـه آن‌هـا شـدم. دن ژوان، رودخانـه گل‌آلود کنار جاده و درخت‌هائی که از دور مثل چوب جارو از زمین در آمده بود، نشان می‌داد و می‌گفت: «چقد خوبه آدم بییاد اینجور جاها زندگی بکنه! این هوا، این رودخونه، این درختا، که برای یه ماه دیگه جونـه میزنـه. شـب مهتاب آدم بییاد کنار رودخونه یه گرامافون هم داشته باشد ... حیـف شـد که دوربین عکاسیم رو جا گذاشتم!»

از آبادی‌های نزدیک، مردهای دهاتی که لباس و آجیده نو پوشیده بودند و بچه‌ها با لباس‌های رنگارنگ در آمد و شد بودند. خانم اظهار خستگی کـرد. دن ژوان کنار رودخانه محلی را نشان داد. رفتیم روی سنگ‌ها نشستیم. آب گل‌آلود رودخانه باد کرده بود، زنجیروار موج می‌زد و گل و لای را با خودش می‌برد. جلو نظرمان را تپه‌های خاکی و یک رشته کوه سرمازده گرفته بـود. هوا نسبتا گرم شده بود. دن ژوان لباسش را در آورد و در تمام مـدتی کـه آن‌جا نشسته بودیم، از معشوقه خودش و عطر کتی، عشق و ناموس و رقص قفقازی صحبت می‌کرد. و خانم با دهن باز به حرف‌های صد تـا یـک غـاز او گوش می‌داد. – حرف‌های پوچ احمقانه مثلا می‌گفت: «یه شلوار ازیـن بهتـر داشتم، هفتیه پیش رفتم با یکی از رفقا سوار هواپیما شدم. وختی که خواستم پائین بیام پام گرفت به سنگ زمین خوردم. سر زانوم پاره شد. این شـلوارو

خیاطی لوکس ۲۵ تمن برام دوخته بود. تمام پام مجروح شده بود. درشکه سوار شدم رفتم مریضخونه امریکائی پیش ماکتاول. اون گفت: خدا بهت رحم کرده، اگه کنده زانوت ضربت دیده بود چلاق میشدی. سه روز خوابیدم، خوب شدم، اما ازون بالا، شیروونی خونه‌ها، آنقدر قشنگ پیدا بود! خونیه خودمونم ازون بالا دیدم. گنبد مسجد سپهسالار هم پیدا بود. آدما مورچه شده بودن. اما وختی که هواپیما پائین میباد، دل آدم هری تو میریزه! ...»

بالاخره، بعد از رفع خستگی، بلند شدیم و به طرف کرج برگشتیم. حسن و دن ژوان که سر دماغ و شنگول بودند، به رنگ قفقازی سوت می‌زدند. خانم آمد برقصد پاشنه کفشش ور آمد - خانم تکرار می‌کرد: «این کفشو دو هفتیه پیش از باتا خریده بودم!» دن ژوان که حاضر خدمت بود، با یک قلبه سنگ پاشنه کفش را درست کرد. در حالی که خانم با دستش به او تکیه کرده بود.

حسن به من ملحق شد و برخلاف آن چه در کافه به من اظهار کرده بود گفت: «اینم واسیه من زن نمیشه! باید ولش بکنم. من نمیتونم تنگه‌اش [1] رو خورد بکنم. خونه‌مون که بند نمیشه هیچ، میخواد آزادم باشه، خیلی آزاد!»

نزدیک غروب که وارد مهمانخانه شدیم، چند بطری عرق، گرامافون و مخلفات جوربجور روی میز را پر کرده بود.

دن ژوان گرامافون را به کار انداخت و پی در پی با خانم می‌رقصید. حسن پکر و عصبانی خون خونش را می‌خورد و به شوخی به او گوشه و کنایه می‌زد

---

[1] تنگه = پول تاجیکستان

که خالی از بغض نبود، می‌گفت: «جون ما راسش رو بگو، عاشق معشوقه مـا شدی؟ بگو دیگه، ما طلاقش میدیم.»

دن ژوان یک صفحه ویلون احساساتی گذاشت، آمد روی تختخواب نشست و گفت: «به! من خودم نومزد دارم، تو گمـون میکنـی! ... » از کیـف بغلـش عکس دختر غمناکی را در آورد. می‌بوسید و به سر و رویش می‌مالیـد و در چشم‌هایش اشک حلقه زد – مثل این که گریه توی آستینش بود!

احساس رحم خانم بجوش آمد، بلند شد رفت پیش دن ژوان نشست. حسن برای این که از رقص دن ژوان بـا خـانمش جلـوگیری بکنـد از پیـشخدمت ورق‌بازی خواست دن ژوان را دعوت به بازی بلوت کرد. آن‌ها مشغول بلوت دو نفری شدند. ولی خانم که سر کیف بود و قر توی کمرش خـشک شـده بود، گویا برای لج بازی با حسن، رفت یک صفحه گذاشت و مرا دعـوت بـه رقص کرد. در میان رقص حس کردم که خانم دست مرا فشار می‌داد و بـه من اظهار علاقه می‌کرد و دو سه بار صورتش را به صورت من چسبانید.

حسن فرصت را غنیمت دانسته بود، در بازی دق دلی و دل پری خـودش را سر دن ژوان خالی می‌کرد. جر می‌زد، داد می‌کـشید، عـصبانی شـده بـود. همین که رقص تمام شد، خانم رفت و یک سیلی ابدار به حسن زد و گفـت: «بروگمشو! این چه ریختیه؟ عقم نشست. برو گمشو، عینهو یه حمال!»

حسن با چشم‌های رک‌زده به او نگاه می‌کرد و بغض بیخ گلـویش را گرفتـه بود. بی‌اراده دستش را برد که کراوات خودش را درست بکند، ولی یخه‌اش باز بود. دن ژوان از بازی استعفا داد و دوباره با خانم شروع برقص کرد. من زیرچشمی حسن را می‌پائیدم: دیدم بلندشد، از اطاق بیرون رفت. دن ژوان یک صفحه تانگو گذاشت.

حسن وارد اطاق شد، نگاهی به اطراف انداخت، آمد دست مرا گرفت از اطاق بیرون کشید. حس کردم که دستش می‌لرزید زیر چراغ گاز ایوان، رگ‌های روی شقیقه‌هایش بلند شده بود، چشم‌هایش باز و لب پائینش ول شده بود. درست به ریخت لاابالی زمانی که او را در مدرسه دیده بودم در آمده بود. همین‌طور که دست مرا گرفته بود، بریده بریده گفت: «دیشب که تو بمن گفتی، من بخیالم فقط با تو هستم، تقصیر تو شد که اونو بمن معرفی کردی! خوب تو دیده و شناخته بودی، اما اون بی‌اجازه من با زنم میرقصه. این خلاف تمدن نیس؟ تو بهش حالی کن که این اداهای لوس بچگونه رو از خودش در نیاره - انگشتر بدلی خودشو برخ زن من میکشه، میگه ده هزار تمن برای معشوقه خودم خرج کرده‌ام! عاشق میشه، پای صفحه گرامافون گریه میکنه. بخیالش من خرم. - وختی که میرقصه چرا از من اجازه نمیخواد؟ همیه اینها رو من میفهمم، من از اون زرنگترم. منم خیلی از این عاشقی‌های کشکی دیدم. ببین تو اونو بمن معرفی کردی - میدونی این زن زیاد آزاده، من میدونسم که نمیتونم زیاد باهاش زندگی بکنم، ولی همین الآن من میرم، دیگه اینجا بند نمیشم.»

« - أی بابا! یکشب هزار شب نمیشه. حالا برو یک مشت آب بسر و روت بزن، از خر شیطون پائین بیا. عرق خوردی پرت میگی. ونگهی شب اول ساله بدشگونی میشه.»

ولی جواب من، اثر بدی کرد، مثل چیزی که حسن آتشی شد، به عجله رفت در اطاق خودش، از توی کیف خانم پول برداشت، به پیشخدمت مهمانخانه دستور داد که یک اتومبیل در بست برای شهر حاضر بکند، چون خیال داشت فی‌الفور حرکت بکند. اتفاقا در حیاط مهمانخانه یک اتومبیل ایستاده بود. دیوانه‌وار دور خودش را نگاه کرد، رفت بالای سر شوفر خواب‌آلود او

را بیدار کرد و گفت: «همین الان باید برم شهر، هر چی میخواهی میدم. زود باش!»

حسن یخه پالتوش را بالا کشید. رفت توی اتومبیل فرد نشست.

شوفر چشم‌هایش را می‌مالید و به طرف اتومبیل می‌رفت. من به شوفر گفتم: «بیخود میگه، مست کرده برو بخواب.»

شوفر هم از خدا خواست و برگشت که بخوابد. یک مرتبه خانم حسن متغیر، اخم‌هایش را در هم کشیده، آمد دم اتومبیل رو کرد به حسن و گفت: «خاک تو سرت! تو اصلا آدم نیسی، مرده شور ریخت حمالت رو ببرن!» (رویش را بمن کرد): «از اولم من براش احساس ترحم داشتم نه عشق، این لایق زنی مثه زن برادرم بود. (دوباره به حسن) پاشو، پاشو بیا این‌جا تو اطاق، باید حرفمو با تو تموم بکنم. میخوایی منو اینجا سر صحرا بگذاری؟ خاک تو سرت بکنن!»

حسن به حال شوریده بلند شد، رفت در اطاقش، روی تختخواب افتاد، دست‌ها را جلو صورتش گرفت. هق هق گریه می‌کرد و می‌گفت: «نه، نه زندگی من بیخود شده ... من میرم شهر ... من زندگیم تموم شده ... منو دیوونه کردی ... - باید برم، دیگه بسه!...تا حالا گمون می‌کردم زندگی من مال خودم نبوده، مال تو هم هس. نه... سر راه پیاده میشم، خودمو از بالای دره پرت می‌کنم ... دیگه بسه!»

حسن نه تنها جملات معمولی رمان‌های پست عشق‌آلود را تکرار می‌کرد، بلکه بازیگر آن‌ها شده بود. - این آدم ظاهرا کله‌شق که از من رو دربایستی داشت و سعی می‌کرد خودش را سیر و کهنه کار و غد جلوه بدهد، یک مرتبه کنترل خود را گم کرد. موجود خوار و بیچاره‌ای شده بود که عشق و

ترحم از معشوقه‌اش گدائی می‌کرد. این همه توده گوشت مچاله شده، شکنجه شده که مثل کوه روی تخت غلتیده بود، درد می‌کشید! – یک نوع درد خودپسندی بود و در عین حال جنبه مضحک و خنده‌آور داشت. در صورتی که خانم به برتری خودش مطمئن بود، فتح خود را به آواز بلند می‌خواند.به حال تحقیرآمیز دستش را به کمرش زده بود و می‌گفت: «برو گمشو، احمق! نمیدونسم تو انقد احمقی. (رویش رابمن کرد) نگاهش بکنین، عینهو یه حمال! آقا باصرار من یه خورده سرو وضعش رو تمیز کرد. به‌بینین به چه ریختی افتاده! من نمیدونسم انقد احمقه وگرنه هرگز نمیومدم، افسوس. تو مسافرت اخلاق خوب معلوم میشه! به‌بینین چطو افتاده رو تختخواب. این حالت طبیعیشه. اگه جون بجونش بکنن حماله. چه اشتباهی کردم! خوب شد زودتر فهمیدم، من هرگز نمیتونم با این زندگی بکنم!»

با دستش حرکت تحقیرآمیزی کرد که مفهومش «خاک تو سرت» بود. حسن هق و هق گریه می‌کرد، همین که من دیدم کار بجای نازک کشیده از اطاق بیرون آمدم و آن‌ها را تنها گذاشتم. رفتم در اطاق دن ژوان، دیدم همه چیزها ریخته و پاشیده، سوزن به ته صفحه رسیده، تق و تق صدا می‌کند.

دن ژوان با رنگ پریده، سیاه مست، روی تخت افتاده بود. من تکانش دادم. او گفت: «چه خبره؟ دعواشون شده؟ تقصیر من چیه؟ خودش به من اظهار علاقه کرد گفت: «ترو دوس دارم»، نه، گفت: «بتو سمپاتی دارم. این حسن مثه حمالاس.» دس منو تو رقص فشار میداد و دوبارم ماچم کرد. من هیچ خیالی براش نداشتم. یه موی نومزدمو نمیدم هزار تا از این زنا بگیرم. ندیدی پیش از این که بلوت بازی بکنم رفتم بیرون؟ برای این بود که جای سرخاب لب خانمو از رو صورتم پاک بکنم.»

۲۷۲

«– نه، باین سادگی هم نیس، آخر منم می‌دیدم.»

«اوه آتش دهن‌سوزی نیس که. حکایتش مثه حکایت همیه زنهـای عفیفیس که اول فرشته ناکام، پرنده بی‌گناه، مجسمه عـصمت و پاکـدامنی هـسن. انوخت یه جوون سنگدل شقی پیدا میشه. اونارو گول میزنه! مـن نمیدونم! چرا انقد دختـرای ناکام گول جوون‌های سنگدل رو میخورن و بـرای دختـرای دیگه عبرت نمیشه. اما همین خانوم هفتا جوون جنایتکارو دم چشمه میبـره و تشنه بر میگردونه.»

دن ژوان نسبت به قضایائی که مربوط به او می‌شد، ککش نمی‌گزید و کاملا برایش طبیعی بود. من فهمیدم که حرف‌های بی‌سر و ته، اداهای تازه بدوران رسیده، اطوارش، دروغ‌های لوس و تملق‌های بیجائی که مـی‌گفت، قـرت انداختن و خود آرائیش کاملا بی‌اراده و از روی قوه کوری بود که با محـیط و طرز محیط او وفق می‌داد. او حقیقتا یک دن ژوان محیط خودش بـود بـی‌آن که خودش بداند.

٭

صبح در اطاقم را زدند، در را باز کردم، خانم حسن چمدان بدست وارد شد و گفت:

«– الان. من میرم قزوین پیش خواهرم. هیچ میدونین که حسن شبونه رفت؟ من اومدم از شما خداحافظی بکنم.»

«– خیلی متأسفم! ولی صبر بکنین باهم میریم حسنو پیدا می‌کنیم.»

«هرگز، من دیگه حاضر نیسم توی روی حسن نگاه بکنم. مرده‌شور ترکیبش رو ببرن! میرم پیش خواهرم. اون منو گول زد، آورد اینجا، بعد شـبونه فـرار میکنه!»

بی آن‌که منتظر جواب من بشود از اطاق بیرون رفت.

پنج دقیقه بعد، دن ژوان با چمدانی که گویا فقط محتوی یک گرامافون بود، برای خداحافظی آمد دم اطاقم. من گفتم: «تو دیگه کجا میری؟»

«من کار دارم باید برم شهر، دیشبم بیخود موندم.»

او هم خدانگهداری کرد و رفت. علی ماند و حوضش! - ولی من تعجیلی به رفتن نداشتم. گنجشک‌ها با جار و جنجال و چشم‌های کلاپیسه بیدار شده بودند. گویا نسیم بهاری آن‌ها را مست کرده بود. من به فکر قضایای عجیب و غریب دیشب افتادم و فهمیدم که این قضایا هم مربوط به نسیم مست کننده بهاری بوده و رفقای من هم مثل گنجشک‌های مست شده بودند.

بعد از صرف ناشتائی به قصد گردش از مهمانخانه بیرون رفتم. دیدم یک اتومبیل لکنته، بدتر از اتومبیلی که ما را به کرج آورده بود، به زحمت و با سر و صدا، از جلو مهمانخانه رد می‌شد. ناگهان چشمم به مسافرین آن افتاد: از پشت شیشه دن ژوان و خانم حسن را دیدم که پهلوی هم نشسته گرم صحبت بودند و اتومبیل آن‌ها به طرف جاده قزوین می‌رفت!

بن بست

شریف با چشم‌های متعجب، دندان‌های سفید محکم و پیشانی کوتاه که موی انبـوه سـیاهی دورش را گرفتـه بـود، بیـست و دو سـال از عمـرش را در مسافرت بسر برده و با چشم‌های متعجب‌تر، دندان‌هـای عاریـه و پیـشانی بلند چین‌خورده که از طاسی سرش وصله گرفته بود و با حال بدتر و کورتر به شهر مولد خود عودت کرده بود. او در سن چهل و سه سالگی پس از طی مراحل ضباطی، دفترداری، کمک محاسب و غیره به ریاسـت مالیـه آبـاده انتخاب شده بود. - شهری که در آن‌جا به دنیا آمده و ایام طفولیت خـود را در آن‌جا گذرانیده بود. زیرا همین که شریف به سن دوازده رسید، پدرش به اسم تحصیل او را به تهران فرستاد. پس از چندی وارد مالیه شد و تاکنون زندگی خانه‌بدوشی و سرگردانی دور ولایات را به سـر مـی‌بـرد. حـالا بـه واسطه اتفاق و یا تمایل شخصی به آباده مراجعت کرده بود و بـدون ذوق و شوق در خانه موروثی و یا در اداره مشغول کشتن وقت بود.

صبح خیلی دیر بیدار می‌شد، نه از راه تن پروری و راحت طلبی، بلکـه فقـط منظورش گذرانیدن وقت بـود. گـاهی ویـرش مـی‌گرفـت اصـلا سـرکار نمی‌رفت، چون او نسبت به همه چیز بی‌اعتنا و لاابالی شده بود و بـه همـین جهت از سایر رفقای هم‌کارش که پرور و زرنگ و دزد بودند عقـب افتـاده بود. چیزی که در زندگی باعث عقب افتادن او شده بود عرق و تریاک نبود،

بلکه خوش‌طینتی و دل‌رحمی او بود. اگرچه شریف برای امرار معاش احتیاجی به پول دولت نداشت و پدرش به قدر بخور و نمیر برای او گذاشته بود که به‌اصطلاح تا آخر عمرش آب باریکی داشته باشد، و شاید اگر گشادبازی نمی‌کرد و پیروی هوا و هوس را نکرده بود، بیشتر از احتیاج خودش را هم داشت، ولی از آن‌جائی که او تفریح و سرگرمی شخصی نمی‌توانست برای خودش اختیار بکند و از طرف دیگر نشستن پشت میز اداره برای او عادت ثانوی و یک نوع وسواس شده بود، ازین‌رو مایل نبود که میز اداره را از دست بدهد.

پس از مراجعت همه چیز به نظر شریف تنگ، محدود، سطحی و کوچک جلوه می‌کرد. به نظرش همه‌اشخاص سائیده شده و کهنه می‌آمدند و رنگ و روغن خود را از دست داده بودند. اما چنگال خود را بیشتر در شکم زندگی فرو برده بودند، به ترس‌ها، وسواس‌ها و خرافات و خودخواهی آن‌ها افزوده شده بود. بعضی از آن‌ها کم و بیش به آرزوهای محدود خودشان رسیده بودند. ‐ شکم‌شان جلو آمده بود، یا شهوت آن‌ها از پائین تنه به آرواره‌هایشان سرایت کرده بود و یا در میان گیر و دار زندگی، حواس آن‌ها متوجه کلاه‌برداری، چاپیدن رعایای خود، محصول پنبه و تریاک و گندم و یا قنداق بچه و نقرس کهنه خودشان شده بود. خود او آیا پیر و ناتوان نشده بود و با منقل وافور و بطری عرق به‌امید استراحت به شهر مولد خود برنگشته بود؟ خواهر کوچکش که در موقع آخرین ملاقات با او آن قدر ترو تازه و جوان سرزنده به نظر می‌آمد حالا شوهر کرده بود، چند شکم زائیده بود، چین و چروک خورده بود. شیارهائی مثل جای پنجه کلاغ گوشه چشمش دیده می‌شد که با سکوت بلیغی به منزله آینه پیری خود

شریف به شمار می‌رفت. حتی شهر سرخ گلی و خرابه‌ای که گویا بـه طعنـه آباده می‌نامیدند برای او یک حالت تهدید کننده داشت.

شاید دنیا تغییر نکرده بود و فقط در اثر پیری و ناامیدی همه چیز به نظر او گیرندگی و خوش‌روئی جادوئی ایام جـوانی را از دسـت داده بـود. فقـط او دست‌خالی مانده بود، در صورتی که آن‌های دیگر زندگی کـرده بودنـد – سال‌ها گذشته بود و هر سال مقداری از قوای او از یک منفذ نامرئی بیـرون رفته بود بی‌آن که ملتفت شده باشد، به جز چند یـادبود ناکـام و یکـی دو رسوائی و کوشش‌های بیهوده، چیز دیگری بـرایش نمانـده بـود. – او فقـط لاشه خود را از این سوراخ به آن سوراخ کشانیده بود و حالا انتظار روزهـای بهتری را نداشت.

در اداره تمام وقت شریف، پشت میز قهوه‌ای رنگ‌پریده، در اطاق بالا خانه اداره مالیه مـی‌گذشت. خمیـازه مـی‌کـشید، لغـت لاروس را ورق مـی‌زد و عکس‌های آن را تماشا می‌کرد، سیگار می‌کشید یا سرسرکی به کاغـذهـای اداره رسیدگی می‌کرد و یک امضای گل و گشادی زیرش می‌انـداخت. ولـی در خارج از اداره بر خلاف رؤسای ادارات که شب‌ها دور هم جمع می‌شدند و بساط قمار را دائر می‌کردند، او با هم‌کاران و رؤسای سایر ادارت مـراوده و جوششی نشان نمی‌داد. کناره گیری و گوشه نشینی را اختیار کرده بود. در منزل وقت خود را به باغبانی و سبزی کاری مـی‌گذرانیـد. بیـشتر وقـت او صرف بساط فور و تشریفات آن می‌شد. بعد از آن که غلامرضا منقل برنجی را آتش می‌کرد و زیر درخت بید کنار استخر روی سفره چرمی می‌گذاشت، شریف جعبه هزار بیشه خود را که محتوی آلات وافـور بـود بـه دقـت بـاز می‌کرد و اسباب فور و بطری کوچک عرق را مرتب دور خودش می‌چید و با

تفنن مشغول می‌شد. گاهی غلامرضا مطیع و ساکت و سربزیر می‌آمد و بـه او تریاک می‌داد، مثل این که مشغول انجام مراسم مذهبی می‌باشد.

غلامرضا پیرمرد لهیده‌ای بود که جزو اثاثیه خانه به شمار می‌رفت و مثل یک سگ به صاحبش وفادار مانده بود. از آن آدم‌های قدیمی خوشرو و بـی‌آزار بود که برای هرگونه فداکاری در راه اربابش مضایقه نداشت. فقط او بـود که به وسواس‌های شریف آشنا بود و می‌دانست مطابق میلش رفتار بکنـد. چون شریف وسواس شدیدی به تمیزی داشت، دایم دسـت و صـورتش را می‌شست و به همه چیز ایراد مـی‌گرفت. غلامرضـا توجـه مخصوصی در شستن گیلاس آب، حوله، ملافه و جارو زدن اطاق‌ها مبذول مـی‌داشـت تـا مطابق میل اربابش رفتار کرده باشد.

شریف پس از پایان تشریفات و مراسم وافور و حقه‌چینی، چوب کهور و حتی تخته‌نرد سفری را که هر دفعه بی‌جهت بیـرون مـی‌آورد، بـه دقـت پـاک می‌کرد و با سلیقه مخصوصی در خانه‌بندی‌های جعبه سـفری مـی‌گذاشـت. بعد آلبوم عکس را که مثل چیز مقدسی جلد تافته گرفته بود بـا احتیـاط در می‌آورد، ورق می‌زد، مثل این که تماشای آلبوم متمم و مکمل نـشأه تریـاک بود. ـ این آلبوم سینمای زندگی، تمام گذشته او بود. همه رفقا و اشخاصـی که در طی مسافرت‌هایش با آن‌ها آشنا شده بود، عکس آن‌ها در این آلبوم وجود داشت و یادبودهای دور و تأثر انگیزی در او تولید می‌کرد.

تفریح دماغی شریف دیوان حافظ، کلیات سـعدی بـود کـه سـرحد دانـش مردم متوسط به شمار می‌رود. اما در طی تجربیات تلـخ زنـدگی یـک نـوع زدگی و تنفر نسبت به مردم حس مـی‌کـرد و در معاملـه بـا آن‌هـا قیافـه خونسردی را وسیله دفاع خود قرار داده بـود. عـلاوه بـر ایـن یـک کبـک دست‌آموز داشت که به پایش زنگوله بسته بود. برای این که گم نشود یک

سگ لاغر هم برای پاسبانی کبک نگه داشته بود که در مواقع بیکاری همـدم او بودند. مثل این‌که از دنیای پرتزویر آدم‌ها به دنیای بـی‌تکلیـف، لاابـالی و بچگانه حیوانات پناه برده بود و در انس و علاقه آن‌ها، سادگی احـساسات و مهربانی که در زندگی از آن محروم مانده بود جستجو می‌کرد.

*

یک روز طرف عصر که شریف پشت میز اداره مشغول رسیدگی به دوسیه قطوری بود، در باز شد و جوانی وارد اطاق گردید که از تهران به عنوان عضو مالیه آباده مأموریت داشت و کاغذ سفارش‌نامه خود را به دست شـریف داد. شریف همین که سر خود را از روی دوسیه بلند کـرد و او را دیـد یکـه خورد. به‌طوری حالش منقلب شد که به زحمت می‌توانست از تغییر حالـت خود جلوگیری بکند. مثل این که یک رشته نامرئی که به قلب او آویخته بود دوباره کشیده شد، و زخمی که سال‌ها التیام پذیرفته بود از سر نو مجـروح گردید. دنیا به نظرش تیره و تار شد، یک پرده کدر و مه‌آلود جلو چشمش پائین آمد و منظره محو و دردناکی روی آن پرده نقش بـست. آیـا چنـین چیزی ممکن بود؟ شریف این جوان را در یک خواب عمیـق، در خـواب دوره جوانیش دیده بود و بهترین دوره زندگیش را با او گذرانیده بود. بیـست و یک سال قبل این پیش‌آمد رخ داد و بعد او مانند یک چیز ظریـف شـکننده که مربوط به این دنیا نبود از جلو چشمش ناپدید شد.

شریف نمی‌توانست باور بکند، در صورتی که خـودش پیـر و شکـسته و در انتظار مرگ بود، چطور این جوان از دنیای مجهـولی کـه در آن رفتـه بـود، جوان‌تر و شاداب‌تر جلو او سبز شده بود. احساس مبهمی که مربوط بـه یـاد بود و دردناک رفیقش می‌شد به قلب او را فشرد. به زحمت آب دهن خود

را فروداد، خرخره برجسته او حرکت کرد و دوباره سر جای اولش قرار گرفت.

شریف این جوان را خوب می‌شناخت، با او در یک مدرسه بود، وقتی که سن حالای او را داشت. نه تنها شباهت جسمانی و ظاهری او با محسن رفیق و هم شاگردی او کامل بود بلکه صدا، حرکات بی‌اراده، نگاه گیج و طرز سینه صاف کردن او همه شبیه رفیق ناکامش بود. اما در قیافه‌اش آثار تزلزل و نگرانی دیده می‌شد، به نظر می‌آمد که روح او از قید قوانین زندگی مردمان معمولی رسته بود. به همین جهت یک حالت بچگانه و دمدمی داشت.

شریف کاغذ سفارش‌نامه را جلو چشمش گرفت ولی نمی‌توانست آن را بخواند. خط‌ها جلو او رقصیدند، فقط اسم او را که مجید بود خواند. با خودش زیر لب تکرار می‌کرد: «باید این اتفاق بیفتد!» از آن‌جائی که همیشه در کارهای شریف گراته می‌افتاد و مثل این بود که قوه شومی پیوسته او را دنبال می‌کند، در موقع تعجب این جمله جبری را با خوش تکرار می‌کرد.

در زندگی یک نواخت او و روزهائی که می‌دانست مانند کلیشه قبلا تهیه شده و با نظم عقربک ساعت به حرکت افتاده بود، این پیش آمد خیلی غریب به نظر می‌آمد. بالاخره پس از اندکی تردید با لحن خیرخواهانه‌ای که از شدت اضطراب می‌لرزید، از مجید اسم پدرش را پرسید. بعد از آن که مطمئن شد که مجید پسر محسن است، به او گفت که با پدرش از برادر صمیمی‌تربوده و در یک مدرسه تحصیل می‌کرده‌اند و در اداره هم کار بوده‌اند. سپس افزود: «مرحوم ابوی شما حق برادری به گردن من دارد. شما به جای پسر من هستید، وظیفه من است که شما را به منزل خودم دعوت بکنم.»

بالاخره تصمیم گرفت که قبل از پایان وقت اداری مجید را به منزل خود راهنمائی بکند. اثاثیه و تخت سفری او را پیشخدمت اداره برداشت و به طرف منزل شریف رهسپار شدند. از میان دیوارهای گلی سرخ و چند خرابه که دورش چینه کشیده شده بود رد شدند. در طی راه شریف از مراتب دوستی و یگانگی خودش با پدر او صحبت می‌کرد، تا این که وارد خانه بزرگ آبرومندی شدند که جوی آب و دار و درخت داشت، و یک استخر بزرگ بی‌تناسب بیشتر فضای باغ را اشغال کرده بود. این باغچه در مقابل منظره خشک و بی‌روح شهر به منزله واحه در میان صحرا به شمار می‌آمد.

شریف با قدم‌های مطمئن‌تر و حالت سرشارتر از معمول راه می‌رفت. زیرا برای او این سرپرستی ناگهانی نه تنها یک نوع انجام وظیفه نسبت به دوست مرده‌اش بود، بلکه از آن یک جور لذت مخصوصی می‌برد. یک نوع احساس تشکر و قدردانی از رفیق مرده‌اش در او پیدا شده بود که پس از مرگش، بعد از سال‌ها دوباره تغییر گوارائی در زندگی یکنواخت او داده بود. - برای اولین بار از سرنوشت خودش راضی بود.

همین که وارد شدند. شریف به غلامرضا دستور داد که تختخواب مجید را در اطاق پذیرائی بزنند. - سالون او عبارت از اطاق دنگالی بود که از قالی مفروش شده بود و یک رج درگاه بدرازی آن دیده می‌شد و قرینه درگاه‌ها، طرف مقابل پنج در رو به ایوان داشت. میز بزرگی وسط اطاق گذاشته بودند که از قالی پوشیده شده بود. یک جعبه قلم‌زده شش ترک کار آباده روی میز و چند صندلی دور آن بود.

شریف به عادت معمول لباسش را در آورد. با پیراهن و زیر شلواری به اطاق شخصی خودش رفت. پیش از این که جلو بساط وافور بنشیند جلو آینه رفت - این آینه که هر روز بر سبیل عادت جلو آن موهای تنک سر خود را شانه

می‌زد و نگاه سرسرکی به خودمی انداخت، این دفعه بیش از معمول به صورت خود دقیق شد. دندان‌های طلائی، پای چشم چین خورده، پوست سوخته و شانه‌های تو رفته خود را از روی نا امیدی براند از کرد. نفسش پس رفت، به نظرش آمد که همیشه آن قدر کریه بوده. یک جور نفرین، یک جور بغض گنگ نسبت به بیدادی خالق و دنیا و همه مردمان حس کرد. یک نوع کینه مبهم نسبت به پدر و مادرش حس کرد که او را به این ریخت و هیکل پس انداخته بودند! اگر هرگز به دنیا نیامده بود به کجا بر می‌خورد؟ اگر پررو و خوش مشرب و سر زباندار و بی‌حیا مثل دیگران بود حالا یادبودهای گواراتری برای روز پیریش اندوخته بود. آب دهنش را فرو داد، خرخره او حرکت کرد و دوباره سر جای اولش ایستاد. در همین وقت مجید وارد شد، هر دو سر بساط نشستند. شریف مشغول کشیدن وافور شد و در ضمن صحبت وعده و وعید به مجید می‌داد که ورود او را به مرکز اطلاع خواهد داد و یکی دو ماه دیگر برایش تقاضای اضافه حقوق خواهد کرد.

شام را زودتر خوردند و قبل از این که مجید برود، شریف پیشانی او را بوسید. مجید این حرکت را بدون تعجب یا اکراه به طور خیلی طبیعی تلقی کرد. شریف با خودش تکرار کرد: «چه غریب است! بایستی این اتفاق بیفتد، بایستی! ... » با دست لرزان آلبوم عکس را که یگانه نماینده تحولات مرتب و مطمئن قیافه او بود برداشت. با دستمال رویش را پاک کرد، جلو چراغ ورق می‌زد. ـ در عکس بچگیش که پهلوی خواهرش ایستاده بود، لباس چروک خورده، نگاه متعجب داشت و لبخند زورکی زده بود. مثل این که می‌خواست خبر ناگواری را پنهان بکند. عکسی که با شاگردان مدرسه برداشته بود، همین چشم‌های متعجب را داشت، به اضافه یک جور دلهره و هیجان در قیافه‌اش دیده می‌شد که سعی کرده بود لاپوشانی بکند. عکس

فوری که در گاردن پارتی با محسن پدر مجید انداخته بود، چشم‌های متعجب داشت. ولی این تعجب عمیق‌ترشده بود، مثل این که در خودش فرو رفته بود. رنگ عکس پریده بود. نگاهش دور و نا امید به نظرش جلوه کرد و دستش را روی شانه محسن گذاشته بود. در آن وقت چهارده پانزده سال بیشتر نداشت. قیافه محسن محو و لغزنده به نظرش آمد، مثل چیز دمدمی و موقت که محکوم به نابود شدن است. - این عکس را پسندیده که موهای مرتب روی سرش بود و روی هم رفته وضع آبرومندتری از عکس‌های دیگر داشت. به دقت آن را از توی آلبوم در آورد. عکس آخری که در مازندران با محسن برداشته بود. محسن کاملا شبیه مجید بود اما خود شریف با ریشی که چند روز نتراشیده بود و نگاه متعجبش مثل این بود که انتظار انهدام نسل بشر را می‌کشید، حالت سخت و زننده‌ای داشت که نپسندید. بعد به عکس‌هائی که در ولایات مختلف با اعضای ادارات و یا اشخاص دیگر برداشته بود دقت کرد. نه تنها این اشخاص مطابق یادبودی که در او گذاشته بودند در مقابلش مجسم می‌شدند. بلکه همه آن‌ها را می‌دید و صدایشان را می‌شنید و نمی‌توانست آن قسمت از گذشته را دور بیندازد، فراموش بکند، چون این یادبودها جزو زندگی او شده بود.

تماشای این عکس‌ها امشب تأثیر غریبی در او گذاشت. احساس دردناک و خشنی بود، به‌طوری که نفسش پس رفت - یک رشته عدم موفقیت، دوندگی‌های بیهوده و عشق‌های ناکام جلو او مجسم شد. شریف لب‌هایش می‌لرزید، نگاهش خیره بود. در رخت‌خواب که دراز کشید و پلک‌هایش را به هم فشرد، یک صف از رفقایش جلو او ردیف ایستاده بودند که آخرش محو می‌شد، همه این صورت‌ها از پشت ابر و دود موج می‌زدند. در میان دود می‌لغزیدند و یک زندگی جادوئی به خود گرفته بودند. در آن میان

محسن رفیق هم مدرسه‌اش از همه دقیق‌تر و زنده‌تر بود. فقط او بود کـه تأثیر فراموش نشدنی در شـریف گذاشـته بـود، و ورود ناگهـانی مجیـد و شباهت عجیب او با پدرش این تأثیر را شدیدترکرده بود. آیا مرگ ناگهانی محسن که جلو چشمش ور پریده زندگی او را زهر آلود نکرده بود؟ و ازیـن به بعد در آخر هر مجلس کیفی تـه مـزه خاکـستر در دهـنش مـی‌مانـد و احساس خستگی و زدگی می‌کرد.

٭

چیزی که در زندگی باعث ترس شریف شده بود، قیافه زشتش بود. ازیـن رو نسبت به خودش یک نوع احساس مبهم پستی می‌کرد و مـی‌ترسیـد بـه کسی اظهار علاقه بکند و مسخره بشود. گویا فقط محسن بود کـه بـه نظر می‌آمد با صمیمیت و یگانگی مخصوصی به او اظهار دوستی می‌نمـود - مـثل این که ملتفت زشتی ظاهری او نبود، یا بروی خـودش نمـی‌آورد و یـا اصلا شیفته صفات اخلاقی و نکات روحی او شده بـود. یـک جـور عـشق و ارادت برادرانه، یک نوع گذشت در مقابل او ابراز می‌داشت و گاهی که نسبت بـه دیگران همین صمیمیت را نشان می‌داد، باعث حـسادت شـریف مـی‌شـد. حضور محسن یک نوع حس پرستش زیبائی در او تولید می‌کـرد؛ صـورتش، نگاهش، حرکات بی‌تکلفش، حتی عادتی که داشت همیشه مداد کپی را زبان بزند و گوشه لبش جوهری بود و حتی قهرهائی که سر چیزهای پـوچ از هـم کرده بودند، برایش همه این‌ها پر از لطف و کشش شاعرانه بود. آن‌وقت هر دو آن‌ها شانزده سال داشتند، یادش افتاد یک روز عصر، موقع امتحانات آخر سال بود. بعد از مذاکره، خسته و کسل هـر دو بـه قـصد گـردش تـا بهجت‌آباد رفتند. هوا گرم بود. محسن که علاقه مخصوصی به شنا داشت، دم استخر بهجت‌آباد لخت شد تا آب‌تنی بکند. آب استخر سرد بـود، بعد

٢٨٤

هم چند نفر رهگذر سر رسیدند. محسن از شنا صرف‌نظر کرد، برگشت خندید و نگاه گیج شرمنده خود را به صورت شریف دوخت. بعد دستپاچه رخت‌هایش را پوشید. آمد کنار جوی پهلوی شریف نشست و دستش را روی شانه او گذاشت. این حرکت خودمانی و طبیعی برای شریف حکم یک نوع کیف عمیق و گوارائی را داشت و حس کرد که جریان برق و حرارت ملایمی بین آن‌ها رد و بدل می‌شد. شریف آرزو می‌کرد که تا مدت طویلی به همین حال بمانند. اما محسن سر خود را نزدیک او برد، به‌طوری‌که شریف نفسش را روی صورت خود حس کرد و گفت: «من کار دارم زود برگردیم.»

شریف گرچه سعی کرد که حرکت طبیعی بکند. ولی با ترس و اضطراب روی پیشانی محسن را بوسید. همان جوری که وقتی بچه بود، روز عید نوروز پدر بزرگش او را می‌بوسید - یعنی لب‌های خود را به پیشانی او می‌مالید و برمی‌داشت. پیشانی محسن سرد بود. بعد بلند شدند، محسن این حرکت بی‌تناسب و اظهار علاقه او را بدون تعجب تلقی کرد، مثل این که باید این طور اتفاق بیفتد!

هنگام مراجعت، شریف برای این که دل محسن را به دست آورده باشد، ساعت «مکب» طلائی که پدرش به او داده بود و چندین بار محسن با اشتیاق و کنجکاوی بچه‌گانه‌ای آن را برانداز کرده بود، در آورد به محسن بخشید. محسن بی‌آن‌که از او توضیحی بخواهد و یا تشکر بکند، ساعت را گرفت، نگاه گیجی به آن انداخت. شادی ساده و بچگانه‌ای در صورتش درخشید و بعد آن را در جیبش گذاشت. همان روز در بین راه محسن از روی بی‌میلی برای شریف گفت که پدرش خیال دارد به او زن بدهد. - این خبر تأثیر سختی در شریف کرد زیرا قلبش گواهی داد که از یک دیگر جدا

خواهند شد. شریف کینه و حسادت شدیدی نسبت به زن ندیده و نشناخته محسن حس کرد. اگرچه چندبار دیگر هم محسن با شریف به استخر بهجت آباد آمد و شنا کرد، اما مانعی در دوستی آن‌ها تولید گردیده بود، فاصله‌ای بین آن‌ها پیدا شده بود.

بعد از امتحانات محسن عروسی کرد. ازین سرونه ببعد میان دو رفیق جدائی افتاد و به ندرت یک‌دیگر را می‌دیدند ... ابتدا شریف از محسن متنفر شد، ولی از آن چه رفیقش را سرزنش می‌کرد به سر خودش آمد. چون در همین اوان مسافرتی به عنوان دیدار خویشانش به آباده کرد. در آن جا اقوامش دور او را گرفتند و وادار شد که دختر خاله‌اش را بگیرد. یعنی با در نظر گرفتن الحاق املاک شریف به‌املاک عفت که از پدرش ارث برده بود، و از این قرار املاک پدرش که در سورمک نزدیک گنبد بهرام واقع شده بود به‌املاک زنش متصل می‌شد. اما شریف به هیچ‌وجه کله محاسبه و برآوردهای اقتصادی را نداشت. بالاخره مراسم عقد با سرعت مخصوصی انجام گرفت. همین که شریف را با عروس دست به دست دادند و در اطاق تنها ماندند، عفت شروع به خنده کرد، یک جور خنده تمام نشدنی و مسخره‌آمیز بود که تمام رگ‌های شریف را خرد کرد. شریف ساکت کنار اطاق نشسته بود و جزئیات صورت زنش را با صورت مادرزنش مقایسه می‌کرد، چون دختر و مادر شباهت تامی با یک‌دیگر داشتند و حس می‌کرد همین‌که زنش پا به سن می‌گذاشت، به هیچ وسیله‌ای جلو زشتی او را نمی‌توانست بگیرد تا موقعی که نسخه دوم مادرش می‌شد. بعد هم دعواهای خانوادگی، مشاجره‌های تمام نشدنی سر موضوع‌های پوچ، همه پیش چشمش مجسم گردید. خنده عفت مزید بر علت شده بود - نه تنها به او ثابت شد، بلکه حس کرد که این زن یک جور جانور غریب پستاندار

بود که برای سرگردانی او خلق شده بود. خودش را به ناخوشی زد، شب را زیر شمدی که بوی صابون آشتیانی می‌داد خواب‌های آشفته دید و فردا صبح بدون خدانگه‌داری عازم تهران شد. بعد دختر خاله‌اش رسوائی بالا آورد و پدرش جریمه این ناپرهیزی را خیلی گران پرداخت.

در غیبت شریف، محسن توسط یکی از اقوام با نفوذ خود وارد اداره مالیه شده بود، برای این که هر چه زودتر داخل در زندگی اجتماعی بشود و سرانجام بگیرد. - به اصرار محسن شریف هم به توسط اقوام او معرفی و وارد مالیه شد و هر دو مأمور مالیه مازندران شدند.

در مازندران یک جا منزل گرفتند و یگانه تفریح آن‌ها بازی تخته‌نرد بود و روزهای تعطیل را به شهسوار می‌رفتند، محسن که علاقه و شوق زیادی به شنا داشت کنار دریا محل دنجی را برای شنا و آب‌تنی انتخاب کرده بود. شریف هنوز خوب به خاطر داشت: یک روز که هوا گرفته و خفه و دریا منقلب بود، محسن به عادت معمول لخت شد و در آب رفت. اگر چه شریف جدا با این کار مخالفت کرد، زیرا آب دریا به طور غیر عادی در کش و قوس بود! ولی محسن به حرف او گوش نداد - محسن به خودش مغرور بود، با وجود ترس و دلهره‌ای که در قیافه‌اش دیده می‌شد، سماجت ورزید و شریف را مسخره کرد که از آب می‌ترسد و بعد با حرکت بی‌اعتنا و مرددی داخل آب شد. با بازوهای لاغر و سفیدش که رگ‌های آبی داشت، امواج را می‌شکافت و از ساحل دور می‌شد - آب کم کم بالا می‌آمد. شریف همین‌طور که به این منظره خیره شده بود ناگهان ملتفت شد دید محسن دستش را به طرف او تکان داد و گفت: «بیا..» مثل صدائی که در خواب می‌شنوند. اما او کاری از دستش بر نمی‌آمد - هرگز شنا بلد نبود. به علاوه کسی هم در آن نزدیکی دیده نمی‌شد که بتواند به او کمک بکند. اول گمان

کرد که شوخی است. با دهن باز و حالت مردد به محسن نگاه می‌کرد. محسن حرکت دیگری از روی نا امیدی کرد، مثل این که از او کمک می‌خواست. با کوشش فوق‌العاده دستش را بلند کرد و با صدای خراشیده‌ای گفت:«بی..یا!» و غرق شد ـ آب او را غلتانید، موج‌ها روی هم می‌لغزیدند ...

شریف مات و متحیر، سر جای خود خشکش زده بود. فقط موج‌های سبزرنگ را می‌دید که روی هم می‌لغزیدند و دور می‌شدند. به قدری متوحش شد که جرأت حرکت یا فکر از او رفته بود و همین‌طور خیره به دریا نگاه می‌کرد ـ امواج به پیچ و تاب خود می‌افزودند و آب تا زیر پای او روی ماسه بالا آمده بود. موج‌های پر جوش و خروش که روی سرشان تاجی از کف سفید دیده می‌شد، می‌آمدند و زیر پای او روی شن‌ها خرد می‌شدند. باران ریز سمجی شروع به باریدن کرد. هوا تارک می‌شد. شریف بی‌اراده برگشت و با گام‌های سنگین زیر باران به طرف جنگل رفت و با احساس مخصوصی که به نظرش می‌آمد از دنیا و موجوداتش بی‌اندازه دور شده، همه چیز را از پشت پرده کدری می‌دید و صدای خفه‌ای بغل گوشش تکرار می‌کرد: «تو پست هستی، تو آدم‌کشی! ... »

در این موقع مرگ به نظر او بی‌اندازه آسان و طبیعی می‌آمد، زندگی به نظرش جز فریب مسخره‌آلودی بیش نبود. ـ آیا چهار پنج ساعت پیش با محسن روی چمن ناهار نخورده بود؟ محسن که آن قدر سردماغ، چالاک و دلربا بود ته دیگ را با چه لذت و اشتهائی کروچ کروچ می‌جوید! بعد همین‌طور که روی سبزه دراز کشیده بود، برای او جسته گریخته درد دل می‌کرد که زنش آبستن است و مدتی است که از او کاغذی نرسیده ولی از ترس مالاریا و تکان راه او را در تهران گذاشته بود، از نقشه آینده خودش، از

تفریحاتش صحبت می‌کرد. اولین بار بود که او صحبت جدی با شریف می‌کرد. حالا مثل شمعی که فوت بکنند مرد و خاموش شد! - آیا همه این‌ها حقیقت داشت؟ آیا خواب ندیده بود؟ - او مرده بود! - مثل این که تا این لحظه به معنی مردن دقیق نشده بود. و تن او بدون دفاع مانند گوش‌ماهی‌های مرده و خرده‌ریزهای دیگر زیر امواج دریا که زمزمه می‌کردند، بی‌تکلیف به دست هوا و هوس موج‌ها سپرده شده بود، می‌لغزید و دور می‌شد، فقط یک دسته کلاغ سیاه کنار دریا، زیر باران در سکوت پاسبانی می‌کردند! شریف برای اولین بار با خودش گفت: «باید این اتفاق بیفتد! ... اما چرا ... چرا باید؟ ... »

تا دو روز دنیای ظاهری بی‌رنگ و محو به نظر شریف جلوه می‌کرد، مثل این بود که از پشت پرده کدر یا دود همه چیز می‌بیند. سرش گیج می‌رفت، اشتها نداشت و به هیچ وسیله‌ای نمی‌توانست به خودش دلداری بدهد. در صورتی که به این آسانی می‌شد مرد! او می‌خواست که بمیرد و بعد از چند ساعت، آب دریا تن او را مانند چیز بی‌مصرف کنار ساحل بیندازد و دوباره زمزمه افسونگر و غم ناک خود را شروع بکند - قوه مرموزی او را به سوی این امواج می‌کشاند که همه بدبختی‌ها را می‌شست و آرزوهای موهوم زندگی را با خودش می‌برد. صدای موج‌ها بیخ گوشش زمزمه می‌کرد. «بیا ... بیا ... » آب تیره دریا او را به سوی خودش می‌خواند. اما صدای دیگری به او می‌گفت: «تو پست هستی ... تو جانی هستی.»

این پیش آمد به قدری در خاطر شریف زنده بود که نه تنها جزئیات آن را هنوز بیاد می‌آورد، بلکه در گیرودار آن شرکت داشت. هر دفعه که به ساعت مکب محسن نگاه می‌کرد وقایع گذشته جلوش نقش می‌بست. چون دو روز قبل از این پیش آمد، محسن ساعت مکب را به او داده بود که برای

مرمت به ساعت‌ساز بدهد. اتفاقا ساعت در جیب او مانده بود و هنوز هـم آن را مانند چیز مقدسی با خودش داشت. شریف بـالاخره از مأموریـت استعفا داد و به تهران برگشت. چندین بار جویای زن و بچه محسن شد، ولی اثری از آن‌ها به دست نیاورده و به مرور ایام این خاطرات از نظرش محو شده بود. اما ورود ناگهانی مجید تأثیر غریبی در او کرد و زندگی قوی‌تـر و دردناک‌تری به این یادبودها بخشید. حالا همزاد زنده رفیقش از گوشت و استخوان جلو او نشسته بود! کی می‌دانست، شاید خود او بـود. چـون پیـری محسن را که ندیده بوده. در همین سن و با همین قیافـه و انـدام رفیقـش ناگهان از نظر او ناپدید شد. شریف پی برد که محسن نمرده بود، بلکه روح او در جسم این جوان حلول کرده بـود - شـاید ایـن دلیـل و برگـه زنـدگی جاودان بود، شاید همان چیزی را که زندگی جاودانی می‌گفتند مبداء خود را از همین تولید مثل گرفته بود. - پس از این قـرار محسـن نمـرده بـود، در صورتی که او تا ابد می‌مرد، چون از خودش بچه نگذاشته بود! - در عین حال شادی عمیقی به او دست داد که بکلی نیست و نابود خواهد شد. - عقربک ساعت مکب دقایق او را که به سوی نیستی می‌رفت می‌شمرد.

*

شریف در رخت‌خواب غلت می‌زد، با فکر محسن به خـواب رفـت و هنـوز تاریک و روشن بود که با فکر مجید از خواب پرید. خمیازه کشید، حس کرد که خسته و کوفته است. دهنش بدمزه بود. بلند شد جلو آئینه نگاهی بـه صورت خود انداخت. پای چشم‌هایش خیـز داشـت، چـین‌هـای صـورتش عمیق‌تر‌شده بود، موهایش ژولیده بود و یک رگ از کشاله ران تـا پـشت کمرش تیر می‌کشید، بعد رفت با احتیاط از لای درز در اطاق مهمان‌خانه بـه تخت مجید نگاه کرد. یک تکه از روشنائی پنجره روی صورت او افتاده بـود.

صورتش حالت بچگانه داشت و لپ‌هایش گل انداخته بود و دانه‌های عـرق روی پیشانی او می‌درخشید. دست راستش را با مشت گـره کـرده از زیـر شمد بیرون آورده بود. به نظرش مجید یک وجود روحانی و قابـل سـتایش جلوه کرد.

به عادت هر روز، شریف زیر درخت بید کنار استخر، پهلوی بساط ناشـتائی نشسته بود و سیگار می‌کشید، که مجید آمد پای چاشـت نشـست. بعـد از سلام و تعارف، شریف برای این که موضوع صحبتی پیدا بکند، از او پرسید که ساعت دارد یا نه. پس از جواب منفی مجید، شریف دست کرد ساعت مکبی که یک بار به پدرش بخشیده بود، در آورد و گفت: «این امانتی است که از پدرتان پیش من مانده بود.»

مجید ساعت را گرفت. نگاه سرسرکی به آن انداخت. مثل ایـن کـه جـانور عجیبی را دیده باشد، خوشـحالی بچگانـه امـا گذرنـده‌ای در چـشم‌هـایش درخشید. بعد ساعت را در جیبش گذاشت بی‌آن کـه اظهـار تـشکر بکنـد، شریف زیر چشمی او را می‌پائید. در این لحظه او با یادبودهای ایام جـوانیش زندگی می‌کرد. و جزئیات یادبودهای دنیای گم شده‌ای که مانند خـواب بـا پدر مجید گذرانیده بود جلو چشمش مجسم شـده بـود. از تمـام حرکـات مجید، حتی طرز نان خوردن او انعکاسی از پدرش جستجو می‌کـرد. و مجیـد که نسخه ثانی پدرش بود کاملا آرزوی شریف را بر مـی‌آورد. بعـد دسـت کرد با احتیاط عکسی را از بغلش در آورد به دست مجید داد و گفت: «ایـن عکس فوری را با مرحوم پدرتان در گاردن‌پـارتی برداشـتم. آن وقـت مـن هنوز حصبه نگرفته بودم که موهای سرم بریزد!»

مجید نگاهی از روی بی‌میلی به عکس انداخت، گوئی عکس بیگانه‌ای را دیده است و به زمین گذاشت. بعد نگاه گیجی به صورت شریف کرد، انگـاری تـا

این موقع ملتفت طاسی سر شریف نشده بود. شریف عکس را برداشت و بلند شد و با مجید به اداره رفتند.

*

دو هفته زندگی افسون آمیز شریف بـه طـول انجامیـد و او بـا پـشت کـار خستگی‌ناپذیر مجید را به ریزه‌کاری‌های اداری و رموز محاسبات آشنا کـرد. به همین علت مجید طرف توجه سایر اعضای اداره شد. در زندگی اداری و داخلی شریف نیز تغییرات کلی حاصل شده بود. پشت میز اداره به کـارهـا بیشتر رسیدگی و دقت می‌کرد. هر هفته که به سرکـشی دهـات اطـراف آباده می‌رفت مجید را به عنوان منشی مخصوص همراه خودش می‌برد. در خانه از غلامرضا ایرادات بنی‌اسرائیلی نمی‌گرفت. وسواس تمیزی از سـرش افتاده بود و در هر گیلاسی آب می‌خورد. به نظر می‌آمد که شریف دوباره با زندگی آشتی کرده. غذا را با اشتها می‌خورد، چشم‌هایش برق افتاده بود. زیرا زندگی گم شده خود را از نو بدست آورده بود، آن هم در موقعی کـه زندگی او را محکوم کرده بود!

شب‌ها مجید لاابالیانه و بی‌تکلیف می‌آمد دم بـساط فـور مـی‌نشـست، بـا شریف تخته نرد می‌زد یا صحبت‌های دری وری می‌کرد، و همیشه پـیش از این‌که برود به‌خوابد شریف پیشانی او را پدرانه می‌بوسید. یک نوع حالت پر کیف، یک جور عشق عمیق و مجهول در زندگی یک‌نواخت، سـاکت، تنها و سرد شریف پیدا شده بود که ظاهرا هیچ ربطی با عوالم شـهوانی نداشـت، یک جور اطمینان، بی‌طرفی، سیری و استغنای طبع در خودش حس می‌کرد و در عین حال احساس پرستش مبهم و فداکاری پدرانه‌ای نـسبت بـه مجیـد آشکار می‌نمود. او وظیفه خودش می‌دانست که از مجید سرپرسـتی بکنـد،

مواظب اخلاق و رفتارش باشد. آیا مجید بچه خود او نبود! آیا ممکن بود که شریف بچه خودش را تا این اندازه دوست داشته باشد؟

*

یک روز گرم تابستانی که آسمان از ابرهای تیره پوشیده شده بود، در اداره مالیه کار فوق العاده‌ای پیش آمد کرد.- از یک طرف مفتش تحدید تریاک از مرکز رسیده بود و از طرف دیگر کمیسیون‌های اداری مـانع شـد کـه شریف ظهر به خانه برود. ناهار را در اداره خـورد و غلامرضـا بـا تردسـتی مخصوصی در اطاق آبدارخانه اداره بساط فور را برپا کرد. شریف به عجلـه مشغول رسیدگی کارهای اداری شد و یکی دوبار مجید را احضار کـرد، ولـی مجید به اداره نیامده بود.

هوا گرگ و میش بود که غلامرضا هراسان به اداره آمد و به زور وارد اطاق کمیسیون شد. قیافه او به‌اندازه‌ای گرفته بود که شریف یکه خورد، از پشت میز بلند شد و به عجله پرسید:

«مگر چی شده؟»

«آقا ... آقای مجیدخان تو استخر خفه شده ... من وقتی که ظهـر بـه خانـه برگشتم، دیدم در از پشت بسته ... چند ساعت انتظار کشیدم، بعد از خانه همسایه وارد شدم، دیدم نعش آقای مجیدخان روی آب آمده ... »

شریف آب‌دهنش را فرو داد، خرخره‌اش حرکت کرد و دوبـاره سـر جـای اولش قرار گرفت. بعد با صدای خفه‌ای گفت:

«پس دکتر ... دکتر را خبر نکردی؟»

«آقا، کار از کار گذشته، تنش سرد شده ... روی آب آمـده بـود. نعـش را بردم در ایوان گذاشتم! ... »

طعم تلخ مزه‌ای در دهن شریف پیچیده با گام‌های سنگین از اطاق کمیسیون بیرون رفت. هوا خفه و تاریک بود، باران ریزی می‌بارید. بوی مست کننده زمین و برگ‌های شسته در این اول شب تابستانی در هوا پراکنده شده بود. شریف از چند کوچه گذشت. غلامرضا ساکت مثل سایه دنبال او می‌رفت. در خانه‌اش چهار طاق باز بود، چراغ توری در ایوان می‌سوخت. نعش مجید را در ایوان گذاشته بودند، رویش یک شمد سفید کشیده شده بود. زلف‌های خیس او از زیر آن پیدا بود و به نظر می‌آمد که قد کشیده است.

شریف پای ایوان زیر باران ایستاد، ناگهان نگاهش به استخر افتاد که رویش قطره‌های باران جلوی روشنائی چراغ چشمک می‌زدند. نگاه او وحشت‌زده و تهی بود، این استخر که آن قدر دقایق آرامش و کیف خود را در کنارش گذرانیده بود! یک مرتبه سرتاسر زندگیش درین شهر، پشت میز اداره، بساط فور، درخت بید، کبک دست آموز و تفریحاتش همه محدود و پست و مسخره‌آمیز جلوه کرد. حس کرد که بعد ازین زندگی درین خانه برایش تحمل‌ناپذیر است، به آب سیاه و عمیق استخر که مثل آب دریا بود خیره شد. به نظرش آب استخر یک گوی بلورین آمد – اما این هیکل انسانی که درین گوی دست و پا می‌زد که بود؟ درین گوی او مجید را می‌دید که بازوهای لاغر سفید خود را که رگ‌های آبی داشت در آن تکان می‌داد و به او می‌گفت:«بیا ... بیا! » چه جان‌گداز بود! پرده تاریکی جلو چشم شریف پائین آمد. از همان راهی که آمده بود، با قدم‌های گشاد و بی‌اعتنا برگشت.

دست‌ها را به پشتش زد، زیر باران از در خانه بیرون رفت. همان حالتی که در موقع مرگ محسن حس کرده بود، دوباره در او پیدا شد. با خودش تکرار می‌کرد: «باید این اتفاق افتاده باشد!» جلو چشمش سیاهی می‌رفت، باران تندتر شده بود، اما او ملتفت نبود منظره‌های دوردست مازندران

محو و پاک شده مثل این که از پشت شیشه کدر همه چیز را می‌بینند، جلو چشمش نقش بسته بود و صدائی بیخ گوشش زمزمه می‌کرد: «تو رذل هستی ... تو جانی هستی! ... »

این جمله را سابق‌برین در خواب عمیقی شنیده بود. او با تصمیم گنگی از منزلش خارج شده بود که دیگر به آن‌جا برنگردد. حس می‌کرد در دنیای موهومی زندگی می‌کند و کم‌ترین ارتباطی با قضایای گذشته و کنونی ندارد. از همه این پیش‌آمدها دور و برکنار بود! باران دور او تار تنیده بود، او در میان این تارهای نازک حبس شده بود و قطرات باران مثل جانورهای لزجی بود که این تارها را می‌گرفتند و پائین می‌آمدند.

شریف مانند یک سایه سرگردان در کوچه‌های خلوت و نمناک زیر باران می‌گذشت و دور می شد...

کاتیا

چند شب بود مرتبا مهندس اتریشی که اخیرا به من معرفی شـده بـود، در کافه سر میز ما می‌آمد. اغلب من با یکی دو نفر از رفقـا نشـسته بـودیم، او می‌آمد، اجازه می‌خواست، کنار میز ما می‌نشست و گاهی هـم معنـی لغـات فارسی را از ما می‌پرسید. چون می‌خواست زبان فارسـی را یـاد بگیـرد. – از آنجائی که چندین زبان خارجه می‌دانست، مخصوصا زبان ترکی را کـه ادعـا می‌کرد از زبان مادری خودش بهتر بلد است، لذا یاد گرفتن فارسی برایش چندان دشوار نبود.

ظاهرا مردی بود چهارشانه با قیافه جدی، سر بزرگ و چشم‌های آبی تیـره، مثل این که رنگ رودخانه دانوب در چشم‌هایش منعکس شده بود. صـورت پرخون سرخ داشت و موهـای خاکسـتری دور پیشـانی بلنـد و برآمـده او روئیده بود و از طرز حرکات سنگین و هیکل ورزشـکارش قـوت و سـلامتی تراوش می‌کرد. اما ساختمان او با حالت اندوه و گرفتگی که در چشم‌هایش دیده می‌شد متناقض به نظر می‌آمد. تقریبا در حـدود چهـل یـا بیشـتر از سنش می‌گذشت. ولی رویهم رفته جوان‌تر نمود می‌کـرد. همیشـه جـدی و آرام بود، مثل این که زندگی بی‌دغدغه‌ای را طی کرده و جای زخمی گوشـه چشم راست او دیده می‌شد که مـن گمـان مـی‌کـردم بـه واسطه شـغل

مهندسی و راه‌سازی در اثر انفجار سنگ یا کوه گوشه چشم او زخم برداشته است.

او علاقه مخصوصی نسبت به ادبیات ظاهر می‌کرد و به قـول خـودش یـک حالت و یا شخصیت دوگانه در او وجود داشت که روزها مبدل به مهندسـی می‌شد و سر وکارش با فورمول‌های ریاضی بود و شب‌ها شاعر می‌شد و یـا به وسیله بازی شطرنج وقت خودش را می‌گذرانید.

یک شب من تنها سر میز نشسته بودم، دیدم مهندس اتریشی آمـد اجـازه خواست و سر میز من نشست. از قضا درین شب تنها ماندیم و از رفقا کسی به سراغمان نیامد، مدتی به موزیک گوش کردیم بی‌آن که حرفی بین ما رد و بدل بشود. ناگهان ارکـستر «استینکارازین» یـک آواز روسـی معـروف را شروع کرد. در این وقت من یک حالت درد مخلوط با کیـف در چـشم‌هـا و صورت او دیدم. مثل این که او هم به این نکته برخورد و یا احتیاج به درد دل پیدا کرد، به حالت بی‌اعتنا گفت: «میدانید من یک یادگار فراموش نـشدنی با این موزیک دارم. یادگاری که مربوط به یک زن و یـک حالـت مخـصوص افسوس‌های جوانی من می‌شود!»

«ولی این ساز روسی است.»

«بله می‌دانم، من یک دوره زندگی اسارت در روسیه به‌سربرده‌ام.»

«شاید در موقع جنگ بین‌المللی ۱۹۱۴ اسیر شده‌اید.»

«بله، از همان ابتدای جنگ، من در فرونت صربستان بودم، بعد در جنـگ بـا روس‌ها اسیر شدم. می‌دانید زندگی اسارت چندان گوارا نیست.»

«واضح است، آن هم اسارت در سیبری! آیا شما کتاب «یادبود خانه امـوات» تألیف دوستویوفسکی را خوانده اید؟»

«بله خوانده‌ام، ولی کاملا به آن ترتیب نبود. چون که ما به عنوان اسیر جنگی بودیم و تا اندازه‌ای آزادی داشتیم، در صورتی که او با موژیک‌ها در زندان بوده.ولی میان ما پرفسورها، نقاش‌ها، شیمی‌دان‌ها، حجارهـا، پیرایـشگرها، جراح‌ها، موسیقی‌دان‌ها، شعرا و نویسندگان بودند. پـای چـشم مـرا کـه در جنگ گلوله خورده بود در همان‌جا عمل کردند.»

«در این صورت به شما خیلی سخت نمی‌گذشته.»

«مقصودتان از سختی چیست؟ واضح است، در ابتدا ملاحظه ما را می‌کردند. راستش را می‌خواهید، در اوایل ما تا اندازه‌ای از وضع خودمان راضی بـودیم. اگرچه تمام روز را محبوس بودیم، ولی در اردوی خودمـان آزادی داشـتیم. تآتر درست کرده بودیم. آلونک‌هائی برای خودمان ساخته بودیم. به علاوه به هر افسری از قرار ۲۵ روبل در ماه پول جیبی می‌دادند و در آن وقت در سیبری فراوانی و ارزانی بود. به‌اندازه کافی خوراک داشتیم، اگرچـه اغلـب پول جیبی ما را نمی‌پرداختند. و بعد هم می‌دانید ما اجازه نداشتیم که خارج بشویم. تصور بکنید که ما مجبور بودیم سال‌ها حـبس باشـیم. مـن خـسته و کسل شده بودم و تمام روز را به خواندن کتاب می‌گذرانیـدم. چنـدی کـه گذشت، یعنی شش ماه بعد وقتی که اسرای ترک به ما ملحق شـدند، مـن برای آموختن زبان ترکی با آن‌ها طرح دوستی ریختم. در ایـن اوان بـا یـک جوان عرب آشنا شدم که اسمش عارف بن عـارف از اهـل اورشـلیم بـود. شروع به تحصیل کردم و در مدت کمی زبان ترکی را یاد گرفتم. به‌طـوری که به زبان ترکی کنفرانس می‌دادم. چـون بـین مـا محـصلینی بودنـد کـه تحصیلات خودشان را تمام نکرده بودنـد، بـه مـا اجـازه دادنـد کـه درس بدهیم. در این صورت درس‌ها و کنفـرانس‌هـا دایـر شـد. نمایش تآتر می‌دادیم و زن‌های روسی از خارج بهترین تـزئین و لبـاس و لـوازم دیگـر را

برایمان می‌فرستادند. اغلب یک چیز عالی از آب در می‌آمد، به‌طوری که از خارج به تماشای نمایش‌های ما می‌آمدند.»

«پس برای خودتان یک جور زندگی مخصوصی داشته‌اید؟»

«شما گمان می‌کنید! من فقط قسمت خوبش را شرح دادم. شما فراموش می‌کنید که ما در یک اردو حبس بودیم که روی تپه واقع شده بود و به مسافت دو کیلومتر با شهر کراسنویارسک فاصله داشت. اطراف اردو سیم خاردار کشیده بودند و تیرهائی بطول شش متر به زمین کوبیده شده بود و فاصله به فاصله باروهائی بود که پاسبانان تفنگ به‌دست کشیک می‌دادند. ولی من از آلونک خودم بیرون نمی‌آمدم و همه وقتم صرف خواندن کتاب می‌شد و یا کنفرانس‌های خودم را تهیه می‌کردم. تنها چیزی که بمن دلداری می‌داد این بود که می‌دیدم این همه‌اشخاص تحصیل کرده صنعتگر دیگر، همه جوان و خوشبخت یا پیر و بدبخت با سرنوشت من شریک بودند.»

«اما شما فراموش می‌کنید که از خطر جنگ، ترانشه، صدای شلیک، گاز خفه کننده و مرگ دائمی که جلو چشمتان بوده محفوظ بوده اید؟»

«گفتم شما از وضع ما خبر ندارید، فقط روزی دو ساعت ما حق تفریح و گردش داشتیم ـ لباس‌ها به تنمان چین خورده بود و چرک شده بود، لباس زیر نداشتیم. زمستان هوا ۴۰ یا ۵۰ درجه زیر صفر بود و تابستان در ۳۰ درجه حرارت ما مثل حیوانات چهارپا در آغل حبس بودیم. به علاوه حریق، ناخوشی‌های مسری و وقایع وحشت‌انگیزی که رخ می‌داد، همه این‌ها بدتر از جنگ بود. گاهی از میان ما یکی دیوانه می‌شد. یک شب من با رفقا ورق‌بازی می‌کردم، یکی از رفقا تبر به دوش وارد شد و چنان ضربت شدیدی روی میز زد که همه مان از جا جستیم و اگر تبر را از دستش

نگرفته بودند همه‌مان را تکه پاره کرده بود. یک نفر از اهالی مجار دیوانه شده بود. ادای سگ در می‌آورد، دایم پارس می‌کرد و اسباب سرگرمی ما شده بود. بزرگترین چیزی که به من تسلیت می‌داد، وجود رفیق عربم عارف بود، او همیشه زنده‌دل و به همه چیز بی‌علاقه بود، حضورش تولید شادی می‌کرد. گذشته از این من یادگارهای ایام اسارت خودم را با عارف در یک روزنامه وین با عنوان: «کاتیا» چاپ کرده‌ام. خیلی مفصل است نمی‌توانم شرح بدهم.»

«به چه مناسبت کاتیا؟»

«- درست است، می‌خواستم راجع به او صحبت بکنم، از موضوع پرت شدم. او برای من اولین زن و آخرین زن بود و یک تأثیر فراموش نشدنی در من گذاشت. می‌دانید همیشه زن باید به طرف من بیاید و هرگز من به طرف زن نمی‌روم. - چون اگر من جلو زن بروم این طور حس می‌کنم که آن زن برای خاطر من خودش را تسلیم نکرده، ولی برای پول یا زبان‌بازی و یا یک علت دیگری که خارج از من بوده است. احساس یک چیز ساختگی و مصنوعی را می‌کنم. اما در صورتی که اولین بار زن به طرف من بیاید، او را می‌پرستم. حکایتی که می‌روم نقل بکنم یکی از این پیش‌آمدهاست. این تنها یادبود عاشقانه‌ای است که هرگز فراموش نخواهم کرد. گرچه ۱۸ و یا ۲۰ سال می‌گذرد، اما همیشه جلو چشمم مجسم است.

«همان وقتی که ما نزدیک کراسنویارسک اسیر بودیم، بعد از آشنائی من با جوان عرب که یک جور دوستی حقیقتا برادرانه و جدائی ناپذیر ما را به هم مربوط می‌کرد، هردومان در یک آلونک منزل داشتیم و تمام وقتمان صرف تحصیل زبان و یا بازی ورق می‌شد، من به او آلمانی می‌آموختم و او در عوض به من زبان عربی یاد می‌داد. یادم است یک شب ما چراغ نداشتیم، توی

دوات روغن ریختیم و با تریشنه پیراهن خودمان فتیله درست کـردیم و در روشنائی این چراغ کار می‌کردیم. در همین وقت من زبان ترکـی را تکمیـل می‌کردم و از راه چین، از سوئد و نروژ و دانمارک کتـاب وارد مـی‌کـردیم. عارف جوان خوشگلی بود که موهای سیاه تابدار داشـت و همیـشه شـاد و خندان و لاابالی بود.

«به هر حال در ۱۹۱۷ اسرای عرب را احضار کردند. برای این‌که از تـرک‌هـا جدا بشوند. رفیق عـربم را از مـن جـدا کردند. بـه او پـول دادنـد و او را فرستادند در شهر کراسنویارسک تا این که وسایل حرکتش را فراهم بکنند. ترک‌ها مرا سرزنش می‌کردند و می‌گفتند: «ببین رفیق تو از مـا جـدا شـد برای این که بر ضد ما جنگ بکند!» ولی عارف از آن‌جائی که خوشگـل بـود و صورت شرقی داشت در شهر کراسنویارسک طرف توجه دخترها گردیـد و مشغول عیش و نوش شد. گاهی هم به سراغ ما می‌آمد. یک روز من بـا آن وضع کثیف مشغول خواندن بودم، یک مرتبه در باز شد و دیدم یـک دخـتر جوان خوشگل وارد اطاقم شد. من سر جای خودم خشک شده بودم و مـات به سر تا پای دختر نگاه می‌کردم و او به نظرم یک فرشته یا موجـود خیـالی آمد. سه چهار سال می‌گذشت که با آن وضع کثیف، زندگی مرگ‌بار، ریشی که مثل ریش راسپوتین تا روی سینه‌ام خزیـده بـود و لباسـی کـه بـه تـنم چسبیده بود، در میان کتاب و کاغذ پاره‌ها به سر می‌بردم. حضور یک دخـتر ترو تمیز خوشگل در مزبله من باورنکردنی بود. آن دختر زبان آلمـانی هـم می‌دانست و با من شروع به حرف زدن کرد. ولی مـن بـه‌طـوری ذوق زده شده بودم که نمی‌توانستم جوابش را بدهم. پشت سر او در باز شد و رفیقم عارف وارد شد و خندید. من فهمیدم برای متعجب کردن مـن ایـن کـار را کرده بود و مخصوصا او را آورده بود تا معشوقه خودش را بـه مـن نـشان

بدهد. این کا ر را از راه بدجنسی نکرده بود که دل مرا بسوزاند، فقط برای تفریح و شوخی بود. چون من کاملا از روحیه او اطلاع داشتم، عـارف بـه مـن گفت:«بیا برویم شهر، من برایت اجازه میگیرم.»

بعد از چند سال اولین بار بود که من به شهر می‌رفتم. بالاخره با عارف و کاتیا که اجازه مرا گرفت، به طرف شهر روانه شدیم. در جاده برف‌ها کم کم آب می‌شد و بهار شروع شده بود. نمی‌توانید تصور بکنیـد کـه مـن چـه حـالی داشتم! از کنار رودخانه ینی سئی رد می‌شدیم، مـن از شـادی در پوسـت خودم نمی‌گنجیدم و به کلی محو جمال آن دخـتـر شـده بـودم. تمام راه را دختر از هر در با من صحبت می‌کرد، من مثل مرده‌ای کـه پـس از سـالیان دراز سر از قبر در آورده و در دنیای درخشانی متولد شده، جـرأت حـرف زدن با او را نداشتم و نمی‌توانستم جوابش را بدهم تا این کـه بـالاخره وارد شهر شدیم و ما را در اطاقی برد که در آن چراغ برق، میز با رومیزی سفید، صندلی و تختخواب بود. من مثل دهاتی‌ها به در و دیوار نگاه می‌کـردم و از خود می‌پرسیدم: «آن‌چه می‌بینم به بیداری است یا به خواب؟» من و عـارف کنار میز نشستیم، دختر برایمان چائی آورد، بعد با من شروع به حـرف زدن کرد. از آن دخترهای مجلس گرم کن و کاربر و حراف بود. بعد فهمیدم کـه دختر نیست، شوهر او در جنگ کشته شـده بـود و یـک بچـه کوچـک هـم داشت. در خانه آن‌ها یک مهندس و زنش هم بودنـد و ایـن زن کـه بـا زن مهندس آشنائی داشت، با هم زندگی می‌کردند. گویا اطاق را از او کرایـه کرده بود. شب را در آن‌جا گذرانیدیم، یـک شـبی کـه هرگـز تـصورش را نمی‌توانستم بکنم من برای آن زن جوان عشق نداشتم، اصلا جرأت نمی‌کردم این فکر را بخودم راه بدهم. او را مـی‌پرسـتیدم، او بـرای مـن از گوشـت و استخوان نبود، یک فرشته بود، فرشته نجات که زندگی تاریک و بی‌معنـی و

۳۰۲

یک نواخت مرا یک لحظه روشن کرده بود. من نمی‌توانستم با او حرف بـزنم و یا دستش را ببوسم.

«صبح برگشتم ولی با چه حالی! همین‌قدر می‌دانم که زندگی در زندان برایم تحمل‌ناپذیر شده بود. نه می‌توانستم بخوابم و نه بنویسم و نه کـار بکـنم، از دو کنفرانس هفتگی خودم به عذر ناخوشی کناره‌گیری کـردم. بعد از ایـن پیش‌آمد همه چیز به نظرم یک معنی مبهم و مجهول به خودش گرفته بـود، مثل این که همه این وقایع را در خواب دیده بودم. دو سه هفتـه گذشـت، یک کاغذ از کاتیا برایم آمد.»

«به چه وسیله مبادله کاغذ می‌کردید؟»

«زیر یکی از تیرها را که دور از چشم‌انداز پاسبانان بـود، محبوسین کنـده بودند و ته تیر را بریده بودیم بطوری که برداشته و گذاشته می‌شـد. هـر روز به نوبت یکی از ما به طور قاچاق می‌رفت و برای دیگران چیزهـائی کـه احتیاج داشتند می‌خرید و می‌آورد، کاغذها را هم او می‌رسـانید. بـاری در کاغذ خودش نوشته بود دوشنبه که روز شنای ما بود من از کنار رودخانـه بروم و او به ملاقات من خواهد آمد. گویا عارف برایش گفته بود ما هفته‌ای دو روز حق شنا داشتیم. البته چون ایـن زن خوشـگل و خـوش صـحبت بـود می‌توانست اجازه ورود به منطقه ممنوع را بدست بیاورد. اما رابطه داشتن با محبوسین برایش تعریفی نداشت، از این جهت این راه به نظرش رسیده بود. باری روز دوشنبه موقعی که ما را از کنار رودخانه مـی‌بردنـد. مـن بـا ترس و لرز به محلی که قرار گذاشته بود رفتم. همین کـه قـدری از میـان بیشه گذشتم کاتیا را دیدم. با هم رفتیم کنار رودخانه نشستیم، جنگل سبز و انبوه دور ما را گرفته بود. او باز شروع به صحبت کرد، من فقط دست او را در دستم گرفتم و بوسیدم، کاتیا طاقت نیاورد و خودش را در آغـوش مـن

انداخت، او خودش را تسلیم کرد، در صورتی که من هیچ وقت تـصورش را به خودم راه نداده بودم، چون او برای من یک موجود مقدس دست‌نزدنـی بود!

«از آن روز به بعد زندگی محبس بیش از پیش برایم سـخت و نـاگوار شـد. سه چهار بار همین کار را تکرار کردیم و در روزهای شـنا مـن دزدکـی از او ملاقات می‌کردم، تا این که یک هفته از او بی‌خبر ماندم. بعد کاغذ دیگری از او رسید و نوشته بود نوبت دیگر که به شنا می‌رویم او می‌آید و لباس مبدل برایم می‌آورد. ـ من به رفقایم اطلاع دادم که ممکن است چند شب غیبـت بکنم و از آن‌ها خواهش کـردم کـه بـه جـای مـن امـضاء بکنند. از موقـع سرشماری که چهار به چهار در محوطه حیاط می‌ایستادیم و یک نفر ماهـا را می‌شمرد ترسی نداشتیم. چون که این تنها موقع تفـریح مـا بـود و همیشه عده‌ای جابجا می‌شدند، بطوری که سرشماری دقیـق هـیچ وقـت صـورت نمی‌گرفت. به هر حال روز موعود، کنار رودخانه به او برخوردم دیدم برایم یک دست لباس بلند چرکس و یک کلاه پوستی آورده. لباس را پوشـیدم و کلاه را به سر گذاشتم و راه افتادیم.

«از ساخلو محبوسین تا شهر دو ساعت راه بود. در بین راه اگر کسی به ما بر می‌خورد، کاتیا با من روسی حرف می‌زد. ولی من هیچ جـوابش را نمـی‌دادم فقط گاهی می‌گفتم:«اسپاسیبو.»

بالاخره رفتیم به خانه‌اش. تا صبح در اطـاق او بـودم. فـردایش بـا خـانواده مهندس روسی و زن و بچه‌اش به قصد گردش در کوه‌ها حرکـت کـردیم. سه روز گردش ما طول کشید در کوه «سه ستون» که قله آن به شکل سـه شقه درآمده بود رفتیم و در جنگل نزدیک آن‌جا چادر زدیم و آتش کردیم. در این محل مثل یک دنیای دور و گم شده دور از مـردم و هیـاهوی آن‌هـا

بودیم. خوراک‌های خوب می‌خوردیم و مشروب خوب می‌نوشیدیم و از لای شاخه درخت‌ها ستاره‌ها را تماشا می‌کردیم. نسیم ملایم و جان‌بخشی می‌وزید. کاتیا شروع به خواندن کرد، آواز: «کشتیبانان ولگا» و «استینکارازین» را با صدای افسونگری می‌خواند و مهندس روسی با صدای بم به او جواب می‌داد. صدای کاتیا مثل زنگ‌های کلیسا در گوشم صدا می‌کرد. من به جای خودم مانده بودم، اولین بار بود که این آواز آسمانی را می‌شنیدم. از شدت کیف و لذت به خود می‌لرزیدم و حس می‌کردم که بدون کاتیا نمی‌توانستم زندگی بکنم.

«این شب تأثیری در زندگی من گذاشت، تلخی گوارائی حس کردم که حاضر بودم همان ساعت زندگی من قطع بشود و اگر مرده بودم تا ابد روح من شاد بود. بالاخره برگشتیم. هرگز فراموشم نمی‌شود، صبح که بیدار شدم، کاتیا سماور را آتش کرده بود برایم چائی می‌ریخت که در باز شد و عارف وارد شد. من سرجایم خشکم زد، او هیچ نگفت فقط نگاهی به کاتیا کرد و نگاهی به من انداخت، بعد در را بست و رفت. من از کاتیا پرسیدم: «مگر چه شده؟» او گفت: «بچه است، ولش کن. او با همه دخترها راه دارد، من از این جور جوان‌ها خوشم نمی‌آید. بدرک! او کسی است که سر راهش گل‌ها را می‌چیند، بو می‌کند و دور می‌اندازد!»

«رفیقم رفت و دیگر از آن ببعد هرچه جویا شدم اثرش را نیافتم.»

تخت ابونصر

سال دوم بود که میسیون کاوش «متروپولیتن میوزیـوم شـیکاگو»[1] نزدیـک شیراز، بالای تپه «تخت ابونصر» کاوش‌هـای علمـی مـی‌کـرد. ولـی بغیـر از قبرهای تنگ و ترش که اغلب استخوان چندین نفر در آن‌ها یافت می‌شـد، کوزه‌های قرمز، بلونی، سرپوش‌های برونزی، پیکان‌های سه‌پهلو، گوشـواره، انگشتر، گردن‌بندهای مهره‌ای، النگو، خنجر، سکه اسکندر و هراکلییوس و یک شمعدان بزرگ سه پایه چیز قابل توجهی پیدا نکرده بود.

دکتر وارنر Warner که متخصص آرکئولوژی و زبان‌های مرده بـود بیهـوده سعی می‌کرد از روی مهره‌های استوانه‌ای که خطوط میخی و اشکال انـسان و یا حیوانات را داشت و یا علامات ظـروف سـفالی تحقیقـات تـاریخی بکنـد. گورست Gorest و فرمین Freeman که هم‌کارانش بودند، بـا لبـاس زرد و چروک خورده، بازوهای لخت و ساق‌های برهنه که زیر تابش آفتاب سوخته شده بود، کلاه کتانی به سر و دوسیه زیـربغـل، از صـبح تـا شـام مـشغول راهنمائی کارگران، یادداشت، عکس‌برداری و کاوش بودند ولیکن پیوسته به کلکسیون تیله شکسته افزوده می‌شد. به‌طوری که کـم کـم هـر سـه نفـر دل‌سرد شده و تصمیم گرفته بودند که تا آخر سال را کجدار و مریز نموده، سال آینده به حفریات خاتمه بدهند.

---

[1] Metropolitan Museum, Chicago

گویا میسیون ابتدا گول دروازه و سنگ‌های تخت جمشیدی را خورده بود که به این محل حمل شده بود و فقط سردر آن از سنگ سیاه برپا بود. در صورتی که چندین تخته‌سنگ دیگر از همان جنس که عبارت بود از بدنه و جرز بدون ترتیب روی زمین افتاده بود و حتی شکسته یکی ازین سنگ‌ها جزو مصالح ساختمان به کار رفته بود. و آثار یک رج پله از زیر خاک درآمده بود که از تپه به پائین می‌رفت.

دکتر وارنر در اطاق‌های روی تپه مقابل تمام روز مشغول مطالعه و مرتب کردن اشیاء پیدا شده بود. – این اطاق‌ها عبارت بود از یک انبار، یک آشپزخانه و روشوئی، یک تالار بزرگ که جلوش ایوان بود و برای مطالعه و ناهارخوری و نشیمن تخصیص داده بودند. اطاق دست چپ تالار برای خواب تعیین شده بود. گماشته آن‌ها قاسم که هم شوفر و هم نوکر آن‌ها بود، اغلب برای خرید آذوقه و برف [1] به شیراز می‌رفت. چون در آبادی‌های نزدیک مانند: «امامزاده دست خضر» و «برم دلک» و یک قلعه دهاتی که سر راه بود، مایحتاج زندگی محدود و به‌اندازه کافی به هم نمی‌رسید.

برم دلک محل نسبتا باصفائی بود و هوای معتدل داشت، از این‌رو در تابستان تفریح‌گاه اهالی شیراز بود. مردم با دم و دستگاه می‌رفتند و یکی دو شب در آن‌جا بسر می‌بردند. دکتر وارنر و همکارانش نیز هر وقت دست از کار می‌کشیدند، به قصد گردش به برم دلک می‌رفتند و یا در تالار وقت خود را به بازی شطرنج و خواندن می‌گذرانیدند.

ولی پس از کشف تابوت سیمویه ورق برگشت. مخصوصا در زندگی دکتر وارنر تغییر کلی رخ داد. زیرا کشف این تابوت علاوه بر این‌که یکی از قطعات

---

[1] در شیراز بجای یخ در تابستان برف مصرف می‌شود که از « کوه برفی » می‌آورند.

گرانبهای آرکئولوژی به شمار می‌رفت، سند مهمی در برداشت که تمام وقت وارنر را به خود مشغول کرد.

*

یک روز که فریمن با دسته‌ای از کارگران در دامنه کوه مقابل مشغول کاوش بود علائمی کشف کرد و پس از کندوکاو چندین تخته‌سنگ که با ساروج و گل محکم شده بود، بالاخره به نقبی سر در آورد که در کوه زده بودند. با حضور دکتر وارنر و گورست تابوت سنگی بزرگی در میان سردابه کشف کردند که به شکل مکعب مستطیل از سنگ یک پارچه تراشیده شده بود. به زحمت زیاد تابوت را حمل کردند و در اطاق خواب خود که مجاور تالار بزرگ بود گذاشتند.

با دقت و احتیاط زیاد تخته سنگ در تابوت را برداشتند. گوشه تابوت، کالبد مومیائی مرد بلندبالائی دیده می‌شد که چنباتمه نشسته و زانوهایش را بغل زده بود. سرش را پائین گرفته و خود فولادین به سر داشت که دو رشته مروارید رویش بسته شده بود. لباس زربفت گرانبهائی به تنش و یک گردنبد جواهر نشان روی سینه‌اش و قداره‌ای به کمرش بود. اما تمام لباس اندوده به روغن مخصوصی بود و پارچه شفاف نازکی روی سرش افتاده بود.

وارنر با احتیاط هرچه تمامتر، پارچه نازک روی مومیائی را پس زد. گوشه حریری که جلو دهن مومیائی واقع شده بود جویده و مثل این که آلوده به خون خشک شده بود. گوشت صورت به استخوان چسبیده بود و چشم‌هایش به حالت وحشت انگیز می‌درخشید. وارنر ملتفت شد دید یک لوله فلزی مانند دعا که به حلقه سیمی وصل شده بود روی سینه مومیائی به حالت موقت آویخته بود. دکتر وارنر لوله را از سیم جدا کرد، همین که

باز نمود دو ورق کاغذ پوستی از میانش بیرون آورد. که روی یکی از آن‌ها به خط پهلوی نوشته شده بود و روی دیگری که کوچکتر بود خطوط هندسـی و علاماتی نقش شده بود. وارنر وظیفه خودش می‌دانست که قبل از جستجو و کاوش بیشتری در اشیاء تابوت ورقه را بخواند.

*

تحقیقات و مطالعات دکتر وارنر چندین هفته به طول انجامید و در تمام این مدت به قدری شیفته مطالعه شده بود که از خواب و خوراک افتـاده بـود. اغلب در اطاق تنهـا بـا خـودش حـرف مـی‌زد. و پیوستـه پـس از فراغـت هم‌کارانش، راجع به متن کاغذ پوستی با آن‌ها مباحثه می‌کرد. و یـا غـرق در مطالعه کتاب‌های عجیب و غریب سحر و جادو بود که رفقایش از آن‌ها سر در نمی‌آوردند و این روش او را حمل بر جنون می‌کردند.

یک روز طرف عصر، بعد از آن که فریمن دست از کار کشید، با یک مـشت تیله شکسته قرمز رنگ که روی آن‌ها خطوط چپ اندر راست قهوه‌ای سـیر کشیده بود، وارد تالار شده تیله‌ها را روی میز بزرگ میان تالار گذاشت که مملو بود از روزنامه، مجله و آلبوم عکس. دکتر وارنر کنار لپش پیپ گذاشته بود و به حالت متفکر قدم می‌زد. نزدیک فریمن رفت و از او پرسید:

«گورست کجاست؟»

«ـ رفته گردش، وانگهی یک هفته است. به کلی عوض شده حـق هـم دارد، چون از ما جوان‌تراست. زیر آفتاب، زندگی یک‌نواخت، نداشتن تفریح، به او خیلی سخت می‌گذرد!»

«ـ رفته شیراز؟»

«- بله، روز یکشنبه باهم در برم دلک بودیم. - گویا موضوع زنی در میـان باشد.»

«- باید بهش تذکر بدهم که مواظب رفتار خـودش باشـد. هـان، خـونـش بجوش آمده! اما فراموش کردم به او بگویم، می‌خواستم امشب را دور هـم باشیم. میدانید؟ می‌خواهم امشب ساعت هـشت و ربـع تـشریفاتی کـه در وصیت نامه دستور داده انجام بدهم.»

فریمن متعجب: «- کدام دستور! همان دعاهائی که می‌گفتید باید با شرایط مخصوصی خواند و مرده زنده میشود!»

«می‌دانم که تو دلت بمن می‌خندی. اشتباه نکنید، من از شما بـی‌اعتقـادترم. ولی پیش خودم تصور می‌کنم این وصیت نامه زنی است کـه شـاید صـدها سال پیش در گور رفته و معتقد بوده که خـون خـودش را طعمـه مومیـائی کرده به‌امید این که روزی کاغذش خوانده بشود. می‌خواهم بگویم بـه ایـن وسیله آرزو و خواهش زنی برآورده می‌شود که نسبت به او مدیون هستیم، مدیون حسادت او هستیم. برای ما چندان گران تمام نمی‌شود، فقط دو جور بخور لازم است که قبلا تهیه کرده‌ام، چند گل آتـش و نـیم سـاعت صـرف انرژی. برای ما خرج دیگری ندارد. کسی میداند! ... ما هنوز باسرار پیشینیان پی نبرده ایم!»

«- آیا مضحک نیست؟ من مسئولیتی بعهده خودمان نمی‌بیـنم کـه مطـابق دستور عمل بکنیم. اگر این تابوت بغیر ما دست کس دیگر افتاده بـود، آیـا خودش را مجبور به اجرای هوا و هوس این زن می‌دانست؟»

«بهمین جهت که دست ما افتاده، من معتقدم باید مطابق وظیفـه خودمـان رفتار کنیم. (اشاره به تیله‌های ماقبل تاریخ): شما گمان می‌کنید این تیله‌های

ماقبل تاریخی که از روی آن مثلا می‌شود حدس زد، آدمیزاد احمقی در چهارپنج‌هزار سال پیش که کنار این کوه چشمه بوده، میزیسته و در این کاسه آش میخورده علمی است. در صورتی که هیچ رابطه مستقیمی با زندگی ما نداشته اما وصیت‌نامه قابل توجهی که یک تراژدی انسانی و حسی در بر دارد، شما آن را جزو خرافات می‌پندارید؟ خیلی طبیعی است، آنجائی که علوم متعارفی شکست می‌خورد با لبخند شکاک تلقی بشود. اگر مقصود علوم رسمی است که از آن پول در می‌آید، خیر این موضوع علمی نیست و فقط تفریحی است! برعکس من این آزمایش را وظیفه شخصی خودمان می‌دانم، اعم از این که نتیجه بدهد یا ندهد.»

«– دیروز می‌گفتند که همه مطالب وصیت نامه برای شما روشن نشده و هنوز اشکالاتی دارید.»

«– فقط یک کلمه، یا یک جمله‌اش را درست نفهمیدم، باقیش ترجمه شده. ولی از آنجائی‌که امشب شب چهارده ماه است و موافق با شرایط موقعیت نجومی است که در وصیت نامه قید شده، نمی‌توانم این اقدام را به تأخیر بیندازم. اشتباه چندان مهم نیست، در آخر وصیت نامه می‌نویسد: پس از انجام مراسم «نیرنگ» یعنی عزایم، طلسم را در «آتر» افکند. نه، جمله اینطور است: «چگون دنمن تلتم را بین آتر او گندت سیمویه اور آخیزت» یعنی چون این طلسم را در آتش افکند سیمویه برخیزد. آیا مقصودش اینست که پس از انجام عزایم: آتش «افکند» یعنی فرونشیند؟ یا آتش خاموش می‌شود، آن وقت باید منتظر بود که مومیائی برخیزد؟ شاید مقصود طلسمی است که خطوط هندسی دارد و روی کاغذ جداگانه نوشته شده، باید پس از انجام نیرنگ Incantation آن را در آتش انداخت، آن وقت سیمویه بر می‌خیزد. صبر کنید ترجمه وصیت نامه را که در جیبم است برایتان بخوانم.»

دکتر وارنر رفت روی صندلی راحتی نشست، کاغـذی از جیـبش در آورد و شورع به خواندن کرد: «بنام یزدان! من گوراندخت، دختر وندسـپ مـغ در عین حال خواهر پادشاه و زن سیمویه، مرزبان «برم دلک، شاه پسند و کـاخ سپید» هستم. ده سال زناشوئی ما به طول انجامید بی‌آن که بچه‌ای از تخمه سیمویه به وجود آید. شوهرم طبق رسوم و دستور جاودان همـسر دیگـری اختیار کرد تا پسری بیاورد. ولی کوشش او بیهوده بود، چه به گواهی پزشکان او مقطوع‌النسل (اکار - بیکار) بود. اما سیمویه از راه هوس‌رانی و نـه از راه انجام مقاصد دینی با زن جادوئی مشورت کرد و پس از بکار بردن داروهائی به دختر پستی از روسپیان دل باخت. با وجود عهد و پیمانی که بـین مـن و او رفته بود که از تجدید زناشوئی چشم بپوشد، در تصمیم خود پافشاری کرد. تمام وقت خود را در کاخ سپید با خورشید، دختـر روسـپی بعـیش و نـوش می‌گذرانید. از کار و فرمانروائی خود دست کشید و جلو خورشـید بـه مـن توهین و تحقیر روا می‌داشت. بالاخره مراسم عروسی را فراهم آورد، من به موجب شرطی که با سیمویه کرده بودم، زنـده بگـور شـدن را بـه تحمـل رسوائی و خوار شدن ترجیح دادم و برای انتقام دست به دامن زن جـادوئی شدم. همان شب که جشن عروسی سیمویه و خورشـید برپـا بـود، اکـسیر جادوگر را در جام شراب ریخته به او خورانیدم و سـیمویه در حالـت مـوت کاذب (بوشاسپ) افتاد.

«زن جادو، وسیله دفع طلسم و زنده شدن سیمویه را در طلسم جداگانه به من داد. ولی من ترجیح دادم که با شوهرم زنده در گور بـروم و خـونم در قبر خوراک او بشود، خون هر سه ما را در طی اقامت طویل زیرزمینی خـود بمکد، تا خفت همسری با خورشید را به خود همـوار بکنـد! بـرای ایـن کـه

برادرم بداند که من به عهد حود وفا کرده‌ام، طلسمی که دوباره او را زنده خواهد کرد در جوف وصیت‌نامه است.

«ای کسی که این وصیت‌نامه را می‌خوانی، بدان که سیمویه نمرده و در حالت «بوشاسپ» موت کاذب است. مطابق دستور زن جادو مومیائی شده و به وسیله این طلسم زنده خواهد شد. برای این کار باید در ماه شب چهارده بین تو و تابوت یک پرده فاصله باشد. بخوردان را برافروخته در مندل (یونه) بگذارند و بوی خوش در آن بریزند و این کلمات را به بانگ بلند ادا کنند. (اینجا متن کلماتی است که به پازند نوشته شده، گویا سریانی است. معنی آن‌ها معلوم نیست و فقط باید خوانده شود. به هر حال دانستن معنی عزایم در مراسم جادوگری ضروری نیست.) بعد، چون طلسم را در آتش اندازند سیمویه بر می‌خیزد.» همین مطلب اخیر را درست نفهمیدم اما چنان که ملاحظه می‌کنید همه دستورهای لازم را داده است.»

دکتر وارنر کنجکاوانه نگاهش را به صورت فریمن دوخت و بعد وصیت‌نامه را تا کرد و در جیبش گذاشت.

فریمن سرش را تکان داد:«قصه حسادت ابدی زن!»

وارنر عینک خود را برداشت، پاک کرد و دوباره گذاشت:

«- علاوه بر درام حسادت، نکات مهمی برای من روشن شده. اولا زندگی داخلی یک حاکم عیاش را در زمان ساسانیان بر ما مکشوف می‌کند. دیگر این‌که ناحیه تخت ابونصر را «برم دلک، شاه پسند و کاخ سپید» می‌نامیده‌اند. دست خضر «باغ زندان» بوده (این مطلب را از روی اسناد دیگر پیدا کرده‌ام). بعلاوه بر ما ثابت می‌شود که در زمان ساسانیان ازدواج «خویتودس=خویشی‌دادن» یعنی زناشوئی بین خویشان نزدیک و هم‌خون

معمول بوده و یا لااقل نزد حکام و اشخاص بانفوذ مرسوم بوده. ولی چیزی که مهم است تاکنون ما نمی‌دانستیم که در هر قبری چرا چندین استخوان مرده پیدا می‌شود؟ اهالی این‌جا می‌گفتند که در قدیم وقتی کسی زیاد پیر می‌شده و کاری از او بر نمی‌آمده، جوانان او را با تشریفاتی بیرون شهر می‌بردند و زنده به گورش می‌کردند تا به این وسیله روی زمین اسباب زحمت دیگران نشود. ‑ این اعتقاد نزد بعضی از طوایف افریقا هم با تغییراتی وجود دارد. من هم تاکنون به همین عقیده باقی بودم. ولی مطابق این سند معلوم می‌شود هر مردی که می‌مرده زن‌هایش را با او زنده چال می‌کرده‌اند تا در آن دنیا همدم او باشند. این اعتقاد در نزد ملل قدیم نیز وجود داشته است.«از طرف دیگر چنان که همه‌مان ملاحظه کردیم، دهن مومیائی آلوده به چیزی شبیه خون خشک شده است. طبق عقاید عامه اگر مرده‌ای کفن را به دندان بگیرد، بین زندگان مرگ و میر می‌افتد. برای دفع بلا، باید در قبرستان‌ها کاوش بکنند و بعد از آن‌که مرده خون‌خوار را پیدا کردند، سرش را به یک ضربت از تن جدا بکنند. در متن کاغذ پوستی نوشته شده که: «خون ما خوراک مرده بشود.» حالا من نمی‌خواهم داخل در جزئیات عقاید عامه بشوم، اما چیزی که مهم است ما در اینجا یک سند حقیقی و تاریخی در دست داریم. آیا سیمویه در حالت موت کاذب از خون زن‌های خود تغذیه می‌کرده؟ آیا این خوراک برای چندین صد سال یک نفر کافی است یا این‌که درین حالت پس از مدتی دیگر احتیاج به خوراک ندارند؟ من اعتقادی به خرافات ندارم ولی در بی‌اعتقادی خودم هم متعصب نیستم، فقط در عقاید آن زمان کنجکاو شده‌ام. صرف نظر از موهومات و خرافات، علوم امروزه باید هر حادثه حسی و هر فنومنی را از شاخ و برگ‌هائی که به آن بسته‌اند مجزا کرده و در تحت مطالعه دقیق قرار دهد. ولی ... »

درین بین گورست که به آهنگ والسی سوت می‌زد، سراسیمه وارد شد. یک سگ قهوه‌ای بزرگ هم دنبالش بود. گورست کلاه خود را روی میز پرتاب کرد و قاسم را صدا زد و دستور داد که شربت بیاورد.

دکتر وارنر دنباله حرف خود را برید و نگاهی به فریمن کرد.

وارنر به گورست: «حالا با فریمن راجع به شما صحبت می‌کردیم.»

«لابد تعریفم را می‌کردید.»

وارنر: «قرار شد گوش شما را بکشم.»

«حرف‌های فریمن را باور نکنید، او مثل اوتللو حسوداست. فقط آمدم به شما مژده بدهم که پیش‌آمد خوبی شده، امشب هر دو شما مهمان من هستید.»

دستی روی سر اینگا، سگ قهوه‌ای، کشید. وارنر پیپ خود را دوباره توتون ریخت و آتش زد و با تفنن مشغول کشیدن شد. قاسم سه گیلاس شربت آورد و جلو آن‌ها گذاشت.

گورست از شربت چشید و گفت: «امشب هردوتان در برم دلک مهمان من هستید. سه تا خانم هم آنجا هستند. می‌خواهم یک شب مثل «شب‌های عربی»[1] بگذرانیم. مگر ما در مشرق‌زمین نیستیم؟ تا حالا به جز آفتاب سوزانش که به کله ما تابیده و خاکش که توتیای چشممان کرده‌ایم چیز دیگری عاید ما نشده. - اصلا از بس که ما میان استخوان مرده و اشیاء پوسیده دنیای قدیم زندگی کرده‌ایم، حس زندگی در ما کشته شده، دکتر، شما زندگی غریبی برای خودتان اختیار کرده‌اید. تمام روز را در اطاق دم

---

[1] الف لیله و لیله (هزار و یک شب)

کرده زیر آفتاب مشغول مطالعه هستید. شب‌ها خوابتان نمی‌برد، اغلب بلند می‌شوید با خودتان حرف می‌زنید، تفریح و گردش را به خودتان حرام کرده‌اید و گرم کتاب شده‌اید. - باور کنید. این کارها آدم را زود پیر می‌کند!»

وارنر: «از نصایح شما خیلی متشکرم. ولی متأسفم که‌امشب نمی‌توانم دعوت شما را اجابت بکنم و در صورتی که به حرف من گوش بدهید، به شما توصیه می‌کنم که‌امشب را با هم باشیم و به من قدری کمک بکنید، چون خیال دارم مطابق دستور وصیت‌نامه گوراندخت رفتار بکنم. امشب شب چهاردهم ماه است و تا یک ماه دیگر کار ما تمام می‌شود و باید گزارش خودمان را تهیه بکنیم، در صورتی که برای تفریح وقت بسیار است.»

گورست زد زیر خنده: «وصیت آن زن رندی که همه‌مان را مسخره کرده؟ شوخی می‌کنید، من گمان نمی‌کردم که کار به اینجاها بکشد. حالا جدا تصمیم گرفته‌اید که میمون پیر را زنده بکنید. شما تصور می‌کنید که جمعیت روی زمین کم است! می‌خواهید یک نفر دیگر را هم به آن‌ها اضافه کنید! در این صورت مجمع احضار ارواح نیویورک به ما نشان خواهد داد!»

هر سه نفر خندیدند. گورست گفت: «پنج ماه است که توی این بیابان ما مثل سگ جان می‌کنیم و بعد از کشف قابل توجه تابوت گمان می‌کنم حالا حق داشته باشیم یک خورده تفریح بکنیم. تقصر من است که به فکر شماها بودم! با اتومبیل رفتم شیراز، سه تا خانم و دو نفر ساززن را به اصرار آن‌ها با خودم آوردم. چیزی که غریب است، کشف تابوت سرزبان‌ها افتاده و این زن‌ها گمان می‌کنند که ما گنج و جواهر زیادی پیدا کرده‌ایم. در هر صورت الآن در برم دلک هستند. چادر زده‌اند و امشب را آن‌جا می‌مانند. هیچ کس هم در آن‌جا نیست، خلوت است. آیا از آن شیشه‌های ویسکی با زهم مانده؟

از حیث خوراک همه وسایل فراهم است، قاسم را فرستادم همـه چیزهـا را آماده کرده.»

دکتر وارنر با قیافه جدی: «من مخالفم که با اتومبیل میـسیون از ایـن قبیـل تفریحات بشود. نباید فراموش کرد که مسئولیت بزرگی به گردن ماسـت. اخلاق و رفتار ما را خیلی مواظب هستند. در این جور جاهای کوچک آدم آب بخورد همه می‌دانند! - دو روز دیگر قاسم یا هر یک از کارگران ممکن است هزار جور حرف برای ما در بیاورند. من مایل نیستم که رسوائی راه بیفتد. به شما توصیه می‌کنم که این دفعه آخرین دفعه باشد.»

گورست: «مطمئن باشید، هیچ‌کس ما را ندیده. چـون آن‌هـا بیـرون شـهر آمده بودند، ولی چیزی که قابل توجه است، امشب ساز شرقی هم داریـم. ساززنها جهودند و فقط سازهای بومی را می‌نوازند. شاید همان سازی است که در موقع آبادی این محل میزده‌اند، وقتی که سیمویه در املاک خـودش زندگی می‌کرده! گیرم پیره میمون شما بـه تنهـائی سـه تـا زن داشـته، در صورتی که ما سه نفر هر کدام بیش از یک نخواهیم داشـت. - بـاور بکنیـد باید قدری هم میان زنده‌ها زندگی کرد. اما قبلا به شما می‌گویم خورشـید خانم که از همه کوچکتر است مال من خواهد بود.»

وارنر ناگهان متفکر:« خورشید خانم؟»

گورست: بله، خورشید خانم. دختر بلند بالائی است که چـشم‌هـای تابـدار، صورت گرد و موهای سیاه دارد. از آن خوشگل‌های شرقی است. می‌دانیـد اول او مرا پسندیده و برایم کاغذ فرستاده (رویش را به فریمن کرد). یادت هست روز یکشنبه آن زنی که در برم دلک به من اشاره می‌کرد؟»

وارنر: «چه تصادفات غریبی! زن آخر سیمویه هم اسمش خورشید بود.»

گورست: «من گمان می‌کردم که شوخی می‌کنید، اما حالا می‌بینم کـه ایـن افسانه فکر شما را سخت بخود مشغول کرده. آیا حقیقتا تصور می‌کنید کـه اسکلت جان می‌گیرد و سرگذشت آن دنیای خودش را برای ما نقل می‌کند؟ در این صورت رومان مضحکی خواهد شد. اما هنوز بـه روز رستاخیز خیلـی مانده. پس اگر جواهراتش را برداریم به احتیاط نزدیک‌تراسـت. آن وقت بعد امتحان بکنید که مرده زنده می‌شود یا نه!»

وارنر بالحن جدی:«دست به ترکیب مومیائی نباید زد.»

گورست: «پس اقلا خلع سلاحش بکنیم و قداره‌اش را برداریم که اگر زنده شد ما را قتل عام نکند و جواهرات را با خودش ببرد.»

وارنر عینک خود را جابجا کرد: «حق بـه جانب شماست کـه مـرا دسـت می‌اندازید. – حقیقتا موضوع عجیب و بـاورنکردنـی اسـت. خـودم هـم بـه هیچ‌وجه مطمئن نیستم. ولی حالت موت کـاذب پـر از اسـرار اسـت. مـا از عملیات جادوگران دنیای قدیم اطلاعی نداریم. آیا درست در چشم‌های این مومیائی نگاه کرده‌اید؟ چشم‌هایش میدرخشد و زنده است، نگاه می‌کند. – نگاه پر از شهوت، پر از کینه و شاید خجالت هم در آن دیده می‌شـود. مثـل این است که هنوز از زندگی سیر نشده. من تاکنون اقرار نکرده بـودم، امـا شراره زندگی در ته چشم‌هایش مانـده. برفـرض هـم کـه زنـده نـشود، همانطوری که به فریمن گفتم ما چیزی گم نکرده‌ایم. ولـی در صـورتی کـه زنده شد و یا فقط تکان خورد، فکرش را بکنید چه اتفاق بی‌نظیـری در دنیـا خواهد بود!»

گورست: «– تصور محال است. من می‌خواهم بدانم آیا بعد از چنـدین صـد سال، بر فرض هم که مرده مومیـائی بـشود و اعـضای بـدنش بـا وسـایل مخصوصی تازه نگه داشته شود – همه این‌هـا فـرض اسـت. چـون در ایـن

صورت ماموت را هم که زیر برف‌های سیبریه کاملا حفظ شده باشد ممکن است دوباره زنده کرد. آیا ممکن است بقول خودتان بعـد از چنـدین صـد سال مومیائی دوباره زنده شود؟»

دکتر وارنر: «– من از شما دیرباورترم. اما حالت موت کاذب فنومنی اسـت که امروزه هم کم و بیش مشاهده می‌شود. مثلا جوکیان هندوستان قادرنـد که از یک هفته الی چندین ماه زیر زمین مدفون بشوند و بعـد دوبـاره بـه دنیای زندگان عودت کنند – این قضیه به کرات مشاهده شده. از طـرف دیگر گمان می‌کنم که یک امر طبیعی بوده باشد. آیا حیواناتی که تمام فصل زمستان را می‌خوابند در حالت موت کاذب نیستند؟ سیمویه به وسیله دارو یا طلسم یا قوای مجهولی در حالت موت کاذب افتاده و بعد با وسایلی که به ما مجهول است مومیائی شده، در این صورت اعضای تن او در اثر ناخوشی یا پیری مستعمل و فاسد نشده و حیات بالقوه خود را نگه داشته. اگر بـا نظـر عمیق‌تری از علوم متداول که در مدرسه‌ها می‌آموزند و اعتقادات و خرافات مذهبی به زندگانی نگاه بکنیم، خواهیم دید که در زندگی همه چیز معجزه است. همین وجود من و شما که این‌جا نشسته‌ایم و با هم حرف می‌زنیم یک معجزه است. اگر موهای سرم یک مرتبه نمی‌ریزد معجزه است، اگر گیلاس شربت با شیشه‌اش در دستم تبدیل به بخار نمی‌شود یـک معجـزه اسـت. معجزه‌های مسلمی که به آن‌ها خو گرفته‌ام و برایمان امر طبیعـی شـده و هرگاه برخلاف این اعجاز امر طبیعی دیگری اتفاق بیفتـد کـه بـه آن معتـاد نیستیم برایمان معجزه به شمار می‌آید. – اگر امـروزه یکـی از دانـشمندان موفق بشود که در لابراتوار خود یک موجود زنده را مدتی در حالت مـوت کاذب نگه دارد و به دلخواه خود این حالت را تولید بکند و بعد بـرای اثبـات مدعای خود کتابی با فورمول‌های ریاضی و طبق قوانین فیزیکـی و شـیمیائی

بنویسد، همه باور خواهند کرد. چون امروزه بشر از روی خود پسندی اعتقادش از طبیعت بریده شده و به واسطه کشفیات و اختراعاتی که کرده خودش را عقل کل می‌پندارد و ادعا دارد که همه اسرار طبیعت را کشف کرده است. ولی در حقیقت از پی بردن به ماهیت کوچکترین چیزی ناتوان است. انسان مغرور، پرستش معلومات خود را مدرک قرار داده و می‌خواهد حادثات طبیعت مطابق فرمول‌های او انجام بگیرد. در قدیم بشر ساده‌تر و افتاده‌تر بود و بیشتر به معجزه اعتقاد داشته، بهمین جهت بیشتر معجزه اتفاق می‌افتاده. می‌خواهم بگویم که نزدیک‌تربه طبیعت و قوانین آن بوده و بهتر می‌توانسته از قوای مجهول آن استفاده بکند. گمان نکنید که من مخالف علوم دقیق امروزه هستم، برعکس معتقدم که هر اتفاقی از آن غریب‌تر نباشد یک امر طبیعی، مادی و مربوط به قوانینی است که هنوز علم بشر کشف نکرده است. اگر غیر از این باشد چیز مضحک و باور نکردنی خواهد بود.»

گورست که کنجکاو بنظر می‌آمد: «من کاری به فرضیات شما ندارم، شاید هم که این معجزه بی‌سابقه ممکن باشد. ولی اگر در آزمایش خودمان موفق نشدیم و این فرض بسیار قوی است، فردا روبروی شوفر و کارگران اهمیت و اعتبار ما از بین خواهد رفت و حرف ما نقل سرزبان‌ها خواهد شد.»

«– من پیش بینی لازم را کرده‌ام. مخصوصا شوفر را مرخص کردم. فردا هم یکشنبه است. کاری نداریم. این که با رفتن شما مخالفت کردم می‌خواستم با هم کمک کنیم. چون مطابق دستور تابوت باید در اطاق مجاور باشد، یعنی همان‌جائی که هست و به وسیله یک پرده از تالار مجزا بشود. بعد از کمک‌های جزئی در صورتی که مایل باشید می‌توانید به محل عشق‌بازی

خودتان بروید و یا آن‌جا بالای اطاق ساکت می‌نشینید و عملیـات را کنتـرول می‌کنید.»

گورست: «- ولی چیزی که هست، در آن زمان شرایط مخصوصی برای انجام این مراسم به جا می‌آورده‌اند که‌امروزه فراموش شده.»

«- تا آنجائی که در دسترس من بوده مطالعات لازم را کرده‌ام این مطلـب را می‌دانم که عزایم باید میان خیط خوانده شود که بـه منزلـه حـصاری در مقابل قوای حافظ جادوگر به شمار می‌آید، و خیط را باید بـا ذغـال و از روی اراده و ایمان محکم کشید. عزایم را باید به صدای بلند خواند. چون در جادو نفوذ و قدرت کلام و اطمینان به خود اهمیت مخـصوصی دارد. و هـم‌چنیـن بخور دانه‌های معطر به تأثیر قوای ماوراءطبیعی می‌افزاید و آتمسفر مناسبی ایجاد می‌کند. از این حیث مطمئن باشید!»

گورست: «- من گمان نمی‌کردم که حقیقتـا جـدی اسـت، در ایـن صـورت خواهم ماند.»

٭

بعد از شام دکتر وارنر و رفقایش تابوت سنگی را به زحمـت جلو در اطاق خواب کشیدند. وارنر پیه سوز جلو مومیائی را کـه مـاده سـیاهی تـه آن چسبیده بوده روشن کرد و بخوردان برنز را از توی تـابوت برداشـت و بـه تالار آمد و پرده جلو در را انداخت. فریمن فرش را تا نصفه پـس زد، بعـد بخوردان را آتش کرد. وارنر یک مشت کندر و اسفند و صندل که قبلا تهیـه کرده بود روی گل آتش پاشید. دود غلیظ و معطری در هوا پراکنـده شـد. بعد دور خود با ذغال روی زمین دایره‌ای کشید. کاغذ پوسـتی را از جیـبش درآورد، جلو بخوردان ایستاد و از روی کاغذ با صدای بلند مشغول خوانـدن

عزایم شد. فریمن و گورست ساکت ته تالار روی صــندلی نشــسته تماشــا می‌کردند و اینگا جلوی پای آن‌ها خوابیده بود.

وارنر کلمات عجیبی را خیلی شمرده می‌خواند که معنی آن‌ها را خودش هــم نمی‌دانست. ولی در ضمن خواندن عــزایم، طلــسم جداگانــه‌ای کــه رویــش خطوط هندسی ترسیم شده بود از دستش لغزید و در بخوردان جلو او افتاد و سوخت، و بی‌آن که او ملتفت بشود در میان دود و بخور معطــر، حالت مخصوصی به وارنر دست داد، سرش گیج می‌رفت و یک نوع لرز آمیخته با ترس و حالت عصبانی به او مستولی شد، به‌طوری کــه فاصله بــه فاصــله صدایش می‌خراشید و جلو چشمش سیاهی می‌رفت.

ناگهان اینگا که ظاهرا خواب و مطیع به نظر می‌آمد بلنــد شــد و بــه طــرف درخیز برداشت و زوزه کشید. ولی گورست برای این که در مراسم عــزایم خللی وارد نیاید، قلاده اینگا را گرفت و به زور او را برد و زیر میز خوابانید – در صورتی که سگ بــه حــال شــتاب زده جست و خیــز بــر مــی‌داشت و می‌خواست از اطاق بیرون برود. در همین وقت وارنر با صدای لرزانی چنــد کلمه نامفهوم ادا کرد. ولی مثل این که پایش سست شــد یــا در اثــر دود و کوشش فوق العاده گیج شده بود، به حالت عصبانی زمین خورد. گورست و فریمن او را برده روی نیمکت خوابانیدند.

٭

همان وقت که طلسم در آتش افتاد، جلو روشنائی پیه‌سوز که بوی خوشی از آن پراکنده می‌شد، لرزه‌ای بر اندام مومیائی افتاد. عطسه کــرد، ســرش را بلند کرد و با حرکت خشکی از جایش برخاست. از تــابوت بیــرون آمــد، بــه طرف پنجره اطاق رفت و پنجره را که وارنر فرامــوش کــرده بــود محکم

ببندد باز کرد و خارج شد.ـ هیکل بلند، سیاه و خشک او با قدم‌های شمرده به طرف آبادی «دست خضر» روانه گردید.

نسیم ملایمی می‌وزید، آسمان مثل سرپوش سربی سنگین و شفاف بود و روشنائی خیره کننده‌ای از ماه که به نظر می‌آمد پائین آمده است، روی تپه و ماهور پراکنده شده بود که طبیعت را بی‌جان و رنگ‌پریده جلوه می‌داد. مثل این که این منظره مربوط به این دنیا نبود. دست راست دروازه تخت جمشیدی با سنگ سیاهش یگانه بنائی بود که از زمان سابق برپا بود. باقی دیگر گودال‌ها و مغاک‌هائی بود که تل‌های خاک کنارش کود شده بود. سایه سیمویه بلندتر از خودش دنبال او روی زمین کشیده می‌شد.

در این وقت زوزه اینگا از توی تالار بلند شد. ولی سیمویه بی‌آن که التفاتی بکند، قدم‌های مرتب و بلند بر می‌داشت، مثل اینکه به وسیله کوک و یا قوه مجهولی به حرکت افتاده باشد. نگاهش خیره و براق به زمین دوخته شده بود، گویا مهتاب چشمش را می‌زد و به نظر می‌آمد که هنوز ملتفت تغییرات وضعیت کنونی با زمان خودش نشده بود. افکارش در بخار لطیف شراب موج می‌زد، همان شراب ارغوانی‌سوزان که از دست خورشید گرفت و نوشید و بیهوش شد!

در آبادی دست خضر و برم دلک، از دور چند چراغ می‌درخشید. اما سیمویه مثل این که آخرین نشئه شرابی که نوشیده بود از سرش بیرون نرفته باشد، بود از سرش بیرون نرفته باشد، دریادبود آخرین دقایق زندگی سابقش غوطه ور بود. ـ یک نوع زندگی افسانه مانند محو و مغشوش، یک نوع زندگی شدید و پرحرارت در باقی‌مانده یادبودهای زندگی پیشین خود می‌نمود. او تصور می‌کرد که در املاک سابق خودش قدم می‌زند، همه فکر او متوجه خورشید بود. یادبودهای مخلوط و محو از اولین برخوردی که با

خورشید کرده بود در مغزش مجسم شده و جان گرفته بود. مثل این که زندگی او فقط مربوط به این یادبودها بود و به عشق آن زنده شده بود!

سیمویه مجلس اولین برخورد خود را با خورشید به یاد آورد! آن روزی که با چند تن از گماشتگان خود به شکار رفته بود. در بیابان خسته و تشنه به چادری پناه برد. یک دختر بیابانی با چهره گیرنده و چشم‌های درشت تابدار جلو چادر آمد. برجستگی پستان‌های لیموئی او از زیر پیرهن سرخ چین دار نمایان بود. تنبان بلند و گشادی تا مچ پایش پائین آمده بود و پول طلائی جلو سربند او آویخته بود. با لبخند دلربائی دولچه چرمی که پر از دوغ سرد مثل تگرگ بود از چاه بیرون آورد و به دست او داد. وقتی که سیمویه دولچه دوغ را به او رد کرد، دست دختر را در دست خودش گرفت و فشار داد. خورشید دست خود را با تردستی و حرکت ظریفی از دست او بیرون کشید. دوباره لبخند زد، دندان‌های محکم سفیدش بیرون افتاد و گفت «توهم دلت سرید؟» چون خورشید نمی‌دانست که مهمان او سیمویه مرزبان است. - این جمله تا ته قلب سیمویه اثر کرد. آیا زن جادو به او دستور نداده بود که برای تقویت و جوانی باید با دختران باکره معاشرت بکند و دختران اعیانی که به او معرفی کردند هیچ کدام را نپسندیده بود.

این پیش‌آمد کافی بود که سیمویه دل خود را ببازد و حقیقتا دل سیمویه سرید! با وجود شرطی که با زن اولش گورانداخت کرده بود، از این روز ببعد، تمام هوش و حواسش پیش دختر بیابانی بود. چندین بار پیشکش‌هائی برایش فرستاد. و بالاخره با وجود بهتان و نارواهائی که زن اولش از وی حسادت به خورشید می‌زد و خود او را تهدید بکشتن کرده بود، رسما به خواستگاری خورشید فرستاد و شب عروسی جشن مفصلی برپا کرد.

همان شب وقتیکه سیمویه به طرف برم دلک رفت، آتش زیادی افروخته بودند، مهمانان هلهله می‌کشیدند، کف می‌زدند، شراب می‌نوشیدند و دور آتش می‌رقصیدند. صورت‌های برافروخته و مست آنها جلو آتش که زبانه می‌کشید و به طرز وحشتناکی روشن شده بود. سیمویه مطابق سنت، از میان جمعیت گردش کنان دنبال خورشید می‌گشت. تا بالاخره جلو مجلسی رسید که خنیاگران مشغول ساز و آواز بودند. خورشید با لباس جواهر دوزی کنار مجلس روی کنده درخت نشسته بود. سیمویه از پشت درختان سه بار خورشید را صدا زد، خورشید با حرکت دلربائی از توی سینی یک جام شراب ارغوانی برداشت، به طرف سیمویه رفت و جام را به دست او داد سیمویه دستش را به کمر خورشید انداخت و آهسته زیر درختان سرو پنهان شدند. بعد به تنه درختی تکیه کرد و اندام باریک و پر حرارت خورشید را در آغوش کشید و روی سینه فراخ خود فشار داد. خورشید چشم‌هایش را بهم گذاشت، سیمویه جام شراب ارغوانی را که از دست خورشید گرفته بود تا ته سر کشید. جام را دور انداخت و لب‌های خود را به طرف دهن نیمه باز خورشید برد. ولی خورشید سر خود را برگردانید و لب‌هایش روی گردن او چسبید. ناگهان شراب قوی و سوزان در تمام رگ و پی سیمویه ریشه دوانید و از حال رفت. پاهایش لرزید و سرمائی از دست‌ها و پاهایش به قلب او نفوذ کرد. بعد دیگر نفهمید چه شده است.

حالا به نظر سیمویه می‌آمد که از خواب مستی خود بیدار شده، ولی هنوز بخار شراب جلو خاطره و فکر او پرده تاریکی گسترده بود. افکارش همه در بخار لطیف شراب موج می‌زد و می‌جوشید و در تمام هستی خود عشق سوزان و دیوانه‌واری برای خورشید حس می‌کرد. تشنه خورشید بود. او احتیاج به تن گرم، چشم‌های گیرنده و اندام باریک خورشید داشت احتیاج

به روشنائی، به هوای آزاد و ساز داشت. مثل این که مستی او هنوز از سرش در نرفته بود. صدای دور و خفه‌سازی که در جشن عروسی او می‌نواختند در گوشش زنگ می‌زد. میان همهمه و جنجال، صورت‌ها، رقص غلامان و کنیزان در جلو آتش که همه به طور محو و پاک شده، به شکل دود در مغزش نمودار می‌گردیدند و سپس محو می‌شدند، بعد منظره دیگر جلوه گر می‌شد، خورشید را جستجو می‌کرد. صورت او جلو چشمش بود.

شبح پر از احساسات شهوتی سیمویه با قدم‌های شمرده و حالت خشک، گردن شق و بیحرکت از آبادی دست خضر گذشته بطرف برم دلک رهسپار گردید و سایه دراز او به دنبالش به زمین کشیده می‌شد.

*

سه خانمی که برای خاطر گورست و همکارانش به برم دلک آمده بودند، زیر درخت‌ها کنار آب فرش انداخته، مزه و مشروبی که قاسم برای آن‌ها تهیه کرده بود چیده بودند و کله‌شان گرم شده بود. خورشید روی کنده درختی نشسته بود. یکی از آن‌ها دراز کشیده اشعاری با خودش زمزمه می‌کرد و دیگری که با ساززن‌ها گرم صحبت بود با دلواپسی پی در پی به ساعت مچی خودش نگاه می‌کرد. بالاخره برگشت و به خورشید گفت:

«- اینا نمیبیادشون، شاممون بخوریم بابا!»

خورشید جواب داد: «هنوز دیر نشده.»

«اینم فرنگیمون! میگن خوشقولی را باید از فرنگی‌ها یاد گرفت!»

«- گورس حتما میباد، خیلی خوش قوله.»

«- این فرنگی‌گشنه‌ها که تیله‌کنی میکنن، داخل آدم حساب نمیشن‌ها.»

خورشید: «- به، پس نمیدونی هفتیه پیش به اصرار محتــرم، ســر راه پیــاده شدیم. رفتیم تماشای تیله‌کن‌ها، سی چهل عمله زیر دستشون کار می‌کردن. گورس شکل عروسک فرنگی با موهای گلابتونیش زیر آفتاب وایساده بــود: من جیگرم کباب شد، حالا میاد می‌بینی که من دورغ نمیگم. مارو کــه دیــد، برگشت تو صورت من خندید. - میدونی من بــه توســط قاســم نوکرشــان برایش پیغوم فرستادم. تا حالا چار مرتبس که همدیگه رو می‌بینیم، یه دفــه وعده خلافی نکرده.»

«- خوب، خوب، ما اینجا نیومدیم خوشگلی تحویل بگیریم، میخواســم بــدونم پول و پله هم تو دسشون هست یا نه؟

«- مگه بهت نگفتم؟ انقد طلا و جواهر پیدا کردن که نگو! یه قبر شکافتن که توش پر از الماس و جواهر بوده، با هفتا خم خسروی که روش اژدها خوابیده بود. بخیالت من دروغ میگم؟ میگی نه، از قاسم بپرس.»

«اگه میدونسم که نمییان، من به یه نفر قول داده بودم.»

«- به! کی رو میخواسی بیاری؟ جواد آقای تو انگوش کوچیکه گورس حساب نمیشه.»

«- تو هم مارو با گورس خودت کشتی! اون دو تای دیگه چطورین؟»

«- اونام خوبن، من فقط یکیشونو دیدم.»

زنی که روی قالیچه دراز کشیده بود و با خودش زمزمه می‌کــرد گفــت: «- شما ماشالا چقدر حوصله دارین! میخوان بیان، میخــوانم هرگــز ســیام نیــان. (رویش را به ساز زن‌ها کرد): رحیم خان، قربون دســتت! یــه دســگاه ســاز حسابی بزن.»

رحیم خان قانون‌زن با صورت قرمز و مطیع فورا روی ساز خود خم شد و به آهنگ مخصوصی شروع به نواختن کرد. مرد کوتاه آبله روئی که پهلویش نشسته بود، دنبک را برداشت و به همان آهنگ یک ترانه جهرمی را می‌خواند:

«بلندی سیل عالم میکنم من، یارجونی،
«نظر بردوسو دشمن می‌کنم من، یارجونی،
«یکیم شب دیگه مارو نگهدار، یارجونی،
«که فردا درد سرکم میکنم من، یارجونی، مهربونی؛
«بقربونت میرم تو که نمیدونی.
«سر دو دو میرم خونیه فلونی، یارجونی،
«صدای نی میباد، ناله جوونی، یارجونی، عزیز من، دلبر من،
«ازین گوشه لبات کن منزل من! ... »

زن‌ها می‌خندیدند و گیلاس‌های شراب را به سلامتی یک دیگر بهم می‌زدند. اما خورشید گیلاس خود را بلند کرد و به سلامتی «گورس» سر کشید.

*

ناگهان از پشت درخت‌ها هیکل بلند و تاریکی که لباس زردوزی به برداشت پیدا شد. مثل این که چراغ چشمش را می‌زد، پشت سایه درخت ایستاد و صورتش را پائین گرفت. بعد صدای خفه‌ای از جانب او آمد که گفت: «خورشید، خوشید؟ ... »

صدای او آهنگ صدای گورست را داشت. خورشید گیلاس شراب را پر کرد، برداشت و به طرف صدا دوید. به خیالش که گورست محض شوخی پشت درخت‌ها قایم شده. ولی همین که جلو هیکل تاریک رسید، دید که یک دست استخوانی خشک شده، گیلاس را از او گرفت و دست دیگری

محکم دور کمرش پیچید. خورشید دستش را به گردنبند او انداخت. اما همین که هیکل ترسناک، گیلاس را با حرکت خشکی سرکشید و صورت وحشتناک مرده را دید، چشم‌هایش را بست و فریاد کشید و لب خود را چنان گزید که خون از آن‌جاری شد.

با حرکت سریع و غیر منتظره‌ای، دهن سیمویه روی گلوی خورشید چسبید، مثل این که می‌خواست خون او را بمکد، ناگهان در اثر شراب و فریاد خورشید، مستی سنگینی که تاکنون جلو چشم سیمویه را گرفته بود از سرش پرید. مثل این که پرده‌ای از جلو چشمش افتاد و به وضع و موقعیت حقیقی خود آگاه شد. اصلا حالت صورت این زن او را هشیار کرد. چون علاوه بر شباهت همان حالتی بود که صورت خورشید در زندگی سابقش داشت. و آشکارا دید که این زن از زور ترس و وحشت خودش را به او تسلیم کرده بود. در صورتی که چنگالش به گردنبند او قفل شده بود. برای گردنبند بود: همان طوری که در زندگی سابقش خورشید نسبت به او علاقه نشان داده بود، و تا حالا با یک امید موهوم زنده بود! به‌امید عشق موهومی سال‌ها در قبر انتظار خورشید را کشیده بود؟ ...

یک مرتبه خورشید را رها کرد و مثل این که قوای مجهولی از او سلب شده با وزن سنگینی روی زمین غلتید.

خورشید مثل کسی که از چنگال کابوس هولناکی آزاد شده باشد دوباره فریاد کشید و از هوش رفت.

در همین وقت دکتر وارنر و فریمن و گورست با اینگا وارد شدند. همین که خواستند سیمویه را از زمین بلند کنند، دیدند تمام تنش تجزیه و تبدیل به یک مشت خاکستر شده و یک لک بزرگ شراب روی لباسش دیده می‌شد.

جواهرات و لباس و قداره او را برداشتند و مراجعت کردند. دکتر وارنر شبانه به دقت روی آن‌ها را نمره گذاشت و ضبط کرد.

تجلی

هوا کم کم تاریک می‌شد، هاسمیک لبـه کـلاه را تـا روی ابروهـایش پـائین کشیده، یخه پالتوی ماشی را به خودش چسبانیده بود و با قدم‌هـای کوتـاه ولی چابک به سوی منزل می‌رفت. اما بقدری فکرش مشغول بود که متوجـه اطراف خود نمی‌شد، و حتی سوز سردی را که می‌وزید حس نمی‌کـرد. جلـو چراغ ابروهای باریک، چشم‌های درشت خیره و لب‌هـای نـازک او در میـان صورت رنگ پریده‌اش یک حالت دور و متفکر داشت.

هاسمیک علاوه بر این که خاطرخواه سـورن بـود، حـس وظیفـه‌شناسـی و پایداری در قولی که داده بود بیشتر او را شکنجه می‌کرد. - این خبر شـومی که امروز از شوهرش شنید که شب سه‌شنبه را در خانـه بـرادر شـوهرش دعوت دارد، همه نقشه‌هـایش را بهـم زد! زیـرا هاسـمیک نـاگزیر بـود از «رانده‌ووئی» که به سورن داده بود چشم بپوشد. گرچه به هیچ‌وجـه مایـل نبود که سورن را غال بگذارد ولی بدقولی را بدتر می‌دانست - اتفـاقی کـه هرگز برایش رخ نداده بود. چون پیش خود تصور می‌کرد هرگاه بـه میعـاد نرود و یا قبلا به سورن اطلاع ندهد، نه تنها خطایش پوزش‌ناپذیر خواهد بود بلکه دشنام به شخصیت خودش می‌باشد. به همین دلیل امروز از صـبح تـا حالا مشغول دوندگی و در جستجوی سورن بود! اما در همه جا تیرش بسنگ خورد. وانگهی این مطلبی نبود که به هر کسی ابراز بکند یا به توسط کسی به

او بنویسد و یا پیغام بفرستد. حتی رویش نمی‌شد این موضوع را به دوست جان دریک قالب خود سیرانوش بگوید که به وسیله او به سورن معرفی شده بود. می‌خواست طوری وانمود بکند که به طور اتفاق با سورن برخورد کرده است، آن وقت پوزش به‌خواهد و قضیه را بگوید. طبیعتا امشب سورن به کافه کنسر، پاتوغ همیشگی خودش هم نمی‌رفت! چون شب درس ویلون او پیش واسیلیچ ویولونیست کافه بود. حالا که از همه جا سر خورده بود، می‌خواست به هر وسیله شده سورن را نزدیک پانسیون واسیلیچ پیدا بکند و این مطلب را به او بگوید تا اقلا پیش خودش شرمنده نباشد، و خوش‌قولی خود را به سورن ثابت بکند. زیرا این آشنائی یگانه پیش آمد غریب و گوارا در زندگی یک‌نواخت هاسمیک به شمار می‌رفت.

یادش می‌آمد چند سال پیش، به اصرار یکی از دوستانش نزد فال‌گیری رفت که از روی لرد قهوه فال می‌گرفت. به او گفته بود که یک دوره عشقی در زندگی او با یک جوان لاغر اندام بلند بالا و خوش‌سیما روی خواهد داد. آن روز هاسمیک به حرف زن فالگیر باور نکرد و ظاهرا بیزاری نمود، ولی در ته دل شاد شد. شاید پیش‌گوئی آن زن بالاخره او را وادار کرد که با سورن اظهار عشق بکند. زیرا این پیش آمد را در اثر سرنوشت خود می‌دانست. اکنون به هیچ قیمتی نمی‌خواست این فرصت را از دست بدهد. چون شوهرش با آن سر طاس، شکم پیش آمده و ریش زبری که دو روز یک مرتبه می‌تراشید و مثل سگ پاسوخته دنبال پول می‌دوید و اسکناس‌های رنگین را روی هم جمع می‌کرد، هرگز نمی‌توانست آرزوهای او را برآورد. خوشبختانه شوهرش نسبت به او اطمینان کامل داشت، یا اصلا اهمیت نمی‌داد - چون او زن گرفته بود مثل اثاثیه خانه، یک جور بیمه برای زندگی مرتب و آرام، تأمین آشپزخانه و رخت‌خواب بود. یک نوع پیش‌بینی برای

روز پیری و فرار از تنهائی بود تا صورت حق بجانب در جامعه بخـود بگیـرد. فقط می‌خواست آدم مطمئنی به کارهای داخلی خانه‌اش رسیدگی بکنـد و بس. به آمدو شدهای هاسمیک هیچ وقعی نمی‌گذاشت. برفـرض هـم کـه هاسمیک را زیر استنطاق می‌کشید، او همیشه می‌توانست به آسانی بهانه‌ای بتراشد! اما از زیر بار دعوت برادر شوهرش به هیچ عنـوانی نمی‌توانسـت شانه خالی بکند و از طرف دیگر هم نمی‌خواست به سورن بـدقولی کـرده باشد و یا او را به این آسانی از دست بدهد. هنوز سه ربع بـه تمـام شـدن درس سورن باقی مانده بود. از این قرار هاسمیک وقت داشت که به خانه رفته بزک خود را تکمیل بکند و بعد جلو پانسیون واسیلیچ برود که نزدیـک منزل او بود و انتظار خروج سورن را بکشد.

هاسمیک همین‌طور که در فکر غوطه‌ور بود و با خودش نقشه مـی‌کـشید، صدای بوق اتومبیلی رشته افکارش را از هم گـسیخت. بـه طـرف پیـاده‌رو رفت. دم خرابات پستی که بوی کلم از آن بیرون می‌زد و گروهی سـر میـز بیلیارد با جار و جنجال مشغول بازی بودند، ناگهان میان جمعیت ملتفت شـد دید واسیلیچ، استاد سورن مـست لایعقـل، بـا موهـای پریشان، صـورت رنگ‌پریده و شانه‌های پائین افتاده، در حالی که جعبه ویلـون را زیـر بغلـش زده بود از خرابات بیرون آمد. هاسمیک به ساعت مچـی خـود نگـاه کـرد، شش و بیست دقیقه بود. از خودش پرسید: با وجودی کـه از موقـع درس سورن گذشته، چطور می‌شود که استاد او هنوز به منزل نرفته است؟ ولـی فورا منتقل شد که تعجب او بی‌جاست و لابـد شـاگردش هـم بـه حـال او آشنائی دارد. یادش آمد یک شب دیگر هم واسیلیچ را بـه همین حالـت دیده بود که از همین خرابات مست و شنگول بیرون آمد و به طرف یکی از این زن‌های کوچه‌ای رفت و چیزی به او گفت. آن زن با صورت بزک کـرده

رنگرزی شده، برگشت و گفت: «برو گم شو! خجالت نمیکشی؟ خاک بسرت، تو که مرد نیستی. همون یه دفه هم که آمدم از سرت زیاد بود! آدم پیش سگ بره بهتره ... » بعد! با صدای خراشیده‌ای خندید. آن وقت واسیلیچ با قیافه وحشت‌زده از خجالت برگشت و هاسمیک را در چند قدمی خود دید. نگاه زیرچشمی به او انداخت، مثل این‌که گناهی از او سر زده باشد، قدم‌هایش را تند کرد و از میان تاریکی رد شد. چون او مشتری هر شب خود هاسمیک را می‌شناخت که در کافه کنسر برای هر قطعه سازی‌زیاد دست می‌زد با لبخند مؤدبی سرخود را بعلامت تشکر بطرف او خم می‌کرد. شاید از این جهت خجالت کشید!

در همان شب هاسمیک تعجب کرد این مرد که وقتی در کافه ویلون می‌زد با احساسات مردم بازی می‌کرد و قادر بود حالات گوناگون از لغزش آرشه جادوئی خود روی سیم ویلون تولید کرده و شنوندگان را در دنیاهای ناشناس افسونگر سیرو سیاحت بدهد، چطور ممکن بود که احتیاجات مردمان معمولی را داشته باشد؟ زیرا وقتی که واسیلیچ با آن حالت جدی و لبخند متکبر ویلون را در دست می‌گرفت، به صورت یک نیمچه خدا در نظر هاسمیک جلوه می‌کرد. اما بعد از پیش آمد آن شب، بی‌آن که از ارزش واسیلیچ در نظر هاسمیک بکاهد، فقط تا اندازه‌ای به بدبختی و سرگردانی او پی‌برد و فهمید همه کیف‌هائی که برای مردم معمولی جایز بود، برای کسی که دنیاهائی مافوق تصورات و لذایذ سایرین ایجاد می‌کرد غیر ممکن بود. و او کوشش می‌کرد در پس‌مانده و وازده کیف دیگران لذت موهومی برای خودش جستجو بکند. از آن شب در هاسمیک یک نوع احساس مبهم ترحم و ستایش برای این شخص ولگرد پیدا شده بود. - مردی که آن قدر با شور و حرارت «چارداش» را در کافه می‌نواخت، مثل این که می‌خواست

همه بدبختی‌ها و سرگردانی‌های خود را به شکل ناله سوزناک از روی سیم ویلون بیرون بکشد و یا یک لحظه دردهای خود را فراموش بکند، ولی همین که جعبه ویلون را می‌بست، یک موجود بدبخت، یک آدمیزاد بیچاره می‌شد و از درجه نیمچه‌خدائی به گرداب مذلت و ناتوانی سقوط می‌کرد! مثل این‌که ویلون اسباب بدبختی او شده بود. با وجود این جعبه سیاه ویلون را مانند تابوت همه افکار و احساسات خود در هر خرابات و دکان پیاله فروشی همراه می‌برد!

آیا برای این مرد ریشه‌کن شده ولگرد چه اهمیتی داشت که دیر یا زود به خانه برود؟ آیا از کسی که هر زنی را سرراه خود می‌دید دعوت می‌کرد، چه توقعی می‌شد داشت؟ هاسمیک بقدم‌های گشاد لاابالی واسیلیچ نگاه میکرد و سعی داشت که چند ذرع با او فاصله داشته باشد. در ضمن امیدوار بود که سورن را جلو پانسیون اوببیند، شاید وسیله‌ای پیدا کند که مطلب خود را به او بگوید.

واسیلیچ از دو کوچه گذشت، پیچ خورد و جلو منزلش رسید. هاسمیک ناامید شد چون سورن را سر راه و یا جلو پانسیون واسیلیچ ندید. پیش خودش گمان کرد: لابد او در دالان یا در اطاق منتظر استادش است. به علاوه پنجره اطاق واسیلیچ روشن بود.

چرا پنجره روشن بود؟ لابد کسی در اطاق اوست و این شخص حتما سورن بود. کمی مکث کرد، صدای ویلون بلند شد. هاسمیک جلو پنجره رفت و کوشش کرد که از پشت پارچه جلو پنجره داخل اطاق را به‌بیند. اما کوشش او بیهوده بود. گوش داد، صدای حرف هم شنیده نمی‌شد، پیش خودش این طور دلیل آورد: «ویولونیست باید سر ساعت هفت در کافه باشد، پس

سورن هم ناچار با او بیرون خواهد آمد - در این صورت بهتر است کـه بـه خانه رفته آرایش خود را تکمیل بکنم و برگردم.»

هاسمیک به تعجیل به طرف خانه رفت، یک سر وارد اطاق خواب شد. چراغ را روشن کرد، جوراب ابریشمی پشت‌گلی پوشید، ناخن‌های دستش را جـلا داد، عطر به سرو سینه‌اش زد، پودر به صورتش زد و لب خود را سرخ کرد. در آینه که نگاه کرد در اثر استعمال عطر هلیوتروپ یک نوع سرگیجه گوارا به او دست داد، یخه پالتو را از روی کیف به خودش پیچید و کلاه را به دقت سرش گذاشت. چند دقیقه از روبرو و نیم رخ خـودش را در آینه برانـداز کرد و با لبخند راضی و خرسند از در بیرون رفت. ولی مثل چیزی که مطلبی به خاطرش رسید، دوباره برگشت و به خدمتکار سپرد هر وقت شـوهرش آمد به او بگوید که خانم بدیدن یکی از رفقای هم مدرسه‌ای خودش رفتـه است.

ده دقیقه به هفت مانده؟ هاسمیک دستپاچه خارج شد. در کوچه پانسیون واسیلیچ که رسید، چراغ پنجره هنوز روشن بود و همین کـه نزدیـک رفت صدای ویلون شنیده می‌شد، چندبار به طول کوچه آهسته قـدم زد. هیکـل هر گذرنده‌ای را که می‌دید از ترس برخورد با آشنا دلش می‌تپید و خودش را پشت تنه درخت و یا در کوچه تنگ و تاریکی که در آن نزدیکی بود پنهان می‌کرد. آیا اگر در وقت بزنگاه آشنائی به او بر می‌خورد، چـه مـی‌توانسـت بگوید؟ - این زن‌های دو بهم زن کینه‌جو و بدزبان که با چشم‌های کنجکاو از لای در، از پشت پنجره خودشان گوش بزنگ هستند و منتظرنـد روی یـک نفر لک بگذارند - این همه مردمان بدجنسی که در دنیا پیـدا مـی‌شـوند و فقط از سرگردانی و بدبختی دیگران لذت می‌برند.

آیا همسایه خود او شوشیک پشت سرش نگفته بود که هر شب در کافه به واسیلیچ چشمک می‌زند؟ اگر او را در این‌جا و درین حال می‌دید که جلو خانه واسیلیچ پرسه می‌زند چه رسوائی! آبرویش به کلی به باد می‌رفت. در این وقت حس کرد که ضربان قلبش تند شد.

هیکل مردی از پانسیون بیرون آمد. هاسمیک بی‌باکانه با قدم‌های تند به او نزدیک شد، ولی یک نفر غریبه بود. درین لحظه کنجکاوی و بی‌حوصلگی زیادی داشت. یک جور حس تازه‌ای در خودش کشف کرد. در عین حال که از مردم گذرنده می‌ترسید و درد انتظار و سرگردانی را متحمل می‌شد، یک نوع لذت حقیقی می‌برد. شاید برای این بود که چشم به راه سورن بود؟ یاد یکی از رومان‌هائی که خوانده بود افتاد. از آن رومان‌های پرگیرودار و ماجراجو بود. در این وقت حس می‌کرد که بازیگر رومان شده است. تاکنون او مزه انتظار، اضطراب و عشق بازی دزدکی را نچشیده بود.چون در ایام جوانی هیچ وقت فرصت عشق بازی پیدا نکرده بود. از همان وقت که چشم و گوشش باز شد او را نامزد همین مرد کردند. اما شوهرش از ریزه‌کاری‌های عشق چیز زیادی سرش نمی‌شد.- حالا او خودش را دختربچه و بازیگر رومان افسون‌آمیز و باورنکردنی تصور می‌کرد.

صدای ویلون گاهی می‌برید و دوباره شروع می‌شد. زمانی یک برگردان را مدت درازی تکرار می‌کردند، به‌طوری که‌هاسمیک از شنیدن آن بیشتر عصبانی می‌شد و از جا در می‌رفت. چه کار احمقانه‌ای که یک نت را صد مرتبه تکرار بکنند! ولی همین‌که پیش خودش گمان می‌کرد شاید سورن باشد، اضطراب او فروکش می‌کرد. - آیا سورن ویلون را زیر چانه‌اش گرفته بود و با آن انگشتان بلند عصبانی آرشه را روی سیم می‌غلتانید؟ آیا چشم‌هایش هم برق می‌زد؟ آیا چه جور ویلون را گرفته؟ به جلو خم شده یا

مثل مجسمه صاف ایستاده؟ اما او باید آهنگ‌های غم‌انگیز و عاشقانه بزند نه این که یک برگردان را صد مرتبه تکرار بکند! آیا ممکن است همین انگشتان بلند عصبانی به تن او مالیده بشود؟ لب‌های درشت شهوتی او روی لب‌هایش سائیده بشود و بالاخره این وجودی که به نظرهاسمیک یک پارچه مغناطیس می‌آمد، اندام او را در آغوش بگیرد و هزاران کلمات عشق‌انگیز بیخ گوش او زمزمه بکند؟ هاسمیک لب خود را گزید و سرش را با بی‌تابی تکان داد.

هفت و ده دقیقه! ‌– چطور هنوز درس او تمام نشده؟ چرا واسیلیچ پی کار و بار زندگی خودش بکافه نمی‌رود؟ شاید ساعت ندارد، اما غیر ممکن است.– ولی برای این مرد لاابالی چه اهمیتی داشت که به کافه برود یا نرود؟ شاید اصلا استعفا داده بود. – اطراف خودش را نگاه کرد، به پنجره اطاق واسیلیچ نزدیک شد. به نظرش آمد که سایه یک نفر را در اطاق تشخیص داد. اما این سایه آن‌قدر محو بود! به دقت گوش داد – نه. صدای حرف شنیده نمی‌شد، شاید می‌خواست بیرون بیاید، خودش را کنار کشید. احتیاط او بی‌مورد بود، چون صدای ویلون از سر نو بلند شد.صدای جسته و گریخته و نامرتب آن هم مقام مفصلی که به گوشش آشنا بود می‌آمد. آیا سورن بود که ویلون می‌زد یا استادش؟ آیا نیامده؟ چرا نیامده؟ شاید ناخوش است یا اتفاقی افتاده است؟ – اگر ممکن بود یک نفر را پیدا کند که بتواند برود و به بهانه‌ای در اطاق نگاه بکند و خبرش را برای او بیاورد! چرا خودش نمی‌توانست این کار را بکند آیا بهتر از انتظار در کوچه نبود؟

هاسمیک با احتیاط نزدیک در پانسیون شد! نگاهی کرد، یک دالان دراز تاریک دیده می‌شد و از درز در اطاق واسیلیچ که خوب کیپ نشده بود یک خط قائم از بالا به پائین روشن بود. اگر می‌توانست نگاهی دزدکی در اطاق

بیندازد و اقلا مطمئن بشود! در این وقت صدای پائی در حیاط پانسیون شنیده شد. دوباره خودش را کنار کشید. به اطراف نگاه کرد، کسی دیده نمی‌شد. جلو چراغ به ساعت نگاه کرد - یعنی چه؟ هفت و بیست دقیقه. - چه دقیقه‌های طولانی! او تا حالا نمی‌دانست که ساعت به این کندی حرکت می‌کند. آیا می‌توانست این شک و دلهره را ده دقیقه دیگر، نیم ساعت دیگر متحمل شود؟ بر فرض هم که سورن با استاد خود بیرون می‌آمد، شاید باهم می‌رفتند و از کجا او می‌توانست به آن‌ها نزدیک بشود و مطلب خودش را بگوید؟ در این صورت همه زحماتش به باد رفته بود.

نیروئی قوی‌تر از اراده و حفظ آبرو و همه مترسک‌هائی که جامعه دور او درست کرده بود، هاسمیک را توی دالان پانسیون راند. با قدم‌های شمرده و با خونسردی که به خودش گمان نداشت وارد دالان شد. خواست از سوراخ جای کلید نگاه بکند، ولی کلید از بیرون به در بود. از لای در گوش داد. ویلون را درست جلوی در می‌زدند. شکی برایش باقی نماند که ویلون زننده سورن است، چون یک آهنگ را تکرار می‌کرد، برای این‌که دستش روان بشود وگرنه واسیلیچ با آن قدرت و استادی چه احتیاجی به تکرار نت داشت؟ بر فرض هم که در را باز می‌کرد و واسیلیچ را می‌دید، باز هم به مقصودش رسیده بود. چون معذرت می‌خواست که اشتباهی آمده است و با سورن خارج می‌شد. - اصلا واسیلیچ که مست بود و حرکات سنگین بی‌اراده داشت ملتفت او نمی‌شد، آن هم در میان سر و صدای ساز!

هاسمیک با تمام حرارتی که در تصمیم خود داشت. لنگه در را کمی فشار داد. - در مثل این که موقتا روی پاشنه‌اش بند شده باشد! خودبخود لغزید و تا نصفه باز شد. هاسمیک واسیلیچ را در مقابل خود دید که با چهره شوریده نگاهش در چشم‌های او دوخته شد. بقدری این پیش‌آمد عجیب

بود که‌هاسمیک علت حرکت خود را فراموش کرد. سرجایش خشک شد و زانوهایش از شدت ترس به لرزه افتاد. چون نه راه پس داشت و نه راه پیش - واسیلیچ دنباله ساز خود را قطع کرد، چند ثانیه در چشم‌های یک دیگر نگاه کردند.- نگاه‌های مخصوصی بود، چون نگاه‌های دزدکی که واسیلیچ در کافه به او می‌کرد و هاسمیک همیشه تصور می‌نمود اتفاقی است، درین لحظه معنی مخصوصی بخود گرفت.

واسیلیچ ویلون را با احتیاط روی تختخواب گذاشت و به‌هاسمیک تعظیم کرد. یک تعظیم دستپاچه و ناشی بود. بعد گفت: «- بفرمائید ... خواهش میکنم بفرمائید توی اطاق!» مثل این که لغت دیگری برای تعارف پیدا نکرد. با حرکت دست و کرنش دعوت خود را تکمیل نمود. هاسمیک بی‌آن که از خودش بپرسد چرا آمده: بدون اراده با قدم‌های آهسته وارد اطاق شد و روی صندلی راحتی کنار در نشست. نگاهی به اطراف انداخت، سورن آنجا نبود. واسیلیچ در را بست.

اطاق سرد محقر و اثاثیه آن‌جا مرکب بود از: یک تخت‌خواب درهم و برهم که ملافه قلمکار آن مدت‌ها می‌گذشت عوض نشده بود. دو صندلی مندرس، یک میز کهنه که رویش کاغذ، نت موسیقی، پوست سیب، کلوفان، خاکستر پیپ و عکس مردی با موهای پریشان که گویا مصنف موسیقی بود، همه این‌ها درهم و برهم دیده می‌شد. یک چراغ الکلی دود زده و دو بطری هم در طاقچه بود. عکس رنگ پریده زنی نیز به دیوار اطاق دیده می‌شد. زمین از زیلوی خاک‌آلودی مفروش بود و از همه اطاق و صاحبش که روی لباس سیاه او از کثرت استعمال برق افتاده بود، بوی مرگبار فقر و نکبت متصاعد می‌گردید که بوی الکل سوخته، دود توتون و بوی تند عرق در آن مخلوط شده بود. ناگهان چشم‌هاسمیک متوجه تخت‌خواب شد و کارت اسم

سورن را آن‌جا دید که رویش نوشته بود: «استاد محترم! من به موقع آمدم نبودید، دفعه آینده خواهم آمد.»

دو سه دقیقه در سکوت دشواری گذشت. واسیلیچ مثل این‌که غفلتا فکری بخاطرش رسید، رفت از توی درگاه گیلاس کوچکی برداشت روی دسته صندلی‌هاسمیک درنعلبکی گذاشت. یک شیشه ودکا هم آورد در آن ریخت و گیلاس آبخوری خودش را هم پر از ودکا کرد و گفت: «بفرمائید بخورید هوا سرد است!» گیلاس خود را به گیلاس‌هاسمیک زد و تا ته سر کشید – هاسمیک گیلاس را تا لب خود برد. بوی عرق زیر دماغش زد. کمی نوشید و با دستمال لب خود را پاک کرد. عرق گرم و سوزان از گلوی او پائین رفت.

واسیلیچ جلو آمد و با دست لرزان خواست گیلاس هاسمیک را دوباره پر بکند. ملتفت شد که هنوز نخورده است، باقی ودکا را در گیلاس خودش ریخت. به میز تکیه کرد، چشم‌هایش می‌درخشید و مثل این‌که با موجود خیالی حرف می‌زند بریده بریده گفت: «ببخشید خانم! ... من چیزی برای شما نداشتم ... من نمی‌دانستم آیا ممکن است کسی بفکر من باشد؟ ... ببخشید خانم! ... (دست روی پیشانی خود کشید.) چطور ممکن است؟ فقط در خواب همه چیز را می‌شود دید. در خواب همه چیز ممکن است ... چند سال پیش که در صوفیا بودم، همین دختر (اشاره به عکس دیوار کرد). نه ... نمی‌خواهم یادم بیاید ... نیمرخ شما هم شبیه است ... در کافه همیشه من به نیمرخ شما نگاه می‌کنم ... چه چیز غریبی! ... یادم است در خواب دیدم همین دختر ... من ویلون می‌زدم، وارد اطاقم شد ... خیلی نزدیک آمد، دست‌هایش را گرفتم، نشست، و حرف‌هائی که فقط در خواب می‌شود گفت ... یک دقیقه، فقط یک دقیقه بود. (هاسمیک حرکتی از روی بی‌طاقتی

کرد. واسیلیچ به تعجیل گفت): «شاید از این‌جا می‌گذشتید، صدای ویلون مرا شنیدید ... همین الآن ... اجازه بدهید ویلون بزنم ... خانم بسلامتی شما.»

گیلاس را بلند کرد سر کشید. هاسمیک هم ناچار گیلاس را نزدیک لب خود برد. واسیلیچ قیافه موقر به خود گرفت، ویلون را با احتیاط برداشت زیر چانه‌اش گذاشت و شروع به زدن کرد. - «سرناد شوبرت» بود - از ارتعاش سیم ویلون لرزه به‌اندام‌هاسمیک افتاد. مثل این‌که ساز به حواس کرخت شده او جان تازه بخشید. واسیلیچ آرشه را روی سیم‌ها غلت می‌داد، خم می‌شد، بلند می‌شد، مانند این که می‌خواست با تمام هستی خودش به ساز جان بدهد. می‌خواست آن‌چه را که با زبان نتوانسته به‌هاسمیک بفهماند، شاید بوسیله ساز بتواند به او بگوید. موهای جو گندمی پریشان او خیس عرق دور صورتش ریخته بود، نیمرخ او با بینی بلند، رنگ پریده مایل به خاکستری، پای چشم‌های کبود، نگاه خیره و گوشه لب‌هایش که ول شده بود و بیهوده سعی می‌کرد به هم بفشارد، منظره ترس‌ناکی داشت. ولی ناگهان حالت صورتش عوض شد، مثل این که در دنیای مجهول و افسونگری جولان می‌داد و از نکبت زندگی خودش گریخته بود. - شاید درین دقیقه او حقیقتا زندگی می‌کرد چون گمان می‌کرد برای همزاد و یا سایه معشوقه قدیم خود، برای کسی ساز می‌زد که می‌فهمد و بالاخره هنرش او را جلب کرده بود. شاید خوابی که دیده بود دوباره جلو او در عالم بیداری مجسم شده بود! - با تمام قوا هنرنمائی می‌کرد. شاید این بهترین قطعه‌ای بود که در عمر خود اجرا می‌کرد. - اما همین که بطرف هاسمیک برگشت و خواست در چشمان او تأثیر ساز و احساساتش را دریابد، ملتفت شد که جای او خالی است. هاسمیک رفته بود و لای در را باز گذاشته بود! ناگهان ویلون را از زیر چانه‌اش برداشت، جلو آمد دید گیلاس ودکا کمی از سرش خالی شده، به

ته سیگاری که در نعلبکی افتاده بود سرخاب لب هاسمیک چسبیده بــود و دود آبی رنگی از آن پراکنده می‌شد و در هوا موج می‌زد!

واسیلیچ ویلون را روی میز پرت کرد، دست‌ها را جلو صورت خود گرفــت و در حال سرفه روی تختخواب افتاد.

تاریکخانه

مردی که شبانه سر راه خونسار سوار اتومبیل ما شد، خودش را با دقت در پالتوی بارانی سورمه‌ای پیچیده و کلاه لبه بلند خود را تا روی پیشانی پائین کشیده بود. مثل این‌که می‌خواست از جریان دنیای خارجی و تماس با اشخاص محفوظ و جدا بماند. بسته‌ای زیر بغل داشت که در اتومبیل دستش را حایل آن گرفته بود. نیم ساعتی که در اتومبیل با هم بودیم. او به هیچ‌وجه در صحبت شوفر و سایر مسافرین شرکت نکرد. ازین رو تأثیر سخت و دشواری از خود گذاشته بود. هر دفعه که چراغ اتومبیل و یا روشنائی خارج و داخل اتومبیل ما را روشن می‌کرد، من دزدکی نگاهی به صورتش می‌انداختم: صورت سفید رنگ پریده، بینی کوچک قلمی‌داشت و پلک‌های چشمش به حالت خسته پائین آمده بود. شیار گودی دو طرف لب او دیده می‌شد که قوت اراده و تصمیم او را می‌رسانید، مثل این که سر او از سنگ تراشیده شده بود. فقط گاهی تک زبان را روی لب‌هایش می‌مالید و در فکر فرو می‌رفت.

اتومبیل ما در خونسار جلو گاراژ «مدنی» نگه‌داشت. اگر چه قرار بود که تمام شب را حرکت بکنیم، ولی شوفر و همه مسافرین پیاده شدند. من نگاهی به در و دیوار گاراژ و قهوه‌خانه انداختم که چندان مهمان‌نواز به نظرم نیامد.

بعد نزدیک اتومبیل رفتم و برای اتمام‌حجت به شوفر گفتم: «از قرار معلــوم باید امشب را این‌جا اطراق بکنیم؟»

«– بله، راه بده. امشبو میمونیم، فردا کله سحر حریکت می‌کنیم.»

یک مرتبه دیدم شخصی که پالتو بارانی به خود پیچیده بود به طرفم آمد و با صدای آرام و خفه‌ای گفت: «– این‌جا جای مناسب نداره، اگه آشنا یا محلی برای خودتون در نظر نگرفتین، ممکنه بیاین منزل من.»

«– خیلی متشکرم! اما نمیخوام اسباب زحمت بشم.»

«– من از تعارف بدم میاد. من نه شمارو می‌شناسم و نه می‌خواهم بشناسم و نه می‌خوام منتی سرتون بگذارم. چون از وقتی که اطاقی به ســلیقه خــودم ساخته‌ام، اطاق سابقم بی‌مصرف افتاده. فقط گمون مــی‌کــنم از قهــوه‌خونــه راحت‌تر‌باشه.»

لحن ساده بی‌رو در بایستی و تعارف و تکلف او در من اثر کرد و فهمیدم که با یک نفر آدم معمولی سر و کار ندارم. گفتم: «– خیلــی خــوب، حاضــرم.» و بدون تردید دنبالش افتادم، او یک چراغ بــرق دســتی از جیــبش در آورد و روشن کرد. یک ستون روشنائی تند زننده جلوی پای ما افتاد، از چند کوچــه پست و بلند، از میان دیوارهای گلی رد شدیم. همه جا ســاکت و آرام بــود. یک جور آرامش و کرختی در آدم نفوذ می‌کــرد. – صــدای آب مــی‌آمــد و نسیم خنکی که از روی درختان می‌گذشت به صورت ما می‌خــورد. چــراغ دو سه تا خانــه از دور سوســو مــی‌زد. مــدتی گذشت، در سکوت حرکــت می‌کردیم. من برای این که رفیق ناشناسم را به صحبت بیاورم گفتم: «این‌جا باید شهر قشنگی باشه!»

او مثل این که از صدای من وحشت کرد. بعد از کمی‌تأمل خیلی آهسته گفت: «- میبون شهرائی که من تو ایرون دیدم، خونسارو پسندیدم. نه از این جهت که کشت‌زار، درخت‌های میوه و آب زیاد داره، اما بیشتر برای این که هنوز حالت و آتمسفر قدیمی خودشو نگه داشته برای این‌که هنوز میبون این کوچه پس کوچه‌ها، میبون جرز این خونه‌های گلی و درخت‌های بلند ساکتش هوای سابق مونده و میشه اونو بو کرد و حالت مهمون‌نواز خودمونی خودشو از دست نداده. این‌جا بیشتر دور افتاده و پرته، همین وضعیتو بیشتر شاعرونه می‌کنه، روزنومه، اتومبیل، هواپیما و راه‌آهن از بلاهای این قرنه. - مخصوصا اتومبیل که با بوق و گرت و خاک، روحیه شاگرد شوفر رو تا دورترین ده کوره‌ها می‌بره. - افکار تازه بدورون رسیده، سلیقه‌های کج و لوچ و تقلید احمقونه رو تو هر سولاخی میچپونه!»

روشنائی چراغ برق دستی رو به پنجره خانه‌ها می‌انداخت و می‌گفت: «ببینین، پنجره‌های منبت‌کاری، خونه‌های مجزا داره. آدم بوی زمینو حس می‌کنه، بوی یونجه درو شده، بوی کثافت زندگی رو حس می‌کنه، صدای زنجره و پرنده‌های کوچیک، مردم قدیمی ساده و موذی، همیه اینا یه دنیای گمشدیه قدیم رو بیاد می‌یاره و آدمو از قال و قیل دنیای تازه بدورون رسیده‌ها دور می‌کنه!»

بعد مثل این که یک مرتبه ملتفت شد مرا دعوت کرده پرسید:

«- شام خوردین؟»

«- بله، تو گلپایگون شام خوردیم.»

از کنار چند نهر آب گذشتیم و بالاخره نزدیک کوه، در باغی را باز کرد و هر دو داخل شدیم. جلو عمارت تازه‌سازی رسیدیم. وارد اطاق کوچکی شدیم

که یک تختخواب سفری، یک میز و دو صندلی راحتی داشت. چراغ نفتـی را روشن کرد و به اطاق دیگر رفت. بعد از چند دقیقه با پیژامای پشت‌گلـی، رنگ گوشت تن وارد شد و چراغ دیگری آورد روشن کرد. بعـد بسـته‌ای را که همراه داشت باز کرد. و یک آباژور سرخ مخروطی درآورد و روی چراغ گذاشت. پس از اندکی تأمل، مثل این کـه در کـاری دو دل بـود گفت: «– میفرمایین بریم اطاق شخصی خودم؟»

چراغ آباژوردار را برداشت، از دالان تنگ و تاریکی که طاق ضربی داشـت و به شکل استوانه درست شده بود – طاق و دیوارش به رنگ اخرا و کـف آن از گلیم سرخ پوشیده شده بـود، رد شـدیم. در دیگری را بـاز کـرد، وارد محوطه‌ای شدیم که مانند اطاق بیضی شکلی بود و ظاهرا به خارج هیچ‌گونه منفذ نداشت مگر به وسیله دری که بدالان باز می‌شد. بدون زاویه و بدون خطوط هندسی ساخته شده و تمام بدنه و سقف و کف آن از مخمـل عنـابی بود. از عطر سنگینی که در هوا پراکنده بود نفسم پس رفت. او چراغ سـرخ را روی میز گذاشت و خودش روی تختخوابی که در میان اطاق بود نشست و به من اشاره کرد، کنار میز روی صندلی نشستم. روی میز یـک گـیلاس و یک تنگ دوغ گذاشته بودند. من با تعجب به در و دیوار نگـاه مـی‌کـردم و پیش خودم تصور کردم. بی‌شک بدام یکی از این ناخوش‌های دیوانه افتاده‌ام که این اطاق شکنجه اوست و رنگ خون درست کرده برای این کـه جنایات او کشف نشود و هیچ منفذ هم به خارج نداشت کـه بـه داد انسان برسند! منتظر بودم ناگهان چماقی بسرم بخورد یا در بسته بشود و این شـخص بـا کارد یا تبر به من حمله بکند. ولی او با همان آهنگ ملایم پرسید «– اطاق من بنظر شما چطور می‌یاد؟»

«اطاق؟ ببخشید، من حس می‌کنم که توی یک کیسه لاستیکی نشسته‌ایم.»

او بی‌آن‌که به حرف من اعتنائی بکند دوباره گفت:«- غذای من شیره، شما م می‌خورین؟»

«- متشکرم من شام خوردم.»

«- یک گیلاس شیر بد نیس.»

تنگ و گیلاس را جلو من گذاشت. گرچه میل نداشتم ولی خواهی نخواهی یک گیلاس شیر ریختم و خوردم. بعد خودش باقی شیر را در گیلاس می‌ریخت، خیلی آهسته می‌مکید و زبان را روی لب‌هایش می‌گردانید - لب‌های او برق می‌زد، پلک‌های چشمش به طرز دردناکی پائین آمده، مثل این‌که خاطراتی را جستجو می‌کرد. صورت رنگ پریده جوان، بینی کوتاه صاف، لب‌های گوشتالود او جلو روشنائی سرخ، حالت شهوت انگیز به خود گرفته بود. پیشانی بلندی داشت که یک رگ کبود برجسته رویش دیده می‌شد. موهای خرمائی او روی دوشش ریخته بود. مثل این‌که با خودش به‌خواهد حرف بزند گفت: «- من هیچ وقت در کیفهای دیگرون شریک نبوده‌ام، همیشه یه احساس سخت یا یه احساس بدبختی جلو منو گرفته. - درد زندگی، اشکال زندگی. اما از همیه این اشکالات مهمتر جوال رفتن با آدم‌هاست، شر جامعیه گندیده، شر خوراک و پوشاک، همیه اینا دائمن از بیدار شدن وجود حقیقی ما جلوگیری می‌کنه. یه وقت بود داخل اونا شدم، خواسم تقلید سایرین رو در بیارم، دیدم خودمو مسخره کرده‌ام. هرچی رو که لذت تصور می‌کنن همه رو امتحان کردم، دیدم کیفهای دیگرون بدرد من نمی‌خوره. - حس می‌کردم که همیشه و در هر جا خارجی هستم، هیچ رابطه‌ئی با سایر مردم نداشتم. من نمیتونسم خودمو به فراخور زندگی سایرین در بیارم. همیشه با خودم می‌گفتم: روزی از جامعه فرار خواهم کرد و در یه دهکده یا جای دور منزوی خواهم شد. اما نمی‌خواستم انزوا رو

وسیله شهرت و یا نوندونی خودم بکنم. من نمی‌خواسم خودمو محکوم افکار کسی بکنم یا مقلد کسی بشم. بالاخره تصمیم گرفتم که اطاقی مطابق میلم بسازم، محلی که توی خودم باشم، یه جائی که افکارم پراکنده نشه.

«من اصلا تنبل آفریده شدم. - کار و کوشش مال مردم تو خالیس، به این وسیله می‌خوان چاله‌یی که تو خودشونه پر بکنن، مال اشخاص گدا گشنس که از زیر بته بیرون آمدن. اما پدران من که توخالی بودن! زیاد کار کردنو و زیاد زحمت کشیدنو، فکر کردنو، دیدنو به دقایق تنبلی گذروندن. - این چاله تو اونا پر شده بود و همیه ارث تنبلیشونو بمن دادن. - من افتخاری به اجدادم نمی‌کنم، علاوه بر این‌که توی این مملکت طبقات مثه جاهای دیگه وجود نداره و هرکدوم از دوله‌ها و سلطنه‌ها رو درست بشکافی دو سه پشت پیش اونا دزد، یا گردنه گیر، یا دلقک درباری و یاصراف بوده، وانگهی اگه زیاد پاپی اجدادم بشیم بالاخره جد هر کسی به گریل و شمپانزه می‌رسه. اما چیزی که هس، من برای کار آفریده نشده بودم. اشخاص تازه بدورون رسیده متجدد فقط می‌تونن بقول خودشون توی این محیط عرض اندام بکنن، جامعه‌یی که مطابق سلیقه و حرص و شهوت خودشون درس کردن و در کوچکترین وظایف زندگی باید قوانین جبری و تعبد اونا رو مثه کپسول قورت داد! این اسارتی که اسمشو کار گذاشتن و هر کسی حق زندگی خودشو باید از اونا گدائی بکنه! توی این محیط فقط یک دسته دزد، احمق بی‌شرم و ناخوش، حق زندگی دارند و اگه کسی دزد و پست و متملق نباشه می‌گن: «قابل زندگی نیس!» دردهائی که من داشتم، بار موروثی که زیرش خمیده شده بودم، اونا نمی‌تونن بفهمن! خستگی پدرانم در من باقی مونده بود و نستالژی این گذشته رو در خود حس می‌کردم.

«می‌خواسم مثه جونورای زمستونی تو سولاخی فرو برم، تو تاریکی خودم غوطه‌ور بشم و در خودم قوام بیام. چون همون‌طوری که تو تاریکخونه عکس روی شیشه ظاهر می‌شه، اون چیزهائیکه در انسون لطیف و مخفیس در اثر دوندگی زندگی و جار و جنجال و روشنائی خفه می‌شه و می‌میره، فقط توی تاریکی و سکوته که به انسون جلوه می‌کنه. - این تاریکی توی خودم بود، بی‌جهت سعی داشتم که اونو مرتفع بکنم، افسوسی که دارم اینه که چرا مدتی بی‌خود از دیگرون پیروی کردم. حالا پی‌بردم که پرارزش‌ترین قسمت من همین تاریکی، همین سکوت بوده. این تاریکی در نهاد هر جنبنده‌ای هست، فقط در انزوا و برگشت به طرف خودمون، وختی‌که از دنیای ظاهری کناره‌گیری می‌کنیم بما ظاهر می‌شه. - اما همه مردم سعی دارن از این تاریکی و انزوا فرار بکنن، گوش خودشونو در مقابل صدای مرگ بگیرن، شخصیت خودشونو میون داد و جنجال و هیاهوی زندگی محو و نابود بکنن! که بقول صوفیها: «نور حقیقت در من تجلی بکنه» برعکس انتظار فرود اهریمن رو دارم، می‌خوام همونطوری که هسم در خودم بیدار بشم. من از جملات براق و توخالی منورالفکرها چندشم میشه و نمی‌خوام برای احتیاجات کثیف این زندگی که مطابق آرزوی دزدها و قاچاقها و موجودات زرپرست احمق درست شده و اداره شده، شخصیت خودمو از دست بدم.

«فقط تو این اطاقه که می‌تونم در خودم زندگی بکنم و قوایم به هدر نره. این تاریکی و روشنائی سرخ برام لازمه، نمی‌تونم تو اطاقی بنشینم که پشت سرم پنجره داشته باشه، مثه اینه که افکارم پراکنده می‌شه، از روشنائی هم خوشم نمی‌یاد. - جلو آفتاب همه چیز لوس و معمولی می‌شه. ترس و تاریکی منشأ زیبائیس: یه گربه روز جلو نور معمولیس، اما شب تو تاریکی چشماش می‌درخشه و موهاش برق میزنه و حرکاتش مرموز می‌شه - یه بته گل که

روز رنجور و تارعنکبوت گرفتس، شب مثل اینه کـه اسـراری در اطـرافش موج میزنه و معنی بخصوص بخودش می‌گیره. روشنائی همیه جنبنده‌هـا رو بیدار و مواظب می‌کنه - در تاریکی و شبه که هر زندگی، هر چیز معمولی یه حالت مرموز بخودش می‌گیره، تمام ترسهای گمشده بیـدار مـی‌شـن - در تاریکی آدم می‌خوابه‌اما می‌شنوه، خود شخص بیـداره و زنـدگی حقیقـی آن وخت شروع میشه. آدم از احتیاجات پست زندگی بی‌نیازه و عوالم معنوی رو طی می‌کنه، چیزائی رو که هرگز به اونا پی‌نبرده بیاد می‌یاره ... »

بعد ازین خطابه سرشار، یک مرتبه خاموش شد. مثل این که مقصود از همه این حرف‌ها تبرئه خودش بود. آیا این شخص یک نفر بچـه اعیـان خـسته و زده شده از زندگی بود یا ناخوشی غریبی داشت؟ در هر صورت مثل مردم معمولی فکر نمی‌کرد. من نمی‌دانستم چـه جـواب بـدهم. صـورتش حالـت مخصوصی بخود گرفته بود: خطی که از کنـار لـبش مـی‌گذشـت گـودتر و سخت‌ترشده بود، یک رگ کبود روی پیشانی‌اش ورم کرده بود. وقتی کـه حرف می‌زد پرک‌های بینیش می‌لرزید. پریدگی رنگ او جلو نور سرخ حالت خسته و غمناکی به صورتش می‌داد، شبیه سری بود که با موم درست کرده باشند و با حالتی که در اتومبیل از او دیده بودم متناقض به نظر می‌آمد. سر خود را که پائین می‌گرفت لبخند گذرنده‌ای روی لب‌هایش نقش می‌بست، بعد مثل این که ناگهان ملتفت شد، با نگاهی سخت و تمسخرآمیز کـه در او سراغ نداشتم گفت: «- شما مسافر و خسته هستین، مـن همـش از خـودم صحبت کردم!»

«- هر کی هرچه می‌گه از خودشه. تنها حقیقتی که برای هر کسی وجود داره همون شخصه، همه‌مـون بـی‌اراده از خودمـون صـحبت مـی‌کنیم حتـا در موضوع‌های خارجی احساسات و مشاهدات خودمونو بزبـون کـسون دیگـه

می‌گیم. مشکل‌ترین کارها اینه که کسی بتونه حقیقتن همونطوری که هس بگه.»

از جواب خودم پشیمان شدم. چون خیلی بی‌معنی، بیجا و بی‌تناسب بود. معلوم نبود چه چیز را می‌خواستم ثابت بکنم. گویا مقصودم فقط تملق غیرمستقیم از میزبانم بود. اما او بی‌آن که اعتنائی به حرف من بکند، نگاه دردناکش را چند ثانیه به من انداخت، دوباره پلک‌های چشمش پائین آمد. زبان را روی لب‌هایش می‌مالید، مثل این که اصلا ملتفت من نیست و در دنیای دیگری سیر می‌کند. گفت: «- من همیشه آرزو می‌کردم که جای راحتی، مطابق سلیقه و تمایل خودم تهیه بکنم. بالاخره اطاق و جائی که دیگرون درست کرده بودن بدرد من نمی‌خورد. من می‌خواستم توی خودم و در خودم باشم، برای این کار دارائی خودمو پول نقد کردم. آمدم دریـن محل و این اطاقو مطابق میل خودم ساختم. تمام این پرده‌های مخملو با خودم آوردم، به تمام جزئیات این اطاق خودم رسیدگی کردم. - فقط آباژور سرخ یادم رفته بود. بالاخره بعد از اونکه نقشه و اندازه اونو دستور دادم در تهرون درست بکنن، امروز بمن رسید. وگرنه هیچ میل ندارم که از اطاق خودم خارج بشم و یا با کسی معاشرت بکنم. حتا خوراک خودمو منحصر به شیر کردم برای این‌که در هر حالت، خوابیده یا نشسته بتونم اونو بخورم و محتاج به تهیه غذا نباشم. - ولی با خودم عهد کردم روزی که کیسه‌ام به ته کشید، یا محتاج بکس دیگه بشم، به زندگی خودم خاتمه بدم. امشب اولین شبیس که تو اطاق خودم خواهم خوابید. من یه نفر آدم خوشبخت هسم که به آرزوی خودم رسیدم. - یه نفر خوشبخت، چقد تصورش مشکله، من هیچ وقت نمی‌تونسم تصورشو بکنم، اما الآن من یه نفر خوشبختم!»

دوباره سکوت شد، من برای این که سکوت مزاحم را رفع بکنم گفتم: «- حالتی که شما جستجو می‌کنین، حالت جنین در رحم مادره که بی‌دوندگی، کشمکش و تملق در میون جدار سرخ گرم و نرم روی‌هم خمیده، آهسته خون مادرش رو میمکه و همیه خواهش‌ها و احتیاجاتش خودبخود برآورده می‌شه. - این همون نستالژی بهشت گمشده‌ایس که در ته وجود هر بشری وجود داره، آدم در خودش و تو خودش زندگی می‌کنه شاید یه جور مرگ اختیاریس؟»

او مثل این که انتظار نداشت کسی در حرفهائی که با خودش می‌زد مداخله بکند، نگاه تمسخرآمیزی به من انداخت و گفت:

«- شما مسافر و خسته هسین، بفرمائین بخوابین!»

چراغ را برداشت مرا تا دم دالان راهنمائی کرد و اطاقی را که اول در آن‌جا وارد شده بودیم نشان داد. از نصف شب گذشته بود، من نفس تازه‌ای در هوای آزاد کشیدم، مثل این‌که از سردابه ناخوشی بیرون آمده باشم، ستاره‌ها بالای آسمان می‌درخشیدند. با خودم گفتم: «آیا با یک نفر مجنون وسواسی یا یک نفر آدم فوق العاده سروکار پیدا کرده‌ام؟»

*

فردا دو ساعت به ظهر بیدار شدم. برای خداحافظی از میزبانم مثل این‌که آدم نامحرمی هستم و به آستانه معبد مقدسی پا گذاشته‌ام آهسته دم دالان رفتم و با احتیاط در زدم. دالان تاریک و بی‌صدا بود. پاورچین پاورچین وارد اطاق مخصوص شدم، چراغ روی میز می‌سوخت، دیدم میزبانم با همان پیژامای پشت گلی، دست‌ها را جلو صورتش گرفته، پاهایش را توی دلش جمع کرده، به شکل بچه در زهدان مادرش در آمده و روی تخت افتاده است. رفتم نزدیک‌شانه او را گرفتم تکانش دادم، اما او به همان حالت

خشک شده بود. هراسان از اطاق بیرون آمدم و به طرف گاراژ رفتم. چـون نمی‌خواستم اتومبیل را از دست بدهم. آیا بقـول خـودش کیـسه او بـه تـه کشیده بود؟ یا ایـن تنهـائی را کـه مـدح مـی‌کـرد از آن ترسـیده بـود و می‌خواست شب آخر اقلا یک نفر در نزدیکی او باشد؟ بعد از همه مطالـب، شاید هم این شخص یک نفر خوشـبخت حقیقـی بـود و خواسـته بـود این خوشبختی را همیشه برای خودش نگاهدارد و این اطاق هم اطاق ایـده‌آل او بوده است!

میهن‌پرست

سید نصرالله ولی پس از هفتاد و چهار سال زندگی یک‌نواخت و پیمودن روزی چهار مرتبه کوچه حمام وزیر از خانه به اداره و از اداره به خانه، اولین بار بود که مسافرت به خارجه آن هم هندوستان برایش پیش آمده بود.

تا کنون او در داخله مملکت هم به مسافرت بزرگ نرفته و مسقط‌الراس آباء و اجدادی خود، کاشان را هم ندیده بـود. در تمام مـدت عمـر یگانـه مسافرت او سه روز به دماوند بود. اما در طی راه بی اندازه به او سخت و ناراحت گذشت، به طوری که باعث نگرانی خاطرش شده بـود. بـه عـلاوه پس از مراجعت، منزل او را دزد زده بـود، از این سـبب تـرس مبهمـی از مسافرت در دل او تولید شده بود.

از آنجایی که تمام دوره زندگی سید نصرالله صرف تحصیل علوم و فنـون و عوامل معنوی شده بود، فقط دو سال از عمر زناشویی او مـی گذشـت و در این مدت قلیل، سالی یک چکیده فضل و معرفت به عده انبیاء بشر افزوده بود. زیرا در ادبیات فارسی و عربی و فرانسه، در تحقیـق و تبحـر و فلسفه غربی و شرقی، در عرفان، علوم قدیمه و جدیده، سیـد نـصرالله بـی‌آن‌کـه اثری از خود گذاشته باشد انگشت نمای خلایق شده بود. او مانند سایر فضلا و ادبا نبود که در نتیجه نوشتن مقالات عریض و طویـل در دفـاع خـود، یا اهمیت مقام سیاسی، یا مهاجرت، یا حاشیه رفتن به فلان کتـاب پوسـیده یـا

قافیه دزدی و به هم انداختن اشعار بند تنبانی و یا بالاخره با تملق و بادمجان دور قاب چینی شهرت به دست آورده باشد.

سید نصرالله کسر مقامش بود که کتابی به رشته تحریر در بیاورد، زیرا لغات عربی را به طوری با مخرج صحیح و اصیل استعمال می‌کرد که شک و تردیدی از فضل و معلومات خود در فکر مستمعین باقی نمی گذاشت. هر چند او کلمات و جملات را خیلی آهسته و شمرده ادا می‌کرد، ولی از لحاظ منطق و بدیع و قوانین صرف و نحو، هیچ یک از علمای فقه‌اللغه کره‌ی ارض نمی توانست کوچک‌ترین ایرادی به او وارد بیارد. چون سید نصرالله این جمله را سر مشق خویش قرار داده بود که: «اگر سخن زر است، سکوت گوهر است و در صورت اجبار و یا برای استفاده دیگران، حرف را باید هفت مرتبه در دهان مزه مزه کرد و بعد به زبان آورد.»

به همین علت شهره خاص و عام بود. که روزی آقای حکیم‌باشی‌پور، وزیر معارف سید نصرالله را برای مطلب مهم و فوری به اطاق خود احضار کرد، پس از اظهار ملاطفت و ستایش بسیار و وعد و وعید بی‌شمار، با زبان چرب و نرم خود به سید نصرالله پیشنهاد کرد: از آنجایی که ترقیات معجزه‌آسای معارفی در کشور باستانی باعث حیرت عالمیان شده، لذا حیف است سرزمینی مانند هندوستان که مهد نژاد آریایی و میلیون‌ها نفوس مسلمان و فارسی‌زبان دارد، از تغییرات مشعشع معارفی ما و خصوصاً از لغات جدیدالاختراع اطلاع کافی حاصل نکند و برای این که دلیل مبرهن و برهان قاطعی از اقدامات مجدانه خود به دست داده باشد، یک کتابچه از لغات «ساخت فرهنگستان» که به صحه ملوکانه و به تصویب نخبه علما و فضلای عصر رسیده بود، به انضمام یک دسته از عکس‌های خود که از نیمرخ و روبرو، ایستاده و نشسته، برداشته شده و باد زیر غبغب خود انداخته بود،

به ایشان سپرد. و دستور اکید داد که این عکس‌ها را در هندوستان به تمام مخبرین روزنامه ها بدهد تا گراور کرده زیب صفحات جراید خود بسازند.

آقای سید نصرالله، از الطاف مخصوص حکیم‌باشی‌پور خیلی متأثر شد. ولی از طرفی به واسطه علاقه مفرط به زندگی و مفارقت از عیال و اطفال، از طرف دیگر به واسطه بعد مسافت و عبور از دریا، ابتدا کله سرخ و بی‌مو وبراق خود را تکان داد. لبخند فیلسوف مآبانه‌ای زد و پیشنهاد حکیم‌باشی‌پور را که به علت کبر سن و کسالت‌هایی که به خود می‌بست رد نمود. در ضمن گوشزد کرد که خوبست این ماموریت مهم را به یکی از ادبا و مبلغین دیگر رجوع بکنند. اما آقای حکیم‌باشی‌پور اصرار و ابرام نمودند که مخصوصاً مقام شامخ ادبی و سن و سال و شهرتی که دارند، ایشان را برای این کار از دیگران ممتاز می‌سازد. زیرا ماموریت مزبور از جمله اسرار اداری و فقط شایسته شخصی مانند ایشان است و بالاخره سید نصرالله خواهی نخواهی پیشنهاد مقامات عالی را با کمال افتخار پذیرفت.

سید نصرالله در موقع خروج از اتاق حکیم‌باشی‌پور، همین که زحمات و مشقاتی را که در سفر کوتاه خود به دماوند متحمل شده بود به خاطر آورد و بعد مسافت به هندوستان را پیش خود مجسم کرد اضطراب و ترس مجهولی به او دست داد، به طوری که سرش گیج رفت و زمین زیر پایش لرزید.به محض این که سر میز اداری رسید، زنگ زد و آب خوردن خواست. همین که اضطرابش کمی فروکش کرد، سر به جیب تفکر فرو برد. از طرفی مفارقت از زن و فرزند و تغییراتی که سفر در زندگی آرام او می‌کرد و ممکن بود چندین کیلو از ۸۹ کیلو وزن خالص او بکاهد، از طرف دیگر منافع مادی، افتخارات، دعوت‌ها و سیاحت‌هایی که به خرج دولت خواهد کرد، در کفه ترازوی معنوی خود سنجید.با وجود این دلش آرام

نگرفت، زیرا او قبل از هر چیز به تقویت مزاجی و زندگی بی دغدغــه خــود علاقه داشت و شرط عقل نبود که برای استفاده‌های نسیه وضع فعلی خود را به مخاطره بیندازد. در نتیجه یک جور کینــه و بغــض شــدیدی نســبت بــه حکیم‌باشی‌پوردر دلش تولید شد، ولی تکلیف این ماموریت از طرف شخص وزیر به منزله وظیفه اداری به شمار می رفت. لذا از اقدام به ســفر نــاگزیر بود و بعلاوه از استفاده پولی نمی‌توانست چشم بپوشد.

چون سید نصرالله در اندوختن پول خیلی حـساس بـود و در ایـن مـسافرت اضافه بر مخارج سفر، فوق العاده بــدی آب و هــوا و حقــوق دو برابــر اخــذ می‌کرد. آن‌وقت یک وسیله دیگر هم داشــت: شــاید مــی‌توانسـت ماننـد برزویه طبیب، کتابی از قبیل کلیله و دمنه از هندوستان ســوغات بیـاورد و اسم خودش را تا ابد جاویدان بکند. با خودش زیر لب زمزمه کرد:

«شکر شکن شوند همه طوطیان هند

زین قند پارسی که به بنگاله می رود!»

همه این خیالات در مغزش می‌چرخیدند و به زودی این خبر منتــشر شــد و رفقای اداری و دوستان سید نصرالله دسته دسته می‌آمدند و به او تبریـک می‌گفتند و موفقیت ایشان را از خداوند متعال خواستار می‌شدند. ولی ســید نصرالله صورت حق به جانب به خود می‌گرفت، چشمش را به هم می‌کـشید و سرش را به حالت جبری تکان می داد و می گفت: «چه بکنم؟ برای خدمت به میهن عزیز!»

بالاخره پس از یک ماه استخاره و مشورت با منجمین، به روز و ساعت سعد، سید نصرالله از زیر آینه و قرآن گذشت و با تشریفات لازم در میان مخبرین

جراید که عکس‌های متعدد از او برداشتند حرکت کرد ولی قبل از حرکت وصیت نامه خود را به زنش سپرد.

از تهران تا اهواز به او خیلی بد و ناراحت گذشت. در اهواز که فرصتی به دست آورد، از معارف آن‌جا بازدید کرد و شاگردان را امتحان مختصری نمود. اما با وجودی که اهالی لهجه عربی داشتند ایرادات سختی به تلفظ عربی آنها گرفت. بعد روسای ادارت به پیشباز او آمدند و هر کدام در دعوت سید نصرالله به منزل خودشان سبقت گرفتند. ولی از آنجایی که او خسته و کسل بود، دعوت آنها را اجابت نکرد. زیرا همه این تشریفات ساختگی و نطق‌های چاپی که بایستی در هر جا مبادله و تکرار بشود، و تملق‌های چاپی که مجبور بود بشنود بیشتر موجبات ملال خاطر او را فراهم می آورد. چون سید نصرالله باطناً مایل بود که تغییری در زندگی آرام و یک نواختش رخ ندهد. در ضمن تصمیم گرفته بود که مقاله بلند بالایی در مدح حکیم‌باشی‌پور با لغات اصیل عربی و اشارات علمی و نکات فلسفی و الهی تهیه و تدوین بکند.

او تا کنون فرصت کافی به دست نیاورده بود. به علاوه اضطراب و تهییج راه مانع از اجرای این مقصود می‌شد. هر دفعه که اتومبیل از جاده ناهموار یا خطرناک عبور می‌کرد، بند دل سید نصرالله پاره می‌شد، زیر لب آیه‌الکرسی می خواند، بعد دستمال تاکرده‌ای از جیب خود در می‌آورد و عرق روی پیشانیش را پاک می‌کرد.

در خرمشهر با سلام و صلوات از او واستقبال شایانی شد. قبلاً بلیط کشتی و همه وسائل حرکت را برایش فراهم کرده بودند. سید نصرالله شب را در منزل رئیس معارف خواب‌های شوریده دید. صبح به اتفاق صاحبخانه به تماشای رودخانه رفت. بیشتر منظورش مطالعه دریا بود. با تعجب و

کنجکاوی درخت‌های خرما را که در دو طرف رودخانه صف کشیده بودند، بلم‌ها و چند کشتی سفید که از دور لنگر انداخته بودند تماشا کرد. تاکنون او دریا را روی نقشه جغرافیا دیده بود و عکس درخت خرما را در کتاب‌ها مشاهده کرده بود. حالا همه این‌ها را به چشم خودش می‌دید! فوراً محاسن جهانگردی و مسافرت را که قدما در کتب خودشان ستوده بودند بیاد آورد. دنیا به نظرش وسیع و شگفت انگیز جلوه کرد. با خودش گفت: «بسیار سفر باید، تا پخته شود خام!» و یک نوع خودپسندی فلسفی حس کرد اما همین که به یاد آورد امشب باید سوار کشتی بشود ضربان قلبش تند شد و اظهار خستگی کرد.

سید نصرالله تا غروب که موقع حرکت کشتی بود، به مهمانی گذرانید. ولی هیجان و اضطراب مخصوصی در دلش داشت. مثل کسی که برای عمل خطرناکی عنقریب به اطاق جراحی خواهد رفت. و به طور مستقیم یا غیرمستقیم از حضار راجع به مسافرت دریا کسب اطلاع می‌نمود. طرف غروب مانند ناله نا امیدی، صدای سوت کشتی بلند شد، سید نصرالله دلش تو ریخت. میزبانان فوراً اثاثیه سید نصرالله را از گمرک تحویل گرفته در بلم گذاشتند و در بلم دیگر او را درمیان خودشان نشانده به طرف کشتی روانه شدند. سید نصرالله کیف محتوی کتابچه لغات جدید و عکس حکیم‌باشی‌پور را به شکمش چسبانیده بود. بلم تکان می خورد، امواج دریا جلو مهتاب مثل نقره می‌درخشیدندو درخت‌های سبز تیره خرما دو طرف ساحل در سکوت صف کشیده بودند. سید نصرالله همه این‌ها را با تنفر و سوءظن نگاه کرد، مثل شتری که برای قربانی انتخاب شده و قبل از کشتن به تزیین وتجمل او می پردازند. سید نصرالله حس می‌کرد که همه این تشریفات برای گول زدن اوست. بلم تکان می‌خورد، آب دریا لب پر می‌زد. به نظر سید نصرالله

آمد که زندگی او کاملاً در معرض خطر قرار گرفته. برای این که هیجان درونی خود را بپوشاند، سعی کرد به عربی فصیح با رانندهٔ بلم صحبت بکند. ولی مرد بلمی بیانات ایشان را ملتفت نشد و با عربی دست و پا شکسته‌ای که باعث عذاب روح سید نصرالله بود جواب داد. سید نصرالله به فراست دریافت که یک نفر عرب در تمام دنیا پیدا نخواهد کرد که بتواند با او صحبت بکند!

کشتی ها از دور مانند طبق چراغ می‌درخشیدند. جهازی که عازم بمبئی بود از همه قشنگ‌تر و پر نورتر به نظر می‌آمد. نسیم شوری ازروی دریا می‌گذشت که بوی ماهی گندیده، خزه و عطرهای فاسد شده را با خودش می‌آورد، بوهای مخلوط، ناجور و سنگین که هنوز طوفان با نفس تمیز کننده‌اش آن‌ها را پراکنده نکرده بود. اول قایق موتوری دکتر به کشتی رفت و بعد از اطراف بلم ها و کشتی های بادی که حامل مال التجاره بودند، به طرف کشتی حمله‌ور شدند. در میان جار و جنجال مسافرین، داد و فریادهای حمال‌های عرب و صدای موتور کشتی، نزدیک بود که سید نصرالله قبض روح بشود. بالاخره همین که قدری خلوت شد. مثل زن پا به ماه زیر بغل او را گرفتند و با هزار ترس ولرز از نردبان کشتی بالا رفت. به محض این که وارد کشتی شد، لبخند فلسفی رقیقی روی لب‌های رنگ‌پریده‌اش هویدا گردید. و پس از آن‌که اثاثیه و چمدان‌هایش را در اطاق مخصوص به او جای دادند، همراهانش با تعظیم و تکریم از او خداحافظی کردند.

سید نصرالله سرش گیج می‌رفت، روی تختخواب باریک اطاق درجه دوم نشست و کیف لغات و عکس‌ها را بغل دستش گذاشت. اگر چه سید نصرالله اعتبار مخارج سفر را برای درجه اول داشت، ولی از لحاظ صرفه‌جویی درجه

دوم را ترجیح داده بود و اگر منعش نمی‌کردند درجه سوم، گرفته بــود. از پنجره اطاق هیاهوی مسافرین و صدای حرکت جرثقیل می آمد. بلنـد شـد نگاهی بـه بیرون انـداخت: چـراغ سـاحل از دور سوسـو مـی‌زد، در دالان اطاق‌های کشتی دسته دسته حمال‌های عرب مشغول آمد وشد بودند.ازین منظره تأثر و پشیمانی شدیدی به سید نصرالله دست داد. چند بار تـصمیم گرفت تا کشتی حرکت نکرده به ساحل برگردد و تمارض بکنـد و یـا اصلاً استعفا بدهد.ولی حس کرد که خیلی دیر شده! بعد در قلـب خـود بـا زن و بچه و زندگی راحتی که آن طرف ساحل گذاشته بود خداحافظی کرد و لـب خود را گزید، برگشت به ماوا و اطاق جدیدش دقیـق شـد. اطاق کوچـک سفیدی بود که از آهن و چوب درست کرده بودند. سه تخت خواب فنـری که دو تای آنها روی هم قرار گرفته بود، به اضافه روشویی، رخت آویز و یک عسلی داشت، ظاهراً محکم، تمیز و مطمئن بود. حکایت عجیـب و غریـب و عجایب البحار، قصه سندباد بحری و همه افسانه‌هایی که راجع به هندوستان خوانده بود در خاطرش جان گرفت. همین وقت پیشخدمت سیاه هندی بـا لباس سفید و تمیز وارد شد و چیزی به زبان انگلیسی گفت که سید نصرالله ملتفت نشد واز سستی معلومات خودش خجل گردید. پی برد کـه سـرحد معلومات او چهار دیوار خانه اش بوده؛ زبان ها، مردمان و زندگی‌های دیگـر هم در دنیا وجود دارد که او سابق بر این هرگز نمـی‌توانـست تـصورش را بکند وبدون مناسبت تمام بغض و کینه او متوجه پیشخدمت هندو شد، مثل این که او باعث شـده بـود کـه سـید نـصرالله دچـار زحمـت مـسافرت بشود.بالاخره پیشخدمت شمد و پتو آورد و یکی از تخت خواب‌ها را آمـاده کرد.

در این وقت جنجال بیرون فروکش کرده بود. سید نصرالله به حالت خسته و کوفته روی تخت افتاد. اما تخت برای او تنگ و ناراحت بود. دوباره پیشخدمت در زد، وارد شد و با علم اشاره به او فهماند که شام حاضر است. خودش جلو افتاد، از پلکان پایین رفت و سید نصرالله را به اطاق رستوران کشتی راهنمایی کرد. سر میزی که سید نصرالله نشسته، دو نفر از مسافران به زبان فارسی حرف می‌زدند. سید نصرالله هر غذایی را به دقت وارسی می‌کرد و می‌چشید که مبادا خلاف حفظ الصحه بوده یا ادویه هندی داشته باشد. چون طبق طب قدیم او به سردی و گرمی غذاها معتقد بود و با خودش مقداری ادویه خنک همراه داشت، تا به موقع تعادل مزاج را برقرار بکند.

یکی از ایرانی‌ها که سر میز بود و به زبان انگلیسی دستور می داد و پیشخدمت هندی را «چکرا» خطاب می‌کرد . سید نصرالله از پیدا کردن هم‌زبان انگلیسی‌دان اطمینان حاصل کرد و موضوع «چکرا» را وسیله قرار داده داخل مبحث لغوی شد که «زبان هندی بچه زبان فارسی است. به علاوه از زمان لشکرکشی داریوش کبیر، اسکندر، سلطان محمود و نادرشاه، سپاهیان ایرانی متدرجاً زبان فارسی رابه هندوستان برده‌اند، من هم برای همین مقصود به هندوستان می‌روم و «چکرا» به زعم این ضعیف همان چاکر فارسی است. یا همین ترشی هندی که شما «چتنی» می‌گویید، از لغات فارسی «چاشنی» گرفته شده است. چون به طور کلی ریشه تمام زبان‌های دنیا از فارسی و عربی و ترکی گرفته شده، همان طوری که همه نژادهای بشر ازاولاد حام و سام و یا فث و یا سلم و تور و ایرج می‌باشند. مثلاً لغت سماور که تصور می کنند روسی است، من پیدا کرده‌ام، مرکب از سه لغت فارسی، عربی و ترکی است وباید به کسر اول خوانده شود. زیرا در اصل:

«سه-ماء-ور» بوده.سه فارسی، ماء عربی و ور ترکی است. یعنی: سـه آب بیاور. ازین قبیل لغات زیاد است!»

مسافران ایرانی از اطلاعات تاریخی و لغوی سید نصرالله به حیـرت افتادنـد. سید نصرالله در ضمن سوالات فهمید کـه شـخص انگلیسـی‌دان سـابقاً در هندوستان بوده و اکنون به ماموریت اداری به بوشهر می‌رود.

بعد از صرف قهوه، سید نصرالله بـه اطـاق خـود مراجعـت کـرد، احسـاس خستگی می نمود. جلو آیینه دید رنگش پریده.در حـالی کـه زیـر لـب آیـه الکرسی می‌خواند در تخت خواب افتاد و به خواب رفت.

هنوز تاریک روشن بود که سید نصرالله حرکت خفیف کشتی را حس کـرد و صدای موتور را در عالم خواب و بیداری شنید.چشمش را که باز کـرد، یکـه خورد مثل این که هیچ منتظر نبود در کشتی بیدار بشود، احساس سـر درد می‌کرد. بعد از صرف صبحانه دقت کرد دید ورقه بلنـدبـالایی بـه دیـوار نصب بود که روی آن به خط سرخ چاپ شده بود:

B.I.S.N.CO ltd

Emergency Instructions for Passengers

زیر عنوان فوق شرح مبسوطی به زبان انگلیسی نوشته شده بـود و در سـه عکس مردی را نشان می‌داد که در عکـس اول مـشغول بـستن سـینه‌بنـد مخصوصی بود و دوتای دیگر طرز پیچیدن آن را روی سینه نشان می‌داد.

عقیده سید نصرالله در این مطلب تایید شد که زبان انگلیسی همـان زبان فرانسه است گیرم املا و تلفظ آن را خراب کرده اند. پیش خود گمان کـرد که لغت emegerncy از émeger فرانسه آمده است و عنوان ورقه را این طور ترجمه کرد: «تعلیمات راجع به بیـرون آوردن مـسافرین از آب» در همـین وقت ملتفت شد، دید به سقف اطاق دو مخزن چوبی که در یکی از آنها دو

۳٦٤

عدد سینه‌بند و در دیگری یک سینه‌بند بود وجود داشت.لرزه بر اندامش افتاد و با خودش نتیجه گرفت که به علم اروپایی هم نمی‌شود اطمینان کامل داشت، زیرا این کشتی با تمام عظمتش ممکن بود غرق بشود!

مدتی دنبال کتاب لغت گشت ولی پیدا نکرد. خواست شرح انگلیسی بخواند اما از موضوع چیز زیادی دستگیرش نشد.فقط چند لغت ارا از قرینه حـدس زد. ولی شکی برایش باقی نماند که این اعلان برای پیش بینی از خطر بعد از غرق شدن است.

لباسش را به عجله پوشید روی کشتی رفت. دید دو نفر هنـدو هنـوز کنـار دودکش خوابیده بودند، یک نفر ملاح هندی با لبـاس زنگـاری بـه تعجیل می‌دوید.تا چشم کار می کرد آب بود که روی هم موج مـی‌زد.فقط از دور یک حاشیه رقیق رنگ‌پریده از ساحل پیدا بود. اطراف کشتی را دقت کـرد، دید به نرده درجه اول کمربندهای سفیدی نصب شـده بـود کـه رویـش خوانده می شد: «والرو». روی صورت غذا همین لغـت را دیـده بـود. پـس نتیجه گرفت که اسم کشتی والرو است. یک زن هندی که ساری پوشـیده و حلقه‌های طلا در گوش و بینی خود کرده بود آمد از کنار او گذشت.

هزار جور افکار وحشتناک در مغز سید نصرالله جان گرفت. آیا دو سال پیش در روزنامه نخوانده بود که یک کشتی بزرگ در اقیانوس اطلس غرق شد؟ چندی پیش در روزنامه عکس کشتی فرانسوی که در بحر احمر آتش گرفت ندیده بود؟ اگر از دو میلیارد احتمال یکی راست در می آمد! بـه زحمـتش نمی‌ارزید که انسان جانش را به مخاطره بیندازد، آن هم برای چه؟

یاد حکیم‌باشی‌پور افتاد که روز به روز گـردنش کلفـت مـی شـد و سنگ خودش را دائم به سینه می‌زد .در صورتی که بی‌سواد و شـارلاتان بـود.آیـا همه مینوت‌هایی که از اطاقش بر می‌گشت پر از غلط و اشتباهات صـرف و

نحوی نبود؟ بعد هم شهرت داشت که ابتدا یهودی بوده بعد در مدرسه امریکایی برای اخذ تصدیق مسیحی شده و حالا هم خایه آخوندها را دستمال می‌کرد! ترجمه غلط کارلایل را از داماد جهودش امانت می گرفت و کنفرانس می‌داد. کتاب ضداسلامی کشف می‌کرد و از طرف دیگر کوس تجدد و لامذهبی میزد. در روزنامه‌ها اسمش هم ردیف افلاطون و سقراط و بوعلی و فردسی و سعدی و حافظ و غیره چاپ می کرد! حالا زندگیش را برای چنین موجودی به مخاطره بیندازد که بعد شکمش را جلو دهد و بگوید عکس مرا در روزنامه‌های هندوستان چاپ کردند، شخصی بامایه و با پایه ای مانند سید نصرالله را وسیله جاه طلبی احمقانه خود قراربدهد و این لغت‌های مضحک بی‌معنی که نه فارسی و نه عربی است، آنها راتحفه به هندوستان ببرد؟ شاید در آن جا دو نفر آدم چیز فهم پیدا می شدند! آن وقت به او چه خواهند گفت؟ چرا این تکه را مخصوصاً برای او گرفت، در صورتی که نوچه‌ها و فداییان دیگر هم دارد که نان به هم قرض بدهندو به عنوان مبهم مطالعه، با پول ملت در اروپا می چرند تا هواخواه و هوچی آتیه او بشوند. و یا این‌که ماهی دو سه هزار تومان به هر کدام از آن‌ها می‌رسانید تا کتابی مثلاً راجع به: «جرجیس پیغمبر و تعالیم او در عالم بشریت» تدوین بکند و به خرج دولت چاپ بشود. مگر او شش‌انگشتی بود و نمی‌توانست راحت در کنج خانه پهلوی زن و فرزندش بنشیند و از این قبیل ترهات، یا ترجمه مزخرف‌ترین کتاب‌های فرانسه را به قلم دیگران بیرون دهدکه حالا باید مثل اشخاص ماجراجو و خانه‌بدوش، بی‌پروا به آب و آتش بزند و گنده‌کاری‌های یک دسته از هوچی‌های حکیم‌باشی پور را به هندوستان برده خودش و مردم را مسخره بکند. آیا صادرات معرفی آبرومندتری پیدا نمی‌شد؟- سید نصرالله یک مرتبه ملتفت شد که عنان را به دست احساسات سپرده. زیرا در طی تجربیات زندگی بر خورده بود که نان و آش

در همین هوچی‌بازی‌های تازه به دوران رسیده و نمایش‌هـای لـوس پیـدا می‌شـود کـه خاک در چشم عوام می‌پاشند، مردم را گول زده و کیـسه را پـر پول می‌سازند. ـ وانگهی مگر خود او را وادار نکردند کـه در پـرورش افکـار برای دوره مشعشع مداحی بکند؟ او هم پذیرفت، برای این کـه هنرنمـایی بکند و داد سخنوری بدهد و بالاخره به آنهای دیگر بفهماند که کهـر کـم از کبود نیست! الحق موضوع بکری را انتخاب کرد: مـادر مـیهن را تـشبیه بـه ناخوش رو به قبله کرده بود که رضا خان را به شیوه ژیلبلاس با شیشه اماله و شاخ حجامت بالای سرش آورده بودند و بالاخره او را نجات داد! (با وجود کدورت خاطر پوزخندی زد.) آنهای دیگر دهانشان مـی‌چاییـد کـه بتواننـد نطقی با چنین الفاظ وزین و عبارات دلنشین بکنند. او همه این علماء و فـضلا را بزرگ کرده بود و خوب می شناخت. به فرنگ رفتـه‌هـا و متجـددین و قدیمی‌ها همه سر و ته یک کرباس بودند، فقط عناوین آنها فرق مـی‌کـرد. پیش‌تر می‌رفتند به نجف حجت الاسلام می‌شدند و حالا می‌رفتند فرنگ و با عنوان دکتری بر می‌گشتند و کارشان عوام‌فریبی و همه حواسشان توی شکم و زیر شکمشان بود. همه به فکر خانه سه طبقه و اتومبیل و مأموریـت بـه خارجه بودند. اگر چه سید نصرالله به خارجه نرفته بود اما با خیلی از اطبـاء و دانشمندان اروپایی که به ایران آمده بودند محشور بود. مـثلاً یـک طبیـب ایرانی آرزویش این بود که مدیر کل و وکیل و وزیر بـشود در صـورتی کـه مرحوم دکتر تولوزان تمام وقتش را به مطالعـه مـی‌گذرانیـد! خـود او چـرا نسبت به دیگران عقب مانده بود؟ برای این‌که اهـل علـم و مطالعـه بـود! یادش افتاد که پای میز خطابه با چه ولعی لغات را از دهنش مـی‌قاپیدنـد و بعد چه تبریکات گرمی به او می گفتند! او طرف توجهات مخصوص ملوکانـه شده بود! اما دفعه بعد که مجبورش کردند دوباره نطق بکند! شانه خـالی کرد شاید حالا به جرم همین سرپیچی او را به ماموریت خطرناک فرستاده

بودند! سرش را تکان داد وزیر لب گفت: «هــر کــه را طــاووس بایــد جــور هندوستان کشد.»

سید نصرالله بعد از صرف ناهار، از اطاق رستوران که بیرون آمد، در راهرو برخورد به مرد ایرانی که انگلیسی می دانست. ابتدا اظهار آشنائی کــرد و از گرمای هوا شکایت نمود بعد بدون سابقه از او پرسید:«شما تنها هستید؟»

«- بله»

«- اگر گز اصفهان میل می‌فرمایید، ممکن اســت بــه اطــاق بنــده تــشریف بیاورید.»

او را به اطاق خود راهنمایی کرد. جعبه گزی را به زحمت از چمدان درآورد، جلو او گذشت و خیلی آهسته شروع به صحبت کرد: «هرگــاه انــسان همــه عمر عزیزش را صرف تحصیل زبان و علوم و فنون بکند. بــازهم کــم اسـت. افسوس که عمر کوتاه ما کفاف نمی‌دهد که با فراغــت خــاطر تمــام وقــت خودمان را به مطالعه بپردازیم! کمترین تغییری در زندگی کافی است بــرای این‌که به مجهولات تازه ای برخوریم. هر آینه کوچک‌ترین چیزی را با دیــده عبرت نگریسته و مورد تحقیق قرار دهیم همین مطلب تایید خواهـد شــد. اگر یک برگ خشک را زیر ذره‌بین میکروسکوپ بگذاریم، خواهیم دیـد کــه دنیای جدیدی با قوانین و اصول خود به ما مکـشوف مــی گــردد. یــک ذره خاشاک روی زمین ممکن است موضوع سال‌ها بحث فلسفی و تفکر و تعمــق واقع بشود چنان که عرفا گفته‌اند:

دل هر ذره‌ای که بشکافی   آفتابیش در میان بینی

علم نظری امروز به ما ثابت می کند، همان چیزی را که قدما ذره می‌گفتنـد و تصویر می‌نمودند که غیر قابل تجزیــه اسـت، تــشکیل یــک منظومــه را

می‌دهد. حال اگر نظری به سوی آسمان بیفکنیم، گـردش افـلاک و قـوانین تغییرناپذیر آنها فقط ما را دچاربهت و حیرت می‌کند به طوری که در پایـان امر مجبوریم منصفانه اقرار بکنیم:

تا بدانجا رسید دانش من   که بدانم همی که نادانم!

اطراف ما مملو از اسرار و مجهولات است. من با هرمس تریس مژیست هم عقیده هستم که می‌گوید: «آن‌چه در دنیای سفلی یافت می‌شود در دنیای علوی هم وجود دارد.» – باری مقصود از اطناب کلام این بود کـه ایـن همـه اقوام و طوایف و السنه که در فراخنای جهان وجود دارد، بـدیهی اسـت کـه عمر ما وفا نمی‌کند تا در چگونگی و ماهیت روحیه این طوایف غور نمـوده و به رموز زبان آنها پی‌ببریم. چیزی که باعث تأسف من است، در ایام شباب از فرا گرفتن لسان انگلیزی غفلت ورزیدم و حال مـی‌بینم کـه بـه دشـواری می‌توانم لغات و جملات را از هـم تفکیـک بکـنم. چـون اساسـاً ریشه زبان انگلوساکسون با زبان‌های لاتینی فرق دارد و چنان که باید و شاید بـه معنـی لغات و جملات انگلیزی مسلط نیستم. مثلاً اخطاریه‌ای کـه بـه دیـوار اسـت (دستور العمل ضروری را نشان داد.) عنوان آن را به فراست دریافتم، گویـا مقصود دستورالعمل نجات مسافرین از غرق شدن است.»

شخص تازه وارد در حالی که گز تـوی دهـانش مانـده بـود، بیانـات ثقیـل فیلسوفانه را با تعجب گـوش داد و بـی‌آن کـه مقـصود سـید نـصرالله را بفهمدمطلبش را تصدیق کرد:

«– البته، البته. همین طور که می فرمایید.»

«– آیا حقیقتاً خطر غرق شدن کشتی را تهدید می‌کند؟»

«– هرگز! چه فرمایشی است؟ فقط محض احتیاط است، مال‌اندیشی اروپایی را می رساند. ولی اتفاق همیشه ممکن است.»

«– بله، مقصود این است که اتفاق ممتنع نیست بلکه ممکن الوقوع است.»

«– البته.»

«– اما وسیله احتزار از اتفاق غیر مترقبه را پیش بینی کرده‌اند.»

«– البته.»

«– ممکن است از جناب‌عالی خواهش بکنم، قبول زحمت فرموده این اخطاریه را البته به اختصار برایم ترجمه بفرمایید؟»

«– با کمال افتخار!»

شخص انگلیسی‌دان برخاست، اعلان را خواند و برای سید نصرالله دستورالعمل مفصلی که راجع به استعمال ژاکت‌های نجات نوشته بود ترجمه کرد. و مخصوصاً در اعلان تذکر داده شده بود که لازم است مسافرین برای آشنایی به استعمال ژاکت قبلاً آن را امتحان بکنند.

سید نصرالله به دقت گوش داد، عرق روی پیشانیش را پاک کرد و پرسید: در صورتی که کشتی آتش بگیرد یا به علت دیگری غرق شود، البته ممکن است و محال نیست و مثلاً سال قبل بود که یک کشتی فرانسوی که در بحر احمرطعمه حریق شد. به خاطر دارم در یک روزنامه لاتینی خواندم که یک کشتی بزرگ هم دراقیانوس اطلس غرق شد و مسافرینش تاآن دم که قالب تهی کردند، به عیش و نوش مشغول بودند.

«– روزنامه لاتینی؟»

«- بله، من زبان فرانسوی را زبان لاتینی می‌گویم. ببخشید اگر سوالات بند کسل کننده است، فقط از لحاظ کنجکاوی فطری است که خداوند متعال در من به ودیعه گذاشته. زیرا من همیشه خودم را محصل می‌دانم و می‌خواهم در هر موقع استفاده کرده به معلومات خودم بیفزایم. مقصود این بود که هر گاه در موقع غرق‌شدن کشتی، شخصی از فن شنا بی‌بهره باشد چه خواهد شد؟»

«-همان طوری که فرمودید، قایق های بزرگی دو طرف کشتی هست که آنها را فوراً به آب خواهند انداخت. ابتدا بچه ها بعد زن‌ها بعد مردها را در آنها می‌گذاشتند تا موقعی که کشتی امداد برسد.»

«- ولی ماهی‌های خطرناک وجود دارد و ممکن است قبل از نجات صدمه برسانند.»

«- البته همه قسم اتفاق ممکن است، ممکن الوقوع است. مثلاً اگر خدای نخواسته دستگاه تلگراف بی‌سیم آتش بگیرد و کشتی دور از ساحل باشد، برفرض هم که مسافرین را در قایق نجات جمع‌آوری بکنند، ممکن است از تأخیر رسیدن کشتی امدادی و نداشتن آذوقه تلف بشوند، در زندگی همه جور پیش آمد ممکن است!»

سید نصرالله به حال تفکر سرش را تکان داد و زیر لب تکرار کرد: «در زندگی هر نوع اتفاقی ممکن است!»

بعد پرسید: «- فرمودید قایق‌های بزرگی دو طرف کشتی وجود دارد؟»

«- بله، مگر ملاحظه نفرمودید؟ بفرمایید نشانتان بدهم.»

«- خیلی متشکرم، بفرمایید بدانم آیا این کشتی در بنادر دیگر هم ایست می‌کند؟»

«– چون خیلی سریع است فقط در بوشهر و کراچی و بمبئی لنگر می‌اندازد، امشب یکی دو ساعت در بوشهر نگه خواهد داشت.»

سید نصرالله متفکر: «خیلی متشکرم.اسباب زحمت جنابعالی را فراهم آوردم...» و بعد خاموش شد. سکوت مرگ اطاق را فرا گرفت. مرد انگلیسی‌دان خداحافظی کرد و رفت. سید نصرالله دستمالی درآورد روی پیشانی سوزانش کشید. بعد بلند شد با احتیاط به طرف عرشه کشتی رفت. دقت کرد دید دو قایق بزرگ سیاه که تا به حال ملتفت نشده بود دو طرف کشتی آویزان بود و رویش نوشته بود: «آکسفورد» اسم کشتی را دوباره روی کمربندهای نجات خواند. چند بار تکرار کرد: «والرو والروا!» مثل این که به این اسم آشنا بود.پیش خودش تصور کرد شاید یکی از رب‌النوع‌های یونانی یا آشوری باشد. بعد به امواج دریا خیره شد که می‌غرید، متشنج می شد و فریادزنان به کشتی حمله می‌کرد، بعد روی هم می پیچید و دور می‌شد.رنگ سبز چرک تاب دریا مبدل به رنگ سیاه شده بود. به نظرش امواج دریا مایع جان‌دار یا جسم لغزنده حساسی جلوه کرد که از شدت درد و خشم با لرزش عصبانی به خود می‌پیچید مانند جسم شکنجه شده‌ای که بیهوده درد می‌کشید و حاضر بود صدها از این کشتی‌ها و مسافرانش را بدون ملاحظه فضل و معرفت آنها به یک لحظه در خود غوطه‌ور بسازد! یک نوع احساس آمیخته از ترس و تنفر از قوای کور طبیعت به او دست داد. به علاوه زیر این توده آب حیوانات و ماهی‌های خطرناک وجود داشت که به خون او تشنه بودند. آیا در خرمشهر نشنیده بود که تاکنون چندین بار زن‌ها و بچه‌هایی که به هوای رختشویی کنار رودخانه رفته بودند، آنها را کوسه ماهی در آب کشیده و نصف کرده؟ زیر پایش لرزش خفیف کشتی را حس کرد.صدای آوازفلزی موتور می آمد. تا چشم کار

می‌کرد آب بود که عقب می‌زد و به کشتی حمله می‌کرد. کشتی آب را می‌شکافت ومثل خونابه‌ای که از جراحت جاری بشود، تکه‌های کف دنبالش کشیده می‌شد. دو پرنده کوچک که معلوم نبود آشیانه آنها کجاست پشت سر کشتی پرواز می کردند. همه این‌ها به نظرش عجیب و غریب و باورنکردنی آمد. آن وقت مردمان دیگری که در طبقه زیرین کشتی مسکن داشتند، آیا آنها دیگه چه نوع آدمیزادی بودند؟ ولی هیچ کدام از مسافرین اضطرابی از خود ظاهر نمی‌ساختند. اما این دلیل کافی نبود که باعث آرامش فکر سید نصرالله باشد، زیرا فرق وجود او که افتخار نـژاد بـشر بـه شـمار می‌رفت با دیگران از زمین تا آسمان بود!

سید نصرالله معتقد بود که بی جهت اهالی کاشان مشهور به ترس هـستند، مگر هرودوتوس ننوشت که ایرانیان قدیم از آب و دریا ترسیدند، یـادش افتاد در کتابی خوانده بود که اکبر شاه هندی حافظ را به هندوستان دعوت کرد، ولی حافظ از منظره کشتی و دریا ترسیده و از مسافرت صـرف نظـر کرد. چنان که به همین مناسبت می‌ گوید:

«شب تاریک و بیم موج و گردابی چنین هایل

کجا دانند حال ما سبکساران ساحل‌ها؟»

زن هندی که در بینی وگوشش حلقه های طلا بود، دوباره آمـد و سـاکت و آرام از پهلویش رد شد، بی‌آن‌که به او اعتنا بکند. همه مسافرین کـشتی بـه نظر سید نصرالله وحشتناک، ناخوش و موذی آمدند، مثل این که دست بـه یکی کرده بودند تا او را غافلگیر کرده و با شکنجه استادانه‌ای بکشندش! سرش گیج رفت، فکرش خسته بود. به اطاق خودش پنـاه بـرد. لباسـش را کند و روی رختخواب افتاد. هزار جور اندیشه‌های ترسناک در مغـزش مـی گردیدند. لرزش یک‌نواخت کشتی را بهتر حس مـی‌کـرد و مثـل ایـن کـه

احساسات او رقیق و تیزتر از معمول شده بود، این لرزش با صدای قلب او هم آهنگ شده بود.کم کم پلک‌های چشمش سنگین شد و به خواب رفت.

دید ... دسته‌ای دیگر که سینه‌بند نجات داشتند از توی دریا به آن‌ها جواب می‌دادند:«والرو!» از اعراب روی عرشه کشتی با کمربند نجات ایستاده سینه می‌زدند و می‌گفتند: «والرو!...»خود او هم عبای بوشهری که همیشه در خانه می‌پوشید سینه‌بند نجات بست و بچه‌هایش را قلم دوش کشیده بود. همین که خواست در دریا بجهد زنش دامن عبای او را کشید. از شدت وحشت از خواب پرید. عرق سرد به تمام تنش نشسته بود، سرش تیر می‌کشید، دهنش تلخ مزه بود. وقتی که چشمش به اطاق کشتی افتاد، صدای فلزی موتور را شنید و لغزش کشتی را حس کرد، دوباره چشمش را بست، مثل این که می خواست از این جهنم فرار بکند.بی‌اختیار تمام فکر او متوجه خانه‌اش شد. یاد کرسی اطاقشان افتاد که رویش قلابدوزی سرخ افتاده بود. زیر گوشی و دشک‌های گرم و نرم اطراف آن را مثل نعمت گرانبهایی که ازآن محروم مانده بود آرزو کرد. بچه اش که تازه زبان باز کرده بودلغات را با مخرج صحیح ادا می‌کرد. قوقوسی اناری که زنش در بشقاب دانه می‌کرد، پشت میز اداره و همه این کیف‌ها مانند دنیای افسون آمیزی از او دور شده بودند! با خودش شرط کرد که در موقع مراجعت از راه خشکی به وسیله راه آهن برگردد که مطمئن‌تر بود. از ته دل به حکیم‌باشی‌پور نفرین فرستاد که او را به این بلا دچار کرده بود، در صورتی که خودش با گردن سرخ و تبسم ساختگی پشت میز وزارتش نشسته و همه حواسش توی لنگ و پاچه دخترها و پسرها بود و برای مقامات عالیه به این وسیله کارگشایی می کرد. به یک دسته دزد و دغل و مبلغین خودش کارهای پر منفعت می داد و عناوین برایشان می تراشید. عضو فرهنگستان

درست می‌کرد تا لغت‌های مضحک بی‌معنی بسازند و به زور به مردم حقنه بکنند! در صورتی‌که همه‌جای دنیا لغت را بعد از استعمال مردم و نویسندگان داخل زبان می‌نمایند و او که در علم فقه اللغه بی‌نظیر است حمال این لغت‌های بچه‌گانه، بی‌ذوق و بی‌سلیقه شده! شاید عمداً او را سنگ قلاب کرده بودند چون از او کارچاق‌کنی برنمی‌آمدو با دادن تصدیق به جوانانی که فقط دیپلم از ستارهٔ ونوس داشتند مخالفت کرده، او تاکنون لای سبیل می گذاشت، زیرا زندگی آرام و بی‌دغدغه‌ای داشت و شخصاً از آب گل‌آلود ماهی می‌گرفت اما حالا جانش را برای هیچ و پوچ به مخاطره انداخته بودند. بلند شد و نشست، مثل این که در افکارش تغییر حاصل شد.به خاطر آورد که دکمه زیر شلوارش افتاده. برای سرگرمی مشغول دوختن آن شد فکر می کرد اگر زنش آنجا بود، این کار زنانه را که هرگز شایسته فضل دانشمندی مثل او نبوده متحمل نمی شد.

در این وقت کشتی سوت کشید و ایستاد. میان مسافران همهمه افتاد. سید نصرالله دلش تو ریخت و گمان کرد اتفاق ناگواری رخ داده است. ولی به زودی ملتفت شد که به بوشهر رسیده اند. دست‌پاچه لباسش را پوشید و در ایوان کشتی رفت، ظاهراً بندر پیدا نبود.فقط از دور چراغ ضعیفی می‌درخشید، یکی دو قایق موتوری دیده می شد، چند کشتی باری مشغول باربندی شده بودند، از هیاهوی حمال ها خوابی که دیده بود به یادآورد. به نظرش آمد که کابوس وحشتناکی را در بیداری می بیند. ساحل دریا آن‌قدر دور و تاریک بود که فکر مراجعت به خشکی به نظرش خام و بی‌اساس آمد، ساعتش را نگاه کرد موقع شام بود.به اطاق رستوران رفت تا شاید اطلاع مفیدی کسب کند. اما همه کسانی که سر میز بودند حتی مرد انگلیسی‌دان و پیشخدمت‌ها به نظر او ساکت و اخم‌آلود آمدند، مثل این که می خواستند

خبر شومی را از او بپوشانند. به دلش بدآمده شام به دهنش مـزه نکـرد، اصلاً حس کرد که اشتها ندارد، فقط سوپ را با یک موز خورد برای این کـه سر دلش سبک باشد.مرد انگلیسی‌دان با اشاره از او خداحافظی کرد و رفت مثل این که عجله داشت. سید نصرالله مایوس و متفکر به اطاقش پناه برد.

برای این که همهمه بیرون را خفه بکند.در را بست و پرده را کشید. اگرچـه هوا دم کرده و گرم بود اما صلاح ندانست پیچ بادبزن برقی را باز بکند. قلم و کاغذ را برداشت تا یادداشت‌های راجع به نطق فلسفی خود بردارد، ولـی حواسش جمع نبود. روی کاغذ مطلب مبهمـی نوشـته بـود کـه نپـسندید. درمیان خطوط دقت کرد دید نوشته: «میهن، یعنی من. مقصود فقـط تبلیـغ آن قائد عظیم‌الشأن است که شـاخ حجامـت را گذاشـت و خـون ملـت را کشید. مقصود از تعلیم اجباری با سواد کردن مردم نیست فقط بـرای ایـن است که همه مـردم بتواننـد تعریـف او را و در نتیجـه حکیم‌باشی‌پـور را درروزنامه‌ها بخواننـد، بـه زبان‌هـای روزنامـه‌هـا فکـر بکننـد و حـرف بزنند.زبان‌های بومی که اصیل‌ترین نمونه فارسی اسـت فرامـوش بـشود، کاری که نه عرب توانست بکند و نه مغول، و لغت‌های ساختگی که نه زبان خشایارشاه است نه زبان مشتی حسن به آنهـا تحمیـل بـشود؟ مـن‌درآری، همه‌اش من‌درآری است. منافع مقدس خودش را منافع مقدس میهن جلوه می دهد. مگر او از کجا آمده و چه صلاحیتی دارد که منافع وطن را بهتـر از من می‌تواند تشخیص بدهد!» دوباره خواند: از خودش پرسـید آیا دیوانـه نشده بود؟ زهر خندی زد. او تاکنون به چنین جملاتی نه فکر کرده بود و نه به زبان آورده بود. آیا یک قوه خـارجی محـرک او بـوده یـا مـسافرت در روحیه‌اش تغییر داده بود؟ شاید در اثر بدخوابی بوده. بالاخره کاغذ را پاره کرد.

در این وقت صدای یک‌نواخت جرثقیل خفه شد. کشتی حرکت می‌کرد، سید نصرالله بلند شد، لباس پوشید و روی کشتی رفت. از مشاهده مسافرین دلش آرام گرفت، چون تصور می‌کرد او را تنها در کشتی گذاشته‌اند. توده ابرهای سیاه به شکل تهدید آمیزی روی آسمان جابه‌جا می‌شد، چراغ بندر از دور سوسو می‌زد. آب دریا به رنگ قیر درآمده بود. طرف دیگر که آسمان صاف بود، سید نصرالله دب اکبر و دب اصغر را تشخیص داد. ماه کنارآسمان به نظر می‌آمد که پایین آمده و از زیر آن یک رودخانه نقره‌ای روی آب سیاه می‌درخشید و به سوی کشتی می‌آمد. هوا خفه بود.

سید نصرالله قلبش فشرد. اضطرابش فروکش کرد. یک‌جور احساس آسایش بی‌دلیلی در او پیدا شد مثل این‌که برای اولین بار با عناصر طبیعت آشتی کرده است. سرتاسر زندگیش به نظر او یک خواب دور، موهوم و شکننده آمد. احساسات زمان طفولیت در او بیدار شد و با احساس تنهایی ودوری توام شده بود. در نتیجه یک نوع ترحم دردناکی برای خودش حس می‌کرد. با گام‌های سنگین دوباره به اطاق خودش برگشت. قلم و کاغذ را برداشت کمی فکر کرد و نوشت: «کشور هندوستان پیوسته مهد ادبیات پارسی بوده. درین زمان که سایه توجهات پدر تاج دار ترقیات روز افزون معارفی...»

دیگر چیزی به فکرش نرسید. بعد سعی کرد توصیف ماه را روی دریا به لباس ادبی دربیاورد. دوباره قلم برداشت و نوشت: «آب قیرفام با غرش تندرآسا کشتی رابه مبارزه می طلبید. ماه از کرانه آسمان مانند شاهد بی‌طرف جوشن سیمین خود را روی امواج افکنده تبسم می کند!» این هم پسندش نشد، مثل این که قوه مجهولی تمام معلومات معنوی و فلسفی او را بیرون کشیده بود.

بعد خواست کاغذی به زنش بنویسد. احساس سر درد کرد. ناگهان نگاهش به سقف افتاد و سینه بند نجات را دیده بلند شد در را بست. شیشه و جدار چوبی و پرده و پنجره را جلو کشید، همین که مطمئن شد کاملاً محفوظ است یکی از سینه بندها را با احتیاط از مخزنش درآورد وزن کرد، مثل چهار قطعه چوب سبک به شکل مکعب مستطیل بود که در پارچه خاکستری زمختی شبیه گونی دوخته شده بود. با دقت سر خود را از چهار قطعه چوب‌پنبه که به وسیله پارچه به هم متصل بود بیرون آورد. دو قطعه چوب ها روی سینه و دو قطعه دیگر مانند کوله‌پشتی روی کتف او قرار گرفت. رفت جلوی عکسی که روی دستورالعمل ضروری بود ایستاد مطابق دستور بند آن را محکم کشید. سینه‌بند چسب تن او شد. بعد رفت جلوی آینه قیافه خودش را برانداز کرد.

از پریدگی رنگ خود تسید. شکل جانی‌هایی شده بود که در انتظار مرگ چندین ماه در زندان گرسنگی و بی‌خوابی کشیده باشند. خوابی که دیده بود به یادآورد و پیش خود تصور کرد زمانی که در دریا بیفتد چه وضع وحشتناکی خواهد داشت لرزه بر اندامش افتاد، زانوهایش سست شد، دندان‌هایش به هم می‌خوردبه طوری که صدایش را می شنید. نبض خودش را گرفت بی‌اراده چندین بار زیر لب گفت: «والرو...والرو...» صدایش خراشیده بود. سرش به شدت درد می‌کرد.در قلب خود با زن و بچه‌اش وداع کرد. اشک در چشمش حلقه زد و برگشت تا صورت خود را اقلاً نبیند. خواست سینه بند را باز کند، ولی یادش آمد که در موقع خطر بستن آن کار آسانی نیست و از لحاظ مال‌اندیشی ترجیح داد با سینه‌بند بخوابد، عرق سردی از سر تا پایش جاری بود و حس کرد که جداً ناخوش است.دو قرص

آسپرین خورد و در حالی که آیه الکرسی می‌خواند رفت روی تخت‌خواب به پهلو خوابید. ناراحت بود و ضربان قلبش که تند شده بود می‌شمرد.

هنوز چشمش بهم نرفته بود که دید کشتی آتش گرفته او بالای عرشه روی منبر ایستاده بود، ولی لباس زنانه به شکل ساری زن هندی که حلقه طلا در گوش و بینی خود کرده بود در برداشت. نطق مهیجی راجع بـه استعمال سینه‌بند نجات ایراد می کرد. در میان سکوت کشتی و نـاقوس‌هایی کـه می‌زدند، مجبور بود صدایش را دائماً بلندتر بکند و فاصله به فاصله دست در کیف خود می‌کـرد و عکس‌هایی در مـی‌آورد و روی سـر مـردم نثار می‌نمود. مسافرین از روی نا امیدی خودشان در دریا مـی‌انداختنـد ولـی ماهی‌های بزرگ با چشم‌های خشمگین درخشان آنها را ازمیان دو پاره می‌کردند، و روی آب پر از نعش‌های تکه تکه شده بود. یک مرتبه ملتفت شد، دید بچه‌هایش درقایق سیاهی نشسته بودند که رویش به خط سـفید نوشته بود: «آکسفورد» و مرد ایرانی انگلیسی‌دان را شناخت که پارو مـی‌زد آنها را به طرف مقصد نامعلومی می برد. همین که شعله‌هـای آتـش بـه او نزدیک شد، خودش را درآب انداخت، در همین وقت یک ماهی ترسناک بزرگ، بـا چشم‌هـای آتـشین بـه او حملـه‌ور شـده سینه‌اش را درمیان چهاردندان کند خود مثل چهار قطعه آجر گرفت و به سختی فشارداد به طوری که بی‌هوش شد.

صبح پیشخدمت هندو نعش سید نصرالله را درحالی کـه سـینه‌بنـد نجـات خفت گردن او شده بود در اطاقش پیدا کرد.

*

دو ماه بعد در کوچه حمام وزیر، جمیعت انبوهی دور مجسمه سـید نـصرالله ایستاده بودند که با یک دست کیفی به شکمش چسبانیده و با دست دیگر

اشاره به سوی هندوستان کرده. زیر پایش خفاشی به علامت عفریت جهل در حال نزع بود. آقای حکیم‌باشی‌پور با قیافهٔ متأثر و متألم کنار مجسمه روی منبری ایستاده نطق مفصلی در مناقب آن محروم ایراد می کرد. در ضمن نطق مکرر اشاره به آن فاجعه ناگوار فراموش نشدنی و فقدان آن هشتمین سبعه دنیا، فیلسوف دهر و دریای علم نمودند سپس نونهالان و نوباوگان میهن رامخاطب قرار داده نتیجه گرفت: «شما بایدپیوسته کردار، گفتار و پندار آن نابغه میهن‌پرست را که در راه میهن فداکاری و شهامت بی‌نظیری از خود بروز داد وعاقبت شربت شهادت را چشید، سرمشق خویش قرار بدهید و فریضه هر فرد میهن‌پرستی است که مجسمه یا لااقل شمایل این ادیب اریب و فاضل ارجمند را زیب دیوار خویش ساخته و به وجود چنین عناصر میهن‌پرستی تفاخر بکند و نیز سعی و کوشش بلیغ بنمایند که در راه میهن و خدمات معارفی (بغض بیخ گلویش را گرفت).

بعد از سه دقیق مکث: «مخصوصاً در فرهنگستان پیشنهاد خواهم کرد که کوچه حمام وزیر را «خیابان میهن‌پرست» بنامد و از علاقه‌ای که به پارسی سره و سرزمین آباء و اجدادی خودم دارم آن مرحوم را که سید نصرالله بود «پیروز یزدان» نامیده و لقب «میهن پرست» به وی می‌دهم.

اشتباه نکنید، آن فقید محروم نمرده است، البته بلکه به وسیله جان‌فشانی و فداکاری که در راه میهن نمود، مقام ارجمندی در قلب همه افراد میهن احراز کرد چنان که شیخ العرفا گفته:

«بعد از وفات تربت ما در زمین مجوی،

در سینه‌های مردم عارف مزار ماست!»

«در خاتمه من از ارباب جود و سخا تقاضا می‌کنم، اعانه‌ای فراهم بیاورنـد تـا کشتی مسافرتی «والرو» که قتل‌گاه آن مرحوم جنت مکان خلد آشیان است، از کمپانی خریداری و در موزه معارف حفظ بشود.»

بعد دست کرد در کیفی که همراه داشت و مقداری از آخرین عکس‌های سید نصرالله که موقع حرکتش گرفت شده بود درآورد و روی سر مستمعین نثار کرد. حضار عکس‌ها را از یکدیگر قاپیده روی قلب خودشان گذاشتند. سپس نونهالان و نوباوگان با چشم گریان و دل بریان پراکنده شدند.

پایان

مجموعه‌ی

سایه روشن

زنی که مردش را گم کرد

«به سراغ زن‌ها می‌روی؟ تازیانه را فراموش مکن.»

«زرتشت چنین گفت.»   ف.نیچه

صبح زود در ایستگاه قلهک آژان قد کوتاه صورت سرخی به شوفر اتومبیلی که آن‌جا ایستاده بود زن بچه بغلی را نشان داد و گفت:

ـ این زن می‌خواسته برود مازندران این‌جا آمده، او را به شهر برسانید ثواب دارد.

آن زن بی‌تامل وارد اتومبیل شد، گوشه چادر سیاه را به دندانش گرفته بود، یک بچه دوساله در بغلش و دست دیگرش یک دستمال بسته سفید بود. رفت روی نشیمن چرمی نشست و بچه‌اش را که موی بور و قیافه نوبه‌ای داشت روی زانویش نشاند. سه نفر نظامی و دو نفر زن که در اتومبیل بودند با بی‌اعتنائی به او نگاه کردند، ولی شوفر اصلا برنگشت به او نگاه بکند. آژان آمد کنار پنجره اتومبیل و به آن زن گفت:

ـ می‌روی مازندران چه بکنی؟

ـ شوهرم را پیدا بکنم.

ـ مگر شوهرت گم شده؟

- یک ماه است مرا بی‌خرجی انداخته رفته.

- چه می‌دانی که آن‌جاست؟

- کل غلام رفیقش به من گفت.

- اگر مردت آن‌قدر باغیرت است از آن‌جا هم فرار می‌کند، حالا چقدر پول داری؟

- دوتمن و دوهزار.

- اسمت چیست؟

- زرین‌کلاه.

- کجائی هستی؟

- اهل الویز شهریارم.

- عوض این که می‌خواهی بروی شوهرت را پیدا کنی برو شهریار، حالا فـصل انگور هم هسـت - برو پیش خویش و قوم‌هایت انگور بخور. بیخـود مـی‌روی مازندران، آن‌جا غریب گور می‌شوی، آن هم با این حواس جمعی که داری!

- باید بروم.

این جمله آخر را زرین‌کلاه با اطمینان کامل گفت، مثـل ایـن کـه تـصمیم او قطعی و تغییرناپذیر بود، و نگاه بی‌نور او جلوش خیره شـد، بـدون ایـن کـه چیزی را ببیند و یا متوجه کسی بشود به نظر می‌آمد که بی‌اراده و فکر حرف می‌زد و حواسش جای دیگر بود. بعد آژان دوباره روش را کرد بـه شـوفر و گفت:

- آقای شوفر، این زن را دم دروازه دولـت پیـاده بکنیـد و راه را نـشانش بدهید.

زرین‌کلاه مثل این که ازین حمایت آژان جسور شد گفت:

- من غریبم، به من راه را نشان بدهید ثواب دارد.

اتومبیل به راه افتاد، زرین‌کلاه بدون حرکت دوباره با نگاه بـی‌نـورش مثـل سگ کتک خورده جلو خودش را خیره شـد. چـشم‌هـای او درشـت، سـیاه، ابروهای قیطانی باریک، بینی کوچک، لب‌های برجسته گوشتالو و گونه‌های تو رفته داشت. پوست صورتش تازه، گندم‌گون و ورزیده بود. تمـام راه را در اتومبیل تکان خورد بدون این که متوجه کسی یا چیزی بشود. بچه او ساکت و غمگین به غش دائم بود، چرت می‌زد و یک انار آب لنبو در دسـتش بـود. نزدیک دروازه دولت شوفر اتومبیل را نگه داشت و راهی را که مستقیما به دروازه شمیران می‌رفت به او نشان داد. زرین‌کلاه هم پیاده شد و بی‌درنگ راه دراز و آفتابی را بچه به بغل و کول باره به دست در پیش گرفت.

دم دروازه شمیران زرین‌کلاه در یک گاراژ رفت و پس از نیم سـاعت چانـه زدن و معطلی صاحب گاراژ راضی شد با اتومبیل بارکش او را به « آسیاسـر » سر راه ساری برساند و شش ریال هم بابت کرایه از او گرفت. زرین‌کلاه را به اتومبیل بزرگی راهنمائی کردند که دور آن کیپ هم آدم نشسته بـود و بار و بندیلشان را آن میان چیده بودند. آن‌ها خودشان را به هم فشار دادند و یک جا برای او باز کردند که به زحمت آن میان قرار گرفت.

اتومبیل را آب گیری کردند، بوق کـشید، از خـودش بـوی بنـزین و روغـن سوخته و دود در هوا پراکنده کرد و در جاده گرم خاک آلود بـه راه افتـاد. دورنمای اطراف ابتدا یک نواخت بود، سپس تپـه‌هـا، کـوه و درخـت‌هـای

دوردست و پیچ و خم‌های راه چشم‌انداز را تغییر می‌داد. ولی زرین‌کلاه با همان حالت پژمرده جلوش را نگاه می‌کرد. در چندین جا اتومبیل نگه‌داشت و جواز مسافران را تفتیش کردند. نزدیک ظهر در شلنبه چـرخ اتومبیـل خراب شد و دسته‌ای از مسافران پیاده شدند. ولی زرین‌کلاه از جایش تکان نخورد، چون می‌ترسید اگر بلند بشود جایش را از دست بدهـد. دسـتمال بسته خودش را باز کرد، نان و پنیر از میان آن درآورد، یک تکه نان لترمه با پنیر به پسرش داد و خودش هم چند لقمـه خـورد. بچـه او مثـل گنجـشک تریاکی بی‌سرو صدا بود، پیوسته چرت می‌زد و به نظر می‌آمد کـه حوصـله حرف زدن و حتی گریه کردن را هم نداشت. بالاخره اتومبیل دوباره بـه راه افتاد و ساعت‌ها گذشت، از جابن و فیروزکوه رد شد و منظره‌های قـشنگ جنگل پدیدار گردید. ولی زرین‌کلاه همه این تغییرات را بـا نگـاه بـی‌نـور و بی‌اعتنا می‌نگریست و خوشی نهانی، خوشی مرموزی در او تولید شـده بـود. قلبش تند می‌زد، آزادانه نفس می‌کشید چون به مقصودش نزدیک می‌شد و فردا گل‌ببو شوهرش را می‌توانست پیدا بکند. آیا خانه او چه جـور اسـت، خویشانش چه شکل‌اند و با او چه جور رفتار خواهند کرد؟ پـس از یـک مـاه مفارقت آیا چطور با گل‌ببو برخورد می‌کند و چه مـی‌گویـد؟ ولـی خـودش می‌دانست که جلو گل‌ببو یک کلمه هم نمی‌توانست حـرف بزنـد، زبانش بی‌حس می‌شد و همه قوایش از او سلب می‌شد. مثل این بود که در گل‌ببو قوه مخصوصی بود که همه فکر، اراده و قوای او را خنثـا مـی‌کـرد و او تـابع محض گل‌ببو می‌شد. زرین‌کلاه می‌دانست که برعکس گل‌ببـو او را تهدیـد خواهد کرد و بعد هم شلاق، همان شلاق کذائی که الاغ‌هـا را بـا آن مـی‌زد بجان او می‌کشید. اما زرین‌کلاه برای همین می‌رفت، همـین شـلاق را آرزو می‌کرد و شاید اصلا می‌رفت که از دست گل‌ببو شلاق بخورد. هوای نمنـاک، جنگل، چشم انداز دل ربای اطراف آن، مردمانی که از دور کار مـی‌کردنـد،

مردی که باقبای قدک آبی کنار جاده ایستاده بود انگور می‌خورد، خانه‌های دهاتی که از جلوی او می‌گذشت، همه این‌ها زرین‌کلاه را بـه یـاد بچگـی خودش انداخت.

٭

دو سال می‌گذشت که زرین‌کلاه زن گل‌ببو شده بود. اولین بار که زرین‌کلاه گل‌ببو را دیـد یـک روز انگـور چیـنـی بـود. زریـن‌کـلاه بـا مهربانو دختر همسایه‌شان و موچول خانم و خواهرانش خورشید کلاه و بمانی خانم کارشان این بود که هر روز دسته جمعـی زن و مـرد و دخترهـا در موستان انگـور می‌چیدند و خوشه‌های درخشان را در لولا یا صندوق‌های چوبی می‌گذاشتند، بعد آن لولاها را می‌بردند کنار رودخانه سیاه‌آب زیر درخت چنار کهنی کـه بـه آن دخیـل مـی‌بستند و آن‌جـا مـادرش بـا گـوهر بـانو، ننـه عبـاس، خوشقدم‌باجی، کشورسلطان، ادی‌گلداد و خدایار صندوق‌ها را به ریش‌سفید پرندک، ماندگارعلی تحویل می‌دادند. درین روز لـولاکش تـازه وارد کـه صندوق‌ها را بارگیری می‌کرد گل‌ببوی مازندرانی بود و تصنیفی می‌خوانـد و به دخترها یاد می‌داد که اسباب تفریح همه شد، و همه آن‌ها دسته‌جمعی با هم می‌خواندند:

«گالش کوری آه‌های له له،
بویشیم بجار آه‌های له له.
ای پشته آجار، دو پشته آجار،
بیا بشیم بجار آه‌های له له،
بیا بشیم فاکون تو می‌خواهری.»

گل‌ببو تلفظ آن‌ها را درست می‌کرد، دخترها قهقهه می‌خندیدند و تا عـصر آن روز این کار دوام داشت. ولی بیشتر چیزی کـه گـل‌بـبو را طـرف توجـه

دخترها کرد تصنیف او نبود، بلکه خود او و جسارتش بود که قلب آن‌هـا و بخصوص زرین‌کلاه را تسخیر کرد. همین‌که زرین‌کلاه اندام ورزیده، گردن کلفت، لب‌های سرخ، موی بور، بازوهای سفید او کـه رویـش مـو در آورده بود دید، و مخصوصا چالاکی که در جا به جا کـردن لولاهـای وزیـن نـشـان می‌داد، خودش را باخت. به علاوه تمایلی که گل‌ببو به او ظاهر کـرد بـا آن نگاه‌های سوزانی که میان آن‌ها ردوبدل شد کافی بود زرین‌کلاه را که دختر چهارده ساله‌ای بیش نبود فریفته خودش بکند. زرین‌کلاه دلش غنج مـی‌زد، رنگ می‌گذاشت و رنگ بر می‌داشت، چون درین روز چیز تـازه‌ای کـشف کرد و حس نمود که تا آن روز در او سابقه نداشت. زیرا تا کـنـون او از مـرد چیز زیادی نمی‌دانست، مادرش همیشه او را کتک زده بـود و از او چشم‌زهره گرفته بود و خواهرانش که از او بزرگ‌تربودند با او هـم‌چـشمی می‌کردند و اسرار خودشان را از او می‌پوشیدند. اگرچه زرین‌کلاه اغلب بـه فکر مرد می‌افتاد ولی جرئت نمی‌کرد که از کسی بپرسد و مـی‌دانـست کـه این فکر بد است و بایـد از آن پرهیـز بکنـد. فقـط گـاهی مهربـانو دخـتر همسایه‌شان و خانم کوچولو و بلوری‌خانم با او راجع به اسرار مرد حـرف زده بودند و زرین‌کلاه را کنجکاو کرده بودند، به‌طوری که تا انـدازه‌ای چـشم و گوشش باز شده بود. حتی مهربانو برای او از مناسبات محرمانه خـودش بـا شیرزاد پسر ماند گارعلی نقل کرده بود، اما تمام این افکاری را که زرین‌کلاه از عشق و شهوت پیش خودش تصور کرده بود نگاه گل‌ببو تغییر داد، پایش سست شد و احساسی نمـود کـه ممکـن نبـود بتوانـد بگویـد همین‌قـدر می‌دانست تمام ذرات تنش گل‌ببو را می‌خواست و ازین ساعت محتاج به او بود و زندگی بدون گل‌ببو برایش غیر ممکن و تحمل‌ناپذیر بود. ولی از حسن اتفاق در آن روز زرین‌کلاه قبای سرخ نوی که داشت پوشیده بود و کلاغـی قشنگی که عمه‌اش از مشهد برایش آورده بود بـه سـرش پیچیـده بـود و

هفت لنگه گیس بافته از پشت آن بیرون آمده بود. به‌طوری که علاوه بر لطافت اندام و حرکات و خوشگلی صورت، لباس او بر زیبائیش افزوده بود. گویا به همین مناسبت بود که در میان صدها دختر و آن شلوغی گل‌ببو بر می‌گشت و دزدکی به او نگاه می‌کرد و لبخند می‌زد. و با زرنگی و موشکافی و احساساتی که ممکن است یک دختربچه داشته باشد شکی برای زرین‌کلاه باقی نماند که گل‌ببو به او مایل است و رابطه مخصوصی میان آن‌ها تولید شده. آیا در چنین موقع چه باید بکند؟ به قدری خون به سرعت در تنش گردش می‌کرد که حس کرد روی گونه‌هایش گرم شده، مثل این که آتش شعله می‌زد. آن قدر سرخ شده بود که شهربانو دختر کشورسلطان ملتفت او شد. آیا زرین‌کلاه می‌توانست چنین امیدی به خودش بدهد که زن گل‌ببو بشود، در صورتی که دو خواهر از خودش بزرگ‌تر داشت که هنوز شوهر نکرده بودند و به‌علاوه او از هر دو آن‌ها پیش مادرش سیاه‌بخت‌تر هم بود؟ چون پیش از این‌که به دنیا بیاید پدرش مرد و مادرش پیوسته به او سرزنش می‌کرد که تو سر پدرت را خورده‌ای و او را بدقدم می‌دانست. ولی در حقیقت چون بعد از آن که زرین‌کلاه را مادرش زائید نوبه کرد و دو ماه بستری شد به این علت از او بدش می‌آمد.

طرف غروب آن روز همه کارگرها از کار دست کشیدند و از لابلای بته‌های مو که مثل ریسمان‌های قهوه‌ای روی پستی و بلندی به‌هم بافته شده بود درآمدند و به طرف رودخانه سیاه آب رفتند و انگورها را به عادت هر روز به ریش سفید دهشان ماندگارعلی تحویل دادند. زرین‌کلاه و مادرش و مهربانو با گوگل که در راه به آن‌ها برخورد به طرف قلعه گلی خودشان که برج و باروی بلند داشت رهسپار شدند. در میان راه زرین‌کلاه برای مهربانو

از عشق خودش به گل‌ببو صحبت کرد و مهربانو از او دل‌داری کـرد و قـول داد هر کمکی از دستش بر بیاید درباره او کوتاهی نخواهد کرد.

چه شب سختی به زرین‌کلاه گذشت! شب مهتاب بود، خـوابش نمـی‌بـرد، بلند شد که آب بخورد. بعد رفت در ایوان خانه‌شان. نه، اصلا میل نداشـت بخوابد. نسیم خنکی می‌وزید، سینه‌اش باز بود ولی سرما را حس نمـی‌کـرد. صدای خرخر مادرش را که مانند اژدها در اطاق خوابیده بود می‌شنید. هـر دقیقه اگر بیدار می‌شد او را صدا می‌زد، ولی چه اهمیت داشـت؟ چـون در تمام وجود خودش احساس شورش و طغیان می‌کرد. پاورچین پاورچین رفت دم حوض، زیر درخت نارون ایستاد. درین ساعت مثل این بود کـه درخـت، زمین، آسمان، ستاره‌ها و مهتاب همه با او به زبان مخصوصی حرف می‌زدند. یک حالت غم‌انگیز و گوارائی بود که تا کنون حس نکرده بـود. او بـه خـوبی زبان درخت‌ها، آب‌ها، نسیم و حتی دیوارهای بلند خانه و قلعه‌ای کـه در آن حوض بود می‌فهمید و در خودش حس می‌کرد. ستاره‌ها مانند دانه‌های ژاله که در هوا پاشیده باشند، ضعیف و ترسو با روشنائی لرزان می‌درخـشیدند، همه آن‌ها و هر چیز معمولی و بی‌اهمیت به نظر او عجیب، غیر طبیعی و پر از اسرار آمد که معنی دور و مجهول داشت و هرگـز بـه فکر او نمـی‌رسـید. بی‌اراده دستش را روی سینه و پستان‌هایش کشید و برد تا روی بـازویش، زلف‌های او را نسیم هوا پراکنده کرده بود بالاخره کنار حـوض نشـست و بغض بیخ گلویش را گرفت، شروع کرد به گریه کردن و اشک‌های گرم روی گونه‌هایش جاری شد. این تن نرم و کمر باریک برای بغل کـشیدن گـل‌بـبو درست شده بود. پستان‌های کوچکش، بازویش و همه تنش بهتر بود که زیر گل برود، زیر خاک بپوسد تا این که در خانه مادرش با فحش و بدبختی چین بخورد و پستان‌هایش بپلاسد و زندگیش بیهوده و بی‌نتیجه و بی‌عشق تلـف

بشود. می‌خواست خودش را به خاک بمالد، پیرهنش را تکه تکه بکند تا از شر این بغض، این بدبختی که بیخ گلوی او را گرفته بود آسوده بـشود. زار زار گریه کرد، در این وقت تمام بدبختی‌های دوره زندگیش جلو او مجسم شد، فحش‌هائی که شنیده بود، کتک‌هائی که خورده بود - از همان وقت که بچه کوچک بود مادرش یک مشت به سر او می‌زد و یک تکه نان به دستش می‌داد و پشت در خانه‌شان مـی‌نـشاند و او با بچـه‌های کچـل و چشم‌دردی بازی می‌کرد. هرگز یک روی خوش یا کـم‌تـرین مهربانی از مادرش ندیده بود. همه این بدبختی‌ها ده مقابل بزرگ‌تر و ترسناک‌تر به نظرش می‌آمد. باز هم مهربانو و مادرش بودنـد کـه گـاهی از او دلجوئی می‌کردند و هر وقت مادرش او را می‌زد بخانه آن‌ها پناه می‌برد. زرین‌کلاه اشک‌هایش را با سر آستینش پاک کرد و حـس کـرد کـه کمـی آرام شـد. اضطراب و شورش او فروکش کـرد، احـساس آرامـش نمـود - یـک نـوع آسایش بی‌دلیلی بود که سرتاپای او را ناگهان فرا گرفت. چشم‌هـایش را بست، هوای ملایم را استنشاق کرد. ولی صورت گل‌ببو از جلو چشمش رد نمی‌شد، بازوهای قوی او که لنگه بارهای ده دوازده منی را مثل پرکـاه بـر می‌داشت و روی الاغ می‌گذاشت، موهای پاشنه نخواب بور، گـردن کلفـت سرخ، ابروهای پرپشت به هم پیوسته، ریش پرپشت به هم پیچیده، حـالا او پی برده بود که دنیای دیگری ورای دنیای محدودی که او تـصور مـی‌نمـود وجود دارد. بالاخره از حوض یک مشت آب به صورتش زد و بـر گـشت در رخت‌خوابش خوابید. اما خواب به چشمش نیامد، همـه‌اش در رخت‌خـواب غلت زد و با خودش نیت کرد که اگر به مقصودش برسد و زن گل‌ببو بشود همان طوری که خودش از زندان خانه پدری آزاد می‌شود یک کبوتر بخرد و آزاد بکند. چون ستاره دختر نایب عبدالله میرآب هم همین نذر را کرده بود و شوهر کرد.

صبح روز بعد، زرین‌کلاه با چشم‌های سرخ بی‌خوابی کشیده بلند شد و بـه انگورچینی رفت. سر راه کنار رودخانه سیاه آب پای درخت چنار مراد که در جوغین بود همان‌جا که گل‌ببو انگورها را باربندی کرده بود ایـستاد. از آثار دیروز مقداری برگ مو لگدمال شده و پشگل الاغ و پوست تخمه کـدو روی زمین ریخته بود. بعد زرین‌کلاه دست کرد از کنار یخه پیرهنش یک تریشنه در آورد و به شاخه درخت چنار نیت کرد و گره زد، ولی همین‌که برگشت، مهربانو به او برخورد و گفت:

- چرا امروز منتظر من نشدی؟ این‌جا چکار می‌کنی؟

- هیچ، من به خیالم هنوز خوابی، نخواستم بیدارت بکنم. امـروز صـبح خیلـی زود بیرون آمدم.

ولی مهربانو حرف او را برید و گفت:

- من می‌دانم، برای گل‌ببو است!

زرین‌کلاه برای مهربانو درد دل کرد و از بی‌خوابی‌خودش و نذری که کـرده بود همه را برایش گفت. با هم مشورت کردنـد و مهربانو بـاز هـم بـه او دلداری داد و قرار گذاشت با مادرش در این خصوص مذاکره بکنـد. چـون مادر مهربانو تنها کـسی بـود کـه زریـن‌کـلاه را دوسـت داشـت. صـبح را زرین‌کلاه هرچه انتظار کشید گل‌ببو را ندید، ولی مهربانو خبرش را آورد که گل‌ببو در بکه کار می‌کند. ظهر که برای ناهار به خانه بر گشتند، زریـن‌کـلاه رفت در اطاق پنج‌دری و درها را بست و جلـو آینـه لـب پریـده‌ای کـه در مجری خودش داشت موهایش را مرتب شانه زد و حالـت‌هـا و حرکـات صورت خودش را خوب دقت کرد تا برای عصر که گل‌ببو را ببیندچـه جـور بخندد و چه حرکتی بکند که به پسند خودش باشد. بالاخره لبخند مختصری

را پسندید، چون اگر خنده بلند می‌کرد دندان‌هایش که خوب نبود بیرون می‌آمد، و یک رشته از زلفش را روی پیشانیش انداخت و از روی رضایت لبخند زد. چون خودش را خوشگل و قابل دوست داشتن دید. مژه‌های بلند، لبخند دلربا، صورت بچگانه ساده و خطی که گوشه لب‌هایش می‌افتاد متناسب بود. سرخی تند گونه‌ها پوست گندم‌گون چهره‌اش را بهتر جلوه می‌داد و سرخی ترو براق لب‌ها که به رنگ انگور شاهانی بود، و دهن گرم او، به خصوص چشم‌ها، آن نگاه گیرنده که مادر مهربانو همیشه به او می‌گفت: «چشم‌هایت سگ دارد.» همه این‌ها او را از بسیاری دختران جوان دیگر ممتاز می‌کرد.

وقتی که بعد از ظهر زرین‌کلاه با مهربانو به انگورچینی برگشت در ته دل خوشحال بود، زیرا تصمیم گرفته بود که هر طور شده خودش را به گل‌ببو نشان بدهد، تعجب زرین‌کلاه بیشتر شد، چون گل‌ببو را آن‌جا دید و تمام بعد از ظهر در ضمن کار با شوخی و آواز خواندن گذشت. بر خلاف روزهای پیش که زرین‌کلاه پژمرده و غمناک بود، امروز شاد و خرم خوشه‌های انگور را می‌چید و با آن فال می‌گرفت. به این ترتیب که یک حبه انگور را او می‌کند و می‌خورد و یک دانه را هم مهربانو، و با خودش نیت می‌کرد اگر دانه آخر به او بیفتد به مقصودش خواهد رسید، یعنی زن گل‌ببو می‌شود. طرف غروب که پای درخت چنار برگشتند گل‌ببو و زرین‌کلاه باز چندین بار نگاه ردوبدل کردند. گل‌ببو به او لبخند زد و زرین‌کلاه هم جواب لبخند او را داد. همان طوری که در آینه پسندیده بود و با زبردستی مخصوصی سر خودش را تکان داد و یک رشته از زلفش روی پیشانیش افتاد.

تا چهار روز به همین ترتیب گذشت و هر روز جرئت و جسارت زرین‌کلاه بیشتر می‌شد و کم کم رابطه مخصوصی بین او و گل‌ببو برقرار کردند. تا این

که روز چهارم مهربانو برای زرین‌کلاه مژده آورد که مادرش کار را درست کرده. زرین‌کلاه از زور شادی روی لب‌های مهربانو را بوسید، چطور کار را درست کرده بود؟ با کی داخل مذاکره شده بود؟ زرین‌کلاه هیچ لازم نداشت که بفهمد. همین‌قدر می‌دانست که بعضی از پیر زن‌ها بیشتر از زندگی تجربه دارند و در برپا کردن عروسی و پادرمیانی زبر دست می‌باشند و راه‌هائی می‌دانند که هرگز به عقل جوان او نمی‌رسید. حالا می‌توانست به خودش امید بدهد که به مقصودش رسیده، ولی چیزی که مشکل بود رضایت مادر خودش بود که به محض شنیدن این مطلب ازجا در می‌رفت، ترقه می‌شد و از آن فحش‌ها و نفرین‌های آبدار که ورد زبانش بود به او می‌داد. چون روزی سه عباسی مزد زرین‌کلاه را او می‌گرفت. بالاخره بعد از اصرار و پافشاری مادر مهربانو، مادرش راضی شد و پس از کشمکش‌های زیاد یک دست لباس سرخ برای او گرفت. ولی هر تکه آن را که می‌برید نفرین و ناله می‌کرد و می‌گفت: «الاهی روی تخته مرده‌شور خونه بیفتی، وربپری، عروسیت عزا بشود، الاهی دختر جز جگر بزنی، حسرت بدلت بماند، جوان مرگ بشوی، با این شوهر لرپاپتی که پیدا کرده‌ای!» اما گوش زرین‌کلاه از این نفرین‌ها پر شده بود و دیگر در او اثر نمی‌کرد، یک دیگ مسی و یک سماور برنجی کوچک از بابت جهاز به او داد. یک روز طرف عصر مادر مهربانو مهمانی مفصلی از اهل ده کرده و زن‌های دهاتی شبیه عروسک نخودی، چارقد بسر و یا کلاغی زیر گلویشان بسته بودند، همه برای عروسی زرین‌کلاه جمع شدند. ولی خواهران او خورشیدکلاه و بمانی در آن مجلس حاضر نشدند. آخوند ده سیدمعصوم را آوردند و زرین‌کلاه را برای گل‌ببو عقد کرد. بعد برای شگون رفت بالای منبر و دو سه دهن روضه خواند. مادرش دستور داد روضه عروسی قاسم را بخواند و همه گریه کردند. وقتی که مجلس روضه تمام شد ماندگارعلی

و پسرش شیرزاد ساق‌دوش داماد شدند. زیر بغل او را گرفتند وارد مجلس کردند و او روی صندلی که شال کشیده شده بود نشست. آن وقت شیرزاد شروع کرد به پول جمع کردن، اول رفت جلو پدرش و با لبخند گفت: «بگذارید پدرم را جریمه بکنم». مهربانو که سینی دور می‌گردانید آمد سینی را جلو ماندگارعلی نگه‌داشت و او دو تومان در آورد در سینی انداخت. فورا طبالی که گوشه مجلس نشسته بود روی طبل زد و گفت: «دوتمن دادی خونه‌ات آبادان». و به همین ترتیب در حدود سی تومان برای زرین‌کلاه جمع کردند و مجلس به خوشی ور گذار شد.

فردا صبح زرین‌کلاه از خواهرها و مادرش خدانگه‌داری کرد. ولی مادرش در عوض این که با روی خوش از او پذیرائی بکند، تا دم در خانه مثل خوک تیر خورده با صورت آبله‌رو که شبیه پوست هندوانه‌ای بود که مرغ تک زده باشد دنبال او آمد و به او نفرین کرد. بعد زرین‌کلاه رفت خانه مهربانو از مادر او و خودش خدانگه‌داری کرد. روی مهربانو را بوسید و به او سپرد که شب جمعه یک شمع در آغابی‌بی سکینه روشن بکند و یک کبوتر هم آزاد بکند. آن وقت زرین‌کلاه بار و بندیل، سماور و دیگ مسی را برداشت رفت در میدان، پای درخت چنار مراد همان‌جا که گل‌ببو چشم براه او بود سوار الاغ شد و گل‌ببو هم روی الاغ دیگر نشست و با هم به سوی تهران روانه شدند. یک شب و یک روز در راه بودند. زرین‌کلاه از شادی می‌خواست پر بگیرد، بلند بلند حرف می‌زد. مهتاب بالا آمد و چندین بار گل‌ببو دست پرزورش را به گردن او انداخت و ماچ‌های محکم از روی لب‌هایش کرد. طعم دهن او شورمزه مثل طعم اشک چشم بود. گل‌ببو مخصوصا اسم زرین‌کلاه را به‌فال نیک گرفت چون اسم ده او در مازندران زرین‌آباد یا زرین‌کلا بود و این تصادف را در اثر قسمت دانست.

همین که به تهران رسیدند، مدت دو ماه در اطاق کوچکی که در محله سرچشمه گرفتند بخوشی گذشت. گل‌ببو روزها می‌رفت سر کار، زرین‌کلاه جاروب می‌زد، وصله می‌کرد و به کارهای خانه رسیدگی می‌کرد. و شب‌ها را هم با ناز و نوازش می‌گذرانیدند. به‌طوری که زرین‌کلاه بچگی خودش، خواهرانش و مادرش و حتی مهربانو را به‌کلی فراموش کرد. ولی بر پدر رفیق بد لعنت. سر ماه سوم اخلاق گل‌ببو عوض شد - هر شب در قهوه‌خانه رضاسیبیلو با کل‌غلام وافور می‌کشید، خرجی به‌زنش نمی‌داد. و چیزی که غریب بود به‌جای این‌که تریاک او را بی‌حس و بی‌اراده بکند، برعکس مثل یک وسواس و یا ناخوشی تا وارد خانه می‌شد شلاق را می‌کشید به جان زرین‌کلاه و او را خوب شلاقی می‌کرد. اول از او ایراد می‌گرفت، آن هم سرچیزهای جزئی، مثلا می‌گفت: چرا گوشه چادر نمازت سوخته، یا سماور را دیر آتش کردی و یا پریشب آب‌گوشت را زیاد شور کرده بودی، آن وقت چشم‌های دریده بی‌حالت او دور می‌زد و شلاق سیاه چرمی که سر آن دو گره داشت، همان شلاقی که به الاغ‌ها می‌زد دور سرش می‌گردانید و به بازو، به ران و کمر زرین‌کلاه می‌نواخت. زرین‌کلاه هم چادر نماز را به خودش می‌پیچید وآه و ناله می‌کرد، به‌طوری که همسایه‌ها دم اطاق آن‌ها می‌آمدند و به گل‌ببو فحش، نفرین و نصیحت می‌کردند. بعد گل‌ببو یک لگد به زرین‌کلاه می‌زد و شلاق را در طاقچه می‌انداخت. ولی ناله، زنجموره و گریه یک‌نواخت و عمدی زرین‌کلاه ساعت‌ها مداومت داشت. آن وقت گل‌ببو از روی کیف می‌رفت گوشه اتاق چنباتمه می‌نشست، پشتش را می‌داد به صندوق و چپقش را چاق می‌کرد. شلوار آبی کوتاه او از سر زانوهایش پائین می‌رفت و پای کشاله رانش جمع می‌شد. ساق‌های ورزیده قوی که به قدر یک وجب آن را مچ پیچ گرفته بود، با ران‌های سفید او که بیرون می‌آمد زرین‌کلاه را حالی به حالی می‌کرد. بعد گل‌ببو می‌گفت:

«زنیکه‌امشب چی داریم؟» زرین‌کلاه با ناز و کرشمه بلند می‌شد می‌رفت دیزی را می‌آورد و در بادیه مسی خالی می‌کرد. نان در بادیه تلیت می‌کردند و با پیاز خام آن را می‌خوردند و دستشان را با آستر لباسشان پاک می‌کردند. فقط وقتی که زری چراغ را پائین می‌کشید و می‌خواستند در رخت خواب سرخ که گل‌های سبز و سیاه داشت بخوابند، گل‌ببو روی چشم‌های اشک آلود شورمزه زرین‌کلاه را ماچ می‌کرد و با هم آشتی می‌کردند. این کار هر شب تکرار می‌شد. اگر چه زرین‌کلاه زیر شلاق پیچ و تاب می‌خورد و آه و ناله می‌کرد ولی در حقیقت کیف می‌برد. خودش را کوچک و ناتوان در برابر گل‌ببو حس می‌کرد، و هر چه بیشتر شلاق می‌خورد علاقه‌اش به گل‌ببو بیشتر می‌شد. می‌خواست دست‌های محکم ورزیده او را ببوسد، آن گونه‌های سرخ، گردن کلفت، بازوهای قوی، تن پشمالو، لب‌های درشت گوشتالو، دندان‌های محکم سفید، به خصوص بوی تن او، بوی گل‌ببو که بوی سر طویله را می‌داد، و حرکات خشن و زمخت او و مخصوصا کتک زدنش را از همه چیز بیشتر دوست داشت. آیا ممکن بود شوهری بهتر از او پیدا بکند؟ سر نه ماه زرین‌کلاه پسری زائید، ولی بچه که به دنیا آمد داغ دوتا خط سرخ به کمرش بود، مثل جای شلاق، و زرین‌کلاه معتقد بود این خط‌ها در اثر شلاقی است که گل‌ببو به او می‌زده و به بچه انتقال یافته. اما پسرش پیوسته علیل و ناخوش بود، زرین‌کلاه اسم مانده‌علی روی پسرش گذاشت و این اسم از اسم ماندگارعلی ریش‌سفید پرندک به او الهام شد که روی بچه‌اش گذاشت تا بماند و پا بگیرد.

چندی بعد کاسبی گل‌ببو کساد شد. یکی از الاغ هایش مرد و یکی دیگر را هم فروخت و پول آن هم خرج تریاک و دعا و معالجه نوبه‌اش شد، بعد هم به‌طور غیرمرتب به‌کار می‌رفت. تا این که سال بعد پنج تومان خرجی به

زرین‌کلاه داد و گفت که برای بیست روز می‌روم کار و برمی‌گردم. بیست روز او یک ماه شد و از یک ماه هم چند روز گذشت. اگرچه زرین‌کلاه عادت به صرفه‌جوئی داشت و از شکم خودش و بچه‌اش می‌زد و کار می‌کرد، و می‌توانست یک سال دیگر، دو سال دیگر هم انتظار بکشد. در صورتی که مطمئن باشد که گل‌ببو شوهر او است و خواهد آمد. چون زرین‌کلاه گمان می‌کرد هر زنی که گل‌ببو را ببیند طاقت نمی‌آورد، خودش را می‌بازد، و ممکن است خیلی زود شوهرش را رندان از دستش بیرون بیاورند. از این جهت در جستجوی او اقدام کرد. از هر جا و هر کس سراغ گل‌ببو را گرفت، کسی از او خبر نداشت. تا این که یک شب رفت دم قهوه‌خانه رضاسیبیلو، در را که باز کرد بوی دود تریاک بیرون زد، و سرتاسر صورت‌های زرد، چشم‌های از کاسه در آمده، شکل‌های باورنکردنی با نهایت آزادی افکار رنجور خودشان را در عالم خلسه و لاهوت می‌پروراندند، زرین‌کلاه کل‌غلام را شناخت، صدا زد و از او جویای حال شوهرش شد. کل‌غلام گفت:

- ببورو میگی؟ رفت اونجا که سال دیگه با برف پائین بیاد. تو رو ول کرده، زنو بچه به هم زده، رفته دهش زیناباد. بمن گفته به کسی سراغش‌رو ندم.

- زرین آباد؟

- آره، زیناباد.

شست زرین‌کلاه خبردار شد که گل‌ببو به او حقه زده و از دستش فرار کرده، رفته در دهش. چون برای او اغلب نقل کرده بود که خانواده‌اش در ده زرین‌آباد سر راه ساری است و در آنجا دو برادر و یک مشت زمین آب و علف هم دارند. گل‌ببو از تنبلی که داشت همیشه امال و آرزوی خودش را به او گفته بود که برود آن جا کار نکند، بخورد و بخوابد و به‌قول خودش: یک

خیار بخورد و پایش را بزند کمر دیوار و بخوابد. زرین‌کلاه به او وعده می‌داد که در آن‌جا برایش کار خواهد کرد. ولی گل‌ببو سرسرکی جواب او را می‌داد. این شد که زرین‌کلاه تصمیم فوری گرفت که برود مازندران و گل‌ببو را پیدا بکند. آیا یک ماه بس نبود؟ آیا می‌توانست باز هم چشم براه بماند؟ دوری گل‌ببو برایش تحمل‌ناپذیر بود. نفس گرم او، حرارت تنش، پشم‌های زمخت و آن بوی سرطویله و حالا در مفارقت و دوری او همه این خواص به طرز مرموز و دلربائی به نظر زرین‌کلاه جلوه می‌کرد، و به‌طور یقین او نمی‌توانست بدون گل‌ببو زندگی بکند. هر چه باداباد، او را می‌خواست، این دست خودش نبود. دو سال می‌گذشت که با او عادت کرده بود و یک ماه بود، یک ماه هم بیشتر که از شوهرش خبر نداشت.

زرین‌کلاه آرزو می‌کرد دوباره گل‌ببو را پیدا بکند تا با همان شلاقی که الاغ‌هایش را می‌زد او را شلاقی بکند، و دوباره یا فقط یک بار دیگر او را همان‌طوری که گاز می‌گرفت و فشار می‌داد در آغوشش بکشد. جای داغ‌های کبود شلاق که روی بازویش بود، روی این داغ‌ها را می‌بوسید و به صورتش می‌مالید و همه یادگارهای گذشته به طرز افسون‌گری به نظر او جلوه می‌کرد. می‌خواست سرتاپای گل‌ببو را ببوسد، ببوید، نوازش بکند. کاری که هیچ وقت جرئت نکرده بود حالا به قدر و قیمت او پی برده بود! همین که گل‌ببو با دست‌های زبر او را روی سینه خودش فشار می‌داد، حالت گوارائی به او دست می‌داد که نمی‌شد بیان کرد. ابروهای به هم پیوسته پرپشت، مژه‌های زمخت و ریش از آن زمخت‌تر قرمزرنگ حنا بسته، که مثل چوب جارو از صورتش بیرون زده بود، بینی بزرگ، دهن گشاد، لب‌های سرخ، وقتی که لواشک می‌خورد آرواره‌هایش مثل سنگ آسیا روی هم می‌لغزید و دندان‌های سفید محکمش را در آن فرو می‌برد،

چشم‌های درشت بی‌حالت او برق می‌زد، شقیقه‌هایش تکان می‌خورد. این قیافه که اگر بچه در تاریکی می‌دید می‌ترسید و گمان می‌کرد غول بی‌شاخ و دم است به چشم زرین‌کلاه قشنگ‌ترین سرها بود. بر عکس یاد خانه‌شان که می‌افتاد تنش می‌لرزید. آن فحش‌ها که خورده بود، تو سری، نفرین، هیچ دلش نمی‌خواست دوباره به آن نکبت و ذلت برگردد. آیا گل‌ببو فرشته نجات او نبود؟ ولی تنها کسی که دوست داشت مهربانو دختر همسایه‌شان بود که بی‌میل نبود او را ببیند، اما هرگز نمی‌خواست که به خانه‌شان برگردد، آن صورت‌های پیر، اخلاق‌هائی که بدتر شده بود، هیچ دلش نمی‌خواست آن‌ها را ببیند و مرگ را صدبار به آن ترجیح می‌داد تا دوباره به الویز برگردد. یادش افتاد که روز عروسیش کشورسلطان داریه می‌زد و می‌خواند:

«خونه بابا نون و انجیل　　　خونه شوور چوغ و زنجیل،

ایشالا مبارکبادا!»

زرین‌کلاه چوب و زنجیر خانه شوهر را به نان و انجیر خانه پدرش ترجیح می‌داد و حاضر بود گوشه کوچه گدائی بکند و به آن‌جا نرود، نه، هنوز نفرین‌های مادرش، روز عروسیش که دستور داد روضه عروسی قاسم را بخوانند و هق هق گریه کرد فراموش نکرده بود. آن دست‌های استخوانی خال کوبیده که به اجاق خانه‌شان می‌زد، مثل این که باقوای مجهولی حرف می‌زد و کمک می‌خواست. به او نفرین می‌کرد و می‌گفت: «همین اجاق گرم بگیردت. الاهی جزجگر بزنی، عروسیت عزا بشود ... » بعد هم آن‌جا باز امر و نهی بشنود، چپ بخندد هزار جور فحش، راست بجنبد هزار جور تهمت. آن‌وقت به او سر کوفت بزند بگوید: «مگر من نگفتم که این تیکه از دهن تو زیاد است؟ تو لایق نیستی، گل‌ببو برای تو شوهر نمی‌شود.» و هی از آن

فحش‌های آبدار به او بدهد! زرین‌کلاه از این فکر چندشش شد. نه، او هـر ذلتی را ترجیح می‌داد بر این که به خانه مادرش برگردد.

از این‌رو زرین‌کلاه نمی‌خواست این فکر را به خودش راه بدهد کـه دیگـر گل‌ببو را نخواهد دید، تنها گل‌ببو بود که می‌توانست نگاه بی‌نورش را روشن بکند، و جان تازه‌ای در کالبد پژمـرده او بدمـد. بـه هـر قیمتـی کـه بـود می‌خواست او را پیدا بکند. بر فرض هم که زن دیگـر گرفتـه باشـد یـا او را نخواهد، ولی همین‌قدر در نزدیکی او که بود برایش کافی بود. و اگر سر راه گل‌ببو گدائی هم می‌کرد، اقلا روزی یک بار او را می‌دید. اگر او را مـی‌زد، از خودش می‌راند، تحقیر می‌کرد باز بهتر از این بود که به خانـه‌اش برگـردد. نمی‌خواست، زور که نبود، ساختمان او این طور درست شده بـود. بچـه‌اش مانده‌علی هم یک وجودی بود که هیچ انتظارش را نداشت و علاقه‌ای بـرای او حس نمی‌کرد. همان طوری که مادر خودش برای او علاقه‌ای نشان نداده بود. ولی عجالتا احتیاج به وجود او پیدا کرده بود. چون شنیده بود کـه بچه میخ میان قیچی است و حالا با این اسلحه که در دست داشت امیدوار بـود. شاید بتواند این محبت از هم‌گسسته را به وسیله بچـه‌اش دوبـاره جـوش بدهد. به او غذاهای خوب می‌خورانید، برایش میوه می‌گرفت تا به او عادت بگیرد، و علاقه کمی که برای بچه‌اش داشت از این جهت بود که موی سرش به رنگ موی گل‌ببو بود. و برای این که بچه گریه نکند و بهانـه نگیـرد، یـک گلوله کوچک تریاک به او می‌داد و بچه با چشم‌های خمار دائم در چرت بود. زرین‌کلاه اطمینان کامل داشت که پرسان پرسان گل‌ببو را پیدا خواهد کـرد و قلبش، میل و احساساتش به او می‌گفت که به مقصودش خواهـد رسـید، این میل و فراست طبیعی که هیچ وقت او را گول نزده بود.

همان روزی که تصمیم گرفت دنبال شوهرش برود، یک شمع بــه ســقاخانه نزدیک منزلشان نذر کرد تا گل‌ببو را پیدا بکند. بعد سماور برنجــی و دیــگ مسی که تمام جهاز او بود به سه تومان و چهار قران فروخت. دوازده قــران قرض خودش را به دکان‌دارهــای محلــه‌شــان داد، دو تومــان و دو قــران دیگرش را برای خرج سفرش برداشت. هر چه خرده ریــز داشــت در یــک مجری کهنه ریخت و گرو قرضش آن را پیش صاحبخانه به امانت گذاشت. بعد در یک بغچه دو پیرهن و یک دست لباس برای مانده‌علی با قدری نــان و پنیر و دو تیکه لواشک از همان لواشک‌هــائی کــه گــل‌بــبو آن قــدر خــوب می‌خورد گذاشت، و پس از سه روز دوندگی برای مازندران جــواز گرفت. فردایش صبح خنکا به راه افتاد، ولی از حواس‌پرتی که داشت به جای این که برای مازندران اتومبیل بگیرد، اشتباها به شمیران رفت و آژان آنجــا او را بــا اتومبیل دیگر برگردانید و دوباره دم دروازه شمیران برای مازندران اتومبیل گرفت.

٭

در شاهی اتومبیل ایست کرد، هوا کم کم تاریــک مــی‌شــد. ســاختمان‌هــای تازه‌ساز، آمد و رفت مردم، مردهائی کــه قبــای آبــی، گیــوه و تنبــان آبــی پوشیده بودند درست شبیه گل‌ببو بودند. دو نفر از مسافران آن‌جــا پیــاده شدند و قدری جا باز شد. دوباره اتومبیل به‌راه افتاد. هوا نمنــاک، گرفتــه و تاریک شده بود. زرین‌کلاه آرامــش و خوشــی مرمــوزی در خــودش حــس می‌کرد، مثل خوشی کسی که بدون پول، بدون امید و بدون آتیه لنجاره‌کش در یک شهر غریب می‌رود. تنش خسته، لبش تــشنه بــود و کمــی احــساس گرسنگی می‌کرد. ولی حرکت و صدای یک‌نواخت اتومبیل، هــوای تاریــک، آدم‌هائی که دور او چرت می‌زدنــد، صــدای نفس یــک‌نواخت پسرش و

به‌خصوص خستگی او را وادار به چرت زدن کرد. وقتی که بیدار شد در شهر ساری بود. دستمال بسته‌اش را برداشت، بچه‌اش را بغل گرفت و از اتومبیل پیاده شد. شهر در تاریکی و خاموشی فرورفته بود، مثل این‌که خانه‌هـا، درخت‌ها و سبزه‌ها از دود و یا دوده سیاه نرم و موقتی درست شده بـود. صدای ناله مرغی از دور فاصله به فاصله خاموشی را می‌شکست، یک نالـه شکوه‌آمیز دور دست بـود. چراغ‌هـا از دور سوسـو مـی‌زدنـد، در ایـوان بالاخانه‌ای یک دختر با چادر سفید ایستاده بود. اما زرین‌کـلاه هـیچ اطـراف خودش را نگاه نمی‌کرد و صدای دیگری را به جز صدای گل‌ببو نمی‌شـنید و چیز دیگری جز صورت گل‌ببو جلو چشمش نبود. دم بقـالی دو نفـر نشـسته بودند. از آن‌ها سراغ زرین آباد را گرفت. یکی از آن‌ها گفت کـه سـر راه ساری است. یک کاسه آب آن‌جا بود آن را برداشت و سر کشید. بدون جا و بدون اراده کمی رفت زیرا هیچ جا و هیچ کس را نمی‌شناخت. ولی با وجـود همه این‌ها چون مطمئن بود که نزدیک‌تر به گل‌ببو است اضطراب او از بین رفته بود. و این‌جا به نظرش خودمانی و مهمان نواز می‌آمد. بالاخره از گوشه چارقدش یک قران در آورد نان تازه با سبزی و شیره خرید و رفت جلو در خانه‌ای پائین چراغ نشست، دستمال بسته‌اش را باز کرد، شامش را خـورد و به پسرش هم داد. بعد بلند شد رفت زیر یک طاقی خوابید. صبح زود کـه بیدار شد رفت در میدان شهر و پس از یک ساعت چانـه زدن الاغـی را بـه چهار قران و ده شاهی طی کرد تا او را به زرین آباد برساند. سوار شد، هـوا ابر، موذی سمج بغض کرده بود و تهدید مرموز و ساکتی می‌نمود، به‌طوری که قلب را خفه می‌کرد، پیشانی پسرش را پشه زده بود و بـاد کـرده بـود. مدت‌ها روی الاغ تکان خورد، از میان سبزه‌ها، از زیر آفتاب و بـاران از تـوی لجن‌زار گذشت. دورنمای اطراف بی‌اندازه قشنگ، کوه‌های سبز، جلگه‌های خرم، ابرهای سفید و خاکستری مثل زیر شکم مرغابی بود و پیوسته جوربجور

می‌شد. در آسیاسر که رسید دوباره باران گرفت، رگبار تند بود. چادر بسرش خیس شد، زیر درخت پناه بردند، بوی نشاسته و بوی پرک و کثافت گرفته بود. دوباره به‌راه افتادند. زرین‌کلاه مانده‌علی را به بغلش چسبانیده بود و فقط جلوی پای الاغ را خیره نگاه می‌کرد. قلبش می‌زد و همه‌اش بفکر اولین برخوردی بود که با گل‌ببو خواهد کرد. تا این که نزدیک ظهر وارد زرین‌آباد شد. همین که زرین‌کلاه در میدان گاهی پیاده شد و خواست از گوشه چارقدش پول در بیاورد، نگاه کرد دید گوشه چارقدش باز است و پول در آن نیست. آیا کسی دزدیده بود؟ نه، کسی نمی‌توانست پول را از گوشه چارقد او بزند بدون این که بفهمد. آیا فراموش کرده بود و یا تقصیر گیجی و حواس پرتی او بود؟ همه این‌ها ممکن بود ولی عجالتا دردش دوا نمی‌شد. بعد از داد و بیداد خر کچی که لهجهٔ ترکی داشت دستمال بسته او را از دستش گرفت و الاغش را سوار شد و هی کرد و رفت. ولی باز هم چه اهمیتی داشت. آیا زرین‌کلاه به مقصودش نرسیده بود، آیا در نزدیکی گل‌ببو و در ده او نبود؟ حالا می‌رود خانه گل‌ببو را پیدا می‌کند، شرح مسافرت خودش را می‌دهد و کارش یک طرفه می‌شود. هزارها تومان ازین پول‌ها فدای یک موی گل‌ببو! دور خودش را نگاه کرد، این دهکده کوچک منظره تو سری خورده و پست افتاده داشت و در ته یک دره واقع شده بود. دور آن را کشت‌زارهای حاصلخیز گرفته بود. و مثل این به نظر می‌آمد که دهکده و مردمش همه به خواب رفته بودند. یک سگ گله از دور پارس می‌کرد و صدای مردی می‌آمد که می‌گفت: «ببو ... ببو هو ... » ازین اسم دل زرین‌کلاه تو ریخت، ولی دید مردی که به طرف صدا می‌رود ببوی او نیست. زیر چهار دیوار دو غاز چرت می‌زدند و یک مرغ با دقت تمام با چنگالش خاک را زیرو رو می‌کرد، پخش می‌کرد و در آن چینه جستجو می‌کرد. روی خاکروبه یک سطل شکسته و یک تکه پارچه سبز

پاره و پوست خیار افتاده بود. کمی دورتر دو مرغ کـز کـرده بودنـد و هـر کدام یک پایشان را زیر بالشان گرفته بودند. زمزمه آهسته‌ای که از گلـوی تازه گنجشک‌ها در می‌آمد موقتا حالت خودمانی وترو تازه بـه آن‌جـا داده بود. در میدان سه تا پسر بچه دهاتی با دهن بازمانده به او نگاه می‌کردند. یک پیرمرد کنار دکان عطاری روی تیرها نشسته بود و یک دسـته مرغـابی وحشی با جار و جنجال به شکل خط زنجیـر روی آسـمان پـرواز مـی‌کردنـد. زرین‌کلاه پیش پیرمرد رفت و گفت:

- خانه بابا فرخ کجاست؟

او با دستش خانه نسبتا بلندی را که از دور پیدا بود نشان داد و گفت:

- آن سره راهارش اتا مهتابی دارنه همانجوئه[1].

زرین‌کلاه پسرش را بغل زد و با یک دنیا امید به طرف آن خانه رفت. همین که جلو خانه رسید در زد، و زن مسنی که صورت آبله‌رو داشت دم در آمد:

- کینه کار دارنی؟

- گل‌ببو را می‌خواستم به بینم.

- ورنه چکار دارنی؟

- من زن گل‌ببو هستم از تهرون آمده‌ام، این هم مانده علی پسرش است.

- خوب، خوب، گل‌ببو آن زنا را ول‌ها کرده وره طلاق هدائه، بیخود گنی.

بعد رویش را کرد به طرف حیاط و داد زد:

- ببو هو... ببو هو...

---

[1] آن خانه را نگاه کن، یک مهتابی دارد، همان‌جاست.

هیکل نتراشیده گل‌ببو با پیراهن یخه‌باز، پشت چشم بادکرده و خواب آلوده دم در پیدا شد که یک مشت پشم از توی گلویش بیرون زده بود، و زن زرد لاغری با چشم‌های درشت کنار او آمد و خودش را به گل‌ببو چسبانید. داغ شلاق به بازو و پیشانی او دیده می‌شد، می‌لرزید، بازوی گل‌ببو را گرفته بود، مثل این که می‌ترسید شوهرش را از دست او بگیرند. همین که گل‌ببو زرین‌کلاه را دید فریاد زد:

«- ببوجان، ببو...من آمدم.

ولی گل‌ببو به او رک نگاه کرد و گفت:

- برو، برو، من ترا نمی‌شناسم.

آن پیرزن به میان آمد و گفت:

- مه ریکای جانه جاچی خوانی؟ بی‌حیا زنا خجالت نکشنی، ته این وچه را مول‌ها کردی اساخوانی مه ریکای گردن بنگنی؟[1]

گل‌ببو گفت: - «حواست پرت است عوضی گرفته‌ای.»

زرین‌کلاه‌هاج و واج مانده بود. ولی این انکار گل‌ببو را پیش بینی نکرده بود. از این حرکت آن‌ها احساس تنفری در او تولید شد که همه محاسن گل‌ببو را فراموش کرد و با لحن تمسخر آمیزی گفت:

- پس بچه‌ات را بگیر بزرگ کن، من هیچ خرجی ندارم.

مادر گل‌ببو گفت: - این وچه بیخ تخمه، من چه دومیه ته وره از کجا بیوردی؟[1]

---

[1] از جان پسرم چه می‌خواهی؟ زن بی‌حیا خجالت نمی‌کشی، این بچه تو حرامزاده است حالا می‌خواهی به گردن پسرم بیندازی؟

زرین‌کلاه فهمید که قافیه را باخته است، نگاه خودش را به صورت گل‌ببو دوخت ولی صورت او خشم‌ناک و چشم‌هایش به‌حالت درنده‌ای بود که تاکنون در او سراغ نداشت. حالتی بود که نشان می‌داد زندگیش تامین شده، ارباب شده و به آرزوی خودش رسیده. نمی‌خواهد به خودش دغدغه راه بدهد و از نگاه تحقیرآمیزی که به او می‌کرد پیدا بود که اصلا حاضر نیست او را ببیند. زرین‌کلاه فهمید که اصرار زیاد بیهوده است، و با حسرت جای شلاق‌های روی تن زن جوانی که خودش را به گل‌ببو چسبانیده بود نگاه کرد، بعد با یک حرکت از روی بی‌میلی برگشت. در صورتی که کاس‌آغا مادر گل‌ببو، شبیه مادر خودش دست‌های استخوانیش را تکان می‌داد و به زبانی که او نمی‌فهمید فحش و نفرین می‌کرد. زرین‌کلاه با گام‌های آهسته به طرف میدان برگشت. ولی در راه فکری از خاطرش گذشت، ایستاد و بچه‌اش را که چرت می‌زد جلو در خانه‌ای گذاشت و به او گفت:

– ننه جون تو این‌جا بنشین، من بر می‌گردم.

بچه آرام و فرمان بردار مثل عروسک پنبه‌ای آن‌جا نشست. ولی زرین‌کلاه دیگر خیال نداشت که برگردد و حتی ماچ هم به بچه‌اش نکرد. چون این بچه بدرد او نمی‌خورد، فقط یک بار سنگین و نان‌خور زیادی بود و حالا آن را از سرش باز کرد. همان طوری که او را گل‌ببو وازده بود و مادر خودش او را رانده بود، همان طوری که مهر مادری را از مادرش آموخته بود. نه، او احتیاجی به بچه‌اش نداشت، دستش به‌کلی خالی شد، بدون یک شاهی پول، بدون بچه، بدون بارو بندیل بود، نفس راحت کشید. حالا او آزاد بود و تکلیف خودش را می‌دانست. به میدان که رسید دور خودش را نگاه کرد.

---

[1] این بچه حرامزاده است من چه می‌دانم تو آن را از کجا آورده‌ای؟

پیرمرد هنوز روی تیرهای کنار دکان عطاری نشسته بود، چرت می‌زد. مثـل این بود که تمام عمرش را روی این تیرها گذرانیده بود و همان‌جا پیر شـده بود. آن سه بچه دهاتی نزدیـک دکـان خـاک بـازی مـی‌کردنـد. همـه بـا بی‌اعتنائی مشغول کار خودشان و گذرانیـدن وقـت بودنـد و خـروس لاری بزرگی که او ندیده بود بال‌هایش را به هم زد و با صدای دو رگه می‌خواند. کسی برنگشت به او نگاه بکند. مثل این بود که زندگی به پیش آمـدهای او هیچ اهمیتی نمی‌گذاشت. آیا چه بسرش خواهد آمد؟ بی‌باعث و بانی هر چه زودتر می‌خواست فرار بکند که اقلا از دست بچـه‌اش بگریـزد. حـالا همـه بارهای مسئولیت از روی دوش او برداشته شده بود. هوا گرم، نمناک و دم کرده بود و هرم گرمی مثل های دهن آدم تب‌دار در هوا پیچیده بود.

بی‌اراده، بی‌نقشه، با قدم‌های تند، زرین‌کلاه از جلو خانـه‌هـا و از کوچـه‌هـا گذشت. همین که کنار کشت‌زارها و سبزه‌ها رسید شاهراهی کـه جلـوش بود در پیش گرفت. ولی در همین وقـت مـرد جـوانی را دیـد کـه شـلاق بدست، قوی، سرخ و سفید سوار الاغ بود و یک الاغ هم جلو او مـی‌دویـد و زنگوله‌ها به گردن آن‌ها جینگ جینگ صدا می‌کرد. همین که نزدیک او شد زرین‌کلاه به او گفت:

- ای جوان ثواب دارد.

آن مرد الاغش را نگه داشت و گفت:

- چی خوائی؟

- من غریبم، کسی را ندارم. مرا هم سوار کن.

با دستش الاغ را نشان داد. آن مـرد الاغـش را نگـه داشـت. پیـاده شـد و زرین‌کلاه را سوار کرد. خودش هـم روی الاغ دیگـر جـست زد، ولـی اصـلا

برنگشت که به صورت او نگاه بکند. بعد شلاق را دور سـرش چرخانیـد بـه کپل الاغ زد. زنگوله‌ها جینگ جینگ صدا کردند و بـه راه افتادنـد. از کنـار جوزار که می‌گذشتند آن جوان دست کرد یک ساقه جو را کند بـه دهـنش گذاشت و به آهنگ مخصوصی که به گوش زرین‌کلاه آشنا آمـد سـوت زد. این همان آهنگی بود که گل‌ببو در موقع انگورچینی می‌خواند، همان روزی که در موستان به او برخورد:

«گالش کوری آه‌های له له،

بوشیم بجار آه‌های له له.

ای پشته آجار، دو پشته آجار،

بیا بشیم بجار آه‌های له له.

بیا بشیم فاکون تو می خواهری!»

زرین‌کلاه تمام زندگیش، جوانیش، نفرین مادرش، بعد آن شب مهتابی که با گل‌ببو به تهران می‌آمد، نفرین مادر گل‌ببو همه از جلوش گذشـت. اگرچـه تشنه و گرسنه بود ولی ته دلش خوشحال شد. نمی‌دانست چرا سوار شـد و به کجا می‌رود، ولی با وجود همه این‌ها با خودش فکر کرد: «شاید این جوان هم عادت به شلاق زدن داشته باشد و تنش بوی الاغ و سر طویله بدهد!»

عروسک پشت پرده

تعطیل تابستان شروع شده بود. در دالان لیسه پـسرانه لوهـاور شـاگردان شبانه‌روزی چمدان به دست، سوت‌زنان و شـادی‌کنان از مدرسـه خـارج می‌شدند. فقط مهرداد کلاهش را بـه‌دسـت گرفتـه و ماننـد تـاجری کـه کشتیش غرق شده باشد به حالت غم‌زده بالای سر چمدانش ایستاده بـود. ناظم مدرسه با سر کچل، شکم پیش آمده به او نزدیک شد و گفت:

ـ شما هم می‌روید؟

مهرداد تا گوش‌هایش سرخ شد و سرش را پائین انـداخت، نـاظم دوبـاره گفت:

ـ ما خیلی متاسفیم که سال دیگر شما در مدرسه ما نیستید. حقیقتا از حیـث اخلاق و رفتار شما سرمشق شاگردان ما بودید، ولی از من به شما نـصیحت، کم‌تر خجالت بکشید، کمی جرئت داشته باشید، برای جوانی مثل شما عیـب است. در زندگی باید جرئت داشت!

مهرداد به جای جواب گفت:

ـ من هم متاسفم که مدرسه شما را ترک می‌کنم!

ناظم خندید، زد روی شانه‌اش، خدانگه‌داری کرد، دسـت او را فـشار داد و دور شد. دربان مدرسه چمدان مهرداد را برداشت و تا آخر خیابان آنـاتول

فرانس آن را همراهش برد و در « تاکسی » گذاشت. مهرداد هم به او انعام داد و از هم خداحافظی کردند.

نه ماه بود که مهرداد در مدرسه لوهاور مشغول تکمیل زبان فرانسه بود. روزی که در پاریس از رفقایش جدا شد مثل گوسفندی که به زحمت از میان گله جدا بکنند، مطیع و پخته به‌طرف لوهاور روانه گردید. طرز رفتار و اخلاق او در مدرسه طرف تمجید ناظم و مدیر مدرسه شد. فرمان‌بردار، افتاده و ساکت، در کار و درس دقیق و موافق نظام‌نامه مدرسه رفتار می‌کرد. ولی پیوسته غمگین و افسرده بود. به جز ادای تکلیف و حفظ کردن دروس و جان کندن چیز دیگری را نمی‌دانست. به نظر می‌آمد که او به دنیا آمده بود برای درس حاضر کردن، و فکرش از محیط درس و کتاب‌های مدرسه تجاوز نمی‌کرد. قیافه او معمولی، رنگ زرد، قد بلند، لاغر، چشم‌های گرد بی‌حالت، مژه‌های سیاه، بینی کوتاه و ریش کوسه داشت که سه روز یک مرتبه می‌تراشید. زندگی منظم و چاپی مدرسه، خوراک چاپی، درس چاپی، خواب چاپی و بیدار شدن چاپی روح او را چاپی بار آورده بود. فقط گاهی مهرداد میان دیوارهای بلند و دوده زده مدرسه و شاگردانی که افکارش با آن‌ها جور نمی‌آمد، زبانی که درست نمی‌فهمید، اخلاق و عاداتی که به آن آشنائی نداشت، خوراک‌های جور دیگر، حس تنهائی و محرومی می‌نمود، مثل احساسی که یک نفر زندانی بکند. روزهای یکشنبه هم که چند ساعت اجازه می‌گرفت و به گردش می‌رفت، چون از تآتر و سینما خوشش نمی‌آمد، در باغ عمومی جلو بلدیه ساعت‌های دراز روی نیمکت می‌نشست، دخترها و مردم را که در آمد و شد بودند، زن‌ها را که چیز می‌بافتند، سیاحت می‌کرد و گنجشک‌ها و کبوترهای چاهی را که آزاد روی چمن می‌خرامیدند تماشا می‌کرد. گاهی هم به تقلید دیگران یک تکه نان با

خودش می‌برد، ریز می‌کرد و جلو گنجشک‌ها می‌ریخت و یا این‌که می‌رفت کنار دریا بالای تپه‌ای که مشرف به فارها بود می‌نشست، بـه‌امـواج آب و دورنمای شهر تماشا می‌کرد - چون شنیده بود لامارتین هـم کنار دریاچه بورژه همین کار را می‌کرده. و اگر هـوا بـد بـود در یک کافـه درس‌های خودش را از بر می‌کرد. و از بس که گوشت تلخ بود دوست و هم مـشرب نداشت و ایرانی دیگری را هم نمی‌شناخت که با او معاشرت کند.

مهرداد از آن پسرهای چشم و گوش بسته بود که در ایران میان خانواده‌اش ضرب‌المثل شده بود و هنوز هم اسم زن را که می‌شنید از پیشانی تا لاله‌های گوشش سرخ می‌شد. شاگردان فرانسوی او را مسخره می‌کردند و زمانی کـه از زن، از رقـص، از تفـریح، از ورزش، از عـشق‌بـازی خودشان نقل می‌کردند، مهرداد همیشه از لحاظ احترام حرف‌های آنها را تصدیق می‌کرد، بدون این‌که بتواند از وقایع زندگی خودش به سـرگذشت‌هـای عاشقانه آن‌ها چیزی بیفزاید. چون او بچه ننه، ترسو، غمناک و افسرده بار آمده بود، تا کنون با زن نامحرم حرف نزده بود و پدر و مادرش تا توانسته بودند مغز او را از پند و نصایح هزار سال پیش انباشته بودند. و بعد هم بـرای ایـن کـه پسرشان از راه در نرود، دختر عمویش درخشنده را بـرای او نـامزد کـرده بودند و شیرینش را خورده بودند - و این را آخرین مرحله فداکاری و منت بزرگی می‌دانستند که به سر پسرشان گذاشته بودند و به قول خودشان یک پسر عفیف و چشم و دل پاک و مجسمه اخلاق پرورانیده بودند کـه بـه درد دو هزار سال پیش می‌خورد. مهرداد بیست و چهار سالش بـود ولی هنوز به‌اندازه یک بچه چهارده ساله فرنگی جسارت، تجربه، تربیت، زرنگی و شجاعت در زندگی نداشت. همیشه غمناک و گرفته بود. مثل این‌که منتظر بود یک روضه‌خوان بالای منبر برود و او گریه بکنـد. تنهـا یادگـار عـشقی او

منحصر می‌شد به روزی که از تهران حرکت می‌کرد و درخشنده با چشم اشک‌آلود به مشایعت او آمده بود. ولی مهرداد لغتی پیدا نکرد که به او دلداری بدهد. یعنی خجالت مانع شد - هر چند او با دختر عمویش در یک خانه بزرگ شده و در بچگی هم بازی یک دیگر بودند، تا زمانی که کشتی کراسین از بندر پهلوی جدا شد، آب دریا را شکافت و ساحل ایران سبز و نمناک، آهسته پشت مه و تاریکی ناپدید گردید هنوز به یاد درخشنده بود. چند ماه اول هم در فرنگ اغلب او را به یاد می‌آورد ولی بعد کم کم درخشنده را فراموش کرد.

در مدت تحصیل مهرداد چندین تعطیل در مدرسه شد، ولی تمام این تعطیل‌ها را او در مدرسه ماند و مشغول خواندن درس‌هایش بود، و همیشه به خودش وعده می‌داد که تلافی آن را برای سه ماه تعطیل تابستان در بیاورد. حالا که با رضایت‌نامه بلندبالا از مدرسه خارج شد و در خیابان آناتول فرانس به هیکل دودزده مدرسه آخرین نگاه را کرد و پیش خودش از آن خدانگه‌داری کرد، یک سر رفت در پانسیونی که قبلا دیده بود یک اطاق گرفت و همان شب اول از بسکه سرگذشت‌های عاشقانه و کیف‌های هم شاگردی‌هایش را از تعریف گران تاورن، کازینو، دانسینگ رویال[1] و غیره شنیده بود، در همان شب هفتصد فرانک پس‌انداز خودش را با هزار و هشتصد فرانک ماهیانه‌اش را در کیف بغلش گذاشت و تصمیم گرفت که برای اولین بار به کازینو برود.

سر شب ریشش را تراشید، شامش را خورد و پیش از این‌که به کازینو برود، چون هنوز زود بود به قصد گردش به سوی کوچه پاریس رفت که کوچه پرجمعیت و شلوغ لوهاور بود و به بندر منتهی می‌شد. مهرداد آهسته راه

---

[1] Grand Tavern, Casino, Dancing Royal

می‌رفت و از روی تفنن اطراف خودش را نگاه می‌کرد، پشت شیشه مغازه‌ها را دقت می‌کرد ـ او پول داشت، آزاد بود، سه ماه وقت در پیش داشت و امشب هم می‌خواست ازین آزادی خودش استفاده بکند و به کازینو بـرود. این بنای قشنگی که آن قدر از جلوی آن گذشته بود و هـیچ وقـت جرئت نمی‌کرد که در آن داخل بشود، حالا امشب به آن‌جا خواهد رفت و شـاید، کی می‌داند چند دختر هم عاشق دلخسته چشم و ابـروی سـیاه او بـشوند! همین‌طور که با تفنن می‌گذشت، پشت شیشه مغازه بزرگی ایـستاد و نگاه کرد. چشمش افتاد به مجسمه زنی با موی بور که سرش را کج گرفته بود و لبخند می‌زد. مژه‌های بلند، چشم‌های درشت، گلوی سـفید داشـت و یـک دستش را به کمرش زده بود. لباس مغز پسته‌ای او زیـر پرتـو کبـود رنـگ نورافکن این مجسمه را به طرز غریبی در نظر او جلـوه داد. بـه‌طوری کـه بی‌اختیار ایستاد، خشکش زد و مات و مبهوت بـه بحـر آن فـرو رفت. ایـن مجسمه نبود، یـک زن، نه بهتر از زن یک فرشته بود که به او لبخنـد مـی‌زد. آن چشم‌های کبود تیـره، لبخنـد نجیـب دلربـا، لبخنـدی کـه تـصورش را نمی‌توانست بکند، اندام باریک ظریف و متناسب، همه آن‌ها مافوق مظهـر عشق و فکر و زیبائی او بود. به اضافه این دختر با او حـرف نمـی‌زد، مجبـور نبود با او به حیله و دروغ اظهار عشق و علاقـه بکنـد، مجبـور نبـود بـرایش دوندگی بکند، حسادت به ورزد، همیشه خاموش، همیشه بـه یـک حالـت قشنگ، منتهای فکر و آمال او را مجسم می‌کرد. نه خوراک می‌خواست و نـه پوشاک، نه بهانه می‌گرفت و نه ناخوش می‌شد و نه خرج داشت. همیـشه راضی، همیشه خندان، ولی از همه این‌ها مهمتر این بود کـه حـرف نمـی‌زد، اظهار عقیده نمی‌کرد و ترسی نداشت که اخلاقشان با هم جور نیاید. صورتی که هیچ وقت چین نمی‌خورد، متغیر نمی‌شد، شکمش بالا نمی‌آمد، از ترکیب نمی‌افتاد. آن وقت سرد هم بود. همه ایـن افکـار از نظـرش گذشـت. آیـا

می‌توانست، آیا ممکن بود آن را بدست بیاورد، ببوید، بلیسد، عطری که دوست داشت به آن بزند، و دیگر از این زن خجالت هم نمی‌کشید. چون هیچ وقت او را لو نمی‌داد و پهلویش رودربایستی هم نداشت و او همیشه همان مهرداد عفیف و چشم و دل پاک می‌ماند. اما این مجسمه را کجا بگذارد؟

نه، هیچ‌کدام از زن‌هائی که تا کنون دیده بود به پای این مجسمه نمی‌رسیدند. آیا ممکن بود به پای آن برسند؟ لبخند و حالت چشم او به طرز غریبی این مجسمه را با یک روح غیرطبیعی به نظر او جان داده بود. همه خطها، رنگ‌ها و تناسبی که او از زیبائی می‌توانست فرض بکند این مجسمه به بهترین طرز برایش مجسم می‌کرد. و چیزی که بیشتر باعث تعجب او شد این بود که صورت آن رویهم رفته بی‌شباهت به یک حالت‌های مخصوص صورت درخشنده نبود. فقط چشم‌های او میشی بود در صورتی که مجسمه کبود، موهای او خرمائی بود ولی موهای مجسمه بور بود. اما درخشنده همیشه پژمرده و غمناک بود، در صورتی که لبخند این مجسمه تولید شادی می‌کرد و هزار جور احساسات برای مهرداد بر می‌انگیخت.

یک ورقه مقوائی پائین پای مجسمه گذاشته بودند، رویش نوشته بود ۳۵۰ فرانک. آیا ممکن بود این مجسمه را به سیصد و پنجاه فرانک به او بدهند؟ او حاضر بود هر چه دارد بدهد، لباس‌هایش را هم به صاحب مغازه بدهد و این مجسمه مال او بشود. مدتی خیره نگاه کرد، ناگهان این فکر برایش آمد که ممکن است او را مسخره بکنند. ولی نمی‌توانست ازین تماشا دل بکند، دست خودش نبود، از خیال رفتن به کازینو به کلی چشم پوشیده و به نظرش آمد که بدون این مجسمه زندگی او بیهوده بود و تنها این مجسمه

نتیجه زندگی او را تجسم می‌داد. اگر این مجسمه مال او بود، اگر همیشه می‌توانست به آن نگاه بکند! یک مرتبه ملتفت شد که پشت شیشه همه‌اش لباس زنانه گذاشته بودند و ایستادن او در آن‌جا چندان تناسب نداشت، و پیش خودش گمان کرد همه مردم متوجه او هستند، ولی جرئت نمی‌کرد که وارد مغازه بشود و معامله را قطع بکند. اگر ممکن بود کسی مخفیانه می‌آمد و این مجسمه را به او می‌فروخت و پولش را از او می‌گرفت تا مجبور نمی‌شد که جلو چشم مردم این کار را بکند، آن وقت دست‌های آن شخص را می‌بوسید و تا زنده بود خودش را رهین منت او می‌دانست. از پشت شیشه دقت کرد، در مغازه دو نفر زن با هم حرف می‌زدند، و یکی از آن‌ها او را با دستش نشان داد. تمام صورت مهرداد مثل شله سرخ شد، بالای مغازه را نگاه کرد دید نوشته: «مغازه سیگران نمره ۱۰۲» خودش را آهسته کنار کشید، چند قدم دور شد.

بدون اراده راه افتاد، قلبش می‌تپید، جلو خودش را درست نمی‌دید. مجسمه با لبخند افسون‌گرش از جلو او رد نمی‌شد و می‌ترسید مبادا کسی پیش‌دستی بکند و آن را بخرد. در تعجب بود چرا مردمان دیگر آن‌قدر بی‌اعتنا به این مجسمه نگاه می‌کردند. شاید برای این بود که او را گول بزنند، چون خودش می‌دانست که این میل طبیعی نیست!

یادش افتاد که سرتاسر زندگی او در سایه و در تاریکی گذشته بود. نامزدش درخشنده را دوست نداشت، فقط از ناچاری، از رودربایستی مادرش به او اظهار علاقه می‌کرد. با زن‌های فرنگی هم می‌دانست که به این آسانی نمی‌تواند رابطه پیدا بکند، چون از رقص، صحبت، مجلس‌آرائی، دوندگی، پوشیدن لباس شیک، چاپلوسی و همه کارهائی که لازمه آن بود گریزان بود، به علاوه خجالت مانع می‌شد و جربزه‌اش را در خود نمی‌دید.

ولی این مجسمه مثل چراغی بود که سرتاسر زندگی او را روشن می‌کرد - مثل همان چراغ کنار دریا که آن قدر کنار آن نشسته بود و شب‌ها نور قوسی شکل روی آب دریا می‌انداخت. آیا او آن‌قدر ساده بود، آیا نمی‌دانست که این میل مخالف میل عموم است و او را مسخره خواهند کرد؟ آیا نمی‌دانست که این مجسمه از یک مشت مقوا و چینی و رنگ و موی مصنوعی درست شده، مانند یک عروسک که به دست بچه می‌دهند؟ نه می‌تواند حرف بزند، نه تنش گرم است و نه صورتش تغییر می‌کند. ولی همین صفات بود که مهرداد را دلباخته آن مجسمه کرد. او از آدم زنده که حرف بزند، که تنش گرم باشد، که موافق یا مخالف میل او رفتار بکند، که حسادتش را تحریک بکند، می‌ترسید و واهمه داشت. نه، این مجسمه را برای زندگیش لازم داشت و نمی‌توانست ازین به بعد بدون آن کار بکند و به زندگی ادامه بدهد. آیا ممکن بود همه این‌ها را با سیصد و پنجاه فرانک به دست بیاورد؟

مهرداد از میان مردم دستپاچه که در آمد و شد بودند با فکر مغشوش می‌گذشت، بی‌آن‌که کسی را در راه ببیند و یا متوجه چیزی بشود. مثل یک آدم مقوائی، مثل مجسمه بی‌روح و بی‌اراده راه می‌رفت، مثل آدمی که شیطان روحش را تسخیر کرده باشد و همین‌طور که می‌گذشت زنی را دید که رودوشی سبز داشت و صورتش غرق بزک بود، بی‌مقصد و اراده دنبال آن زن افتاد. او از کنار کلیسا در کوچه سن ژاک پیچید که کوچه باریک و ترسناکی بود با ساختمان‌های دود زده، و تاریک. آن زن در خانه‌ای داخل شد که از پنجره باز آن آهنگ رقص فکس‌تروت که در گرامافون می‌زدند شنیده می‌شد، که فاصله به فاصله با آواز سوزناک انگلیسی همان آهنگ را تکرار می‌کرد. او مدتی ایستاد تا صفحه تمام شد ولی هیچ به کیفیت این ساز

نمی‌توانست پی ببرد. این زن کی بود و چرا آن‌جا رفت؟ چرا دنبالش بود؟ دوباره به راه افتاد. چراغ‌های سرخ میکده‌های پست، مرده‌های قاچاق، صورت‌های عجیب و غریب، قهوه‌خانه‌های کوچک و مرموز که به فراخور این اشخاص درست شده بود یکی بعد از دیگری از جلو چشمش می‌گذشت. جلو بندر نسیم نمناک و خنکی می‌وزید که آغشته به بوی پرک، بوی قطران و روغن‌ماهی بود. چراغ‌های رنگین سر دیرک‌های آهنین چشمک می‌زدند. در میان همهمه و جنجال کشتی‌های بزرگ و کوچک، قایق و کرجی بادبان‌دار، یک دسته کارگر، دزد و پاچه ورمالیده، همه جور نمونه نژاد حضرت آدم دیده می‌شد، از آن دزدهای قهار که سورمه را از چشم می‌دزدند، مهرداد بی‌اراده تکمه‌های کت خودش را انداخت و سینه‌اش را صاف کرد. بعد با قدم‌های تندتر به طرف شوسه اتازونی رفت که سدی از سمنت جلو آن ساخته شده بود. کشتی بزرگی کنار دریا لنگر انداخته بود و چراغ‌های آن ردیف از دور روشن بود. ازین کشتی‌هائی که مانند دنیاهای کوچک، مثل شهر سیار آب دریا را می‌شکافت و با خودش یک دسته مردمان با روحیه و قیافه و زبان‌های عجیب و غریب از ممالک دور دست به بندر وارد می‌کرد و بعد خرده خرده آن‌ها جذب و هضم می‌شدند.این مردمان غریب، این زندگی‌های عجیب را یکی یکی از جلو چشمش می‌گذرانید، صورت بزک کرده زن‌ها را دقت می‌کرد. آیا این‌ها بودند که مردها را فریفته و دیوانه خودشان کرده بودند؟ آیا این‌ها هر کدام مجسمه‌ای به مراتب پست‌تر از آن مجسمه پشت شیشه مغازه نبودند؟ سرتا سر زندگی به نظرش ساختگی، موهوم و بیهوده جلوه کرد. مثل این بود که درین ساعت او درماده غلیظ و چسبنده‌ای دست و پا می‌زد و نمی‌توانست خودش را از دست آن برهاند. همه چیز به نظرش مسخره بود؛ هم‌چنین آن پسر و دختر جوانی که دست به گردن جلو سد نشسته بودند، به نظر او مسخره بودند.

درس‌هائی که خوانده بود، آن هیکل دود زده مدرسه، همه این‌ها به نظرش ساختگی، من در آری و بازیچه آمد. برای مهرداد تنها یک حقیقت وجود داشت و آن مجسمه پشت شیشه مغازه بود. ناگهان برگشت، با گام‌های مرتب از میان مردم گذشت و همین که جلو مغازه سیگران رسید ایستاد. دوباره نگاهی به مجسمه کرد، سر جای خودش بود، مثل این‌که برای اولین بار در زندگیش تصمیم گرفت. وارد مغازه شد. دختر خوشگلی با لباس سیاه و پیش‌بند سفید لبخند مصنوعی زد. جلو آمد و گفت:

- آقا چه فرمایشی داشتید؟

مهرداد با دست پشت شیشه را نشان داد و گفت:

- این مجسمه را.

- لباس مغزپسته‌ای را می‌خواستید؟ ما رنگ‌های دیگرش را هم داریم. اجازه بدهید. دو دقیقه صبر بکنید، بفرمائید الان کارگر ما می‌پوشد به تنش به‌بینید. لابد برای نامزد خودتان می‌خواهید. همین رنگ مغزپسته‌ای را خواسته بودید؟

- ببخشید، مجسمه را می‌خواستم.

- مجسمه! چطور مجسمه؟ مقصودتان را نمی‌فهمم.

مهرداد ملتفت شد که پرسش بی‌جائی کرده ولی خودش را از تنگ و تا نینداخت، فورا مثل این که به او الهام شد گفت:

- بله، مجسمه را همین‌طور که هست با لباسش، چون من خارجی هستم و مغازه خیاطی دارم، این مجسمه را همین‌طور که هست می‌خواستم.

- آه! این مشکل است، باید از صاحب مغازه بپرسم، (رویش را کرد به طرف زن دیگری و گفت:) آهای سوزان، مسیو لئون را صدا بزن.

مهرداد به طرف مجسمه رفت، مسیو لئون با ریش خاکستری، قـد کوتـاه، بدنی چاق، لباس مشکی و زنجیر ساعت طـلا بعـد از مـذاکره بـا آن دختـر فروشنده به طرف مهرداد آمد و گفت:

- آقا شما مجسمه را خواسته بودید؟ چون همکار هستیم به شما همین‌طـور با لباسش دو هزار و دویست فرانک می‌دهم با تخفیف نهصد فرانک. چـون برای خودمان این مجسمه دو هزار و هفتصد و پنجـاه فرانـک تمـام شـده. لباسش هم سیصد و پنجاه فرانک ارزش دارد. این قشنگ‌ترین مجسمه‌ای است که از چینی خالص ساخته شده، به شما تبریک می‌گویم، معلوم می‌شود شما هم خبره هستید. این کار آرتیست معروف «دوکـرو» اسـت. چـون مـا می‌خواستیم مجسمه‌هائی به طرز جدید بیاوریم اینست که به ضرر خودمان این مجسمه را می‌فروشیم، ولی بدانید بطور استثناء است، چون معمولا اثاثیه مغازه را ما به مشتری نمی‌فروشیم و ضمنا تذکر می‌دهم که می‌توانیم آن را در صندوقی برای شما به بندیم.

مهرداد سرخ شده بود؟ نمی‌دانست در مقابل نطق مفصل و مهربان صاحب مغازه چه بگوید. به عوض جواب دست کرد کیف بغلی خـودش را در آورد، دو اسکناس هزار فرانکی و یک پانصد فرانکی به دست صاحب مغازه داد و سیصد فرانک پس گرفت. آیا با سیصد فرانک می‌توانست یک ماه زنـدگی بکند؟ چه اهمیتی داشت چون به منتها درجه آرزوی خودش رسیده بود!

٭

پنج سال بعد از این پیش آمد مهرداد با سه چمدان که یکـی از آنهـا خیلـی بزرگ و مثل تابوت بود وارد تهران شد. ولی چیزی که اسباب تعجب اهل خانه شد مهرداد با نامزدش درخشنده خیلی رسمی برخـورد کـرد و حتـی سوغات هم برای او نیاورد. روز سوم که گذشت مادرش او را صدا زد و بـه او سرزنش کرد. مخصوصا گوشزد کرد در این مدت شش سال درخشنده بهامید او در خانه مانده است، و چندین خواستگار را رد کـرده و بـالاخره او مجبور است که درخشنده را بگیرد. اما این حرفها را مهرداد با خونسردی گوش کرد و آب پاکی را روی دست مادرش ریخت و جـواب داد کـه مـن عقیدهام برگشته و تصمیم گرفتهام که هرگز زناشوئی نکنم. مادرش متاثر شد و دانست که پسرش همان مهرداد محجوب فرمانبردار پیش نیست. این تغییر اخلاق را در اثر معاشـرت بـا کفـار و تزلـزل در فکر و عقیـده او دانست. اما بعد هم هر چه در اخلاق، رفتار و روش او دقت کردند چیزی که خلاف اظهار او را ثابت بکند ندیدند و نفهمیدند که بالاخره او در چه فرقه و خطی است. او همان مهرداد ترسو و افتاده قدیم بـود، تنهـا طـرز افکـارش عوض شده بود، و اگر چـه چنـدین نفـر مواظـب رفتـار او شـدند ولـی از مناسبات عاشقانهاش چیزی استنباط نکردند.

اما چیزی که اهل خانه را نسبت به مهرداد ظنین کرد این بود که او در اطاق شخصی خودش پشت در گاه مجسمه زنی را گذاشته بـود کـه لبـاس مغـز پستهای در بر داشت، یک دستش را به کمرش زده بود و دست دیگـرش به پهلویش افتاده بود و لبخند میزد. یک پرده قلمکار هم جلـو آن آویـزان بود و شبها، وقتی که مهرداد به خانه بر مـیگشت درهـا را مـیبـست، صفحه گرامافون را میگذاشت، مشروب میخورد و پرده را از جلو مجسمه عقب میزد، بعد ساعتهای دراز روی نیمکت روبروی مجسمه مینشـست

و محو جمال او می‌شد. گاهی که شراب او را می‌گرفت بلند می‌شد، جلو می‌رفت و روی زلف‌ها و سینهٔ آن را نوازش می‌کرد. تمام زندگی عشقی او به همین محدود می‌شد و این مجسمه برایش مظهر عشق، شهوت و آرزو بود.

پس از چندی خانواده‌اش و مخصوصا درخشنده که درین قسمت کنجکاو بود پی بردند که سری درین مجسمه است. درخشنده به طعنه اسم این مجسمه را عروسک پشت پرده گذاشته بود. مادر مهرداد برای امتحان چندین بار به او تکلیف کرد که مجسمه را بفروشد و یا لباسش را به جای سوغات به درخشنده بدهد. ولی همیشه مهرداد خواهش او را رد می‌کرد. از طرف دیگر درخشنده برای این که دل مهرداد را بدست بیاورد، سلیقه و ذوق او را ازین مجسمه دریافت. موی سرش را مثل مجسمه داد زدند و چین دادند، لباس مغز پسته‌ای به همان شکل مجسمه دوخت، حتی مد کفش خودش را از روی مجسمه برداشت و روزها که مهرداد از خانه می‌رفت، کار درخشنده این بود که می‌آمد در اطاق مهرداد، جلو آینه تقلید مجسمه را می‌کرد. یک دستش را به کمرش می‌زد، مثل مجسمه گردنش را کج می‌گرفت و لبخند می‌زد، و مخصوصا آن حالت چشم‌ها، حالت دل‌ربا که در عین‌حال به صورت انسان نگاه می‌کرد و مثل این بود که در فضای تهی نگاه می‌کند، می‌خواست اصلا روح این مجسمه را تقلید بکند. شباهت کمی که با مجسمه داشت این کار را تا اندازه‌ای آسان کرد. درخشنده ساعت‌های دراز همه جزئیات تن خود را با مجسمه مقایسه می‌کرد و کوشش می‌نمود که خودش را به شکل و حالت او در آورد و زمانی که مهرداد وارد خانه می‌شد، به شیوه‌های گوناگون و با زرنگی مخصوصی خودش را به مهرداد نشان می‌داد. در ابتدا زحماتش به هدر می‌رفت و مهرداد به او محل

نمی‌گذاشت. این مسئله سبب شد که بیشتر او را به این کار ترغیب و تهییج بکند و به این وسیله کم کم طرف توجه مهرداد شد. و جنگ درونی، جنگ قلبی در او تولید گردید. مهرداد فکر می‌کرد از کدام یک دست بکشد؟ از انتظار و پافشاری دختر عمویش حس تحسین و کینه در دل او تولید شده بود. از یک طرف این مجسمه سردرنگ پاک شده با لباس رنگ‌پریده که تجربه جوانی و عشق، و نماینده بدبختی او بود و پنج سال بود که با این هیکل موهوم بیچاره احساسات و میل‌هایش را گول زده بود. از طرف دیگر دختر عمویش که زجر کشیده، صبر کرده، خودش را مطابق ذوق و سلیقه او درآورده بود، از کدام یک می‌توانست چشم بپوشد؟ ولی حس کرد که به این آسانی نمی‌تواند ازین مجسمه که مظهر عشق او بود صرف نظر بکند. آیا وی یک زندگی به خصوص، یک مکان و محل جداگانه در قلب او نداشت؟ چقدر او را گول زده بود، چقدر با فکرش تفریح کرده بود، برای او خوشی تولید شده بود و در مخیله او این مجسمه نبود که با یک مشت گل و موی مصنوعی درست شده باشد، بلکه یک آدم زنده بود که از آدم‌های زنده بیشتر برای او وجود حقیقی داشت. آیا می‌توانست آن را روی خاکروبه بیندازد یا به کس دیگر بدهد. پشت شیشه مغازه بگذارد و نگاه هر بیگانه‌ای به اسرار خوشگلی او کنجکاو بشود و با نگاه‌شان او را نوازش بکنند و یا آن را بشکنند، این لب‌هائی که آن قدر روی آن‌ها را بوسیده بود، این گردنی که آن قدر روی آن را نوازش کرده بود؟هرگز. باید با او قهر بکند و او را بکشد، همان طوری که یک نفر آدم زنده را می‌کشند، بدست خودش آن را بکشد. برای این مقصود مهرداد یک رولور کوچک خرید. ولی هر دفعه که می‌خواست فکرش را عملی بکند تردید داشت.

یک شب که مهرداد مست و لایعقل، دیرتـر از معمـول وارد اطـاقش شـد، چراغ را روشن کرد. بعد مطابق پرگرام معمولی خـودش پـرده را پـس زد، شیشه مشروبی از گنجـه در آورد، گرامـافون را کـوک کـرد، یـک صـفحه گذاشت و دو گیلاس مشروب پشت هم نوشید. بعد رفت و روی نیمکت جلو مجسمه نشست و به او نگاه کرد.

مدت‌ها بود که مهرداد صورت مجسمه را نگاه می‌کرد ولی آن را نمی‌دیـد، چون خودبخود در مغز او شکلش نقش می‌بست. فقط این کـار را بـه طـور عادت می‌کرد چون سال‌ها بود که کارش همین بود. بعـد از آن کـه مـدتی خیره نگاه کرد، آهسته بلند شده و نزدیک مجسمه رفت، دسـت کـشید روی زلفش، بعد دستش را برد تا پشت گـردن و روی سـینه‌اش ولـی یـک مرتبه مثل این که دستش را به آهن گداخته زده باشـد، دسـتش را عقـب کشید و پس پس رفت. آیا راست بود، آیا ممکن بود، این حـرارت سـوزانی که حس کرد؟ نه جای شک نبود. آیا خواب نمی‌دید، آیا کابوس نبود؟ در اثر مستی نبود؟ با آستین چشمش را پاک کرد و روی نیمکت افتاد تا افکارش را جمع آوری بکند. ناگاه در همین وقت دید مجسمه با گام‌های شمرده کـه یک دستش را به کمرش زده بود می‌خندید و به او نزدیک می‌شد. مهرداد مانند دیوانه‌ها حرکتی کرد که فرار بکند، ولی در این وقت فکری به نظرش رسید، بی‌اراده دست کرد در جیب شلوارش رولور را بیرون کـشید و سـه تیر به صورت مجسمه پشت هم خالی کرد. ناگهان صـدای نالـه‌ای شـنید و مجسمه به زمین خورد. مهرداد هراسان خم شد و سر آن را بلند کـرد. امـا این مجسمه نبود، درخشنده بود که در خونش غوطه می‌خورد!

آخرین لبخند

«روی زمین هیچ‌چیز پایدار نیست. زندگی مانند شراره‌ای است که از اصطکاک چوب پیدا شده، زمانی روشن می‌شود و دوباره خاموش می‌گردد. ولی مـا نمـی‌دانیـم از کجا آمده و به کجا خواهد رفت.» بودا

در اطاق با شکوهی که با شمع‌های متعدد و خوشبو روشن و از قـالی‌هـای بی‌مانند مفروش و بدنه دیوار از پارچه‌های ابریشمی گران‌بها پوشیده شده بود، روزبهان برمکی، آزادبخت برمکی، گشواد برمکی سردار لشگر خراسان و برزان برمکـی رئیـس خـراج، دور هـم جمـع شـده بودنـد تـا راجـع بـه پیش‌آمدهای دربار خلیفـه مـشورت بکننـد. کـلاه آن‌هـا پوستـی بلنـد و خرقه‌های ترمه پوشیده بودند. جلوشان‌جام‌های شراب، میوه و شـیرینی در ظرف‌های گران‌بها چیده شده بود. به قدری حرکات، لباس و وضع آن‌ها بـا هم جور می‌آمد، به قدری این مجلس با جلال و شکوه بود که به نظر می‌آمد یک تکه از زندگی اشرافی پایمال شده دوره ساسانیان دوباره جان گرفتـه و زنده شده بود.

آزادبخت با حرارت مخصوصی دستش را تکان می‌داد و می‌گفت:

– از خلیفه هر چه بگوئید بر می‌آید،ُ من از اول در صداقت او شک داشتم. و حالا که احتیاجی به ما ندارد، ضدیت خودش را آشکار خواهد کرد.

گشواد گفت: ـ چیزی که به ضرر ما تمام شد نفاقی است که میـان جعفـر و پدر و برادرانش افتاده. جعفر از روی دیوانگی نقشه مـا را خـراب کـرد. آن حکایت عشق‌بازی او با عباسه، زنیکه چهل‌ساله! بعد هم همدست شدن او بـا عبدالملک صالح که بر ضد خلیفه اقدام کرده بود و مبلغ گزافی که از خزانه برداشت به او داد و مچش باز شد. همه این کارهای جعفر بود که هارون را نسبت به برمکیان بدگمان کرد. در صـورتی کـه اقـدامات یحیـی و فضـل سنجیده و از روی فکر است.

برزان گفت: ـ حالا هم مدتی است که خلیفه نسبت به جعفر سـرد شـده و زراره بن محمد را رفیق کیف و مجالس بزم خودش کرده. و از قـراری کـه موسی در کاغذ خودش به من نوشته بود، هارون یحیی بن عبدالله را کـه بـا جعفر ساخته بود حبس می‌کند و به جعفر فرمان می‌دهـد او را بکـشد، ولـی جعفر او را آزاد می‌کند و فضل بن ربیع این خبر را به‌هارون می‌دهد و همین بیشتر باعث کدورت بین خلیفه و برمکیان شده.

آزادبخت: ـ این دلیل نمی‌شود که‌هارون همه برمکیان را غضب بکند. چـون از اول خودش حامی جعفر بود و می‌دانست که میان او با پـدر و بـرادرانش خوب نیست.

برزان: ـ این یکی از علل آن است، ولی مخالفت عیسی پسر ماهان را نبایـد فراموش کرد. همین مرد که به کمک یحیی به حکومت خراسان رسیـد بـه خلیفه خبر داده که برمکیان به‌دین نیاکانشان علاقـه دارنـد و بـی‌دینـی و مجوسی و دین زرتشتی را تشویق می‌کنند. به همین مناسبت مـدتی اسـت که‌هارون چند نفر را ناظر اعمال و کارهای ما کرده است. از طرف دیگر بـه موسی نسبت طغیان و سرکشی داده‌اند. یکی از خویشان خلیفه به او نوشته: «بسیاری از مردم موسی را به چشم امام حقیقی نگاه می‌کنند و خمـس مـال

خودشان را به او می‌دهند.» و ابوربیعه بهارون نوشته: «در روز قیامت خلیفه چه جواب می‌دهد که مملکت مسلمانان را به دست برمکیان مرتد و زندیق سپرده است؟»

آزادبخت: - من امروز صبح قاصد از بامیان داشتم، می‌گفت که در بلخ مرض وبا آمده و اهالی آن‌جا که تازه مسلمان شده بودند چون ناخوشی را غضب خدا تصور کرده‌اند، دوباره به دین بودائی برگشته‌اند. البته این خبر که به خلیفه برسد، گمان می‌کند به تحریک برمکیان است.

برزان: - به اضافه هیچ می‌دانید که هارون بی‌جهت از انس بن ابی شیخ منشی جعفر بهانه گرفت و سرش را برید؟ این قضیه را فضل به فال بد گرفته و آن را مقدمه مبارزه خلیفه با برمکیان می‌داند.

گشواد: - این تقصیر خودمان بود که طرز مملکت‌داری را به عرب‌ها آموختیم، قاعده برای زبانشان درست کردیم، فلسفه برای آئین‌شان تراشیدیم، برایشان شمشیر زدیم، جوان‌های خودمان را برای آن‌ها به کشتن دادیم، فکر، روح، صنعت، ساز، علوم و ادبیات خودمان را دو دستی تقدیم آن‌ها کردیم تا شاید بتوانیم روح وحشی و سرکش آن‌ها را رام و متمدن بکنیم. ولی افسوس! اصلا نژاد آن‌ها و فکر آن‌ها زمین تا آسمان با ما فرق دارد و باید هم همین‌طور باشد. این قیافه‌های درنده، رنگ‌های سوخته، دست‌های کوره بسته برای سرگردنه‌گیری درست شده. افکاری که میان شاش و پشگل شتر نشو و نما کرده بهتر ازین نمی‌شود. تمام ساختمان بدن آن‌ها گواهی می‌دهد که برای دزدی و خیانت درست شده. این عرب‌هائی که تا دیروز پای برهنه دنبال سوسمار می‌دویدند و زیر سیاه‌چادر زندگی می‌کردند، نباید هم بیش ازین از آن‌ها متوقع بود. و اگر ظاهرا هارون روی خوش به ما نشان می‌داد و اظهار لطف می‌کرد، در خفا کینه نژاد ما را در

دلش می‌پرورانید و تشنه به خون ایرانیان بود. و حالا که به مقصود خودشان رسیدند و فکر عرب مثل دملی که سر باز بکند دنیـای متمـدن را ملـوث کرده واضح است احتیاجی به ما ندارد.

آزادبخت: ‐ خالد، یحیی، فضل و جعفر همه جواهرهـای گرانبهـا و پـول‌هـای سرشاری که صدها سال در بت‌کده نوبهار جمع شده بود مثل ریگ نثار این عرب‌های موش‌خوار کردند و به هر شاعر بی‌سروپا ثروت‌های هنگفت بذل و بخشش کردند. و در نتیجه بغض و کینه و حسادت یک دسته شترچران را برای خودشان خریدند. اصلا هارون به دم و دستگاه، به پول، به فکر، به جـاه و جلال و حتی به طرز و آداب زندگی ما حسد می‌بـرد، بـه وجـود برمکیان حسد می‌برد، به کار آمدی آن‌ها حسد می‌برد. نه او بلکه همه عرب‌هائی که دور ما کار می‌کنند و تملقمان را می‌گویند، همه دشمن خونی مـا هـستند و منتظر یک اشاره هستند تا انتقام نژاد خودشان را بگیرند.

روزبهان: ‐ اشتباه است، برمک و پسرانش با خلیفه ساختند و به آئین آن‌هـا گرویدند تا بتوانند در افکار و اعمال آن‌ها نفوذ پیـدا کننـد و دیـن آن‌هـا را ضعیف بکنند و خرده خرده از بین ببرند. از نو پرستش‌گاه نوبهار را بسازند و مردم را به کیش بودائی دعوت کنند و به خلیفه بشورند. برای همـین بـود که آن‌ها کوشش کردند تا اطمینان خاطر عرب‌ها را به دست بیاورند و بـه مقصودشان هـم رسـیدند. همـه خلفـای عـرب ماننـد عروسـک‌هـای خیمه‌شب‌بازی، دشت نشانده برمکیان بودند، و در حقیقت هنوز هم آن‌هـا هستند که فرمانروائی دارند. اما آن‌چه‌که مربوط به نظام مملکت است اگر عرب‌ها خودشان را از کمک برمکیان بی‌نیاز می‌دانند اشتباه می‌کننـد. چـون هر دقیقه که آن‌ها از کار کناره بگیرند نظام مملکت ازهم گسیخته خواهـد شد. و اگر کمک‌های مادی و معنوی از طرف ما به عرب‌ها شد آن هم بـرای

پیشرفت مقصود خودمان بود. عرب چه می‌خواهد؟ یک مشت طلا و نقره و یک حرمسرای پر از زن. این منتهای آرزو و آمال آن‌هاست. اصلا پیشرفت عرب‌ها هم برای همین بود، و این بهشت موعود برایشان مهیا شد. پس نقشه برمکیان تاکنون عملی شده، حالا هم هنوز نگذشته. ما باید نتیجه زحمات آن‌ها را دنبال بکنیم و آن قتل عام عرب‌ها و استقلال ایران است.

برزان: - فضل در کاغذ اخیر خودش نوشته بود که مواظب خودتان باشید. تا می‌توانید با عرب‌ها کمتر آمیزش بکنید و آن‌ها را به خودتان راه ندهید، و مخصوصا قید کرده بود که من همه‌امیدم به خراسان است، چون نفوذ ما در آن‌جا بیشتر است و دور از مقر خلیفه افتاده. طوری باید کرد که خراسان تا حدود بلخ به خلیفه بشورند و او مستأصل بشود و مجبور بشود تا یکی از ما را برای سرکوبی اهالی خراسان بفرستند. آن وقت لشکر خلیفه را بر ضد او اغوا می‌کنیم و همه عرب‌ها را از میان می‌بریم و خراسان را مستقل می‌کنیم. هرگاه درین کار غفلت بشود هستی ما به باد خواهد رفت. و همه وسایل مهیا است. ولی قید کرده بود که منتظر کاغذ من باشید، چون هنوز وضعیت معلوم نیست و نمی‌توانم تصمیم قطعی خودم را بنویسم.

آزادبخت به گشواد گفت: - آیا شما اطمینان کامل به لشکر خودتان دارید، و در موقعش اوامر را انجام خواهند داد؟

گشواد: - ازین حیث مطمئن باشید. به یک اشاره من تمام سران سپاه بر ضد خلیفه می‌شورند و قتل عام عرب‌ها در خراسان عملی می‌شود. ولی فقط منتظر فیروز چاپار فضل هستم.

آزادبخت: - در این صورت پیش از این که عیسی پسر ماهان برگردد باید این کار را انجام داد.

روزبهان: - پیش از این که هارون حکم قتل همه برمکیان را بدهد!

آزادبخت: - اگر حکم خلیفه پیش از کاغذ فضل برسد!

برزان:- غیر ممکن است، اخبار ما همیشه دو روز پیش از قاصد خلیفه به توس می‌رسد. چون بهترین چاپار، چاپار برمکیان است.

ولی درین بین روزبهان از جعبه طلائی کوچکی حبی بیرون آورد، در دهنش گذاشت و رویش یک جام شراب نوشید و از جایش بلند شد. آزادبخت، برزان و گشواد اگرچه به حضور او محتاج بودند ولی عادت به این غیبت مرموز و ناگهانی روزبهان داشتند و جرئت نکردند که او را از رفتن باز دارند. زیرا که موضوع صحبتشان بی‌اندازه مهم و وجود روزبهان که به استقامت رأی او ایمان کامل داشتند در آن‌جا لازم بود. روزبهان خیلی آهسته از در خارج شد. دم در دو غلام بچه که فانوس در دست داشتند جلو او افتادند.

شهر توس با مسجدها، باغ‌ها و کوشک‌هایش در تاریکی و خاموشی فرو رفته بود. تنها آهنگ دور دست زنگ شتر و صدای آواز خواننده‌ای خاموشی را فاصله به فاصله می‌شکست و نسیم ملایمی که می‌وزید بوی گل اقاقیا در هوا پراکنده کرده بود.

روزبهان مثل این که در حال طبیعی نبود از دو سه کوچه تنگ و تاریک گذشت، چشم‌هایش به روشنائی لرزان فانوس خیره شده بود بدون این که به اطرافش نگاه بکند. همین که دم در خانه‌اش رسید نوکرانش تعظیم کردند و در باغ باز شد. صدای آبشار و هوای نم ناک از آن بیرون آمد. زرین‌کمر غلام مخصوص روزبهان جلو رفت و بی‌آن که چیزی بگوید کاغذ بسته‌ای به دست او داد. روزبهان کاغذ را گرفت و مانند این که فکرش جای

دیگر بود همین‌طور رفت و زرین‌کمر به دنبالش افتاد. از دالان‌های پیچ در پیچ گذشت جلو در آهنینی رسید، زرین‌کمر آن را باز کرد. در سنگین آهنین که روی آن نقش و نگارها و کنده کاری هندی بود باز شد. روزبهان داخل تالاری شد و زرین کمر نیز پشت سر او وارد شده در را از پشت بست.

اطاق بزرگی مانند حوض خانه پدیدار شد که با چند قندیل از عاج که شیشه‌های رنگین داشت روشن بود. قندیل‌های بزرگ و کوچک با روشنائی خفه و مرموز و رنگ‌های گوناگون حالت باشکوهی به این‌جا داده بود. بالای اطاق مجسمه بزرگی از مفرغ به بلندی دو گز گذاشته شده بود که بودا را به حالت نشسته نشان می‌داد و چشم‌های او که از یاقوت بود با رنگ آتشین می‌درخشید. صورت او تودار، مرتب و شبیه حجاری‌های هندی بود که چهارزانو نشسته بود، باشکم بزرگ جلو آمده و دست‌هایش را روی زانویش گذاشته بود. ابروهایش باریک، بینی کوچک و حالت چشم‌هایش مثل این بود که در فضای تهی نگاه می‌کرد، و لبخند تمسخر آمیز، لبخند فلسفی روی لب‌هایش خشک شده بود. مثل این بود که لحظه‌های خوش زندگی‌های پیشین خود را به یاد می‌آورد، و دو شیار گود کنار لب‌هایش افتاده بود. از تمام صورت او حالت آرامش، اطمینان، تمسخرو تحقیر هویدا بود. جلو آن را پرده‌ای از تور نازک ابریشمی کشیده بودند، و دو بخوردان دو طرف مجسمه گذاشته شده بود که از میان آن حلقه‌های آتش بیرون می‌آمد و دود معطری در هوا پراکنده می‌کرد.

دور بدنه‌ی دیوار تصویر بودا، فرشته‌ها و خادمان و پرده‌های نقاشی مربوط به «زندگی بودا» ملاقات بودا با گوپا نامزدش، ملاقات او با گدا، با مرتاض و با مرده و غیره کشیده شده بود، و پائین دیوار سرخ جگرکی به رنگ لته

دندان بود. از میان این محوطه چشمه‌ای می‌جوشید و در جوی پهنی به شکل آب‌نما که از سنگ رنگین تراشیده شده بود آب موج می‌زد و می‌گذشت. کنار جوی جلو چشمه یک دشک بزرگ از پر قو افتاده بود که رویش بالش‌های کوچک رنگ به رنگ قلاب دوزی و از پارچه‌های ابریشمی افتاده بود.

روزبهان همین که وارد شد رفت روی دشک چهار زانو نشست و به صورت بودا خیره نگاه می‌کرد. مثل این که می‌خواست افکار خودش را جمع بکند. گلوی او خشک و مزه صمغ کاج در دهنش گرفته بود. افکارش مغشوش و احساس خوشحالی ناگهانی در او پیدا شد، به‌طوری که از شیار طویلی که کنار لب‌های او انداخت دیده می‌شد. درین بین دختر بچه‌سال خوشگلی با لباس بلند سفید، چشم‌های درشت، موهای مشکی که به سرش چسبانیده بود با بازوی لخت، بلند بالا، گوشواره حلقه‌ای بزرگ به‌گوشش با کفش‌های نرم و پاهای کوچکش مانند سایه یا پری، کوزه شرابی را که در دست داشت آورد کنار دشک گذاشت و نشست. بعد جامی شراب ریخت و به دست روزبهان داد. زرین‌کمر رفت پرده شفاف را از جلو مجسمه بودا پس زد، بعد ساز ظریفی که شبیه سه تار بود با خودش آورد و پائین دشک نشست.

گلچهر و زرین‌کمر هر دو اصل سغد و مانند دو موجودی بودند که ممکن است از میان ابر و دود در آمده باشند. جلو روشنائی خفه قندیل با وضع مرموز این سردابه بیشتر افسون مانند به نظر می‌آمدند. صورت آن‌ها خوشگل، ظریف و مؤدب بود. ظاهرا آرام، بدون فکر و احساسات و بی‌سر و صدا بودند. مانند دو فرشته، مثل آن فرشته‌هائی که روی دیوار کشیده بودند.

زرین‌کمر شروع کرد به ساز زدن. لبخند گذرنده‌ای روی لب‌های نیمه بازش موج می‌زد، مثل این که یادگارهای دور و خوشی جلوش نقش بسته بود. این یک آهنگ سغدی بود که نخست آهسته، ملایم و بریده بریده بود و کم کم بلند، تند و مهیج می‌شد و یک مرتبه فروکش می‌کرد. نوائی بود که تنها نت‌های اصلی آن را دست چین کرده بودند و برای گوش‌های معمولی معنی خارجی نداشت. ولی هر زخمه‌ای که به تارهای ساز می‌زد برای روزبهان پر از احساسات و نکات موشکاف بود. مثل این که پرده و مقام مفصلی را در این نغمه تا اندازه‌ای که ممکن بود مختصر کرده بودند، و فقط به نکات اصلی آن اشاره می‌شد و شنونده باقی آن را در فکر خودش تکمیل می‌نمود. در صورتی که گلچهر پشت هم جام شراب را از کوزه پر می‌کرد و به دست روزبهان می‌داد که به یک جرعه می‌نوشید. آهنگ ساز بیش از پیش ملایم و مرموز شده بود. مثل این که این آهنگ برای گوش‌های غیر مادی، برای گوش‌های آسمانی درست شده بود.

نگاه روزبهان به صورت بودا خیره شده بود و گاهی برمی‌گشت و به‌امواج آب می‌نگریست. نقش‌های روی دیوار به نظرش همه جان گرفته بودند، چون این آهنگ به آن‌ها روح مخصوصی دمیده بود. لرزش تارهای ساز در هوا می‌پیچید، مثل این بود که تمام ذرات هوا از آن متأثر می‌شد و حتا آب چشمه و مجسمه بودا و نقش‌هائی که به دیوار کشیده شده بود به آهنگ ساز لبخند می‌زدند.

آهنگ دور و آسمانی ساز همه ذرات وجود روزبهان را با امواج آب آغشته و ممزوج می‌کرد و یکی می‌گردانید. مثل این بود که درین دقیقه‌ها زندگی او با این امواج جور و اخت شده بود. یک زندگی تازه و اسرار آمیز در خودش حس می‌نمود و اسرار خلقت را می‌سنجید، و به‌امواج آب نگاه می‌کرد که به

آهنگ ساز پیچ و خم می‌خورد و روی سطح آب ناپدید مـی‌گردیـد. دریـن ساعت به قدری در افکار خودش آغشته بود، مثل این بود که در بـرزخ مـا بین عدم و وجود واقع شده و همان دم را زندگی مـی‌کـرد، بـی‌آن کـه بـه گذشته، آینده و زمان خودش آگاه باشد. یک نوع حالت خلسه و از خـود بی‌خود شدن بود که به هیچ چیز حتا به زندگی و مرگ خـودش هـم وقعـی نمی‌گذاشت.

گلچهر همین‌طور که به او شراب می‌داد، مواظب حرکاتش بود تا ببیند کـی به عادت هر شب او را کافی است و آن‌ها را مرخص می‌کند. ولی با تعجـب می‌دید که روزبهان بیش از هر شب می‌نوشد، و او با دلربائی مخصوصی جام‌های می‌را پـی در پـی بـه دسـت روزبهـان مـی‌داد و خـودش را بـه او می‌چسبانید. ناگهان در این بین بند روی شانه گلچهر پاره شد، لباسش پائین افتاد، سینه و یک پستانش بیرون آمد. اگر چه به نظر می‌آمد کـه روزبهـان متوجه او نیست ولی عوض این که این دفعه جام شراب را از او بگیرد. دست انداخت کمر گلچهر را گرفت و به سوی خـودش کـشانید و لـب‌هـایش را نزدیک لب‌های او برد. ولی دوباره مثل این که کوشش فـوق‌العـاده کـرده باشد گلچهر را عقب زد، جام شراب را گرفت و با حرکت دسـت گلچهـر و زرین‌کمر را مرخص کرد. همین که آن‌ها از در بیرون رفتند روزبهان گردی از جیبش در آورد، در شراب ریخت و نوشید و باز به صورت بودا خیره شد.

*

روزبهان برمکی و خـانواده‌اش همـه بـودائی بودنـد، جـدش برمـک پـسر جاماسپ از خانواده‌های بزرگ ایرانی و پشت در پشت از زمان اشکانیان بـه نگاهبانی پرستشگاه بودائی نوبهار در بلخ اشتغال داشتند. روزبهان نوه حسن برادر خالد برمکی و مادرش دختر مغ پادشاه جغانیان بود. بتکده نوبهار باسم

«نووه وهاره» که به زبان سانسکریت پرستش‌گاه نو معنــی داشتـه و بـه فارسی نوبهار می‌نامیدند، یکی از بزرگترین معابد بودائی به شمار می‌آمده که از چین و هندوستان و حتا بیشتر شاهان خراسان در عهـد ساسانی بـه زیارت آن‌جا می‌رفته‌اند، و جلو بت بزرگ بودا کرنش می‌کرده‌اند و دست متولی آن‌جا را می‌بوسیدند. در سنه ۴۲ هجری عبدالله بن عمر بن قریش به قیس بن حیطان اسلمی حکم کرد و او را فرستاد تا شهر بلخ را فـتح و معبـد نوبهار را خراب کرد. ثروت آن‌جا را چاپیدند و سه در آهنین و یک در نقـرهٔ آن‌جا را بردند. برمکیان صورت ظاهر به اسلام گرویدند ولی در باطن علاقه به کیش قدیم خود داشتند. در زمان اقتدار خودشان دوباره معبد بودائی را مرمت کردند که بعد به اسم آتشکده معروف شد. اگرچه برمکیان ظـاهرا با عرب‌ها ساختند، ولی در خفا بر ضد خلفـای عـرب کنکــاش مـی‌کردنـد و منتظر موقع مساعد بودند تا ایران را دوباره از چنگ عرب‌ها بیرون بیاورند، و کم کم به قدری نفوذ پیدا کردنـد کــه همــه کارهــای عمـده لـشکری و کشوری به دست آن‌ها اداره می‌شد. هر چند هارون چندین بار کارهای مهم به روزبهان تکلیف کرد ولی او شانه خالی کــرد. تمــام روز را مـشغول کـار و اقدام بود، ولی هر شب سر ساعت معین نزدیک نصف شب، همه کارهـای روزانه و ملاقات‌های طولانی و خسته کننده‌ای کــه از او مـی‌کردنـد تـرک می‌نمود و به کوشک زیر زمینی خودش می‌رفت. ولـی صـبح کـه از آن‌جـا بیرون می‌آمد، زندگی پر آشوب و پر مـشغله و کارهـای پـر زحمتـی را در عهده داشت. چه او طرف اطمینان یحیا و فضل و موسا و محمد برمکی بود و اجرای نقشه آن‌ها را که استقلال خراسان تا بلخ و بامیان و تا نزدیـک عـراق بود به عهده گرفته بود تا عملی بکند. روزبهان کـاردان و دانـشمند بـود و پیوسته با علماء، فقها و شعرا و دانشمندان برهمائی، بودائی، زرتشتی، مانوی، مزدکی، عیسوی و اطبائی کــه از گندیـشاپور مـی‌آمدنـد مجـالس مباحثــه

داشت. ولی شب‌ها بعد از آن که حب مخصوصی را که نگاهبان معبد «نـووه سنغا رامه» برایش از بلخ می‌فرستاد می‌خورد، حالتش عوض می‌شد و احتیاج به کوشک زیرزمینی خودش داشت. به‌طوری که زندگی او دو حالت متضاد و متغیر پیدا کرده بود. روزها پـر از کـار و جـدیت، و شب‌هـا آسـایش و استراحت و آن هم به طرز مخصوصی در کوشک خاموشی خـودش پنـاه می‌برد. و این اسم را روی آن گذاشته بود چـون کـه در آن‌جـا حـرف زدن ممنوع بود.

وقتی که شب‌ها سر ساعت معین یک شخص ثانوی مانند سایه یا یـک روح دیگر به او حلول می‌کرد، در افکار فلسفی خـودش غوطـه ور مـی‌شـد. امـا روزبهان بیشتر از لحاظ ذوقی و هنرمندی متمایل به دین بودائی بود، و حتا از خودش در اصول دین بودا دخل و تصرف کرده بود و رنگ و روی ایرانی به آن داده بود. یعنی از ریاضت و خشکی و گذشت مذهب بودا کاسـته بـود. مثلا در آن شراب را جایز می‌دانست و در موضوع گذشت و پرهیز عقیـده مخصوصی را اتخاذ کرده بود - زیرا پرهیز و ریاضت را در محروم ماندن از لذت نمی‌دانست ولی برعکس می‌خواست با داشتن همه وسایل از کیـف و تفریح خودداری و پرهیز بکند. ازین جهت در کوشک خاموشی خـودش هـر گونه وسایل خوشی را آماده کرده بود. صورت‌های زیبـا، بـاده‌هـای گـوارا، سازهای خوب، ترکیب‌های کامل ظرافت، تناسب و جوانی که در نالـه سـاز، نشئهٔ شراب و بوی عطر، دنیـای حقیقـی و افکـار روزانـه خـود را فرامـوش می‌کرد و در یک رشته خواب‌ها و رؤیاهای فلـسفی فـرو مـی‌رفـت. ایـن را ریاضت و پرهیز حقیقی می‌پنداشت، و به این وسیله مـی‌خواسـت میـل و خواهش را در خودش بکشد و معدوم بکند و از همه احتیاجات و لذات دنیـا چشم بپوشد. تا به درجه سعادت بودا برسد - این کلید خوشبختی که مردم

معمولی از آن بی‌خبر بودند! ولی چیزی که بیشتر از همــه در مــذهب بــودا برایش کشش و گیرندگی داشت، مجسمه خود بودا و بــه خــصوص لبخند سخت، لبخند تمسخر آمیز تودار و ناگفتنی او بود، مانند امواج تارهای ساز، مانند موج آب، این آب درخشانی که پرتو شیشه‌های رنگین قندیل‌ها در آن منعکس شده بود و در آب‌نمــای میــان کوشــک روی هــم مــی‌لغزیــد و رد می‌شد. فلسفه روزبهان تقریبا از همین امواج آب و لبخند بــودا بــه او الهــام شده بود، و فلسفه‌اش فلسفه موج بود – چون او در همه هستی‌ها، در همه شکل‌ها و در همه افکار و چیزها یک موج گذرنده دمدمی بیش نمی‌دیــد. و سر تاسر آفرینش به نظر او یک سطح آب آرام بود مانند سطح آب‌نمــای خودش که باد بی‌موقعی روی آن وزیده بود و چین و شکنج‌های موقتی روی آن انداخته بود. و زمانی که این باد آرام می‌گرفت، دوباره همه هستی‌ها به اصل خودشان در نیروانه، در نیستی جاودان غوطه‌ور مــی‌شــدند. زنــدگی، مرگ، خوشی و ناخوشی، همه این‌ها یک موج دمدمی، یک موهوم گذرنده و پل گذرگاهی بود که در نیستی نیروانه ممزوج می‌شد یک وزش باد بود که از روی هوی هوس روی سطح آب گذشته بود. زندگی به نظرش مــسخره غم‌انگیزی بود و او داروی غم را نه تنها در کشتن میل و خواهش می‌دانست بلکه این اندوه را در جــام‌هــای بــاده فــرو مــی‌نــشاند. ولــی در عــین حــال می‌خواست میل و علاقه به زندگی را در خودش بکشد. چون بر طبق قوانین بودا همین میل و رغبت بود که حلــول و نــشئات روح را روی زمــین ادامــه می‌داد و هر کس می‌توانست این میل را بکشد در نیستی و عدم می‌رفت، و این خودش سعادت ابدی بود.

به نظر روزبهان لبخند بودا هم فلسفه موج او را تأیید می‌کرد. چون لبخند او مانند یک موج گذرنده بود که روی صورتش نقش بسته بود. مدت‌ها بــود

که روزبهان کوشش می‌کرد تا حالت بودا را به خودش بگیرد، و هر شب همین کارش بود که تقلید لبخند او را می‌کرد - لبخند تودار، و بشاش و غم ناک و بزرگ منش. او می‌خواست تقلید این لبخند را بکند و حالت سعادت بودا را در خودش حس بنماید. ولی چون امشب میل شهوت نسبت به گلچهر در خودش حس کرد، این بود که گردی در جام شراب ریخت و نوشید و به صورت بودا خیره شد. آیا این داروی مرگ و یا داروی خواب بود؟

*

پیش از این که نقشه روزبهان اجرا بشود، در همان شب که ۱۳ صفر ۱۸۷ بود چاپار خلیفه رسید و حکم قتل عام همه برمکیان را دادند. درین شب هزار و دویست نفر زن و بچه و کسان و بستگان و غلامان و طرف‌داران برمکیان را قتل عام کردند.

فردایش هنگامی که چند نفر عرب در آهنین کوشک خاموشی را شکستند و وارد شدند، قندیل‌ها خاموش شده بود، تنها آتش از دهنه بخوردان زبانه می‌کشید و به طرز ترسناکی مجسمه بودا را با لبخند تمسخر آمیزش روشن کرده بود. روزبهان روی دشک چهار زانو یله داده بود و سرجایش خشک شده بود. پهلوی او سازی شبیه سه‌تار و یک کوزه شراب بود و در دست چپ او کاغذی مچاله شده بود. یکی از عرب‌ها جلو رفت کاغذ را از دستش بیرون آورد. مهر فضل پسر یحیای برمکی روی آن بود و در آن حکم قتل عام عرب‌ها و استقلال خراسان نوشته بود. صورت روزبهان خم و در آب منعکس شده بود، چشم‌هایش با روشنائی کبود و بی‌حرکت می‌درخشید و لبخند تمسخر آمیز، لبخند فلسفی بودا روی لب‌هایش نقش بسته بود. این لبخند که در امواج آب‌نما منعکس شده بود ترسناک به نظر می‌آمد. مثل این که

می‌خواست بگوید: «این هم یک موج بیش نیست، این هم یک موج مسخره‌آمیز و گذرنده است. مثل موج آب، مثل لبخند بود!» و این پیش‌آمدها هم به نظرش دمدمی و گذرنده بود و مرگ هم آخرین درجه مسخره و آخرین موج آن بشمار می‌آمد!

آفرینگان

«(٤) و هم چنان در دین گوید که روان پدر و مادر و نزدیکـان و خویـشاوندان نیکـو نگاه می‌باید داشتن (۵) و تا سال ببودن هر ماه آفرینگان بگفـتن (۶) بعـد از آن اگـر توانگی نبود درون یشتن هر سال بدان روز آفرینگان گفـتن (۷) چـه هـر سـال روان بدان روز که بگذشته باشد باز خانه آید (۸) چون درون و میزد و آفرینگان کننـد بـا نشاط و خرمی از آنجا بشوند و آفرین کنند که هرگز زین خانه گوسپندان و گلـه و اسپ کم مباد، افزون باد، و خواسته بسیاری و رامـش و طـرب کـم مبـاد، و همیـشه تندرستی و کامکاری و سازگاری درین خانه افزون باد و آهرمن گجسته هیچ و زنـد بدین خانه متوان یاد کردن و گفتن و شنیدن.

«(۹) و هرگاه که آفرینگان نگویند و روان نیزند آن روان‌ها بیایند و بدان خانه باشند و اومید میدارند تا مگر آفرینگان خواهند گفتن و تا نمـاز شـام آنجـا بباشـند (۱۵) و چون آفرینگان نگویند و درون نیزند چند (چنان) تیر پرتاب از آن خانه بر بالا شـوند و بگویند بدادار اورمزد و بگریند و نالند و گویند: ای دادار وه افزونی نمی‌دانند کـه در گیتی نخواهند ماندن و چون ما او نیز از آن گیتی بیرون مـی‌بایـد آمـدن و او را نیز حاجت بود بـروان یـشتن، درون، آفرینگـان گفـتن (۱۱) نـه آن کـه مـا را بـدان آفرینگان ایشان حاجتی است و لیکن چون روان ما یشته بودی ما بلاها و رنج از تـن و روان ایشان بهتر باز توانستی داشتن (۱۲) و هم چنان گریان باز شوند و نفرین کننـد و گویند که هم چنان که مـا را بیـاد نداشـتند او را بـه هـیچ یـاد مـداراد و در میـان مردمان حقیر و خوار و سبک ماند.»

صد در بندهش ص ١٢٤ فقره ۵١

تنگ غروب بود، بعد از آن که آذرسپ موبد چند شعر از اشعار گاتها بالای سر مرده زربانو زمزمه کرد، لای کتاب را بست و با گام‌های سنگین به طرف در کوتاه استودان برگشت و از پله‌های جلو آن به زحمت پائین آمد. متولی آن‌جا جلو دوید و در آهنین را با صدای خشک چندش‌ناکی که کرد و روی پاشنه‌های زنگ زده‌اش چرخید به روی زربانو بست و قفل کرد. جسد زربانو تنها میان استخوان‌ها و گوشت‌های تجزیه شده مردگان دخمه خاموشی سپرده شد. آذرسپ عرق روی پیشانیش را پاک کرد و با سه نفر از خویشان زربانو و دختر گریانی که با آن‌ها بود به سوی شهر برگشتند.

خاموشی ژرفی روی دخمه را فرا گرفت، مهتاب آهسته بالا می‌آمد و در روشنائی سرد آن کم کم درون دخمه پدیدار می‌شد. میان محوطه گرد آن به شکل کرت بندی‌های مستطیل سنگ فرش تقسیم شده بود و در هر کدام ازین قسمت‌ها مرده‌ای پوسیده و یا در شرف تجزیه شدن بود. کفن‌های سفید که به گوشت و استخوان چسبیده بود دیده می‌شد. پهلوی زربانو مرده‌ای چشم‌هایش از کاسه در آمده بود، ریش جو گندمی، شکم پاره و گوشت قهوه‌ای رنگ داشت که جلو تابش آفتاب سوخته بود. سرش بلندتر از سطح زمین، یک دست او روی سینه‌اش و با چشم‌های کاسه خشک تو رفته به سوی آسمان تهی نگاه می‌کرد. صورتش حالت گیرنده و خوش رو داشت. با سر تراشیده، شارب و ریش کم و پاهایش چهارزانو یکی روی دیگری قرار گرفته بود. درست به حالت بچه‌ای در زهدان مادرش شبیه بود بوی گوشت گندیده و سوخته، بوی تند و خفه کننده اجساد تجزیه شده در هوای ملایم شب فروکش کرده بود. استخوان‌های سفید و براق جلو مهتاب می‌درخشیدند. کاسه سر، قاب و قلم، دنده‌های شکسته، دندان‌های

کلید شده و مشت‌هائی که در حال تشنج به هم قفل شده بود از درد و شکنجه آخرین لحظه جان کندن آن‌ها حکایت می‌کرد.

زربانو، مهمان تازه وارد، یکی ازین کرت‌ها را اشغال کرده بود. صورت آرام، چشم‌های بسته، موهای خرمائی و مژه‌های بلند داشت و لبخند دردناکی گوشه لب او خشک شده بود. یک دست کوچک سفید و ظریفش را با انگشت‌های باریک روی سینه‌اش گذاشته بودند. پیرهن سفید مرتب به تنش بود و از پیش سینه او پستان‌های کوچکش پیدا بود. سرش بسوی آسمان مثل این بود که ستاره‌ها را می‌شمرد و یا خواب گوارائی از جلو چشمش می‌گذشت. این انجمن خاموش صورت یک مجلس مهمانی را داشت که آن‌جا دور از شهر، دور از مردم، دور از هیاهو برای مقصد مرموزی دور هم گرد آمده بودند. فقط روزها یک دسته لاشخور، با نک‌های برگشته و چنگال‌های نیرومند، گوشت تن آن‌ها را که جلو آفتاب سوزان نیم‌پز شده بود پاره می‌کردند و نک‌های خودشان را در آن فرو می‌بردند و بال‌هایشان را به هم می‌زدند. خون غلیظ جوش آمده از دهنشان می‌چکید و معده آن‌ها از گوشت مردار سنگین می‌شد. بعد از روی کیف و خوشی صدای ترسناکی می‌کردند. شب‌ها از دور صدای خنده کفتار شنیده می‌شد که بعد مبدل به زوزه و ناله می‌گردید، به‌طوری که مو به تن جانوران دیگر راست می‌شد، سپس نزدیک دخمه می‌آمدند و دور می‌زدند. ولی چون راه بدآن‌جا نداشتند صدای آن‌ها مانند صدای گریهٔ بچه‌ای می‌شد که دستش به خوراکی نمی‌رسد، در صورتی که لاشخورها مطمئن، با نگاه تحقیرآمیز به آن‌ها می‌نگریستند و نک خودشان را با بالشان پاک می‌کردند.

این تمام جنبش و حرکتی بود که ظاهرا درین دادگاه خاموشی فرمان‌روائی داشت و سرگذشت یک‌نواخت هزاران سال این استودان بود که با آهک و ساروج ساخته شده بود. و از دور مثل یک حلقه نقره به نظر می‌آمد که در کمرکش کوه انداخته بودند. و همیشه یک جور و یک نواخت در مقابل گردش دوران به منزله دیگی بود که همه موادی را که تن آدم‌ها از طبیعت قرض گرفته بود، دوباره در آن دیگ تغییر و تحول پیدا می‌کرد و تجزیه می‌گردید و عناصر طبیعت را دوباره به آن رد می‌کرد.

ولی، هر گاه درست دقت می‌کردند در صحن استودان یک دسته سایه‌های سفید شبیه آدمی دیده می‌شد که روی پلکان داخل دخمه نشسته بودند و یا دور دخمه و درون آن می‌لغزیدند و جا به جا می‌شدند. سه روز و سه شب بود که بالای سر مرده زربانو سایه سفیدی دست زیر چانه‌اش زده بود و چشم‌هایش به تن سرد و نرمی که در شرف تجزیه بود، موهائی که روی پیشانیش چسبیده بود و پستان‌هائی که هنوز آویزان نشده بود خیره شده بود و با خودش زیر لب زمزمه می‌کرد. ولی سایه دیگری که پهلوی مرده همسایه او نشسته بود پیوسته در جنب و جوش بود و چیزهائی با خودش می‌گفت که زربانو درست ملتفت نمی‌شد، یعنی حواس او جای دیگر بود. سایه‌های دیگر به آن‌ها نزدیک می‌شدند و دوباره عقب می‌رفتند. ناگاه سایه زربانو برای اولین بار متوجه سایه همسایه‌اش شد و حرف او را فهمید که با خودش می‌گفت:

« – أی آهورامزدا بتو پناه می‌برم، اوه چه بدبختی! همه گناهان خودم را به چشم می‌بینم. هر روزی نه هزار سال به نظرم می‌آید، چه بوی بدی می‌آید! دورشو، از من دور شو، أی روسپی نابکار، خرفستر زشت کار، برو تو کی هستی؟ من کسی را به این زشتی ندیده بودم! اهریمن بدکار از من چه

می‌خواهی؟ هرگز تو اندیشه بد، گفتار بد و کردار بد من نیستی. چطور از گناهان من تو به این شکل شدی؟ نه، هرگز چرا ... من که از بینوایان دستگیری می‌کردم. من که از بت‌پرستی، از خشم و بیدادی پرهیز می‌کردم، از آب و آتش نگه‌داری می‌کردم و در خانه‌ام به روی کسی بسته نبود. من که دروغ نگفته بودم چرا به این‌جا آمده‌ام؟ ... اوه چه ترسناک! ... برو، برو از من دور بشو ...

سایهٔ زربانو از ترس می‌لرزید، رویش را کرد به همسایه‌اش و گفت:

- چه می‌گوئی؟

ولی او بدون این که متوجه زربانو بشود به حالت وحشت زده پیچ و تاب می‌خورد و می‌گفت: - اوه، چه پلی! چه پل ترسناکی! این سگ زرین‌گوش است. اوه، سروش راشنو هم آمد. حالا گناه‌ها را در ترازو می‌کشند. دیوها، چقدر دیو! این‌ها دیگر کجا بودند؟ ... نفسم پس می‌رود، کسی نیست که به دادم برسد ... بوی گوگرد می‌آید ... چه باد سردی می‌وزد! استخوان‌هایم دارد می‌ترکد. چه پلید، چه ناپاک، بدبو و چرکین است! چه تاریک، چه سنگلاخ ترسناکی! سوسمارها را به‌بین...

بعد روی مرده خودش افتاد. زربانو از ترس بلند شد ایستاد. ولی در همین وقت یکی از سایه‌ها که بیشتر از دیگران کنجکاو بود به او نزدیک شد و گفت:

- چرا می‌لرزی؟ بیا، ما هم آن‌جا هستیم، دیگر تماشا فایده‌ای ندارد، بیا پیش ما.

زربانو جواب داد: - أی دختر نیکوکار تو کیستی؟

- من نه دخترم و نه نیکوکار، من نازپری هستم.

- نازپری! ... بگو به من آیا گناه‌کارم، من که تمام زندگیم را درد کشیده‌ام؟

- من چه می‌دانم.

- پس به من بگو آیا در دوزخ هستیم یا این‌جا همستگان است؟ این مرد (اشاره به همسایه‌اش) الان از شکنجه پل چینود، سگ زرین‌گوش و بوی گوگرد می‌گفت و فریاد می‌زد. پس ما دوزخی هستیم؟ اما من هیچ گمان نمی‌کردم، من که آن قدر در زندگیم درد کشیده‌ام، آن قدر رنج برده‌ام! مگر تو فرشته نیستی؟

نازپری لبخند زد و گفت: - شماها چه ساده هستید! من هم یک نفرم مثل تو. این مرد دیوانه است، یک هفته بیشتر است که ما از حرف‌ها و حرکات او کیف می‌کنیم، گاهی خیال می‌کند در کروثمان است، گاهی در همستگان است و گاهی هم در دوزخ است. مگر تو ملتفت نبودی؟

- من همین الان ملتفت شدم. تا حالا با خودم آفرینگان می‌گفتم.

- پس موقع بدش را دیده‌ای، اما از من به تو نصیحت، چانه‌ات را بی‌خود خسته نکن، حرف‌های بهتری داریم.

زربانو با حالت مشکوک گفت: - تو که از طرف اهریمن نیستی؟ تو که نیامده‌ای مرا گول بزنی؟

- هنوز خیلی بچه‌ای، چند شب است که این‌جا هستی؟

- سه شب.

- مگر امشب نمی‌رویم روی بام خانه‌تان، مگر کسی برایت آفرینگان نمی‌گوید؟

- در صورتی که فایده ندارد!

- برای سرگرمی است، ما عادت داریم شب هر مرده‌ای دسته‌جمعی می‌رویم بالای بام خانه‌اش ... اوه، اگر بدانی زندگی ما چقدر یک‌نواخت است!

- یعنی می‌خواهی بگوئی که‌امشاسپندان، ایزدان، فرشتگان، دوزخ، همستگان، کروثمان و همه این‌ها دروغ است؟

- من نمی‌خواهم چیزی بگویم ... افسوس، ما هم روزگاری باور می‌کردیم! اما دنیا به قدر فکر آدم‌ها محدود نیست. تو گمان می‌کنی که آدمیزاد کوچک و بیچاره با زندگی پستی که روی زمین کرده، مرگ و زندگی، هستی و یا نیستی‌اش در دنیا تاثیری دارد؟

- پس این همه دردی که روی زمین کشیده‌ام همه بیهوده بود، این همه رنجی که بردم؟

- همین امید، همین گول بتو امیدواری می‌داد، دیگر چه می‌خواهی؟ کاش ما هم می‌توانستیم خودمان را گول بزنیم! پس ما چه بگوئیم که کهنه کار شده‌ایم و هر وقت یک نفر تازه وارد به میانمان می‌آید افکارش ما را به خنده می‌اندازد؟

- اوه ... پس همه‌اش همین بود؟

- من نمی‌خواستم که تو غمناک بشوی، فقط آمدم که اگر از دستم بر بیاید به تو کمک بکنم.

- چه کمکی؟

- از اشتباه بیرونت بیاورم، بعدهم حرف بزنیم و درد دل بکنیم.

- من فقط می‌خواستم ناهید نادختری خودم را ببینم و به او دل‌داری بدهم.

- غم خودت را بخور، زنده‌ها، آن‌ها خوشبخت‌اند، آزادند ولی ما!

- چطور؟

- آن‌ها خوشبخت‌اند، آزادند ولی ما چـه هـستیم: یـک مـشت سـایه‌هـای سرگردان با افکار شوریده که درهم می‌لولیم!

- پس شما تمام این مدت را چه می‌کنید؟

- چشم به راه هستیم ... هزار جور حرف می‌زنند، می‌گویند که دوبـاره بـر می‌گردیم روی زمین ... افسوس، آیا ممکن است؟ روی زمین یک امید فرار هست آن هم مرگ است، مرگ! ولی این‌جا دیگـر مـرگ هـم نیـست، مـا محکومیم، می‌شنوی، محکوم یک اراده کور هستیم. وقتی که روزها، ماه‌هـا، سال‌ها آن کنار کز کردی، روزهای دراز تابستان، شب‌هـای تاریـک و سـرد زمستان، روزهای ابر و تیره پائیز و مرده خودت را دیدی که زیر رگبار، زیـر آفتاب و برف و بوران خرده خرده ازهم می‌باشد و کرکس‌ها سر آن دعـوا می‌کنند، آن وقت حرف‌های مرا به یاد می‌آوری.

- چه زندگی یا چه مرگ دردناکی! مثل این است کـه ایـن افکـار از تماشـای استخوان پوسیده و بوی گوشت گندیده برای شما پیدا شده.

در این وقت پنج سایه دیگر دور آن‌ها جمع شدند. نازپری به زربانو گفت: - این‌ها را نمی‌شناسی، جوانشیر، آذین، وندان، مهیار و نوشافرین هستند. پـنج نفر با پنج جور عقیده که همیشه باهم کش‌مکش دارند و مـا از حـرف‌هـای آن‌ها کیف می‌کنیم.

زربانو گفت: - در این‌جا هم مگر اختلاف فکر و عقیده هست؟ من به خیـالم درین جهان بجز راستی چیز دیگری نیست.

نازپری - چه اشتباهی! ماهیت اشخاص که عوض نمی‌شود. این‌ها همان آدم‌های روی زمین هستند، با همان افکاری که به گوششان خوانده‌اند. اگر بنا بود فکر و شکل هر کسی تغییر می‌کرد یک موجود تـازه‌ای مـی‌شـد کـه خودش را مسئول اندیشه و کردار و گفتار گذشته خودش نمی‌دانست.

زربانو - پس یک پاداش و جزائی هست و بی‌خود نمی‌گفته‌اند!

مهیار - زود نتیجه نگیر، نازپری گفت که هر کسی با همان افکاری کـه روی زمین داشته به این جهان می‌آید، یعنی کسی نه فرشته می‌شـود و نـه دیـو. ولی این دلیل نمی‌شود که پاداشی در میان باشد. مگر زندگی ما روی زمـین از روی عقل و منطق بود؟

زربانو - راستش من هنوز نمی‌دانم این حرف‌هائی که می‌زنید جدی است یا شوخی می‌کنید. آیا شما ره‌آفرید مادرم را نمی‌شناسید؟ مـی‌خواسـتم او را ببینم، از او بپرسم.

شهرام که تازه در جرگه آن‌ها آمده بود به مهیار گفت: - تازه آمده اسـت نمی‌داند.

جوانشیر به زربانو گفت: - این‌جا دیگر کسی کسی را نمـی‌شناسـد، تـو چـه ساده هستی!

نوشافرین به زربانو گفت:- به، خدا پدرت را بیامرزد! دوازده سال پیش من هم روی زمین بودم و سینار را دوست داشتم، او هم مرا می‌خواست و بعد از مرگ او من خودم را کشتم، به خیالم او را درین جهان می‌بینم. حالا سایه مـا همیشه ازهم گریزان است و سایه هم دیگر را با تیر می‌زنیم. آن‌جا بـرای شهوت بود ولی این‌جا این حرف‌ها کهنه می‌شود، برای روی زمینی‌هـا، بـرای خوشبخت‌ها خوبست!

زربانو - پس شما بدون ترس، بدون امید، بدون خوشی و شهوت و سرگرمی چه می‌کنید؟

نوشزاد که به جرگه آن‌ها ملحق شده بود گفت: - شماها هنوز عذاب گذرانیدن وقت را نمی‌دانید، شکنجه فکری را نمی‌توانید بدانید. هنوز نمی‌دانید که بدبختی چیست. وقتی که سال‌ها، روزها روی این سنگ‌های کوه، کنار جوی‌ها ویلان و سرگردان بسر بردید آن وقت مزه‌اش را می‌چشید.

زربانو - همه این حرف‌ها برایم تازگی دارد، پس می‌خواهید بگوئید که آهورامزدا یا آفریدگاری ...

نوشزاد حرف او را برید: - بینداز دور، این متل‌های بچگانه را که به‌درد خوابانیدن احمق‌ها می‌خورد بینداز دور. اگر آهورائی بود و به دست من می‌افتاد تف توی ریشش می‌انداختم ...

زربانو - پس حالا فهمیدم ما همه مان گناه کاریم و در دوزخ هستیم.

نازپری - عادت می‌کنی، مگر روی زمین چه امید و انتظاری داشتیم؟ فقط با یک مشت افسانه خودمان را گول می‌زدیم. هیچ وقت کسی رای ما را نپرسیده بود، همیشه محکوم بوده‌ایم.

شیرزاد بلند، تنومند و خنده‌رو جلو آمد و گفت: - باز چه خبر است عزا گرفته‌اید؟ شماها بلد نیستید وقت خودتان را بگذرانید. چرا به زمین و آسمان دشنام می‌دهید؟ از من یاد بگیرید، من روی زمین همه‌اش مست بودم، حالا هم خوب جائی پیدا کردم. روزها می‌روم در سردابه خانه‌مان پای کپ شراب می‌نشینم. هوای نم‌ناک و بوی شراب زندگی گذشته مرا روی زمین به‌یادم می‌آورد. شماها زیاد متوقع هستید.

هشدیو که تازه وارد شده بود گفت: - این شیرزاد در زندگیش خوش بوده حالا هم خوش است، اصلا رگ ندارد. پس من بیچاره چه بگویم که زندگیم را رنج بردم و با خون دل پول جمع کردم و پول‌ها را در قلک گذاشتم و پای درخت چال کردم. حالا هم هر روز کارم این است که می‌روم پای همان درخت کشیک می‌کشم تا کسی آن را نبرد.

میرانگل - داغ مرا تازه کردی، من هم به همین درد گرفتارم. هر روز می‌روم بازار کنار دکان فیروز شریک و هم‌کارم می‌نشینم، او چیز می‌فروشد و من تماشا می‌کنم تا مبادا کلاه سر ورثه من بگذارد.

زربانو - پس چرا شب‌ها به این‌جا بر می‌گردید؟

میرانگل - چون ناگزیریم، باید بیائیم پهلوی استخوان‌های خودمان. وانگهی به این‌جا عادت کرده‌ایم. دورهم جمع می‌شویم، هم‌دردیم، این‌طور بهتر است. در تنهائی به ما خوش نمی‌گذرد. حالا می‌مانی می‌بینی!

زربانو - آخرش که چه بشود؟ پس این همه چیزها که می‌گفتند!

گهزاد - این‌جا هر کسی چیزی می‌گوید اما باید رفت و دید! با هم که ندیده‌ایم. یک نقطه سیاه است. آیا در آن دنیا می‌دانستیم که این طور سرگردان می‌شویم؟

زربانو - بدون کیف، بدون سرگرمی!

نازپری - حالا دل‌گیر نباش. عادت می‌کنی، ما کارمان این است که دور هم می‌نشینیم، از زندگی گذشته خودمان روی زمین صحبت می‌کنیم. در این‌جا دیگر بد و خوب، شرم و حیا و همه چیز برایمان یک‌سان است. هر وقت که مرده تازه‌ای می‌آید تا چند روز با او مشغولیم. گاهی می‌رویم مرده‌های دیگر را از قبرستان‌ها می‌آوریم، از آئین و اعتقادات خودشان برای ما صحبت

می‌کنند. از کارهای روی زمین خودمان نقل می‌کنیم. دو روز پیش بود، یکی از آن‌ها این‌جا آمده بود. اسمش زعفران‌باجی بود، دلش نمی‌خواست از این‌جا برود، آن قدر حرف‌های بامزه می‌زد! اما بعضی‌ها گوشت تلخند، خاموشند و از ما دوری می‌کنند، و همیشه متفکر، تنها بالای کوه‌ها می‌گردند. مثلا آذرنوش را ببین. آن بالا روی پله‌ها نشسته (اشاره)، هر وقت مرده تازه‌ای می‌آورند، می‌آید به دقت از نزدیک به تن او نگاه می‌کند، بعد می‌رود همان بالا غمناک و افسرده می‌نشیند. یکی دیگر سهراب همیشه با روان سگش کنار چاه‌ها به گردش می‌رود. چقدر خوب بود اگر زندگان برای ما ساز می‌زدند و می‌آمدند این‌جا پهلوی مرده‌ها کیف می‌کردند، برای خودشان هم بهتر بود، چون یادشان می‌افتد که روزی مثل ما می‌شوند. آن وقت بیشتر از زندگی لذت می‌بردند.

زربانو - مرده‌های دیگر چه می‌گویند، آن‌هائی که می‌روید از گورستان‌ها می‌آورید؟

نازپری - نه، کار و بار ما بهتر است، ما این‌جا شاهی می‌کنیم. آن‌ها را زیر خاک و گل می‌کنند، چه تاریک، ترسناک و پلید است! مار و مور تن آن‌ها را می‌خورد و پیوسته باهم کش مکش دارند. برخی از آن‌ها به دخمه ما پناه می‌آورند. ما این‌جا آزادیم، مانند یک کشتی که روی دریای طوفانی ول شده باشد. پهلوی هم هستیم، آزادانه درد دل می‌کنیم، دور از جارو جنجال و گریه و زنجموره هستیم و تا آخرین ذره تن خودمان را که از هم می‌پاشد به چشم خودمان می‌بینیم. من هرگز دلم نمی‌خواست با آن کثافت مرا زیر گل بکنند.

زربانو - من دارم دیوانه می‌شوم، من که این همه در زندگیم درد کشیده‌ام.

گهزاد - چون و چرا ندارد، گویا فراموش می‌کنی که محکوم هستیم. اگر می‌توانی تغییر بده، با این عقل دست و پا شکسته خودمان می‌خواهیم برای وجود چیزها منطق بتراشیم، مگر کدام چیز از روی عقل است؟ روی زمین شکم و شهوت جلو چشم‌ها پرده انداخته، اما ازین بالا که نگاه بکنیم زندگی روی زمین مثل افسانه‌ای به نظر می‌آید که مطابق فکر یک نفر دیوانه ساخته شده باشد.

زربانو - من دلم گرفت، پس تا دنیا دنیاست ما باید به همین حال بمانیم؟

رشن که با سایه‌های دیگر به آن‌ها نزدیک شده بود، گفت: آن قدر باید صبر بکنیم تا بکلی در فروهر ممزوج و نابود بشویم.

آذین - به حرف‌های این گوش ندهید، حواسش پرت است، همان افکاری که روی زمین به‌گوش او خوانده‌اند تکرار می‌کند.

رشن - پس تو معتقد نیستی که ما در تن آدم‌های دیگر و یا جانوران حلول می‌کنیم تا از پلیدی ماده برهیم؟

آذین - که بعد چه بشود؟

رشن - روح مجرد بشویم.

آذین - مگر وقتی که روح آمد مجرد نبود؟ بر فرض هم که مجرد شد به کجا بر می‌خورد؟ و یا این که روی زمین کارخانه روح مجردسازی است؟ ول کن، این افکار کوچک زمینی‌هاست، مسخره است.

رشن - تو همیشه به چیزهای آشکار شک می‌آوری.

آذین - تو هم همیشه به چیزهای موهوم معتقدی.

رشن – آیا این همه درد، این همه زجری که روی زمین مـی‌کـشیم، و یـا در این‌جا متحمل می‌شویم بیهوده است؟

آذین – تو از روی احساسات خودت فلسفه می‌بافی، برای گول زدن خـودت است. اما چشمت را باز کن. این شیرزاد (اشاره) را به بین، تمام زنـدگیش شراب خورده و مست بوده، حالا هم کنار کپ شراب خودش می‌رود و کیف می‌کند. برعکس هشدیو که مثل جهودها پول جمـع کـرده، حـالا هـم بـالای پولش کشیک می‌دهد و روز و شب فکرش آن‌جاست. چرا این طور شـده؟ نه تو می‌دانی و منطق هم ندارد. چرا ما این جا سرگردانیم؟ چرا روی زمـین بودیم؟ نه تو می‌دانی و نه من. پس بهتر اینست که حرفش را نزنیم.

رشن – تو هم به خیالت همه مثل تو بی‌فکرند؟ اگر بنا بـود همـه مـرده‌هـا بمانند، چند سال است که این دخمه درست شده، چند صد هزار نفر مرده را این‌جا گذاشته‌اند، پس سایه آن‌ها کجاست؟ همه آن‌هـا در فروهـر حـل شده‌اند، فقط دسته‌ای می‌مانند که به زندگی مادی علاقه دارند. بعد آن‌ها هم می‌روند و در جسم بچه‌ها حلول می‌کنند تا دوباره روی زمـین بـه دنیـا بیایند، و این کار آن قدر تکرار می‌شود تا بکلی از آلایش ماده پاک بشوند و دسته‌ای که علاقه مادی آن‌ها بریده شده داخل قوای طبیعت می‌شـوند تـا بکلی از بین بروند.

آذین – پس به عقیده تو باید عده مردم کم بشود چون یـک دسـته روح از بین می‌روند.

رشن – روح جانوران که ترقی می‌کند به جسم آدم‌ها حلول می‌کند، و ممکن است آدم‌های شهوتی در جسم جانوران بروند. یک نقاش در جسم شـب‌پره حلول کرده من او را می‌شناسم. همیشه دور از مردم روی گل‌هـای وحـشی می‌نشیند.

آذین – کی برای تو خبرش را آورده؟ نه، اشتباه می‌کنی روح هم می‌میرد. این‌ها همه فرضیات است، آن‌هائی که قوای مادیشان بیشتر است، بیشتر می‌مانند، بعد کم کم می‌میرند. چطور بدون تن می‌شود زندگی جداگانه داشت؟ همه چیز روی زمین و آسمان‌ها دمدمی، موقتی و محکوم به نیستی است. چرا ما به خودمان امید زندگی جاودانی را می‌دهیم؟

رشن – پس ما، همین وجود ما را تو انکار می‌کنی؟

آذین – وجود زنده‌های روی زمین را هم انکار می‌کنم. آیا در حقیقت زندگان هم وجود دارند؟ آیا بیش از یک موهوم هستند؟ یک مشت سایه که در اثر یک کابوس هولناک، یا خواب هراس‌ناکی که آدم بنگی به بیند به وجود آمده‌اند، از اول یک وهم، یک فریب بیش نبوده‌ایم و حال هم به جز یک مشت افکار پریشان موهوم چیز دیگری نیستیم!

نازپری به‌میان آمد – باز هم رشن و آذین به هم افتادند! سرمان درد گرفت از بس که منفی‌بافی می‌کنند. بگذارید از زربانو بپرسیم چه کیف‌هائی روی زمین کرده. حرف‌های شما که تازگی ندارد.

زربانو که دوباره به مرده خودش خیره شده بود سرش را بلند کرد و گفت:– باز هم زمین؟

نازپری – البته که زمین. روی زمین ساز هست، پول هست، شراب هست، خواب هست، فراموشی هست، عشق هست، دوندگی، گرسنگی، گرما، سرما، تشنگی، گردش و حتی امید خودکشی هست، ولی ما هیچ دل‌خوشی نداریم. ما با زندگی زنده‌ها خوشیم و با حرفش خودمان را گول می‌زنیم.

زربانو – در صورتی که دخالتی در زندگی یک دیگر نداریم!

نازپری - چرا، اوه برعکس وقتی کـه زنـدگان از مـا یـاد کننـد بـه قـدری خوشوقت می‌شویم کـه‌اندازه نـدارد و بـرای همـین اسـت کـه آفرینگان می‌گویند و درون می‌یزند، چون به یاد زندگی خودمان روی زمین می‌افتیم. همه تفریح ما این است که با یک دسته از دوستان برویم بالای بام خانه‌مـان و برایمان آفرینگان بگویند. اگر نگفتنـد بـه توسـط مهـر سـروش بـه نـزد آهورامزدا شکایت می‌بریم. یک هفته دیگر سر سال من است. دخترم برایم آفرینگان می‌گوید، ترا هم می‌برم. راستی مگر تـو کـسی را نـداری برایـت آفرینگان بگوید.

زربانو - من یـک نادختری دارم، ناهید کـه از سـر راه برداشـتمش، او بـرایم می‌گوید.

نازپری - روی زمین چه کیف‌هائی کرده‌ای؟

زربانو - من تنها کیفم این بود که بمیرم، همه‌اش به آرزوی این دنیا بودم تا شاید فرهاد را به بینم.

نازپری - بیچاره! ... هی می‌گفتی که من خیلی درد کشیده‌ام.

زربانو - من و خواهرم نوشابه هر دو عاشـق پسـر عمـویم فرهـاد شـدیم. فرهاد مرا خیلی دوست داشت ولی چون نوشابه از عشق خودش به فرهـاد برایم گفته بود. من خودداری کردم و هرچه فرهاد به من پیشنهاد زناشوئی کرد من رد کردم. تا این که فرهاد ناخوش شد و بعد از دو ماه جلو ما جـان کند و مرد. و من و خواهرم سر نعش او سوگند یـاد کـردیم کـه تـا زنـده هستیم شوهر نکنیم، جامه کبود پوشیدیم و همه فکر و ذکرمان فرهاد بـود. نوشابه هم پارسال مرد و من تنها ماندم، از تنهائی رفتم یک دختر سـرراهی برداشتم، همین ناهید و حالا سیزده سال دارد.

نازپری - این‌ها که کیف نبود!

زربانو - چرا، یک شب، فقط یک شب من کیف کردم و از زندگی خودم لذت بردم و باقی زندگی من دور یادبود همان یک شب چرخ می‌زد و به‌امید آن زنده بودم. آن شبی بود که من تنها در خانه بودم و فرهاد بی‌خبر وارد شد. هر چه خواست برگردد من نگذاشتم و او را نگه داشتم. حیاط ما بزرگ است، بالایش سه اطاق دارد با یک ایوان و جلویش باغ است که میان چمن زار یک چفته مو درست کرده‌اند. اتفاقا در آن شب هوا به قدری ملایم و خوب بود، مهتاب هم در آمده بود و نسیم خوشی می‌وزید. من و فرهاد رفتیم زیر چفته مو روی کنده درخت نشستیم. فرهاد از عشق خودش برایم می‌گفت و بازوهایم را فشار می‌داد، من هرگز این شب را فراموش نمی‌کنم!

نازپری - پس تو کسی را نداری که برایت آفرینگان بگوید.

زربانو - چرا مگر نگفتم که ناهید نادختریم هست، حتما او برایم آفرینگان می‌گوید. اگر بدانی چقدر مرا دوست داشت!

نازپری - پس برویم روی بام خانه‌ات و تماشا بکنیم، حالا ما را هم با خودت می‌بری؟

زربانو - برویم.

همه سایه‌ها دسته جمعی بلند شدند و دست هم را گرفتند. نازپری دست زربانو را گرفت، روی پاهایشان می‌لغزیدند و کم کم از زمین بلند شدند و مثل باد و یا تیری که از کمان بگذرد حرکت می‌کردند. تا این که زربانو خانه‌اش را نشان داد و همه آن‌ها روی بام آن خانه فروذ آمدند. در ایوان خانه یک چراغ می‌سوخت، یک قالیچه افتاده بود و یک بغلی شراب و یک

سبد گیلاس و آلبالو گذاشته بودند. باغچه جلو ایوان تمیز و آب‌پاشی شده بود. چمن‌ها به رنگ سبز سیر جلو روشنائی مهتاب مثل مخمل موج می‌زد، هوای نم‌ناک که در آن عطر گل یاس و شب بو و گل‌های سرخ و زرد می‌لرزید، درخت‌ها روی چمن سایه انداخته بودند و خاموشی کامل همه جا فرمان‌روائی داشت.

نازپری گفت – انگار کسی خانه نیست!

هشدیو – زنده‌ها به فکر مرده‌ها نیستند!

شهرام – عوض آفرینگان شراب و سبد میوه!

نازپری به زربانو – این همان دختری است که گمان می‌کردی ترا دوست دارد شب سوم مرگت خانه نیست!

آذین – چه راه دوری بود!

نوشزاد – دختر سرراهی بهتر ازین نمی‌شود!

آذین – از کجا که بهدین باشد؟

میرانگل به زربانو – نامزد هم دارد؟

زربانو – هرگز، ناهید را می‌گوئید؟ بی‌خود گناهش را نشویید دختر دست و دامان پاکی است.

میرانگل – پس کجا رفته؟

زربانو – یک دختر تنها، شاید رفته چیزی بخرد و برگردد.

میرانگل – زنده‌ها! خوشا به حالشان کی به فکر ماست!

زربانو با دستش به نازپری نشان می‌داد و می‌گفت:

– ببین آن شب مهتاب که گفتم درست همین جور بود. آن جا چفتـه مـو را ببین، من و فرهاد رفتیم زیر همین چفته نشستیم. فرهاد دست‌های مـرا در دستش گرفته بود و می‌گفت: «چرا آن قدر غم‌ناکی؟ چرا این طور شدی؟ تو پیشتر این طوری نبودی، هیچ می‌دانی اگر مرا رد بکنی چه بـه مـن خواهـد گذشت؟ ... نه، نمـی‌تـوانم طاقـت بیـاورم. زری‌جان آیا کـس دیگـر را می‌خواهی؟ به من بگو، من خوشی تو را می‌خواهم و بس، اگر کـس دیگـر را می‌خواهی با او زناشوئی بکنی، بگو.»

من سرم پائین بود، به حرف‌های او گوش می‌دادم ولی نمی‌دانی چـه حـالی بودم!

نازپری – ما هر کدام‌مان هزار تا ازین حکایت‌ها داریـم، ایـن‌هـا کـه چیـزی نیست. پس آفرینگان چطور شد؟

هشدیو – بی‌خود از کار خودمان بی‌کار شدیم!

شهرام – تا ما باشیم که به این آسانی گول نخوریم.

رشن – از دست او پیش اورمزد شکایت می‌کنیم.

آذین – پیش کی شکایت می‌کنی؟

رشن – او باید بداند که ما احتیاجی به آفرینگانش نداریم، ولی اگر او روان ما را یشته بود ما بلاها و رنج‌ها ازتن و روان او بهتر می‌توانستیم دور بکنیم.

آذین – بچگی را کنار بگذار، اگر احتیـاج نداشـتیم چـرا آمـدیم، و حـالا چـرا می‌خواهیم شکایت بکنیم؟ و اگر بلاگردان هستیم اول از جان خودمان بلاها را دور بکنیم، اگر می‌توانستیم!

هشدیو – بیخود معطل می‌شویم، بر گردیم.

همه آماده رفتن شدند، زربانو شرمنده و سرافکنده با وجود آن شوقی که آن‌ها را آورده بود ناچار بلند شد. ناگاه در همین دم در خانه باز شد و دو هیکل سفیدپوش مثل سایه وارد شدند. ناهید بود با یک مرد جوان که او هم لباس سفید پوشیده بود، با هم می‌خندیدند و آهسته حرف می‌زدند. ناهید در را بست، بعد آن جوان دستش را به کمر او انداخت، روی چمن‌ها خیلی آهسته می‌لغزیدند و به سوی چفته مو می‌رفتند. سایه آن‌ها روی چمن کش می‌آمد، به‌هم مالیده می‌شد بعد توأم می‌گشت و دوباره از هم جدا می‌شد و باز یکی می‌گردید. در صورتی که خودشان ملتفت نبودند ولی سایه‌های روی بام کوچک‌ترین حرکت آن‌ها را با دقت مواظب بودند. بعد رفتند زیر چفته مو روی کنده درخت نشستند و پشت سایه لرزان برگ درختان ناپدید شدند. فقط گل‌های نسترن و گل‌های زرد بزرگ آفتاب گردان را نسیم آرامی تکان می‌داد و در هوای ملایم نم‌ناک پرتو ماه می‌لرزید. به قدری این پیش‌آمد ناگهانی بود که همه سایه‌های روی بام سرجایشان خشک شده بودند.

آذین گفت: - دیدی آفرینگان نگفت؟

نازپری پیشنهاد کرد: - برویم جلو به‌بینیم چه می‌گویند.

ولی زربانو جلو او را گرفت و گفت: - نه، حیف است. حالا دیگر برگردیم، تا همین جا کافی است، یک تکه، یک لحظه زندگی مرا بیاد آورد، جلوم مجسم کرد، می‌ترسم از قدرش بکاهد، نزدیک نباید رفت، چون عشق مثل یک آواز دور، یک نغمه دلگیر و افسون گر است که آدم زشت و بد منظری می‌خواند. نباید دنبال او رفت و از جلو نگاه کرد، چون یادبود و کیف آوازش را خراب می‌کند، و از بین می‌برد. در آستانه عشق هم نباید جلوتر رفت تا همین‌جا بس است. همین خوب بود، از هر درودی، از هر آفرینگانی روان

من بیشتر کیف برد. چون تمام آن یک لحظه خوشی مرا، سرتاسر جـوانیم را دوباره جلو چشمم مجسم کرد. نه نباید از آستانه آن گذر کرد. تا همـین‌جـا بس است. بعد دسته‌جمعی برگشتند. زربانو دوباره رفت بالای سـر مـرده خودش دست زیر چانه‌اش زد و نشست و دیگر با کسی حرف نزد.

خاموشی کامل دوباره برقرار شد. همه سایه‌ها بهت زده دور هـم نشـسته بودند، فقط از دور صدای خنده کفتار و زوزه شغال می‌آمد.

پدران آدم

« من در معدن زغال سنگ شمشک یک تکه زغال دیدم که شبیه دست میمون بود.»

از یک نفر کارگر معدن شمشک

میلیون‌ها قرن از عمر زمین می‌گذشت و زمین در کوره راهــی کــه بــه دور خورشید برای خودش پیدا کرده بود می‌چرخید. ولی طبیعت هنوز از جـوش و خروش نیفتاده بود. رگبارهای تند، رعد و بـرق، طوفــان و بـاد و بــوران و زمین لرزه‌های پی در پی داستان مکرر و دائمی روی زمین را تشکیل می‌داد. از قله کوه دماوند پیوسته دود و بخار خاکستری رنگی بیرون مــی‌آمــد کــه شب‌ها به شعله‌های نارنجی تبدیل می‌شد، و عکس آن روی سطح آب آرام دریاچه دور آن منعکس می‌گردید. روی کوه‌ها و دره‌های مشرف به دریاچه از جنگل‌های انبوه با درخت‌های تنومند بزرگ پوشیده شده بـود و در زیــر شاخه این درخت‌ها جانوران درنده و چرنده و میمون‌های بزرگی که تازه به آن‌جا کوچ کرده بودند زندگی می‌کردند – خانواده‌های گوناگون و ناشناس، میمون‌های کلان شبیه به آدمیزاد یا آدم- میمون حلقه‌ای را تشکیل مــی‌داد که نژاد انسان را به میمون متصل می‌کرد. ولی ترس از جانوران درنده آن‌ها را به هم نزدیک و متحد کرده بود.

میان خانواده‌های این میمون‌ها، دو تن از همه سرشناس‌تر بودند و مناسباتشان با هم گرم‌تر به نظر می‌آمد. یکی خانواده داهاکی بود که یک زن پیر داشت موسوم به ریتیکی و یک دختر کوچک تاکا و یک پسر جوان زیزی برایش مانده بود. باقی بچه‌هایش به جنگل‌های دور رفته بودند و از آن‌ها خبری نداشت. و خانواده دیگر کیساکی‌کی بود که از جنگل‌های دور دست سرزمین اونوها به این جا آمده بود. کیساکی‌کی پیر بود و ساختمانش با سایر میمون‌ها فرق داشت. رنگ مویش خاکستری، صورت بزرگ، گونه‌های تو رفته، آرواره‌های بزرگ، دهن گشاد، دندان‌های نیش بلند داشت، و دو گوش گرد بزرگ دو طرف سرش چسبیده بود، چشم‌هایش به رنگ لرد شراب، در کاسه سرش فرو رفته بود. بینی پهن و ریش بلند، ریش مقدس بلندتر از معمول زیر چانه‌اش آویزان و لب پائین او بی‌اندازه متحرک بود. گردن کلفت و کوتاهش در سینه او فرو رفته بود. دست‌های دراز، بازوهای ورزیده، پشمالو، سینه پهن، شکم بزرگ جلو آمده، لمبر برجسته داشت. زانوهایش خمیده بود و با چوب‌دستی راه می‌رفت و بالای سرش یک مشت موی سرخ مثل کاکل داشت ولی دختر جوانش ویست‌سیت فقط چشم‌هایش زاغ بود و گرنه از حیث اندام و تناسب ظریف‌تر از پدرش و مانند میمون – آدم‌های دیگر بود.

قبل از ورود کیسا میمون‌ها آرام و آسوده می‌خوردند و عشق‌بازی می‌کردند. لذت بزرگ آن‌ها خوردن و شهوت‌رانی و دوندگی و بدبختی، گرسنگی، عزوبت، پیری و ناخوشی و مبارزه با جانوران درنده بود. ولی کیسا که وارد شد کینه و حسادت را به آن‌ها آموخت، و از جاه‌طلبی که داشت کوشش می‌کرد که سردسته قبیله داهاکی بشود. چیزی که کار او را آسان کرد، صورت مکار، و قدرت نطق کیسا بود. و از همه مهم‌تر ریش دراز او

طرف توجه قبایل میمون‌ها شد. به‌خصوص بعد از پیش‌آمد ناگواری که پس از شکار دو ببر برای داهاکی رخ داد، کیسا به مقصود خودش نایـل گردیـد. چون درین کشمکش آرواره‌های داهاکی شکست، زمین‌گیر شد و به زحمت زندگی می‌کرد. از آن پس کیسا رئیس قبیله داهاکی شده بود.

زمستان پیش بود که دو ببر در جلگه داهاکی پیـدا شـدند و دوازده تـن از آدم - میمون‌ها را پاره کردند و خوردند. داهاکی که رئیس و پیشوای قبیله بود و همیشه در هنگام کوچ پیش‌آهنگ آن‌ها می‌شد و از همـه میمـون‌هـا بزرگ‌تر و زورمندتر بود، وظیفه خودش دانست که ببرها را بکشد. یک روز صبح زود بلند شد، چماق کلفتی که داشت برداشت و کیسا را هم با خودش به شکار ببرها برد. در کمرکش کوه ببرها را دیدند که با تنه بزرگ راه راه زرد و دست‌های قوی در تنگه خوابیده بودند. همین که کیسا ببرها را دیـد از درختی که در آن حوالی بود بالا رفت. داهاکی یک تخته سـنگ بـزرگ از بالای کوه غلتانید که در تنگه روی سر ببر ماده خورد و یک دست ببر نـر را زخمی کرد. ببر نر با وجود این که یک دستش شکسته بـود بـرای داهـاکی کوس بست و جست زد، داهاکی با چالاکی مخصوصی خودش را کنار کشید. ببر دوباره به زمین خورد و داهاکی بعد از زد و خورد زیاد هـر دو آن‌هـا را کشت. ولی در بین کشمکش یکی از آن‌ها چنان پنجه‌ای به صورت او انداخت که آرواره‌هایش را خرد کرد. و زمانی که میمون‌های دیگر با هلهله و شـادی سر رسیدند، دو دشمن خونخوار خودشان را دیدند که یکی سرش له شده بود و دیگری کمرش شکسته بود، به‌طوری که در هنگام جـان کنـدن از زور درد، با چنگش درختی را از ریشه در آورده بود و در خون خودشـان غوطـه می‌خوردند. کیسا همین که گروه میمون‌ها را دید از درختـی کـه در موقـع کشمکش به آن پناه برده بود پائین آمد، آهسته به جمعیت نزدیک می‌شد

و با مشت دو دستی روی سینه فراخش مـی‌کوبیـد و صـدای خفـه‌ای از آن بیرون می‌آمد. مثل صدائی که از روی صندوق شکسته‌ای در بیاید که رویش را پوست کشیده باشند. بعد نعره تندرآسائی کشید که صـدایش در تمـام جنگل پیچید و تودماغی می‌گفت:

– خاه – آه – خا – آه – یاه، یاه، اووه، اووه، وه، وه.

نزدیک که رسید ایستاد، دوباره نعره کشید و روی سینه‌اش را مـی‌کوفـت. میمون‌ها به طرف او متوجه شدند، نزدیک‌تـر آمـد و بـا قیافـه ترسنـاک مکارش نگاهی به داهاکی کرد که با دهن خونین و مالین آن‌جا افتـاده بـود. آن وقت چند بار فریاد کشید:

«یائو کی کی ... یائو کی کی!»

«من ببر کشتم ... ببرها را من کشته‌ام!» چشم‌های متحرک او دور زد و همه میمون‌ها به نظر احتـرام بـه او نگـاه کردنـد، و از آن روز ایـن دره بـه‌نـام کیساکی‌کی معروف شد، یعنی «دره کیسای ببرکش» و کیسا رسما پیر مـرد قبیله میمون‌ها شد. زی‌زی آمد پدر زخمی‌اش را کول گرفـت و بـرد بـالای درخت روی برگ‌های خشـک خوابانیـد و کیـسا هـم ویست‌سـیت را روی شانه‌اش گذاشت، انگشتش را به دست او داد و جلو نگاه‌های تحسین‌آمیـز میمون‌ها خیلی رسمی با قدم‌های کـج کـج، عـصا زنـان بـه سـوی لانـه‌اش برگشت.

دره کیساکی‌کی پر محصول‌ترین دره در اطراف کوه دماونـد بـود. گـردو، میوه شبیه نارگیل، شکر سرخ، فندق وحشی، بادام وحشی و میوه‌های ترش و شیرین، گس و دبش، جوانه درخت و برگ گل برای خوراک آدم – میمون‌ها به مقدار زیاد در آن‌جا به هم می‌رسید و هـوایش ملایـم بـود. ولـی خطـر

مرموزی آن را تهدید می‌کرد که فراست حیـوانی میمـون‌هـا را متوجـه آن کرده بود. این خطر آتشفشانی کوه دماوند بود که چندی می‌گذشت بر پیچ و تاب و جوش و خروش خودش افزوده بود. سبزه‌های دور کوه خـشکیده و ابر سیاهی دائم بالای آن بود و زمین‌لرزه‌های شدید می‌شد. ولی میمون‌ها منتظر تصمیم رئیس خودشان کیساکی کی بودند تا با او کوچ بکنند.

٭

یک زمستان از شکار ببرها گذشت، ولی زخم چانـه داهـاکی خـوب نـشد، و بالاخره نتوانست ثابت کند کـه او کـشنده ببرهـا بـوده و کیـسا حـق او را دزدیده. حال داهاکی خراب و زخم دهنش بـدتر شـده بـود. اگرچـه یـک قسمت از آن به‌هم جوش خورده بود، اما زیر چانه‌اش چرک کـرده بـود و دختر کوچکش از او پرستاری می‌کـرد. در آفتـاب سـرش را مـی‌جـست و میوه‌هائی را که زیزی می‌آورد، می‌جوید و در دهن پدرش مـی‌گذاشت، مگس‌های روی زخم او را رد می‌کـرد و گـاهی هـم زیزی پـدرش را کـول می‌کرد، دم چشمه می‌برد و آب به صورتش می‌زد و همه انتظار مرگ او را می‌کشیدند. در این مدت کیسا روز به روز به امـر و نهـی و فرمـان‌روائـی خودش می‌افزود و هنگام فراغت را با دخترش ویست‌سیت مـی‌گذرانیـد. ویست‌سیت چشم‌های زاغ، ساق‌های محکم، شکم بزرگ و بازوهای ورزیـده داشت، و به نظر میمون‌ها خیلی خوشگل بود. اسمش را که می‌آوردنـد آب در دهن آدم - میمون‌های نر جمع می‌شد. اما کسی جرئت نمی‌کـرد بـه او چپ نگاه بکند، چون از قدرت و مکر پدرش کیسا همه پرهیز داشتند. ولـی تنها کسی که مخالف قانون جنگل رفتار کرد زیزی بود، که عشق خـودش را آشکار به زبان بی‌زبانی به او ابراز کرد و به حکم فرمـائی کیـسا و قـدرت او هیـچ اعتنـا نمـی‌کـرد. زیزی ویـست‌سیت را دوسـت داشـت و خـود

ویست‌سیت هم از مصاحبت پدر پیرش و تحمل نفس او خسته شـده بـود و به زیزی دل بستگی پیدا کرده بود که گردن کلفت و بازوهای توانا داشت. همین که اول غروب همه جانوران و آدم - میمون‌ها در لانـه خودشـان روی شاخه‌های خشن که از بـرگ خـشـک پوشـیده شـده بـود پنـاه مـی‌بردنـد وسیت‌سیت و زیزی در جنگل مجاور مشغول معاشقه بودند، با وجود این که کیسا با نعره‌های طولانی ترس‌ناکش او را صدا می‌زد ولی ویست‌سیت وقعی به بی‌تابی پدرش نمی‌گذاشت. و زمانی که خیلی دیر ویست‌سیت به لانه بر می‌گشت پدرش او را می‌بوئید و مـدت‌هـا صـدای تغیـر و داد و بیـداد او شنیده می‌شد. ویست‌سیت به حالت افسرده جلـو پـدرش مـی‌نشـست، چشم‌های‌تر او دور می‌زد، پوزه‌اش غم نـاک و متفکر و تمام وجود او تولید غم و اندوه می‌کرد و پیوسته پیش پدرش خاموش بود. گاهی خشم‌ناک می‌شد، فریاد می‌زد، نعره مـی‌کـشید، بـه‌طـوری کـه جـانوران دیگـر از صـدای او می‌ترسیدند و فرار می‌کردند. بعد هم مدت‌ها از لای بـرگ درختـان بـه ستاره‌هائی که بالای آسمان می‌درخشیدند نگـاه مـی‌کـرد. چـون خـوابش نمی‌برد و به فکر زیزی بود و کوشش مـی‌کـرد بـرای سـتارگان شـکلی از جانوران و گیاه‌ها تصور بکند، و یا به اسرار آن‌ها پی ببرد و سرنوشت خودش را از آن‌ها در یابد.

چند ماه بعد شکم ویست‌سیت بالا آمده و جنگ و دعوای او با پدرش تمـام شب مداومت داشت. کیسا مخالف دوستی و رابطه دخترش با زیزی بـود. ویست‌سیت بچه را به پدرش نسبت می‌داد ولی مـشام تیـز کیسا گـول نمی‌خورد و هر شب مرتب بوی زیزی را از او شنیده بـود. بـه‌طـوری کـه زندگی به ویست‌سیت تنگ شد که زیزی تصمیم گرفت با او به جنگل‌های دور دست فرار بکند.

*

یکی از شب‌ها، وقتی که مهتاب از لای شاخه‌های درهم پیچیده درخت‌ها گله‌های کوچک روی زمین انداخته بود، رنگ آسمان مانند سرب گداخته و ابرهای تیره و خاکستری در کرانه آسمان به هم مخلوط شده بود و شاخه کلفت درخت‌ها در تاریکی شکل‌های شگفت انگیز به خودش گرفته بود - زندگی شب‌هنگام جنگل شروع شد. از دور سایه‌های عجیب و غریب دیده می‌شد که روی شاخه‌ها و علف‌ها می‌لرزیدند و جا به جا می‌شدند و به لانه‌های گرم و نرم خودشان می‌رفتند. بته‌ها تکان می‌خورد، در درخت‌ها صدای خش و فش شنیده می‌شد. سبزه‌ها از وزش باد موج می‌زد، صدای زوزه شغال و ناله کفتار فاصله به فاصله شنیده می‌شد و دندان‌های سفیدشان در تاریکی برق می‌زد. مثل این که دهن‌کجی بکنند، اول صدای خنده خشکی بود که مو را به تن جانوران راست می‌کرد و بعد به زوزه‌های غم‌انگیز تبدیل می‌شد و با فریاد و فغان‌های ناجور و دوردست جانوران دیگر مخلوط می‌گشت. شبکورهای بزرگ بال‌های استخوانی خود را به هم می‌زدند و ناله دردناک می‌کردند، ببرها می‌غریدند. ازین صدا ترس در دل جانوران جنگل می‌افتاد. یک طور ترسی بود که صداها با هم ساکت و همه جانوران خبردار، جلد و چابک می‌شدند. میمون‌ها که ترسیده بودند زغ زغ می‌کردند و ناگهان خفه می‌شدند. جانوران شکارچی با چشم‌های درخشان، نفس بد بو، معده‌های گرسنه و بینی متحرک آهسته و با احتیاط راه می‌رفتند و دنبال طعمه می‌گشتند.

درین شب زیزی یک دانه میوه شبیه نارگیل با یک مشت میوه‌های جنگلی جور بجور کنده بود و درصد قدمی لانه کیسا چشم به راه ویست‌سیت زیر درخت ایستاده بود. میوه‌های سرخ‌رنگ را از روی بی‌میلی می‌جوید و با

پشت دست دهنش را پاک می‌کرد و هسته آن را بیرون می‌انداخت. ولی حواسش پرت بود و قلبش می‌تپید. ناگهان شاخه‌ها تکان خورد و دید ویست‌سیت با صورت سیاه، ابروهای برجسته اخم‌آلود، هراسان، پاورچین، پاورچین از کنار او می‌گذشت. زی‌زی دستش را دور کمر او انداخت. ویست‌سیت اول ترسید به خیالش مار و یا جانور دیگر است. همین که زی‌زی را شناخت، خودش را به او چسبانید.

زی‌زی فریاد کرد:

- خا - آه - یاه - یاه. اووه، وه، وه.

یک پرنده گذرنده ازین صدای ناگهانی چند بار صدا کرد. ویست‌سیت با حس حیوانی خودش پی‌برده بود که معاشقه آن‌ها پایدار نیست و پدرش عنقریب مانع خوشی و آزادی آن‌ها خواهد شد. بعد زی‌زی با صدای لطیف‌ترجواب داد:

«- وائو... وائو!»

«من هستم. من هستم.» زی‌زی همین‌طور که دستش دور کمر ویست‌سیت بود او را محکم به خودش فشار داد. این حرکت ناشی و ناقص او اگر چه بچگانه بود، ولی یک احتیاج مادی و پست را می‌رسانید و در ضمن لطف شاعرانه و غم‌انگیزی هم داشت. بعد زی‌زی او را رها کرد و میوه شبیه نارگیل را به درخت کوبید که از میان شکست و شیره‌اش سرازیر شد. آن را گذاشت به دهن ویست‌سیت و او با اشتهای هرچه تمام‌تر دو دستی میوه را گرفت و از روی حرص و شادی دو سه بار ناله کرد. سپس شروع کرد به مکیدن شیره آن، چند قطره از آن شیره روی سینه‌اش چکید. زی‌زی که متوجه حرکات او بود با زبان نرم بزرگش شیره‌ای که روی سینه و

پستان‌های او چکیده بود لیسید و ویست‌سیت را دوباره به خودش فشار داد. ویست‌سیت خودش را عقب کشید و مشغول خوردن میوه شد. زی‌زی با نگاه خریداری به او می‌نگریست. پس از آن که از خوردن فارغ شد چند بار از روی شادی فریاد زد:

« زی‌زی واوو...زی‌زی واوو.»

«زی‌زی من ترا دوست دارم. زی‌زی من ترا دوست دارم.» صدای او در کوه منعکس شد که همین جمله را تکرار کرد. ماه از زیر ابر بیرون آمد، در نزدیکی آن‌ها سرآبی بود که یک جوی باریک به آن می‌ریخت و به طرف دریاچه پائین کوه دماوند می‌رفت. از دور آب دریاچه پیدا بود که پائین رفته، سبزه‌های اطراف آن خشک شده و پرنده‌ها فرار کرده بودند. دامنه کوه نمایان بود، هوا صاف و در دل ساده آن‌ها شادی مخصوصی، شادی مرموزی تولید شده بود که نمی‌توانستند به یک‌دیگر ابراز بکنند. ناگهان شاخه‌ها تکان خورد و یک «اومبووه» گاومیش بزرگ پدیدارشد که آهسته به طرف سرآب می‌رفت. زی‌زی و ویست از جایشان تکان نخوردند و این منظره برای آن‌ها حکم یک تفریح را داشت. گاومیش به سر آب رسید، پوزه نرمش را آهسته در آب فرو می‌برد و بیرون می‌آورد و از پوزه‌اش آب چک‌چک می‌چکید. بعد دوباره به دور خودش نگاه کرد و از همان راهی که آمده بود برگشت. ویست‌سیت و زی‌زی آهسته از زیر شاخه درخت‌ها بیرون آمدند. مهتاب براق، ستاره‌ها روشن، منظره کوه دماوند با شعله‌های نارنجی و دودی که از دهنه آن بیرون می‌آمد روی سطح آب آرام و کدر دریاچه منعکس شده بود. چشم‌های هراسناک زی‌زی از شادی دور می‌زد. پوزه جلو آمده، صورت سرخ، بازوهای بلند ورزیده و پستان‌های برجسته ویست‌سیت در نظر او طور دیگر جلوه می‌کرد. درین ساعت معده‌اش

راحت و پر، عضلاتش گرم بود و خون به تندی در بدنش گردش می‌کرد. سر دماغ بود و بوی مخصوصی که از ویست‌سیت تـراوش مـی‌کرد او را مست کرده و نیروی سرشاری به او داده بود، به‌طوری که احتیـاج بـه دو و پرش و تفریح داشت.

زیزی با چالاکی مخصوصی دست کـرد ویست‌سیت را برداشـت و روی کولش گذاشت. چندبار فریاد کشید و مانند بندباز زبردستی جست می‌زد، می‌دوید، هراسان بر می‌گشت اطراف خودش را نگاه می‌کرد، بو می‌کـشید، نفس نفس می‌زد و باز می‌دوید. زیر پای او جانوران کوچک زابرا می‌شدند و فرار می‌کردند. پرندگانی که به آنجا کوچ کرده بودند با داد و جنجال جا به جا می‌شدند. و همین که زیزی مقداری می‌رفت مثل این کـه بخواهـد زور خودش را به ویست‌سیت بنمایاند و یا نمایش بدهـد ویست‌سیت را بـر زمین می‌گذاشت و به شاخه‌های درخت‌ها آویزان می‌شد. با دست‌هـایش قلاب می‌گرفت، تاب می‌خورد، خودش را دوباره ول می‌کرد و همه چالاکی و تردستی خود را به چشم ویست‌سیت می‌کشید. بعد دست ویست‌سیت را می‌گرفت و با هم می‌دویدند و غلت‌زنان دور می‌شدند. ایـن حرکـات بـه قدری متناسب بود مثل این که روح و جان به جنگل دمیده بود، درخت‌های آرام و مهتاب خشک و خشن را جان داده بود. تمام ساختمان تن او، زانوهـای خمیده‌اش دست‌های دراز، پاهای او که تنه درخت‌ها را با آن‌ها می‌گرفت و به کمک دست‌هایش کار می‌کرد، تناسب مخصوصی با جنگل داشت. هر دو آن‌ها بدون این که به یک‌دیگر ابراز بکنند مـی‌دانسـتند کـه از ایـن جنگل می‌روند و همین که با تفریح و جست و خیز مقدار زیادی از کیساکـی‌کی دور شدند دوباره ایست کردند - چون دورنمای کوه دماوند و شـعله‌ای کـه از آن جلو مهتاب بیرون می‌آمد به قدری قشنگ بود و تازه به نظر آن‌ها آمـد

که با وجود همه سادگی و بچگی این چشم انداز طرف توجه آن‌ها شد. دست به گردن تماشا می‌کردند، مثل این بود که یک برق گذرنده هوش، یک جرقه احساسات درین لحظه در چشم‌شان می‌درخشید. ویست‌سیت از این دورنمای غریب متأثر شد، دره کیسای ببرکش، دره پدرش در آن پائین واقع شده بود. می‌دانست که آن‌جا پدرش خوابیده، درخت‌ها، لانه نرمی که داشتند، میوه‌هائی که خورده بود، بازی‌هائی که در جنگل کرده بود، از جلو چشم او پشت هم گذشت و زیر لب گفت:

«ــ کیسا کی کی!»

زی‌زی او را به سوی خودش کشانید، ولی تأثر او گذرنده بود. چون همه احساسات آن‌ها یک مرتبه هجوم می‌کرد و مدتش خیلی کم بود و زود برطرف می‌شد. همه احساسات در ته چشم آن‌ها نقش می‌بست و به همین وسیله احساسات خودشان را به یک دیگر انتقال می‌دادند. ولی دوباره با قلبی سرشار، جست‌ها و معلق‌های بزرگ با هم برداشته و به سوی مقصد نامعلوم و زندگی آتیه خودشان رفتند. چون ویست‌سیت به بازوهای دراز و پر زور زی‌زی که میوه برایش می‌آورد اعتماد کامل داشت.

*

سفیده‌دم هنوز یک ستاره رنگ‌پریده روی آسمان می‌درخشید. کرانه آسمان به رنگ شیر شده بود، عکس درخت‌ها و کوه دماوند روی سطح آب دریاچه که پائین رفته بود منعکس شده بود. نسیم خوش بوئی عطر گل‌های دور و بوی برگ‌های تجزیه شده را با خودش می‌آورد. خورشید طلائی آهسته بالا می‌آمد و ظاهرا یک بامداد ملایم بی‌دغدغه و صاف بود. ولی کوه دماوند تهدیدآمیز، به حالت شوریده، مضطرب و بی‌خوابی کشیده یک مشت دود از دهنه آن بیرون می‌آمد. همین که کیساکی‌کی از خواب

بیدار شد، با نعره‌های ترس‌ناکش ویست‌سیت را صدا زد. اما هر چه دنبال دخترش گشت بی‌فایده بود. به قدری بی‌تابی کرد و فریاد زد که میمون‌های دیگر دل‌شان به حال او سوخت. ولی کسی به کمک او نرفت. زیرا همه میمون‌ها از بازوهای پر زور زیزی حساب می‌بردند و این مطلب را می‌دانستند که ویست‌سیت با زیزی فرار کرده است. اما هیچ‌تن از آن‌ها حاضر نبود که با زیزی روبرو و پنجه به پنجه بشود. اتفاقا بعدازظهر این روز واقعه غریبی پیش آمد – دوبار زمین به سختی لرزید، و کوه دماوند چندین بار غرش کرد و از دهنه آن دود، گوگرد و خاکستر بیرون آمد. جانوران جنگل ازین تغییر بی‌سابقه هراسان شدند و به جنگل‌های دور گریختند. اما میمون‌ها همه در میدان‌گاهی کیساکی‌کی جمع شدند و منتظر پیشوای قبیله خودشان کیساکی‌کی بودند که بیاید، جلو بیفتد و آن‌ها را به سرزمین امنی راهنمائی بکند. و یا از تجربه و آزمایش خودش آن‌ها را به علت این پیش‌آمد ناگوار آگاه بکند و دلداری بدهد. همه میمون‌های نر و ماده با بچه‌هایشان به حالت مضطرب با جارو جنجال در هم می‌لولیدند. ناگاه کیساکی‌کی که چماق بزرگی به دست گرفته بود با ریش خاکستری دراز، پشت خمیده، صورت مکار کینه‌جو، موهای ژولیده، چشم‌های سرخ بی‌خوابی کشیده وارد دره کیساکی‌کی شد به قدری هیکل او مهیب بود و رسمی وارد شد که ترس در دل میمون‌ها انداخت و همه خاموش شدند – لب پائینش کش آمده بود و آویزان‌تر از معمول شده بود، پوست سرش چین خورده بود و بالای ابروهایش جمع شده بود، با موهای سیخ زده به حالت درنده و ترسناکی در آمده بود. مثل صورتی که یک نفر دیوانه ممکن است در فکر خودش مجسم بکند و یا در کابوس به انسان ظاهر بشود. سپس کیساکی‌کی عصازنان رفت روی تخته سنگی که آن‌جا بود ایستاد. چندبار مشت زد روی قفسه سینه‌اش و فریاد کشید:

- خا - آه - خا - آه - اووه، اووه، وه وه.

خون در چشمش دوید، و از زور خشم دست انداخت یک شاخه بلوط را گرفت شکست و نطقی کرد که این طور شروع شد:

«- هی هی، یائو کیسا کی کی ... داهاکی یائو یی یی، خا - آه - آه زی‌زی ویست‌سیت رو کو، کیساکی‌کی، راتا - پوهی ویگ لوتیک وه، وه...»

در موقع نطق به واسطه نداشتن لغات به زور حرکات دست و اشارات، مطلب خودش را می‌فهمانید و چندین بار تکرار می‌کرد، فریادهای ترس‌ناک می‌کشید و آب از دهنش سرازیر می‌شد. بالاخره مختصر صحبتش این بود:

«من کیسا ببرکشم و شما را از شر ببرها خلاص کردم. ریش من بلندتر از ریش شماست. من بیشتر از شما زمستان دیده‌ام، و میمون دیده‌ام. من زبان ستاره‌ها را می‌دانم. من زبان چشمه‌ها را می‌دانم. داهاکی نافرمان بود. زی‌زی پسرش ویست‌سیت دختر مرا دزدید و زمین برای همین لرزید. زمین همه را می‌کشد، چون به من که ریشم از ریش شما درازتر است بیدادی شده. مگر این که داهاکی را بکشید و دخترش تاکارا برای من بیاورید. میوه‌های او مال من است. هرچه دختر هست مال من است. آب‌ها بخار شده برای وجود داهاکی است. دور ماه هاله سرخ دارد. برای وجود داهاکی است. کوه دنبا دنبا صدا می‌دهد، برای وجود داهاکی است. زمین می‌لرزد، برای وجود داهاکی است. زمین همه را می‌کشد ... »

سرتا سر نطق او به نفع خودش و ضرر داهاکی تمام می‌شد. همین که نطق پرشور او به پایان رسید، میمون‌ها زمین‌لرزه و غرش‌های کوه را فراموش کردند و خون‌شان به جوش آمد. کیساکی‌کی روی همان سنگ نشست و به

عصایش تکیه کرد. همه میمون‌ها از کوچک و بزرگ به طرف لانه داهاکی دویدند. به ضرب چماق داهاکی و زن و دخترش را جلو کردند. داهاکی با صورت زخم خون آلود و چشم کورش فریاد می‌کشید و چرک از دهنش سرازیر بود. دختر داهاکی از ترس در بغل مادرش پناهنده شده بود و سرش را میان پستان‌های او پنهان کرده بود.

کیساکی‌کی روی سنگ چرت می‌زد و انتظار نتیجه انتقام خودش را می‌کشید. ناگهان صدای هیاهو و داد و غوغا از دور بلند شد. چهار میمون نکره دست‌ها و پاهای داهاکی را گرفته بودند و از دره بالا می‌آوردند. داهاکی با ناله و پیچ و تاب‌های پی در پی می‌خواست خودش را از دست دژخیمان آزاد بکند. صدای زوزه، ناله، نعره‌های خشم آلود، گریه و فریادهای خوشحالی به هم مخلوط شده بود. پشت سر داهاکی زنش ریتیکی و دخترش تاکا را کشان کشان می‌آوردند. در محوطه کیساکی‌کی که رسیدند، تا داهاکی با یک چشم کورش دشمن خود کیسا را دید. کسی که همه چیز او را دزدیده بود، از ته دل فریاد زد و به سوی او حمله کرد. ولی او را به زور روی زمین نشانیدند. داهاکی به زمین افتاد، به خودش می‌پیچید، صورت ترس‌ناک و بزرگ او از عرق و چرک و خون آغشته شده بود. میمون‌های بزرگ گردن کلفت چماق‌ها و شاخه بزرگ درخت‌ها را به سر و صورت و سینه او می‌نواختند. میمون‌های دیگر از دور او را سنگ‌سار می‌کردند. نعره‌های داهاکی فاصله پیدا کرد و هر دفعه که نعره می‌کشید سیل خون روی سینه‌اش جاری می‌شد. آرواره‌های سنگینش ول و کنده شده بود و دندان‌های توانا و برنده‌اش شکسته بود. نفس نفس می‌زد، و هر نفسی که می‌کشید از دهنش خون بیرون می‌آمد. از منظره خون و ناله داهاکی و زنش احساس هیجان ناگفتنی که مخلوط با کیف و ترس بود به میمون‌ها دست

داد. تاکا دختر داهاکی که ده زمستان بیشتر از عمرش نگذشته بود خودش را به مادرش چسبانیده و او را در آغوش کشیده بود و می‌بوسید. همین که او را به زور از بغل مادرش جدا کردند، پرید از درخت بلوط کهنی که آن‌جا بود بالا رفت. چند بار جیغ کشید، رنگ صورتش پریده و مثل بید می‌لرزید، سرش پرمو و کاکل خاکستری سرخ رنگ داشت، ولی پشم‌های پشتش خاکستری مایل به سفیدی بود. او را از درخت پائین آوردند و گریه‌کنان در بغل کیسای پیر گذاشتند. و ریتیکی مادرش را پهلوی داهاکی در میان داد و فریادهای شادی شکنجه می‌کردند. کیسا با بازوهای درازش تاکا را گرفت و به خودش فشار داد، از شادی چشم‌هایش برق می‌زد. ریش دراز، پیشانی جلو آمده، پای چشم‌های چین‌خورده صورت او را مضحک کرده و ترسناک نشان می‌داد. همین که تاکا شروع به بی‌تابی کرد، کیسا با پشت دستش یک کشیده محکم به صورتش زد. تاکا هراسان نشست و تن کیسا را که در عالم کیف و نشئه شکنجه داهاکی و زنش را تماشا می‌کرد می‌جست.

اکنون کیسا به آرزویش رسیده بود و رقیب خودش را ذلیل کرده بود، ملک و دارائی او را تصاحب کرده، خودش و زنش را جلو او می‌کشتند و دختر کوچک سرجور و دل‌جور او که کیسا او را بارها دم لانه داهاکی دیده بود و با آن همه مهارت تن پدرش را می‌جست، حالا آن قدر فرمان‌بردار، با همان دست‌های کوچکش تن او را نوازش می‌کرد، و جانورهای آن را می‌گرفت! آیا بیش ازین چه می‌خواست؟ کیسا زبانش را از روی رضایت دور دهانش گردانید. کم کم نعره‌های داهاکی مبدل به ناله و ناله‌هایش به تدریج ضعیف و با صدای خراشیده‌ای متدرجا کم شد، تا این که بکلی قطع گردید. و در یک حالت تشنج و پیچ و تاب خون قی کرد و بدون حرکت پهلوی نعش ریتیکی زنش افتاد. در میان هلهله‌های شادی شکمش را پاره کردند و روده‌هایش

را گرم گرم بیرون کشیدند، هر تکه از آن بدست یک میمون بود، این اولین جنایت قانون‌گذار ریش سفید به شمار می‌آمد و اولین بار بود که میمون‌ها گول ریش دراز را خوردند. از بوی خون مست و دیوانه شده بودند، بچه میمون‌ها سر روده‌های داهاکی را گرفتند و بالای شاخه درخت‌ها با آن بازی می‌کردند و از دست یک دیگر می‌قاپیدند و تاب می‌خوردند. جسد خونین پشم آلود و له شده داهاکی و زنش با دنده‌های شکسته آن‌جا افتاده بود. و مانند این که یک نوع دیوانگی مسری از دیدن خون به آن‌ها دست داده بود. تا غروب این جشن مداومت داشت و در تمام این مدت تاکا دختر داهاکی از ترس می‌لرزید و سر و سینه کیسا را می‌جست. کیسا مست غرور و تکبر میوه‌های خشکی که از لانه داهاکی چپو کرده بودند و برایش آورده بودند می‌جوید و فتح شایان خودش را بعد از فتح کشتن ببرها تماشا می‌کرد. همین که داد و جنجال فروکش کرد، کیسا آهسته، موقر و خیلی رسمی از سر جایش برخاست و در حالی که به تاکا دختر داهاکی تکیه کرده بود افتان و خیزان به سوی لانه‌اش رفت و میمون‌ها متفرق شده هر کدام به لانه خودشان پناه بردند.

ولی کیسا این فتح را به فردا نرسانید. هنوز وارد لانه‌اش نشده بود که صدای ترس‌ناکی از کوه دماوند بلند شد و زمین به شدت لرزید. مثل این که کوه‌ها دهن باز کرده بودند. دود سیاه‌رنگی هوا را فرا گرفته که به آن طعم خاکستر داد. مه گرم و غلیظ در همه جا پراکنده شد. دودها فاصله به فاصله فروکش می‌کرد و دوباره با صدای انفجار، مایع لزج سیاهی با گوگرد گداخته از دهنه کوه فوران می‌زد. آب پائین کوه تبخیر می‌شد. هوا به کلی تاریک بود و فقط زبانه‌های آتشی که از دهنه کوه بیرون می‌زد منظره پائین آن را پی در پی روشن می‌نمود. از یک طرف درخت‌های جنگل آتش گرفت.

دود سیاه، بوی خفه کننده گوگرد، مانند کوره آهنگـری در میـان خاکـستر، مایع گداخته، فریادهای کوه و ناله جانوران و زمین‌لرزه، کیساکی‌کی با آدم - میمون‌ها همه مدفون شدند.

*

در همین وقت ویست‌سیت و زی‌زی در یکی از جنگل‌هـای دور دسـت روی شاخه‌های درخت پهلوی هم خوابیده بودند و دره کیساکی‌کـی بـه کلـی از یادشان رفته بود.

پایان

س. گ. ل. ل.

«خوشبخت کسانی که عقلشان پاره‌سنگ می‌برد،
چون ملکوت آسمان مال آن‌هاست.»
انجیل ماتئوس ۵-۳
«آسمان که معلوم نیست ولی روی زمینش
حتما مال آن‌هاست.»

دو هزار سال بعد اخلاق عادات، احساسات و همه وضع زندگی بشر بکلی
تغییر کرده بود و آن چه را که عقاید و مذاهب مختلف در دوهزار سال
پیش به مردم وعده می‌داد، علوم به صورت عملی در آورده بود. احتیاج
تشنگی، گرسنگی، عشق‌ورزی و احتیاجات دیگر زندگی بر طرف شده بود،
پیری، ناخوشی و زشتی محکوم انسان شده بود. زندگی خانوادگی متروک و
همه مردم در ساختمان‌های بزرگ چندین مرتبه مثل کندوی زنبور عسل
زندگی می‌کردند. ولی تنها یک درد مانده بود. یک درد بی‌دوا و آن خستگی
و زدگی از زندگی بی‌مقصد و بی‌معنی بود.

سوسن علاوه بر کسالت زندگی که ناخوشی عمومی و مسری بود یک
ناخوشی دیگر هم داشت و آن تمایل او به معنویات بود که خودش
نمی‌دانست چیست ولی آن را دنبال می‌کرد. تمام روز را در طبقه بیست و
دو آسمان‌خراش در کارگاه خود زحمت می‌کشید و افکارش را در موارد

٤٨٠

سخت به صورت مجسمه در می‌آورد. سوسن مخصوصا شهر «کانار» را دور از دوستان و آشنایانش انتخاب کرده بود تا با فراغت خاطر مشغول کار بشود، چون او با افکار و برای افکار خودش زندگی می‌کرد. یک زندگی عجیب و منحصر بخود او بود که هر گونه کیف و تفریح را از خودش رانده و با جدیت به کار اشتغال داشت.

یک روز نزدیک غروب بود که سوسن از مجسمه تازه‌ای که مشغول ساختن بود دست کشید، وارد اطاق Studio خودش شد. جدار نازکی که دسته فلزی داشت پس زد، پنجره اطاق عقب رفت. قیافه او بی‌روح، بی‌احساسات، یک صورت جدی، خوشگل و بی‌حرکت بود و چنان به نظر می‌آمد که با موم درست شده بود. ا زآن بالا دور نمای شهر خفه، مرموز، ساختمان‌های بزرگ، فراخ و بلند و به شکل‌های گوناگون چهار گوشه، گرد، ضلع‌دار که از شیشه‌های کدر راست و صاف درست شده بود پراکنده و متفرق مثل قارچ‌های سمی و نا خوشی که از زمین روئیده باشد پیدا بود و زیر روشنایی نورافکن‌های مخفی و غیرمرئی غم‌انگیز و سخت به نظر می‌آمد، بدون این که ظاهرا چراغی دیده بشود همه شهر روشن بود. جاده متحرک و روشنی که روشنایی خود را از نور آفتاب کسب می‌کرد و به چندین قسمت شده بود قوسی‌مانند از کمرکش آسمان خراش بزرگی که روبروی پنجره سوسن بود بالا می‌رفت، بعد دور می‌زد و از طرف دیگر پایین می‌رفت، در آن اتورادیو الکتریک‌ها Atuo Radio-electrique به شکل‌های گوناگون در حرکت بودند که قوه خودشان را از مراکز رادیوالکتریک می‌گرفتند و این مراکز بوسیله قوه خورشید کار می‌کردند و علامت شهرهایی که اتورادیوها از آن‌جا می‌آمدند جلو آنها می‌درخشید. از دور روی کرانه آسمان رنگ‌های بی‌تناسب تیره بهم مخلوط شده بود. مثل

این‌که نقاشی ته رنگ‌های روی تخته شستی خودش را به هم مخلوط کرده و با بی‌اعتنایی آن را روی آسمان کشیده بود.

مردم کوچک، ساکت و آرام در جاده‌های مخصوص به خودشان مانند مورچه بدون اراده در هم وول می‌زدند، یا در باغ‌های روی آسمان‌خراش مشغول گردش بودند. مغازه‌ها با شیشه‌های بزرگ روشن جلو آنها، بلندگوها Haut-Parleur و پرده‌های متحرک اعلان می‌کردند. در میان میدان گاهی آدمک مصنوعی Automate که بجای پلیس بود آمد و شد مردم و اتو رادیوالکتریک‌ها را با حرکت تند و خشک دستش تعیین می‌کرد، از چشم‌های او نورهای رنگین تراوش می‌کرد و جاده‌های متحرک را با قوه برق از حرکت نگه می‌داشت و دوباره به راه می‌انداخت. اعلان‌های رنگین روی ابرهای مصنوعی نقش انداخته بود. در جلو در تاتر رادیو ویزیون Radio-Vision که روبروی پنجره سوسن در آسمان‌خراش مقابل واقع شده بود جمعیت زیادی در آمد و شد بودند. بالاکش‌ها Lift دائم پایین و بالا می‌آمد و اتورادیوها جلو ساختمان و مغازه‌ها مسافر پیاده می‌کردند.

باغ گردشگاه بزرگی که در طبقه هیجده آسمان‌خراش مقابل بود از دور شلوغ، با درخت‌های بزرگ، نقش‌های غیر معمولی درهم و متناسب و با آبشار بلندش که از دور روشن بود غیر طبیعی و شگفت‌انگیز به‌نظر می‌آمد. اتوژیرها Autogire که از دستگاه مرکزی کسب قوه خورشید می‌کردند پشت هم وارد می‌شدند.تمام شهر با آسمان خراش‌های با شکوه صورت یک قلعه جنگی و یا لانه حشرات را داشت. دورنمای آن کم کم محو و در تاریکی غوطه‌ور می‌شد. فقط هیکل کوه دماوند از طرف جنوب شهر، خاموش، بلند، باشکوه و تهدیدآمیز بود و از قله مخروطی آن بخار نارنجی‌رنگی بیرون می‌آمد. مثل این بود که تمام این شهر را یک جادوگر

زبردست مافوق تصور آن چه میلیون‌ها سال انسان در مخیله خودش پرورانده بود از عدم به‌وجود آورده بود.

این چشم‌انداز آرام، غم‌ناک، شلوغ و افسونگر زیر آسمان گرم و هوای خفه برای سوسن یک‌نواخت و غم‌انگیز بود و روح نیاکان، روح موروثی او در جلوی این همه تصنع شورش کرد. همه این مردم، دوندگی‌های آن‌ها و تفریح یا کارشان در سوسن احساس تنفر تولید کرد و قلب حساس او را فشرد. این یک شورش درونی بود، مثل این که خودش را محبوس و محدود شده حس می‌کرد، آرزو داشت فرار کند، سر به بیابان بگذارد، برود در یک جنگل و خودش را پنهان بکند. بی‌اختیار جدار پنجره را جلو کشید. اطاق Studio با روشنایی غیرمرئی مانند روز روشن بود. سوسن دگمه برقی کنار بدنه دیوار را فشار داد و رفت روی تخت فلزی گوشه اطاق روی بالش الاستیک Elastique دراز کشید. یک مرتبه تمام فضای اطاق را رنگ آبی بازی با بوی عطر مخصوصی که کمی زننده و مست کننده بود فرا گرفت. آهنگ‌ساز ملایمی شروع کرد به زدن، آهنگ بقدری لطیف بود مثل این که با آلات موسیقی معمولی و با دست‌های معمولی زده نمی‌شد، یک ساز لطیف آسمانی بود.

چشم‌های سوسن روی صفحه تله‌ویزیون Television خیره شده بود که بجای روزنامه وقایع روزانه دنیا، اشخاص و دورنماهای طبیعی را به‌شکل برجسته و به رنگ‌های طبیعی خودشان و اگر می‌خواستند با صدا نمایش می‌داد. در این وقت دورنماهای طبیعی جزیره‌های استرالیا از روی آن می‌گذشت ولی پیدا بود که فکر سوسن جای دیگر است.

لباس سوسن خیلی ساده، زرد کدر به رنگ موهایش بود، پاپوش‌هایش به همان رنگ، چشم‌هایش درشت، مژه‌هایش بلند، ابروها باریک، بازو و

دست‌ها و ساق‌های پایش متناسب، سفیدرنگ پریده بود و اندام موزون داشت. حالت قشنگی که به خودش گرفته بود بیشتر او را شبیه یک آدم مصنوعی یا یک عروسک کرده بود - آدمی که ممکن است در خواب به‌بینند و یا در مثل‌ها و افسانه‌های جن و پری تصور بکنند او را جلوه می‌داد و یا آدمی که یک نقاش زبردست با فکر خودش ایجاد بکند و از روی پرده نقاشی جان بگیرد و بیرون بیاید. چهره او جوان و تودار بود، نه خوشحال به‌نظر می‌آمد و نه غم‌ناک. نگاهش تیره بدون میل، بدون اراده و حرکاتش مانند عروسک قشنگی بود که نفس شیطانی و یا قوه مافوق خدائی در آن روح دمیده باشد، به‌طوری که از ظاهر به روحیه، اخلاق و احساسات او نمی‌شد پی برد. از دور که روی تخت دراز کشیده بود مانند مجسمه ظریف و شکننده‌ای به نظر می‌آمد که انسان جرئت نمی‌کرد او را لمس کند، از ترس این که مبادا کنفت و پژمرده بشود. اطاق نیز به تناسب او درست شده بود و با سلیقه و فکرش جور درمی‌آمد. به‌قدری اثاثیه، لباس تن او، حرکات و وضع اطاقش با هم جور بود که هرگاه یکی از صندلی‌ها را دست خارجی جابجا می‌کرد تناسب همه آن‌ها به‌هم می‌خورد. چنین به‌نظر می‌آمد که زندگی سوسن روی تناسب‌ها، آهنگ‌ها، رنگ‌ها، خط‌ها، بوها، سازها و نقش‌های زیبا اداره می‌شد. چنان‌که از سلیقه لباس، از صندلی و فرش اطاق و طرز حالت و زندگی او هر کسی حس می‌کرد او با هنر و برای هنر زنده بود.

اطاق او عجالتا به صورت سه گوش در آمده بود و یکی از ضلع‌های آن مدور بود و همه این جدارهای متحرک از شیشه‌های کدر درست شده بود - شیشه‌های کلفت و سبک که نمی‌شکست و خاصیت Soundproof را دارا بود، یعنی صدای خارج را خفه می‌کرد و به علاوه هیچ وقت آتش نمی‌گرفت.

همه این جرزها متحرک بود و به هم راه داشت و قابل تغییر شکل بود. کف اطاق نرم و شبیه جدار الاستیکی بود که در آن هوا پر کرده باشند و صدای پا را خفه می‌کرد. دشک و بالش و درون مبل‌ها همه از هوا پر شده بود. طرف چپ اطاق سر تا سر از پنجره‌های متحرک بود و بغل آن به باغ و گل‌خانه باز می‌شد که رویش گنبد شیشه‌ای داشت و در آن گیاه‌های عجیب و غریب روئیده بود و یک مار سفید بزرگ خیلی آهسته برای خودش روی زمین می‌لغزید. دستگاه‌های هواسازی Climatisation هوای اطاق را همیشه به درجه معین نگه‌می‌داشت و جلو هر دری یک چشم برقی Electric eye پاسبانی می‌نمود و همین که از فاصله معین کسی را می‌دید زنگ می‌زد و در خودبخود باز می‌شد.

درین بین که سوسن نگاهش به‌دورنمای جزایر استرالیا خیره شده بود ناگهان تله‌ویزیون Television کوچک روی میز زنگ زد. سوسن نیمه‌تنه بلند شد، دگمه آن را فشار داد، نگاه کرد صورت رفیق نقاش امریکایی خودش تد Ted را دید که روی صفحه ظاهر شد، سوسن گفت:

«- آلو تد، کجایی؟

- همین جا، در «کانار» هستم، امروز با استراتسفر ایکس دو Stratosphere X 2 وارد شدم. می‌خواهی با هم حرف بزنیم؟

- مانعی ندارد.

رنگ صفحه دوباره کدر و تاریک شد. سوسن نیز به حالت اولش روی تخت دراز کشید. چند دقیقه بعد در یک لته اطاق زنگ زد و خودبخود باز شد و تد که جوان بلندبالای خوشگلی بود وارد اطاق گردید. پشت سر او در بسته شد. اول تد از بوی عطر، صدای ساز و به‌خصوص از تماشای سوسن دم در

ایستاد. مانند یک نفر طرف دار و خبره صنعت شناس به او نگاه کرد، سرش را تکان داد، جلو رفت و گفت:

- باز هم در فکر؟

سوسن سرش را تکان داد، تد روی صندلی کنار تخت نشست، نگاهی بـه گل‌خانه مصنوعی انداخت که درش نیمه باز بود و متوجه مار سفید شد کـه آهسته می‌لغزید و از در بیرون می‌آمد، از سوسن پرسید:

- این مار که نمی‌زند!

- نه، حیوانکی شیشی به کسی کار ندارد.

تد خم شد و کتابی را از طبقه دوم میز برداشت که پهلویش ماشین خوانـای واتـسن Watson گذاشـته شـده بـود، پـشت کتـاب نوشـته بـود: Entomologie Romancée، با تعجب گفت:

« - هلالا، از کی تا حالا حشره‌شناس شده‌ای، آنجا مار، این‌جا کتاب حشرات!

- این برای مجسمه بود.

- راستی سوسو کار تازه چه در دست داری؟

- چیز مهمی ندارم.

ناگهان در اطاق باز شد و دختر سیاه کوچکی سر تا پـا لخـت بـا چـشم‌هـای درشت و موهای تابدار وز کرده، لب‌های سرخ که بـه بـازو و مـچ پـایش حلقه‌های کلفت طلایی بود با گام‌های شمرده وارد شد. سینی کوچک چـوبی که در آن دو گیلاس بود در دست داشت. گیلاس‌ها را روی میز گذاشـت، در هر کدام یک ساقه کاه بود و مشروب سبز رنگی در آن‌ها مـی‌جوشـید. دوباره بدون این که کلمه‌ای حرف بزند از همان در خارج شد. تد از سـاقه

گاه مشروب را چشید، مزه آن لطیف، سرد و گـوارا بـود و مـستی ملایمـی داشت. سوسن بلند شد، سر گاه را مکید، رها کرد و پرسید:

- چه خبر تازه‌ای؟

- همان آخر دنیا

- آخر دنیا؟

- ببخشید، انقراض نسل بشر، می‌خواهند همه مردم را در شهر جمع کنند و با قوه برق یا قوه گاز و یا بوسیله دیگر همه را نابود بکنند تا نژاد بـشر آزاد شود!

- در اخبار «شبتاب» دیدم. گویا فقط منتظر لختی‌ها Nacktkultur هستند.

- یک دسته از آن‌ها گم شده‌اند ولی دیروز نماینده آن‌ها با شرایطی حاضر شده بود که تسلیم بشود.

- تا در خودکشی عمومی شرکت بکنند!

- ولی دوباره در خبر دیشب نشان می‌داد که نتوانستند بـا لختـی‌هـا کنـار بیایند و همه منتظر پیشنهاد پرفسور راک هستند. چون امشب قـرار اسـت که پرفسور راک راه تازه‌ای به دنیا پیشنهاد بکند.

- اوهوه، راه تازه!

- نمی‌دانم این چه اصراری است، حتما همه افراد بشر حاضـر نیـستند ولـی اکثریت رای قطعی داده.

- بهتر است حرفش را نزنیم. من از لفظ اکثریت و اقلیت و بشر و هم‌چنـین کسانی که مبتلا به جنون خدمت به جامعه Socialservissomania هـستند و از این‌جور چیزها بدم می‌آید. خوب بود همین‌طور ناگهانی تمام مـی‌شـدیم.

من از چیزهایی که قبلا نقشه‌اش را بکشند بدم می‌آید، وانگهی مرگ دسته‌جمعی بی‌مزه نیست.

- پس برویم کارهای تازه را تماشا بکنیم.

تد و سوسن باهم بلند شدند، سوسن کنار دیوار دگمه‌ای را فشار داد، بدنه دیوار از هم باز و اطاق کارگاه پدیدار شد. آن‌ها وارد شدند. مجسمه‌های نیمه‌کاره، اسباب و ادوات، ماشین‌های کوچک الکتریکی درهم و برهم ریخته بود. یک مجسمه بلند سه‌پهلو جلو پرده مخمل خاکستری‌رنگی گذاشته شده بود. یک طرف زمینه آن از دانه‌های برجسته شبیه تخم کرم ابریشم بود. میان آن یک کرم بزرگ روی برگ توت مشغول خوردن بود و روی پایه زیرش نوشته شده بود:«بچگی یا نادانی». طرف دیگرش همین کرم در پیله دور خودش را تنیده و اطراف آن شاخه و برگ درخت توت بود و زیر آن نوشته شده بود:«تفکر یا عقل رسی» و به پهلوی سوم آن همان پیله به شکل پروانه در آمده و بسوی یک ستاره کوچک پرواز می‌کرد، زیر آن نوشته شده بود: «مرگ یا آزادی». همه این مجسمه از ماده شفاف متبلور ساخته شده بود. تد بعد از دقت گفت:

- سوسو باز هم خیال‌پرستی؟ گویا این موضوع از پیشنهاد خودکشی عمومی به تو الهام شده.

سوسن شانه‌هایش را بالا انداخت.

- ببین سوسو، تو روح را مسخره کرده‌ای، حالت این پروانه، چشم‌های مسخره‌آمیزش، این ستاره کور که گوشه آسمان چشمک می‌زند، یک رمز، یک استعاره روحی را به صورت مسخره‌آمیز در آورد. مثل این است که

خواسته‌ای کوچکی فکر و تشبیهات بچگانه مردمان سه هـزار سـال پـیش را نشان بدهی.

- شاید!

- پس چرا کار می‌کنی، چـرا بـه خـودت زحمـت مـی‌دهـی؟ مگـر تـصمیم نگرفته‌اند که نژاد بشر نابود بشود. مدتی است که مـن از نقاشـی دسـت کشیده‌ام.

- کی به تو گفته بود که من برای بشر کار می‌کنم؟ بر فرض هـم کـه بـشر نابود شود و کارهایم به دست برف و باران و قوای کور طبیعت سپرده شد، باز هم به درک. چون حالا من از کار خودم کیف می‌کنم و همین کافی است.

- در صورتی که کیف‌های بهتر هـست، کیـف تنبلـی، کیـف عـشق، کیـف شب‌های مهتاب، آیا این‌ها بهتر نیست؟ باید دم را غنیمت دانست. گیرم که بشر هم بود. بعد از آن که مردیم چه اهمیتی دارد که یادگار موهوم مـا در کله یک دسته میکروب که روی زمین می‌غلطد بماند یا نـه و از کارهایمـان دیگران کیف بکنند یا نکنند؟

- در صورتی که همه چیز گذرنده است و دنیا روزی آخر خواهد شد باز هم به چه درد می‌خورد؟ کیف عشق و کیف شب‌های مهتاب هم بـرایم یکـسان است، همه‌اش فراموش می‌شود، همه‌اش موهوم است یک موهوم بزرگ!

- دنیا آخر نمی‌شود، فقط بشر تمام می‌شود آن هم به دست خودش.

- چه فرقی دارد؟ هر جنبنده‌ای دنیا را یک جور تصور می‌کنـد و زمـانی کـه مرد دنیای او با خودش می‌میرد. وانگهی در صورتی که بالاخره زنـدگی روی زمین خاموش خواهد شد، پس بهتر آنست که بشر به میل و اراده خـودش این کار را انجام بدهد، چه اهمیتی دارد؟

- پس این روحی که به آن معتقدی بعد از آن که خورشید مثل قطره ژاله در فضا تبخیر شد و همه رفتند پی کارشان، این روح شبپره تو که با چشم‌های تمسخرآمیز به ستاره کور خیره شده در فضای سرگردان چه می‌کند؟ آیا موزه مخصوصی هست که این همه روح‌های زرد ناخوش و رنجور را رویشان نمره می‌گذارند و در آن‌جا نگه‌می‌دارند؟ این فکر از خودپسندی بشر هزار سال پیش است که دنیای موهومی ورای دنیای مادی برای خودش تصور کرد. ولی بعد از آن که جسم معدوم شد سایه‌اش نمی‌ماند.

- مقصود مرا نفهمیدی. من به یک روح مستقل و مطلق که بعد از تن بتواند زندگی جداگانه بکند معتقد نیستم. ولی مجموع خواص معنوی که تشکیل شخصیت هر کس و هر جنبنده‌ای را می‌دهد روح اوست. پروانه هم دارای یک دسته خواص مادی و روحی است که همه آن‌ها تشکیل وجود او را می‌دهد. مگر نه این که افکار و تصورات ما خارج از طبیعت نیست و همان‌طوری که جسم ما موادی از طبیعت گرفته پس از مرگ به آن رد می‌کند چرا افکار و اشکالی که از طبیعت به ما الهام می‌شود از بین می‌رود؟ این اشکال هم پس از مرگ تجزیه می‌شود ولی نیست نمی‌شود و بعدها ممکن است در سرهای دیگر مانند عکس روی شیشه عکاسی تاثیر بکند، همان‌طوری که ذرات تن ما در تن دیگران می‌رود.

- باید یک فصل تازه به روانشناسی و یا الاهیات قدیم حاشیه بروی.

من ربطی میان آینه و جسمی که روی آن منعکس می‌شود نمی‌بینم. اگر می‌خواهیم اسم این را روح بگذاری باشد، ولی به نظر من چون آرتیست حساس‌تر از دیگران است و بهتر از سایرین کثافت‌ها و احتیاجات خشن زندگی را می‌بیند برای این‌که راه فرار پیدا کند و خودش را گول بزند

زندگی را آن طوری که می‌خواهد، نه آن‌طوری که هست در تـراوش‌هـای خودش می‌نمایاند. ولی این ربطی به روح ندارد، فقط یک ناخوشی است.

- این هم فرضی است.

- چون آرتیست بیشتر از سایر مردم درد می‌کشد و همین یک جور ناخوشی است، آدم طبیعی، آدم سالم باید خـوب بخـورد، خـوب بنوشـد و خـوب عشق‌ورزی بکند. خواندن، نوشتن و فکر کردن همه این‌هـا بـدبختی اسـت، نکبت می‌آورد. لختی‌ها عاقل‌اند که می‌گوینـد بایـد بـه طبیعـت برگـشت، انسان هرچه از طبیعت دور بشود بـدبخت‌تـر مـی‌شـود. آفتـاب طلایـی، چشمه‌های درخشان، میوه‌های گوارا، هوای لطیف.

- تبریک می‌گویم، شاعر هم شده‌ای!

- از روزی که ... ترا دوست دارم ... از وقتی که عاشق تو شده‌ام همه چیز به نظرم قشنگ می‌آید. تنها تو در دسترس من نیستی، برای همین بود کـه دیوانه‌وار کارهایم را گذاشتم و به دیدن تو آمدم.

- اوه، چه اضطرابی! چه شاعرانه! محتاج به مقدمه نبود، چرا آن‌قدر مرمـوز حرف می‌زنی، چرا زیر لفافه گفتگو می‌کنی؟ این عادت مردمان سه‌هزار سال پیش بود، لابد عشقت هم عشق افلاطونی است.

- نه، عشق خودم، عشق من، عشق دیگران برایم دلیل نمی‌شـود. آن‌طوری که خودم حس می‌کنم، آن‌طوری که خودم می‌دانم. مـی‌خـواهم کـه از مـن پرهیز کنی ... نمی‌خواستم که این مطلب را بگویم ولی حالا کـه دنیـا تمـام می‌شود، حالا که نژاد بشر معدوم می‌شود، حالا آمدم به‌تو بگویم.

- متشکرم، ولی آن‌قدر بدان که بچه‌ای ... بچه‌ننه! تـو از درد عـشق کیف می‌کنی نه از عشق و این درد عشق است که ترا هنرمند کرده. این عـشق

کشته شده است. اگر می‌خواهی امتحان بکنی مـن الان حاضـرم. ایـن هـم تخت‌خواب (اشاره کرد به تخت)

- خواهش می‌کنم آن قدر با من سخت نباش، خواهش می‌کنم باقیش را نگو، نمی‌خواهم که حرفت را تمام بکنی. اقرار می‌کنم که قدیمی هستم، کاشکی مثل زمان قدیم شراب می‌خوردم می‌آمدم توی کوچه از پشت پنجره خانـه گلی کوتاه، جلو چراغ سایه ترا می‌دیدم و همان‌جا تا صبح پـشت پـنجـره تـو می‌خوابیدم.

- و از پشت پنجره سایه مرا با مرد دیگر مـی‌دیـدی کـه مـشغول معاشـقه هستیم!

- همین را می‌خواهم.

- نه، اشتباه می‌کنی، آیا هیچ وقت مرا در خواب دیده‌ای؟

- چرا، فقط یک بار و از خودم بیزار شدم.

- همان طوری که مرا در خواب دیده‌ای، همان‌طور مرا می‌خواهی؟ آن‌بطور حقیقی بوده، خودت اشتباه می‌کنی. همین شهوت کشته شده است کـه بـه این صورت در آمده.

- خواب دیدم که ترا کشته‌ام و مرده‌ات را در آغوش کشیده‌ام.

- باز هم حاضرم. می‌توانی خوابت را در بیداری تعبیر بکنی.

- چه دوره شومی!

- برعکس، چند قرن تمدن پست آن را بد دانـسته، یـک دسـته نـاخوش و شهوت پرست برای استفاده خودشان، برای احتکار، عشق‌ورزی را به آسمان رسانیده بودند. امروز دوباره به طبیعت برگشته، نتیجه طبیعـی خـودش را

سیر کرده، وانگهی عادات و کیف‌ها تغییر می‌کند، امروزه زن کسل کننده شده و مشروب سر درد می‌آورد.

- در چه دوره مادی و بی‌شرمی زندگی می‌کنیم! حالا پی می‌بریم که انهدام نسل بشر نتیجه عقلانی دوره ما است، ولی به طور کلی بشر در باطن همیشه یک جور بوده، یک جور احساسات داشته و یک جور فکر کرده. از این حیث آدم امروزه با آدم میمون هزار سال پیش فرقی نکرده ولی تمدن تغییرات ظاهری به آن داده است. همه این احساسات امروزه ساختگی است. حق به جانب لختی‌هاست که پشت پا به تمدن بشر زده‌اند.

چون با ارث میلیون‌ها سال که پشت سرماست انسان همیشه از دیدن جنگل، سبزه، گل و بلبل بیشتر کیف می‌برد تا از قصرهایی که از افکار متمدن ناخوش درست کرده. چون که بشر میلیون‌ها سال زیر شاخه درخت‌ها خوابیده، آرامش جنگل را حس کرده، صبح زود از آواز پرندگان بیدار شده، شب‌های مهتاب به آسمان نگاه کرده، و حالا بواسطه محروم ماندن ازین کیف‌ها است، به واسطه دور افتادن از محیط طبیعی خودش است که به صورت امروزه در آمده. مثلا من از مهتاب بیشتر کیف می‌برم، هر وقت به ماه نگاه می‌کنم فکر می‌کنم که نیاکان انسان همه به آن نگاه کرده‌اند، جلو آن فکر کرده‌اند، گریه کرده‌اند و ماه سرد و بی‌اعتنا در آمده و غروب کرده، مثل اینست که یادگار آن‌ها در آن مانده است. من از مهتاب بیشتر کیف می‌کنم تا از بهترین چراغ‌هایی که بشر اختراع کرده. همه اختراعات انسان و نتیجه افکار او اصلش از همان احساسات موروثی است. چرا عشق که اولین احتیاج طبیعی بوده ازین قانون خارج باشد؟

- منطق قشنگی است! باید توی رادیو Radio حرف بزنی تا همه استفاده بکنند! ولی عشق نه پست‌تر و نه عالی‌تر از احتیاجات دیگر است. یک احتیاج

طبیعی است مثل خوردن و خوابیدن. امروزه عشق و تاتر از هم مجزا شـده، تو از مردمان قدیم هستی، ترسو، کم‌جرئت. برو خودت را معالجه کن!

- من می‌دانم تو به این سختی هم که مـی‌خـواهی خـودت را نـشان بـدهی نیستی، پس چرا مرا رد کردی، پس چرا هر دفعه به تو اظهار کردم بـه مـن جواب منفی دادی؟ اما حالا.

- چون که از کار خودم بیشتر از عشق کیف می‌برم.

در این وقت از اطاق Studio صدای زنگ اخبـار « شـبتاب» بلنـد شـد، تـد هراسان گفت:

- گوش کن، باید خبر مهمی باشد.

- من از این خبرها خسته شده‌ام، هر چه زودتر کلک را بکنند هم خودشان و هم سایرین را آسوده بکنند.

- نه، چه تعجیلی است؟ این‌هم خودش تفریح دارد.

تد دست سوسن را گرفت، وارد اطاق Studio شدند، سوسن دکمـه کنـار تله‌ویزیون را فشار داد، صفحه اول رنگ‌برنگ شد بعد رویش نوشته شـد: «لابراتوار پرفسور راک» سوسن دستش را به گردن تد گذاشت و چند قدم دورتر به تماشا ایستادند.

روی پرده مردی ظاهر شد که پشت میز بزرگی نشسته بـود، جلـو او چنـد لوله شیشه و دواهای مختلف بود. اول مثـل ایـن بـود کـه کاغـذی را نگـاه می‌کند، بعد سرش را بلند کرد و با لحن طبیعی و چهره تودار گفت: «امـروز بیست‌هزار سال است که آدم روی زمین پیدا شده و در تمـام ایـن مـدت آدمیزاد کوشیده و با عناصر طبیعت جنگیده و فکر کرده تا نواقص طبیعـت

را دفع بکند و یک دلیل و منطقی برای زندگی پیدا بکند. امروزه همه عقاید،
مذاهب و همه فرضیات بشر سنجیده و آزموده شده ولی هیـچ کـدام از
آنها نتوانسته آدمیزاد را خوشبخت، راضی و آسوده بکند. امروزه با وجـود
اینکه همه قوای طبیعت بازیچه و دست نشانده آدمیزاد شده از قعر دریا
تا اوج آسمانها دیگر رمز و اسراری برایمان باقی نگذاشته و از قوایی که مـا
را احاطه کرده استفادههای بزرگ میکنیم، مانند بهکاربردن انـرژی آبهـا و
نور خورشید. امروزه با وجود اینکـه هـر گونـه آسـایش از حیـث خـورد و
خوراک و پوشاک و خانه و شهوت و گردش در دسترس همه مردم است –
همان چیزی که پدران ساده ما همیشه آرزو میکردند و بهشت خودشان را
مطابق همین آرزو تصور میکردند، در سایه علم و کوشش انسان برای همه
مردم میسر شده است. سرما، گرما، پیری، دیوانگی، ناخوشی، جنگ، کشتار،
رقابت بین طبقات حتی جنایات و دزدی همه اینها را ترقی علم از بین برده
و همه دشمنان بشر را مقهور کرده است، ولی بدبختی دیگر، فکر مردم بـه
همان تناسب ترقی کرده است. در سههزار سال پیش یک نفر آدم معمولی
که بهقدر بخور و نمیر و لباس خودش پول در میآورد، یک زن، یک خانـه و
یک مشت خرافات داشت، خوشبخت بود، در کثافت خودش مـیغلطیـد و
شکر خدایش را میکرد تا بمیرد – این زندگی تنبل و خوشگذرانی قـدیم را
امروزه علوم هزار مرتبه عالیتر و بهتر برای همه فراهم میسـازد. امـروزه
در تحت مراقبت چشمهـای الکتریـک بـاجزئی توجـه در گـرمخانـههـای
مخصوص میلیونها خروار میوه، گندم، سبزی، و ماده مغذی ارزاتـز Ersatz
که از سلولز درختهای منطقه گرمسیر استخراج میشود ما را از هر گونـه
رنج و زحمت بیهوده بینیاز میکند. امروزه به کمـک ماشینهـای برقـی و
باطریقههای علمی پنبه، پشم و ابریشم پرورش میکنند و پارچه مـیشـود و
همه مردم بدون پرداخت و یا مبادله از آن استفاده میکنند. جـوانی ابـدی،

این آرزوی کهنه بشر عملی شده، نواقص صورت‌ها رفع مـی‌شـود، سـن بی‌اندازه زیاد شده، زن و عشق بـرای همـه میسـر اسـت، ناخوشـی‌هـا را میکروب‌خوار Bacteriophage از بین برده، زمین برای بشر کوچـک شـده، تمام زمین را می‌شود در زمان خیلـی کـم و بـا سـرعت عجیـب پیمـود. بـا ستاره‌ها رابطه پیدا کردیم - مگر طبیعت چه به انسان داده بود؟ هیچ، گرما، سرما، گرسنگی، پیری، ناخوشی و جنگ بـا عناصـر، امـروزه انـسان در ایـن کشمکش فتح کرده و به آنچه آرزو می‌کرده رسیده است.

«ولی از همه این ترقیات مهم‌تر فتح بزرگ آدمیـزاد فـتح خرافـات، آزادی افکار، راستی و ترقی فکر در طبقات مختلف است. امروزه دیگر کسی احتیاج به عبارت پردازی و استعمال لغات قلنبه تو خالی ندارد و کـسی نمـی‌توانـد کس دیگر را گول بزند. ترقی زبان علمی از مهم ترین ترقیات بشر به شمار می‌آید، زیرا زبان علمی سـاده، بـی‌پـرده و عـاری از هرگونـه تـشبیهات و استعارات لوس و بی‌مزه شده که نمی‌شود آن را سیصد جـور تعبیـر کـرد. ببخشید سر شما را درد آوردم، این مطالب را همه می‌دانند و لازم به تکرار نبود. پس از این قرار بشر امـروز بایـد خـودش را خوشـبخت‌تـرین بـشر دوره‌های تاریخی بداند. آیا دیگر چه می‌خواهد؟

«اما همین ترقی فکر و باز شدن چشم مـردم اسـت کـه آن‌هـا را بـدبخت کرده، با وجود همه این ترقیات مردم بیش از پیش ناراضی هـستند و درد می‌کشند. این درد فلسفی، این دردی که خیام در سه هزار سال پیش به آن پی برده و گفته: «ناآمدگان اگر بدانند که ما - از دهر چه می‌کـشیم، نایـنـد دگر!» باید دوایی برای این درد پیدا کرد. چون باید اقـرار بکنـیم کـه ازیـن حیث فرقی با آن زمان نکرده ایم و امروزه هم می‌توانیم با خیام دم بگیـریم. زندگی تاریک و بـی‌مقـصد مـردم را بـه Institut d'Euthanasie انـستیتو

دوتانازی راهنمایی می‌کند و خودکشی یک موضوع عمومی شده. به‌طوری که بی‌اغراق می‌شود گفت کسی به مرگ طبیعی نمی‌میرد. پس نه علوم و نه عقاید گوناگون و نه فرضهای فلسفی نتوانسته از دردهای روحی بشر بکاهد. آیا لازم است او را گول بزنیم و مثل چند هزار سال پیش در چشم مردم خاک بپاشیم؟ ولی خوش‌بختانه ازین فکر پست جز یک یادگار تاریخی بیش نمانده. آیا زمین و خورشید ما روزی از بین نخواهد رفت؟ مطابق حساب دقیقی که پرفسور روانشید کرده تا سه‌هزار و پانصد سال دیگر زمین سرد می‌شود و از انرژی خورشید می‌کاهد. به‌طوری که خطر مرگ روی زمین را تهدید می‌کند و دوهزار سال دیگر به‌کلی زندگی خاموش می‌شود. پس این آخرین پیروزی فکر بشر است که خودش را چشم‌بسته تسلیم قوای کور طبیعت و حوادث آن نکند و آن قدر شجاعت در او پیدا شده که به میل و رضایت خودش را در نیستی جاودان غوطه‌ور بکند. آخرین فتح بشر آزادی او از قید احتیاجات زندگی خواهد بود، یعنی اضمحلال و نابود شدن نژاد او از روی زمین.

در کنگره اخیری که در شهر M3 تشکیل شد دوازده‌هزار نفر از علمای روی کره زمین رای دادند که این کار بشود و تقریبا همه مردم دنیا رضایت خودشان را برای انهدام نسل بشر اعلام کردند. در چندی پیش هم‌کار عزیزم پرفسور شوک پیشنهاد کرد که همه مردم را در شهرهای بزرگ جمع‌آوری بکنند و بوسیله قوه Radiosile رادیوزیل آن‌ها را معدوم بکنند. پرفسور هوپ پیشنهاد کرد بوسیله هوپومیت Hopomite اهالی شهرها را معدوم بکنند، پرفسور شیدوش پیشنهاد کرد بوسیله رنگ کشنده Coulour Fatal مردم را بکشند، دکتر بالد عقیده‌اش این بود که با جریان اوزوژن Courant ozogene همه را خفه بکنند تا به‌طرز خوش و آرام تمام

بکنند و مطابق سرشماری اخیری که از انستیتوی دوتانازی Institut d'Euthanasie بدست آمده درین روزها هر روز متجاوز از بیست و پنج‌هزار نفر خود کشی کرده‌اند، تا این که از زجر و کشتار دسته‌جمعی فرار کنند. پس به‌طوری که ملاحظه می‌شود همه این‌ها راه‌هایی که فرض کرده‌اند خشن و وحشیانه است و علاوه بر این که نتیجه قطعی نمی‌دهد، به جای این که درد و شکنجه را از روی زمین براندازد آن را بدتر و سخت‌ترمی‌کند. لابد خواهید گفت این درد برای یک بار است و بعد تمام می‌شود، ولی چیزی که مهم است همین مردمان زنده کنونی هستند که آن‌ها را فراموش کرده‌اند. باید فکری به حال آن‌ها کرد، باید از درد آن‌ها جلوگیری بشود. به‌علاوه ممکن است پس از همه دقت‌ها برای فرار از درد، دسته‌ای جان به‌سلامت ببرند و زنده بمانند و نتیجه همه زحمت‌هایمان به باد برود و زمین دوباره به‌همان صورت اول دربیاید – چون مقصود ما از این کار این است که درد را از روی زمین براندازیم، نه این که به آن بیفزاییم. اینک من یک پیشنهاد بر پیشنهادهای دیگران می‌افزایم و آن را پس از بیست سال تجربه و آزمایش روزانه بدست آورده‌ام که عبارتست از سروم مخصوص به اسم «سروم گگن لیبس لایدن شافت» Serom gegen Liebesleidenschaft.

چون عنوان آن مفصل است بهتر این است که آن‌را به‌نام: س. گ. ل. ل. بنامیم. خاصیت این سروم آن است که نه تنها وسیله تولید مثل را از بین می‌برد، بلکه به‌کلی میل و رغبت شهوت را سلب می‌کند. بدون این که لطمه‌ای در سلامتی جسمانی و فکری اشخاص برساند. پس استعمال این سروم بهترین راه است برای خنثا کردن توده عوام که به مرگ عمومی تن در نمی‌دهند، ولی افراد لایق و برگزیده بی‌شک بر طبق فلسفه:

Suicide of the fittest رفتار خواهند کرد. مدت بیست سال است که این سروم را روی آدم‌ها و جانوران آزموده‌ام و همیشه نتیجه مثبت داده است. خوبست پیش از این‌که این سرم را عملا به معرض امتحان بگذارم چند نمونه زنده از تاثیر این سروم را نشان بدهم».

در این وقت پرفسور راک از پشت میز بلند شد و بوسیله دگمه برقی جدار اطاق عقب رفت، در اطاق مجاور مرد جوانی ظاهر شد که لخت روی صندلی نشسته بود و از پنجره به بیرون نگاه می‌کرد. زن خوشگلی هم سرتا پا لخت نزدیک او نشسته بود. پرفسور راک به آن مرد اشاره کرد و گفت:

ـ خواهش می‌کنم تاثیر سروم: س.گ.ل.ل. را در خودتان بگوئید.

آن مرد بلند شد و گفت:

ـ من خیلی شهوت‌پرست بودم و همه وقتم صرف این کار می‌شد، چندین بار عمل کردم و شعاع Rayon Vb را امتحان کردم، تغییری پیدا نشد. بعد از استعمال س.گ.ل.ل. حالا دیگر ازین تهییج و میلی که دائم مرا وسوسه می‌کرد بکلی آزاد شده‌ام. من برای همین زن (اشاره) می‌مردم و علاقه من از راه شهوت بود ولی حالا فقط با هم رفیق هستیم. اما نمی‌توانم بگویم که بدبختم، برعکس یک آسایش و آرامش مخصوصی در من تولید شده، مثل اینست که به میل و آرزوی خودم رسیده‌ام، بقدری وضعیت روی زمین و عشق‌ورزی به نظر ما خنده‌آور شده که اندازه ندارد. در هر صورت من باید از پرفسور راک تشکر بکنم که زندگی‌ام را آرام و آسوده کرد.»

پرفسور راک گفت:

ـحالا من یک نمونه از هزارها را به شما نشان می‌دهم. الان میمون Anthropopitheque جد بزرگوار آدمیزاد را ملاحظه خواهید کرد.»

در دیگر را باز کرد، از دالانی گذشت، دیوار دیگری را بوسیله دگمــه برقـی حرکت داد. اطاقی پدیدار شد که در آن دو میمون نـر و مـاده بـزرگ بـه حالت افسرده یکی روی تخت خوابیده بود و دیگری دست زیر چانه‌اش زده روی صندلی یله داده بود، پرفسور راک گفت:

- « این نسل گمشده‌ای است که امروزه ما با وسایل علمی و از اخـتلاط خـون چندین میمون بدست آورده‌ایم و نماینده رشته خاندان گم شده و اسـلاف آدمیزاد است. حالا اجازه بدهید من بـه‌جـای ایـن زن و شـوهر بـی‌زبـان و بی‌شهوت حرف بزنم. این‌ها الان هیچ میل و خواهشی ندارنـد، یـازده سـال است که از حیث هوش و قوه فرقی نکرده‌اند بلکه می‌خـواهم بگـویم فکر آن‌ها دقیق‌تر شده، مزاج آن‌ها رو به بهبودی است، ولی تنها میـل و شـهوت در آن‌ها کشته شده. از شیطنت آن‌ها کاسته، جا سنگین و بی‌آزار شده‌اند و حالا ما ناهار و شاممان را سر یک میز با هم می‌خوریم. پـس ملاحظـه بکنیـد سروم س.گ.ل.ل. علاوه بر این که آرامش کلی در اشخاص تولید مـی‌کنـد هیچ زیانی از لحاظ جسمانی و فکـری نـدارد، فقـط از پیـدایش نسـل بعـد جلوگیری می‌کند و به این وسیله بعـد از نسـل حاضـر دیگـر کـسی بوجـود نمی‌آید و نژاد بشر آهسته و آرام و آسوده خود بخود از بین می‌رود.

حالا صبر بکنید، در لابراتوار خودم تاثیر سروم س.گ.ل.ل. را روی جانوران و حتی گیاه‌ها و سلول‌ها نشان بدهم و بعـد هـم دانـشمندان بـزرگ عقیـده خودشان را اظهار خواهند کرد.»

تد دست سوسن را گرفت، کنار کشید و گفت:

- بس است، بس است...

سوسن پیچ کنار صفحه را پیچاند، صدای خرخـر بلنـد شـد و جریـان قطـع گردید. تد گفت:

- سوسو، سوسی‌جان چه می‌گویی؟ همه این‌ها دیوانگی نیست؟

- نهایت عقل است.

- به‌بین ما در چه دوره‌ای زندگی می‌کنیم. عـشق، دوسـتی، علاقـه و همـه این‌ها از بین رفته و لغات پوچ شده. من نمی‌توانم این صورت‌های بی‌حرکت، این قیافه‌هایی که از چوب تراشیده شده بـبینم. حقیقتا بشر دیوانـه شـده و در یک حـرکت ناشی از جنون و تکبر می‌رود نطفه مقدس انـسان را معـدوم بکند!

- اوهو! حالا بهم رسیدیم. نطفه مقدس! چه صفت غریبی! تو همـین الان بـه من ایراد می‌گرفتی که چرا از مجسمه‌ای که ساخته‌ام ممکن بـود تعبیـر روح بشود، حالا خودت نطفه مقدس قایل می‌شوی؟ بـرعکس چـه فـتح بزرگـی است که این نطفه مقدس با همه جنایات، زجرها، قشنگی‌ها و احمقی‌هـایش نابود بشود. زمین میلیـون‌هـا سـال آرام و آسـوده دور خـودش گردیـد. پیدایش بشر در مقابل عمر زمین مانند یـک روز بـیش نیـست و ایـن روز اغتشاش روی کره زمین بود. همه هستی‌ها را بستوه آورد. نظـم و آرامـش طبیعت را بهم زد، بگذار دوباره این آرامش به زمین رد بشود.

- اما به این طرز وحشیانه؟

- گمان می‌کنی میل مرگ ضعیف‌تر از میل به زندگی است؟ همیشه عشق و مرگ با هم توام است، همیشه بشر در عین این‌که به اسم جنـگ و مبـارزه زندگی کوشیده در حقیقت خواستار مرگ بوده، امروز آزاد شده و با وجود این‌که همه وسایل زندگی راحت برایش فراهم است ولی باز هم میل مرگ

در بشر کشته نشده بلکه قوی‌تر شده و یک جور القای خودبخود و عمـومی شده، به‌طوری که همه مردم با بی‌طـاقتی آرزوی نیـستی دسـته‌جمعی را می‌کنند و برای مرگ می‌جنگند The Struggle for Death این نتیجه منطقی وجود آدمیزاد است.

ـ من دارم دیوانه می‌شوم، سوسوی من، سوسی‌جان من الان مـی‌روم، ولـی یک کلمه، تنها یک کلمه به من جواب بده. نمی‌دانی تا چه اندازه ایـن کلمـه اگر چه بقول تو پوچ، اما برای من ارزش دارد. یک کلمـه بگـو کـه دوسـتت دارم یا از تو متنفرم، فحش بده، ناسزا بگو، مرا از اطاقت بیرون بکن ولی آن قدر ساکت، خونسرد، آرام و بی‌قید نباش. من می‌دانم همه این‌ها سـاختگی است، ظاهری است، قلب و احساسات بشر هیچ وقت عوض نمی‌شود. اگـر روزی بشر می‌توانست مدار زمین را هم بدور خورشید تغییـر بدهـد، اگـر خودش را به ستاره سیرییوس Sirius هم می‌رسانید همان آدمیزاد ضـعیف و ترسو و احساساتی بود. نگاه‌های غمناک این میمون را دیدی، پر از روح، پر از احساسات بود، همین روح موروثی بشر است.

یک کلمه به من جواب بده، به من فحش بده ...

ـ بچه، چه بچه بزرگی؟ تو هنوز آدم دو هزار سال پیش هستی، نمونه خـوبی برای موزه Anthropologie هستی، این همه دخترهای خوشـگل، ایـن همـه وسایل تفریح هست، دیگر منتظر چه هستی؟

ـ همه این‌ها به نظرم یکسان است، من ترا برای عشق معمولی آن‌طوری که تصور می‌کنی نمی‌خواهم، روحم نمی‌تواند از تو جدا بشود.

ـ روح؟ چه مسخره‌ای! حالا خوب می‌بینم که تاثیر میمون‌های بزرگ، به‌قـول پرفسور راک اجداد بزرگوارمان، زیاد در تو مانده است.

تد تا نزدیک در رفت، مکث کرد مثل این که مـی‌خواسـت چیـزی بگویـد، دوباره برگشت. در خودبخود باز شد و آهسته پشت سر او بسته گردید.

شش ماه از این بین گذشت و سرم کشنده شهوت را به همه مردم زدنـد. ولی بر خلاف انتظار تاثیر غریبی کرد، زیرا که در لابراتوار در مـایع و مقـدار مواد سروم اشتباه شد، به‌طوریکه شهوت را نکشت ولی وسـیله دفـع آن را خنثا کرد. ازین رو یک جنون عمومی به مردم دسـت داد، همـه مـردم بـه اقسام گوناگون خودکشی می‌کردند. پرفسور راک نیز خـودش را کـشت و روی صفحه تله‌ویزیون که روشن می‌شد پوشیده شده بود از خودکشی‌ها، حرکات جنون‌آمیز، کارخانه‌هایی که منفجر می‌شد، مردمی که در شـهرهـا دسته دسته فریاد می‌کردنـد، مـردی کـه چـشم خـودش را از کاسـه در می‌آورد، زنی که در کاسه سر بچه‌اش مشروب می‌نوشید یا دختری کـه در اطاق خودش گل و عکس‌های شهوت‌انگیز جمع کرده بود و خودش را کشته بود. سستی‌ها و احساسات بچگانه در بشر به منتها درجه سختی رسیده بود، همه این صورت‌های آرام و بی‌حرکت چین افتاده بود، پیر شده بـود. نظـم شهرها به‌هم خورده بود. اغلب قوه برق می‌ایستاد، ماشین‌ها بهم می‌خـورد، صدای فریاد و هیاهو شنیده می‌شد و کسی بکسی نبود. جمع کردن مرده‌ها مشکل شده بود، کوره‌هائی که مرده‌ها را تبدیل به خاکستر می‌کرد متـصل در کار بود و با وجود این احتیاج شهرها را کفاف نمی‌داد. نقاشان و صنعتگران موضوع‌هایشان شهوت‌انگیز شده بود، سـازهای شـهوت‌انگیـز، پـرده‌هـای شهوت‌انگیز، افکار شهوت‌انگیز و متفکرین همه وقتشان صرف موضـوع‌هـای شهوتی می‌شد. پیش‌آمد تهدیدآمیز دیگری برای شـهر «کانـار» روی داد و آن این بود کـه در کـوه دماونـد آثـار آتـش‌فـشانی پدیـدار شـده بـود. زمین‌لرزه‌های پی در پی می‌شد. اگر چه روز، ساعت و دقیقه آتش فشانی را

سیسمگراف‌های قوی قبلا تعیین کرده بود ولی کسی باین موضوع اهمیت نمی‌داد.

این تغییرات در زندگی سوسن تاثیر کلی کرد، بعد از تلقیح سروم س.گ.ل.ل. وضع او شوریده، با رنگ پریده مایل به زردی، در اطاقش عطر شهوت‌انگیز در هوا پراکنده بود و ساز شهوتی دائم می‌زد. روی هر میزی یک شیشه مشروب و گیلاس گذاشته شده بود. اطاق او در هم و بر هم و صورت خانه‌ای را داشت که بعد از چپو در آن عیش بکنند و مشروب بخورند و بعد آن را ترک بکنند.

یک روز که سوسن در اطاق Studio خودش جلو پنجره نشسته بود به بیرون نگاه می‌کرد. آسمان خراش روبروی پنجره او خراب، سوخته، با شیشه‌های شکسته دودزده پیدا بود. اتو رادیوهای شکسته فاصله بفاصله در جاده‌ای که از کمرکش آن بالا می‌رفت افتاده بود. مردم هراسان، دیوانه وار در حرکت بودند، صدای همهمه از آن پائین می‌آمد. جاده‌های متحرک همه ایستاده بود و در باغ گردشگاه طبقه هژده آسمان خراش گروه انبوهی‌هاج و واج درهم می‌لولیدند. دسته‌ای نمایش می‌دادند، یک گله آن ساز می‌زدند و می‌رقصیدند. درین بین که سوسن مشغول تماشا بود در اطاق زنگ زد و باز شد. تد با حالت شوریده وارد شد، درین اواخر چندین بار تد به‌دیدن سوسن آمده بود ولی سوسن همیشه مشغول ساختن مجسمه‌ای بود که به او نشان نمی‌داد و وعده داده بود که بعد از اتمامش آن را نشان بدهد. در ابتدا سوسن به قدری مشغول تماشای بیرون بود که ملتفت تد نشد. تد جلو آمد گفت:

«- هان، به چه نگاه می‌کنی؟

- فتح عشق را تماشا می‌کنم.

- حالا حرف مرا باور می‌کنی؟ این همان حس عشق بود. همان دام طبیعت برای تولید مثل بود که تمام میل به زندگی، دوندگی و تمدن بشر روی آن بنا شده بود. و حالا که این حس را از او گرفتند ببین چطور نتیجه هزاران سال فکر و زحمت خودش را از روی تحقیر نابود می‌کند و فکر، انرژی و علاقه او به زندگی بریده شد.

- چه ازین بهتر که آدمیزاد شوریده و طاغی زیر همه قوانین طبیعت بزند - طبیعتی که تاکنون او را اسیر و دست‌نشانده خودش کرده بود. بگذار خراب بکند، خراب کردن هم کیف دارد. به جای این که طبیعت بعدها خرده خرده خراب بکند بهتر آنست که بدست خودش خراب بشود. حس انهدام و حس ایجاد یک مو از هم فاصله دارد.

- آیا تو حاضر هستی مجسمه‌هایت را بشکنی؟

- آسوده باش، من همه آن‌ها را شکستم و با مصالح آن‌ها یک مجسمه دیگر ساختم، فقط یکی بیشتر باقی نمانده.

- مجسمه کرم ابریشم را هم شکستی؟

- آن هم برایم قدیمی شده بود، از آن دیگر کیف نمی‌کردم.

- پس برویم این مجسمه تازه را ببینیم، گمان می‌کنم که امروز دیگر اجازه می‌دهی!

هر دو از جا بلند شدند و در اطاق کارگاه رفتند. جلو آن مجسمه بزرگی به بلندی یک گز و نیم پیدا بود که با روشنایی سرخ رنگی می‌درخشید، پرده مخمل ابریشمی خواب و بیدار پشت آن آویزان بود. مجسمه دو حشره بزرگ ظریف بود که به هم پیچیده بودند. بال‌های بزرگ مسی رنگ رویش لعاب کدری به رنگ گوشت تن بود. تنه آن‌ها به هم چسبیده بود و توام

شده بود و سرهایشان یکی شبیه به تد و دیگری شبیه سوسن بود کـه سرش به عقب افتاده بود. چشم‌هایش بسته و دست‌های تد در تن او فـرو رفته بود. تد با تعجب پرسید:

« - باز هم حشرات؟

این حشره دمدمی Ephemere است که یک روز زندگی می‌کند و در عـالم کیف می‌میرد.

- چرا این موضوع را با این صورت‌ها انتخاب کردی؟

- این همان خوابی است که دیده بودی، خوابی که مرا خفه کرده بودی و در آغوشم کشیده بودی.

-سوسو! ببین عشق در من کشته شده، شاید شهوت مانده باشد ولـی بـاز هم تکرار می‌کنم که ترا دوست دارم، روح ترا دوست دارم. باز هم می‌گویم که برای شهوت نیست.

- من هم ترا پیش از س.گ.ل.ل. دوست داشتم و مخـصوصا تـرا شـکنجه می‌دادم. اقرار می‌کنم که از شکنجه تو کیف می‌کردم ولی حالا این حرف‌هـا برایم قدیمی شده. افسانه روح را کنار بگـذار. الان مـن تـرا بـرای شـهوت می‌خواهم. حالا حس می‌کنم که منطق، احساسات و تمام هستیم عوض شده.

- سوسو، ممکن است از تو یک خواهش بکنم؟ آیا می‌توانی آخرین دقیقه‌های زندگی مرا بخری؟ آیا می‌توانی آخرین لحظه زندگی مرا شاعرانه بکنی؟ این زندگی که همه‌اش از دست تو در شکنجه بوده‌ام!

-هان، فهمیدم مقصودت چیست، با من بیا.

سوسن دست تد را گرفت، دوباره در اطاق Studio رفتند، تد روی نیمکت الاستیک نشست، سوسن رفت پیچ ساز را گردانید و عقربک را جلو علامت «پ» نگهداشت. یک مرتبه هوا به رنگ سـرخ و بعـد نـارنجی شـد و سـاز شهوتی لطیفی با عطر مهیجی در هوا پراکنده شد. بعد سوسن رفت پهلـوی تد نشست. از مشروبی که روی میز بود گیلاس‌هـا را پـر کـرد، یکـی را بـه دست تد داد و دیگری را خودش برداشت با هم نوشیدند. تد دست کـرد شیشه کوچکی از جیبش درآورد و خواست دوائی که در آن بود در گیلاسش بریزد. سوسن دست او را گرفت و روی شیشه را نگاه کرد و گفت:

-چه می‌خواهی بکنی؟ آتروپین Atropine اوه، چه لغـت کهنـه‌ای! رویـش دو وجب خاک نشسته. این دوا برای دوهزار سال پیش خـوب بـود. مـی‌دانـی اثرش چیست؟ صرع، هذیان، غش بعد هم کابوس و منظره‌های قتـل عـام، سرهای بریده و هزار جور شکنجه می‌دهد تا بکشد. پس صبر کن.

سوسن بلند شد، از گنجه گوشه اطاق که در مخفی داشـت گـوی ورشـوی بیرون آورد، به‌دست تد داد و گفت:

- این صورتک را می‌گذاری و خیلی آرام از دهنه این بالن نفس می‌کشی، اما همه‌اش را تمام نکنی. برای من و شی شی هم بگذار!

- این چیست؟

- پروتکسیددازوت Protoxide d'Azote است، خواب بخواب می‌برد آن هم با کیف. بعد از آن‌که کمی تهییج شهوتی می‌کند و کارهای روزانـه را بـه یـاد می‌آورد، چشم را کم نور می‌کند و گوش گزگز می‌کند، ولی روی هـم رفتـه کیف دارد.

- Laughing Gas؟

- خودش است.

تد سرش را تکان داد و بند صورتک را که به آن گوی ورشوی آویزان بود از پشت گردنش وصل کرد. سرش را روی بالش گذاشت و صورت آرام و خوش به خودش گرفت، چند دقیقه بعد چشم‌هایش به هم رفت. سوسن بند صورتک را باز کرد پیچ گوی را بست، روی زمین گذاشت و تد را روی تخت الاستیک خوابانید.

در همین روز طرف غروب بود که صدای همهمه و جنجال از دور بلند شد و گروه لختی‌ها با اندام ورزیده، رنگ‌های سوخته و بازوهای توانا وارد شهر «کانار» شدند و تا اول شب همه شهر را بدون مقاومت گرفتند.

وقتی که پنج نفر از لختی‌ها در را شکستند و وارد کارگاه سوسن شدند، هوای آن‌جا با روشنایی سرخ رنگ روشن بود. ساز شهوتی ملایمی مترنم و عطر شهوت انگیز و دیوانه‌کننده‌ای در هوا پراکنده بود. مجسمه حشره دمدمی Ephemere جلو پرده خاکستری خواب و بیدار می‌درخشید و جلو آن تابوت بزرگ منبت کاری شده گذاشته بودند که رویش نوشته بود:«خواب عشق»

یکی از لختی‌ها جلو رفت و روی دگمه‌ای که کنار تابوت بود فشار داد. تابوت آهسته سه تا زنگ زد و درش خودبه‌خود باز شد، و بوی عطر تندی از همان عطر شهوت انگیز که در هوا پراکنده بود بیرون زد. لختی‌ها با تعجب به عقب رفتند. چون دیدند که در میان تابوت یک زن و مرد لخت شبیه صورت مجسمه حشرات میان پارچه لطیفی مثل بخار در آغوش هم خوابیده بودند، لب‌هایشان بهم چسبیده بود و مار سفیدی دور کمر آن‌ها چنبر زده بود.

۵۰۸

شب‌های ورامین

از لای برگ‌های پاپیتال فانوسی خیابان سنگ‌فرش را که تا دم در می‌رفت روشن کرده بود. آب حوض تکان نمی‌خورد، درخت‌های تیره‌فام کهن‌سال در تاریکی این اول شب ملایم و نم‌ناک بهار بـه هـم پیچیـده، خـاموش و فرمان‌بردار به نظر می‌آمدند. کمـی دورتـر در ایـوان سـه نفـر دور میـز نشسته بودند: یک مرد جوان، یـک زن جـوان و یـک دخـتر هیجـده سـاله. سگشان مشکی هم زیر میز خوابیده بود. فرنگیس تـار ظریفـی کـه دسـته صدفی آن جلو چراغ می‌درخشید در دست داشت، سرش را پائین گرفته به زمین خیره نگاه می‌کرد و مثل این بود که لبخند می‌زد. تار به طور عاریه در دستش بود و از روی سیم‌های نازک آن آهنگ سوزناکی در می‌آورد. صدای بریده بریده آن در هوا موج می‌زد، می‌لرزید و هنوز خفه نـشده بـود کـه زخمه دیگری به سیم تار می‌خورد. ولی معلوم نبود چـرا همیـشه همـایون را می‌زد، یا آن را بهتر بلد بود و یا این که از آهنگ آن بیشتر خوشش می‌آمد.

گاه‌گاهی مانند انعکاس ساز، جغدی روی شـاخه درخـت نالـه مـی‌کـشید. فریدون دست در جیب نیم‌تنه زمخت خود کرده به پیچ و خم لغزنـده دود آبی رنگ سیگار نیم‌سوخته‌اش نگاه می‌کرد. اگر چه او از سازهای معمولی به زودی خسته و کسل می‌شد، ولی این آهنگ را با وجود این که صدها مرتبه شنیده بود از روی میل گوش می‌کرد. به‌خصوص که نوازنـده آن فـرنگیس

۵۰۹

بود و بدون اراده در مغز او یادگارهای دوردست و محو شده از سرنو جان گرفته بود و مانند پرده سینما می‌گذشت.

گلناز با چشم‌های خمار و خواب‌آلود نگاه حسرت‌آمیزی بـه دسـت و پنجـه استاد خود می‌کرد، چون فریدون عقیده نداشت که او ساز بزند ولی روزها که پی کار می‌رفت فرنگیس پنهانی او به گلناز تار مشق می‌داد.

دو سال می‌گذشت که فریدون از سویس برگشته و در امـلاک مـوروثی، زندگانی روستائی و دهقانی را پیشه خودش کرده بود. این زندگانی موافـق ذوق و سلیقه او بود، چه تحصیل او در فرنگ نیز در قسمت کشاورزی بـود. تازه‌نفس و پشت‌کاردار به‌اندازه‌ای جدیت به خرج می‌داد کـه در ایـن دو سال حاصل ده او پنج برابر شده بود.

اگر چه ملک او در ورامین و نزدیک تهران بود ولی برای گردش در سال سه مرتبه هم به شهر نمی‌رفت. تمام روز را با پیراهن یخه‌بـاز، نیـم‌تنـه کلفـت قهوه‌ای و کفش‌های نخاله با رعیت‌هایش سرو کله می‌زد، آن‌ها را راهنمائی می‌نمود و به آبادی و پاکیزگی آن‌جا می‌کوشید - تنها مایه دل‌خوشی او زنش فرنگیس بود که کمک او شده و به همه کارهـایش رسیدگی مـی‌کـرد. از صبح زود که بیدار می‌شد دقیقه‌ای از کار آرام نمی‌گرفت. شاید کمتر اتفاق می‌افتد که زن و شوهر تا این اندازه به هم دلبستگی داشته باشند. - یک بار نشد که میان آن‌ها به‌هم بخورد و یا دل‌خوری و رنجش از هم پیدا بکنند. آن هم با زندگی محدودی که آن‌ها داشتند، چون فریدون بـه جـز فـرنگیس و ناخواهریش گلناز هیچ خویش و آشنائی نداشت و هر سه آن‌ها در این ملک زندگی ساده و آرام می‌نمودند.

خانه آن‌ها عبارت بود از دو دست ساختمان کـه یکـی از آن‌هـا قـدیمی و دیگری کوشک دومرتبه‌ی زیبـائی بـود کـه خـود فریـدون سـاخته بـود و

فرنگیس هر دو این خانه‌ها را سرو صورت پاکیزه و آبرومند داده بود. وارد باغ که می‌شدند بوی گل در هوا پیچیده بود، سبزه‌ها تــرو تـازه، هـمــه جــا شسته و روفته و پاپیتال روی دیوارها خزیده بود.

همین‌طور که هر سه آن‌ها متوجه ساز بودند ناگاه ساعت دیواری نه زنـگ زد. فریدون به ساعت مچی خودش نگاه کرد و در همین وقت صـدای تـار هم خفه شـد. فــرنگیس تـار را کنـار گذاشـت، بعـد مثل ایـن‌کـه از درد فوق‌العاده‌ای خودداری بکند دست روی قلبش گذاشت، دندان‌هایش را به هم فشرد و دانه‌های عرق روی پیشانی او پدیدار شد. فریدون کـه ملتفت بود رنگش پرید، ولی فرنگیس قیافه خونسرد به خـودش گرفـت و لبخنـد زورکی زد. گلناز که خوابش می‌آمد بلند شد و آهسته از پله‌های ایوان پائین رفت. از دور صدای نسترن باجی دایه گلناز می‌آمـد کــه بـا باغبـان گفتگـو می‌کرد.

فریدون خاموشی را شکست و گفت:

- فرنگیس هیچ می‌دانی از بس که به خودت زحمت دادی قلبـت را خـراب کردی؟ من که راضی نیستم. تو باید مدتی استراحت بکنی، راستی دوایت را مرتب می‌خوری؟

فرنگیس کمی تامل کرد بعد با بی‌اعتنائی گفت:

- چه فایده دارد؟ شش ماه است که دواهای جور به جور می‌خورم، ایـن‌هـا بدتر آدم را ناخوش می‌کند.

- مقصود، گفتم که فکر خودت هم باشی. توی این خانه هیچ‌کس به‌اندازه تو کار نمی‌کند آن هم با این مزاج علیل!

فرنگیس جواب داد - حالا که حالم بهتر است، چیزی نیست درست می‌شود.

- می‌خواهی فردا برویم پیش حکیم؟ اگرچه این دکترها هم چیزی بارشان نیست، همه‌اش استخوان لای زخم می‌گذارند و مقصودشان پول‌درآری است!

- هر چه قسمت باشد همان می‌شود!

فریدون با بی‌حوصله‌گی گفت: - از بس که قسمت قسمت گفتی خفه شدم، چرا آن قدر حرف‌های املی می‌زنی؟

فرنگیس گفت: - نقل پریشب است که منکر آن دنیا شده بودی؟ تو هم که پاک فرنگی شدی و زیر همه چیز زده‌ای!

فریدون - این که دیگر دخلی به فرنگی‌ها ندارد، اما می‌خواهم بگویم که ما بدتربیت می‌شویم، همه خرابی ما به گردن همین خرافات است که از بچگی توی کله مان چپانیده‌اند و همه مردم را آن دنیائی کرده‌اند. این دنیا را ما ول کرده ایم و فکر موهوم را چسبیده‌ایم.نمی‌دانم کی از آن دنیا برگشته که خبرش را برای ما آورده! از توی خشت که می‌افتیم برای آخرتمان گریه می‌کنیم تا بمیریم، این هم زندگی شد؟

فرنگیس به حال اندیشناک گفت: - من فکریم با وجود این که تو آن‌قدر مهربان و خوش اخلاقی چطور به هیچ چیز اعتقاد نداری؟

در میان زندگی آرام و خوشبخت آن‌ها تنها اختلافی که وجود داشت همین مسئله بود که فریدون از بیخ عرب شده به هیچ چیز اعتقاد نداشت. برعکس فرنگیس که مادر بزرگ املش فکر او را کهنه و قدیمی بار آورده بود و به‌خصوص پاپی شوهرش می‌شد و می‌خواست او را مجاب بکند ولی فریدون شانه خالی می‌کرد.

فریدون با لبخند گفت: - به‌بین باز اولش شد، من نمی‌خواهم داخل این حرف‌ها بشوم، اما خوبی و بدی آدم دخلی به مذهب و عقیده ندارد. همه فتنه‌ها زیر سر آدم‌های مذهبی بوده، همه جنگ‌های مذهبی، جنگ‌های صلیبی زیر سر کشیش‌ها بوده.

فرنگیس از میدان در نرفت و گفت: - من که مثل تو حاضر جواب نیستم، ولی قلبم به من گواهی می‌دهد که به جز این دنیا یک چیز دیگری هم هست. اگر آن دنیا نبود پس چرا آدم خواب می‌دید؟ تو خودت می‌گفتی که با مانیتیسم آدم را خواب می‌کنند. مگر توی آن کتاب فرانسه‌ات عکس روح را به من نشان ندادی؟ به فرنگی‌ها که اعتقاد داری!

فریدون جواب داد: - کی گفت؟ مگر هر مزخرفی که اروپائی نوشت راست است؟ این‌ها عقیده پیر زن‌های فرنگ است.

دوباره به ساعت مچی خودش نگاه کرد، خمیازه کشید و گفت:

- ساعت نه و نیم است.

هر دو از جا برخاستند، فرنگیس بعد از جمع آوری روی میز دنبال شوهرش از پله‌ها بالا رفت. نیم ساعت بعد چراغ‌ها خاموش بود، همه به خواب رفته بودند مگر جغدی که فاصله به فاصله ناله می‌کشید.

٭

دو ماه بعد فرنگیس با موهای ژولیده، تن لاغر، چهره پژمرده، پای چشم گود رفته کبود رنگ در تخت‌خواب افتاده بود، نه خواب داشت و نه خوراک، گاهی قلبش ول می‌شد. تک سرفه می‌کرد، رنگ لبش می‌پرید، نفسش بند می‌آمد و به خودش می‌پیچید. نصف‌شب از خواب‌های ترسناک می‌پرید و فریاد می‌زد. به‌اندازه‌ای در زحمت بود که یک بار خواست شیشه

«دیژیتال» را سر بکشد و اگر در همین‌وقت فریدون نمی‌رسید خودش را آسوده کرده بود.

فریدون شب و روز با رنگ پریده، سیمای پریشان و چشم‌هـای بـی‌خـوابی کشیده روی صندلی راحتی پهلوی تخت خواب او نشسته بود. دقیقـه‌ای آرام نداشت، یا نبض فـرنگیس را مـی‌شـمرد، یـا گرمـای تـن او را روی کاغـذ یادداشت می‌کرد، یا دنبال حکیم می‌دوید، یـا قاشـق قاشـق شـربت بـه او می‌خوراند و هر دفعه که قلب او می‌گرفت دنیا بـه نظـرش تیـره و تـار می‌شد. یک روز طرف غروب که فریدون بالای تخت فرنگیس نشسته بـود و چشمش به چهره لاغر فرنگیس دوخته شـده بـود، جلـو روشـنائی چـراغ مژه‌های بلند او را می‌دید که نیمه باز مانده بود، مثل ایـن بـود کـه لبخنـد می‌زد و آهسته نفس می‌کشید. نیم ساعت می‌گذشت که بـه حالـت اغمـا افتاده بود. ناگاه چشم‌های فرنگیس باز شد و دیوانه وار زیر لب با خـودش می‌گفت:

«- خورشید ... پس خورشید کو؟ ... همیشه شب، شب‌های ترسـناک ... سایه درخت‌ها را به دیوار نگاه کن ... ماه بالا آمده ... جغد ناله می‌کشد ... درها را باز کنید ... بشکنید ... دیوارها را خراب کنید ... این‌جا زندان است ... زندان ... توی چهار دیوار ... خفه شدم بس است ... نـه مـن کسـی را ندارم ... تار بزنیم ... تار را بیاور این‌جا توی ایوان ... تـف ... تـف بـه ایـن زندگی ...»

خنده بلندی کرد، خنده دیوانه‌وار، چشمش را برگردانید به صورت فریدون خیره شد که سرش را نزدیک او برده بود و شـانه‌هـای لاغـر فـرنگیس را مالش می‌داد و می‌گفت:

«- آرام شو ... آرام شو ...»

۵۱۴

اشک در چشم‌های فرنگیس پر شد و مثل چیزی کـه کوشـش فـوق العـاده کرده باشد با صدای خراشیده و خفه گفت:

« – من می‌میرم اما آن دنیا هسـت … بتو ثابت می‌کنم!»

بعد قلبش ول شد، به سختی لرزید. فریدون دوید در فنجان با قطره‌چکـان دوا درست کرد. ولی همین‌که برگشت بـه او بخورانـد دیـد کـار از کـار گذشته، دندان‌های او کلید شده و تنش کم کم سرد می‌شد.

فریدون او را در آغوش کشید، می‌بوسید و اشک مـی‌ریخـت. نسترن‌بـاجی هراسان وارد اطاق شد، به سر و سینه‌اش می‌زد و زبان گرفته بود. همه اهل ده ماتم‌زده شدند. ولی کسی که در این میان به حالش فرقی نکـرد گلنـاز بود که با چشم‌های خمار و گیرنـده‌اش همـه را مـی‌پائیـد و خیلـی کـه تـو رودربایستی گیر می‌کـرد دسـتمال کوچـک ابریـشمی در مـی‌آورد و جلو چشمش می‌گرفت.

با طبیعت حساس و مهربانی که فریدون داشت این پیش‌آمـد او را از پـا در آورد. از کار خودش کناره گرفت، تمام روز را روی صندلی افتـاده بـا حـال پریشان یادگارهای گذشته جلو چشمش مجسم می‌شد. دو هفته بـه همـین ترتیب بهت زده در غم و سوگواری مانده بود. بـا چـشم‌هـای رک‌زده‌اش چنان می‌نمود که چیزی را حس نمی‌کند و نمی‌بیند، در صورتی که هر چه در اطراف او می‌گذشت به خوبی می‌دید و پیوسته در شکنجه روانی بود. گلنـاز ناخواهریش و نسترن‌باجی به او چیز می‌خوراندند. کم کم حالت مالیخولیـائی به او دست داد. در اطاق تنها با خودش حرف می‌زد و پرت می‌گفت تا ایـن که یکی از خویشان زنش آمد و او را برای معالجه به تهران برد.

٭

عصر همان روزی که فریدون در حال خودش بهبودی حس کـرد بـه قـصد
ورامین اتومبیل گرفت و هنگامی که جلو خانه‌اش پیـاده شـد هـوا تاریـک و
تکه‌های ابر روی آسمان را پوشانیده بـود. چنـد دقیقـه در زد، بعـد از دور
صدای پا شنیده شد، کلون در صدا کرد، در باز شد و نسترن‌باجی بـا قـد
خمیده که فانوسی در دست داشت پدیدار گردید. همین‌کـه فریـدون را
دید هراسان به عقب رفت و گفت:

« – آقا ... آقا ... شما هستید؟

فریدون پرسید: – پس حسن کجاست؟

« –آقا رفته، همه رفته‌اند!»

فریدون گیج و منگ بود، سرش را پائین انداخت، وارد باغ شد و جلو خیابانی
که به عمارت سر در می‌آورد ایستاد. از دیدن خانه‌اش داغ او تازه شد. بعد
از کمی تردید به سوی کوشک مسکونی خود رهـسپار گردیـد و بـه سـایه
خودش نگاه می‌کرد که جلو روشنائی فانوس روی زمین بلند و کوتاه می‌شد.
برگ خشک درخت‌ها را لگد می‌کرد. همه‌جـا بـی‌ترتیـب، جـاروب نکـرده،
شلوغ و ترسناک بود، آب حوض پائین رفته بود. دم ایوان که رسید فـانوس
را از دست نسترن‌باجی گرفت و به تعجیل از پله‌ها بالا رفت، مثل ایـن‌کـه
کسی او را دنبال کرده باشد وارد اطاق نشیمن خـودش شـد و در را کیـپ
کرد. گرد و غبار روی میز نشسته بود، همه چیزها ریخته و پاشیده بـود. اول
پنجره را باز کرد هوای تازه داخل اطاق شد. بعد چـراغ روی میـز را روشـن
کرد و رفت روی صندلی راحتی افتاد. نگاهی به دور اطاق انداخت، ماننـد این
بود که از خواب درازی بیدار شده. چیزهای آن‌جا را از روی کنجکاوی نگـاه
می‌کرد، مثل این بود که برای اولین بار آن‌ها را می‌بیند. ناگهـان آهسته در
باز شد و نسترن‌باجی با پشت خمیده و چهره چین خورده وارد شد و گفت:

- انشاء الله که تنتان سلامت است.

فریدون سرش را تکان داد.

- آقا چرا سرزده آمدید؟ شام چه می‌خورید؟

- نمی‌خواهم، خورده‌ام.

نسترن قیافه مکار به خودش گرفت و گفت:- خداوند عالم هـیچ خانه‌ای را
بی‌صاحب نکند، آقا نمی‌دانید ما چه کشیدیم! از همه بدتر، نه خدایا.

فریدون هراسان پرسید: - مگر چه شده؟

آقا هیچ‌چیز آخر برای حالت شما خوب نیست.

فریدون تشر زد: - بگو چه شده؟

نسترن‌باجی با حالت وحشت زده گفت: - آقا تا حالا نزدیک یک مـاه اسـت،
شما که نبودید، وقتی که همه خوابیده‌اند صدای ساز می‌آید، بلکه هـم کـه
همزاد اوست. آقا انگاری که فرنگیس خانم تار می‌زند!

فریدون گفت: - چه می‌گوئی حواست پرت است.

این جمله را با صدای لرزان گفت به‌طوری که هول و هراس او آشکار بود.

نسترن باجی گفت: - بلانسبت شما مـن کـه بـا ایـن گـیس سـفیدم دروغ
نمی‌گویم. از خودم که در نیاوردم، عالم و آدم می‌دانند، دیگر کسی توی این
خانه بند نمی‌شود، باغبان با حسن هر دو گریختند. من رفتم دعـای بیـوقتی
برای خودم و گلی‌خانم گرفتم، ترسیدم از ما بهتران به ما صدمه برسانند.
آقا اول سگمان مشکی مرد، من گفتم قضا بلا بوده. بعد همان ساز، همان‌جور
که خانم می‌زد، همه می‌گویند این خانه جنی شده!

فریدون پرسید:- کی در آن عمارت است؟ شب‌ها کسی آن‌جا می‌خوابد؟

– مثل پیشتر من و گلی خانم آن‌جا هستیم.

– کلید در تالار که به باغ باز می‌شود پیش کی است؟

– پیش گلی خانم، روی سر بخاری گذاشته. آقا ما هـمـه‌مان عـزاداریم. بلانسبت کسی این‌جا ساز نمی‌زند، کسی جرئت نمی‌کند برود توی تالار.

فریدون با بی‌صبری پرسید: – گلناز چه می‌گوید؟

– آقا دخیلتانم، من ترسیدم گلی‌خانم هول بکند، خوب دخـتـر اسـت، جـوان است، به او بروز ندادم. امشب سرش درد می‌کرد رفته خوابیده. ماشاالله خوابش هم سنگین است، اگر دنیا را آب بـبـرد او را خـواب مـی‌بـرد. اگر می‌دانست که شما می‌آئید هرگز نمی‌خوابید، طفلکی! حالا هـم مـی‌تـرسـم تنهایش بگذارم.

بعد دولا دولا رفت فانوس را برداشت، دم در رویش را برگردانید و گفت:

« – آقا شام خورده اید؟ رخت‌خواب‌تان را درست بکنیم؟

– لازم نیست، تو برو پی کارت، مرا تنها بگذار.»

هزار جور اندیشه‌های موهوم و بی‌سرو پا جلو فریدون نقش بـسـت. بـا خودش می‌گفت: «شب‌ها تار می‌زنند، همان آهنگی کـه فـرنگیس مـی‌زد. نوکر و باغبان رفته‌اند، سگ مرده!» به دشواری نفس می‌کشید، سـایـه‌هـای خیالی جلو او می‌رقصیدند، چشمش افتاد به قالیچه بدنه دیوار کـه عـکـس حضرت سلیمان روی آن بود. سه نفر عمامه به سر دسـت بـه سـینه کنـار تخت او ایستاده بودند، زمینه قالیچه پر شده بود از اژدها، جانوران خیالی و دیوهای خنده‌آوری که روی تنشان خال سـیـاه داشـت و شـلیته قرمـز بـه

کمرشان بود. این نقش که پیش‌تر او را به خنده می‌انداخت حالا مثل این بود که جان گرفته بود و او را می‌ترسانید، بدون اراده بلند شد، چند گامی بـه درازای اطاق راه رفت، جلو در اطاق مجاور ایستاد، دسـته آن را پیچانـد، در باز شد، در تاریکی دید دو تا چشم درخشان به او دوخته شده، قلبش تنـد شد، پس‌پسکی رفت، چراغ را برداشت نزدیک آورد، دید گربـه لاغـری از شیشه شکسته پنجره بیرون جست. نفس راحت کشید، این‌جا اطاق شخصی فرنگیس بود. روی زمین گلدان را با گل‌های خشکیده دیـد. نزدیـک رفـت آن‌ها را ما بین انگشتانش فشار داد، خورد شد روی میـز ریخـت، اشـک در چشمش حلقه زد، بوی بنفشه در هوا پراکنده بود، همان عطـری بـود کـه فرنگیس دوست داشت. پاپوش‌های او را زیر نیمکت دید، پیچـه او بـا نـوار آبی به گل میخ پرده آویزان بود. همه این چیزها خودمانی و دست نخـورده سر جای خودشان بودند ولی صاحبش آن‌جا نبود. نه، او نمی‌توانسـت بـاور کند که فرنگیس مرده، هر دقیقه او می‌توانست در را باز بکند و وارد اطاق خودش بشود. ناگاه چشمش بـه سـاعت روی بخـاری افتـاد، از زور تـرس خواست فریاد بکشد، دیـد عقربـک آن سـر سـاعت هفـت و ده دقیقـه ایستاده، همان ساعتی که فرنگیس روی دستش جان داد. عرق سرد از تنش سرازیر شد، چراغ را برداشت و به اطاق خودش برگشت، ولی مـی‌ترسـید پشت سرش را نگاه بکند. سیگاری آتش زد و روی صندلی افتاد.

این افکار تلخ سر او را تهی کرده بود، تن او را از کار انداخته بود، و اراده‌اش را بی‌حس کرده بود. باز یاد حرف نسترن افتاد که گفت: «همزاد فـرنگیس شب‌ها تار می‌زند.» وضعیت مرگ زنش را به یاد آورد که به جای وصیت با لحن تهدید آمیز به او گفت: «من می‌میرم، اما آن دنیا هست، بـه‌تـو ثابـت می‌کنم!» آیا روح هست؟ بلکه روح اوست که برای اثبات آن دنیا می‌آیـد و

می‌خواهد به من بگوید که آن دنیا راست است. اما روحی که ساز مـی‌زنـد! بلند شد از قفسه دیوار کتاب احضار ارواح فرانسه را بیرون آورد، گرد آن را فوت کرد، نشست و سرسرکی ورق می‌زد چشمش افتاد به این جمله: «اگر در مجالس احضار ارواح ساز ملایمی بنوازند بـه تجلـی روح کمـک خواهـد کـرد.» دوبـاره ورق زد جـای دیگـر نوشـته بـود: «اوزاپیاپـالادینو میـانجی سرشناس ایتالیائی هنگامی که به حالت اغما می‌افتاد، پرده پشت سر او بـاد می‌کرد جلو می‌آمد. صدای تلنگر از در و دیوار می‌بارید، میز تکان می‌خورد، صندلی می‌رقصید، مانـدلین در هـوا معلـق مـی‌مانـد و ارواح بـا آن سـاز می‌زدند.» کتاب از دستش افتاد، وهم و هراس مرموزی به او دست داد.

زیر لب با خودش می‌گفت: «آیا روح ساز می‌زند؟ آیا راست است؟ شب‌ها می‌آید تار بزند، لابد آن دنیا هست. همایون، آری همان همایون را می‌زند، نه به این سادگی نیست.» و در همان حال حس کرد که تنهـا نیـست، بلکـه روح فرنگیس در نزدیکی اوست و با لبخند پیروزمندانه به او نگاه می‌کند.

از پنجره نگاهی به عمارت روبه‌رو انداخت، همان‌جا که شب‌ها تار می‌زدند. ولی دوباره با خودش گفت: «مرا بگو که به حرف خاله زنیکه‌ها باور می‌کـنم! هنوز که صدائی نشنیده‌ام، خبری نشده. شاید هـم نـسترن از خـودش در آورده. از آن دنیا هم دلم به هم خورد. اگر بنـا بـود مـرده‌هـا هـم همـان سستی‌ها، همان سرگرمی‌ها، همان شهوت و فکر زنده‌ها را داشـته باشـند، اگر آن‌ها هم باز دلنگ دلنگ تار بزنند، همان کثافت‌کاری‌هـای روی زمـین که خیلی بچگانه است. نه پیداسـت کـه ایـن دل خوشـکنک‌هـا را مـردم از خودشان در آورده‌اند. اصلا ناخوشی مرا ضعیف کرده، فردا صبح باید پرده از روی این کار بردارم. تار را می‌آورم توی همین اطاق تا به‌بیـنم زننـده آن کیست.»

در این وقت صدای وزوز طویلی چرت او را پاره کرد. دید مگس درشتی دیوانه‌وار خودش را به لوله چراغ می‌زد، فتیله پائین می‌کشید و دود می‌زد. بلند شد سیگار دیگری آتش زد دید نفت ته کشیده، چراغ را فوت کرد، اطاق تاریک شد. در خودش احساس آرامش کرد.

صندلی راحتی را جلو پنجره کشید، دستش را روی درگاه تکیه داد، به بیرون نگاه می‌کرد. عمارت تاریک و مرموز جلو او بود، صدای وزش باد می‌آمد که برگ‌های خشک را از این سو به آن سو می‌کشید. سایه درخت‌ها مانند دودی غلیظ و سیاه بود و شاخه‌های لخت آن‌ها مانند دست‌های نا امیدی بسوی آسمان تهی دراز شده بود. افکار پریشان و ترس‌ناک به او هجوم آورد. ناگهان هیکل خاکستری‌رنگی به نظرش آمد که از لای درخت‌ها آهسته می‌لغزید، گاهی می‌ایستاد و دوباره به راه می‌افتاد، تا این‌که پشت عمارت کهنه ناپدید گردید. فریدون با چشم‌های از حدقه بیرون آمده نگاه می‌کرد و به جای خودش خشک شده بود، ولی سر او درد می‌کرد، تنش خسته و خرد شده بود، افکارش کم کم تاریک شد، چشم‌هایش به هم رفت.

به نظرش آمد که در بندر مارسی در رقاص‌خانه کثیف و پستی بود. گروهی از کشتی‌بانان، گردنه‌گیرها و عرب‌های بد دک و پوز الجزایر کنار میزها نشسته بودند، شراب می‌نوشیدند و صحبت می‌کردند. دو نفر با شال‌گردن سرخ و پیراهن پشمی چرک، یکی از آن‌ها بان‌ژو می‌زد و دیگری ساز دستی. زن‌های چرک با لب‌های سرخ غرق بزک در آن میان با لات‌ها می‌رقصیدند. یک مرتبه در باز شد فرنگیس با یک نفر عرب پابرهنه که ریخت راه زنان را داشت دست به گردن وارد شدند، با هم می‌خندیدند و به او اشاره می‌کردند. فریدون از جایش بلند شد ولی دید همه مردم بلند شدند و صندلی‌ها را به هم پرتاب می‌کردند، گیلاس‌های شراب به زمین می‌خورد و

می‌شکست. عربی که وارد شده بود کاردی از زیر عبایش در آورده، یخه یک نفر را گرفت جلو کشید سر او را برید. ولی آن سر همین‌طور که در دستش بود و از آن خون می‌ریخت با صدای ترسناکی می‌خندید، در این بین سه نفر پلیس ششلول به‌دست وارد شدند همه آن‌ها را جلو کردند و بیرون بردند. او مات سر جایش ایستاده بود. نگاه کرد دید فرنگیس هم آن‌جاست، موهای مشکی تاب‌دار خودش را پریشان کرده بود، لاغرتر از همیشه رفت ساز را از روی میز برداشت و به همان حالت خسته و همان‌طوری که همایون را می‌زد، سیم‌های ساز را می‌کشید و اشک از چشم‌هایش سرازیر شده بود.

فریدون هراسان از خواب پرید، عرق سرد از تنش می‌ریخت، اول به خیالش کابوس است، چشمش را مالاند ولی صدای ساز را می‌شنید. صدای تار مانند گریه بریده بریده در هوا موج می‌زد. هر زیر و بمی که می‌شنید تاروپود وجودش از هم پاره می‌شد. صدای خفه و نامساعدی مانند ناله به گوش او می‌رسید. این همان همایون بود که فرنگیس دوست داشت!

توده‌های ابرهای سیاه مایل به خاکستری طلوع صبح را اعلام می‌کرد. نسیم خنکی می‌وزید، سایه کوه‌های کبود تیره در کرانه آسمان مشخص شده بود و صدای پای اسبی که با سم خودش زمین طویله را می‌خراشید شنیده می‌شد.

فریدون از جا برخاست، پاورچین پاورچین از پله دالان پائین رفت، چون چشمش به تاریکی آمخته شده بود از پله ایوان هم پائین رفت و با احتیاط هرچه تمام‌تر به عمارت کهنه رسید. صدای ساز را خوب می‌شنید، قلبش تند می‌زد به‌طوری که تپش آن را حس می‌کرد.

در اطاق نسترن‌باجی را باز کرد، از در دیگر که به دالان باز می‌شد بیـرون رفت. دقت کرد، صدای ساز خاموش شده بود؟ در ده قـدمی او در تـالار بود، همان‌جا که ساز می‌زدند. نزدیک رفت و از جای کلید نگاه کرد. تعجب او بیشتر شد، چه دید که یک شمعدان روی میز مـی‌سـوخت و چفـت در از بیرون باز بود. در ضمن صدای دو نفر که با هم صحبت مـی‌کردنـد شـنید. بی‌اختیار تنه‌اش را به در زد، صدای شکستن چوب و چیزی که به زمین خورد و فریاد ترسناکی از درون اطاق شنیده شد. فریدون بـا مـشت‌هـای گـره کرده به میان اطاق جست، ولی از منظره‌ای که دید سر جای خودش ماند:

مردی با لباس خاکستری، صورت سرخ، گردن کلفت و اندام نتراشیده روی نیمکت والمیده بود. گلناز خوشگل‌ترو فربه‌تراز پیشتر بـا پیـراهن خـواب و موهای ژولیده به حالت بهت‌زده ایستاده بود و تار فرنگیس با دسته صدفی جلو پای او شکسته افتاده بود. آن مرد با چشم‌های ریزه براقش نگـاهی بـه سر تا پای فریدون کرد، سپس بدون این که چیزی بگوید بلند شد، سرش را پائین انداخت، با پشت خمیده و گام‌های سنگین از در دیگر کـه بـه بـاغ راه داشت بیرون رفت.

فریدون دست‌هایش را به کمرش زده بود، قهقهه می‌خندید و به خـودش می‌پیچید، با خنده‌ای ترسناک. همه اهل خانه جلو در اطاق جمع شدند، ولـی کسی جرئت پیش آمدن نداشت. به قدری خندید که دهنش کف کرد و با صدای سنگینی به زمین خورد، به‌طوری کـه تـا چنـد دقیقـه بعـد چلچـراغ می‌لرزید.

همه گمان می‌کردند که فریدون جنی شده. اما او دیوانه شده بود.[1]

---

[1] این قسمت در افسانه ۵ر۵ر۱۰ چاپ و تقدیم آقای م. ضیاء هشترودی شده است.

فردا

۱- مهدی زاغی

چه سرمای بی‌پیری! با اینکه پالتوم را رو پام انداختم، انگار نه‌انگار... تو کوچـه، چه سوز بدی می‌آمد! - اما از دیشب سردتر نیست. از شیشه‌ی شکـسته بود یا از لای درز در که سرما تو می‌زد؟ - بوی بخاری نفتی بدتر بود. عباس قرولندش بلند شد: «از سرما سخلو کردیم!» - جلو پنجره حروف‌ها را پخش می‌کرد. نه، غمی ندارم؛ به درک که ولش کـردم: - اطـاق دود زده، قمپـز اصغر، سیاهی که بدست و پل آدم می‌چسبه، تق و تق ماشـین، آب زنگـاری حوض که از زور کثافت یخ نمی‌بنده، دو بهمزنی، پرچانگی و لوسبازی بچه‌ها، کبابی «حق دوست»، رختخواب سرد - هر جا که بـرم، اینهـا هـم دنبـالم میایند. نه، چیزی را گم نکردم.

چرا خوابم نمی‌بره؟ شاید برای اینه که مهتاب رو صورتم افتاده. باید بی‌خود غلت نزنم - عصبانی شدم. باید همه چی را فرموش کنم؛ حتی خـودم را تـا خوابم ببره. اما پیش از فراموشی چه هستم؟ وقتی که همه چی را فرامـوش کردم چه نیستم؟ من درست نمی‌دونم کی هستم... نمـی‌دونـم... همـه‌اش «من... من!» این «من» صاحب‌مرده! دیشب سرم را روی متکا گذاشتم، دیگه چیزی نفهمیدم: همه چی را فراموش کردم. شاید برای اینه که فـردا میـرم اصفهان. اما دفعه اولم نیست که سفر می‌کنم.به، هر وقت با بچه‌ها اویـن و درکه هم که می‌خواستیم بریم، شبش بی‌خوابی به سرم مـی‌افتـاد. امـا ایـن

دفعه برای گردش معمولی نیست، موقتی نیست. نمی‌دونم ذوق زده شدم یا می‌ترسم. از چی دلهره دارم؟ چی‌چی را پشت سرم می‌گذارم؟ اصلاً من آدم تنبلی هستم. چرا نمی‌تونم یک جا بند بشم؟ رضا ساروقی که با هم تو چاپخانه‌ی «بدخشان» کار می‌کردیم، حالا صفحه‌بند شده، دماغش چاقه. من همیشه بی‌تکلیفم، تا خرخره‌ام زیر قرضه، هر وقت هم کار دارم مواجبم را پیشخور می‌کنم. – حالا فهمیدم: این سرما از هوا نیست، از جای دیگه آب می‌خوره–: تو خودمه. هر چی می‌خواد بشه، اما این دفعه این سرما میاد–. با پشت خمیده، بار این تن را باید بکشانم. تا آخر جاده باید رفت. چرا باید؟ برای چه؟... تا بارم را به منزل برسانم. آن هم چه منزلی!... بازوهای قوی دارم. خون گرم در رگ و پوستم دور می‌زنه، تا سرانگشتهام این گرما میاد: من زنده هستم.– زندگی که در اینجا می‌کنم می‌تونم در اون سر دنیا بکنم. در یک شهر دیگه... دنیا باید چقدر بزرگ و تماشائی باشه! حالا که شلوغ و پلوغه – با این خبرهای تو روزنامه، نباید تعریفی باشه، جنگ هم برای اونها یک جور بازی است – مثل فوتبال، اقلاً هول و تکان داره... آب که تو گودال ماند می‌گنده...

چطوره برم ساوه؟ انگل اونها بشم؟ هرگز... برای ریخت پدر و زن‌بابا دلم تنگ نشده. اونها هم مشتاق دیدار من نیستند. نمی‌دونم تا حالا چند تا خواهر و برادر برام درست کردند. عقم می‌نشینه. – نه برای اینکه سر مادرم هوو آورد: همیشه آب دماغ رو سبیلش سرازیره، چشمهاش مثل نخودچی، زیر ابروهای پرپشت سوسو می‌زنه. چرا مثل بچه‌ها همیشه تو جیبش غاغالیلی داره و دزدکی می‌خوره و به کسی هم تعارف نمی‌کنه؟ من شبیه پدرم نیستم. – با اون خانه‌ی گلی قی‌آلود، رف‌های کج و کوله، طاق ضربی کوتاه، هیاهوی بچه و گاو و گوسفند و مرغ و خروس که قاتی هم زندگی می‌کنند!

آن وقت با چه فیس و افاده‌ای دستش را پر کمرش می‌زنه و رعیت‌هاش را به چوب می‌بنده! از صبح تا شام فحش میده و ایراد می‌گیره. نانی که از اون‌جا در بیاد زهرماره، نان نیست. اون‌جا جای من نیست، هیچ جا جای من نیست. پدرم حق آب گل داره، ریشه دوانده، مال خودشه. هان: مال خودش- مال خیلی مهمه! زندگی می‌کنه، یادگار داره ... اما هیچی مال من نمی‌تونه باشه، یادگار هم مال من نیست- یادگار مال کسانی است که ملک و علاقه دارند، زندگیشان مایه داشته:- از عشق‌بازی تو مهتاب، از باران بهاری کیف می‌برند- بچگی خودشان را به یاد میارند. اما مهتاب چشمم را می‌زنه و یا بی‌خوابی به سرم می‌اندازه. یادگار هم از روی دوش‌هام سر می‌خوره و به زمین میافته. یکه و تنها ... چه بهتر! پدرم از این یادگارها زیاد داره. اما من هیچ دلم نمی‌خواد که بچگی خودم را به یاد بیارم پارسال که ناخوش و قرض‌دار بودم، چرا جواب کاغذم را نداد؟ فکرش را نباید کرد.

بعد از شش سال کار، تازه دستم خالی است. روز از نو روزی از نو! تقصیر خودمه - چهار سال با پسرخاله‌ام کار می‌کردم، اما این دو سال که رفته اصفهان ازش خبری ندارم. آدم جدی زرنگیه. حالا هم به سراغ اون میرم. کی میدونه؟ شاید به امید اون میرم. اگر برای کاره پس چرا به شهر دیگه نمیرم؟ به فکر جاهائی می‌افتم که جا پای خویش و آشنا را پیدا بکنم. زور بازو!... چه شوخی بی‌مزه‌ای! اما حالا که تصمیم گرفتم گرفتم... خلاص.

تو دنیا اگر جاهای مخصوصی برای کیف و خوشگذرانی هست، عوضش بدبختی و بیچارگی همه جا پیدا می‌شه. اون جاهای مخصوص، مال آدم‌های مخصوصیه - پارسال که چند روز پیشخدمت «کافه‌ی گیتی» بودم، مشتری‌های چاق داشت: پول کار نکرده خرج می‌کردند. اتومبیل، پارک، زن‌های خوشگل، مشروب عالی، رخت‌خواب راحت، اطاق گرم، یادگارهای

خوب، همه را برای اونها دست چین کردند. مال اونهاست و هر جا برنـد بـه اونها چسبیده. اون دنیا هم باز مال اونهاست. چون برای ثواب کردن هم پـول لازمه! ما اگر یک روز کار نکنیم، باید سر بی‌شام زمین بگذاریم. اونها اگر یک شب تفریح نکنند، دنیا را به هم می‌زنند! – اون شب کنج راهـرو کافـه، اون سرباز امریکائی که سیاه‌مست بود و از صورت پرخونش عرق می‌چکید، سر اون زنی که لباس سورمه‌ای تنش بود چه جور بـه دیـوار مـی‌زد! مـن جلـو چشمم سیاهی رفت. نتونستم خود را نگه دارم. زنیکه مثل اینکـه تـو چنگـول عزرائیل افتاده، چه جیغ و دادی سر داده بود! هیچ کس جرأت نداشت جلو بره یا میانجیگری بکنه؛ حتی آژان جلو در با خونسردی تماشا مـی‌کـرد. مـن رفتم که زنیکه را خلاص کنم، نمیدونم چی تو سرم زدنـد. – بـرق از چـشمم پرید. وقتی که چشمم را واز کردم، تو کلانتری خوابیده بودم. جای لگدی که تو آبگاهم زدند هنوز درد می‌کنه. سه ماه تو زندان خوابیدم. یکی پیدا نشد ازم بپرسه: «ابولی خرت به چنده؟» نه، من هم برای خودم یادگارهای خوشی دارم.

این چیه که به شانه‌ام فرو میره؟ هان، مشت برنجی است. چـرا امـشب در تمام راه، این مشت را تو دستم فشار می‌دادم؟ مثل این‌که کسی منو دنبـال کرده.خیال می‌کردم با کسی دست و پنجه نرم می‌کنم. حالا چرا گذاشـتمش زیر متکا؟ کیه که بیاد منو لخت بکنه؟ رخت‌خوابم گرم‌تر شده، اما چرا خوابم نمی‌بره؟ شب عروسی رستم‌خانی که قهوه خوردم، خواب از سرم پرید. امـا امشب مثل همیشه دو تا پیاله چائی خوردم. بی‌خود راهم را دور کردم رفتم گلبندک. بر پدر این کبابی «حق دوسـت» لعنـت کـه همیـشه یـک لا دو لا حساب میکنه. به هوای این رفتم که پاتوغ بچه هاست. شاید اگر یکـی دو تـا گیلاس عرق خورده بودم بهتر می‌خوابیدم. – غلام امشب نیامد. من کـه بـا

همه‌ی بچه‌ها خداحافظی کرده بودم. اما نمی‌دونستند که دیگر روز شنبه سرکار نمیرم. می‌خواستم همین را به غلام بگم. امروز صبح چه نگاه تند و نیمرخ رنگ پریده‌ای داشت! چراغ، جلو گارسه وایساده بود، شبیخون زده بود. گمون نمی‌کردم که کارش را آن‌قدر دوست داشته باشه. بچه‌ی ساده‌ای است: می‌دونه که هست، چون درست نمیدونه که هست یا نیست. اون نمی‌تونه چیزی را فراموش بکنه تا خوابش ببره. غلام هیچ وقت به فکرش نمیاد که کارش را ول بکنه یا قمار بزنه. مثل ماشین رو پاهاش لنگر ور میداره و حروف را تو ورسات می‌چینه. چه عادتی داره که یا بی‌خود وراجی کنه و یا خبرها را بلند بلند بخونه! حواس آدم پرت می‌شه. پشت لبش که سبز شده قیافه‌اش را جدی کرده. اما صداش گیرنده است. آخر هر کلمه را چه می‌کشه! همین که یک استکان عرق خورد، دیگه نمی‌تونه جلو چانه‌اش را بگیره! هر چی به دهنش بیاد می‌گه: مثلاً به من چه که زن دائیش بچه انداخته؟ اما کسی هم حرفش را باور نمی‌کنه - همه می‌دونند که صفحه می‌گذاره. هر چی پاپی من شد، نتونست که ازم حرف دربیاره. من عادت به درد دل ندارم. وقتی که بر می‌گرده می‌گه: «بچه‌ها!» مسیبی رگ‌به‌رگ می‌شه؛ به دماغش برمی‌خوره. اونم چه دماغی! با اون دماغ می‌تونه جای پنج نفر هوای اطاق را خراب بکنه. اما همیشه لب‌هاش وازه و با دهن نفس می‌کشه. از یوسف اشتهاردی خوشم نمیاد: بچه‌ی ناتودو بهم‌زنی است. اشتهارد هم باید جائی شبیه ساوه و زرند باشه، کمی بزرگ‌تر یا کوچک‌تر، اما لابد خانه‌های گلی و مردم تب و نوبه‌ای و چشم‌دردی داره. مثلاً به من چه که میاد بغل گوشم میگه: «عباس سوزاک گرفته.» پیرهن ابریشمی را که به من قالب زد، خوب کلاه سرم گذاشت! نمی‌دونم چشمش از کار سرخ شده یا درد می‌کنه. پس چرا عینک نمی‌زنه؟

عباس و فرخ با هم رفیق‌جان در یک قالب هستند. شب‌ها ویلون مشق می‌گیرند. شاید پای غلام را هم تو دو کشیدند. هـان، یـادم نبود، غـلام را بردند تو اتحادیه‌ی خودشان. برای این بود که امشب نیامد کبابی «حـق دوست.» پریروز که عباس برای من از اتحادیه صحبت می‌کرد، غلام کونه‌ی آرنجش زد و گفت: «ولش، این کلـه‌اش گچـه.» بهتـره کـه عبـاس بـا اون دندون‌های گرازش حرف نزنه. اون هر چی به من بگه، مـن وارونـه‌اش را می‌کنم. با اون دندون‌های گراز و چشم چپش نمیتونه منو تو دو بکشه. اگـر راست می‌گه بره سوزاکش را چاق بکنه. اون رفته تو حـزب تـا قیافـه‌اش را ندیده بگیرند. غـلام راسـت مـی‌گفت کـه مـن درسـت مقـصودشان را نمی‌فهمم. شاید این هم یک جور سرگرمیه... اما چرا از روز اول چـشم چـپ اصغر به من افتاده؟ بیخودی ایراد می‌گیره. بلکه یوسف خبر چینی کرده. من که یادم نمیاد پشت سرش چیزی گفته باشم. من این همـه چاپخانـه دیـدم هیچ کدام آن‌قدر بلبشو شلوغ نبوده – بلد نیـستند اداره کنند – اجر آدم پامال می‌شه. غلام می‌گفت اصغر هم تو این چاپخانه سهم داره – شاید برای همین خودش را گرفته. اما چیز غریبی از مسیبی نقل مـی‌کـرد: روز جـشن اتحادیه بوده، می‌خواستند مسیبی را دنبال خودشان ببرند. اون همین‌طـور که ورسات می‌کرده، برگشته گفته: «بر پدر این زندگی لعنت! پس کی نون بچه‌ها را میده؟» پس کی نون بچه‌ها را میده؟ چه زندگی جدی خنده داری! برای شکم بچه‌هاش این طور جان می‌کنه و خرکاری می‌کنه! هر چی باشه من یالغوزم ودنباله ندارم. من نمی‌تونم بفهمم. شاید اونها هم یک جور سرگرمی یا کیفی دارند؛ اون وقت می‌خواند خودشان را بدبخت جلوه بدند. اما من بـا کیف‌های دیگران شریک نیستم – از اونها جدام. احتیاج به هـوا خـوری دارم. شش سال شوخی نیست، خسته شدم. باید همـه‌ی ایـن مـسخره‌بـازی‌هـا را پشت‌سر سوت بکنم و برم. احتیاج به هوا خوری دارم.

من همه‌ی دوست و آشناهام را تو یک خواب آشفته شناختم. مثل این که آدم ساعت‌های دراز از بیابان خشک و بی‌آب و علف میگذره به امید این که یک نفر دنبالشه. اما همین که بر می‌گرده که دست اون را بگیره، می‌بینه کسی نبود. - بعد می‌لغزه و توی چاله‌ای که تا اون وقت ندیده بود میافته. - زندگی دالان دراز یخ زده‌ای است، باید مشت برنجی را از روی احتیاط - برای برخورد با آدم ناباب - تو دست فشار داد. فقط یک رفیق حسابی گیرم آمد، اونم هوشنگ بود. با هم که بودیم، احتیاج به حرف زدن نداشتیم: درد همدیگر را می‌فهمیدیم. حالا تو آسایشگاه مسلولین خوابیده. تو مطبعه‌ی «بهار دانش» بغل دست من کار می‌کرد. یک مرتبه بیهوش شد و زمین خورد. - احمق روزه گرفته بود، دلش از نا رفت. بعد هم خون قی کرد، از اون جا شروع شد. چقدر پول دوا و درمان داد، چقدر بیکاری کشید و با چقدر دوندگی آخر تو آسایشگاه راهش دادند! مادرش این مایه را برای هوشنگ گرفت تا به یک تیر دو نشان بزنه: هم ثواب، هم صرفه‌جوئی خوراک. این زندگی را مشتری‌های «کافه گیتی» برای ما درست کردند: تا ما خون قی بکنیم و اونها برقصند و کیف بکنند، هر کدامشان در یک شب به قدر مخارج هفت پشت من سر قمار برد و باخت می‌کنند... هر چیزی تو دنیا شانس میخواد. خواهر اسدالله می‌گفت: «ما اگر بریم پشکل ور چینی، خره به آب پشکل می‌اندازه!»

شش ساله که از این سولاخ به اون سولاخ توی اطاق‌های بد هوا میان داد و جنجال و سر و صدا کار کردم. ـ اون هم کار دستپاچه‌ی فوری «دِ زود باش!» مثل اینکه اگه دیر می‌شد زمین به آسمان می‌چسبید! حالام دستم خالی است. شاید این طور بهتر باشه. پارسال که تو زندان خوابیده بودم، یکی پیدا نشد که ازم بپرسه: «ابولی خرت به چنده؟»

رخت‌خوابم گرم‌تر شده... مثل این که تک هوا شکسته... صدای زنگ ساعت از دور میآد. باید دیر وقت باشه... فردا صبح زود... گاراژ... من کـه سـاعت ندارم... چه گاراژی گفت؟... فردا باید... فردا...

۲- غلام

دهنم خشک شده. آب که اینجا نیست، باید پاشم، کبریت بزنم، از تــو دالان کوزه را پیدا کنم ـ اگر کوزه آب داشته باشه. نه، کرایه‌اش نمی‌کنه؛ بــدتر بدخواب میشم. اما پشت عرق آب‌خنک می‌چسبه! چطوره یک سیگار بکشم؟ به درک که خوابم نبرد: همه‌اش برای خــواب خــودم هــول مــی‌زنــم! - در صورتی که اون مرد... نه، کشته شد. پیــرهن زیــرم خــیس عرقــه، بــه تــنم چسبیده. این شکوفه دختر قدسی بود که گریه می‌کرد... امشب پکر بــودم، زیاد خوردم. هنوز سرم گیج میره، شقیقه‌هام تیر می‌کشه. انگــاری کــه تــو گردنم سرب ریختند: گیج و منگ... همینطور بهتره... چه شمد کوتاهی! ایــن کفَنه... حالا مردم... حالا زیر خاکم... جونورها به سراغم آمدند... بــاز شکوفه جیغ و دادش به هوا رفت!... طفلکی باید یک باکیش باشه... یادم رفت براش شیرینی بگیرم. چه حیف شد! بچه‌ی خــوبی بــود. چــشمهای زاغـش همیــشه می‌خندید. بچه‌ی پاکی بود! چه پیش آمدی! بیچاره... بیچاره... بیچاره. بایــد نفس بلند بکشم تا جلو اشکم را بگیرم. مثل این‌که تو دلم خــالی شــده، یــک چیزی را گم کردم. صدای خروس میاد... خیلی از شب گذشــته. بهتــر کــه از خواب پریدم. - این که خواب نبود: خواب می‌دیدم که بیدارم؛ اما نه چیزی را می‌دیدم و نه چیزی را حس می‌کردم و نه می‌تونستم بدونم که کی هــستم. اسم خودم یادم رفته بود، نمی‌دونستم که دارم فکر می‌کنم که بیدارم یا نه. اما یک اتفاقی افتاده بود: می‌دونستم که اتفاقی افتاده. شاید باد می‌وزید، به

صورتم می‌خورد. نه، حالا یادم آمد: یک سنگ قبر بزرگ بود. کی اونجا دعا میخوند؟ پشتش به طرف من بود. من انگشتم را روی سنگ گذاشته بودم. - انگشتم تو سنگ فرو رفت - حس کردم که فرو رفت. یک مرتبه سوخت، آتیش گرفت - من از خواب پریدم. نک انگشتم هنوز زغ و زغ میکنه. می‌ترسم کار دستم بده. آمدم خیار پوست بکنم، نک چاقو رفت تو انگشتم. سیدکاظم که دستش آب کشید، بدجوری به خنس و فنس افتاد. اگر دستم چرک بکنه از نون خوردن می‌افتم...

انگاری دلواپسی دارم. کاشکی یک هم‌صحبت پیدا می‌کردم. اون شب که دیروقت شد جواز شب نداشتم، تو اطاق حروف‌چینی زیر گارسه خوابیدم. خیلی راحت‌تر بودم: هم‌صحبت داشتم، مثل این که هوا روشن شده... این سر درخت کاج خانه‌ی همسایه است که تکان میخوره؟ من به خیالم آدمه. پس باد میاد. پشه دست و پلم را تیکه و پاره کرد... کفرم دراومد. پریشب همسایگی ما چه شلوغ بود! از بس که تو باغشان چراغ روشن کرده بودند، خانه‌ی ما هم روشن شده بود. برای عروسی پسرش سه شب جشن گرفت. حاجی گل محمد ایوبی چه قیافه‌ی باوقاری داره! با محبته! چه جواب سلام گرمی از آدم می‌گیره! با این همه دارائی هنوز خودش را نباخته. اما چرا همیشه کلاه واسه‌ی سرش تنگه؟ قدسی می‌گفت شبی بیست و پنج هزار تومن خرجش شده. اون هم تو این روزگار گرانی! اما این یوسف چقدر بد دهنه! می‌گفت: «داماد را من می‌شناسم. از اون دزدهای بی‌شرفه! مردم از گشنگی جون میدند، اون پولش را به رخشان می‌کشه! اینها در تمام عمرشان به قدر یک روز ما کار نکردند.» چرا باید این حرف را بزنه؟ خوب، پسرش جوانه، آرزو داره. قسمتشان بوده! خدا دلش خواسته پولدارشان بکنه، به کسی چه؟ اما قدسی می‌گفت عروس سیاه و زشته. می‌گفت مثل چی؟

آهان: «شکل ماما خمیره است» گویا زیاد بزکش کرده بودند. اما زاغی ناکام مرد. بیچاره پدر و مادرش! آیا خبردار شدند؟ بیچاره‌ها فـردا تـو روزنامـه میخونند. شاید پدر و مادرش مردند... من ته و توش را در میارم... چه آدم توداری بود! مادر که داغ فرزند ببینه، دیگه هـیچ وقـت یـادش نیمـره... خجسته که بچه‌اش از آبله مرد، چند ساله، هنوز پـای روضـه چـه شـیون و شینی راه میاندازه!... هر کسی یک قسمتی داره... اما نه این که اینجور کشته بشه.

خدایا! چی نوشته بود؟ عباس همین طور که خبر روزنامه را می‌چید بـا آب و تاب خوند. عباس هم زاغی را می‌شناخت. اما اون از نظر حزبی بود، نه بـرای خاطر زاغی. وقتی می‌خوند، چرا باد انداخته بود زیر صداش: «تشییع جنازه از سه فرد مبارز.» نه گفت: «تشییع جنازه با شکوه از سه کـارگر آزادیخـواه.» فردا صبح من روزنامه را می‌خرم و می‌خونم. اسم «مهدی رضـوانی مـشهور به زاغی» را اول از همه نوشته بودند. اینها کـارگر چاپخانـه ی «زاینـده‌رود» بودند. کس دیگری نمیتونه باشه. یعنی غلط مطبعه بوده؟ غلط هم بـه ایـن گندگی؟ غلط ازین بدترها هم ممکنه. اصلاً زندگیش یک غلط مطبعه بود. اما در صورتی که خبر خطی بوده غلط مطبعه نمیتونه باشـد. شـاید تلگرافچـی اشتباه کرده! لابد اونهای دیگه هم جوان بودند... خـوب اینهـا دسته‌جمعـی اعتصاب کرده بودند، زنده باد!... آن وقـت دولتـی‌هـا تـو دلـشان شـلیک کردند. گلوله که راه را گم نمی‌کنه از میان جمعیت بره به اون بخـوره. نـه، حتماً سردسته بودند، تو صف جلو بودند. دولتی‌ها هم می‌دونستند کـی‌هـا را بزنند. بیخود نیست که «تشییع جنازه ی با شکوه» براشان می‌گیرند.

چهار پنج ماه پیش بود که با ما کار می‌کرد... اما مثل اینه کـه دیـروز بـوده: نگاهش تو روی آدم می‌خندید. موهای وز کرده ی بور داشـت کـه تـا روی

پیشانیش آمده بود. دماغش کوتاه بود و لب‌هاش کلفت. روهـم رفتـه خوشگل نبود، اما صورت گیرنده داشت. آدم بدش نمی‌آمـد کـه باهـاش رفیق بشه و دو کلام حرف بزنه. وارد اطاق که می‌شد، یک جور دلگرمـی بـا خودش می‌آورد. هیچ وقت مبتدی را صدا نمی‌زد، همیشه فرم‌ها را خودش تو رانگا می‌کرد و به اطاق ماشین خانه می‌برد. اون وقت اطاقمان کوچک و خفه بود، صدای سنگین و خفه‌ی حروف می‌آمد که تو ورسات می‌چیدند و یا تو گارسه پخش می‌کردند. زاغی که از لای دندانش سوت می‌زد، خستگی از تن آدم در می‌رفت. من یاد سینما می‌افتادم. حیف که زاغی نیست تا ببینه که حالا اطاقمان بزرگ و آبرومند شده! شاید اگـر آن وقـت ایـن اطـاق را داشتیم پهلوی ما می‌ماند و بی‌خود اصفهان نمی‌رفت. نه، از کار روبرگـردان نبود، اما دل هم به کار نمی‌داد - انگاری برای سرگرمی خودش کار می‌کرد. همیشه سر بزیر و راضـی بـود، از کـسی شـکایت نداشـت. آدم خـونگرم سرزنده‌ای بود. - چه جوری از لای دندانش سوت می‌زد! ازین آهنگ‌هـائی بود که تو سینما می‌زنند. همیشه یا می‌رفت سینما و یا سرش تو کتاب بـود. خسته هم نمی‌شد! من فقط فیلم‌های جانت ماکدونالد و دوروتـی لامـور را دوست دارم. لورل و هاردی هم بدنیست،خوب،آدم می‌خنده.

اصغرآقا سر همین سوت زدن بی‌مـوقعش بـااون کـج افتـاد و بهـش پیلـه می‌کرد. نمی‌دونم چرا آدم‌ها آن قدر خودخواهند: همین که ترقی کردنـد، خودشان را می‌بازند! پیش از اینکه صفحه بند بشه، جـای مـسیبی غلـط‌گیـر اطاقمان بود. می‌گفتیم، می‌خندیدیم. یک مرتبه خودش را گرفت! بـی‌خـود نیست که فرخ اسمش را «مردم‌آزار» گذاشته. آخر رفاقت که تو دنیا دروغ نمیشه. اون روز من جلو اصغرآقا دراومدم. واسه‌ی خاطر زاغی بود که بهش توپیدم. خدائی شدکه زاغی نبود. رفته بودسیگار بخره و گرنه باهم گلاویـز

می‌شدند. من از زد و خورد و این جور چیزها خوشم نمیاد. ایـن نویـسنده‌ی کوتوله ی قناس که پنجاه مرتبه نمونه‌ها را تغییر و تبدیل می کنه، اون براش مایه گرفت. رفته بود، چغلی کرده بود که خبرهـای کتـابش پـرغلط چیـده میشه. از اونهاست اگر غلط هم نباشه از خودش میتراشه - من فکـریم چـرا زاغی قبول کرد؟ اون مال اطاقی ما بود. نبایس کتاب چینی قبول بکنه - چون حسین گابی از زیـرش در رفتـه بـود. در هـر صـورت، بهونـه داد دسـت اصغرآقا. آمد بنا کرد به بدحرفی کردن. اگرزاغی بود به هم می‌پریدنـد. - زاغی گردن کلفت بود، از اصغرآقا نمی‌خورد. خدائی شـد کـه کـسی بـرای زاغی خبرچینی نکرد. - خوب، هر دوشان رفیق ما بودند.

زاغی اصلاً آدم هوس‌باز دمدمی بود: کار زود زیر دلش میزد. اونجا اصفهان هم باز رفت تو چاپخانه؟ اما به حزب و این جور چیزها گوشش بدهکار نبود. چطور تو اعتصاب کارگرها کشته شد؟ اون روز سر ناهار با عباس حرفـشان شد. زاغی می گفت: «شاخت را از ما بکش، من نمیخوام شـکار بـشم - یـک شیکم که بیشتر ندارم. عباس جواب داد: - همین حرف‌هاست که کار مـا را عقب انداخته. تا ما با هم متحد نباشیم حال و روزمان همین است. راه راست یکی است، هزار تا که نمیشه. پس کارگرهای همه جای دنیا از من و تواحمـق ترند؟» زاغی از ناهار دست کشید، یک سیگار آتیش زد. بعد زیر لبی گفت: «شماها مرد عمل نیستید، همه‌اش حرف می‌زنید!» چطـور شـد عقیـده‌اش برگشت؟ اون آدم عشقی بود،گاس یک مرتبه به سـرش زده. امـا همـه‌ی اشکال زاغی با دفتر سر سجل بود. اگر سجل نداشـت، پـس چطـور رفـت اصفهان؟ یوسف پرت می گفت که زاغی تو خیابان اسلامبول سیگار امریکائی و روزنامه می‌فروخته. اون وقت بی‌خود اسم من در رفته که صفحه می گذارم! من پیشنهاد کردم: «بچه ها! چطوره براش ختم... یک مجلـس عـزا بگیـریم؟

هرچی باشه از حقوق ما دفاع کرده. جونش را فدای ما کرده.» هیچکس صداش درنیامد. فقط یوسف برگشت و گفت: «خدا بیامرزدش! آدم ییسی بود.» کسی نخندید. من از یوسف رنجیدم. - شوخی هم جا داره.

من دلخورم که باهاش خوب تا نکردم - بیچاره دمق شد. نه، گناه من چی بود؟ فقط پیش خودش ممکن بود یک فکرهایی بکنه: اول به من گفت که: «ساعت مچیم را بیست تمن می‌فروشم.» ساعتش پنجاه تمن چرب‌تر می‌ارزید. من گفتم: «تو خودت لازمش داری.» گفت: «پس ده تمن به من بده، فردا بهت پس میدم.» من نداشتم، اما براش راه انداختم. همان شب، همه‌مان را به کبابی «حق دوست» مهمان کرد. چهارده تمن خرجش شد. فردای آن روز، از اطاق ماشین‌خانه که درآمدم، یک زن چاق پای حوض وایساده بود.پرسید:«مهدی رضوانی اینجاست؟» گفتم:«چه کارش‌داری؟» گفت: «بهش بگید مادر هوشنگ باقی پول ساعت را آورده.» من شستم خبردار شد که ساعتش را فروخته. گفتم: «مگه ساعتش را فروخت؟» گفت: «چه جوان نازنینی! خدا به کس و کارش ببخشه! از وقتی که پسرم مسلول شده و تو شاه آباد خوابیده هر ماه بهش کمک می‌کنه.» وارد اطاق که شدم، نگاه کردم ساعت به مچ زاغی نبود. بهش گفتم: «مادر هوشنگ کارت داره.» رفت و برگشت، ده تمن منو پس داد. ازش پرسیدم: «هوشنگ کیه؟» آه کشید و گفت: «هیچی رفیقم.» خدا بیامرزدش! چه آدم رفیق بازی بود!... من نمی‌دونم چیه... اما یک چیزی آزارم میده... چی چی را نمی‌دونم؟ نمی‌دونم راستی دردناکه یا نه... آیا می‌تونم یا نه؟... نمی‌دونم. نه او نباید بمیره. نباید... نباید... نباید... خسته شدم. اما رفیقش نباید بدونه که اون مرده. روز جمعه میرم شاه آباد، مادر هوشنگ را تو آسایشگاه پیدا می‌کنم... بهش حالی می‌کنم. نه، باید جوری به هوشنگ کمک کنم که نفهمه. آدم سلی

خیلی دل‌نازک می‌شه و زود بهش برمی‌خوره. لابد از سیاهی سرب مــسلول شده... رفیق زاغی است. باید کمکش کنم. از زیر سنگ هم که شده در میارم... اضافه کار می‌گیرم... نمی‌دونم می‌تونم گریه کنم یا نه... نمی‌دونـم... اوه... اوه... چه بده!... باید جلو اشکم را بگیرم... برای مرد بــده... صـورتم‌تـر شد... باید نفس بلند بکشم.

این دفعه دیگه پشه نیست: شپشه. تو تیره‌ی پـشتم راه میـره، وول میزنـه. رفت بالاتر... این سوغات کبابی حق دوسته که با خودم آوردم. بی‌خود پشتم را خاراندم، بهتر نشد. لاکردار جاش را عوض کرد. دیشب تو چلـوش ریـگ داشت و مسمای بادنجانش هم نپخته بود. بعد هـم تـک چـاقو فـرو رفت سرانگشتم. حالا که به فکرش افتادم بدتر شد. این حق دوست هـم خـوب دندون ما را شمرده! اگر عباس به دادم نرسیده بـود از پـا در مـی‌آمـدم، دست خودم نبود، پکر بودم. همین‌که دید حالم سـرجاش نیسـت، منو بـا خودش برد. دیگه چیزی نفهمیدم. یک وقت به خودم آمدم، دیدم تو خانه‌ی عباس هستم. فردا خجالت می‌کشم تو روی عباس نگـاه کـنم... چه کثیـف! همه‌اش قی کرده بودم... اه، چه بده!... خوب، کاه از خودت نیست، کاهدون که از خودته... هی می‌گفتم: «به سلامتی گشت» و گیلاس را سرمی کشیدم. اختیار از دستم در رفته بود. این سفر باید هوای خودم را داشته باشم. عباس مهمان‌نوازی را در حق من تمام کرد. انگشتم کـه خـون مـی‌آمـد شـست و تنتوریُد زد. بعد منو آورد تا دم خانه رساند. اما جوان با استعدادیه. چه خوب ویلون می‌زنه، خواست برام ویلون بزنـه، مـن جلـوش را گـرفتم: «نـه، نـه، رفیقمان کشته شده، ویلونت را کنار بگذار. به احترام اونم شده نبایـد چنـد وقت ویلون بزنی. چون ما همه مان عزا داریم.» اگه ویلون می‌زد مـن گریـه می‌کردم.

ازین خبر همه‌ی بچه‌ها تکان خوردند. حتی علی مبتدی اشک تو چشمش پر شد، دماغش را بالا کشید و از اطاق بیرون رفت. فقط مسیبی بود که ککش نمی‌گزید. مشغول غلط گیری بود - سایه ی دماغش را چراغ به دیوار انداخته بود. من کفرم بالا آمد. به مسیبی گفتم: «آخر رفاقت که دروغ نمی‌شه. این زاغی پونزده روز با ما کار می‌کرد. برای خاطر ما خودش را به کشتن داد، از حقوق ما دفاع کرد.» به‌روی خودش نیاورد، از یوسف کوادرات خواست. می‌دونم چه فکری می‌کرد، لابد تو دلش می‌گفت: «شماها نفستان از جای گرم درمیاد. اگه از کارم وابمانم، پس کی نون بچه‌ها را میده، بر پدر این زندگی لعنت!» بر پدر این زندگی لعنت!

فردا باید لباسم را عوض کنم، دیشب همه کثیف و خون آلود شده... بلکه شکوفه برای بچه گربه‌اش که زیر رختخواب خفه شد گریه می‌کرد... چرا هنوزسردرخت کاج تکان میخوره؟... پس نسیم میاد. امروز ترکبنددوچرخه‌ی یوسف به درخت گرفت و شکست... به لب‌های یوسف تبخال زده بود. کوادرات... دیروز هفتا بطر لیموناد خوردم، بازهم تشنه‌ام بود!... نه حتماً غلط مطبعه بوده، یعنی فردا تو روزنامه تکذیب می‌کنند؟... خوب... من پیرهن سیاهم را می‌پوشم. چرا عباس که چشمش لوچه، بهش «عباس لوچ» نمیگند؟ کوادرات... کو - واد - رات... کو - واد - رات... فردا روزنامه... پیرهن سیاهم... فردا...

تیرماه ۱۳۲۵

مجموعه‌ی

دیگر داستان‌های کوتاه

حکایت با نتیجه

یک مرد معمولی بود اسمش مشدی ذوالفقار، یک زن معمولی داشت اسمش ستاره‌خانم.

همین که ذوالفقار از در وارد شد گوهرسلطان، مادرش دوید جلو برای ستاره‌خانم مایه می‌گرفت و می‌گفت:

«بی‌غیرت زنت فاسق جفت و تاق دارد، پس کلاهت را بالاتر بگذار، دوره ما اگر مرد غریبه در می‌زد زن جوان که توی خانه بود ریگ زیر زبانش می‌گذاشت تا مثل پیرزن‌ها حرف بزند. حالا هم بالای منبر می‌گویند ولی کی گوش می‌دهد؟ امروز ستاره برای صد دینار یخ تا کمرکش کوچه یکتا شلیته دوید. صبح بالای پشت‌بام رخت‌خواب جمع می‌کرد من سررسیدم دیدم با علی چینی‌بند زن توی کوچه ادا اصول در می‌آورد. خدا رحم کرده که ریختش از دنیا برگشته، مثل مرده‌ی از گورگریخته شده. خاک به سر بی‌قابلیت خودم که دختر استاد ماشاالله را نگرفتم که مثل یک دسته‌گل بود، از هر انگشتش هزار تا هنر می‌ریخت. نمی‌دانم به مالش می‌نازد یا به جهازش. من خودم را کشتم تا نان خمیر کردن را به او یاد بدهم، مگر شد؟ یک من آرد را خراب کرد، ترش شد دور ریختم دوباره از سرنو آرد خمیر کردم چونه گرفتم. هرچه بهش می‌گویم جواب می‌دهد: «آمدم وسمه کنم نیامدم وصله کنم...»

تا این جا که رسید ذوالفقار دیگ خشمش به جوش آمد، دیوانه‌وار پرید توی اطاق به عـادت هـر روزه شـلاق را از گـل مـیخ برداشـت افتـاد بـه جـان ستاره‌خانم بیچاره، حالا نزن کی بزن. تازیانه با چرم سیاهش ماننـد مـار دور تن او می‌پیچید. بازوی او را الف داغ الف داغ سیاه کرده بود. ستاره خـودش را در چادرنماز پیچیده ناله می‌کرد ولی فریاد رسی نداشت.

بعد از نیم ساعت درباز شد گوهرسلطان با صورت مکار لبش را گاز گرفتـه برای میانجیگری جلو آمد دست ذوالفقار را گرفت و گفت:

«خدا را خوش نمیاید، مگر جهود گیر آوردی؟ چرا این‌طوری می‌زنـی؟ پاشـو ستاره خانم، پاشو جانم، من تنور را آتش کرده ام، لوک خمیر را بـردار بیـار باهم نان بپزیم...»

ستاره‌خانم رفت از زیر سبد لوک خمیر را برداشت وقتی که دم تنور رسید دید مادر شوهرش دولا شده توی تنور را فوت می‌کنـد. دسـت بـر قـضا پایش رفت توی بادیه آب، با لوک خمیر دمرو افتـاد روی گـوهرسلطان و مادرشوهرش تا کمر توی تنور فرو رفت. بعد از نیم ساعت که ستاره خـانم از غش دروغی به هوش آمد گوهرسلطان تا نصف تنـه‌اش جزغالـه شـده بود!

نتیجه‌ی این حکایت به ما تعلیم می‌دهد که هیچ وقت عروس و مادرشـوهر را نباید تنها دم تنور گذاشت.

دوم مرداد ماه ۱۳۱۰

مرگ

چه لغت بیم‌ناک و شورانگیزی است! از شنیدن آن احساسات جان‌گدازی به انسان دست می‌دهد: خنده را از لب‌ها می‌زداید، شادمانی را از دل‌ها می‌برد، تیرگی و افسردگی آورده هزارگونه اندیشه‌های پریشان از جلو چشم می‌گذراند.

زندگانی از مرگ جدائی‌ناپذیر است. تازندگانی نباشد مرگ نخواهد بود و هم‌چنین تا مرگ نباشد زندگانی وجود خارجی نخواهد داشت. از بزرگ‌ترین ستاره‌ی آسمان تا کوچک‌ترین ذره‌ی روی زمین دیر یا زود می‌میرند: سنگ‌ها، گیاه‌ها، جانوران هرکدام پی در پی به دنیا آمده و به سرای نیستی رهسپار شده در گوشه‌ی فراموشی مشتی گرد و غبار می‌گردند، زمین لاابالیانه گردش خود را در سپهر بی‌پایان دنبال می‌کند؛ طبیعت روی بازمانده‌ی آن‌ها دوباره زندگانی را از سر می‌گیرد، خورشید پرتو افشانی می‌نماید، نسیم می‌وزد، گل‌ها هوا را خشبو می‌گردانند، پرندگان نغمه‌سرائی می‌کنند، همه جنبندگان به جوش و خروش می‌آیند. آسمان لبخند می‌زند، زمین می‌پروراند، مرگ با داس کهنه‌ی خود خرمن زندگانی را درو می‌کند...

مرگ همه‌ی هستی‌ها را به یک چشم نگریسته و سرنوشت آن‌ها یکسان می‌کند: نه توانگر می‌شناسد نه گدا، نه پستی نه بلندی و در مغاک تیره

آدمیزاد، گیاه و جانور را در پهلوی یکدیگر می‌خواباند، تنها در گورستان است که خون خواران و دژخیمان از بیدادگری خود دست می‌کشند. بی‌گناه شکنجه نمی‌شود، نه ستمگر است نه ستمدیده، بزرگ و کوچک در خواب شیرینی غنوده‌اند. چه خواب آرام و گوارائی است که روی بامداد را نمی‌بینند، داد و فریاد و آشوب و غوغای زندگانی را نمی‌شنوند. بهترین پناهی است برای دردها، غم‌ها، رنج‌ها و بیدادگری‌های زندگانی. آتش شرربار هوی و هوس خاموش می‌شود. همه‌ی این جنگ و جدال‌ها، کشتارها، درندگی‌ها، کشمکش‌ها و خودستائی‌های آدمیزاد در سینه‌ی خاک تاریک و سرد و تنگنای گور فروکش کرده آرام می‌گیرد.

اگر مرگ نبود همه آرزویش را می‌کردند، فریادهای ناامیدی به آسمان بلند می‌شد، به طبیعت نفرین می‌فرستادند. اگر زندگانی سپری نمی‌شد، چقدر تلخ و ترسناک بود، هنگامی که آزمایش سخت و دشوار زندگانی چراغ‌های فریبنده جوانی را خاموش کرده، سرچشمه مهربانی خشک شده، سردی، تاریکی و زشتی گریبان‌گیر می‌گردد، اوست که چاره می‌بخشد، اوست که اندام خمیده، سیمای پرچین، تن رنجور را در خواب‌گاه آسایش می‌نهد.

ای مرگ! تو از غم و اندوه زندگانی کاسته بار سنگین آن را از دوش برمی‌داری، سیه روز تیره‌بخت سرگردان را سرو سامان می‌دهی، تو نوش‌داروی ماتم‌زدگی و ناامیدی می‌باشی، دیده‌ی سرشگ بار را خشک می‌گردانی. تو مانند مادر مهربانی هستی که بچه خود را پس از یک روز طوفانی در آغوش کشیده، نوازش می‌کند و می‌خواباند، تو زندگانی تلخ، زندگانی درنده نیستی که آدمیان را به سوی گمراهی کشانیده و در گرداب سهم ناک پرتاب می‌کند، تو هستی که به دون پروری، فرومایگی،

خود پسندی، چشم تنگی و آز آدمیزاد خندیده پرده به روی کارهای ناشایسته او می‌گسترانی. کیست که شراب شرنگ‌آگین تو را نچشد؟ انسان چهره‌ی تو را ترسناک کرده و از تو گریزان است، فرشته‌ی تابناک را اهریمن خشمناک پنداشته! چرا ازتو بیم و هراس دارد؟ چرا به تو نارو و بهتان می‌زند؟ تو پرتو درخشانی اما تاریکت می‌پندارند، تو سروش فرخنده‌ی شادمانی هستی اما در آستانه‌ی تو شیون می‌کشند، تو فرستاده‌ی سوگواری نیستی، تو درمان دل‌های پژمرده می‌باشی، تو دریچه‌ی امید به روی ناامیدان باز می‌کنی، تو از کاروان خسته و درمانده‌ی زندگانی مهمان‌نوازی کرده آن‌ها را از رنج راه و خستگی می‌رهانی، تو سزاوار ستایش هستی، تو زندگانی جاویدان داری...

گان (بلژیک) ۱۳۰۵

سامپینگه

نام اصلیش سیتا بود ولی او را سامپینگه می‌نامیدند که گلی زردرنگ و دارای عطر شهوت‌انگیزی است. نخست مادرش پادما او را به این اسم نامید و همین اسم روی او ماند.

پدرش که از نتایج خاندان قدیمی و نجیب ژن بود، پس از اتلاف اموال خود به مرگ نابهنگامی درگذشت و برای همسر و دو دخترش لاکشمی و سیتا جز مختصر ملکی در کنگری نزدیک بانگالور و قرض بسیار چیزی نگذاشت.

پادما لاعلاج اطفال خود را با جدیت و فداکاری‌ای که سرمشق دیگران شود بپرورانید. او نیز به خاندان اشرافی بزرگی که اعتبارات خود را از دست داده بودند منتسب بود. بالاخره در اثر قحطسالی مجبور شد که از همسایگان، حتی از کسی که در ایام سعادت با او رقابت داشت کمک بخواهد و بالمال تنها ملکی که برای آن‌ها مانده بود بثمن بخس به رباخواری بفروشد. خریدار به علاوه دختر بزرگش لاکشمی راهم از او خواست. پادما که پیوسته از آینده‌ی اطفالش اندیشناک بود این پیشنهاد را فوراً پذیرفت هرچند در باطن ازلحاظ پستی نژاد رباخوار رضایت نداشت.

جلو ایوان منزلشان منظره‌ی بسیار ممتد و زیبای دره‌ی گلمرگ نمایان بود و مرغزاری که مه رقیقی برآن متموج و نور آفتاب رنگین‌کمانی برآن احداث

کرده بود آن را محدود می‌ساخت و در اثر عقیده‌ی عامیانه‌ای این دره غیرمسکون مانده بود.

اغلب پادما افسانه‌ی این دره را بدین تفصیل برای دخترانش نقل می‌کرد:

«در زمان‌های خیلی پیش، قبل از این‌که سفیدها به هندوستان رسیده باشند، موجوداتی اثیری در این دره در نهایت خوشی و شادکامی زندگانی می‌کردند که چون از کارهای شاق انسان فناپذیر فارغ بودند مثل کودکان بی‌غم و بی‌قرار زندگانی می‌کردند.

«با خواندن نواهای دلکش در اطراف جنگل زیبای خود می‌گشتند.

«جمعاً یک خانواده را تشکیل می‌دادند، تقریباً بیماری بین آن‌ها وجود نداشت. مرگ هم که سالخوردگان را فرا می‌رسید چنان به آرامی آنان را می‌ربود که گویی به خواب عمیقی فرورفته اند. خوراک این قوم فقط عطر گل‌ها بود و در قصوری زندگانی می‌کردند با زمرد و یاقوت و زبرجد ساخته شده بود و باغ‌هایی مانند سواراج که مرغانی با پروبال طلائی در آن‌ها می‌خواندند بر آن‌ها احاطه داشت.

«کار روزانه‌ی آنان عبارت از عشق‌ورزی و برجستن میان درختان بود و برای گذراندن وقت با رغبت کامل به ساز و شعر و ساختن معابدی با سنگ‌های قیمتی می‌پرداختند. ضمناً با آدمیان خصوصاً هنرمندان آنان محشور بودند و از بدایع هنر آنان تقلید می‌کردند، چنان‌که زندگانی این مردم بر نشاط با شعر و زیبائی توام بود.

«ولی یک روز فرح‌بخشی که آدم سفید رسید و در این سرزمین مأوی گزید دستگاه تقطیری برای گرفتن عطر گل و ریاحین بی‌حد این محل فراهم ساخت. اواخر بهار که کارخانه به کار افتاد و عطر شدیدی از عصاره‌ی گل‌ها

به اطراف پراکنده گشت که طبعاً قوی‌تر از عطر گل‌های طبیعی بود و با شامه‌ی حساس پریان گلمرگ موافقت نداشت این موجودات عزیز جمعاً به جانب کارخانه شتافته با ولع هرچه تمام‌تر به استشمام عطر شدید گل‌ها پرداختند و جمعاً به خاک هلاک در افتادند به‌طوری که یک جفت از آنان هم برای حفظ نسل باقی نماند. از آن به بعد این دره مطرود و کارخانه طعمه‌ی حریق شد و دره مأمن وحوش مردم آزار گردید و کسانی که برحسب اتفاق گذارشان به این دره افتاد به مرگ شدید غیر قابل وصفی درگذشته اند.»

هر دفعه که سامپینگه این داستان را می‌شنید تاثیر شدیدی در مخیله‌ی او باقی می‌گذاشت و هر کلمه‌ای که مادرش ادا می‌کرد در حافظه‌ی او نقش می‌بست و هرلغت به وجهی سحرآمیز تصاویری در مخیله‌ی او ایجاد می‌نمود. غالباً توضیحاتی در اطراف سکنه‌ی خوشبخت این سرزمین از مادرش سؤال می‌کرد و مادر که به تکرار مطلب تحریص می‌شد با قدرت خستگی‌ناپذیری به تجدید مطلب پرداخته هربار بالطبع حشوو زوایدی که مفید می‌پنداشت بدان می‌افزود.

سامپینگه در دوازده سالگی مادر خود را از دست داد. این مرگ به اعصاب دختر جوان ضربت شدیدی وارد ساخت و چون رباخوار و خواهرش به منظور توطن به بنگالور می‌رفتند او هم بدانجا رفت.

این پیش‌آمد برای سامپینگه بسیار مهم بود زیرا سیوا شوهر آتیه‌اش که از طفولیت به نام او نامزد شده بود در بنگالور سکنی داشت و در سن پانزده سالگی مستحفظ معبد گانشا (فیل - خدا) شده بود. او هم پسری دلچسب و در عین حال تنبل و هوسباز بود و اغلب خود را با دوشیزگان مشغول می‌داشت. ولی ابداً حسادتی در خاطر سامپینگه ایجاد نمی‌نمود.

زندگانیش تغییر زیادی نکرد و یک رشته کارهای مربوط بـه خانـه را انجـام می‌داد و در ضمن پرستاری خواهرش که آبستن بود به او محول گردید ولی مطیع و سر به راه دائم در فکر خدایان و قهرمانان به سـر مـی‌بـرد. ظـاهراً مانند سایرین زندگی می‌کرد ولی در حقیقت گوشه‌گیر بود و خود را با افکار پر انقلاب باطن خود مشغول می‌داشت.

در مواقع بیکاری سامپینگه غالباً برای ملاقات نامزدش به پیشگاه بت بزرگ گانشا که سرفیل و اندام آدمی داشت و از سنگ حجاری و بـروغن سـیاهی اندوده شده بود می‌رفت. معبد با حلقه‌های گل مگرا و حاشیه‌ای آمیخته به برگ‌های اسهک مزین شده بود و عطر تندی از عود و کندر از محـراب در فضا پراکنده می‌شد و سیوا نیمه لخت با لنگی که به دور خود بسته بـود در بالای تپه به زائرین می‌خندید.

سامپینگه به علت همین خلق و خو و فکر بی‌آلایشی که روزی قانون غیرقابل نقضی با او متحد خواهـد گردیـد او را دوسـت مـی‌داشـت ولـی اصـولاً از اصطکاک با مردان واهمه داشت و از تصور آن پریشان خاطر می‌گردید. آیا با دیگران تفاوت نداشت؟

باری در این شهر بنگالور او آزادی بیشتری پیدا کرد و در باغ نباتات، موسوم به لعل باغ، کنج دنجی در مقابل دریاچه‌ی مصنوعی‌ای که شاخسار بـسیار و گل و ریاحین بی‌شمار بر آن احاطه داشت برای خود یافت. دو قو بـه آرامـی روی آب سبزرنگ آن در گردش بودند و در آن‌جا خود را تسلیم تصورات و تخیلات تفریحی خود کرده به کشور عجایبی که در آن به آرامی افکار راجـع به خدایان و قهرمانان هم‌چنان که در خاطرش تجسم یافتـه بـود جـولان داشت بازگشت. مثل این که بدن‌های قوی و عملیات قهرمـانی آنـان را در

صحنه‌های پرآشوب و عجیبی می‌بیند و افکار آزاد طفولیت و ماجراجویانه‌ای با آن تؤام شده بود.

یک فکرخیال او را مشوش می‌داشت...

حال خواهرش رو به سختی نهاد و شوهرش او را به بیمارستان وانیـویلاس فرستاد و سامپینگه در اطاق عمومی بر بـالین او مـی‌نشـست و غالبـاً بـرای سرگرمی او از سرزمین گلمرگ صحبت می‌داشت ولی خواهرش از شـدت درد رغبتی به شنیدن آن داستان نشان نمی‌داد.

این اقامت در بیمارستان وضعیتی برای سامپینگه ایجـاد کـرد کـه خـودش حدس نمی‌زد. بوی فنول که در تمام راهروها پیچیده بـود و رفـت و آمـد پرستاران و خانم حکیم انگلیسی بـا آن فـیس و افـاده و آن بهداشـت طبـی بیمارستان و خود بیماران و کسانی که به عیادت آنان می‌آمدند تمام این‌هـا برای او چیز غیر منتظری بود.

حال خواهرش رو به وخامت نهاد و سر پزشک بیمارسـتان بیـرون کـشیدن جنین را تجویز کرد و با مخالفت شوهر مقرر شد او را عمل کنند.

سامپینگه از این جریانات چیز زیادی نمی‌فهمید فقط حس می‌کرد که خطری متوجه خواهرش شده است.

فردای آن روز مقارن ظهـر فهمیـد کـه خـواهرش را عمـل کـرده‌انـد و او سامپینگه را به اطاق خود احضار کرده است.

لاکشمی ظاهراً چنان می‌نمود که در خواب است ولی رنگـی بـه زردی مـوز داشت و عرق بسیاری کرده بود. حدقه‌ی چشم و منخـرین و گونـه‌هـایش تغییر شکل داده بود و لبانش به سختی چین خورده بود.

همین‌که شنید سامپینگه وارد اطاق گشته چشم‌های خود را گشود و مدتی با یأس و حرمان در او نگریست.

سامپینگه به آرامی نزدیک تخت شد و مدتی خواهرش را که برای در آغوش کشیدن او جهد بسیار می‌نمود مشاهده کرد و خواهر با کلماتی مقطع وی را می‌گفت:

«من در خانه‌ی این مرد خیلی رنج کشیدم. تنها چیزی که او از من انتظار داشت پسری بود که وارث او شود، اینک به آرزوی خود رسید و به زندگانی آسوده‌ی خود ادامه خواهد داد. برای افرادی مثل ما سعادت در روی زمین وجود ندارد. او همیشه به من می‌گفت:

«من تو را هم محض رضای خدا قبول کردم. حال تو خواهرت را هم سربار و نان‌خور من کرده‌ای؟ من برای تو خیلی مشوشم. برگرد به کنگری پیش عمه‌ی پیرمان یا لااقل با سیوا عروسی کن...» او به نظر می‌رسید برای مخفی داشتن اضطراب درونی خود خیلی سعی می‌کند. با چهره‌ای که از درد به هم برآمده بود و خستگی بسیار باز با اشک خود گونه‌های سامپینگه را نوازش می‌داد.

بعد او را گفت: «دست‌های مرا فشار بده» سامپینگه دست‌های سرد خواهرش را گرفت، در حالی که ناله‌ی جانسوز او را می‌شنید و چشم‌های خواهرش را می‌دید که دیگر جائی را نگاه نمی‌کند و قوه‌ی دراکه‌ی خود را از دست داده است. سامپینگه پرستار را طلب کرد و پزشک معجلا رسید ولی بی‌فایده بود و او در گذشته بود. کمی بعد پرستاران به آخرین تنظیمات او مشغول شدند.

سامپینگه با عبور از در بیمارستان خود را از هجوم هم و غم نجات داد. همین که خود را در کوچه دید نسبتاً آرامش خاطری در خود حس کرد ولی خود را سخت بی‌پشت و پناه یافت چه کند؟ آیا دوباره به خانه‌ی رباخوار برگردد؟ غیر ممکن است.

بدون اراده به طرف تپه‌ای که معبد گانشا برفراز آن قرار داشت به راه افتاد. سیوا با دخترکی گرم صحبت بود. به مشاهده‌ی سامپینگه دخترک را رها و به جانب او آمد. سامپینگه بدون این‌که بتواند چیزی بگوید مات و متحیر در او می‌نگریست. او دستش را گرفت و کشید پشت بت گانشا. سامپینگه گفت: « ‑ من بی‌کس و بی‌پناهم. ممکن است منبعد با تو زندگانی کنم ؟

« ‑ آه، نه هنوز! بی‌برگ و نوائی من بسیار است باید باز چندی تحمل کنی.»

پس او را دربرگرفته بر سینه‌ی خود فشار داد و در آغوشش کشید و او چنان از خود بیخود شده بود که قادر به دفاع نبود و برای فکر این که چنین یا چنان کند رنج می‌برد. گرچه حقاً محتاج به این بود که از خود فارغ باشد یک حس بیزاری او را فراگرفته بود. سیوا به نرمی مطالبی در گوش او می‌گفت و او را به جانب خود می‌کشید.

سامپینگه فقط بوی زننده عرق و عضلات محکم و تنفس مقطع او را حس می‌نمود و دست‌هایش بلا اراده روی بدن او حرکت می‌کرد. او درحال نومیدی لحظه‌ای از خود بیخود شد بعد با رنگ پریده و قیافه ی منزجر خود را از آغوش او خلاص کرد.

جلو آنان آن توده‌ی سنگ حجیم، آن خدائی که در طفولیت سامپینگه آن همه اعتقاد و بستگی و احترام و رعب نسبت به آن ابراز می‌داشت و سر

برآسمان برافراشته بود فعلاً در نظر او قدرت و عنوان خود را از دست داده بیکاره و پوچ و بی‌معنی می‌نمود.

سیوا حالت رمیده‌ی او را نگریسته به‌طوری شانه‌های او را محکم گرفت که از وحشت رنگ از رویش پرید.

سیوا گفت: «چقدر امروز تو عجیب به نظر می‌آئی.»

سامپینگه با کلمات مقطعی جواب داد:«اگر می‌دانستی!» و بعد صورتش را در دست هایش گرفته فرارکرد. سیوا تا پای تپه او را مشایعت نمود.

احساس تنهائی و بی‌کسی او را پریشان کرده بود و با خود می‌گفت:« شاید این وضع برای دیگران مفید بود ولی نه برای من.» دفعتاً چیزی به فکرش رسید. او مثل دیگران نبود یعنی عادت نکرده بود. چرا؟

او خسته بود، خسته به حد مرگ. همه چیز برای او بی‌معنی و پوچ شده بود. از نامزدش نیز بیزار بود. او می‌خواست با این خدایان و قهرمانان با بازوان توانا و هیاکل کامل نزدیک شود. یعنی تاحال تصور می‌کرد که توانائی این ازخودگذشتگی را خواهد داشت که با شوهرش در سایه این ستون‌های معبد گانشا زندگانی کند ولی حالا می‌دید که این تصورات مورد نداشته و زندگانی یک نواخت با سیوا برای او غیر ممکن است.

سامپینگه کینه‌ی مبهمی برای تمام کسانی که می‌شناخت یا در ندیده گرفتن خودخواهی و پستی آنان مردد بود درخود حس کرد.

کوچه در تمام طول خود خلوت و لخت و نامطبوع بود. سرپیچ چند کودک جلو دکانی بازی می‌کردند و یک دسته هندو در میان معبر چهارزانو نشسته توتون می‌جویدند.

آرامش این مناظر بیش از پیش بر عصبانیت او افزود زیرا با انقلاب درونی او موافقت نداشت و هم چنان که بی‌قید و نامنظم پیش می‌رفت دفعتاً خود را جلو لعل باغ یافت و از شدت خستگی و ضعف به جانب دریاچه رفته خود را روی نیمکتی افکند.

به امید این که شاید دوباره وضع بهتری به وجود آید به فکر خودکشی افتاد. دراین لحظه تمام همش مصروف این بود که هرچه سهل‌تر چشم از جهان بپوشد و برای تهییج خود گیسوان خود را نوازش می‌داد. تا امروز با تسلیم و رضا زندگی می‌کرد ولی در بن‌بستی گرفتار آمده بود که زندگانی برای او غیرقابل تحمل شده بود.

نخست به آب عمیق و سبزرنگ دریاچه خیره شد. دفعتاً توجهش به گل پادما (نیلوفر سفید هندی بسیار درشت) معطوف گردید که گلبرگ‌های فوق‌العاده پهنی داشت. این نام مادرش بود. ضمناً دواری از هوای ملایم و رایحه‌ی مطبوع گل‌هائی که او را احاطه کرده بود و او با ولع تمام عطر آن‌ها را به یاد سرزمین سحرآمیز گلمرگ می‌بلعید براو عارض گردید.

ناگهان دراثر تغییر حالت بی‌سابقه‌ای چنین به مخیله‌اش خطور کرد که یادگار زندگانی گذشته‌ای را که متعلق به خود او ودر میان این مردم اثیری داشته در نظرش مجسم است، فکرش که در تنهائی تحریک و تیزبین شده بود متدرجاً تقویت می‌شد. شاید این نشاط غیرقابل ادراکی باشد که فقط به کسانی عارض می‌شود که حس می‌کنند به عالم دیگری خوانده شده‌اند و شوق مخصوصی درخود احساس می‌کنند که به زودی وظیفه‌ی خطیر خود را گرچه مواجه شدن با مرگ باشد انجام خواهند داد.

او چون سابقاً دراین دره زندگانی می‌کرد آن را به خوبی می‌شناخت. ناگهان وجد غیرقابل وصفی به او روی نمود. چون می‌خواست یک باره خود را از رنج

وجود خلاصی بخشد. در این لحظه به چیزی که فکر نمی‌کرد خودکشی بود بلکه می‌خواست زودتر به این مرحله‌ی درخشان مخیلات وتمایلات خود واصل شود و آرامشی در درون خود احساس نمود. مجدداً صور در نظرش به جلوه درآمدند و ذات لایزال از میان مقربین درگاه با لبخند جذابی او را به نرمی می‌گفت: «ای سامپینگه‌ی دلربا بیا پیش ما. ما ترا حمایت می‌کنیم چون تو ازاین دنیا نیستی، مقدمت بر ما گرامی خواهد بود.»

سامپینگه بهترین لباس ساری خود را دربر کرده بود و در بغل دو روپیه و چند آنا پول داشت و با این پول می‌توانست خود را به دهکده‌ی مسقط الرأس خود برساند و به جانب دره‌ی ممنوع برود و در میان موجودات اثیری آن زندگی کند و از عطر گل‌های آن سرزمین سرمست شود و به کابوس درونی خود بدین وضع خاتمه دهد.

درحوالی ساعت پنج صبح که باران باریده و بوی مطبوع خاک نمناک در هوا متصاعد بود.

سامپینگه در لباس ساری چسب بدنش چون دوشیزه‌ی پرهیزکاری سرخوش و سرمست بود.

گلمرگ به الوان مختلفه‌ی متمایز در روی زمینه خاکستری‌رنگی که مختصر نوری به آن تابیده باشد تا چشم‌انداز دوردستی که از درخت‌های گل مهور پوشیده شده گل‌های قرمز رنگی آن را محدود کرده باشد ممتد می‌شد.

همین که آفتاب برآمد و زمین را به نور خیره کننده خود روشن ساخت سایه سامپینگه نیز معدوم شده بود.

پایان

هوسباز

رگبار تندی چون باران‌های بدو پیدایش زمین شلاق‌وار بر زمین بی‌دفاع فرود می‌آمد و باد ذرات کوچک آب را جمعاً به صورت غبار روی معبر قیراندود جا به جا می‌نمود و حال آن که دریا ساکت و آرام با عشق کهن و عمیق خود درمه سربی رنگی مستور بود. همه چیز مرطوب و چسبنده و لزج شده بود و رطوبت در همه چیز نفوذ داشت، حتی در بدن رخنه کرده روح را کسل کرده بود. لرزه اشتیاقی در تمام موجودات جولان داشت و باد جنون یا مستی، ترک و بیزاری جاهلانه‌ای نسبت به همه چیز حتی هستی در اعماق وجود برانگیخته بود. درمیان این غوغای تمایلات هوس‌انگیز آب هم جاری بود، آبی که گویی در اثر خشم خدایان فرو می‌ریخت و صدای آن سایر صداها را از بین برده بود و دفعتاً هم متوقف می‌گردید.

اطاقی که اخیراً در مرتبه‌ی تحتانی بنائی اجاره کرده بودم ظاهراً راحت بود ولی هنوز نتوانسته بودم به اشیاء موجود در آن عادت کنم. اثاثیه‌ی آن ظاهر عجیب و مرموز و محکمی داشت: کمد خپله وقرص و گنجه‌ی بلند و باریک و عملی ولی نخاله و مسخره و میز کت و کلفت گرد و آئینه ظریف آن همه مثل این بود که به من توجه تهدید آمیزی دارند. بوی زننده‌ی تندی که مخصوص هندوهاست در هوا پراکنده بود. در خیابان پاره‌دوز هندی پیری با عمامه‌ی قرمز خود نیمه لخت به وضع زاهد متعبدی زیر پنجره‌ی من

نشسته گرم تماشای ازدحام خلق بود، بدنش لاغر و خشک و زیتونی رنگ بود و چشم‌هائی سیاه و گرد و فرو رفته داشت. قسمت اعظم صورتش زیر ریش پریشانی مخفی شده بـود و جعبـه‌ی چـرک کهنـه و مقـداری کفـش مندرس روبه روی او پخش بود.

امروز تمام بعد از ظهر را به شنیدن گرامافون یعنی صفحه‌ی هندی‌ای کـه برحسب اتفاق خریده بودم مصروف داشته به کرات آن را گذاشتم، بعد در صندلی خود افتاده ریزش قطرات باران و افراد معـدودی را کـه در کوچـه آمد و شد می‌کردند تماشا می‌کردم. پنجره‌ی من رو به دریا باز می‌شد که توده‌ی خاکستری رنگی آن را تشکیل و در افق در مه و ابر محو می‌شد.

در این ضمن دستی به در اطاق من خورد. فوراً در را گـشودم دیـدم زنـی لاغر اندام و رنگ پریده ولی خیلی مرتب کـه خطـوطی مـنظم بـر پیـشانی داشت با چشم‌های درشت سبزرنگ و موی بور با تردید تمام به من گفت:

«محض رضای خدا این صفحه را نزنید چون اعصاب مرا تحریک و به سـختی عصبانیم کرده.»

گفتم: «به چشم و خیلی ازاین پیش آمد متأسفم.»

او هم اظهار تشکر کرده به اطاق مجاور رفت.

من هم گرامافون را از حرکت بازداشته فکر کردم که این زن باید خارجی‌ای باشد که هنوز به ساز هندی عادت نکرده یا در اثر توهمات بی‌اصلی شاید از این صفحه متنفر است. به هرحال روی تخت دراز کشیده مجله‌ی مـصور محلی را نگاه کردم.

ساعت هشت به سالن غذاخوری که در مرتبه‌ی سوم اسـت رفتـم. رئیس پانسیون که آدم سبزه‌روئی از اهالی گوآ بود و خود را اهل پرتغال معرفی

می‌کرد مرا به یک نیم دوجین اشخاصی که ملیت‌شان مـشکوک بـه نظر می‌رسید معرفی نمود. سوپ را خورده بودیم که در به شدت هرچه تمام‌تر صدا کرد و همسایه‌ی اطاق خود را دیدم کـه بـاطمطراق تمـام وارد اطـاق گردید. لباس ابریشمی یقه‌باز و تنگی دربرداشت که به گل‌هـای زرد وآبـی منقش بود. ظرافت طبعش به زیبائی او افزوده با اندام نازک موزونش وضع دل‌چسبی داده بود. با حرکت سر به رفقای هم‌منزل خود سلامی کرده روی تنها صندلی خالی دور میز ما نشست.

پس از صرف غذا از رئیس پانسیون در اطـراف احـوالات ایـن زن سـؤالاتی نمودم.

رئیس پانسیون با قیافه‌ی بوزینه‌مآب و اشارات چشم خـود بـه مـن گفـت: «اسمش فلیسیا و خانه‌به‌دوشی است که از هیچ پیش‌آمدی ابا نـدارد و بـه خنده گفت همین‌قدر نصیحتاً عرض می‌کنم که با آتش بازی نکنید.»

من خیلی مصر بودم این شخص که این ظاهـر عجیـب را دارد و ایـن طـور ظالمانه مرا از شنیدن ساز دلخواه خودم بازداشت بدانم کیست.

سرشب که برای گردش از منزل خـارج مـی‌شـدم فلیـسیا را بـا پـاره دوز روبه‌روی پنجره خودم گرم صحبت و اختلاط دیدم.

ابرها متفرق و قرص ماه رنگ‌پریده‌ای مثل چشم ماهی مرده که در دریا به نظر می‌رسد روشنائی خفیفی بر شب بمبئی افکنده بود و سراسـر آسـمان مثل این که ترشح شیری‌رنگی به آن شده باشـد یـک پارچـه نـورانی بـود. اتوبوس‌ها و تاکـسی‌هـا در اثـر مـالش قطعـات آهـن آن‌هـا بـه یکـدیگر سروصدای سرسام‌آوری به پا کرده بودند. من از کوچه‌ای می‌گذشتم که به گردشگاهی منتهی می‌شود که مملو از ردنگت‌پوشانی است که عمامه‌هـای

بزرگ رنگین برسر دارند. عموم زنان ملبس به ساری‌های رنگارنگ بودند که به نظر می‌رسید برسرزمین می‌خزند. دراین ازدحام خلق و درهم لولیدن افراد مربوطه به طبقات مختلفه در صور متنوعه اعم از بومی و خارجی و هندو چنین به نظر می‌آمد که در مجلس بال کستومه‌ای در گردشم.

در مراجعت از آپولو بوندر و عبور از شسه‌ی مخصوص بندر دیدم فلیسیا روی پلکان مدخل بندر نشسته با دست‌های به هم پیچیده مانند راهبه‌ای در حال عبادت محو تماشای تشعشع نور ماه در روی امواج دریاست. پریدگی رنگ چهره و لرزش لبانش حاکی از اضطراب درونی شدیدی بود و چنان مستغرق بحر تفکرات خود بود که ابداً توجهی به عابرین نداشت.

در مراجعت به خانه گرما طاقت‌فرسا شده بود. پنکه را به کار انداختم و به منظور خفتن دراز کشیدم ولی صدای سرفه‌ی خشک پیرمرد پاره‌دوز نگذاشت دیده برهم نهم.

شب بعد فلیسیا سرمیز شام نبود. از اطاق غذاخوری که خارج شدم یک راست به جانب آسانسور رفتم و روی تکمه‌ی خبر فشار آوردم. دستگاه فوراً به طول نوارهای فلزی رو به بالا سرید و ایستاد. در خارجی را رو به خود بازکردم، لنگه در داخلی را که گشودم با نهایت تعجب دیدم فلیسیا مثل یک مجسمه مرمر در داخل اطاقک آسانسور بدون حرکت ایستاده است و عطر ملایم محرکی از او متصاعد است. نخست او به من با لهجه‌ی انگلیسی غلیظی به فرانسه گفت:

« – آیا شما امشب آزادید؟

« – بلی خانم.

« – میل دارید تا گرین مرا همراهی کنید؟

« – باکمال اشتیاق.»

تغییر محسوسی در او حادث گردید. حرکات و ظاهر چهره‌اش آرام و ملایم جلوه می‌نمود. پائین که رسید جلو پیرمرد پاره‌دوز هندی ایستاده گفت:

«– طبیعت تیک هی[۱]»

هندو به نشانه‌ی احترام دست به پیشانی خود برده سرفرود آورد و گفت:

«صاحب سلام پارماتما تا مارا بالاکره، بال بچه سوکیرا که[۲].

فلیسیا کیف خود را گشوده چند شاهی در کف او نهاد و او زمین را بوسه داده گفت:

«باگون مرگیا. باگون مرگیا[۳].

من گفتم: «از این مرد متنفرم. او لاینقطع سرفه می‌کند و دیشب نتوانستم چشم برهم نهم. به‌علاوه نمی‌دانم او چرا جلو اطاق مرا برای نشستن خود اختیار کرده است.

فلیسیا جواب داد: «بیچاره باگوان! اتفاقاً او طرف علاقه‌ی من است و من بسیار نسبت به او شفیقم. ضمناً گاه ازاو می‌ترسم و گاه ازاو متنفرم و با تمام این احوال گرچه مثل یک سگ مطیع من است ولی نفوذ عجیبی در وجود من دارد. فعلاً سخت مریض است، باید او را به مریض‌خانه بفرستم و فردا این کار را خواهم کرد.»

---

[۱] حالت خوب است؟

[۲] سلام برتو باد خداوند ترا حفظ کند و اطفالت را نگاه دارد.

[۳] باگوان مرد باگوان مرد.

او به من نگاه نمی‌کرد مثل این‌که مرا از شیشه ساخته باشند و چیزی در ماوراء وجود من موجود باشد به آن چیز متوجه بود. بعد بـه جانـب آپولـو بوندر به راه افتادیم و پاره دوز دمر افتاده بود و سرفه می‌کرد.

ماه بزرگ و قرمز رنگ مثل یک سینی مسین براق سر از افق برآورده بود. ولی فلیسیا نسبت به منظره‌ای که زیر نظر داشت بی‌قید به نظر می‌رسیـد و مانند کسی که در خواب به راه افتاده باشد حرکت می‌کرد. لباس سـاری سفیدی هم در برکرده بود که بیش از پیش بر وجاهتش افـزوده بـود. در ضمن آهنگی را هم با صدای قشنگ ظریفی بسیار سوزناک و محزون زمزمه می‌کرد. کلاهش که لبه‌ی پهنی داشت برچشمان سبزش که نگـاه غیرقابـل وصفی داشت سایه افکنده بود.

بعد بدون این‌که من از او سؤال کرده باشم شروع به سخن کرد: کـه اصلاً اهل کلکته‌ام و در اروپا تربیت یافته‌ام ضمناً اظهار داشت همـه جـا اعـم از اروپا و آسیا مسافرت کرده‌ام ولی هیچ کشوری نتوانسته مانند هندوستان در وجود من مؤثر باشد و فقط در هـوای سـنگین ایـن مملکـت توانسته‌ام زندگی کنم و این بیان من ابداً با تعریف‌های ساختگی اروپائیان که هندوستان را فقط از لحاظ فقیر و مارگیر و راجه و معابد مـی‌سـتایند ارتبـاطی نـدارد. مردمانی هستند که کورکورانه از روی مشهودات اولیه‌ی خـود نـسبت بـه کشور یا ملتی اظهارنظر می‌کنند. آن‌چه راجع به اسرار هندوستان و تمول و فقر و معجزات آن گفته‌اند همه به شکلی است که من از آن متنفـرم و مـن برای معجزات اصلاً اهمیتی قائل نیستم. برای مـن بزرگتـرین معجـز همـین است که من وجود دارم و به‌طوری این مطالب را بیان می‌کرد کـه گـوئی از روی ایمان و عقیده می‌گفت.

گفتم با این معلومات و تجربیات روزنامه‌نگاری بـه خـوبی از عهـده‌ی شـما ساخته است.

خیلی با دقت به سخنان من گوش می‌داد و چشمش به دیگران بـود بـدون این‌که معلوم باشد اصلاً توجهی به گفتار من دارد.

گفت: «من ازاین شغل متنفرم. جهد من این است که فقط خودم بـه حقایـق وقوف یابم خصوصاً نهایت بیـزاری را از ایـن خواننـدگان کنجکـاو دارم کـه بهترین افکار خود را در دسترس آنان می‌گـذارم. مـن ابـداً هـوس کـسب شهرت و جلب توجه ندارم، تازه برای من چه فایده‌ای دارد؟»

بعد به حال تفکر لحظه‌ای جلو گیت آف ایندیا درنگ نمود و گفت: «آیا بـوی این گاز قابل اشتعال را احساس می‌کنید؟ این رایحه به‌یاد مـن آورد کـه در هریک از ماها این گاز قابل اشتعال وجود دارد.»

پس از قدری تأمل گفت: «امشب من میهمانم» و به مـن بـای‌بـای گفـت و رفت.

بعد کمی به حال تردید ایستاد و دفعتاً پشت کرد و به راه افتاد. هیکل نازک سفیدش در میان جمع عجیبی که مشغول هواخوری بودند به جانـب گـرین پیش می‌رفت. ولی امواج هم نسیم مصفا و شورمزه‌ی اقیانوس را بـا خـود نمی‌آورد که این هوای سنگین کثیف را باخود ببرد. چند زورق هـم در حـال ناامیدی درمیان امواج متلاطم استقامت به خرج می‌دادند.

بدین شکل در کوچه‌ی خیس و شب تار و پرگزنـد بمبئی غـرق در هـوس سفیهانه مرا ترک گفت و من که نه قادر به فرار بودم و نـه مـسافرت بـه اقصی نقاط عالم در یک سلسله هم و غم و پشیمانی گرفتار آمـدم و دفعتاً

تمام زندگانی گذشته و آینده‌ام مانند این معبر تاریک و پرملال و این تنهائی و توهمات شورانگیز در نظرم تلخ و بی‌مصرف جلوه گر شد.

دیشب تا به حال از خود می‌پرسم که آخر تو با یک زن هوسباز متلون‌المزاج یا خانه‌به‌دوش جسور خطرناک چه کار داشتی... از طرفی نمی‌دانم چه سری در زیبایی او بود که وضع خاص غیرقابل وصفی به او داده بود.

ضمناً چرا گاهی آن همه به من اظهار علاقه می‌کرد و در عین حال یک مرتبه از من می‌رمید و دوری می‌جست؟ و نیز علاقه به این مردک پاره‌دوز باوجود مناسبات او با مجامع هندوها و اروپائیان و نمایندگان خارجی متمول برای من غیرقابل تصور بود. تمام یکشنبه‌ها اتومبیل‌های بسیار مجلل جلو پانسیون ما صف می‌کشید که او را به جوهو ساحل معروف بمبئی ببرد ولی اغلب آن‌ها را گذاشته در تاج یا گرین با پسرک‌های گمنامی خود را مشغول می‌داشت که برساند علاقه‌ای به اشخاص ندارد. و خدمت بی‌سروته او هم در مغازه‌ی مد پاریس باز خیلی صاف و ساده نبود.

محققاً او غیر طبیعی و لوس بود و جلافت‌هائی از خود بروز می‌داد. آیا این تضاد روحی نتیجه‌ی یک سلسله وصلت‌های غیر متناسب یا زناشوئی‌های اقوام نزدیک نبود که این تأثیرات روحی را در او گذاشته. محققاً من موفق نخواهم شد که این مسائل غامض را حل کنم.

در مراجعت باگوان پیرمرد را دیدم به کلی دولا مثل یک پاکت خالی کنار جاده افتاده بود و نفس می‌زد.

فردای آن روز دیدم جلو پنجره‌ی من با باگوان گفتگو می‌کند من با اشاره‌ی سرسلامی به او کردم آمد و سرسری دستش را که دستکش زرد رنگی درآن بود به طرف من دراز کرد و گفت:

«شما ده روپیه ندارید به من قرض بدهید؟»

من کیف پولم را باز کرده پیش او گرفتم و او یک اسکناس پنج روپیه‌ای برداشته به باگوان داد و گفت:

«تا امشب!»

همان شب در اطاق غذاخوری پنج روپیه را روبه‌روی سایر اهل پانسیون کـه نگاه‌های مرموزی رد و بدل کردند به من مسترد داشت و در موقعی کـه بـا هم خارج می‌شدیم به من گفت:

«خوب بود یک گردش تا هانجینگ گاردن می‌کردیم.»

من یک تاکسی صدا زدم سوار شدیم و تاکسی به راه افتاد. او شـروع کـرد که:

«ـ من کار باگوان را مرتب کردم و در بیمارستان سـن ژرژ تحت درمـان است. حالش خیلی بد است و امروز دوبار به او سرزدم کـه از حـالش بـاخبر شوم.»

بعد در فکر فرو رفت و من تا حدی به عادت و هوس‌های او عـادت کـرده بودم ولی نمی‌توانستم علت علاقه او را به مرد پاره دوز فقیر درک کنم. اول تصور می‌کردم که این هم یک جنبه‌ی تفریح تجملی برای او دارد یـا جنـونی است که گاهی به اشخاص متمول عارض می‌شود کـه مـی‌خواهنـد خـود را حامی مظلومین جلوه دهند ولی این عمل نیکوکارانه باید معمـولاً مخفیانـه و بدون غرض خاصی انجام پذیرد.

هنگام عزیمت با مشاهده معابر لخت و محلات بومیـان و هیـاهوی بـازار او مصراً درحال سکوت باقی ماند، من هم نخواستم با او مخالفتی کـنم. تاکـسی

هم بالاخره ما را جلو هانجینگ گاردن گذاشت و ماهم خیابان‌های باغ مزبـور را زیر نور برق و درمیان شاخسار نباتات گرمسیری بسیار مجلـل گذشـتیم بعد از باغی در نهایت زیبائی عبور کردیم که مشرف به دریا بود و از آن‌جـا به‌خوبی مشاهده‌ی چراغ‌های شهری که همه در آن خفته بودند میسر بـود. ما پهلو به پهلو راه می‌رفتیم و لباسش به من سائیده می‌شد و عطر ملایـم و مطبوعش به مشام می‌رسید. او قدری به نرده سیمانی‌ای که در تمام طـول پرتگاه ادامه داشت تکیه کرده قدری برج سکوت را که در تاریکی غوطه‌ور بود برانداز نمود و بانگ مشئوم کرکسی از دور در آن سـکوت شـب بـه گوشمان می‌رسید، آسمان گرفته تهدیدمان می‌کرد و درختان مرطوب بوی مست‌کننده‌ای از خود می‌پراکندند، فلیسیا به جانب من برگشت و گفت:

« – به زودی باران خواهد گرفت برویم.»

او گول نخورده بود زیرا هنوز در تاکسی ننشسته بودیم که طوفان شـروع و رگبار به شدت هرچه تمام‌تر سرازیر شد. در تاکسی که بسته شـد خـود را در انتهای ماشین جای داد. چون مناظر اطراف در تاریکی شب و رگبار از بین رفته بود ما مهربان‌تر و محرم‌تر شده بودیم. او کاملاً به من چسبیده بـود و من بازوی برهنه‌ی او را لمس می‌کردم و از رایحه‌ی عطـر او مـست شـده بودم.

او خیلی سردماغ و اهلی به نظر می‌رسید و محیط مساعد محرمیتـی ایجـاد شده بود، دفعتاً چشمه مهر و ملاطفت از لبانش جاری گردید.

ابتدا یکی از افسانه‌های ادبی هندوها را بدین تفصیل برای من بیان نمود که ماه را کوزه‌ای پر از سوما (مشروب مقدس) تصور می‌کنند کـه بـه تـدریج خدایان از آن می‌نوشند و همین که رو به نقصان گذاشت باز خورشید آن را پر می‌کند. بعد اعتراف کرد که حالت او مرتبط به احوال و اهله قمر است.

یعنی خود را بازیچه‌ی قوه‌ی خارجی‌ای مخصوص به خود می‌پندارد کـه او را مانند طوفان جهنم باخود می‌برد و او جز به غریزه‌ی خـود نمـی‌توانـد تـابع قدرت دیگر باشد. ضمناً اظهار داشت:

« – قدرتی است فوق قدرت من و من تصور می‌کنم که ماه در سرنوشت من دخالت تام دارد و من مطیع ماهم و به من الهاماتی می‌کند. نمـی‌دانـم شاید در وجود قبلی‌ای که داشته‌ام مرتکب گناه عظیمی شـده‌ام؟ وضعیت زندگانی من بسیار ناگوار است که باید دوبار در اروپا طلاق گرفته باشـم و در هندوستان زندگانی کنم. من هـیچ‌جـا جـز اقلـیم هندوستان قـادر بـه زندگانی نیستم. به‌علاوه نمی‌دانم این تاثیر ادبی یا فلسفی هندوستان اسـت که مرا به این سرزمین می‌کشد. مسلماً شما به حد فاصل بین موالیـد ثلاثـه طبیعت و بین مرگ و حیات واقفید. دراین سرزمین این حد از بین می‌رود و این‌ها تنها مردمی هستند که عالی‌ترین فلسفه‌ها را با آداب و اخـلاق عـادی خود توام کرده اند. روزی در بنارس در ساحل گانژ بودم و به خوبی پـی بـه اهمیت و وسعت فلسفه هندی بردم زیرا یک طرف با کمال خونـسردی بـه انجام تشریفات زناشوئی می‌پرداختند و یک طرف مرده‌ها را می‌سوزانیدند و زهاد به غسل اشتغال داشتند. هزاران سال است که روح هندی بـا وجـود تجدد خواهی ابداً تغییری نکرده و هیچ چیز در این مملکت به حال معمـول و متعارف نیست. این مردم از نیاکان خود ثروت و قدرت بـسیاری در اختیـار دارند.

در این موقع تاکسی جلو پانسیون ما ایستاد. او لحظه‌ای با چشمان درشـت و شفاف خود بدون این که محسوس شود مرا می‌نگرد به من خیره شد و پس از رفع تردید به من گفت:

«برویم اطاق شما.»

من او را به اطاق خود بردم. حالی پریشان و چشمانی نیازمند داشت و حرکات اضطراب‌آمیز و رنگ سفید مهتابی و بیمارنما و پریشان‌گوئی او مرا به خود مشغول می‌داشت. من از فرط اشتیاق به خود می‌لرزیدم. خونسردی و حتی تعرض اولین روز ملاقات ما و تحقیری که در ملاقات‌های بعدی از او دیده بودم مرا تحریک می‌کرد.

باران هم چنان می‌بارید و با آن که کمی از شدت آن کاسته شده بود مع الوصف در کمال بی‌انصافی و اطمینان خاطر و کورکورانه و پایان‌ناپذیر فرومی‌ریخت. من چند صفحه گذاشتم، او به دقت گوش می‌داد ولی پیدا بود که خوشش نیامده است بعد یک دفعه به من گفت:

«چنین حس می‌کنم که بدبختی‌ای به من روی خواهد آورد.»

من محض دلجوئی لب تخت خود در کنار او نشستم و خواستم دست‌های او را بگیرم. ضمناً در این لحظه از فرط هوای نفس می‌سوختم ولی او با عصبانیت دست خود را کشید و با خنده‌ی مسخره‌آمیزی که بانگش در اطاق پیچید به من گفت:

«آه. مثلاً شما چه درباره‌ی من خیال کردید؟ها خیلی اشتباه کرده‌اید، مرا بیزار کردی. شنیدی چه گفتم؟اگر من به تو اعتماد کرده بودم برای این بود که ظاهر جدی و محجوبی داشتی و بالاخره خارجی و رفتنی بودی، چون از مردم این جا به قدری می‌ترسم که حد ندارد. مرا مسخره می‌کنند و با من مثل دیوانه‌ای رفتار می‌کنند.

ولی شما مطمئن باشید که یک موی باگوان را با شما عوض نمی‌کنم.»

من هاج و واج مانده، هم از نقشی که دراین تآتر عشقی مسخره‌بازی کرده بودم نسبت به خود احساس تحقیر می‌نمودم و هم کینه‌ی شدیدی نسبت به پیرمرد پاره‌دوز پیدا کردم.

بعد او هم به‌شدت در را به هم زد و رفت. باران در نهایت شدت می‌بارید و من به تعجیل لخت می‌شدم و سخنان بی‌سروته و حرکات عجیب و خنده‌ی عصبانی و شاید تحقیرآمیز او پریشانی غیرقابل وصفی برای من ایجاد نموده بود. بالاخره تصمیم گرفتم که دیگر با او کلمه‌ای حرف نزنم و بعد با آن که نتوانستم یک کلمه از آن چه می‌خوانم بفهمم به خواندن مشغول شدم و با تمام جهدی که برای سرگرمی خود می‌کردم قیافه ی فلیسیا در هیچ حال از نظرم دور نمی‌شد و سراپای وجودم خواهان او بود و در هوای اطوار و گفتار و خنده‌های او غم بسیار گوارائی در دل داشتم.

فردای آن روز چه در موقع ناهار و چه شام بدون این‌که توجهی به فلیسیا بکنم صحبت می‌کردم و او هم مثل این‌که اصلاً متوجه من نبود. پس از صرف شام که به اطاق مراجعت کردم دیدم دست به درب اطاق می‌زنند. در را که گشودم دیدم فلیسیا در لباس اطاق بسیار عالی مزین به نقش و نگار چینی است، با روئی گشاده وارد اطاق شد. از سفیدی و لطافت و زیبائی و اندام و عطر ملایم و نافذ خود حال مرا دگرگون ساخت. بعد شروع به سخن کرده در کمال یگانگی مرا تو خطاب می‌کرد و می‌گفت:

« – آیا تو برای آن چه شب قبل گفتم اهمیتی قائلی؟ من به شهادت قلب انتظار وقوع حادثه‌ی بدی را داشتم. آیا تو از این خبر بد اطلاع پیدا کردی؟»

« – چه می‌خواهید بگوئید؟»

« – امروز بعد از ظهر از بیمارستان به من تلفن کردند که باگوان مرد.»

« – ممکن نیست چطور چنین شده است – نمی‌دانستم.»

« – آیا ممکن است کمکی از شما تقاضا کنم؟ همین الآن برویم به بیمارستان و جسد او را تقاضا کنیم که به سوماتپور (محل خاکستر کردن اجساد) بفرستیم. می‌ترسم او را برای تشریح به مدرسه طب بفرستند.

« – تحمل داشته باشید الان در این ساعت بیمارستان تعطیل است، فردا صبح این اقدام را خواهیم کرد.

ولی او با عدم رضایت پای خود را به کف اطاق می‌کوبید و می‌گفت: (باید، باید، باید همین الان و من به قدری می‌ترسم و به قدری پریشانم! او به من اعتماد کامل داشت و این کفر است می‌فهمی؟»

پس شروع به گریه کرده خود را روی تخت من افکند و پیچ و تاب می‌خورد و با خود می‌گفت:

«چقدر من بی‌کس و بدبختم. من به تو امیدوار بودم ولی بیا بیا نزدیک، می‌خواهم چیزی به تو بگویم.»

من با تردید جلو رفتم، او دست‌های ظریفش را به من داد و بعد گفت:

« – یک موضوعی است که من تا حال جرأت نکردم به کسی بگویم؛ من نسبت به درماندگان و افتادگان که وجودشان مثل امواج دریا رو به فنا می‌رود بسیار رحیم و شفیقم. این باگوان بدبخت به دنیا آمد و از دنیا رفت بدون این که اثری از او در صفحه‌ی روزگار بماند تا بتوان چندی بعد گفت او می‌گفته، حرکت می‌کرده و فکر می‌نموده. فعلاًاو نیست. مرگش مثل حیاتش بی‌فایده بوده است و هزاران‌هزار مثل و مانند او وجود دارند. ولی محققاً او به کار ما معتقد بوده و با تسلیم و رضا سرنوشت خود را تعقیب می‌کرده و مطمئن بوده که پس از مرگ به غالب شاید بهتری دوباره

به‌وجود خواهد آمد. و من در زندگانی او داخل بودم و غالباً از همـان اولیـن دفعه که کفشم را دادم واکس بزند می‌دیدم که مرا دوست دارد و مداح و خواهان من است. بلی عاشق من بود و در خواب دیدم سراپا عاشق سـوزان من است. او یا دیگری نمی‌دانم: هندوها اصولاً خیلی تودارند و این خاصیت جبلی آن هاست و درعین حال بسیار ساکتند و از ابراز اسرار خود استنکاف دارند و از افراط در تجلیل و احترام او نسبت به خودم در زحمت بودم و اگر من در زندگی به او کمک می‌کردم برای دلخوشی خودم بود والا او نه به من محتاج بود نه دیگران زیرا هندوها در تحمل تا به حد مـرگ توانـائی کامـل دارند. و من شاید بیشتر به او محتاج بودم. راست است که من هواخواهان متمول بسیار دارم ولی شاید خیلی احمق‌تر از باگوان و در احساسات بـشری هم پست‌تر از او باشند، فقط این‌ها پول دارند و تمام عنوان و حیثیت این‌هـا به همان پول است. این‌ها خود را لایق همه‌چیز می‌دانند و قیافه‌ی اشـخاص باهوش به خود می‌گیرند. ولی چقدر در نظر من پستند و همیشه از تـه دل آن‌ها را تحقیر کرده‌ام. بالاخره او جلو این پنجره خـشکید و تحلیـل رفـت و مرد و بعداً به خاکستر مبدل خواهد گردید و غبارش را هم باد خواهد برد.

او رنج می‌برد ولی درعین حال تمایلات و هوی و هوس هم داشت ولی کسی ندانست و نفهمید که تمام این‌ها به باد خواهد رفت، آیا ما همین سرنوشت را تعقیب نمی‌کنیم؟»

او بلا اراده حرف می‌زد که خود را متقاعد کند. چشم‌های درشت و مژه‌های کمرنگ بلندی داشت و یک رگ آبی رنگ در پیـشانیش نمایـان بـود. آن خشونت روحی و تکبر همیشگی‌اش تغییر کرده بـود، خیلی صـاف و سـاده می‌نمود. خودش را در حال عجیبی که حاکی از ترس و هوای نفس بود به من چسبانیده بود. به‌طوری که بوی بدنش را حـس مـی‌کـردم و مـی‌توانـستم

ضربان قلبش را بشمارم. جریان خون در عروقم رو به تندی نهاد و به تدریج به طپش منجر گردید. با خود می‌گفتم چرا پیش من آمده است و این اظهار یگانگیش چیست؟

بعد اشاره به پنجره کرد و گفت: «چطور است پرده را بکشید؟»

هوای گرم مرطوبی بود که به علت طوفان سنگین هم شــده باشــد. هـوای چسبنده‌ای که مثل پیراهن خیس از عرق به بدن هم بچسبد. ماه کـه رو بـه انکسار نهاده بود و غبار قرمز رنگی بر آن احاطه داشت به جانب افق نزدیک می‌شد.

من پرده را کشیدم و مردد برجای استوار ماندم.

به نرمی گفت: « - بیا پیش من.»

مدتی در کمال صمیمیت صحبت کرد و فاصله به فاصله برای اطمینان خاطر خود و ملاحظه اثر رضایت در سیمای من سرش را به سوی من بلند می‌کرد. بعد به زانو درآمد و مرا در میان بازوان خود گرفته سر بی‌نهایت زیبای خود را به من می‌مالید و به سختی نفس می‌زد و صورتش را رو به من می‌گرفت. متدرجاً در اثر همین نفس زدن و از شدت اشتیاق به خود مـی‌لرزیـد، بعد کلمات و جملات سحرآمیز دیگری به همین وزن و آهنگ ادا نمود.

خواستم او را در آغوش کشم که صدای عجیب به هم خوردن بال حیوانی بـه گوشم رسید، دیدم خفاشی که حیوان شب‌گرد بلا دفاعی اسـت و خـصوصاً در فصل بارندگی به گردش شبانه می‌پردازد در کمال وحـشت وارد اطـاق من شده و دور اطاق چرخ می‌زند.

فلیسیا لرزان و هراسان خود را به من چسبانیده در حال تشنج می‌گوید:

«می‌بینی؟ این روح اوست. این روح باگوان است که برای تنبیه مـن آمـده است. آمده مچ مرا با تو بگیرد. باید هم الساعه ترا ترک گویم.»

من به نوبه‌ی خود سرد شدم و ترس و اضـطراب فـوق‌العـاده‌ای مـرا فـرا گرفت.

او بازحمت از جای برخاست و بدون این‌که بامن خداحافظی کند به سـرعت رفت. من ندانستم چه کنم. فتوری در خود احساس کردم و بلافاصله چـراغ را خاموش کرده روی تخت افتادم و به زودی در خواب عمیقی فـرو رفـتم. صبح زود لباس پوشیدم و رفتم در اطاق او را زدم جوابی نشنیدم.

رئیس پانسیون را در راهرو دیدم. به اشاره اطاق فلیسیا را خنـدان بـه مـن نشان داده گفت:

« – بدون این که به من بگوید دیشب رفته است و نمی‌دانم به کجا؟»

خوشبختانه حق مرا قبلاً داده است. من به شما گفته بودم که نباید بـه ایـن قبیل خانه‌به‌دوشان اعتماد داشت. این هم یکی از خواص مردمان گرمسیری است.

سایه مغول

«ای زرتشت پاک! همانا نشان به پایان رسیدن هزارمین سال تـو و آغـاز بـدترین دوره‌ها این خواهد بود که: صد گونه، هزار گونه، ده‌هـزار گونـه دیوهـا بـا مـوهـای پریشان، از نژاد خشم، کشور ایران را از سوی خاورفرا گیرند. همه چیز را بـسوزانند و نابود کنند: میهن، دارائی، مردانگی، بزرگمنـشی، کـیش، راسـتی، خوشـی، آسـایش، شادی و همه کارهای آهورائی را پایمال کرده آئین مزدیسنان و آتش (ورهـرام) از بین برود، آن‌گاه با درندگی و ستمگری فرمانروائی کنند.»

(بهمن یشت ۲-۲٤)

«انیری اروم آیگان و ترکان چه اوا ایرانکان...اندا فرشکرد همی پیوندد»

(مینو خرد ۲۱-۲۵)

شاهرخ عرق‌ریزان گام‌های سنگین بر می‌داشت و از ما بین شاخـسار انبـوه درختان کهن به دشواری مـی‌گذشـت. موهـای ژولیـده کـرک شـده روی شانه‌اش ریخته بود. چشم‌های درشـت و آشـفته او بـا روشـنائی ناخوشـی می‌درخشید. پیشانی گشاده و سفیدش از تیغ درخت‌ها خراشیده شده بود، دست چپ را جلوی بازوی راستش گرفته بود تا به مانعی برنخورد، از بازوی راستش خونابه بیرون آمده بود، جامه‌ی او پاره و پاهایش گل‌آلود بود.

همین که چشمه‌ی کوچکی نزدیک آنجا دید، اخم پیشانیش باز شد، آهسته و با احتیاط نزدیک رفت روی ریشه‌ی کلفت درخت بلوط جنگلی نشست کـه

۵۷۷

تنه‌ی پوکش از لای شکاف آن دیده می‌شد. اطراف خـود را نگـاه کـرد، بـه نظرش آمد که او نخستین کسی است که به اینجا آمده. اینجا بـه قـدری دیمی و خودرو بار آمده و به‌طوری راه عبـور را بـه همـه گرفتـه بـود کـه طبیعتاً هیچ‌کس و هیچ جانوری به خیال آمدن اینجا نمی‌افتاد. آیا در میان جنگل بود یا نزدیـک آبـادی؟ آیـا صبـح یـا نزدیـک غـروب بـود؟ اینهـا را نمی‌دانست، همین‌قدر می‌دانست که هنوز شب نشده و به آبادی نرسیده است.

به نظر شاهرخ جنگل هم ترسناک و هم گوارا بود. به بدنه‌ی درخت‌ها خـزه سبز مغز پسته‌ای روئیده بود. برگ‌های خشک کم کم، خرده خـرده تجزیـه شده و خـاک سـیاه رنگـی تـشکیل مـی‌داد کـه از زیـر آن، از لابـه‌لای آن، سبزه‌های خودرو بیرون آمده بود. بوئی که در هوا پراکنده مـی‌شـد، بـوی سردابه‌های نمناک، برگ قهوه‌ای‌رنگ پوسیده بود که زیر آن‌ها پـر بـود از حشرات کوچک، سوسک‌های سیاه و خاکستری، پشه‌های درشت بـا پاهـای دراز، کمـربـاریـک و بالهـای شـفاف، آن بـالا، در روشـنائی خورشـید می‌چرخیدند. گودال پائین چشمه کوچک، از لجـن سـیاه و برگهای پوسیده انباشته شده بود. گاه‌گاهی حباب‌های درخشان روی آب می‌آمد و می‌ترکید ولی آب خود چشمه، آب باریکی که از زیر سنگریزه‌ها می‌جوشـید و بیـرون می‌آمد روشن و درخشان بود.

شاهرخ، خم شد، دست چپش را در آب چشمه فرو برد، آب خنک پوست او را نوازش کرد و این احساس مانند جریان برق به تمام تنش سـرایت کـرد. مثل این بود که خستگی او را بیرون می‌کشید.

پنج روز بود که شاهرخ در میان جنگل «هزار پی» ویلان و سرگردان با زخـم بازویش بدون اراده پرسه می‌زد. آیا راه گریز مـی‌جسـت یـا مـی‌خواسـت خودش را به آبادی برساند؟ نه، هرگز...

کدام آبادی؟ مغول‌ها که آمدند دیگر آبادی نگذاشتند! او نیز مانند هزاران کس دیگر در جنگل به سر می‌برد. وانگهی برای او زندگی تمام شده بـود، او زنده مانده بود تا کیفر خودش را بکشد و اکنون به آرزویش رسیده بـود. کی می‌داند؟ شاید بیرون جنگل چند نفر از همان آدم‌های درنده کـشیک او را می‌کشند. چه اهمیتی دارد اگر بمیرد یا مار و مور تن او را بخورند یا پلنگ با بی‌اعتنائی لاشه او را بو بکند و بگذرد و یا دل او را مورچه‌ها تکه پاره بکنند؟ زیرا دیگر او حس نخواهد داشت! مگر قلبش بهتر از قلب گلشاد است و یـا خونش رنگین‌تر از خون اوست؟

چه اهمیتی دارد اگر ببر او را بدرد؟ خیلی بهتـر اسـت تـا اینکـه بـه دسـت مغول‌ها بیفتد. خیلی بهتر است تا دوباره آن چهـره‌هـای پسـت درنـده، آن جانوران خونخوار را ببیند، لهجه کثیف آن‌ها را بـشنود، دشـمن آب و خـاک خودش، کشندگان نامزدش را ببیند. این فکر بود که او را دیوانه می‌کرد و از جلو چشمش رد نمی‌شد، نمی‌توانست آن را از خودش دور بکند. هنوز فریاد جگرخراش نامزدش در گوش او صدا می‌کرد: همان وقتی کـه سـر رسـید، توی چهارچوب در، گلشاد را لخت و برهنه مـادرزاد در بغل آن مردکـه‌ی مغول، ترک بیلمز، دید که دست و پا می‌زد، بازوهای لاغر خود را به سوی او دراز کرده بود و فریاد می‌کرد:

«شاهرخ، شاهرخ کجـائی؟ بـه دادم بـرس!» آن مردکـه چـشمهای بـالا کشیده‌اش برق می‌زد. صورت کج و گونه‌های برجسته داشـت، بینـی او را مثل این بود که با چکش روی صورتش پهن کرده بودند، موی بافته او ماننـد

دم گاو پشت سرش آویزان بود.چه خنده‌ی ترسناکی می‌کرد! همان وقت
که شمشیرش را بیرون کشید و دیوانه‌وار حمله کرد نمی‌دانست آن یـک
نفر دیگر کجا پنهان شده بود، رفیق او بود یا برادرش؟ چون هر دو آن‌ها یک
شـکـل بـودنـد، از پـشـت دسـت او را بـستند و پارچـه‌ای در دهـنـش فـرو
کردند.آن وقت آن مرد با خنده مهیب، چشم‌های کج، گونه‌های زرد و چهره
درنده‌اش گلشاد را با تن شکنجه‌شده‌اش روی فرش انداخت، شمشیر خود
را بیرون کشید و در چشم‌های گلشاد فرو بـرد. اوه، چـه فریـاد ترسناکی
کشید! اطاق لرزید. او می‌دید، به چشم خودش دید که گوش‌ها و بینـی او را
برید، خون فواره زد. بعد شمشیرش را در شکم او فرو کرد.به نظرش آمـد
که جلو چشمش تیره و تار شد، پلک‌های چشمش را به هـم فـشار داد؛ امـا
صدای خنده گستاخ مغول، جستن خون، نالـه‌هـای خفـه و دسـت و پـا زدن
گلشاد را می‌شنید. دوباره که چشمش را گشود دید: مردکه مغول، مردکـه
بی‌شرم با سبیل پائین افتاده و چشم‌های بالا کشیده خون‌بارش مـی‌خندیـد،
پیدا بود که کیف می‌کرد و از تماشای خون مست شده بود. شاهرخ هر چه
خودش را تکان می‌داد، هر چه تقلا می‌کرد مانند این بود که او را زیر منگنه
گذاشته بودند. هوا چه تاریک بود! از پنجره اطاق دود غلیظ سیاه تو مـی‌زد!
شراره آتش که از خانه همسایه زبانه می‌کشید ماننـد آهـن گداختـه ایـن
منظره را به طرز ترسناکی روشن کرده بود، مردکـه مغـول و رفیقش بـا
دست‌های خونین، با صورت خونین که در پرتو خونین آتش مـی‌درخـشید،
کولباره‌ای را کشان کشان تا دم پنجره بردند، یکی از آن‌هـا بـا شمـشیر بـه
سوی او حمله کرد. کاش او را کشته بود، کاش با نامزدش مرده بود! اما نه،
آن وقت هنوز کیفر خودش را نکشیده بود، هنوز خنجـرش بـه خـون پلیـد
مغول آلوده نشده بود. ولی در این بین صدای هیاهو بلنـد شـد، در اطـاق
شکست، مغولی که به او حمله کرده بود به سوی پنجره دویـد، بـا رفـیقش

کولباره را پائین انداختند. جلو روشنائی آتش سایه زشت و هولناک آن‌ها را دید. سایه سنگین آن‌ها که مانند دیو تنوره کشیدند و از پنجره پائین جسته در میان دود و آتش ناپدید شدند.

چهار نفر شمشیر به دست از در شکسته وارد اطاق شدند، ما بین آن‌ها آنوشه پسرخاله‌اش و پشتوش دوست دیرینش را شناخت که دویدند و دست‌های او را باز کردند.او اولین کاری که کرد جامه‌اش را بیرون آورد و روی تن لخت، تن شکنجه شده و خونین گلشاد انداخت، گلشاد در خون غوطه ور بود، خون گرم چسبناک از شریان‌های او بیرون می‌زد، گوشت قصابی شده، گوشت بریده تنش می‌لرزید، فاصله به فاصله می‌پرید! نه او نمی‌توانست نگاه بکند.

از پنجره اطاق دود غلیظی به هوا بلند می‌شد.گرد و خاک اطاق را فرا گرفت، آتش زبانه می‌کشید، صدای پائین آمدن سقف، فریاد و ناله شنیده می‌شد. پشوتن با صورت برافروخته، عرق‌ریزان نگاهی به کشته گلشاد کرد، نگاه سرزنش‌آمیزی به او انداخت و مابین دندان‌هایش گفت:

- تو اینجا بودی...! تو توانستی...!

گلشاد خواهر پشوتن بود. ولی بعد مثل این که به درد و شکنجه او پی برد، سرش را پائین انداخت، خاموش شد و عرق روی پیشانیش را پاک کرد.همان‌جا میان هیاهو، آتش و خون بود که شاهرخ سرگشته‌ی گلشاد، جلو خون گرم او سوگند یاد نمود تا انتقام او را بگیرد، تا از دشمنان وطنش کیفر خود را بستاند.از این نژاد دیو و دد که جز شکنجه کردن، چاپیدن، کشتن و آتش زدن مقصد دیگری ندارند. از همان روز، از همان لحظه درصدد انتقام برآمد. همین کیف انتقام و افسونگری آن بود که در او حس

زندگی تولید کرد. از آن وقت می‌خواست زنده باشد، می‌خواست مغول بکشد.

نقشه‌ی شاهرخ عوض شد: تا کنون او ودسته‌ای از جوانان ایرانی که هنوز رسم و روش دیرین خود را از دست نداده بودند و فکر... آن‌ها را فاسد نکرده بود، از ستمگری عرب‌ها به تنگ آمده بر علیه آن‌ها فتنه بر می‌انگیختند. در نخست هجوم مغول را راه امید و پیش آمد مناسبی برای از بین بردن... نژاد سامی پنداشتند.ولی آن روزی که مغول آمد، آن روزی که این نژاد زردچهره خونخوار به سرزمین آن‌ها تاخت و تاز کرد، این نژاد پاچه‌ورمالیده ناپاک، دشمن آبادی، دشمن آزادی با چشم‌های کج که علم شکنجه را به آخرین پایه ظرفت رسانیده و در فکر کوتاه و زمختش با آن هیکل نتراشیده، جز دریدن، آتش زدن و چاپیدن چیز دیگری نقش نبسته بود، آن وقت پی بردند که هر چند.................. ولی مغول دشمن، جنبنده، دشمن جان همه و دشمن انسانیت بود.

آن و قت شاهرخ و دوستانش فهمیدند که..............................

پس شاهرخ انتقام گلشاد را مقدم دانست و تصمیم گرفت که سرکرده‌ی مغول‌ها آن مردکه‌ی درنده:«حبه نویان...چخاقوتو...چخاقتوئی خان!» نه هیچ کدام آن‌ها نبود.اسم او آنقدر سخت و مزخرف بود که از یادش رفته بود. می‌خواست آن مردکه را بکشد.

شاهرخ برای خودش شش نفر سوار تهیه کرد. خودش سردسته‌ی آن‌ها شد، و آن روز، توی بیشه اسب‌هایشان را به درخت بسته در کمین نشستند، زیرا می‌دانست که سر کرده آن‌ها هر روز با ده نفر سوار از چادر نمدی سیاهش درآمده و به سرکشی شهر می‌رود. همه‌ی آن‌ها یک شکل و یک رنگ بودند. به تنشان پوست سگ یا پوست خرس بسته بودند با چرم

بد بو... اما نشان سرکرده ی آن‌ها یک دستمال سرخ بود که روی دوشش آویخته بود.

وقتی که صدای چهارنعل سم اسب از دور آمد، آن‌ها زیر بته‌ها، شمشیر به دست کشیک می‌کشیدند. شاهرخ از زور ترس و شادی دلش می‌تپید، دو انگشت را به لب برده سوت کشید. هر شش نفر روی اسب‌ها پریدند و با شمشیرهای لخت حمله کردند.دو نفر از مغول‌ها از اسب به زمین خوردند هشت نفر دیگرشان دور آن‌ها را گرفتند، تیغه‌های شمشیر جلو آفتاب می‌درخشید، گرد و غبار در هوا پیچیده بود، نعره‌های شگفت‌انگیز شنیده می‌شد. شاهرخ دستمال سرخ را روی دوش یکی از آن‌ها دید، به او حمله کرد. اتفاقاً در وهله اول شمشیر از دست هردوشان افتاد، و به زودی حس کرد که یکی از مغول‌ها، از عقب بازوی راست او را بریده.آن وقت با دست چپ خنجر خود را از غلاف بیرون کشید و به شکم مردکه مغول فروبرد که مانند شغال زوزه کشید، نعره وحشیانه بود و با دستمال سرخ روی شانه‌اش از اسب به زمین افتاد.

همه‌ی این وقایع را مثل این‌که یک ساعت پیش اتفاق افتاده می‌دید و حس می‌کرد.ولی بعد از این‌که آن مردکه مغول زمین خورد، اسب خود او رم کرد.شاهرخ را برداشت، دو نفر نعره‌زنان دنبال او می‌تاختند بعد دیگر نفهمید چه شد!

هنگامی که چشمش را باز کرد دید، در جنگل روی شاخه‌ی درخت‌ها افتاده، پیچک دور او را گرفته و خونی که از دستش به زمین می‌ریخت، خون غلیظ سیاهی بود که دورش مورچه‌ها جمع شده بودند. هنوز خون از بازویش می‌چکید، تنش بی‌حس، سرش گیج می‌رفت، آن وقت دامن لباس خود را پاره کرد، به دشواری یکسر آن را با دندان گرفت و با دست چپ زخم

دستش را بست، گره زد، به قدری درد می‌کرد که نزدیک بود دوباره از حال برود. پیشانیش می‌سوخت.در این حین یاد کشمکش با مغول‌ها افتاد، لبخند پیروزمندانه‌ای زد چون کیفر خودش را کشیده بود. آیا دوستانش آن شش نفر دیگر جان به در برده بودند؟ آیا مغول‌ها را کشتند یا به دست آن جانوران ترسناک و ترسو کشته شدند؟ آیا پشوتن و آنوشه چه به سرشان آمده بود؟

چه اهمیتی داشت؟ بعد از آن‌که گلشاد را جلوی او تکه تکه کردند و تن شکنجه شده‌اش آتش گرفت! ولی با وجود همه این‌ها او انتقام خودش و آب و خاکش را کشید همان قدری که از دستش بر می‌آمد از آن بیگانه‌ها، بیگانه‌ای که برای دزدی، درندگی و کشتار آمده بود. از آن‌ها کشت. او پیش وجدان خودش سرافراز بود.

تاکنون پنج روز بود که دیوانه‌وار میان جنگل، باطلاق و درخت‌های کهن با زخم بازو خودش را از این سو به آن سو می‌کشانید. شب‌ها وقتی که تاریکی یک مرتبه صحن جنگل را فرا می‌گرفت، با ترس و لرز در بدنه درخت‌ها یا روی شاخه‌ها پناه می‌برد ولی خواب به چشمش نمی‌آمد:از ناله جانوران، غرش ببر و خش خش شاخه درخت‌ها در هول و هراس بود، زخم دستش می‌سوخت و تیر می‌کشید اگر هیچ کدام آن‌ها هم نبود جای نیش«سپل» از آن مگس‌های درشت می‌خارید و می‌سوخت. گاهی روزها همین‌طور که نشسته بود خوابش می‌برد، ولی امروز که به اینجا رسید از زور ناتوانی از پا درآمد. جنگل ژرف و وحشی از چپ و راست دیوارهای سبز انبوه در او کشیده بود. همه جا برگ‌های پهن، برگ‌های باریک، رنگ‌های گوناگون: سبز باز، سبزسیر و ارغوانی، برخی ازآن‌ها گل‌های قشنگ داشت، در صورتی که شاخه‌های نازک از سنگینی تخم گل و میوه خمیده شده بود. صدای

پرندگان، ناله جانوران، ناله‌های جگر خراش به گوش می‌رسید ولی هـوا کـه گرم می‌شد یک مرتبه همه با هم خاموش می‌شدند.

یک تکه آسمان لاجوردی آن قدر روشن درخشان از لای شاخه‌ها پیـدا بـود که چشم را خسته می‌کرد. شـاهرخ خـودش را در برابـر طبیعـت سـست، بیچاره و کوچک حس کرد! این طبیعت دلربا و مکار پر از دام و شکنجه که از هر سو او را احاطه کرده بود و مانند یک مرده دم می‌زد تا شیره زندگی‌ها را در خودش بکشد!

خنجرش را از غلاف بیرون کشید. روی تیغه آن به خط پهلـوی اسـم او حـک شده بود.پدرش را با چهره رنگ پریده، ریش سیاه بـه یـاد آورد کـه روی تخت افتاده بود و دو تا شمع بالای سر او روی میز می‌سوخت. او و برادرش گریه‌کنان کنار تخت رفتند، به آن‌ها خیره خیره نگاه کرد. بعـد مثـل اینکـه کوشش فوق‌العاده کرده باشد نیمـه تنـه بلنـد شـدو گفـت: «چـرا گریـه می‌کنید؟ گریه مال زنها است. افسوس که من توی رخت‌خواب می‌میرم. تنها آرزویم این بود که در راه آب و خاکم در راه ایران جان بدهم ولی شما چشم امید آیندگان به شماست.»

« - نیاکان ما با خون دل برای آزادی خودشان می‌کوشیدند تنها آرزوئی کـه دارم این است که تا زنده هستید، تا جان دارید، نگذارید که ایران‌زمین بـه دست بیگانه بیفتد...خاک ایران را بپرستید...»

بعد رو کرد به او و گفت: «این خنجر را از کمر من باز کن و بـه یادگـار نگـه دار!...»

همین خنجر که سال‌ها به کمر او بود و با آن انتقام خودش را کـشیده بـود. سرش را تکان داد، خواست با نوک خنجر پارچه ی روی زخم بازویش را پاره

کند، ولی همین که آن را تکان داد، چه درد جان گدازی! چه سوزش دل خراشی! نه، نمی‌توانست تاب بیاورد. از شستشوی آن چشم پوشید، بعد دست چپش را درآب شست، یک مشت به رویش زد و یک مشت هم نوشید.دست کرد از جیبش مشتی میوه جنگلی بیرون آورد. این میوه‌ها را از قدیم می‌شناخت. نوکر پیرشان اسفندیار که او را با برادر کوچکش به گردش می‌برد و همیشه از جهانگردی‌های خودش و از مردمان پیشین گفتگو می‌کرد، یک روز برایشان از همین میوه‌ها آورد، آن که مانند ازگیل شیرین مزه و گس بود اسمش «کنس» بود و آن یکی که سرخ، گرد و ترش بود «ولیک» می گفتند. ولی مادرش که این میوه‌ها را دست آن‌ها دید گرفت و گفت: «این‌ها خوراکی نیست، دلتان درد می‌گیرد.» برادرش که دوباره آن‌ها را از توی جوی برداشت و گاز می‌زد، مادرش پشت دست او زد.

ولی پنج روز بود که شاهرخ با همین میوه‌ها زندگی می‌کرد. دل درد نگرفته بود! دست کرد یک مشت ازآن‌ها را در دهنش ریخت. جوید، ابروهایش را در هم کشید، هسته‌ی آن را بیرون آورد و به زودی حس کرد که اشتها ندارد. سرش درد می‌کرد، پیشانیش داغ بود و زخم بازویش می‌سوخت. خنجرش را غلاف کرد. پاهایش را در آب چشمه گذاشت، با دست چپش جای نیش پشه‌ها را می‌خاراند.

در این وقت اگر صورت خودش را در آئینه لغزنده‌ی آب نگاه می‌کرد از خودش می‌ترسید. با رنگ پریده، ریش کمی که از صورتش بیرون زده بود، موهای ژولیده و چشمهای آشفته که با روشنائی ناخوش می‌درخشید مهیب بود.

به اندازه‌ای سردرگم و پریشان بود که از وضعیت کنونی خودش هـیچ سـر در نمی‌آورد. خیره به دور خودش نگاه کـرد آنجـا زیـر درخت لاشـه‌ی پرنده‌ای را دید که از هم پاشیده بود؛ پرهای رنگین خوش‌نقـش و نگـارش پراکنده شده؛ روی آن جانوران کوچک و مورچه‌ها موج می‌زدند و با اشتهای هر چه تمام‌تر تکه‌های تن او را با نیش‌های کوچک برنـده‌ی خودشـان پـاره می‌کردند.

جلو او، عقب او، از دیوارهای جنگل پوشیده شده بود. پیچک‌های چالاکی کـه روی شاخه‌ی درخت‌ها خزیده بودند و لب‌های مکنده، لـب‌هـای نیرومنـد خودشان را روی ساقه‌های جوان چسبانیده، شیره‌ی درخت‌ها را آهسته ولی از روی کیف می‌مکیدند.

چند دقیقه خاموشی سنگین فرمانروایی داشت. هوا گرم شده بود. بازوی او می‌سوخت، تن او خیس عرق و سرش درد می‌کرد. بی‌اندازه ناراحـت بـود، دوباره نگاهی به اطراف خودش انداخت، سرش را تکان داد و با لحن خیلـی سختی به اهریمن بد گفت، به تمام طبیعت نفرین فرستاد. این طبیعت مکار و آب‌زیرکاه که این همه بلاها به وجود آورده بود ایـن همـه نـاخوشـی‌هـا طاعون، وبا، خوره،...، مغول.

*

در روشنائی آفتاب بالای چشمه حشرات گوناگون، پشه‌های بزرگ و کوچک در هم پرواز می‌کردند. گوئی جشن خوراک تازه‌ای که برایشان رسیده بـود گرفته بودند، زمزمه‌ی سوزناک بال‌های آن‌ها شنیده می‌شد زمین نمناک، سبزه‌های خودرو و گل‌های بی‌دوام و بی‌بو روی آن را پوشانیده بود. شاهرخ بلند شد، خودش را کشانید تا روی ریشه‌ی درخت. شکاف آن را بـا احتیـاط وارسی کرد، در تنه‌ی پوک آن یک نفر به آسانی می‌توانست بنشیند، ته آن

پر از برگ‌های خشک بود یک شاخه خشک از کنار درخت برداشت و برگ‌ها را به هم زد. خار و خاشاک را پس کرد. سر چوب به خاک ماسه خورد که سیل آورده بود یا به مرور در آن جمع شده بود. چندین سوسک قهوه‌ای رنگ براق از ترس جان هراسان بیرون دویدند. وقتی که خوب پاک شد رفت توی آن نشست، دور شکاف درخت قارچ‌های طفیلی مانند چترهای نرم خاکستری رنگ روئیده بودند، این جا پناه‌گاه خوبی بود، چون بازواش به شدت درد می‌کرد و نمی‌توانست جای بهتری را برای خودش پیدا کند ولی چیزی که شگفت‌انگیز بود، ترس او به کلی ریخته بود؛ نه از ببر می‌ترسید و نه از پلنگ، بلکه برعکس مقدم آن‌ها را آرزو می‌کرد تا از درد و رنج او را برهانند. تنش سست، اما فکرش استوار بود. نگاهی به سایه‌بان خود کرد که با شاخه‌های کج و کوله با لطف و مهربانی او را در آغوش خود پناه داده بود و شاید یک دقیقه نگذشت که حس کرد با تمام طبیعت زندگی می‌کند و هوای نمناکی را که از روی شاخه‌ی درخت‌ها می‌گذشت با لذت و آرامش تنفس می‌کرد.

شاهرخ با رنگ مرده‌اش به جدار درخت تکیه داد. عرق سرد از تنش سرازیر بود، با چشم‌های خیره جلو خودش را نگاه می‌کرد. کم کم حس کرد که خون او سنگین شده و خرده خرده در شریانش منجمد می‌شود. پلک‌های او پائین آمده بود. جلو چشمش گوی‌های سرخ و بنفش چرخ می‌زد، می‌رقصید یک لحظه محو می‌شد دوباره پدیدار می‌گردید و انعکاس آن به طرز دردناکی روی عصب چشمش نقش می‌بست...

دست چپش را آهسته بلند کرد جلو چشم گذاشت. افکار او تاریک شد، لحظه‌ای درد بازویش را فراموش کرد. یاد آن روز افتاد که هوا ابر بود و با گلشاد کنار شالی برنج گردش می‌کردند، گلشاد در ساقه‌ی علف سبزی

می‌دمید و از صدای مضحکی که از آن در می‌آمد غش غش می‌خندید. برق چشم‌هایش، ابروهای کمانی او، گونه‌های سرخ، اندام ورزیده و زیبای او که از پشت جامه‌ی ابریشمی گاه‌گاهی نمایان می‌شد همه جلو چشم او مجسم شد...

بعد دست او را گرفت از روی جوی آب رد کرد درست در همین موقع آسمان غرید و رگبار سختی گرفت، هوا را مه گرفته بود، چکه‌های باران روی آب می‌خورد و آب به اطراف شتک می‌زد. گلشاد که از آسمان غره می‌ترسید خودش را به او چسبانیده بود. هر دوشان زیر «گالش‌بینه» پناهنده شدند که سقف پوشالی داشت. همان جا بود که در چشم‌های یکدیگر نگاه کردند ولی احتیاج به حرف زدن نداشتند، چون از چشم‌های هر دوشان، از صدای هردوشان که می‌لرزید پیدا بود. آن وقت برای نخستین بار یکدیگر را در آغوش کشیدند. لب‌های آتشین گلشاد را روی گونه‌ی خودش حس کرد. باران که بند آمد گلشاد را به خانه‌شان رسانید، مادرش با اندام کشیده موی خاکستری و لبخند افسرده جلو آن‌ها دوید، چون از دیر کردن دخترش دلواپس شده بود.

هنوز این افکار از خاطرش محو نشده بود که آن مردکه‌ی مغول را شمشیر به دست با خنده‌ی ترسناکش دید، تن شکنجه شده، تن تکه تکه شده‌ی گلشاد که به خونش آغشته شده بود جلو او مجسم شد. به خودش لرزید ولی او می‌دید که از پنجره‌ی اطاق دود، آتش، گرد و خاک تو می‌زد. آن وقت آن مردکه‌ی مغول با سایه‌ی عفریتی سنگینی که به طرز شگفت‌آوری بزرگ می‌نمود در میان دود و آتش تنوره کشیدو ناپدید گردید!...

دست چپش پائین افتاد و به دسته‌ی خنجرش خورد، بدون اراده آن را محکم گرفت و لبخند دردناکی روی لب‌هایش پدیدار شد، با همین خنجر

بود که آن اهریمن بیگانه را با چشم‌های بالا جسته و سیمای خونخوارش کشت. با همین خنجر که پدرش در هنگام مرگ به او داده بود. ناگهان تکان سختی خورد، خواست سرش را بیرون بیاورد ولی در شکم درخت مانده بود با لبخند خوشبخت چشم‌هایش را بست!...

*

بهار سال بعد بود، دو نفر مازندرانی تبر به دوش از میان جنگل می‌گذشتند و هر جا که درخت‌ها راه عبور را به آن‌ها می‌گرفت آن که جوان‌تر بود با تبر شاخه‌ها را می‌زد و رد می‌شدند. همین که هر دو آن‌ها خسته و کوفته کنار چشمه‌ی کوچکی رسیدند، خودشان را آماده کردند که بنشینند و خستگی در بکنند. ولی آن که پیرتر بود رنگش پرید، به آرنج رفیقش زد. شکاف درخت بلوط را به او نشان داد و گفت:

«آبرا، هایش. هایش!»

در شکاف تنه‌ی درخت استخوان‌بندی تمام اندام یک نفر آدم نشسته بود و سرش که لای شکاف درخت گیر کرده بود با خنده‌ی ترسناکی می‌خندید.

آن‌ها با ترس و لرز جلو رفتند، روی قاپ و قلم پایش یک خنجر دسته عاج افتاده بود.

آن که پیرتر بود گفت:

«خده وره بهامرزه.»

خم شد با سر تبر خنجر را پیش کشید برداشت، مثل این که می‌ترسید مبادا مرده مچ دست او را بگیرد. بعد دست رفیقش را گرفت و از همان راهی که آمده بودند با گام‌های بلند برگشتند. از لای شاخه‌ها که رد می‌شدند

هر دوشان برگشته دوباره نگاه کردنـد، ولـی کاسـهی سـر از لای شـکاف درخت با دندانهای ریک زدهاش میخندید....

پیرمرد دست جوان را کشید و گفت: «بوریم برا، بوریم، ای مغول سایوئه.»

تهران – ۱۳۱۰

زبان حال یک الاغ در وقت مرگ

آه! درد اندام مرا مرتعش می‌کند. این پاداش خدماتی (زحماتی) است کـه برای یک جانور دو پای بی‌مروت ستمگر کشیده‌ام. امـروز آخـرین روز مـن است و همین قلبم را تسلی می‌دهد! بعد از طی یک زندگانی پر از مرارت و مشقت و تحمل بارهای طاقت فرسا، ضربات پـی در پـی، چـوب، زنجیـر و دشنام عابرین، همین‌قدر جای شکر باقی است که این حیات مهیـب را وداع خواهم گفت.

این جا خیابان شمیران است. امروز به واسطه بی‌مبالاتی صاحبم، اتـومبیلی پاهای مرا شکست و به این روز افتادم. بعد از ضرب و شـتم، جـسد مـرا در کنار این جاده کشیدند و به حال خود گذاشتند. ممکن است فراموش کرده باشند که هنوز از نعل و پوست من می‌توانند استفاده کنند! گویـا بـه کلـی مأیوس شدند.

آیا خوراک مرا به موقع خواهند آورد؟ نه... باید در نهایت زجـر و گرسـنگی جان داد زیرا دیگر از من کاری ساخته نیست.

آه! درد زخم‌ها رو به شدت گذاشته و خون از آن‌ها هنوز جاری است. آیا این چه جانوری است که برما مـسلط شـده و زنـدگانی مـا را ننـگ‌آلـود و چرکین و پر از رنج و محنت نموده، احساسات بی‌آلایش و طبیعی ما را خسته ساخته، بدن ما را دائم مجروح و سرتاسر زنـدگانی را برما تلخ و ناگوار نموده

است؟ظاهراً شباهت تامی با ما دارد و بالاخره مثل ما می‌میرد، ازاین جهت هیچ فرقی نداریم. اما گویا بدنش را از سنگ یا چوب ساخته‌اند چون که به ما شلاق می‌زند و گمان می‌کند ما حس نمی‌کنیم. اگر خودش هم احساس درد را می‌کرد برما رحم می‌نمود.

این آلاتی را که برای شکنجه ما استعمال می‌کنند طبیعی نیست و خودشان ساخته‌اند. مدتی است در فرنگستان و امریکا برای حفظ حقوق حیوانات مجامعی به نام «انسانیت» تأسیس کرده‌اند. قوانین مخصوصی برای دفاع و زجر و اجحاف و ظلم نسبت به ما وضع کرده‌اند. آیا آن‌ها هم جزو همین جانورانند؟ هرگز! اگر آن گروه از همین حیوانات باشند پس قلب آن‌ها از سنگ نیست؟

علمای علوم طبیعی، ما را با خودشان چندان فرقی نمی‌گذارند و خود را سردسته حیوانات پستاندار معرفی می‌کنند. اما یکی از فلاسفه معروف، دکارت، به قول خودش ثابت کرد که حیوان به غیر از یک ماشین متحرک چیز دیگری نیست، یعنی هرروزی که علم « مکانیک»ترقی کرد می‌شود حیوان را ساخت! در تعقیب این خیال پوچ یک عده از فلاسفه دیگر برضد او برخاستند از جمله شوپنهاور از ما طرفداری کرده می‌گوید: «اساس اخلاق رحم است نه فقط نسبت به هم نوع خود بلکه نسبت به تمام حیوانات» و تا اندازه‌ای احساسات و هوش ما را در کتاب اخلاق خود شرح می‌دهد. دیگری گفته است:«این یک تفریحی است برای مادران که بچه خود را ببینند گردن یک پرنده را می‌کند و سگ یا گربه را در بازی مجروح می‌نماید - این‌ها ریشه فساد و بنیاد سنگدلی و ظلم و خباثت می‌باشند» حقیقتاً این ظلمی که برما شده و می‌شود بیشتر در نتیجه تربیت ظالمانه مادران اطفال است. افسوس که ما نمی‌توانیم حرف بزنیم و همین اسباب بدبختی ما را فراهم

آورده. فقط ارسطو به حقیقت زندگانی ما پی‌برده و می‌گوید: (انسان حیوان ناطق است) به واسطه‌ی همین نطق است که ما دستخوش هوی و هوس یک عده جانور طماع خودپسند شده‌ایم. چرا مردم پیروی این فلاسفه را نکرده‌اند؟ بدیهی است اساس خیالات انسان بر روی استفاده شخصی قرار گرفته. خصوصاً خرکچی‌ها تماما پیرو فلسفه دکارت هستند و ما را یک جسم بی‌روحی فرض می‌کنند.

رحم نسبت به حیوانات اصلاً خیالی است که در مشرق زمین پیدا شده و گذشته ازاین تمام پیغمبران بدون استثنا ظلم به حیوانات را منع کرده‌اند. علما و حکما و نویسندگان اخلاقی حتی شعرا در این خصوص متفق الرای می‌باشند. مثلاً حکیم فردوسی علیه الرحمه گفته:

میازار موری که دانه کش است

که جان دارد و جان شیرین خوش است

اما به واسطه نداشتن قانونی برای جلوگیری و محدود کردن بی‌رحمی و حرص و آز بی‌سرحد بشر این حرف‌ها بی‌نتیجه مانده است. اگر در خارج پاهای من می‌شکست مرا از این رنج بیهوده خلاص می‌کردند و یا می‌کشتند! آه از درد... فغان از گرسنگی.

چه می‌شد اگر آزاد بودم و در مراتع خوش آب و هوا مابین هم‌جنسان خود زیست می‌کردم و روزی که تقدیر بود می‌مردم؟ اما حال بایستی در اسارت با زحمت و گرسنگی بمیرم. عاقبت موحش یک حیوان بی‌زبانی که گرفتار جنس دوپا شده این است. باید به آتش آن‌ها بسوزیم آه که پیمانه صبرم لبریز شده...!

انسان مظلوم‌کش است. چرا حیوانات درنده را برای خدمت و اسارت به کار نمی‌برد. گناه حیوانات بی‌آزاری و بی‌زوری آن هاست.

دنیا به نظرم تیره و تار شده... بدنم از رنج و گرسنگی بـه تـدریج سـست می‌شود. صدای پائی می‌آید. شاید صاحبم دلش به سـیه‌روزی مـن سـوخته مقرری مرا آورده باشد؟ نه، این بچه‌ای است. سنگی به طرف مـن پرتـاب نمود و دور شد!

کاش زودتر می‌مردم و در مقابل آستانه عدل سرمدی انتقام خود را از ایـن جنس ظالم مطالبه می‌کردم.